HUGO VON HOFMANNSTHAL
DAS MÄRCHEN DER 672. NACHT
Das erzählerische Werk

Mit einem Nachwort von
Ellen Ritter

S. Fischer

Dieser Abdruck bietet die revidierte Textfassung
der Kritischen Ausgabe

Satz: Fotosatz Otto Gutfreund GmbH, Darmstadt
Druck und Bindung: Clausen & Bosse, Leck
Printed in Germany 1999
ISBN 3-10-031561-8

INHALT

AGE OF INNOCENCE

STATIONEN DER ENTWICKLUNG.

Er war von dem Geschlecht, das, siebzehnjährig, im Gymnasium, losgerissene Blätter von »Hedda Gabler« und »Anna Karenina« zwischen den Seiten des Platon und Horaz liegen hatte, und dann, in den Neunzigerjahren des 19. Jahrhunderts das Leben lebte, dessen äußere und innere Geberden das Product blaguierender französischer Bücher und manierierter deutscher Schauspieler waren.

Damals war er acht Jahre alt.

Sein Lieblingsbuch, von früher her, war ein englisches Bilderbuch: »The age of innocence«. Es handelte von Kindern für Kinder, sagte die Dame, die die Vorrede geschrieben hatte. Er hatte es hauptsächlich bekommen, um darin englisch lesen zu lernen. Als er soviel englisch lesen konnte, um die Vorrede zu lesen – die er für die erste Erzählung hielt – verstand er das nicht; zwar die Worte wohl, aber nicht den Sinn. Denn die Bilder hatte er schon angesehen und es war ihm nie der Gedanke gekommen, dass das Kinder sein sollten, Kinder wie er, diese blonden, mit den Greenaway-Hüten, mit den stilisierten Stumpfnäschen der Unschuld und der wohlerzogenen Drolligkeit der Bewegungen.

Seine Augen waren nicht so rund und lachten nicht so; und seine Bewegungen waren auch anders, heftiger und hässlicher.

Er dachte nicht weiter darüber nach und behandelte sie wie Indianer oder sprechende Thiere, als etwas, dessen Existenz man nicht weiter leugnet, dem man aber wahrscheinlich nicht begegnen wird. Auch ihre Gespräche hatten für ihn nicht das Interesse, wie etwas Lebendiges und Verwandtes, und für die Spiele die sie auf der gelben Düne oder auf grünem Gras unter blauem Himmel spielten, hatte er gar keinen Sinn. Trotzdem hatte er das Buch sehr gern und seine erste Conception der Schönheit war die blonde, zarte, auf der gelben Düne oder auf grünem Gras unter blauem Himmel. Er spielte anders, schon weil er meistens allein war.

Nachmittag, wenn er allein zuhause war, kniete er vor dem Ofen und sah regungslos in das Schwälen und Knistern der Gluth und sog den heißen Hauch ein, der um seine Wangen leckte, bis ihm die Augen thränten und die Stirn glühte. Da bog er sich zurück, und schrie manchmal, wie in einer Trunkenheit, und warf sich auf den Teppich, zuckend und sehr glücklich. Oder er lief in die Küche – die war leer – und schlug mit dem Holzmesser auf den Holzklotz in bacchantischer Zerstörungslust und athemlosem Wohlsein. Dann trank er Wasser in langen schlürfenden Zügen.

An Frühlingsabenden aber, wenn er allein war und die Fenster offen, beugte er sich aus dem Fenster weit über und hieng lange, mit gepresster Brust, die laue Luft im Haar, bis ihm schwindelte und vor dem Stürzen graute. Dann lief er zu seinem Bett und vergrub den Kopf in die Kissen, tiefeinwühlend, und Tücher und Decken in erstickendem Knäuel darüber: vor seinen Augen strömte es dunkelroth, seine Schläfen hämmerten und nachbebende Angst schüttelte ihn.

Aber ihm waren das heimliche Orgien und er liebte die Augenblicke, vor denen ihm graute. – –

Auch mit der Angst im Dunkeln spielte er gern und sich selbst zu quälen machte ihm Vergnügen. Dazu benützte er spitze Nägel, das heiße Wachs und Blei von Kerzen und geschmolzenen Spielsoldaten, das Berühren von Raupen und Thieren, vor denen ihm ekelte, oder auch harte Aufgaben, die er sich stellte, asketische Verzichtleistungen. Dies alles betrieb er Anfangs ohne bestimmten Zweck, aus unklar gefühltem Wohlgefallen an der Macht über sich selbst und weil er seine Empfindungen gleichsam auskostete, wie man eine Weinbeere erst ausschlürft und aussaugt und dann mit den Zähnen presst und zerquetscht, bis dahin, wo ihre Süße herb und bitter wird.

... Später pflegte er diese Martern der Heiligen Dreifaltigkeit aufzuopfern, die ihm nichts war als eine Dreizahl, von der er besessen war, der zu Ehren er eine Zeitlang alles unangenehme und peinliche dreimal oder dreimal dreimal oder dreimal dreimal dreimal that, ja sogar Gedanken, die ihm Angst machten, Erinnerungen, vor denen er sich schämte, dreimal durchzudenken suchte.

Das war auch die Zeit, wo die Augen des Muttergottesbildes drohten oder lächelten und wo er den Ausgang aller Dinge von dem Eintreffen gewisser Ereignisse abhängig machte: zum Beispiel, ob das vierte Haus am Weg dreistöckig sein wird, oder ob ein Regentropfen in die Mitte eines Pflastersteines fallen wird .. Diese Zeit dauerte aber nicht lange...

Dann kam ein ängstliches Denken an den Tod, den eigenen und den der Verwandten (.. wann Weltuntergang und Jüngstes Gericht sein wird? .. ob eine Revolution sein muss, jedesmal, wenn ein neuer Kaiser kommt?) .. und ein Ausrechnen von Lebensaltern und Wahrscheinlichkeiten.

Dann kam ein fieberhaftes Verlangen nach Besitz, nach Übersicht, Eintheilung, Ordnung: .. wie viele Kasten und Claviere und Bücher man erben könnte, und geschenkt bekommen, und rauben? .. und unter welchen Umständen? und wie ungestraft bleiben und das Erworbene nie wieder hergeben müssen?

Und er fieng an, seine kleinen Sachen zu zählen, zu ordnen und in ein Notizbuch einzutragen; und sie noch mehr zu eigen zu haben, beschrieb er sie in dem Notizbuch mit Worten und unbeholfenen Strichen und schrieb die schönsten Stellen aus den schönsten Büchern wörtlich ab. Bald aber ließ er das ängstlich umklammerte wieder los und nach einer Zeit des Hütens kam wieder eine Zeit des Sammelns.

Damals bekam er die historischen Erzählungen für die reifere Jugend in die Hand. Das antiquarische Detail, die exotischen Namen, die Titel, das Costüm nahmen ihn sehr ein: er fieng an, sich in Costüm zu sehen und in costümierten Redensarten zu denken. Er genoss das seltsame Glück, seine Umgebung zu stilisieren und das Gewöhnliche als Schauspiel zu genießen. Das Erwachen kam über ihn und das Erstaunen über sich selbst und das verwunderte Sich-leben-zusehen. Da wurden die Gerüche lebendig und die Farben leuchtend; die Aufeinanderfolge des Alltäglichen wurde Ereignis und die Umgebung Bild. Und es kam eine süße Hast und Unruhe über ihn, als ob die unmittelbare Zukunft irgend Etwas bringen müsste und der kommende Tag irgend einen großen Sinn haben.

Damals riss er sich einmal auf der Straße beim Spazierengehen von dem Fräulein los und lief durch die Straßen, von einem unbestimmten Bann getrieben, athemlos und wie berauscht. Er schrie vor sich hin, heiser vor sinnloser Aufregung; in das rasseln und klirren und dröhnen der Wagen mengte er seine schrille Stimme und der Schauer lief von seinen Haarwurzeln den Rücken herab, den er immer hatte, wenn er hohe Trompeten hörte oder Glocken und das Weinen quoll ihm die Kehle herauf; so lief er durch die Straßen.

Dann wurde es halb finster und er wurde müde, und der Rausch vergieng; er hatte Halsschmerzen und aufgesprungene Lippen und brennende Wimpern. Er hatte sich nicht einmal verlaufen. Kreisend war er dort hingekommen, von wo er sich leicht nach Hause finden konnte. Zu Hause waren sie geängstigt und böse; er hatte den Geschmack von unsäglicher schaler bitterer Enttäuschung auf der Zunge.

Ihr ganzes brutales Nichtverstehen war ihm widerlich und er log. Er log mit dem dumpfen Bestreben, einen Mantel um sich zu machen und irgend etwas Heimliches nicht preiszugeben.

Er log aus Schamhaftigkeit der Nerven.

Ein Vorhang, ein dolchartiges Messer, ein Tuch, sein eigener Körper, die Beweglichkeit seiner Mienen, die Kleider, die man an- und ausziehen kann, Lampenlicht und Halbdunkel und vollständiges Dunkel, das waren ihm die Ereignisse unzähliger Dramen oder eigentlich eines einzigen monatelangen Mysteriums.

Er spielte und sah zu, fühlte die Schauer des Mordes und das Grauen des Opfers, weidete sich an seinen eigenen Qualen, brachte sich selbst Botschaft von sich selbst, weinte aus Rührung über seine eigene Stimme, verriet sich selbst die Geheimnisse seines Innern und erweiterte die Scala seiner Empfindlichkeiten; sein eigenes reiches Reich.

So erlangte er die peinliche Geschicklichkeit, sich selbst als Object zu behandeln.

Manchmal verlor er den Faden seines Dramas, und wurde von dem bloßen Beben seiner Stimme durch eine Reihe von Affecten ohne Vorstellungsinhalt willenlos mitgerissen – sinnlose Worte vor sich hinsprechend, die ihn berauschten. – Dieses Vibrieren der Nerven, das er durch bewußte Führung und Wahl der Worte nie zu erreichen vermochte, hatte für ihn den großen Reiz des Unverständlichen und brachte ihm die Hochachtung vor unverständlich gewordenen Dingen und den Cultus der Erinnerung bei.

Mit 8 Jahren fand er den größten Reiz an dem Duft halbvergessener Tage und that manches nur mit dem dumpfen Instinct, zukünftige hübsche Erinnerungen auszusäen. So gewöhnte er sich resigniert, den Wert und Reiz der Gegenwart, erst von der Vergangenheit gewordenen zu erwarten.

Einmal, Anfangs Juni, da war eine merkwürdige Nacht. Es war eine sehr heiße Zeit; die Wassergläser waren immer angelaufen und abends athmeten die Steine lauen Qualm aus. An den offenen Fenstern in der Vorstadt saßen abends die Leute im Hemd. Damals hatte die Mama das Fräulein fortgeschickt und er schlief allein. Früh in der Nacht schrak er auf aus einem Traum; das Fenster war offen, der laue Wind spielte mit den Vorhängen; gegenüber, hinter den Rauchfängen, stand der gelbe Vollmond.

Sein Herz pochte; ihm war, als hätte ihn jemand gerufen, er lauschte mit eingehaltenem Athem, man hörte nichts als das nächtige Knistern der Möbel. Er richtete sich im Bette auf; das Alleinsein war ihm Ereigniß. In der Ecke stand des Fräuleins großer Ankleidespiegel, leise glitt er vom Bette herunter und stand, athmend, die nackten Füße auf der kühlen Matte. Mit einem Schritte stand er vor dem Spiegel, und genoß den wohlbekannten Schauer des Erschreckens, als ihm seine eigene weiße Gestalt aus dem Halbdunkel entgegensprang. Dann spielte er vor dem Spiegel: das betende Kind (die Ofenfigur im Vorzimmer); der Kaiser Napoleon in Fontainebleau mit finsterer Stirne im Armsessel (der Kupferstich hängt in Papas Zimmer); dann der Wahnsinnige, den ihm das Fräulein einmal vorgemacht hatte, um ihn zu erschrecken, mit stieren, hervorstehenden Augen, wo man das Weiße unten sieht, und verzerrten Lippen.

Den machte er immer zuletzt und zitterte jedesmal vor seiner eigenen Schöpfung.

Aber schließlich wird auch das Grauen langweilig. Horchend trat er ans Fenster, das gieng in den Hof, um den rings in jedem Stockwerk ein offener Gang führte. Gegenüber lag das Mondlicht auf den grauweißen saftlosen Blättern eines verstaubten Epheugitters, das da stand und auf den Regen wartete. Von irgendwo her drangen halbverwehte Geigentöne; er bemühte sich, sich den Menschen vorzustellen, der jetzt Geige spielte. Er mußte alt sein wie der pensionirte Ministerialbeamte vom III. Stock und zitternde Hände haben und thränende Augenwinkel; das las er aus dem Spiele heraus.

Zum erstenmal bekam die Außenwelt für ihn ein selbständiges Interesse, die anderen Menschen, die gar keine Bekannten sind, und an denen man sonst immer nur vorübergeht. Da schwirrte Etwas vor seinen Augen vorbei und fiel unten klatschend auf; dann hörte man lachen von Menschen, die sich aus den Fenstern beugten. Das mußte bei der Dame mit dem Mops sein, die immer einen gelben Hut aufhatte und immer abends mit ihrem Dienstmädchen spazieren gieng, und über die die Mama sich beim Hausadministrator beschwert hatte.

Er empfand plötzlich eine Sehnsucht darnach, in fremde Zimmer hineinzuschauen und fremde Menschen fühlen zu fühlen.

Die »Anderen« hatten für ihn einen Sinn bekommen..

Er hatte einen neuen Reiz des contemplativen Lebens entdeckt.

KREUZWEGE.

Was man also den Lebensweg nennt, ist kein wirklicher Weg mit Anfang und Ziel, sondern er hat viele Kreuzwege, ja er besteht wohl eigentlich nur aus Kreuzwegen und jeder Punkt ist der mögliche Ausgangspunkt zu unendlichen Möglichkeiten; und das Schicksal nannten darum die Griechen sehr geistreich »Tyche«, das zufällig-zugefallene.

Es geht immerfort die Wahrheit an uns vorbei, die wir vielleicht hätten verstehen können und die Frau, die wir vielleicht hätten lieben können...

> ...car j'ignore où tu fuis, tu ne sais où je vais
> ô toi que j'eusse aimée, ô toi qui le savais...

Das ist beinahe traurig aber es ist für mich wirklich erlebte Erfahrung; es gehört zu meiner Resignationsphilosophie. Nervöse Menschen kann es aber auch zu einem seltsamen Suchen und Sehnen führen, schmerzlich und ohne Zuversicht, aber doch ohne Ende.

Wie alle Erfahrung hab ich längst gewusst, seit jeher, aber deutlich, lebendig geworden ist es mir erst damals. Damals .. aber ich erinnere mich so genau ich könnte das ganze in ein Tagebuch bringen: ein nachträgliches Tagebuch. Das wäre wenigstens ein Tagebuch ohne Pathos, mit den graciösen unaufdringlichen Dimensionen des entrückten und dem kühlen reservierten Ton des nicht mehr wirklichen. Also gut.

Anfang Jänner 1886.

Ich komme seit einigen Wochen sehr viel zu W. Heddy ist nämlich wirklich in ihrem Boudoir viel hübscher als überall anders. Sie kann sehr hübsch sitzen und lehnen, mit einer leichten Andeutung des frierenden Kauerns. In ihren Negligés imitiert sie ein bisschen die Anziehtechnik der Sarah Bernhardt aber nicht sclavisch: viel Spitzen und weiche Falten und die hohen mattgoldenen Empiregürtel, die ich so gern habe. Ihr Gespräch ist eigentlich merkwürdig geradlinig; nur fragt sie viel und manchmal mit so eigenen suchenden Augen.

Einmal sah ich eine Biscuitgruppe an, die auf ihrem Kamin steht gutes, französisches Rococo mit kleinen Stumpfnasen in der manier der Frauen von Watteau u Largillière

Wie hübsch das ist, sag ich

Warum? fragt sie.

Ich war einen Augenblick verlegen; endlich sagte ich: Warum, weil es Stil hat. Sie schwieg und wir redeten von etwas anderem.

Nach ein paar Tagen sagte sie plötzlich, ganz ohne Übergang

Wie mein Vater der alte Herr mit dem traurigen Lächeln und dem eigentümlichen Parfum in den Seidentaschentüchern und den gestickten Westen starb, war ich noch ein Kind. Dann lebte ich weiter allein, mit einem alten Diener, der zugleich Koch war, in der altmodischen Wohnung, ein seltsam puppenhaftes gespenstisches Dasein. Mein grosses, vielzugrosses Bett in der alcove und die Kupferstiche nach Danhauser u Fendi Eysen und Greuze mit galanten Versen und die grossen gelbrothen Möbel der Congresszeit und der rätselhafte Geruch nach Äpfeln und alten Büchern machte das lichte saalartige Zimmer anders als alle andern Zimmer auf der Welt. Nur eines war sehr schön: zwischen den weissen Gardinen sah ein heller grüner Garten herein und in Sommernächten schwebten vor der Mondscheibe auf dem schwarzblauen Nachthimmel weissleuchtende Kirschblüthenzweige. Hier lebte ich eine altkluge Kindheit in selbstgenügsamer Harmonie. Ein feiner glatter pedantesker Tanz, ein graciöses resigniertes Menuett. Wie ich klein war hatte ich bei meinem Vater viel Musik gehört: alle Sonntag abends kamen 3 Freunde zu ihm, alte Hofbeamte wie er und spielten Kammermusik. Seit der Zeit aber war keine Musik mehr und ich tupfte nur manchmal ängstlich in der Abenddämmerung auf die Tasten des Claviers, vor dem ich Furcht hatte. Aber das langsame Verklingen der Töne war sehr schön. Ich suchte mich oft an die wirkliche Musik zu erinnern, an die von damals: ich sah dann eine metallene Landschaft mit rothglühendem Himmel, oder ein goldenes Meer mit emailblauen Inseln und weissem lichtdurchsickertem Nebel oder grosse weisse Stiegen mit modernden Blättern corallenroth und grün, denn alle Töne hatten für mich eine Farbe, Farben von unsagbarer sehnsüchtiger Schönheit, viel schöner als alle wirklichen Dinge, Farben die ich gar nicht nennen kann und die ich nirgends wiederfinde.

Dann kam meine Universitätszeit. Ich erlebte nichts und schrieb in ein lichtgelb gebundenes Tagebuch hochmütige und enttäuschte Verse, die ziemlich deutlich eine empfindsame und unruhig fröstelnde Seele ausdrückten mit Sehnsucht nach vielerlei, ohne Zuversicht und mit manierierter Scheu vor den lauten heftigen Worten. Ich glaube nicht dass jemand diese Verse zu Gesicht gekommen sind. Gleichviel. Es kam im März ein lauer fast schwüler Abend, so einer wo im Wind auf den Wegen der Duft und Athem des ganzen Frühlings ist und über den kahlen Bäumen feuchtwarme Sommerwolken hintreiben. Ich gieng lange durch die Gassen, mir fielen gewisse Dinge mit einer Deutlichkeit ein, die mich angenehm beschäftigte. Es waren an sich ganz gleichgiltige Dinge, aber sie waren interessant wie im Traum. Besonders eine bestimmte alte tändelnde Melodie und ein Duft, der Duft eines Vormittags, einmal im Schwarzenberggarten und der braungrüne Teich mit den Sandsteintritonen und die vielen jungen Mädchen und die warme einschläfernde Luft. Warum das so sehnsüchtig schön schien, so getaucht in die Schönheit die weinen macht, diese alltäglichen Dinge.

Wie schlafwandelnd war ich in eine alte schlecht erleuchtete Strasse der inneren Stadt gekommen. Aus dem Fenster eines dritten Stocks drang Musik, Harmonium und Singen. Ich blieb stehen. Es war eine Frauenstimme, nicht sehr stark und nicht sehr schön, aber eine von denen, die uns an Dinge erinnern, die heimlich in uns sind. Dann fiel mir ein, dass ich diese Wohnung kenne. Dort wohnt der Vater eines Schulkameraden, ein ehemaliger Hofsecretär. Samstag abends kamen junge Leute hin zu Cafe, Gugelhupf und Musikmachen. An die Tochter erinnerte ich mich garnicht. Obwohl ich die Einladung nie angenommen hatte, fühlte ich doch plötzlich eine Lust hinaufzugehen.

In dem halbdunkeln Hausflur stand in einer Nische die Madonna, in hölzerner lächelnder Anmuth, ganz umwunden mit Blumen und Flitterkränzen und kleinen buntglimmenden Glaslampen.

Als ich oben eintrat, wunderte sich niemand. Im ersten Zimmer gieng der Alte auf und ab und hörte der Musik zu, die aus dem Nebenzimmer in dunkelm schwerem Schwellen kam. Auf dem alten Ledersopha lag ein gestickter Polster, ein violetter Pudel auf gelbem Grund. Auf dem Tisch stand ein Einsiedglas mit candiertem Obst, aus dem der Alte jedesmal beim Vorübergehen mit langen schmalen gepflegten Fingern eine Frucht nahm. Er bewillkommnete mich mit unangenehmer Höflichkeit; seine Stimme passte ganz zu seinen kurzsichtigen blauen vorstehenden Augen und dem gelbgrauen hochgelockten Haar.

Die Musik hörte auf und er rief ins Nebenzimmer: Madeleine. Unhörbar herangetreten stand sie plötzlich in der Thür und reichte mir die Hand. Sie war mittelgross und zart, hübsch, aber unbedeutend; nur die schmalen festaufeinandergepressten Lippen und der matte Perlglanz der Wangen gaben dem Kindergesicht einen eigentümlichen Reiz wie von leisem Leiden. Ihr faniertes grossblumiges Kleid hatte noch den hohen Gürtel und den Ausschnitt der Congresszeit und um den Hals war ein Stückchen Schleier gewunden.

Im andern Zimmer lehnten am Clavier zwei junge Leute mein Schulcamerad und ein älterer, den ich auch schon kannte etwa 25jährig, hässlich mit einem nervösen Zucken und wasserhellen unstäten Augen. Ein dritter mit einem eigentümlich traurigen Blick stand am Fenster. Madeleine nannte seinen Namen, »Hammer« und liess mich neben ihm stehen. Dann setzte sie sich ans Clavier und ihr Bruder nahm die Geige. Sie spielten etwas, worin kindische verträumte Anmuth war zugleich mit wehmütiger Herzlichkeit und verwirrender leichtfertiger Grazie, wie wenn einer ans Abschiednehmen denkt und zugleich wieder alte vertraute Dinge und wieder lachendes Vergessen. Es werden wohl Tänze von Lanner gewesen sein.

Ich sass mit halbgeschlossenen Augen und hörte zu einmal war mir als wäre alles angefüllt mit rosenrothen Rosen, ich fühlte den betäubenden Geruch ja den Geschmack dann tauchte wieder der Alte auf, tänzelte nach dem Tact, nahm eine candierte Birne aus einem Topf der hier am Ofen stand und tänzelte wieder hinaus, dann kam wieder der Schwarzenberggarten mit dem grünbraunen Teich aber auf einer Sandsteinbank sassen unter blühenden Kastanien die Madonna von der Stiege mit lapisblauem Holzmantel und einer rothen Glaslampe in der Hand und Madeleine mit dem grossblumigen Kleid und dem Stück Schleier um den Hals.

Als ich wieder unten auf der Gasse stand, hatte ich ein unerklärliches bitter aufquellendes Gefühl wie von Enttäuschung und Entbehrung.

Neben mir gieng schweigend der traurige junge Mensch aus der Fensterecke.

Und sonderbar, dann kamen wir auf das Problem des Glücks zu sprechen. Von seinem Wesen gieng eine tiefe ansteckende Traurigkeit aus.

GERECHTIGKEIT

26. Mai 1893

Ich sass mitten im Garten. Vor mir lief der Kiesweg zwischen zwei blassgrünen Wiesen aufwärts, bis wo der Hügel abbrach und sich der dunkelgrüngestrichene Lattenzaun scharf in den hellen Frühlingshimmel hineinzeichnete. Wo der Weg aufhörte hatte der Zaun eine kleine Thür. In der dünnen durchsichtigen Luft schwebten Bienen zwischen den rosenrothen über und über blühenden Pfirsichbäumen hin und her. Da knarrte oben das Lattenthürchen und zuerst sprang ein Hund in den Garten ein grosses, hochbeiniges zierliches Windspiel. Hinter dem Hund trat, das Thürchen hinter sich zudrückend ein Engel ein, ein junger blonder schlanker Engel, einer von den schlanken Pagen Gottes. Er trug Schnabelschuhe, an der Seite hieng ihm ein langer Stossdegen und im Gürtel ein Dolch. Brust und Schultern deckte ein feiner stahlblauer Panzer, auf dem spielte die Sonne, und weisse Blüthen fielen auf sein dichtes langes goldblondes Haar. So gieng er den Kiesweg herunter, die feine schmächtige Gestalt im enganschliessenden smaragdgrünen Wams, die Ärmel von der Schulter bis zum Ellbogen gepufft, von da an eng bis über die Knöchel der hübschen Hände. Er gieng langsam, zierlich, die linke Hand spielte mit dem Griff des Dolches; der Hund sprang neben des Herren Weg im Grase her, von Zeit zu Zeit mit Liebe zu ihm aufschauend. Jetzt war er kaum mehr so weit, wie ein fünfjähriges Kind den Ball wirft.

»Wird er mich ansprechen, wenn er herkommt?«

In der Wiese spielte das kleine Kind des Gärtners mit abgefallenen Blüthen. Es wackelte jetzt auf den Engel zu und schaute ihm auf die Füsse. »Schöne Schuh hast Du, sehr schöne!« sagte es. »Ja,« sagte der Engel, »freilich, die sind vom Mantel der Mutter Gottes.«

Jetzt sah ich: die Schuhe waren aus Goldstoff und irgendwelche rothe Blumen oder Früchte eingewebt. »Der heilige Apostel Petrus lief einmal der Mutter Gottes nach,« sagte der Engel zu dem Kind, »weil er ihr etwas zu sagen hatte und sie hörte ihn nicht rufen und blieb nicht stehen. Und da lief er ihr nach und trat ihr in seiner Hast ein Stück vom nachschleppenden Mantel ab. Da wurde der Mantel weggelegt und für uns auf Schuh verschnitten.« »Sehr schön sind die Schuh!« sagte das Kind noch einmal. Dann gieng der Engel weiter, den Kiesweg weiter, der ihn an meiner Bank vorbeiführen musste. Eine unsägliche Gehobenheit kam über mich bei dem Gedanken, dass er auch zu mir reden würde. Denn auf den einfachen Worten, die über seine Lippen sprangen, lag ein Glanz, als dächte er dabei an ganz etwas anderes, dächte verschwiegen mit unterdrücktem Jubel an paradiesische Glückseligkeiten. Da stand er vor mir. Ich nahm grüssend den Hut ab und erhob mich. Als ich aufsah, erschrak ich über den Ausdruck seines Gesichts. Es war von wundervoller Feinheit und Schönheit der Züge, aber die dunkelblauen Augen blickten finster, fast drohend, und das goldene Haar hatte nichts lebendiges, sondern gab ein unheimliches metallisches Blinken. Neben ihm stand der Hund, ein Vorderbein zierlich gehoben und schaute mich auch mit aufmerksamen Augen an.

»Bist Du ein Gerechter?« fragte der Engel streng. Der Ton war hochmüthig, fast verächtlich. Ich versuchte zu lächeln: »Ich bin nicht schlimm. Ich habe viele Menschen gern. Es giebt so viel hübsche Dinge.« »Bist Du gerecht?« fragte der Engel wieder. Es war, als hätte er meine Rede vollkommen überhört; in seinen Worten war ein Schatten von der herrischen Ungeduld, wie wenn man einem Diener einen Befehl wiederholt, weil er nicht gleich verstanden hat. Mit der rechten Hand zog er den Dolch ein klein wenig aus der Scheide. Ich wurde ängstlich; ich versuchte ihn zu begreifen, aber es gelang mir nicht; mein Denken erlosch, unfähig den lebendigen Sinn des Wortes zu erfassen; vor meinem inneren Aug stand eine leere Wand; qualvoll vergeblich suchte ich mich zu besinnen. »Ich habe so wenig vom Leben ergriffen;« brachte ich endlich hervor, »aber manchmal durchweht mich eine starke Liebe und da ist mir nichts fremd. Und sicherlich bin ich dann gerecht:

denn mir ist dann, als könnte ich alles begreifen, wie die Erde rauschende Bäume herauftreibt und wie die Sterne im Raum hängen und kreisen, von allem das tiefste Wesen, und alle Regungen der Menschen ...«

Ich stockte unter seinem verächtlichen Blick; ein vernichtendes Bewusstsein meiner Unzulänglichkeit überkam mich, dass ich fühlte, wie ich vor Scham erröthete. Der Blick sagte deutlich: »Was für ein widerwärtiger hohler Schwätzer!« Nicht eine Spur von Entgegenkommen oder Mitleid lag darin.

Ein hochmüthiges Lächeln verzog seine schmalen Lippen. Er wandte sich zum Gehen. »Gerechtigkeit ist alles,« sagte er; »Gerechtigkeit ist das Erste, Gerechtigkeit das Letzte. Wer das nicht begreift, wird sterben.« Damit kehrte er mir den Rücken und gieng mit elastischen Schritten den Weg nach abwärts; wurde unsichtbar hinter der Geissblattlaube, tauchte dann wieder auf und stieg endlich die Steintreppe hinunter, ruckweise verschwindend, erst die schlanken Beine bis zum Knie, dann die Hüften, endlich die dunkelgepanzerten Schultern, das goldene Haar und das smaragdgrüne Barett. Hinter ihm lief der Hund, zeichnete sich am obersten Stiegenabsatz in zierlich-scharfen Contouren ab und sprang dann mit einem Satz in's Unsichtbare.

DAS GLÜCK AM WEG

Ich saß auf einem verlassenen Fleck des Hinterdecks auf einem dicken, zwischen zwei Pflöcken hin- und hergewundenen Tau und schaute zurück. Rückwärts war in milchigem, opalinem Duft die Riviera versunken, die gelblichen Böschungen, über die der gezerrte Schatten der schwarzen Palmen fällt und die weißen, flachen Häuser, die in unsäglichem Dickicht rankender Rosen einsinken. Das alles sah ich jetzt scharf und springend, weil es verschwunden war, und glaubte, den feinen Duft zu spüren, den doppelten Duft der süßen Rosen und des sandigen, salzigen Strandes. Aber der Wind ging ja landwärts, schwärzlich rieselnd lief er über die glatte, weinfarbene Fläche landwärts. So war es wohl nur Täuschung, daß ich den Duft zu spüren glaubte. Dann sprangen dort, wo golden der breite Sonnenstreifen auf dem Wasser lag, drei Delphine auf und sprudelten sprühendes Gold und spielten gravitätisch und haschten sich heftig rauschend und tauchten plötzlich wieder unter. Leer lag der Fleck und wurde wieder glatt und blinkte.

Jetzt hätte es dort aufrauschen müssen, und wie der wühlende Maulwurf weiche Erdwellen aufwerfend den Kopf aus den Schollen hebt, so hätten sich die triefenden Mähnen und rosigen Nüstern der scheckigen Pferde herausheben müssen, und die weißen Hände, Arme und Schultern der Nereiden, ihr flutendes Haar und die zackigen, dröhnenden Hörner der Tritonen. Und in der Hand die rotseidenen Zügel, an denen grüner Seetang hängt und tropfende Algen, müßte er im Muschelwagen stehen, Neptun, kein langweiliger, schwarzbärtiger Gott, wie sie ihn zu Meißen aus Porzellan machen, sondern unheimlich und reizend, wie das Meer selbst, mit weicher Anmut, frauenhaften Zügen und Lippen rot, wie eine giftig rote Blume...

Über das leere, glänzende Meer lief schwärzlich rieselnd der leise Wind. Am Horizont, nicht ganz dort, wo in der kommenden Nacht wie ein schwarzblauer Streif der bergige Wall von Corsica auftauchen sollte, stand ein winziger schwarzer Fleck.

Nach einer Stunde war das Schiff recht nahe gegen unseres gekommen. Es war eine Yacht, die offenbar nach Toulon fuhr. Wir mußten sie fast streifen. Mit guten Augen unterschied man schon recht deutlich die Maste und Raaen, ja sogar die Vergoldung, dort, wo der Name des Schiffes stand. Ich wechselte meinen Platz, trug meinen englischen Roman ins Lesezimmer zurück und holte mein Fernglas. Es war ein sehr gutes Glas. Es brachte mir einen bestimmten runden Fleck des fremden Schiffes ganz nahe, fast unheimlich nahe. Es war, wie wenn man durchs Fenster in ein ebenerdiges Zimmer schaut, worin sich Menschen bewegen, die man nie gesehen hat und wahrscheinlich nie kennen wird; aber einen Augenblick belauscht man sie ganz in der engen dumpfen Stube, und es ist, als ob man ihnen da unsäglich nahe käme.

Den runden Fleck in meinem Glas begrenzte schwarzes Tauwerk, messingeingefaßte Planken, dahinter der tiefblaue Himmel. In der Mitte stand eine Art Feldsessel, auf dem lag, mit geschlossenen Augen, eine blonde junge Dame. Ich sah alles ganz deutlich: den dunklen Polster, in den sich die Absätze der kleinen, lichten Halbschuhe einbohrten, den moosgrünen breiten Gürtel, in dem ein paar halboffene Rosen steckten, rosa Rosen, la France-Rosen ...

Ob sie schlief?

Schlafende Menschen haben einen eigentümlichen, naiven, schuldlosen, traumhaften Reiz. Sie sehen nie banal und nie unnatürlich aus.

Sie schlief nicht. Sie schlug die Augen auf und bückte sich um ein heruntergefallenes Buch. Ihr Blick lief über mich, und ich wurde verlegen, daß ich sie so anstarrte, aus solcher Nähe; ich senkte das Glas, und dann erst fiel mir ein, daß sie ja weit war, dem freien Auge nichts als ein lichter Punkt zwischen braunen Planken, und mich unmöglich bemerken könne. Ich richtete also wieder das Glas auf sie, und sie sah jetzt wie verträumt gerade vor sich hin. In dem Augenblick wußte ich zwei Dinge: daß sie sehr schön war, und daß ich sie kannte. Aber woher? Es quoll in mir auf, wie etwas Unbestimmtes, Süßes, Liebes und Vergangenes. Ich versuchte es, schärfer zu denken: ein gewisser kleiner Garten, wo ich als Kind gespielt hatte, mit weißen Kieswegen und Pegonienbeeten ... aber nein, das war es nicht ... damals mußte sie ja auch ein kleines Kind gewesen sein ... ein Theater, eine Loge mit einer alten Frau und zwei Mädchenköpfe, wie biegsame lichte Blumenköpfe hinter dem Zaun ... ein Wagen, im Prater, an einem Frühlingsmorgen ... oder Reiter? ... Und der starke Geruch der taufeuchten Lohe und Kastanienblütenduft und ein gewisses helles Lachen ... aber das war ja jemand Anderes Lachen ... ein gewisses Boudoir mit einem kleinen Kamin und einem gewissen hohen Louis-Quinze-Feuerschirm ... alles das tauchte auf und zerging augenblicklich, und in jedem dieser Bilder erschien schattenhaft diese Gestalt da drüben, die ich kannte und nicht kannte, diese schmächtige lichte Gestalt und die blumenhafte müde Lieblichkeit des kleinen Kopfes und darin die faszinierenden, dunkeln, mystischen Augen ... Aber in keinem der Bilder blieb sie stehen, sie zerrann immer wieder, und das vergebliche Suchen wurde unerträglich. Ich kannte sie also nicht. Der Gedanke verursachte mir ein unerklärliches Gefühl von Enttäuschung und innerer Leere; es war mir, als hätte ich das Beste an meinem Leben versäumt. Dann fiel mir ein: Ja, ich kannte sie, das heißt, nicht wie man gewöhnlich Menschen kennt, aber gleichviel, ich hatte hundertmal an sie gedacht, Hunderte von Malen, Jahre und Jahre hindurch.

Gewisse Musik hatte mir von ihr geredet, ganz deutlich von ihr, am stärksten Schumannsche; gewisse Abendstunden auf grünen Veilchenwiesen, an einem rauschenden kleinen Fluß, darüber der feuchte, rosige Abend lag; gewisse Blumen, Anemonen mit müden Köpfchen ... gewisse seltsame Stellen in den Werken der Dichter, wo man aufsieht und den Kopf in die Hand stützt und auf einmal vor dem inneren Aug' die goldenen Tore des Lebens aufgerissen scheinen ... Alles das hatte von ihr geredet, in all dem war das Phantasma ihres Wesens gelegen, wie in gläubigen Kindergebeten das Phantasma des Himmels liegt. Und alle meine heimlichen Wünsche hatten sie zum heimlichen Ziel gehabt: in ihrer Gegenwart lag etwas, das allem einen Sinn gab, etwas unsäglich Beruhigendes, Befriedigendes, Krönendes. Solche Dinge begreift man nicht: man weiß sie plötzlich.

Ja, ich wußte noch viel mehr; ich wußte, daß ich mit ihr eine besondere Sprache reden würde, besonders im Ton und besonders im Stil: meine Rede wäre leichtsinniger, beflügelter, freier, sie liefe gleichsam nachtwandelnd auf einer schmalen Rampe dahin; aber sie wäre auch eindringlicher, feierlicher, und gewisse seltsame Saitensysteme würden verstärkend mittönen.

Alle diese Dinge dachte ich nicht deutlich, ich schaute sie in einer fliegenden, vagen Bildersprache.

In dem Augenblick war uns das fremde Schiff recht nah; näher würde es wohl kaum kommen.

Ich wußte noch mehr von ihr: ich wußte ihre Bewegungen, die Haltung ihres Kopfes, das Lächeln, das sie haben würde, wenn ich ihr gewisse Dinge sagte. Wenn sie auf der Terrasse säße, in einer kleinen Strandvilla in Antibes (ganz ohne Grund dachte ich gerade Antibes) und ich käme aus dem Garten und bliebe unter ihr stehen, drei Stufen unter ihr (und mir war, als wüßte ich ganz genau, das würde hundertmal geschehen, ja beinahe, als wäre es schon geschehen ...), dann würde sie mit einer undefinierbaren reizenden kleinen Pose die Schultern wie frierend in die Höhe ziehen und mich mit ihren mystischen Augen ernst und leise spöttisch von oben herab ansehen...

Es liegt unendlich viel in Bewegungen: sie sind die komplizierte und feinabgetönte Sprache des Körpers für die komplizierte und feine Gefallsucht der Seele, die eine Art Liebesbedürfnis und eine Art Kunsttrieb ist: Koketterie ist ein sehr plumpes Wort dafür. In dieser kleinen Pose lag für mich eine Unendlichkeit von Dingen ausgedrückt: eine ganz bestimmte Art, ernsthaft, zufrieden und in Schönheit glücklich zu sein; ganz bestimmte graziöse, freie, wohltuende Lebensverhältnisse und vor allem mein Glück lag darin ausgedrückt, die Bürgschaft meines tiefen, stillen, fraglosen Glükkes. Alle diese Gedanken waren ohne Sentimentalität, mit einer sicheren, ruhigen Anmut erfüllt. Dabei sah ich ununterbrochen hinüber. Sie war aufgestanden und sah gerade zu uns her. Und da war mir, als ob sie leise, mit unmerklichem Lächeln den Kopf schüttelte. Gleich darauf bemerkte ich mit einer Art stumpfer Betäubung, daß die Schiffe schon wieder anfingen, sich leise voneinander zu entfernen. Ich empfand das nicht als etwas Selbstverständliches, auch nicht als eine schmerzliche Überraschung, es war einfach, als glitte dort mein Leben selbst weg, alles Sein und alle Erinnerung, und zöge langsam, lautlos gleitend seine tiefen, langen Wurzeln aus meiner schwindelnden Seele, nichts zurücklassend als unendliche, blöde Leere. Mir war, als fühlte ich fröstelnd, wie durch diese Leere ein Lufthauch lief. Stumpf, gedankenlos aufmerksam sah ich zu, wie sich zwischen sie und mich ein leerer, reinlicher, emailblauer, glänzender Wasserstreifen legte, der immer breiter wurde. In hilfloser Angst sah ich ihr nach, wie sie mit langsamen Schritten schlank und biegsam eine kleine Treppe hinabstieg, wie Ruck auf Ruck in der Luke der grüne Gürtel verschwand, dann die feinen Schultern und dann das dunkelgoldene Haar. Dann war nichts mehr von ihr da, nichts. Für mich war es, als hätte man sie in einen schmalen kleinen Schacht gelegt und darüber einen schweren Stein und darauf Rasen. Als hätte man sie zu den Toten gelegt, ja, gar nichts konnte sie mehr für mich sein. Wie ich so hinstarrte auf das schwindende Schiff, das sich ein wenig gedreht hatte, kehrte sich mir unter Bord etwas Blinkendes zu. Es waren vergoldete Genien, goldene, an das Schiff geschmiedete Geister, die trugen auf einem Schild in blinkenden Buchstaben den Namen des Schiffes: »La Fortune« …

DAS MÄRCHEN DER 672. NACHT

Ein junger Kaufmannssohn, der sehr schön war und weder Vater noch Mutter hatte, wurde bald nach seinem fünfundzwanzigsten Jahre der Geselligkeit und des gastlichen Lebens überdrüssig. Er versperrte die meisten Zimmer seines Hauses und entließ alle seine Diener und Dienerinnen, bis auf vier, deren Anhänglichkeit und ganzes Wesen ihm lieb war. Da ihm an seinen Freunden nichts gelegen war und auch die Schönheit keiner einzigen Frau ihn so gefangen nahm, daß er es sich als wünschenswert oder nur als erträglich vorgestellt hätte, sie immer um sich zu haben, lebte er sich immer mehr in ein ziemlich einsames Leben hinein, welches anscheinend seiner Gemütsart am meisten entsprach. Er war aber keineswegs menschenscheu, vielmehr ging er gerne in den Straßen oder öffentlichen Gärten spazieren und betrachtete die Gesichter der Menschen. Auch vernachlässigte er weder die Pflege seines Körpers und seiner schönen Hände noch den Schmuck seiner Wohnung. Ja, die Schönheit der Teppiche und Gewebe und Seiden, der geschnitzten und getäfelten Wände, der Leuchter und Becken aus Metall, der gläsernen und irdenen Gefäße wurde ihm so bedeutungsvoll, wie er es nie geahnt hatte. Allmählich wurde er sehend dafür, wie alle Formen und Farben der Welt in seinen Geräten lebten. Er erkannte in den Ornamenten, die sich verschlingen, ein verzaubertes Bild der verschlungenen Wunder der Welt. Er fand die Formen der Tiere und die Formen der Blumen und das Übergehen der Blumen in die Tiere; die Delphine, die Löwen und die Tulpen, die Perlen und den Akanthus; er fand den Streit zwischen der Last der Säule und dem Widerstand des festen Grundes und das Streben alles Wassers nach aufwärts und wiederum nach abwärts; er fand die Seligkeit der Bewegung und die Erhabenheit der Ruhe, das

Tanzen und das Totsein; er fand die Farben der Blumen und Blätter, die Farben der Felle wilder Tiere und der Gesichter der Völker, die Farbe der Edelsteine, die Farbe des stürmischen und des ruhig leuchtenden Meeres; ja, er fand den Mond und die Sterne, die mystische Kugel, die mystischen Ringe und an ihnen festgewachsen die Flügel der Seraphim. Er war für lange Zeit trunken von dieser großen, tiefsinnigen Schönheit, die ihm gehörte, und alle seine Tage bewegten sich schöner und minder leer unter diesen Geräten, die nichts Totes und Niedriges mehr waren, sondern ein großes Erbe, das göttliche Werk aller Geschlechter.

Doch er fühlte ebenso die Nichtigkeit aller dieser Dinge wie ihre Schönheit; nie verließ ihn auf lange der Gedanke an den Tod und oft befiel er ihn unter lachenden und lärmenden Menschen, oft in der Nacht, oft beim Essen.

Aber da keine Krankheit in ihm war, so war der Gedanke nicht grauenhaft, eher hatte er etwas Feierliches und Prunkendes und kam gerade am stärksten, wenn er sich am Denken schöner Gedanken oder an der Schönheit seiner Jugend und Einsamkeit berauschte. Denn oft schöpfte der Kaufmannssohn einen großen Stolz aus dem Spiegel, aus den Versen der Dichter, aus seinem Reichtum und seiner Klugheit, und die finsteren Sprichwörter drückten nicht auf seine Seele. Er sagte: »Wo du sterben sollst, dahin tragen dich deine Füße«, und sah sich schön, wie ein auf der Jagd verirrter König, in einem unbekannten Wald unter seltsamen Bäumen einem fremden wunderbaren Geschick entgegengehen. Er sagte: »Wenn das Haus fertig ist, kommt der Tod« und sah jenen langsam heraufkommen über die von geflügelten Löwen getragene Brücke des Palastes, des fertigen Hauses, angefüllt mit der wundervollen Beute des Lebens.

Er wähnte, völlig einsam zu leben, aber seine vier Diener umkreisten ihn wie Hunde und obwohl er wenig zu ihnen redete, fühlte er doch irgendwie, daß sie unausgesetzt daran dachten, ihm gut zu dienen. Auch fing er an, hie und da über sie nachzudenken.

Die Haushälterin war eine alte Frau; ihre verstorbene Tochter war des Kaufmannssohns Amme gewesen; auch alle ihre anderen Kinder waren gestorben. Sie war sehr still und die Kühle des Alters ging von ihrem weißen Gesicht und ihren weißen Händen aus. Aber er hatte sie gern, weil sie immer im Hause gewesen war und weil die Erinnerung an die Stimme seiner eigenen Mutter und an seine Kindheit, die er sehnsüchtig liebte, mit ihr herumging.

Sie hatte mit seiner Erlaubnis eine entfernte Verwandte ins Haus genommen, die kaum fünfzehn Jahre alt war; diese war sehr verschlossen. Sie war hart gegen sich und schwer zu verstehen. Einmal warf sie sich in einer dunkeln und jähen Regung ihrer zornigen Seele aus einem Fenster in den Hof, fiel aber mit dem kinderhaften Leib in zufällig aufgeschüttete Gartenerde, so daß ihr nur ein Schlüsselbein brach, weil dort ein Stein in der Erde gesteckt hatte. Als man sie in ihr Bett gelegt hatte, schickte der Kaufmannssohn seinen Arzt zu ihr; am Abend aber kam er selber und wollte sehen, wie es ihr ginge. Sie hielt die Augen geschlossen und er sah sie zum ersten Male lange ruhig an und war erstaunt über die seltsame und altkluge Anmut ihres Gesichtes. Nur ihre Lippen waren sehr dünn und darin lag etwas Unschönes und Unheimliches. Plötzlich schlug sie die Augen auf, sah ihn eisig und bös an und drehte sich mit zornig zusammengebissenen Lippen, den Schmerz überwindend, gegen die Wand, so daß sie auf die verwundete Seite zu liegen kam. Im Augenblick verfärbte sich ihr totenblasses Gesicht ins Grünlichweiße, sie wurde ohnmächtig und fiel wie tot in ihre frühere Lage zurück.

Als sie wieder gesund war, redete der Kaufmannssohn sie durch lange Zeit nicht an, wenn sie ihm begegnete. Ein paarmal fragte er die alte Frau, ob das Mädchen ungern in seinem Hause wäre, aber diese verneinte es immer. Den einzigen Diener, den er sich entschlossen hatte, in seinem Hause zu behalten, hatte er kennengelernt, als er einmal bei dem Gesandten, den der König von Persien in dieser Stadt unterhielt, zu Abend speiste. Da bediente ihn dieser und war von einer solchen Zuvorkommenheit und Umsicht und schien gleichzeitig von so großer Eingezogenheit und Bescheidenheit, daß der Kaufmannssohn mehr Gefallen daran fand, ihn zu beobachten, als auf die Reden der übrigen Gäste zu hören. Um so größer war seine Freude, als viele Monate später dieser Diener auf der Straße auf ihn zutrat, ihn mit demselben tiefen Ernst, wie an jenem Abend, und ohne alle Aufdringlichkeit grüßte und ihm seine Dienste anbot. Sogleich erkannte ihn der Kaufmannssohn an seinem düsteren, maulbeerfarbigen Gesicht und an seiner großen

Wohlerzogenheit. Er nahm ihn augenblicklich in seinen Dienst, entließ zwei junge Diener, die er noch bei sich hatte, und ließ sich fortan beim Speisen und sonst nur von diesem ernsten und zurückhaltenden Menschen bedienen. Dieser Mensch machte fast nie von der Erlaubnis Gebrauch, in den Abendstunden das Haus zu verlassen. Er zeigte eine seltene Anhänglichkeit an seinen Herrn, dessen Wünschen er zuvorkam und dessen Neigungen und Abneigungen er schweigend erriet, so daß auch dieser eine immer größere Zuneigung für ihn faßte.

Wenn er sich auch nur von diesem beim Speisen bedienen ließ, so pflegte die Schüsseln mit Obst und süßem Backwerk doch eine Dienerin aufzutragen, ein junges Mädchen, aber doch um zwei oder drei Jahre älter als die Kleine. Dieses junge Mädchen war von jenen, die man von weitem, oder wenn man sie als Tänzerinnen beim Licht der Fackeln auftreten sieht, kaum für sehr schön gelten ließe, weil da die Feinheit der Züge verloren geht; da er sie aber in der Nähe und täglich sah, ergriff ihn die unvergleichliche Schönheit ihrer Augenlider und ihrer Lippen und die trägen, freudlosen Bewegungen ihres schönen Leibes waren ihm die rätselhafte Sprache einer verschlossenen und wundervollen Welt.

Wenn in der Stadt die Hitze des Sommers sehr groß wurde und längs der Häuser die dumpfe Glut schwebte und in den schwülen, schweren Vollmondnächten der Wind weiße Staubwolken in den leeren Straßen hintrieb, reiste der Kaufmannssohn mit seinen vier Dienern nach einem Landhaus, das er im Gebirg besaß, in einem engen, von dunklen Bergen umgebenen Tal. Dort lagen viele solche Landhäuser der Reichen. Von beiden Seiten fielen Wasserfälle in die Schluchten herunter und gaben Kühle. Der Mond stand fast immer hinter den Bergen, aber große weiße Wolken stiegen hinter den schwarzen Wänden auf, schwebten feierlich über den dunkelleuchtenden Himmel und verschwanden auf der anderen Seite. Hier lebte der Kaufmannssohn sein gewohntes Leben in einem Haus, dessen hölzerne Wände immer von dem kühlen Duft der Gärten und der vielen Wasserfälle durchstrichen wurden. Am Nachmittag, bis die Sonne hinter den Bergen hinunterfiel, saß er in seinem Garten und las meist in einem Buch, in welchem die Kriege eines sehr großen Königs der Vergangenheit aufgezeichnet waren.

Manchmal mußte er mitten in der Beschreibung, wie die Tausende Reiter der feindlichen Könige schreiend ihre Pferde umwenden oder ihre Kriegswagen den steilen Rand eines Flusses hinabgerissen werden, plötzlich innehalten, denn er fühlte, ohne hinzusehen, daß die Augen seiner vier Diener auf ihn geheftet waren. Er wußte, ohne den Kopf zu heben, daß sie ihn ansahen, ohne ein Wort zu reden, jeder aus einem anderen Zimmer. Er kannte sie so gut. Er fühlte sie leben, stärker, eindringlicher, als er sich selber leben fühlte. Über sich empfand er zuweilen leichte Rührung oder Verwunderung, wegen dieser aber eine rätselhafte Beklemmung. Er fühlte mit der Deutlichkeit eines Alpdrucks, wie die beiden Alten dem Tod entgegenlebten, mit jeder Stunde, mit dem unaufhaltsamen leisen Anderswerden ihrer Züge und ihrer Gebärden, die er so gut kannte; und wie die beiden Mädchen in das öde, gleichsam luftlose Leben hineinlebten. Wie das Grauen und die tödliche Bitterkeit eines furchtbaren, beim Erwachen vergessenen Traumes, lag ihm die Schwere ihres Lebens, von der sie selber nichts wußten, in den Gliedern.

Manchmal mußte er aufstehen und umhergehen, um seiner Angst nicht zu unterliegen. Aber während er auf den grellen Kies vor seinen Füßen schaute und mit aller Anstrengung darauf achtete, wie aus dem kühlen Duft von Gras und Erde der Duft der Nelken in hellen Atemzügen zu ihm aufflog und dazwischen in lauen übermäßig süßen Wolken der Duft der Heliotrope, fühlte er ihre Augen und konnte an nichts anderes denken. Ohne den Kopf zu heben, wußte er, daß die alte Frau an ihrem Fenster saß, die blutlosen Hände auf dem von der Sonne durchglühten Gesims, das blutlose, maskenhafte Gesicht eine immer grauenhaftere Heimstätte für die hilflosen schwarzen Augen, die nicht absterben konnten. Ohne den Kopf zu heben, fühlte er, wenn der Diener für Minuten von seinem Fenster zurücktrat und sich an einem Schrank zu schaffen machte; ohne aufzusehen, erwartete er in heimlicher Angst den Augenblick, wo er wiederkommen werde. Während er mit beiden Händen biegsame Äste hinter sich zurückfallen ließ, um sich in der verwachsensten Ecke des Gartens zu verkriechen und alle Gedanken auf die Schönheit des Himmels drängte, der in kleinen leuchtenden Stücken von feuchtem Türkis von oben durch das dunkle Genetz von Zweigen und Ranken herunterfiel, bemächtigte sich seines Blutes und seines ganzen Denkens nur das, daß er die Augen der zwei Mädchen auf sich gerichtet wußte, die der Größeren träge und traurig, mit einer unbestimmten, ihn quälenden Forderung, die der Kleineren mit einer ungeduldigen, dann wieder höhnischen Aufmerksamkeit, die ihn noch mehr quälte. Und dabei hatte er nie den Gedanken, daß sie ihn unmittelbar ansahen, ihn, der gerade mit gesenktem Kopfe umherging, oder bei einer Nelke niederkniete, um sie mit Bast zu binden, oder sich unter die Zweige beugte; sondern ihm war, sie sahen sein ganzes Leben an, sein tiefstes Wesen, seine geheimnisvolle menschliche Unzulänglichkeit.

Eine furchtbare Beklemmung kam über ihn, eine tödliche Angst vor der Unentrinnbarkeit des Lebens. Furchtbarer, als daß die ihn unausgesetzt beobachteten, war, daß sie ihn zwangen, in einer unfruchtbaren und so ermüdenden Weise an sich selbst zu denken. Und der Garten war viel zu klein, um ihnen zu entrinnen. Wenn er aber ganz nahe von ihnen war, erlosch seine Angst so völlig, daß er das Vergangene beinahe vergaß. Dann vermochte er es, sie gar nicht zu beachten oder ruhig ihren Bewegungen zuzusehen, die ihm so vertraut waren, daß er aus ihnen eine unaufhörliche, gleichsam körperliche Mitempfindung ihres Lebens empfing.

Das kleine Mädchen begegnete ihm nur hie und da auf der Treppe oder im Vorhaus. Die drei anderen aber waren häufig mit ihm in einem Zimmer. Einmal erblickte er die Größere in einem geneigten Spiegel; sie ging durch ein erhöhtes Nebenzimmer: In dem Spiegel aber kam sie ihm aus der Tiefe entgegen. Sie ging langsam und mit Anstrengung, aber ganz aufrecht: Sie trug in jedem Arme eine schwere hagere indische Gottheit aus dunkler Bronze. Die verzierten Füße der Figuren hielt sie in der hohlen Hand, von der Hüfte bis an die Schläfe reichten ihr die dunklen Göttinnen und lehnten mit ihrer toten Schwere an den lebendigen zarten Schultern; die dunklen Köpfe aber mit dem bösen Mund von Schlangen, drei wilden Augen in der Stirn und unheimlichem Schmuck in den kalten, harten Haaren, bewegten sich neben den atmenden Wangen und streiften die schönen Schläfen im Takt der langsamen Schritte. Eigentlich aber schien sie nicht an den Göttinnen schwer und feierlich zu tragen, sondern an der Schönheit ihres eigenen Hauptes mit dem schweren Schmuck aus lebendigem, dunklem Gold, zwei großen gewölbten Schnecken zu beiden Seiten der lichten Stirn, wie eine Königin im Kriege. Er wurde ergriffen von ihrer großen Schönheit, aber gleichzeitig wußte er deutlich, daß es ihm nichts bedeuten würde, sie in seinen Armen zu halten. Er wußte es überhaupt, daß die Schönheit seiner Dienerin ihn mit Sehnsucht, aber nicht mit Verlangen erfüllte, so daß er seine Blicke nicht lange auf ihr ließ, sondern aus dem Zimmer trat, ja auf die Gasse, und mit einer seltsamen Unruhe zwischen den Häusern und Gärten im schmalen Schatten weiterging. Schließlich ging er an das Ufer des Flusses, wo die Gärtner und Blumenhändler wohnten, und suchte lange, obgleich er wußte, daß er vergeblich suchen werde, nach einer Blume, deren Gestalt und Duft, oder nach einem Gewürz, dessen verwehender Hauch ihm für einen Augenblick genau den gleichen süßen Reiz zu ruhigem Besitz geben könnte, welcher in der Schönheit seiner Dienerin lag, die ihn verwirrte und beunruhigte. Und während er ganz vergeblich mit sehnsüchtigen Augen in den dumpfen Glashäusern umherspähte und sich im Freien über die langen Beete beugte, auf denen es schon dunkelte, wiederholte sein Kopf unwillkürlich, ja schließlich gequält und gegen seinen Willen, immer wieder die Verse des Dichters: »In den Stielen der Nelken, die sich wiegten, im Duft des reifen Kornes erregtest du meine Sehnsucht; aber als ich dich fand, warst du es nicht, die ich gesucht hatte, sondern die Schwestern deiner Seele.«

II.

In diesen Tagen geschah es, daß ein Brief kam, welcher ihn einigermaßen beunruhigte. Der Brief trug keine Unterschrift. In unklarer Weise beschuldigte der Schreiber den Diener des Kaufmannssohnes, daß er im Hause seines früheren Herrn, des persischen Gesandten, irgendein abscheuliches Verbrechen begangen habe. Der Unbekannte schien einen heftigen Haß gegen den Diener zu hegen und fügte viele Drohungen bei; auch gegen den Kaufmannssohn selbst bediente er sich eines unhöflichen, beinahe drohenden Tones. Aber es war nicht zu erraten, welches Verbrechen angedeutet werde und welchen Zweck überhaupt dieser Brief für den Schreiber, der sich nicht nannte und nichts verlangte, haben könne. Er las den Brief mehrere Male und gestand sich, daß er bei dem Gedanken, seinen Diener auf eine so widerwärtige Weise zu verlieren, eine große Angst empfand. Je mehr er nachdachte, desto erregter wurde er und desto weniger konnte er den Gedanken ertragen, eines dieser Wesen zu verlieren, mit denen er durch die Gewohnheit und andere geheime Mächte völlig zusammengewachsen war.

Er ging auf und ab, die zornige Erregung erhitzte ihn so, daß er seinen Rock und Gürtel abwarf und mit Füßen trat. Es war ihm, als wenn man seinen innersten Besitz beleidigt und bedroht hätte und ihn zwingen wollte, aus sich selber zu fliehen und zu verleugnen, was ihm lieb war. Er hatte Mitleid mit sich selbst und empfand sich, wie immer in solchen Augenblicken, als ein Kind. Er sah schon seine vier Diener aus seinem Hause gerissen und es kam ihm vor, als zöge sich lautlos der ganze Inhalt seines Lebens aus ihm, alle schmerzhaftsüßen Erinnerungen, alle halbunbewußten Erwartungen, alles Unsagbare, um irgendwo hingeworfen und für nichts geachtet zu werden wie ein Bündel Algen und Meertang. Er begriff zum erstenmal, was ihn als Knabe immer zum Zorn gereizt hatte, die angstvolle Liebe, mit der sein Vater an dem hing, was er erworben hatte, an den Reichtümern seines gewölbten Warenhauses, den schönen, gefühllosen Kindern seines Suchens und Sorgens, den geheimnisvollen Ausgeburten der undeutlichen tiefsten Wünsche seines Lebens. Er begriff, daß der große König der Vergangenheit hätte sterben müssen, wenn man ihm seine Länder genommen hätte, die er durchzogen und unterworfen hatte vom Meer im Westen bis zum Meer im Osten, die er zu beherrschen träumte und die doch so unendlich groß waren, daß er keine Macht über sie hatte und keinen Tribut von ihnen empfing, als den Gedanken, daß er sie unterworfen hatte und kein anderer als er ihr König war.

Er beschloß alles zu tun, um diese Sache zur Ruhe zu bringen, die ihn so ängstigte. Ohne dem Diener ein Wort von dem Brief zu sagen, machte er sich auf und fuhr allein nach der Stadt. Dort beschloß er vor allem das Haus aufzusuchen, welches der Gesandte des Königs von Persien bewohnte; denn er hatte die unbestimmte Hoffnung, dort irgendwie einen Anhaltspunkt zu finden.

Als er aber hinkam, war es spät am Nachmittag und niemand mehr zu Hause, weder der Gesandte, noch einer der jungen Leute seiner Begleitung. Nur der Koch und ein alter untergeordneter Schreiber saßen im Torweg im kühlen Halbdunkel. Aber sie waren so häßlich und gaben so kurze mürrische Antworten, daß er ihnen ungeduldig den Rücken kehrte und sich entschloß, am nächsten Tage zu einer besseren Stunde wiederzukommen.

Da seine eigene Wohnung versperrt war – denn er hatte keinen Diener in der Stadt zurückgelassen – so mußte er wie ein Fremder daran denken, sich für die Nacht eine Herberge zu suchen. Neugierig, wie ein Fremder, ging er durch die bekannten Straßen und kam endlich an das Ufer eines kleinen Flusses, der zu dieser Jahreszeit fast ausgetrocknet war. Von dort folgte er in Gedanken verloren einer ärmlichen Straße, wo sehr viele öffentliche Dirnen wohnten. Ohne viel auf seinen Weg zu achten, bog er dann rechts ein und kam in eine ganz öde, totenstille Sackgasse, die in einer fast turmhohen, steilen Treppe endigte. Auf der Treppe blieb er stehen und sah zurück auf seinen Weg. Er konnte in die Höfe der kleinen Häuser sehen; hie und da waren rote Vorhänge an den Fenstern und häßliche, verstaubte Blumen; das breite, trockene Bett des Flusses war von einer tödlichen Traurigkeit. Er stieg weiter und kam oben in ein Viertel, das er sich nicht entsinnen konnte je gesehen zu haben. Trotzdem kam ihm eine Kreuzung niederer Straßen plötzlich traumhaft bekannt vor. Er ging weiter und kam zu dem Laden eines Juweliers. Es war ein sehr ärmlicher Laden, wie er für diesen Teil der Stadt paßte, und das Schaufenster mit solchen wertlosen Schmucksachen angefüllt, wie man sie bei Pfandleihern und Hehlern zusammenkauft. Der Kaufmannssohn, der sich auf Edelsteine sehr gut verstand, konnte kaum einen halbwegs schönen Stein darunter finden.

Plötzlich fiel sein Blick auf einen altmodischen Schmuck aus dünnem Gold, mit einem Beryll verziert, der ihn irgendwie an die alte Frau erinnerte. Wahrscheinlich hatte er ein ähnliches Stück aus der Zeit, wo sie eine junge Frau gewesen war, einmal bei ihr gesehen. Auch schien ihm der blasse, eher melancholische Stein in einer seltsamen Weise zu ihrem Alter und Aussehen zu passen; und die altmodische Fassung war von der gleichen Traurigkeit. So trat er in den niedrigen Laden, um den Schmuck zu kaufen. Der Juwelier war sehr erfreut, einen so gut gekleideten Kunden eintreten zu sehen, und wollte ihm noch seine wertvolleren Steine zeigen, die er nicht ins Schaufenster legte. Aus Höflichkeit gegen den alten Mann ließ er sich vieles zeigen, hatte aber weder Lust, mehr zu kaufen, noch hätte er bei seinem einsamen Leben eine Verwendung für derartige Geschenke gewußt. Endlich wurde er ungeduldig und gleichzeitig verlegen, denn er wollte loskommen und doch den Alten nicht kränken. Er beschloß, noch eine Kleinigkeit zu kaufen und dann sogleich hinauszugehen. Gedankenlos betrachtete er über die Schulter des Juweliers hinwegsehend einen kleinen silbernen Handspiegel, der halb erblindet war. Da kam ihm aus einem andern Spiegel im Innern das Bild des Mädchens entgegen mit den dunklen Köpfen der ehernen Göttinnen zu beiden Seiten; flüchtig empfand er, daß sehr viel von ihrem Reiz darin lag, wie die Schultern und der Hals in demütiger kindlicher Grazie die Schönheit des Hauptes trugen, des Hauptes einer jungen Königin. Und flüchtig fand er es hübsch, ein dünnes goldenes Kettchen an diesem Hals zu sehen, vielfach herumgeschlungen, kindlich und doch an einen Panzer gemahnend. Und er verlangte, solche Kettchen zu sehen. Der Alte machte eine Türe auf und bat ihn, in einen zweiten Raum zu treten, ein niedriges Wohnzimmer, wo aber auch in Glasschränken und auf offenen Gestellen eine Menge Schmucksachen ausgelegt waren. Hier fand er bald ein Kettchen, das ihm gefiel, und bat den Juwelier, ihm jetzt den Preis der beiden Schmucksachen zu sagen. Der Alte bat ihn noch, die merkwürdigen, mit Halbedelsteinen besetzten Beschläge einiger altertümlichen Sättel in Augenschein zu nehmen, er aber erwiderte, daß er sich als Sohn eines Kaufmannes nie mit Pferden abgegeben habe, ja nicht einmal zu reiten verstehe und weder an alten noch an neuen Sätteln Gefallen finde, bezahlte mit einem Goldstück und einigen Silbermünzen, was er gekauft hatte, und zeigte einige Ungeduld, den Laden zu verlassen. Während der Alte, ohne mehr ein Wort zu sprechen, ein schönes Seidenpapier hervorsuchte und das Kettchen und den Beryllschmuck, jedes für sich, einwickelte, trat der Kaufmannssohn zufällig an das einzige niedrige vergitterte Fenster und schaute hinaus. Er erblickte einen offenbar zum Nachbarhaus gehörigen, sehr schön gehaltenen Gemüsegarten, dessen Hintergrund durch zwei Glashäuser und eine hohe Mauer gebildet wurde. Er bekam sogleich Lust, diese Glashäuser zu sehen, und fragte den Juwelier, ob er ihm den Weg sagen könne. Der Juwelier händigte ihm seine beiden Päckchen ein und führte ihn durch ein Nebenzimmer in den Hof, der durch eine kleine Gittertür mit dem benachbarten Garten in Verbindung stand. Hier blieb der Juwelier stehen und schlug mit einem eisernen Klöppel an das Gitter. Da es aber im Garten ganz still blieb, sich auch im Nachbarhaus niemand regte, so forderte er den Kaufmannssohn auf, nur ruhig die Treibhäuser zu besichtigen und sich, falls man ihn behelligen würde, auf ihn auszureden, der mit dem Besitzer des Gartens gut bekannt sei. Dann öffnete er ihm mit einem Griff durch die Gitterstäbe. Der Kaufmannssohn ging sogleich längs der Mauer zu dem näheren Glashaus, trat ein und fand eine solche Fülle seltener und merkwürdiger Narzissen und Anemonen und so seltsames, ihm völlig unbekanntes Blattwerk, daß er sich lange nicht sattsehen konnte. Endlich aber schaute er auf und gewahrte, daß die Sonne ganz, ohne daß er es beachtet hatte, hinter den Häusern untergegangen war. Jetzt wollte er nicht länger in einem fremden, unbewachten Garten bleiben, sondern nur von außen einen Blick durch die Scheiben des zweiten Treibhauses werfen und dann fortgehen. Wie er so spähend an den Glaswänden des zweiten langsam vorüberging, erschrak er plötzlich sehr heftig und fuhr zurück. Denn ein Mensch hatte sein Gesicht an den Scheiben und schaute ihn an. Nach einem Augenblick beruhigte er sich und wurde sich bewußt, daß es ein Kind war, ein höchstens vierjähriges, kleines Mädchen, dessen weißes Kleid und blasses Gesicht gegen die Scheiben gedrückt waren. Aber als er jetzt näher hinsah, erschrak er abermals, mit einer unangenehmen Empfindung des Grauens im Nacken und einem leisen Zusammenschnüren in der Kehle und tiefer in der Brust. Denn das Kind, das ihn regungslos und böse ansah, glich in einer unbegreiflichen Weise dem fünfzehnjährigen Mädchen, das er in seinem Hause hatte. Alles war gleich, die lichten Augenbrauen, die feinen, bebenden Nasenflügel, die dünnen Lippen; wie die andere zog auch das Kind eine der Schultern etwas in die Höhe. Alles war gleich, nur daß in dem Kind das alles einen Ausdruck gab, der ihm Entsetzen verursachte. Er wußte nicht, wovor er so namenlose Furcht empfand. Er wußte nur, daß er es nicht ertragen werde, sich umzudrehen und zu wissen, daß dieses Gesicht hinter ihm durch die Scheiben starrte.

In seiner Angst ging er sehr schnell auf die Tür des Glashauses zu, um hineinzugehen; die Tür war zu, von außen verriegelt; hastig bückte er sich nach dem Riegel, der sehr tief war, stieß ihn so heftig zurück, daß er sich ein Glied des kleinen Fingers schmerzlich zerrte, und ging, fast laufend, auf das Kind zu. Das Kind ging ihm entgegen und, ohne ein Wort zu reden, stemmte es sich gegen seine Kniee, und suchte mit seinen schwachen kleinen Händen ihn hinauszudrängen. Er hatte Mühe, es nicht zu treten. Aber seine Angst minderte sich in der Nähe. Er beugte sich über das Gesicht des Kindes, das ganz blaß war und dessen Augen vor Zorn und Haß bebten, während die kleinen Zähne des Unterkiefers sich mit unheimlicher Wut in die Oberlippe drückten. Seine Angst verging für einen Augenblick, als er dem Mädchen die kurzen, feinen Haare streichelte. Aber augenblicklich erinnerte er sich an das Haar des Mädchens in seinem Hause, das er einmal berührt hatte, als sie totenblaß, mit geschlossenen Augen, in ihrem Bette lag, und gleich lief ihm wieder ein Schauer den Rücken hinab und seine Hände fuhren zurück. Sie hatte es aufgegeben, ihn wegdrängen zu wollen. Sie trat ein paar Schritte zurück und schaute gerade vor sich hin. Fast unerträglich wurde ihm der Anblick des schwachen, in einem weißen Kleidchen steckenden Puppenkörpers und des verachtungsvollen, grauenhaften, blassen Kindergesichtes. Er war so erfüllt mit Grauen, daß er einen Stich in den Schläfen und in der Kehle empfing, als seine Hand in der Tasche an etwas Kaltes streifte. Es waren ein paar Silbermünzen. Er nahm sie heraus, beugte sich zu dem Kinde nieder und gab sie ihm, weil sie glänzten und klirrten. Das Kind nahm sie und ließ sie ihm vor den Füßen niederfallen, daß sie in einer Spalte des auf einem Rost von Brettern ruhenden Bodens verschwanden. Dann kehrte es ihm den Rücken und ging langsam fort. Eine Weile stand er regungslos und hatte Herzklopfen vor Angst, daß es wiederkommen werde und von außen auf ihn durch die Scheiben schauen. Jetzt hätte er gleich fortgehen mögen, aber es war besser, eine Weile vergehen zu lassen, damit das Kind aus dem Garten fortginge. Jetzt war es in dem Glashause schon nicht mehr ganz hell und die Formen der Pflanzen fingen an, sonderbar zu werden. In einiger Entfernung traten aus dem Halbdunkel schwarze, sinnlos drohende Zweige unangenehm hervor und dahinter schimmerte es weiß, als wenn das Kind dort stünde. Auf einem Brette standen in einer Reihe irdene Töpfe mit Wachsblumen. Um eine kleine Zeit zu übertäuben, zählte er die Blüten, die in ihrer Starre lebendigen Blumen unähnlich waren und etwas von Masken hatten, heimtückischen Masken mit zugewachsenen Augenlöchern. Als er fertig war, ging er zur Türe und wollte hinaus. Die Tür gab nicht nach; das Kind hatte sie von außen verriegelt. Er wollte schreien, aber er fürchtete sich vor seiner eigenen Stimme. Er schlug mit den Fäusten an die Scheiben. Der Garten und das Haus blieben totenstill. Nur hinter ihm glitt etwas raschelnd durch die Sträucher. Er sagte sich, daß es Blätter waren, die sich durch die Erschütterung der dumpfen Luft abgetrennt hatten und niederfielen. Trotzdem hielt er mit dem Klopfen inne und bohrte die Blicke durch das halbdunkle Gewirr der Bäume und Ranken. Da sah er in der dämmerigen Hinterwand etwas wie ein Viereck dunkler Linien. Er kroch hin, jetzt schon unbekümmert, daß er viele irdene Gartentöpfe zertrat und die hohen dünnen Stämme und rauschenden Fächerkronen über und hinter ihm gespenstisch zusammenstürzten. Das Viereck dunkler Linien war der Ausschnitt einer Tür und sie gab dem Drucke nach. Die freie Luft ging über sein Gesicht; hinter sich hörte er die zerknickten Stämme und niedergedrückten Blätter wie nach einem Gewitter sich leise raschelnd erheben.

Er stand in einem schmalen, gemauerten Gange; oben sah der freie Himmel herein und die Mauer zu beiden Seiten war kaum über mannshoch. Aber der Gang war nach einer Länge von beiläufig fünfzehn Schritten wieder vermauert, und schon glaubte er sich abermals gefangen. Unschlüssig ging er vor; da war die Mauer zur Rechten in Mannsbreite durchbrochen und aus der Öffnung lief ein Brett über leere Luft nach einer gegenüberliegenden Plattform; diese war auf der zugewendeten Seite von einem niedrigen Eisengitter geschlossen, auf den beiden anderen von der Hinterseite hoher bewohnter Häuser. Dort, wo das Brett wie eine Enterbrücke auf dem Rand der Plattform aufruhte, hatte das Gitter eine kleine Tür.

So groß war die Ungeduld des Kaufmannssohnes, aus dem Bereiche seiner Angst zu kommen, daß er sogleich einen, dann den anderen Fuß auf das Brett setzte und, den Blick fest auf das jenseitige Ufer gerichtet, anfing, hinüberzugehen. Aber unglücklicherweise wurde er sich doch bewußt, daß er über einem viele Stockwerke tiefen, gemauerten Graben hing; in den Sohlen und Kniebeugen fühlte er die Angst und Hilflosigkeit, schwindelnd im ganzen Leibe, die Nähe des Todes. Er kniete nieder und schloß die Augen; da stießen seine vorwärts tastenden Arme an die Gitterstäbe. Er umklammerte sie fest, sie gaben nach, und mit leisem Knirschen, das ihm, wie der Anhauch des Todes, den Leib durchschnitt, öffnete sich gegen ihn, gegen den Abgrund, die Tür, an der er hing; und im Gefühle seiner inneren Müdigkeit und großen Mutlosigkeit fühlte er voraus, wie die glatten Eisenstäbe seinen Fingern, die ihm erschienen wie die Finger eines Kindes, sich entwinden und er hinunterstürzt, längs der Mauer zerschellend. Aber das leise Aufgehen der Türe hielt inne, ehe seine Füße das Brett verloren und mit einem Schwunge warf er seinen zitternden Körper durch die Öffnung hinein auf den harten Boden.

Es konnte sich nicht freuen; ohne sich umzusehen, mit einem dumpfen Gefühle, wie Haß gegen die Sinnlosigkeit dieser Qualen, ging er in eines der Häuser und dort die verwahrloste Stiege hinunter und trat wieder hinaus in eine Gasse, die häßlich und gewöhnlich war. Aber er war schon sehr traurig und müde und konnte sich auf gar nichts besinnen, was ihm irgendwelcher Freude wert schien. Seltsam war alles von ihm gefallen und ganz leer und vom Leben verlassen ging er durch die Gasse und die nächste und die nächste. Er verfolgte eine Richtung, von der er wußte, daß sie ihn dorthin zurückbringen werde, wo in dieser Stadt die reichen Leute wohnten und wo er sich eine Herberge für die Nacht suchen könnte. Denn es verlangte ihn sehr nach einem Bette. Mit einer kindischen Sehnsucht erinnerte er sich an die Schönheit seines eigenen breiten Bettes, und auch die Betten fielen ihm ein, die der große König der Vergangenheit für sich und seine Gefährten errichtet hatte, als sie Hochzeit hielten mit den Töchtern der unterworfenen Könige, für sich ein Bett von Gold, für die anderen von Silber; getragen von Greifen und geflügelten Stieren. Indessen war er zu den niedrigen Häusern gekommen, wo die Soldaten wohnen. Er achtete nicht darauf. An einem vergitterten Fenster saßen ein paar Soldaten mit gelblichen Gesichtern und traurigen Augen und riefen ihm etwas zu. Da hob er den Kopf und atmete den dumpfen Geruch, der aus dem Zimmer kam, einen ganz besonders beklemmenden Geruch. Aber er verstand nicht, was sie von ihm wollten. Weil sie ihn aber aus seinem achtlosen Dahingehen aufgestört hatten, schaute er jetzt in den Hof hinein, als er am Tore vorbei kam. Der Hof war sehr groß und traurig und, weil es dämmerte, erschien er noch größer und trauriger. Auch waren sehr wenige Menschen darin und die Häuser, die ihn umgaben, waren niedrig und von schmutziggelber Farbe. Das machte ihn noch öder und größer. An einer Stelle waren in einer geraden Linie beiläufig zwanzig Pferde angepflöckt; vor jedem lag ein Soldat in einem Stallkittel aus schmutzigem Zwilch auf den Knieen und wusch ihm die Hufe. Ganz in der Ferne kamen viele andere in ähnlichen Anzügen aus Zwilch zu zweien aus einem Tore. Sie gingen langsam und schlürfend und trugen schwere Säcke auf den Schultern. Erst als sie näher kamen, sah er, daß in den offenen Säcken, die sie schweigend schleppten, Brot war. Er sah zu, wie sie langsam in einem Torweg verschwanden und so wie unter einer häßlichen, tückischen Last dahingingen und ihr Brot in solchen Säcken trugen, wie die, worin die Traurigkeit ihres Leibes gekleidet war.

Dann ging er zu denen, die vor ihren Pferden auf den Knieen lagen und ihnen die Hufe wuschen. Auch diese sahen einander ähnlich und glichen denen am Fenster und denen, die Brot getragen hatten. Sie mußten aus benachbarten Dörfern genommen sein. Auch sie redeten kaum ein Wort untereinander. Da es ihnen sehr schwer wurde, den Vorderfuß des Pferdes zu halten, schwankten ihre Köpfe und ihre müden, gelblichen Gesichter hoben und beugten sich wie unter einem starken Winde. Die Köpfe der meisten Pferde waren häßlich und hatten einen boshaften Ausdruck durch zurückgelegte Ohren und hinaufgezogene Oberlippen, welche die oberen Eckzähne bloßlegten. Auch hatten sie meist böse, rollende Augen und eine seltsame Art, aus schiefgezogenen Nüstern ungeduldig und verächtlich die Luft zu stoßen. Das letzte Pferd in der Reihe war besonders stark und häßlich. Es suchte den Mann, der vor ihm kniete und den gewaschenen Huf trocken rieb, mit seinen großen Zähnen in die Schulter zu beißen. Der Mann hatte so hohle Wangen und einen so todestraurigen Ausdruck in den müden Augen, daß der Kaufmannssohn von tiefem, bitterem Mitleid überwältigt wurde. Er wollte den Elenden durch ein Geschenk für den Augenblick aufheitern und griff in die Tasche nach Silbermünzen. Er fand keine und erinnerte sich, daß er die letzten dem Kinde im Glashause hatte schenken wollen, das sie ihm mit einem so boshaften Blick vor die Füße gestreut hatte. Er wollte eine Goldmünze suchen, denn er hatte deren sieben oder acht für die Reise eingesteckt.

In dem Augenblicke wandte das Pferd den Kopf und sah ihn an mit tückisch zurückgelegten Ohren und rollenden Augen, die noch boshafter und wilder aussahen, weil eine Blesse gerade in der Höhe der Augen quer über den häßlichen Kopf lief. Bei dem häßlichen Anblicke fiel ihm blitzartig ein längst vergessenes Menschengesicht ein. Wenn er sich noch so sehr bemüht hätte, wäre er nicht imstande gewesen, sich die Züge dieses Menschen je wieder hervorzurufen; jetzt aber waren sie da. Die Erinnerung aber, die mit dem Gesichte kam, war nicht so deutlich. Er wußte nur, daß es aus der Zeit von seinem zwölften Jahre war, aus einer Zeit, mit deren Erinnerung der Geruch von süßen, warmen, geschälten Mandeln irgendwie verknüpft war.

Und er wußte, daß es das verzerrte Gesicht eines häßlichen armen Menschen war, den er ein einzigesmal im Laden seines Vaters gesehen hatte. Und daß das Gesicht von Angst verzerrt war, weil die Leute ihn bedrohten, weil er ein großes Goldstück hatte, und nicht sagen wollte, wo er es erlangt hatte.

Während das Gesicht schon wieder zerging, suchte sein Finger noch immer in den Falten seiner Kleider, und als ein plötzlicher, undeutlicher Gedanke ihn hemmte, zog er die Hand unschlüssig heraus und warf dabei den in Seidenpapier eingewickelten Schmuck mit dem Beryll dem Pferd unter die Füße. Er bückte sich, das Pferd schlug ihm den Huf mit alles Kraft nach seitwärts in die Lenden und er fiel auf den Rücken. Er stöhnte laut, seine Kniee zogen sich in die Höhe und mit den Fersen schlug er immerfort auf den Boden. Ein paar von den Soldaten standen auf und hoben ihn an den Schultern und unter den Kniekehlen. Er spürte den Geruch ihrer Kleider, denselben dumpfen, trostlosen, der früher aus dem Zimmer auf die Straße gekommen war, und wollte sich besinnen, wo er den vor langer, sehr langer Zeit schon eingeatmet hatte: dabei vergingen ihm die Sinne. Sie trugen ihn fort über eine niedrige Treppe, durch einen langen, halbfinsteren Gang in eines ihrer Zimmer und legten ihn auf ein niedriges eisernes Bett. Dann durchsuchten sie seine Kleider, nahmen ihm das Kettchen und die sieben Goldstücke und endlich gingen sie, aus Mitleid mit seinem unaufhörlichen Stöhnen, einen ihrer Wundärzte zu holen.

Nach einer Zeit schlug er die Augen auf und wurde sich seiner quälenden Schmerzen bewußt. Noch mehr aber erschreckte und ängstigte ihn, allein zu sein in diesem trostlosen Raum. Mühsam drehte er die Augen in den schmerzenden Höhlen gegen die Wand und gewahrte auf einem Brette drei Laibe von solchem Brot, wie die es über den Hof getragen hatten.

Sonst war nichts in dem Zimmer, als harte, niedrige Betten und der Geruch von trockenem Schilf, womit die Betten gefüllt waren, und jener andere trostlose, dumpfe Geruch.

Eine Weile beschäftigten ihn nur seine Schmerzen und die erstikkende Todesangst, mit der verglichen die Schmerzen eine Erleichterung waren. Dann konnte er die Todesangst für einen Augenblick vergessen und daran denken, wie alles gekommen war.

Da empfand er eine andere Angst, eine stechende, minder erdrückende, eine Angst, die er nicht zum ersten Male fühlte; jetzt aber fühlte er sie wie etwas Überwundenes. Und er ballte die Fäuste und verfluchte seine Diener, die ihn in den Tod getrieben hatten; der eine in die Stadt, die Alte in den Juwelierladen, das Mädchen in das Hinterzimmer und das Kind durch sein tückisches Ebenbild in das Glashaus, von wo er sich dann über grauenhafte Stiegen und Brücken bis unter den Huf des Pferdes taumeln sah. Dann fiel er zurück in große, dumpfe Angst. Dann wimmerte er wie ein Kind, nicht vor Schmerz, sondern vor Leid, und die Zähne schlugen ihm zusammen.

Mit einer großen Bitterkeit starrte er in sein Leben zurück und verleugnete alles, was ihm lieb gewesen war. Er haßte seinen vorzeitigen Tod so sehr, daß er sein Leben haßte, weil es ihn dahin geführt hatte. Diese innere Wildheit verbrauchte seine letzte Kraft. Ihn schwindelte, und für eine Weile schlief er wieder einen taumeligen schlechten Schlaf. Dann erwachte er und wollte schreien, weil er noch immer allein war, aber die Stimme versagte ihm. Zuletzt erbrach er Galle, dann Blut, und starb mit verzerrten Zügen, die Lippen so verrissen, daß Zähne und Zahnfleisch entblößt waren und ihm einen fremden, bösen Ausdruck gaben.

DAS DORF IM GEBIRGE

I

Im Juni sind die Leute aus der Stadt gekommen und wohnen in allen großen Stuben. Die Bauern und ihre Weiber schlafen in den Dachkammern, die voll alten Pferdegeschirrs hängen, voll verstaubten Schlittengeschirrs mit raschelnden gelben Glöckchen daran, voll alter Winterjoppen, alter Steinschloßgewehre und rostblinder, unförmlicher Sägen. Sie haben aus den unteren Stuben alle ihre Sachen weggetragen und alle Truhen für die Stadtleute freigemacht, und nichts ist in den Stuben zurückgeblieben, als der Geruch von Milchkeller und von altem Holz, der sich aus dem Innern des Hauses durch die kleinen Fenster zieht und in unsichtbaren Säulen säuerlich und kühl über den Köpfen der blaßroten Malven bis gegen die großen Apfelbäume hin schwebt.

Nur den Schmuck der Wände hat man zurückgelassen: die Geweihe und die vielen kleinen Bilder der Jungfrau Maria und der Heiligen in vergoldeten und papiernen Rahmen, zwischen denen Rosenkränze aus unechten Korallen oder winzigen Holzkugeln hängen. Die Frauen aus der Stadt hängen ihre großen Gartenhüte und ihre bunten Sonnenschirme an die Geweihe; in der Schlinge eines Rosenkranzes befestigen sie das Bild einer Schauspielerin, deren königliche Schultern und hochgezogene Augenbrauen unvergleichlich schön einen großen Schmerz ausdrücken; die Bilder von jungen Männern, von berühmten alten Menschen und von unnatürlich lächelnden Frauen lehnen sie an den Rücken eines kleinen wächsernen Lammes, das die Kreuzesfahne trägt, oder sie klemmen sie zwischen die Wand und ein vergoldetes Herz, in dessen purpurnen Wundmalen sieben kleine Schwerter stecken.

Sie selber aber, die Frauen und Mädchen aus der Stadt, sieht man überall sitzen, wo sonst kein Mensch sitzt: auf den beiden

Enden der hölzernen Brunnentröge, wo das zurücksprühende Wasser vom Wind in ihre Haare getragen wird, bis sie ganz voll Tau hängen, wie feine, dichte Spinnweben am Morgen. Oder sie sitzen auf dem Zauntritt, wo sie jeden stören, dessen Weg da hinüberführt. Aber sie wissen nichts davon, daß einer gerade dahin muß, gerade auf dieses bestimmte Feld zwischen den zwei Zäunen und dem tiefeingeschnittenen, lärmenden Bach. Für sie ist es gleichgültig, wo man geht. Es liegt etwas so Zufälliges, Müheloses in ihrem Dasein. Sie brauchen keinen Feiertag und können aus jeder Stunde machen, was sie wollen. So ist auch ihr Singen. Sie singen nicht in der Kirche und nicht zum Tanz. Auf einmal, abends, wenn es dunkelt und zwischen die düsternden Bäume und über die Wege aus vielen kleinen Fenstern Lichtstreifen fallen, fangen sie zu singen an, hier eine, dort eine. Ihre Lieder scheinen aus vielerlei Tönen zusammengemischt, manchmal sind sie einem Tanzlied ganz nahe, manchmal einem Kirchenlied: es liegt Leichtigkeit darin und Herrschaft über das Leben. Wenn sie verstummen, nimmt das dunkelnde Tal sein schwerblütiges Leben wieder auf: man hört das Rauschen des großen Baches, anschwellend und wieder abfallend, anschwellend und abfallend, und hie und da das abgesonderte Rauschen eines kleinen hölzernen Laufbrunnens. Oder die Obstbäume schütteln sich und lassen einen Schauer raschelnder Tropfen von oben durch alle ihre Zweige fallen, so plötzlich wie das unerwartete Aufseufzen eines Schlafenden, und der Igel erschrickt und läuft ein Stück seines Weges schneller.

Manche von den Lichtstrahlen aber erlöschen lange nicht und sind noch da, wenn der große Wagen bis an den Rand des Himmels herabgeglitten ist und seine tiefsten Sterne auf dem Kamm des Berges ruhen und durch die Wipfel der ungeheuren Lärchen unruhig durchflimmern. Das sind die Zimmer, in denen ein junges Mädchen aus einem Buch die Möglichkeiten des Lebens herausliest und verworren atmet wie unter der Berührung einer berauschenden und zugleich demütigenden Musik, oder in denen eine alternde Frau mit beängstigtem und staunendem Denken nicht darüber hinauskommt, daß dies traumhafte Jetzt und Hier für sie das Unentrinnbare, das Wirkliche bedeutet. Aus diesen Fenstern fällt immerfort das Kerzenlicht, legt einen Streifen über die Wiese, und über den Steindamm, bis hinunter an den schwarzen Seespiegel, der es zurückzustoßen und zu tragen scheint, wie einen ausgegossenen blaßgelben Schimmer. Aber es taucht auch hinunter und wirft in das feuchte Dunkel einen leuchtenden Schacht, in dem die schwarzgrauen Barsche stumpfsinnig stehen und die ruhelosen kleinen Weißfische unaufhörlich beben wie Zitternadeln.

2

Auf den Wiesen stecken sie ihre viereckigen Tennisplätze aus und umstellen sie mit hohen, grauen Netzen. Von weitem sind sie anzusehen wie ungeheure Spinnennetze.

Wer innen steht, sieht die Landschaft wie auf japanischen Krügen, wo das Email von regelmäßigen, feinen Sprüngen durchzogen ist: der blaugrüne See, der weiße Uferstreif, der Fichtenwald, die Felsen drüber und zu oberst der Himmel von der zarten Farbe, wie die blassen Blüten von Heidekraut, alles das trägt die grauen feinen Vierecke des Netzes auf sich.

Auf den welligen Hügeln, die jenseits der Straße liegen, wird gepflügt. So oft die Spieler ihre Plätze tauschen, um Sonne und Wind gerecht zu verteilen, so oft wenden die Pflüger das schwere Gespann und werfen mit einem starken Hub die Pflugschar in den Anfang einer neuen Furche. Gleichmäßig pflügen die Pflüger, wie ein schweres Schiff furcht der Pflug durch den fetten Boden hin, und die großen, von Luft und Arbeit gebeizten Hände liegen stetig mit schwerem Druck auf dem Sterz. Wechselnd ist das Spiel der vier Spieler. Zuweilen ist einer sehr stark. Von seinen Schlägen, die ruhig und voll sind, wie die Prankenschläge eines jungen Löwen, wird das ganze Spiel gehalten. Die fliegenden Bälle und die andern Spieler, ja der Rasengrund und die Netze, in denen sich das Bild der Wälder und Wolken fängt, alles folgt seinem Handgelenk, geheimnisvoll gebunden, wie von einem starken Magnet.

Ein anderer ist schwach, ganz schwach. Zwischen ihm und jedem seiner Schläge kommt das Denken. Er muß sich selber zusehen. Seine Bewegungen sind von einer tiefen Unwahrheit: zuweilen sind es die Bewegungen des Degenfechters und zuweilen die Bewegungen dessen, der Steine von sich abwehren will.

Ein dritter ist gleichgültig gegen das Spiel. Er fühlt den Blick einer Frau auf sich, auf seinen Händen, auf seinen Wangen, auf seinen Schläfen. Er schließt bisweilen die Augen, um ihn auch auf den Lidern zu fühlen. Er lebt im vergangenen Abend: denn die Frau, deren Blick er auf sich fühlt, ist nicht hier. Manchmal läuft er ein paar Schritte ganz zerstreut dorthin, wo kein Ball aufgefallen ist. Trotzdem spielt er nicht ganz schlecht. Zuweilen schlägt er mit einer großen gelassenen Bewegung, wie einer aus dem Schlaf heraus nach geträumten Früchten in die Luft greifen könnte. Und der Ball, den er so berührt, fliegt mit vollerer Wucht zurück, als selbst unter den Schlägen des Starken. Er bohrt sich in den Rasen ein und fliegt nicht mehr auf.

Das Spiel der vier Spieler ist wechselnd: morgen, kann es sein, wird der Gleichgültige den Starken ablösen. Vielleicht auch werden eitle und kühne Erinnerungen und der eingeatmete Morgenwind den zum Stärksten machen, der heute ganz schwach war.

Aber gleichmäßig pflügen die Pflüger, und die schönen dunklen Furchen laufen gerade durch den schweren Boden.

DER GOLDENE APFEL

Als der Teppichhändler auf der Heimreise mit seinen fünf Kamelen, einem Diener und einem jungen Kameltreiber in die gelbliche alte Stadt am letzten Abhang des Gebirges – mit Namen die Stadt der Kühlen Brunnen – einritt, überkamen ihn sogleich eine Menge Erinnerungen, deren Schauplatz diese Stadt für ihn war; denn er hatte sie vor 7 Jahren, als gleichfalls seine Geschäfte ihn zu einer Reise nöthigten, schon einmal betreten. Von hier aus gedachte er nun, da er seine Teppiche, die Last von 40 Kamelen mit reichlichem Gewinn veräussert hatte, in weniger als 20 Stunden die große Stadt, in der er lebte und seine Frau zurückgelassen hatte, zu erreichen. Und hier überfielen ihn stückweise jene Erinnerungen an eine vergangene Zeit seines Lebens. Als er im Hof der Herberge stand, trug der Kameltreiber einen grossen Eimer mit Wasser daher und die durstigen Thiere hoben ihre greisenhaften Köpfe und sogen mit weit offenen Nüstern, indem sie einen eigenthümlich gierigen Laut von sich gaben, den Hauch des Wassers ein. Der Teppichhändler griff mit der Hand in den Eimer, als der Bursch dicht an ihm vorbeikam, einen Schwimmkäfer herauszunehmen der auf der Oberfläche dahinruderte: und indem er seine rechte Hand, die einen schönen Ring trug, doppelt sah, denn der dunkle feuchte Spiegel warf ihr Bild zurück, mußte er sich plötzlich mit der äussersten Deutlichkeit dessen erinnern wie seine Hand vor sieben Jahren ausgesehen hatte, nämlich magerer gleichsam ängstlicher und ohne jeden Schmuck. Und dieser geringfügigen Sache drängten sich unzählige andere Erinnerungen nach und versetzten ihn in einen seltsam unruhigen und peinlichen Zustand. Denn er hatte bei jenem ersten Aufenthalt gerade in dieser Stadt als ein völlig junger und unerfahrener Kaufmann, verschiedene Unannehmlichkeiten, ja Demüthigungen erlitten, deren Nachgeschmack ihm jetzt unerträglicher schien, als damals die Wirklichkeit, vielleicht weil sich sein Leib und seine Seele inzwischen verändert hatten und Schlimmes mit minderer Biegsamkeit ertrugen.

Er that von der Thür der Herberge ein paar Schritte auf die Strasse hinaus, erkannte aber sogleich in einiger Entfernung das Haus eines vornehmen und reichen Mannes, dessen Hausverwalter ihn damals übel behandelt hatte. Die Beschämung über diese vor vielen lachenden Dienern erlittenen Beschimpfungen trieb ihm jetzt das Blut ins Gesicht und er blieb stehen, wie wenn er so leichter den Athem und die Kraft finden müsste, diese Erinnerung abzuwehren. Er sah die Gesichter aller dieser rohen Menschen und seine eigene Gestalt in einer widerwärtigen geduckten Stellung; mit heissem Kopf und schwerem Athem gieng er langsam wieder in die Herberge zurück, liess eine unbedeutende Mahlzeit von Fischen und Käse fast unberührt stehen und begab sich auf sein Zimmer, von den Erinnerungsbildern die sein Kopf unaufhörlich auswarf gequält wie von zudringlichen Mücken. Es war ihm, während er die Stiege hinaufstieg fast unerträglich zu denken, dass alle diese Dinge durch nichts auf der Welt wieder ungeschehen zu machen waren; so unbegreiflich es ihm schien, dass sie ihm hatten widerfahren und von ihm ertragen werden können, so quälend rätselhaft erschien ihm anderseits, dass es gar nicht möglich sei, sie aus sich herauszuwürgen, sondern dass er mit dem Wissen dieser Dinge im Leib immerfort herumgehen müsse. Er suchte sein Denken mit aller Kraft auf etwas gegenwärtiges zu werfen, sich seine geänderten Verhältnisse, den beträchtlichen Reichthum den er erworben hatte, sein Haus, seine Frau und seine nun bald 7jährige kleine Tochter vorzustellen; aber die Willkür seines unbegreiflichen vielleicht durch vorhergegangene übermässige Anspannung seiner Kräfte verursachten fieberhaften Zustandes riss jeden Gegenstand augenblicklich in den Strudel aufgeregten Denkens hinein: er vermochte das Bild seiner Frau nicht so festzuhalten wie sie gegenwärtig war, sondern er musste sie so denken wie sie damals gewesen war. Wie sie damals gewesen war, im ersten Jahr ihrer Ehe schwebte sie jetzt um ihn herum und er stand vor ihr mit jener Mischung von Trunkenheit und Befangenheit, die ihn damals erfüllt hatte. Denn sie war vornehmer als er; er besass sie und doch war etwas in ihr, das er nicht zu nehmen vermochte, wenn sie es auch hätte hergeben wollen. Und gerade dieses Ungreifbare, das ihn und sie auseinanderhielt, erhöhte in ihm den trunkenen Stolz des Besitzes. Von diesen Dingen hatte die Erinnerung an jene erste Reise ihre eigenthümliche Färbung. Damals war ihm der Besitz dieser Frau etwas so unversichertes noch, etwas völlig traumhaftes. Alles was er that, bezog sich irgendwie darauf: jeder gute Handel und jeder Verdruss veränderten das Gefühl davon in einer durchdringenden Weise, aber es war doch immer da, war hinter allen Dingen wie ein starkes Licht hinter einem Schirme. Allen Demüthigungen setzte er das Bewusstsein dieses Besitzes entgegen wie ein auf der Reise in Gefangenschaft gefallener König das Bewusstsein seiner Hoheit: je ärgere Widerwärtigkeiten ihm tagsüber widerfuhren, um so herrlicher war es, abends, die Augen auf die Marktplätze fremder Städte oder auf ferne mit bunten Schiffen bedeckte gleitende Flüsse geheftet, zu wissen, dass jene, die nicht da war, die hier niemand kannte, ihm gehörte mit ihren Wangen, die nie eine andere Hand gestreichelt hatte, mir ihren Lippen die nie eine von den schlechten Speisen berührt hatten, mit ihren Händen die nie etwas niedriges gearbeitet hatten. In Gedanken redete er stundenlang mit der Abwesenden und erzählte ihr alles was er erlebte, aber alles in einer lügenhaften Weise, ganz ohne dass er sich des unaufhörlichen Selbstbetruges bewusst wurde, der in diesen sonderbaren inneren Gesprächen enthalten war. Denn er ging dabei über die wirklichen erlebten Unannehmlichkeiten und Demüthigungen zwar nicht ganz hinweg, aber er veränderte sie immerfort, indem er bald das Schmerzliche daran vertiefte und das Niedrige verwischte, bald sein eignes Verhalten in einer Lage, die Antworten die er gegeben hatte, seine Art etwas aufzunehmen völlig umdichtete, mit einer bewusstlos aus ihm hervor quellenden Erfindungskraft, jener Kraft ähnlich die Eidechsen und Würmern in unglaublich kurzer Zeit ein verstümmeltes Glied ihrer Körper neu und schön wieder hervortreibt. Diese unaufhörlichen Verfälschungen die immer dem Mitleid und der Bewunderung zudrängten, veränderten aber wiederum in ihm das Bild der Person auf die zu wirken sie in

Gedanken bestimmt waren; wie unaufhörlich aufsteigender Weihrauch veränderten sie das Bild, machten es gleichsam goldener und schwärzer. Eine wunderbare geheimnisvolle Königin hörte einem wunderbaren Abenteuer eines in Sclaverei gefallenen überaus klugen Königs zu.

In einem wunderbaren Geschenk aber einem goldenen mit Essenzen gefüllten Apfel verdichteten sich alle diese Phantasien zu einem greifbaren Sinnbild und dies war das Geschenk das er seiner Frau von jener ersten Reise zurückbrachte.

Dies alles kam ihm jetzt zurück: der eigenthümliche Reiz der für ihn gerade in dem Umstande gelegen hatte, dass das Geschenk für seine damaligen Verhältnisse viel zu kostbar war. Dann das wunderlich Königlich-überflüssige, dass es in seiner Kostbarkeit nichts als ein Spielzeug war, weit überflüssiger als ein Ring oder ein Perlenband, wie das ihn bezaubert hatte, und gleichzeitig der scharfe und sehnsüchtige Duft der Essenzen mit denen das Innere angefüllt war, ein Duft in dem übermäßiges Entzücken und qualvolle Ungeduld durcheinanderfloss und der hervorstieg und nicht nur das durchlöcherte goldene Blattwerk im innern des Apfels sondern alle Wege seines Lebens, das obere und das untere seine Tage und Nächte durchströmte. Dann die Inschrift, in der alles drin lag was ihn damals erfüllte: das freche Pochen auf diesen Besitz, an den er selber kaum glauben konnte und wieder das Gefühl des Abstandes, das traumhafte unendliche Erstaunen darüber, dass es wirklich so war. Lange hatte er den Apfel schon mit sich geführt und erst in der letzten Woche der Reise war ihm der Gedanke gekommen, rings um die Einschnürung dort wo der Stiel saß, Worte in die goldene Schale graben zu lassen. Und plötzlich war es ihm eingefallen dass es diese Worte sein müssten: »Du hast mir alles hingegeben« diese triumphierenden und über soviel Glück erstaunten Worte mit denen ein Gedicht des Dschellaledin Rumi anfängt, des großen tiefsinnigen Dichters. Er erinnerte sich wie er als Knabe diese Worte hatte auswendig lernen müssen und wie wenig sie ihm gesagt hatten. Nun sagten sie ihm soviel, schienen so sehr alles herauszusagen woran sein Leben hieng, dass er mit einer unbestimmten Scheu nicht einmal wagte sie völlig von dem Apfel aussprechen zu lassen, sondern nur die vier ersten ließ er eingraben: »Du hast mir alles –« und dann einen Strich, wie wenn einer im Sprechen innehält.

Diese 7 Jahre alten Erinnerungen strömten in unaufhörlichen Wellen auf den Kaufmann ein und es fruchtete ihm nichts dass er in seiner von schwachem Sternenlicht erhellten Schlafkammer in der Herberge sich auf seinem Bett von einer Lage in die andere warf, ja selbst die geschlossenen Lider noch mit einem Tuch bedeckte. Je tiefer ihn außen Dunkel und Ruhe umgab desto heftiger wurde diese unbegreifliche innere Bewegung. Es lag etwas beängstigendes in solchem plötzlichen Hervorbrechen einer verlebten Zeit: mit aller Gewalt wollte er sich auf die Gegenwart besinnen, mit gewaltsam heraufgerufener Erinnerung focht er gegen jene unwillkürliche, der Boden seines Lebens schien ihm zu schwanken. Seine Beklommenheit eine beinahe körperliche Beängstigung wurden so stark, dass er aufstand und im Zimmer herumgieng. Genarrt vom Leben erschien er sich, dass seine Seele so die Folge der Zeit aus sich umzuwerfen vermochte und eine unglaubliche Unsicherheit und Traurigkeit befiel ihn. Allmählich hatte er sich genug ermüdet um sich wieder auf sein Bett zu werfen das schon im ersten Morgendämmern deutlicher dalag. Mit sanfter Entspannung fühlte er wie seine Gedanken anfiengen sich zu verwirren, es schien ihm als müsse er eine Beziehung zwischen dem Duft des Apfels und dem Wesen seiner Frau finden, aber alles was er dachte kam ihm vor wie schon einmal gedacht oder schon einmal geträumt und so glitt er endlich in den Schlummer hinüber.

Den Nachmittag des Tages, der auf diesen folgte, verbrachte die Frau des Teppichhändlers der großen Hitze wegen in einem halb in den Boden versenkten Gemach an der Gartenseite ihres Hauses. Ihr Kind aber, ein siebenjähriges Mädchen, sonderbar klein und zart für ihr Alter, einer Puppe ähnlich jedoch mit Augen in denen ein zuweilen großer Ausdruck aufflackerte, stahl sich, leise hinter einem Vorhang durchgleitend, von der Mutter fort und stieg in ein großes leerstehendes Zimmer des oberen Stockwerks. Dort suchte die Kleine einen alten hie und da erblindeten Spiegel hervor und fieng an sich in ihm zu betrachten. Zuerst lächelte sie ihr Bild an, dann runzelte sie die Stirn und fletschte gegen den Spiegel ihre kleinen blinkenden Zähne; einen Augenblick ließ sie ihr Gesicht wie in einer schlaffen tödtlichen Müdigkeit hängen, dann verzerrte sie die weichen Züge und starrte mit weitaufgerissenen Augen und bös zurückgenommenen Lippen sich selber entgegen. Nach einer Weile legte sie den Spiegel weg und gieng auf eines der verhangenen Fenster zu. Sie schob ihren Kopf durch die Blende und musste sogleich die Augen schließen, denn eine schmerzende Gluth lag draußen. In dieser Stellung, den Leib und die Hand im dämmernden Zimmer, den blinden Kopf in Hitze gebadet blieb sie lange: eine Menge Gedanken stiegen in ihr auf: sie wollte sich lauter schöne Sachen vorstellen, Erlebnisse mit anderen Kindern, mit Thieren und mit Erwachsenen. Aber ein dumpfes Gefühl von Unzulänglichkeit verstörte sie, irgend etwas stand zwischen ihr und diesen Dingen wie eine gläserne Scheidewand. Verdrossen und unglücklich zog sie den Kopf wieder ins Zimmer und war einen Augenblick dem dumpfen zornigen Aufweinen nah. Da bewegte der Wind leise den Vorhang an der Thür und dem Kind war es, als ob ein leiser kaum merklicher Hauch vom Duft des goldenen Apfels hereinflöge. Es war dies ein wirklicher goldener Apfel, den vor vielen Jahren ihr Vater als ein Geschenk für ihre Mutter von einer großen fernen Reise mitgebracht hatte. Sein inneres war mit unendlich feinem verästelten goldenen Blattwerk ausgefüllt und zwischen diesem schwebte ein unbegreiflicher Duft, der an nichts auf der Welt erinnerte. Nicht oft in seinem Leben hatte das Kind den Apfel gesehen, und immer nur beim unsicheren Licht einer Kerze wenn ihn die Mutter hervornahm um ihn gleich wieder in der dunklen Truhe zu verschließen. Jedesmal aber legte sich mit einer Wolke seines unbegreiflichen Duftes, der in allen den Jahren nicht abnahm, ein ungeheurer Traum in die Seele der Kleinen: einer Art war dieser goldene Apfel mit den wunderbarsten Dingen aus dem Märchen: mit dem sprechenden Vogel dem tanzenden Wasser und dem singenden Baum war sein Leben irgendwie durch unterirdische Gänge verbunden, die hie und da in dunklen Gewölben, hie und da zwischen den schwankenden durchsichtigen Wohnungen der Meerkönige hinliefen.

In einer Verbindung mit diesen Gängen stand auch der Brunnenkopf in einer Ecke des Hofes. Es hieß er war ausgetrocknet und die Eimer stiegen nur in einem anderen größeren Brunnen mehr auf und ab; der alte war mit einem Steindeckel verschlossen, auf dem eine steinerne Gestalt hockte, einem nackten Menschen nicht unähnlich aber in der Stellung eines Thieres auf allen Füßen. Keinesfalls war es ein gewöhnlicher vertrockneter Schacht was dieses rätselhafte Wesen bewachte und gegen Abend konnte man wenn man das Ohr auf den Steindeckel lehnte unten ein plötzliches Rauschen und eine Bewegung heftiger in großer Tiefe sich hindrängender Körper vernehmen. Ein anderer Eingang in diese geheimnisvolle Welt musste sich aber vor dem Haus, auf der Straße befinden, wenn man vermöchte den großen flachen Stein zu heben in welchen ein eiserner Ring eingelassen war. Langsam gieng die Kleine die Stiege hinunter, da leuchteten ihr von seitwärts aus der Wand zwei glühende Punkte entgegen wie die Augen eines Basilisken. Es waren zwei Schrauben des metallenen Beschläges an der großen halb in die Wand eingelassenen Truhe in welcher der goldene Apfel verschlossen lag. Von hoch oben her sah durch eine eiförmige wie Bienenzellen vergitterte Öffnung in das dämmernde Stiegenhaus nieder der weiche von Licht gesättigte hellblaue Himmel. Durch eine einzige Stelle des Gitters aber brach ein blendender Strahl durchschnitt die ganze bläulich bebende Luft und hatte seinen Fuß auf dem kupfernen Beschläge und ließ aus 2 Schraubenköpfen Gluth und Leben hervorquellen wie aus lebendigen Augen.

Das Kind wusste, dass es einen geheimen Griff gab, die Truhe von der Seite zu öffnen, so dass man hineingreifen konnte ohne den schweren Deckel zu heben. Es versuchte, das funkelnde Beschläge zu verschieben, dann das nächste, dann die andern die im Dunkel lagen. Endlich gab eines nach und wunderbarer als die smaragdenen Thüren einer zauberhaften Höhle schoben sich die verborgenen Seitenthüren der Truhe auseinander. Mit dem Kopf stemmte sich das Kind den herausquellenden goldenen und bunten Geweben entgegen, seine Hände aber wühlten sich durch weiches aufgeschichtetes Linnen durch, an glatten kühlen Kugeln von Bernstein, schmerzenden geschnitzten und metallenen Geräthen vorbei nach der Tiefe dorthin wo der Apfel lag und zogen ihn hervor. Ohne ein anderes Bewusstsein als dieses Glück schob das Kind hastig die Thüren wieder zu, das Beschläge sprang ein. Lange stand die Kleine regungslos und in feierlichen Stößen wie die

Athemzüge eines schlafenden Zauberers stieg aus dem Apfel der unbegreifliche Duft empor und umwölkte den Kopf des Kindes mit dem Bewusstsein grenzenloser Macht und Größe. Allmählich aber wurde sie es müde so zu stehen und es fiel ihr ein dass der Sinn des Apfels nicht darin lag, dass man ihn bloß besaß sondern dass er ein Ding war wie die Wunderlampe oder die von Feen geschenkten Ringe, ein Ding das Kraft über andere Dinge hatte. Und sogleich erblickte sie sich deutlich wie in einem Spiegel, mit dem Apfel in der Hand, von dem wie von einer Wunderlampe weiches honigfarbenes Licht und unendliche Sicherheit ausströmte, die Stufen in jene geheimnisvolle Welt hinabsteigen. Schnell schlüpfte sie auf die Straße hinaus, die in Gluth gebadet leer und schweigend dalag. Sie stand über dem flachen Stein, beugte sich zu ihm nieder berührte den eisernen Ring mit dem Apfel, drehte den Apfel dreimal in ihren kleinen Händen nach links, ließ ihn über den Stein hinwegrollen: der Stein erbebte nicht, regungslos lag der Ring in seiner Kerbe. Wie ein Alp legte sich das Bewusstsein auf sie, dass die Macht des Apfels versagt habe. Alles schien ihr dunkler eine Menge widerwärtiger Gedanken, Gedanken deren Inhalt sie kaum verstand und die doch eine quälende beklemmende Kraft über sie hatten, quollen in ihr auf. Sie musste an ihre Mutter und ihren Vater denken: es erschien ihr unbegreiflich wie solche Menschen ihr Leben ertrugen da es doch so viele viele Jahre dahingieng und nichts von allem in sich hatte was ihr den Werth des Daseins auszumachen schien. Sie begriff nicht wie es möglich wäre eine solche entsetzliche Langeweile zu ertragen. Eine Art Mitleid überkam sie, und eine große Verzagtheit. Sie sah den Apfel an und fand ihn kleiner und gewöhnlicher aussehen; sein Gewicht schien ihr das Gewicht eines Steines während es früher die geheimnisvolle Schwere eines mehr als lebendigen Wesens gewesen war. Sie beschloss hinzugehen und ihn zwei kleinen Mädchen, mit denen sie öfter spielte zu schenken: als ob es gar nichts besonderes wäre, nichts merkwürdigeres als eine Kugel von buntem Stein, wollte sie ihn vor die beiden Mädchen hinrollen lassen. Indem sie sich das vornahm, war es ihr als müsste der Apfel empfinden, was darin lag: denn er war ihr noch nicht gleichgiltig, die Geberde der Verachtung die sie sich abringen wollte hatte doch noch ein dumpfes

Gemenge aus Grauen Traum und Liebe hinter sich. Schon hatte sie ihn wieder von der Erde genommen um diesen Weg anzutreten, als sie Schritte eines Menschen auf sich zukommen hörte, der schön gekleidet war und den zwei große rauhhaarige übermäßig schlanke Hunde umsprangen. Dieser junge Mann war der oberste Stallmeister des Königs. Er war der Sohn eines Negers und einer Syrerin und nur durch eine Reihe sonderbarer Glücksfälle zu seiner jetzigen hohen Stellung emporgestiegen. Mit leichten wiegenden Schritten kam er daher, so wie die Löwen und Panther gehen; er trug ein smaragdgrünes Obergewand, durch dessen mit Roth ausgenähte Schlitze das feine weiße Hemde hervorschimmerte; den schneeweißen Turban umwand eine goldene amethystenbesetzte Kette im Schuppengürtel stak ein kurzer breiter Dolch, daneben eine lederne Peitsche deren Griff in eine goldene einen großen Amethyst umringelnde Schlange auslief; unter dem Gürtel hieng ein Schurz von rothem Leder bis gegen die Knie. Lichtgelbe Stiefel mit metallgrünen Bändern beringt reichten hinauf bis nahe an die Kniekehle. Die Ärmel des Hemdes waren weit, ober den Knöcheln aber von einem goldenen mit schwarzen Blumen durchwirkten Band fest umwunden so dass die schönen großen Hände, durchschienen wie gelbliche Halbedelsteine, aus einem engen Kelch hervortraten. Der Stallmeister des Königs war fröhlich, ein andauerndes Lächeln hielt die obere seiner geschwellten starken Lippen empor und zeigte einen Schimmer der blinkenden Zähne. Seine Fröhlichkeit hatte verschiedene Ursachen: erst am Morgen dieses Tages hatte ihm der König als Zeichen seiner besonderen Gunst diese beiden schönen überaus seltenen Hunde zum Geschenk gemacht, die der König selber nebst anderen Hunden und langhaarigen Ziegen von einem kurdischen Fürsten zugesandt bekommen hatte.

Der Stallmeister ließ sie vor sich her springen, mit einem gellenden kurzen Pfiff riss er sie aus pfeilschnellem Lauf zu sich zurück und ihre Leiber, ganz Wildheit und ganz Gehorsam, erfüllten ihn mit der Freude des neuen Besitzes. Er fühlte in diesen windschnellen feurigen Gliedern die um ihn her tanzten etwas von der leichten und heißen Kraft die er selbst im Blut trug, und als er noch unter einem halbschattigen Säulengang einem missgestalten armen

Zwerg begegnete, einem kläglichen Geschöpfe dem der übergroße greisenhafte Kinderkopf tief eingesattelt zwischen emporgekrümmten Schultern saß, da kamen ihm die eigenen leichtgehefteten Schultern und alle Gelenke seines Leibes so zum Bewusstsein als wenn er mit nacktem Leib durch ein schönes Bad überaus leichten und doppelt tragenden Wassers dahinglitte. So oft der heiße Wind den Vorhang an einem der selten gegen die Straße gekehrten Fenster bewegte, meinte er schon die Hand einer Frau zu sehen die sich aus dem geheimnisvollen Dämmer eines verhängten Gemaches hervorbewegte ihm Blumen oder einen Brief zuzuwerfen. Plötzlich sah er das kleine Mädchen vor sich das mit einer bittenden Geberde den goldenen Apfel emporhielt und gleich darauf nach dem flachen Stein hinunterwies, als wollte sie den Mann bewegen ihr diesen Weg aufzuthun und ihm dafür den Apfel als Lohn versprechen. Einen Augenblick schien ihm die Kleine wie eine Liebesbotin und der Stein mit dem Ring wie eine Fallthür; auch freute ihn seine Kraft an irgend etwas zu versuchen: so griff er mit der schönen kräftigen Hand, die aus einem engen Kelch von goldenem und schwarzem Gewebe hervorwuchs, in den rostigen Ring und hielt die schwere Platte, jeder Muskel des kräftigen Leibes unter den schönen bunten Kleidern gespannt wie eine Bogensehne, durch drei Augenblicke empor. Ein tiefer Schacht angefüllt mit kalter Luft und tief unten das Rieseln von spärlichem Wasser gähnte dem Kind entgegen. Auf den zweiten Blick schienen an den senkrechten mit Finsternis behangenen Wänden hie und da Thiere hinzuhuschen. Auf den dritten Blick that sich in beträchtlicher Tiefe nach der Seite hin die Öffnung eines neuen Schachtes auf, eines waagerechten unterirdischen Ganges. Da fühlte der Stallmeister seine Kraft am Ende und ließ den schweren Stein in seine Fugen zurück. Er griff mit beiden Händen nach der Kleinen, in deren Augen ein Theil der tiefen Finsternis und des Geheimnisses hieng die sie eingesogen hatten, und hob sie hoch in die heiße blendende Luft empor. Als er sie wieder herunterließ fühlte er die Hand des Kindes an seiner Brust und einen harten Gegenstand in eine Falte seines Gewandes gegen innen gleiten. Aber erst nachdem er wieder um die Ecke gebogen hatte, griff er hin und bemerkte dass es der goldene Apfel war, dem ein seltener starker Geruch entströmte worin übermäßige Süße und quälende Sehnsucht vermengt waren.

Als der Stein den Weg nach jener geheimnisvollen Welt wieder verschloss stand das kleine Mädchen davor wie die aus ihrer Heimath ausgestoßene Tochter des Meerkönigs; sie beschloss ihre Verbannung mit Muth zu ertragen und nicht eher zu ruhen als bis sie einen Weg gefunden hätte in ihr väterliches Reich zurückzukehren. Dass sie den Apfel für einen Blick in die Tiefe hingegeben hatte, schien ihr nur der Anfang einer Reihe wunderbarer Abenteuer und nicht mehr geängstigt von der Öde und Unbegreiflichkeit ihrer wirklichen Umgebung – denn der Name Exil gab dem allen einen Sinn – gieng sie ins Haus zurück.

Indessen war ihre Mutter mit unerquickten Augenlidern und schmerzlich klopfenden Schläfen aus einem kurzen Halbschlummer erwacht. Mit einem unangenehmen Nachgefühl erinnerte sie sich an etwas, wovon sie in dieser kurzen Zeit geträumt oder woran sie in dumpfer halb unwillkürlicher Weise gedacht haben musste, denn es war minder ein Schlaf als eine äußerliche Betäubung gewesen, die sie in ihrem schwülen halbdunklen Gemach überkommen hatte. Es waren Gedanken denen nachzuhängen auch hie und da im völligen Wachen eine Lust sie anwandelte; aber da verscheuchte sie's jedesmal mit Gewalt. Diesmal aber hatte es sie in der Wehrlosigkeit des Schlafes überfallen und sich mit Leben vollgesogen und hieng noch da, als sie aufwachte, stärker als je. Es war nicht so sehr eine Unzufriedenheit mit ihrem Leben, als eine verlockende Vorstellung wie es hätte anders werden können, ein stilles Fieber in welchem sich mit übermäßiger Lieblichkeit ungelebte Vorgänge abrollten: die mehr als sieben Jahre ihrer Ehe waren darin wie ausgelöscht, mit traumhafter Deutlichkeit kam das Bewusstsein ihres Mädchenwesens zurück, der Seele und des Leibes, und in irgend ein Schicksal verstrickt, das nicht ihr wirkliches geworden war, tauschte sie mit unbestimmten Freunden und Feinden, mit schattenhaften Umgebungen Reden, in die sich alles ergoss, was unausgesprochen und unnütz in ihr lag, ein solcher unerschöpflicher Schwall von Möglichkeiten, solche Abstufung von Stolz und Demuth, von Tändelei und Hingebung, dass es das wirkliche mit sich fortriss und überfluthete wie ein breiter reißender

Strom eine winzige Lehminsel mit sich fortnimmt. Sie wusste nicht, dass es gerade die Fülle dieser inneren Möglichkeiten war, die sie vor gemeinen Wünschen bewahrte. Sie war jedesmal wenn es über sie gekommen war, verletzt und beklommen, diesmal aber mehr als je. Mehr als je erschien ihr alles was wirklich war, so unsäglich unsicher, so völlig das Werk des blinden Zufalls. Ihre ganze innere Welt war ihr verstört; sie konnte nicht fassen worauf sich das Wort Gerechtigkeit bezog. Verzweifelt rang sie gegen den unsichtbarsten Feind, den welchen sie im eigenen innern fühlte und nicht einmal als Wunsch, nur als Möglichkeit alles Schlimmen alles Frevelhaften alles Verlockenden. Mit unsicheren Augen sah sie um sich und was sie sah und spürte, vermehrte ihre Beängstigung. An dem Fenster und im Nebenzimmer rührte der Wind an den Vorhängen: ihr war, als hörte sie das leise Treten einer Menge, die sich näherte, die den Hof und die Flure erfüllte, alles schien ihr erfüllt mit unsichtbaren Gestalten, dem Wehen ihrer Gewänder; aus der Luft schien etwas hervorzuwollen, das eins war mit dem Bedrohlichen in ihrem Innern. Sie verlangte sich an irgend etwas festzuhalten und sah sich nach ihrem Kind um, das Kind war nicht da. Sie erinnerte sich eines Briefes den ihr Mann von seiner ersten Reise im ersten Jahr ihrer Ehe ihr geschickt hatte und gieng ihn zu holen, um ihre Gedanken und die dumpfe Sehnsucht und Zärtlichkeit in ihr irgendwie gewaltsam auf das Wirkliche zu drängen. Er lag in der Truhe zuunterst, zwischen einer geschnitzten Dose aus Sandelholz und dem goldenen Apfel. Sie schloss die Truhe auf und mit einem Schrecken, der von den Augen den ganzen Körper durchfuhr entdeckte sie dass der Apfel nicht da war. Das völlig Unbegreifliche völlig Unerwartete dieser Entdeckung fiel mitten in ihre Unruhe hinein und nun erst schien ihr wie durch ein drohendes Zeichen verkündet, dass sich alles jenes Beängstigende und Bedrohliche wirklich auf ihr Leben bezog, eine Thür schien aufgesprungen, durch welche sich die leisetretenden Unsichtbaren nun erst recht in das Innerste ihres Daseins drängen konnten: ja schon war etwas geschehen: etwas Geschehenes nicht mehr bloß Gedanken schien ihr nun zwischen ihr und ihrem Gatten, zwischen ihr und allem Guten und Frommen zu liegen; das fiel ihr schwer aufs Herz. Sie stand auf, ihre beklemmende gebückte Stellung zu verlassen und sich zusammennehmend wollte sie sich selber sagen, dass dies nichts als unsinniges durch Einsamkeit und Stille übermäßig erregtes Denken war.

Da stand lauernd wie eine Katze und über die feinen Züge einen eigenthümlich lügenhaften Ausdruck gebreitet drei Schritte hinter ihr im Halbdunkel das Kind. Sogleich errieth sie einen Zusammenhang und indem sie die Kleine heftig ergriff verlangte sie von ihr die Wahrheit zu erfahren. Und als das Kind hartnäckig schwieg, in seine Augen ein immer stärkerer Ausdruck von Heimlichkeit und innerer bewusster Beherrschung trat stieß sie die Kleine in eine dunkle Kammer und machte sich selbst auf, den Apfel zu suchen; denn sie war sicher, dass das Kind mit diesem kostbaren und merkwürdigen Spielzeug zu seinen Gespielen den Kindern des Nachbarn gelaufen und ihm dort auf irgend welche Weise der Apfel abgenommen worden oder sonst verlorengegangen sein werde. Als sie das zunächstgelegene Haus, das Haus eines reichen Gewürzhändlers betreten hatte, war sie zuerst verwundert im Vorhaus und auf der Treppe niemanden, nicht einmal eine Person des Gesindes zu sehen. Aus dem Hof aber wehte das gedämpfte Murmeln von vielen Menschen her. Dort richtete sie ihre Schritte hin aber erst als sie, zwischen zwei Säulen hervortretend mitten in einer ernst gekleideten feierlichen Schar von Menschen stand kam ihr ins Gedächtnis dass hier eine Leiche im Hause war, die Leiche der jüngsten kaum fünfzehnjährigen Tochter des Gewürzhändlers. Völlig unbemerkt wieder wegzuschleichen war es nun zu spät und so blieb die Frau an die Säule gedrückt stehen und sah zu.

Um die Bahre war ein stilles Zudrängen und wiederwegtreten: die Leute sprachen immer ein paar Worte miteinander dann trat jeder in sich selber zurück und nur ein unbestimmtes Athmen und das Wehen und Aneinandervorbeistreifen vieler Kleider erfüllte den kleinen Hofraum über den sich ein Gewebe spannte auf dem die schwere Sonne lag und durch das dumpfe Hitze und flüssiges Gold durchsickerte. Jetzt schob sich am Kopfende der Bahre etwas auseinander und für einen Augenblick konnte die Frau des Teppichhändlers zwischen dem lilafarbigen über die Schulter gebauschten Gewand einer alten Frau und dem Kopf eines blassen dunkeläugigen Knaben hindurch den flachen in blendendes Weiß gehüllten Leib der Todten erblicken, die eine magere Schulter und ein Stück vom dünnen Hals. Wieder schoben sich andere Schultern und Köpfe vor und die junge Frau wandte ihre Augen nach drei Frauen die ihr zunächst standen, aus der Verwandtschaft von des Gewürzhändlers Frau. Es waren zwei alte Frauen und eine junge. Von den beiden Alten aber war wiederum eine viel älter als die andere, ja mochte vielleicht ihre Mutter sein und doch war auch die jüngere eine Greisin. In dem Gesicht der Uralten lebte nichts mehr: selbst die schwimmenden Augen schienen nur willenlos das aufzufangen was vor ihnen lag, wie eine Lacke gethauten Schneewassers am Rand des Waldes. Ihre Lippen waren kaum mehr Linien; nur in dem versteinerten Kinn lebte blind und taub das Letzte eines harten Willens fort. Das Gesicht der jüngeren Greisin aber war unendlich reich: in ihren dunkel geränderten Augen flackerte Güte und ringsum hieng etwas wie der Dunst von Feuer und Blut. Ihr Mund war groß und schön: man konnte sie von Vögeln umflattert denken die kamen auf diesen Lippen ihre Nahrung zu suchen, nicht in zärtlichem Spiel wie auf den Lippen eines jungen Mädchens sondern mit tiefem dunkelm Zutrauen in schweren Zeiten. Sonderbar sah neben diesem Gesicht das Gesicht der jungen Frau aus:

AUS DEN NOTIZEN

Geschichte vom Apfel: nach dem Mord

er wechselt Kleider giebt seine samt Leiche in Korb wirft ihn in Fluss nimmt Kleider vorher weg vergräbt sie extra. geht fort lässt Thüren offen hat scheinbar auf alles vergessen. Nur fällt ihm die »Versäumnis« ein, dass er den Korb nicht in den Rinnstein geworfen hat und dadurch fängt die Sache an ihm zurückzukommen. stille Gasse. der eitle junge Schreiber. Blumen in der Thür. Trinkkrug im Schatten. hübsche nachdenkende Haltung. kommt der Wahnsinnige sticht den Schreiber nieder (ein Barbiergeselle) ihm nach der alte Barbier, eine Frau, ein Kind Hunde. dem Teppichhändler graut vor der Welt. Am Markt Gedränge, wandelnde Vasen, kleine Karren, Frauen bieten ihm Obst an, überall bei scheint das Thier zu laufen, die erdfarbene Grille mit blutigen Flecken. Wieder dieselben Hunde. Man kann es nicht loswerden. so geht er ins Wasser steckt den Kopf unter ein Einlaufgitter, schnell schnell.

NB. er giebt einen kleinen Blutfleck von der linken Hand einem Goldfisch zu fressen. das beruhigt ihn für eine Zeit vollständig. in der Hütte des Flussaufsehers, wie er glaubt durch physisches Wegschieben werde sich etwas erreichen lassen

Goldene Apfel

die Häuser wo sie hineinkommt um den Apfel zu fragen:
in einem Todtenklage um des Jairus Töchterlein es sind Juden
in einem solche die einander das Leben verkümmern
in einem herabgekommene
in einem eine Orgie mit Musikanten. 2 Diener ein alter Mann

ihre Frage formuliert sie jedesmal anders weil sie das erstemal unter den leise tretenden, den Trauergewändern so sonderbar verloschen ist.
die 2 Reisen des Teppichhändlers
erste in einige Villen im Gebirge er erholt sich von allen Demüthigungen (durch Diener Gärtner) durch den Gedanken an die Frau
die 2te in reiche Hafenstädte, hier wird er verdorben

REITERGESCHICHTE

Den 22. Juli 1848, vor 6 Uhr morgens, verließ ein Streifkommando, die zweite Eskadron von Wallmodenkürassieren, Rittmeister Baron Rofrano mit 107 Reitern, das Kasino San Alessandro und ritt gegen Mailand. Über der freien, glänzenden Landschaft lag eine unbeschreibliche Stille; von den Gipfeln der fernen Berge stiegen Morgenwolken wie stille Rauchwolken gegen den leuchtenden Himmel; der Mais stand regungslos, und zwischen Baumgruppen, die aussahen, wie gewaschen, glänzten Landhäuser und Kirchen her. Kaum hatte das Streifkommando die äußerste Vorpostenlinie der eigenen Armee etwa um eine Meile hinter sich gelassen, als zwischen den Maisfeldern Waffen aufblitzten und die Avantgarde feindliche Fußtruppen meldete. Die Schwadron formierte sich neben der Landstraße zur Attacke, wurde von eigentümlich lauten, fast miauenden Kugeln überschwirrt, attackierte querfeldein und trieb einen Trupp ungleichmäßig bewaffneter Menschen wie die Wachteln vor sich her. Es waren Leute der Legion Manaras, mit sonderbaren Kopfbedeckungen. Die Gefangenen wurden einem Korporal und acht Gemeinen übergeben und nach rückwärts geschickt. Vor einer schönen Villa, deren Zufahrt uralte Zypressen flankierten, meldete die Avantgarde verdächtige Gestalten. Der Wachtmeister Anton Lerch saß ab, nahm zwölf mit Karabinern bewaffnete Leute, umstellte die Fenster und nahm achtzehn Studenten der Pisaner Legion gefangen, wohlerzogene und hübsche junge Leute mit weißen Händen und halblangem Haar. Eine halbe Stunde später hob die Schwadron einen Mann auf, der in der Tracht eines Bergamasken vorüberging und durch sein allzu harmloses und unscheinbares Auftreten verdächtig wurde. Der Mann trug im Rockfutter eingenäht die wichtigsten

Detailpläne, die Errichtung von Freikorps in den Giudikarien und deren Kooperation mit der piemontesischen Armee betreffend. Gegen 10 Uhr vormittags fiel dem Streifkommando eine Herde Vieh in die Hände. Unmittelbar nachher stellte sich ihr ein starker feindlicher Trupp entgegen und beschoß die Avantgarde von einer Friedhofsmauer aus. Der Tete-Zug des Leutnants Grafen Trautsohn übersprang die niedrige Mauer und hieb zwischen den Gräbern auf die ganz verwirrten Feindlichen ein, von denen ein großer Teil in die Kirche und von dort durch die Sakristeitür in ein dichtes Gehölz sich rettete. Die siebenundzwanzig neuen Gefangenen meldeten sich als neapolitanische Freischaren unter päpstlichen Offizieren. Die Schwadron hatte einen Toten. Einer das Gehölz umreitenden Rotte, bestehend aus dem Gefreiten Wotrubek und den Dragonern Holl und Haindl, fiel eine mit zwei Ackergäulen bespannte leichte Haubitze in die Hände, indem sie auf die Bedeckung einhieben und die Gäule am Kopfzeug packten und umwendeten. Der Gefreite Wotrubek wurde als leicht verwundet mit der Meldung der bestandenen Gefechte und anderer Glücksfälle ins Hauptquartier zurückgeschickt, die Gefangenen gleichfalls nach rückwärts transportiert, die Haubitze aber von der nach abgegebener Eskorte noch 78 Reiter zählenden Eskadron mitgenommen.

Nachdem laut übereinstimmender Aussagen der verschiedenen Gefangenen die Stadt Mailand von den feindlichen sowohl regulären als irregulären Truppen vollständig verlassen, auch von allem Geschütz und Kriegsvorrat entblößt war, konnte der Rittmeister sich selbst und der Schwadron nicht versagen, in diese große und schöne, wehrlos daliegende Stadt einzureiten. Unter dem Geläute der Mittagsglocken, der Generalmarsch von den vier Trompeten hinaufgeschmettert in den stählern funkelnden Himmel, an tausend Fenstern hinklirrend und zurückgeblitzt auf achtundsiebzig Kürasse, achtundsiebzig aufgestemmte nackte Klingen; Straße rechts, Straße links, wie ein aufgewühlter Ameishaufen sich füllend mit staunenden Gesichtern; fluchende und erbleichende Gestalten hinter Haustoren verschwindend, verschlafene Fenster aufgerissen von den entblößten Armen schöner Unbekannter; vorbei an San Babila, an San Fedele, an San Carlo, am weltberühmten marmornen Dom, an San Satiro, San Giorgio, San Lorenzo, San Eustorgio; deren uralte Erztore alle sich auftuend und unter Kerzenschein und Weihrauchqualm silberne Heilige und brokatgekleidete strahlenäugige Frauen hervorwinkend; aus tausend Dachkammern, dunklen Torbogen, niedrigen Butiken Schüsse zu gewärtigen, und immer wieder nur halbwüchsige Mädchen und Buben, die weißen Zähne und dunklen Haare zeigend; vom trabenden Pferde herab funkelnden Auges auf alles dies hervorblikkend aus einer Larve von blutgesprengtem Staub; zur Porta Venezia hinein, zur Porta Ticinese wieder hinaus: so ritt die schöne Schwadron durch Mailand.

Nicht weit vom letztgenannten Stadttor, wo sich ein mit hübschen Platanen bewachsenes Glaçis erstreckte, glaubte der Wachtmeister Anton Lerch am ebenerdigen Fenster eines neugebauten hellgelben Hauses ein ihm bekanntes weibliches Gesicht zu sehen. Neugierde bewog ihn, sich im Sattel umzuwenden, und da er gleichzeitig aus einigen steifen Tritten seines Pferdes vermutete, es hätte in eines der vorderen Eisen einen Straßenstein eingetreten, er auch an der Queue der Eskadron ritt und ohne Störung aus dem Gliede konnte, so bewog ihn alles dies zusammen, abzusitzen, und zwar nachdem er geradezu das Vorderteil seines Pferdes in den Flur des betreffenden Hauses gelenkt hatte. Kaum hatte er hier den zweiten weißgestiefelten Vorderfuß seines Braunen in die Höhe gehoben, um den Huf zu prüfen, als wirklich eine aus dem Innern des Hauses ganz vorne in den Flur mündende Zimmertür aufging und in einem etwas zerstörten Morgenanzug eine üppige, beinahe noch junge Frau sichtbar wurde, hinter ihr aber ein helles Zimmer mit Gartenfenstern, worauf ein paar Töpfchen Basilikum und rote Pelargonien, ferner mit einem Mahagonischrank und einer mythologischen Gruppe aus Biskuit dem Wachtmeister sich zeigte, während seinem scharfen Blick noch gleichzeitig in einem Pfeilerspiegel die Gegenwand des Zimmers sich verriet, ausgefüllt von einem großen weißen Bette und einer Tapetentür, durch welche sich ein beleibter, vollständig rasierter älterer Mann im Augenblicke zurückzog.

Indem aber dem Wachtmeister der Name der Frau einfiel und gleichzeitig eine Menge anderes: daß es die Witwe oder geschiedene

Frau eines kroatischen Rechnungsunteroffiziers war, daß er mit ihr vor neun oder zehn Jahren in Wien in Gesellschaft eines anderen, ihres damaligen eigentlichen Liebhabers, einige Abende und halbe Nächte verbracht hatte, suchte er nun mit den Augen unter ihrer jetzigen Fülle die damalige üppig-magere Gestalt wieder hervorzuziehen. Die Dastehende aber lächelte ihn in einer halb geschmeichelten slawischen Weise an, die ihm das Blut in den starken Hals und unter die Augen trieb, während eine gewisse gezierte Manier, mit der sie ihn anredete, sowie auch der Morgenanzug und die Zimmereinrichtung ihn einschüchterten. Im Augenblick aber, während er mit etwas schwerfälligem Blick einer großen Fliege nachsah, die über den Haarkamm der Frau lief, und äußerlich auf nichts achtete, als wie er seine Hand, diese Fliege zu scheuchen, sogleich auf den weißen, warm und kühlen Nacken legen würde, erfüllte ihn das Bewußtsein der heute bestandenen Gefechte und anderer Glücksfälle von oben bis unten, so daß er ihren Kopf mit schwerer Hand nach vorwärts drückte und dazu sagte: »Vuic«, – diesen ihren Namen hatte er gewiß seit 10 Jahren nicht wieder in den Mund genommen und ihren Taufnamen vollständig vergessen – »in acht Tagen rücken wir ein, und dann wird das da mein Quartier«, auf die halb offene Zimmertür deutend. Unter dem hörte er im Hause mehrfach Türen zuschlagen, fühlte sich von seinem Pferde, zuerst durch stummes Zerren am Zaum, dann, indem es laut den anderen nachwieherte, fortgedrängt, saß auf und trabte der Schwadron nach, ohne von der Vuic eine andere Antwort als ein verlegenes Lachen mit in den Nacken gezogenem Kopf mitzunehmen. Das ausgesprochene Wort aber machte seine Gewalt geltend. Seitwärts der Rottenkolonne, einen nicht mehr frischen Schritt reitend, unter der schweren metallischen Glut des Himmels, den Blick in der mitwandernden Staubwolke verfangen, lebte sich der Wachtmeister immer mehr in das Zimmer mit den Mahagonimöbeln und den Basilikumtöpfen hinein und zugleich in eine Zivilatmosphäre, durch welche doch das Kriegsmäßige durchschimmerte, eine Atmosphäre von Behaglichkeit und angenehmer Gewalttätigkeit ohne Dienstverhältnis, eine Existenz in Hausschuhen, den Korb des Säbels durch die linke Tasche des Schlafrockes durchgesteckt. Der rasierte, beleibte Mann, der durch die Tapetentür verschwunden war, ein Mittelding zwischen Geistlichem und pensioniertem Kammerdiener, spielte darin eine bedeutende Rolle, fast mehr noch als das schöne breite Bett und die feine weiße Haut der Vuic. Der Rasierte nahm bald die Stelle eines vertraulich behandelten, etwas unterwürfigen Freundes ein, der Hoftratsch erzählte, Tabak und Kapaunen brachte, bald wurde er an die Wand gedrückt, mußte Schweigegelder zahlen, stand mit allen möglichen Umtrieben in Verbindung, war piemontesischer Vertrauter, päpstlicher Koch, Kuppler, Besitzer verdächtiger Häuser mit dunklen Gartensälen für politische Zusammenkünfte, und wuchs zu einer schwammigen Riesengestalt, der man an zwanzig Stellen Spundlöcher in den Leib schlagen und statt Blut Gold abzapfen konnte.

Dem Streifkommando begegnete in den Nachmittagsstunden nichts Neues und die Träumereien des Wachtmeisters erfuhren keine Hemmungen. Aber in ihm war ein Durst nach unerwartetem Erwerb, nach Gratifikationen, nach plötzlich in die Tasche fallenden Dukaten rege geworden. Denn der Gedanke an das bevorstehende erste Eintreten in das Zimmer mit den Mahagonimöbeln war der Splitter im Fleisch, um den herum alles von Wünschen und Begierden schwärte.

Als nun gegen Abend das Streifkommando mit gefütterten und halbwegs ausgerasteten Pferden in einem Bogen gegen Lodi und die Addabrücke vorzudringen suchte, wo denn doch Fühlung mit dem Feind sehr zu gewärtigen war, schien dem Wachtmeister ein von der Landstraße abliegendes Dorf, mit halbverfallenem Glokkenturm in einer dunkelnden Mulde gelagert, auf verlockende Weise verdächtig, so daß er, die Gemeinen Holl und Scarmolin zu sich winkend, mit diesen beiden vom Marsche der Eskadron seitlich abbog und in dem Dorfe geradezu einen feindlichen General mit geringer Bedeckung zu überraschen und anzugreifen oder anderswie ein ganz außerordentliches Prämium zu verdienen hoffte, so aufgeregt war seine Einbildung. Vor dem elenden, scheinbar verödeten Nest angelangt, befahl er dem Scarmolin links, dem Holl rechts die Häuser außen zu umreiten, während er selbst, Pistole in der Faust, die Straße durchzugaloppieren sich anschickte, bald aber, harte Steinplatten unter sich fühlend, auf welchen noch dazu irgendein glitschiges Fett ausgegossen war, sein Pferd in

Schritt parieren mußte. Das Dorf blieb totenstill; kein Kind, kein Vogel, kein Lufthauch. Rechts und links standen schmutzige kleine Häuser, von deren Wänden der Mörtel abgefallen war; auf den nackten Ziegeln war hie und da etwas Häßliches mit Kohle gezeichnet; zwischen bloßgelegten Türpfosten ins Innere schauend, sah der Wachtmeister hie und da eine faule, halbnackte Gestalt auf einer Bettstatt lungern oder schleppend, wie mit ausgerenkten Hüften, durchs Zimmer gehen. Sein Pferd ging schwer und schob die Hinterbeine mühsam unter, wie wenn sie von Blei wären. Indem er sich umwendete und bückte, um nach dem rückwärtigen Eisen zu sehen, schlürften Schritte aus einem Hause, und da er sich aufrichtete, ging dicht vor seinem Pferde eine Frauensperson, deren Gesicht er nicht sehen konnte. Sie war nur halb angekleidet; ihr schmutziger, abgerissener Rock von geblümter Seide schleppte im Rinnsal, ihre nackten Füße staken in schmutzigen Pantoffeln; sie ging so dicht vor dem Pferde, daß der Hauch aus den Nüstern den fettig glänzenden Lockenbund bewegte, der ihr unter einem alten Strohhute in den entblößten Nacken hing, und doch ging sie nicht schneller und wich dem Reiter nicht aus. Unter einer Türschwelle zur Linken rollten zwei ineinander verbissene blutende Ratten in die Mitte der Straße, von denen die unterliegende so jämmerlich aufschrie, daß das Pferd des Wachtmeisters sich verhielt und mit schiefem Kopf und hörbarem Atem gegen den Boden stierte. Ein Schenkeldruck brachte es wieder vorwärts und nun war die Frau in einem Hausflur verschwunden, ohne daß der Wachtmeister hatte ihr Gesicht sehen können. Aus dem nächsten Hause lief eilfertig mit gehobenem Kopfe ein Hund heraus, ließ einen Knochen in der Mitte der Straße fallen und versuchte, ihn in einer Fuge des Pflasters zu verscharren. Es war eine weiße unreine Hündin mit hängenden Zitzen; mit teuflischer Hingabe scharrte sie, packte dann den Knochen mit den Zähnen und trug ihn ein Stück weiter. Indessen sie wieder zu scharren anfing, waren schon drei Hunde bei ihr: zwei waren sehr jung, mit weichen Knochen und schlaffer Haut; ohne zu bellen und ohne beißen zu können, zogen sie einander mit stumpfen Zähnen an den Lefzen. Der Hund, der zugleich mit ihnen gekommen war, war ein lichtgelbes Windspiel von so aufgeschwollenem Leib, daß es nur ganz langsam auf den vier dünnen Beinen sich weitertragen konnte. An dem dicken wie eine Trommel gespannten Leib erschien der Kopf viel zu klein; in den kleinen ruhelosen Augen war ein entsetzlicher Ausdruck von Schmerz und Beklemmung. Sogleich sprangen noch zwei Hunde hinzu: ein magerer, weißer, von äußerst gieriger Häßlichkeit, dem schwarze Rinnen von den entzündeten Augen herunterliefen, und ein schlechter Dachshund auf hohen Beinen. Dieser hob seinen Kopf gegen den Wachtmeister und schaute ihn an. Er mußte sehr alt sein. Seine Augen waren unendlich müde und traurig. Die Hündin aber lief in blöder Hast vor dem Reiter hin und her; die beiden jungen schnappten lautlos mit ihrem weichen Maul nach den Fesseln des Pferdes, und das Windspiel schleppte seinen entsetzlichen Leib hart vor den Hufen. Der Braun konnte keinen Schritt mehr tun. Als aber der Wachtmeister seine Pistole auf eines der Tiere abdrücken wollte und die Pistole versagte, gab er dem Pferde beide Sporen und dröhnte über das Steinpflaster hin. Nach wenigen Sätzen aber mußte er das Pferd scharf parieren. Denn hier sperrte eine Kuh den Weg, die ein Bursche mit gespanntem Strick zur Schlachtbank zerrte. Die Kuh aber, von dem Dunst des Blutes und der an den Türpfosten genagelten frischen Haut eines schwarzen Kalbes zurückschaudernd, stemmte sich auf ihren Füßen, sog mit geblähten Nüstern den rötlichen Sonnendurst des Abends in sich und riß sich, bevor der Bursche sie mit Prügel und Strick hinüber bekam, mit kläglichen Augen noch ein Maulvoll von dem Heu ab, das der Wachtmeister vorne am Sattel befestigt hatte. Er hatte nun das letzte Haus des Dorfes hinter sich und konnte, zwischen zwei niedrigen, abgebröckelten Mauern reitend, jenseits einer alten einbogigen Steinbrücke über einen anscheinend trockenen Graben den weiteren Verlauf des Weges absehen, fühlte aber in der Gangart seines Pferdes eine so unbeschreibliche Schwere, ein solches Nichtvorwärtskommen, daß sich an seinem Blick jeder Fußbreit der Mauern rechts und links, ja jeder von den dort sitzenden Tausendfüßen und Asseln mühselig vorbeischob, und ihm war, als hätte er eine unmeßbare Zeit mit dem Durchreiten des widerwärtigen Dorfes verbracht. Wie nun zugleich aus der Brust seines Pferdes ein schwerer röhrender Atem hervordrang, er dies ihm völlig ungewohnte Geräusch aber nicht sogleich richtig erkannte und die Ursache davon zuerst über und neben sich und schließlich in der Entfernung suchte, bemerkte er jenseits der Steinbrücke und beiläufig in gleicher Entfernung von dieser, als wie er sich selbst befand, einen Reiter des eigenen Regiments auf sich zukommen, und zwar einen Wachtmeister, und zwar auf einem Braunen mit weißgestiefelten Vorderbeinen. Da er nun wohl wußte, daß sich in der ganzen Schwadron kein solches Pferd befand, ausgenommen dasjenige, auf welchem er selbst in diesem Augenblicke saß, er das Gesicht des anderen Reiters aber immer noch nicht erkennen konnte, so trieb er ungeduldig sein Pferd sogar mit den Sporen zu einem sehr lebhaften Trab an, worauf auch der andere sein Tempo ganz im gleichen Maße verbesserte, so daß nun nur mehr ein Steinwurf sie trennte, und nun, indem die beiden Pferde, jedes von seiner Seite her, im gleichen Augenblick, jedes mit dem gleichen, weißgestiefelten Vorfuß die Brücke betraten, der Wachtmeister mit stierem Blick in der Erscheinung sich selber erkennend, wie sinnlos sein Pferd zurückriß und die rechte Hand mit ausgespreizten Fingern gegen das Wesen vorstreckte, worauf die Gestalt, gleichfalls parierend und die Rechte erhebend, plötzlich nicht da war, die Gemeinen Holl und Scarmolin mit unbefangenen Gesichtern von rechts und links aus dem trockenen Graben auftauchten und gleichzeitig über die Hutweide her, stark und aus gar nicht großer Entfernung die Trompeten der Eskadron »Attacke« bliesen. Im stärksten Galopp eine Erdwelle hinansetzend, sah der Wachtmeister die Schwadron schon im Galopp auf ein Gehölz zu, aus welchem feindliche Reiter mit Piken eilfertig debouchierten; sah, indem, er die vier losen Zügel in der Linken versammelnd, den Handriemen um die Rechte schlang, den vierten Zug sich von der Schwadron ablösen und langsamer werden, war nun schon auf dröhnendem Boden, nun in starkem Staubgeruch, nun mitten im Feinde, hieb auf einen blauen Arm ein, der eine Pike führte, sah dicht neben sich das Gesicht des Rittmeisters mit weit aufgerissenen Augen und grimmig entblößten Zähnen, war dann plötzlich unter lauter feindlichen Gesichtern und fremden Farben eingekeilt, tauchte unter in lauter geschwungenen Klingen, stieß den nächsten in den Hals und vom Pferd herab, sah neben sich den Gemeinen Scarmolin, mit lachendem Gesicht, Einem die Finger der Zügelhand ab- und tief in den Hals des Pferdes hineinhauen, fühlte die Mêlée sich lockern und war auf einmal allein, am Rand eines kleinen Baches, hinter einem feindlichen Offizier auf einem Eisenschimmel. Der Offizier wollte über den Bach; der Eisenschimmel versagte. Der Offizier riß ihn herum, wendete dem Wachtmeister ein junges, sehr bleiches Gesicht und die Mündung einer Pistole zu, als ihm ein Säbel in den Mund fuhr, in dessen kleiner Spitze die Wucht eines galoppierenden Pferdes zusammengedrängt war. Der Wachtmeister riß den Säbel zurück und erhaschte an der gleichen Stelle, wo die Finger des Herunterstürzenden ihn losgelassen hatten, den Stangenzügel des Eisenschimmels, der leicht und zierlich wie ein Reh die Füße über seinen sterbenden Herrn hinhob.

Als der Wachtmeister mit dem schönen Beutepferd zurückritt, warf die in schwerem Dunst untergehende Sonne eine ungeheure Röte über die Hutweide. Auch an solchen Stellen, wo gar keine Hufspuren waren, schienen ganze Lachen von Blut zu stehen. Ein roter Widerschein lag auf den weißen Uniformen und den lachenden Gesichtern, die Kürasse und Schabracken funkelten und glühten, und am stärksten drei kleine Feigenbäume, an deren weichen Blättern die Reiter lachend die Blutrinnen ihrer Säbel abgewischt hatten. Seitwärts der rotgefleckten Bäume hielt der Rittmeister und neben ihm der Eskadronstrompeter, der die wie in roten Saft getauchte Trompete an den Mund hob und Appell blies. Der Wachtmeister ritt von Zug zu Zug und sah, daß die Schwadron nicht einen Mann verloren und dafür neun Handpferde gewonnen hatte. Er ritt zum Rittmeister und meldete, immer den Eisenschimmel neben sich, der mit gehobenem Kopf tänzelte und Luft einzog, wie ein junges, schönes und eitles Pferd, das es war. Der Rittmeister hörte die Meldung nur zerstreut an. Er winkte den Leutnant Grafen Trautsohn zu sich, der dann sogleich absaß und mit sechs gleichfalls abgesessenen Kürassieren hinter der Front der Eskadron die erbeutete leichte Haubitze ausspannte, das Geschütz von den sechs Mannschaften zur Seite schleppen und in ein von dem Bach gebildetes, kleines Sumpfwasser versenken ließ, hierauf wieder aufsaß und, nachdem er die nunmehr überflüssigen beiden Zuggäule mir der flachen Klinge fortgejagt hatte, stillschweigend seinen Platz vor dem ersten Zug wieder einnahm. Während dieser Zeit verhielt sich die in zwei Gliedern formierte Eskadron nicht eigentlich unruhig, es herrschte aber doch eine nicht ganz gewöhnliche Stimmung, durch die Erregung von vier an einem Tage glücklich bestandenen Gefechten erklärlich, die sich im leichten Ausbrechen halbunterdrückten Lachens, sowie in halblauten untereinander gewechselten Zurufen äußerte. Auch standen die Pferde nicht ruhig, besonders diejenigen, zwischen denen fremde erbeutete Pferde eingeschoben waren. Nach solchen Glücksfällen schien allen der Aufstellungsraum zu enge, und solche Reiter und Sieger verlangten sich innerlich, nun im offenen Schwarm auf einen neuen Gegner loszugehen, einzuhauen und neue Beutepferde zu packen. In diesem Augenblicke ritt der Rittmeister Baron Rofrano dicht an die Front seiner Eskadron, und indem er von den etwas schläfrigen blauen Augen die großen Lider hob, kommandierte er vernehmlich, aber ohne seine Stimme zu erheben: »Handpferde auslassen!« Die Schwadron stand totenstill. Nur der Eisenschimmel neben dem Wachtmeister streckte den Hals und berührte mit seinen Nüstern fast die Stirne des Pferdes, auf welchem der Rittmeister saß. Der Rittmeister versorgte seinen Säbel, zog eine seiner Pistolen aus dem Halfter, und indem er mit dem Rücken der Zügelhand ein wenig Staub von dem blinkenden Lauf wegwischte, wiederholte er mit etwas lauterer Stimme sein Kommando und zählte gleich nachher »eins« und »zwei«. Nachdem er das »zwei« gezählt hatte, heftete er seinen verschleierten Blick auf den Wachtmeister, der regungslos vor ihm im Sattel saß und ihm starr ins Gesicht sah. Während Anton Lerchs starr aushaltender Blick, in dem nur dann und wann etwas Gedrücktes, Hündisches aufflakkerte und wieder verschwand, eine gewisse Art devoten, aus vieljährigem Dienstverhältnisse hervorgegangenen Zutrauens ausdrücken mochte, war sein Bewußtsein von der ungeheuren Gespanntheit dieses Augenblicks fast gar nicht erfüllt, sondern von vielfältigen Bildern einer fremdartigen Bahaglichkeit ganz überschwemmt, und aus einer ihm selbst völlig unbekannten Tiefe seines Innern stieg ein bestialischer Zorn gegen den Menschen da vor ihm auf, der ihm das Pferd wegnehmen wollte, ein so entsetzlicher Zorn über das Gesicht, die Stimme, die Haltung und das ganze

Dasein dieses Menschen, wie er nur durch jahrelanges, enges Zusammenleben auf geheimnisvolle Weise entstehen kann. Ob aber in dem Rittmeister etwas Ähnliches vorging, oder ob sich ihm in diesem Augenblicke stummer Insubordination die ganze lautlos um sich greifende Gefährlichkeit kritischer Situationen zusammenzudrängen schien, bleibt im Zweifel: Er hob mit einer nachlässigen, beinahe gezierten Bewegung den Arm, und indem er, die Oberlippe verächtlich hinaufziehend, »drei« zählte, krachte auch schon der Schuß, und der Wachtmeister taumelte, in die Stirn getroffen, mit dem Oberleib auf den Hals seines Pferdes, dann zwischen dem Braun und dem Eisenschimmel zu Boden. Er hatte aber noch nicht hingeschlagen, als auch schon sämtliche Chargen und Gemeinen sich ihrer Beutepferde mit einem Zügelriß oder Fußtritt entledigt hatten und der Rittmeister, seine Pistole ruhig versorgend, die von einem blitzähnlichen Schlag noch nachzuckende Schwadron dem in undeutlicher dämmernder Entfernung anscheinend sich ralliierenden Feinde aufs neue entgegenführen konnte. Der Feind nahm aber die neuerliche Attacke nicht an, und kurze Zeit nachher erreichte das Streifkommando unbehelligt die südliche Vorpostenaufstellung der eigenen Armee.

DAS MÄRCHEN VON DER VERSCHLEIERTEN FRAU

Die junge Frau des Bergmannes trat ans Fenster der hinteren Stube, um zu sehen ob die Sonne bald an den Rand des Berges sinken werde. Die Sonne stand aber noch hoch, die Nelken auf dem Fensterbrett warfen ganz kurze Schatten und von unten rauschte der Bach eine merkliche Kühle herauf. Obwohl die Frau wusste, dass ihr Mann noch lange nicht von der Schicht heim kommen konnte, blieb sie doch am Fenster stehen und spähte durch die dämmernden Laubkronen hinüber auf ein paar gelbrothe Flecke zwischen dem Grün: das war der Waldweg. Plötzlich aber musste sie zurücktreten und sich mit beiden Händen an der Tischkante festhalten: der kleine wohlbekannte Abgrund vor dem Fenster, in dessen Tiefstem der kleine Sturzbach hintoste und über dessen ganzen grünen Abhang der verkrümmte Zweig eines Apfelbaums hinabgriff, verursachte ihr Schwindel. Sie heftete ihre ängstlichen Augen auf ihr dreijähriges Mädchen, das auf dem Fußboden spielte. Das Kind sah lächelnd zu ihr auf, zugleich fühlte die Mutter, wie das warme Blut ihrem Herzen wieder zuströmte. Sogleich nahm das Gesicht der jungen Frau einen hellen verklärten Ausdruck an: denn sie wusste dass sie ein zweites Kind unter dem Herzen trug und da sie dieses neue Leben nur erst ahnte und seine Regungen noch nicht fühlen konnte, so nahm sie diese ängstlichen Bewegungen ihres Blutes für eine Bürgschaft seines bewusstlosen Werdens. Sie nahm das Kind, das sie für sich schon »die Große« nannte, bei der Hand und gieng aus der Stube. Als sie aber die Thür hinter sich zuschloss und nun auf der dämmrigen Dachtreppe stand, befiel sie ein neues Gefühl von noch viel heftigerer Bangigkeit: ihr war als hätte sie, da sie die Thür zudrückte, den Deckel über einem Sarge zugedrückt; als wäre mit dem hellen Zimmer das ganze Glück ihres Lebens für immer hinter ihr versunken. Ihre Füße waren wie mit Blei gefüllt und als sie hinunterkam, musste sie sich auf den Steinrand des Brunnens setzen und ihre Schläfen pochten. Das Kind ließ sich gleich an der Mauer des Hauses nieder und fieng an, mit einem alten verbogenen Zinnlöffel ein Mausloch aufzugraben. Es fragte was; die Mutter gab ihm aber keine Antwort: sie hatte den Kopf gewandt und ihr Blick hatte sich in die dunkle Tiefe des Brunnenschachtes verfangen. Sie sah den finstern Abgrund und sah etwas Lebendes, ihr unendlich Theueres hinabstürzen; sie konnte sich nicht regen, nicht schreien und musste mit gelähmten Knien, mit starrem Aug geschehen lassen, was geschah. Auf einmal gab eine schnell um sich greifende innere Deutlichkeit ihr zu erkennen, dass es nicht ein gegenwärtiges sondern ein zukünftiges Leid war, dessen Schatten über sie sank wie ein Schleier von Blei. Ihre linke Hand presste sich gegen ihren Leib: denn ihr war, als fühlte sie dem Leben, das da innen keimte, ein fürchterliches unnennbares Schicksal zubereitet. Allmählich hob sich der Knoten der Angst aus ihr, schien sich zu lösen und sich ringsum, ringsum zu vertheilen. Licht und Dunkel, Berg und Bach und Luft schien eine einzige lauernde Gefahr, aber nicht für sie, sondern für das Wesen, das aus ihr geboren werden sollte. In ihrer beklommenen Finsternis glühte das neue Muttergefühl stärker und stärker durch, allmählich wich der Krampf, in einem röthlichen Dunst stand das Kind vor ihr und zupfte sie am Kleid. Die Sonne war längst hinab, alles stand in kühler Dämmerung, das Kind weinte stark und zog an der Hand, die sie noch immer an den Leib gepresst hielt. Sie war vier Stunden so gesessen. Sie stand auf und schüttelte das Ängstliche aus den schlaftrunknen Gliedern. Eine feuerfarbene gefüllte Nelke bog sich aus der dunkelnden Schlafstube ihr entgegen, wie ein Lebendiges. Die junge Frau sagte in sich: »Ich darf nicht traurig sein, solang ich es in mir trage, das ist ihm schlecht,« und sie hob die Arme über sich und langte nach der Nelke, sog ihren farbigen Glanz und ihren Duft in sich und sang etwas halblaut, das ihr aus einem alten Gesangbuch geblieben war:

Ihr Nägelein, so zeigt Euch an!
Ihr blüht und glüht, doch ist's ein Kleid:
ist um die Zeit, kommt Ewigkeit,

wird alle Creatur befreit,
zeigt Euch mir an, was wär't Ihr dann?

Sie sang nur um zu singen und ihr Herz achtete nicht auf den Sinn sondern dachte, dem Mann entgegenzugehn ihn zu küssen und ihm die geheimen Ängstigungen völlig zu verschweigen und zu verbergen. Indem sah sie jenseits des Baches einen zwischen den Büschen hervortreten und den Abhang herunterklimmen, wie einer der den Übergang sucht. Er war gekleidet wie ein Bergknappe aber fremdartig und ganz in einem gleichförmigen dunklen Stoff. Unter der Mütze fiel links und rechts schlichtes braunes Haar in Strähnen herab und umrahmte das blasse junge Gesicht. Mit der linken hielt er sich an einem Zweig und sah herüber auf die junge Frau. Seine Lippen, konnte sie erkennen, waren dünn wie einander berührende Messerrücken. Es schien, als brächte er eine Botschaft und keine gute. Er schwang sich an dem Zweig nach rechts hinüber; die Frau gieng vor, um die Ecke des Hauses; als sie aber an den Zaun trat und sich vorbeugte, war der Fremde verschwunden und den Bach hinauf und hinab rührte sich kein Zweig, als die ins Wasser hiengen und vom Wirbel ruckweise hin und her gerissen wurden. Es ängstete sie, in der Dämmerung mit den tosenden schreienden Wasserstimmen allein zu sein; sie nahm das Kind, gieng in die Küche, zündete ein Licht an und setzte es auf den Herd, noch ein zweites und setzte es in das kleine vergitterte Fenster; dann fieng sie an, Kartoffel zu schälen und das Kind freute sich, wie davon ein Schatten an der Mauer herunterlief wie ein gewundenes Band.

Indessen gieng ihr Mann die Straße herunter, die von der Tagesöffnung des Bergwerks zum Dorf hinabführte. Er gieng bald auf der rechten, bald auf der linken Seite der Straße, wie einer der in tiefes Denken verloren ist. Auf der alten Steinbrücke über dem dunklen Wassersturz blieb er stehen und strich mit einem erwartungsvollen Blick die Felswand empor bis in die mächtigen drängenden Wolken die droben noch im Lichte giengen; und blickte dann mit noch erregterer Erwartung in den feuchten rauschenden Abgrund hinab als müsste sich da, und müsste sich im Augenblick in lautlosen Angeln eine geheime Thür ihm aufthun ins Innere.

Denn er wusste: nun war die Zeit da. Es waren Zeichen über Zeichen gewesen, vorher, die hatten bedeutet: nun kommt die Zeit heran. Diese Zeichen hatte er lange nicht verstanden; ihn dünkten sie unscheinbar, obwohl sie wundervoll waren; und obwohl sie Vorzeichen waren, nahm er sie für Erinnerungen. Er nahm sie zu allermeist für vereinzelte grundlose und süße Erinnerungen aus unbestimmten früheren Zeiten seines Lebens. Es geschah ihm, dass er ein unbeschreibliches Wohlgefühl davon hatte, sich mit der linken Hand an die Bergwand zu stützen; oder dass er, wenn die feuchte Kühle des finstern Geklüfts ihn umschlug, die Augen schloss, und sich ganz in sich selber einwühlend für einen Augenblick in der vollkommenen süßen Unschuld der Kinderzeit zu athmen glaubte. Manchmal kam es ihn so stark an, dass er eine zeitlang jeden Hammerschlag, den er im Gestein, und dann wieder jeden Schritt, den er im Freien that traumweis im Reich der Erinnerung zu thun vermeinte. Und als er eines Tages in solcher Verfassung pochte, stand hinter ihm im Schein der Grubenlampe ein junger fremder Bergmann mit langsträhnigem braunem Haar, der ihm lange zusah dann mit dünnen Lippen zu reden anfieng und ohne den Gruß »Glück auf« ihn vielerlei fragte. »Wer seid denn ihr?« fragte er selber den Fremden. »Das kann euch gleich sein,« antwortete der Fremde schnell, »ich bin einmal da und will euch zu eurem Glück verhelfen.« »Ich will aber wohl erst wissen, wer und woher ihr seid« sagte er noch einmal. Der Fremde zuckte ungeduldig, trat ganz nahe heran und beugte sich über den der im Gestein saß. »Ich will mich ausweisen,« sagte er, »dass wir recht wohlbekannt sind. Hast du dich heute bei der stillen Arbeit wieder stark erinnern müssen?« »Ja« sagte der andere halb unwillkürlich. »Und hast dich leicht gefragt: Wo thu ich diesen Hammerschlag? thu ich ihn hier oder thu ich ihn tausend Meilen von hier? wie?« Der andere bejahte mit den Augen. »Und wenn du zuhaus bist und gehst aus einem Zimmer ins andere und schlägst eine Thür hinter dir zu und öffnest eine andere, ist dir da nicht als wären es gar nicht deines Hauses Stuben in denen du umhergehst, sondern als thätest du Thüren auf und zu, ganz ganz wo anders, tausendmal wo anders?« Dem Bergmann war, als schöbe sich in ihm etwas auseinander, sich so durchschaut zu fühlen. »Und lebst so dahin,«

redete der Fremde weiter, »und redest nichts und deutest nichts und willst nicht wissen, worauf das alles hinaus soll?« »Ja, soll's denn aus mir hinaus?« fragte der Andere und bei dem bloßen Gedanken überfiel ihn ein grenzenloses Gefühl von Oede und Verzweiflung. Der Fremde lachte lautlos: »Nichts soll heraus, sondern du sollst hinein. Hineinstoßen muss man so einen in seine eigene Glückseligkeit. So nimmst du denn wirklich das alles für Erinnerungen? Hast du denn je in früheren Zeiten ein solches Glücksgefühl verspürt? Ahnst du denn nicht, dass es lauter Vorzeichen sind, luftige Vorausspiegelungen, nichts als Vorgefühle des namenlosen Glücks das auf dich wartet? Muss dir die verschleierte Frau noch viele Boten schicken, bis du dich aufmachst zu ihr zu kommen?« Bei diesem geheimnisvollen Namen war dem Bergmann als entzündete sich über seinem Kopf eine Lampe und durchdränge mit der Gewalt des Lichtes die Dumpfheit des finstern Gesteins rechts und links und oberhalb, ja auch seinen ganzen Leib und was unter ihm war, so dass er selber durchleuchtet inmitten durchschienener Gewölbe über durchfunkeltem Abgrund fest dastand. Und aus dem Innersten her durchsetzte ihn ein unnennbares völlig neues und doch überaus bestimmtes Gefühl seiner selbst in dem alle die früheren ahnungsweisen Glücksgefühle enthalten waren, aber nur wie kleine Bläschen, die sich augenblicklich in der crystallenen fluthenden leuchtenden Klarheit des Ganzen auflösten. Er sah die Gestalt des Fremden kleiner und undeutlicher vor sich, als stünde jener weit unten und jenseits bergestiefer Schluchten. Es drängte ihn, dem Fremden etwas zuzurufen. »Ich gehe meine Herrin aufzusuchen« diese Worte kamen aus seinem Mund, ihn selber überraschend und verschwebten klanglos in einem so ungeheueren Raum, dass ihn schwindelte. In diesem Augenblick hörte er schwere schlürfende Schritte sich nähern und hörte sich beim Namen rufen: »Hyacinth« und nochmals »Hyacinth«. »Siehst du ihn?« sagte eine andere Stimme. »Mir scheint er schläft,« antwortete die andere, »oder er redet mit einem Venediger.« Der Schein einer Grubenlampe schwankte heran und in dem finstern Gange standen vor Hyacinth zwei Bergleute, die im Nachbarstollen arbeiteten. Der Fremde war verschwunden. »Ist dir deine Lampe ausgegangen?« fragte der eine. Hyacinth gab keine Antwort. Schweigend raffte er sein Zeug zusammen und gieng hinter den andern her bis an den Förderschacht und fuhr zu Tage. Seine Füße trugen ihn aus Gewohnheit den Weg nach Hause; er gieng bald auf der rechten bald auf der linken Seite der Straße und wusste kaum, wo er gieng; er fühlte nur das tiefe Müssen, das ihn zu der verschleierten Frau hintrieb, deren fernes verborgenes Dasein ihn überwältigte, dass er sie stärker leben fühlte als sich selber. Jenseits der gewölbten Brücke that er einen unsicheren Schritt und stieß mit dem Knöchel hart gegen einen Stein. Als er den Schmerz fühlte, dachte es in ihm: »Der da hingeht, und mit dem Fuß an die Steine stößt, der bin ich ja gar nicht. Ich bin ja der, der hinüber gehört« und da er in diesem Augenblick den Kopf emporwarf und über sich im letzten schon erkaltenden Himmelslicht einen Sperber kreisen sah, dessen heftiges Schreien herniederdrang, so überkam es ihn einen Augenblick, dass er nicht wusste, ob er die Creatur war, die drunten an der dunkelnden Bergwand vor sich schritt oder die andere, die mit ausgebreiteten Flügeln droben hinglitt. Nun wusste er aber, dass dieses alles nur Vorausspiegelungen dessen waren, was ihn erwartete. Als er vor seinem Haus stand und den Lichtschein sah, der aus dem kleinen vergitterten Küchenfenster fiel, warf er über das alles einen sonderbaren Blick: es war ihm zumuthe, als hätte er das alles seit Jahren nicht gesehen und sähe es auch jetzt nicht wirklich, sondern als käme er nur in einem beklommenen Traum daran vorüber. Er trat an das erleuchtete Fenster, um hineinzusehen: da bemerkte er, dass wohl die Gitterstäbe auf die getünchte Mauer seitlich einen schwarzen scharfen Schatten warfen, sein Kopf aber nicht. Er hob die Hand zwischen das Licht und die Mauer und auch die Hand warf keinen Schatten. Er trat ins Haus, hieng seine Kappe an einen Nagel und öffnete die Küchenthür. Seine Frau fuhr vor Schrecken, als er hereintrat, von dem niedrigen Holzschemel auf und das Messer mit dem sie geschält hatte, fiel klirrend zu Boden. »Du bist es, du, du!« brachte sie mühsam hervor, und ihr erschrockenes Gesicht lächelte gleich und sie hieng sich an ihn, indess die Kleine, den Kopf an der Mutter Knie gedrückt, angstvoll weinte. »Dass ich sitze und horche« sagte die Frau, »und jede Maus höre, jeden Käfer draußen, und hör' dich nicht, nicht gehen im Garten, nicht die Thür aufthun, nicht in den Flur treten und nicht hereinkommen! Davon sind wir beide so erschrocken. Es war wie wenn die leere Luft auf einmal eine menschliche Gestalt bekommen hätte, so warst du auf einmal da.« Sie giengen in die andere Stube, das Nachtmahl war schnell aufgetragen und das Kind beruhigte sich bald bei seiner Milch. Jedesmal, wenn die Frau mit einer Schüssel oder einem reinen Löffel zum Tisch und in den Schein des Talglichtes trat, schien ihr junges argloses Gesicht dem Hyacinth verändert. Er hatte das Licht gleich so gestellt, dass auf ihn kein rechter Schein fiel. Das Kind saß ganz im Licht und wie sich die Frau zuletzt niederbeugte, um dem Kind den Mund abzuwischen, glaubte er eine zahnlose Greisin zu sehen die mit ihren welken Wangen und eingefallnen Schläfen wie gierig nach lebendiger Wärme an dem weichen blonden leuchtenden Kindeskopf langsam hinstrich.

Er stand auf und sagte: »Ich bin recht müde und will mich gleich niederlegen.« Dabei nahm er das Licht in die Hand und hatte acht, sich schnell durch die Thür zu drücken. Die Frau entzündete noch einen Spahn, gab ihn dem Kind zu halten und räumte schnell den Tisch ab. Als Hyacinth die Thür hinter sich zugedrückt hatte, zuckte das Licht in seiner Hand und wo es seinen unsteten blassgelben Schein hinwarf, da schien dem Mann im Gehen sein ganzes Haus verändert, die Mauern alt und mit unheimlichen Rissen wie das Gemäuer eines alten Kirchhofs, die Dielen sogar seltsam und traurig verändert, die Klinken an den Thüren verwahrlost und wie wenn seit vielen vielen Jahren keine Hand sie berührt hätte. Er zog sich aus und legte seine Kleider auf einen Stuhl neben dem Bett; das Licht hatte er auf ein Gesims an der Wand gestellt und von dort beschien es die Kleider und sie sahen traurig aus wie das Bündel Kleider des unbekannten Verstorbenen, das manchmal im Amt auf einem Tisch neben dem zugedeckten Leichnam ausgestellt ist. Indem kratzten die Frau und das Kind an der Thür; ihr Spahn war ihnen ausgegangen und sie fanden lange die Klinke nicht. Wie sie hereintraten hatte Hyacinth Mühe sich zu besinnen, wer diese Frau und dieses Kind denn wären und wie es käme, dass sie mit ihm in einer Kammer schliefen. Die da ihr Kind zu Bett legte und zudeckte, die in Strümpfen lautlos umhergieng und ihr Haar aufflocht, erschien ihm wie eine Todte die in ihrem weißen Linnen aus dem Grab hervorgestiegen war, ein sonderbares wortloses Spiel zu treiben. Als sie ihr Gesicht ihm zukehrte, zu sehen ob er schlafe, und dabei den Athem aus ihrem jungen Mund über die halboffenen Lippen blies, sah er unter ihrer Haut den beinernen lippenlosen Schädel und schlug unter innerem Stöhnen, das eine tiefe Erstarrung aber nicht zum Laut werden ließ, mit der Hand das Licht aus.

Nun stand die gewohnte liebe Gestalt im Dunkel; über dem weißen Hemd floss das dunkle Haar von den Schultern zur Brust; mit eingehaltenem Athem sah sie auf ihn hin und da sie ihn eingeschlafen glaubte, so nickte sie mütterlich zufrieden. Dieses Nicken kam noch zu ihm; schon in die grundlose Tiefe eines auflösenden Schlafes versinkend hieng sich sein Bewusstsein noch einen Augenblick daran wie an einen süßduftenden Zweig. Er fühlte sich noch lächeln, fühlte das andere Bette sich leicht bewegen und war eingeschlafen. Er erwachte und wusste, dass eine Stimme seinen Namen gerufen hatte; er richtete sich im Bette auf und wusste sogleich, dass nun der Anfang gekommen war. Er konnte aufstehen und das Bett ächzte nicht; er trat auf die Dielen, er kam in seine Kleider und es gab keinen Laut. Er hörte den ruhigen Athem der Frau, den schnellern des Kindes und draußen den nächtlich rauschenden Bach: da rief es nochmals. Er schwang sich durchs Fenster hinaus ins Freie und lief durch das thauige Unkraut hinab an die Straße. Die Straße lag leer da im Mond und stieg hinauf in den Wald und lief hinab ins dämmernde große Thal. Er stand nicht lange, da kam von droben her ein Lärm, halb Rauschen halb Dröhnen, anders als das Brausen der Wasserstürze und das Abrollen der Felsblöcke. Es kam näher und sogleich brach es zwischen den mächtig riesenhaften Tannen mit schallendem Hufschlag, wildem Schnauben und schwerem Rollen hervor, dröhnte heran und war eine Kutsche, größer als die des Fürstbischofs von Brixen und als sie vor Hyacinth ankam, riss der Kutscher, ein großer mit finsterem rothfunkelndem Gesicht, die vier schweren schnaufenden Gäule zusammen und der Wagenschlag sprang auf, nach der Seite wo Hyacinth stand, und er hinein und fiel mit dem Rücken in die Polster, so rissen die Vier den Wagen dröhnend weiter.

die Wanderung. (er konnte nie erfahren wie lang er ausgewesen war). sobald er bemerkt hat, dass es keine Erinnerungen sondern Vorausspiegelungen sind, sagt er sich: es muss Zusammenhang drin sein. Es ist ein tiefes Müssen, das mich die verschleierte Frau suchen heisst. Ich muss jetzt auf alle Zeichen recht achten. Der jetzt hungert und schlecht liegt, der ist's ja gar nicht. (= der bin nicht ich.) Ich bin ja der, der hinüber gehört. Einmal, einen Fluss übersetzend, spürt er deutlich: nun trägt's mich ihr entgegen und ist wieder sehr froh. Er wird gekreuzigt (etwas ähnliches) und fühlt: das ist nur hinübergehoben werden. Noch auf dem Galgen, fängt er schon an, jenseits zu leben. Er kommt zum Dorf der Zwerge: sagt sich: jetzt muss ich zu denen in die richtige Lage kommen, die mich »hinein« bringt (wie: jetzt muss ich nur den Griff finden, der die Thür auf macht) und kommt gleich in die Lage, einem mit Stein erschlagenen beizuspringen und dafür als Mörder erwischt zu werden; gelangt dadurch in halbverfallene Kirche, wo ein Mosaik ihn sehr tröstet und ihm zeigt, dass er auf rechtem Weg ist. In einem Korb ertränkt, macht ihn ein im Schilf spielendes Kindlein los. (sein eigenes, das er nachher geboren, auf seiner Frau Brust schlafen findet)

Thiere besuchen ihn im Gefängniss (Unke, kleine Eule, Spinne): da er sie sehr liebgewinnt, zweifelt er nicht, dass sie von der Königin gesandt sind. ihre Augen erscheinen ihm mitwissend. für die Spinne singt er Liebe ist (so ahnt er unbewusst) das Medium, in welchem die verschleierte Frau und die ihr gehören, schwimmt. eine Spinnerin auf dem Weg erscheint ihm sehr begehrenswerth; ihr zuzusehen sehr wünschenswerth; ihm ist als spänne sie ihre Fäden aus seinem Leib, mit unbeschreiblichem Entzücken sieht er dem Faden zu. Nachher ist sie hässlich, schwere Züge, Raben und Kröten dienen ihr.

Anfang: er hat am Besitz gehangen: Ohrringe der Frau, Korallen, Muschel. schöne Wachslichter. (alles wirft keinen Schatten, kein Licht)

ein idyllisches Stadium: Kohlhäupter ein klagender Vogel bei dem Bauern für den die Zwerge arbeiten und immer Säcke bringen

»das Weib gieng mit langsamem Schritt, denn der Korb drückte sie aufs Haupt«

Begegnung: ein schöner Fremdling mit einem Hund, geht über eine Brücke.

auf einem See, den er mit schweigsamem Fährmann gegen Abend übersetzt, der gebundene Bacchos

hier zergehen die Planken seines Bootes und der See wird Smaragd

Übergang: sucht hier zu helfen, vielleicht kann euch auch mitgeholfen werden.

tritt in ein Zimmer wo eine Familie düstere Reisevorbereitungen trifft Haus der Abschiede

ein Springbrunnen und endlich sich noch höher schwingend ein Vogel fangen den letzten Schein der untergegangenen Sonne auf

zur Spinnerin: Gott tröste Euch

Anfang: die Wangen der Frau geheimnisslos
Schluss: auf ihren Wangen weicht der Schleier des Schlafes dem Schreck, der Schreck dem Glanz

der Park: in welchem die Schwestern, die Brüder das redende Wasser und der singende Baum sind; bereiten sich auch zur Pilgerfahrt vor

Rückkunft: in einem Spiegel sieht er die im Bett liegende Frau, im ersten Sonnenstrahl, erkennt sie aber nicht. auf ihrer Brust bewegt sich lebendiges Geschmeide

ich wusste es: sagte die Frau: die Nelken flammten, und noch 2 Zeichen die Grosse las es in den Sternen (sah den Schwan)
in seinem Munde bildet sich das Wort: Du

eine Lehre: alles kann zu allem werden: die einzelnen Perlen der Schnur. Die Schlechten zerfallen, die Guten verwandeln sich.

eine Lehre: Liebe überwindet die Zeit

eine Lehre Die Ökonomie des ganzen: Feuer das irgendwo consumiert wird muss sich von anderswo ersetzen. Alle haben mancherlei; was sie haben scheint dem Wanderer eine Zauberharmonie: was ihnen fehlt, erwähnen sie und es scheint ihm nur eine weitere Zierde ihres Mundes, dass sie diese Sehnsucht äussern

aus seinen Perlen, die er neben dem Spiegel gefunden hat, wird immer, was die eben durchwanderte Atmosphäre verlangt

die Zwerge haben das Feuer: in Thieren, in Stämmen, in Säcken verborgen

auf dem letzten Gefilde: der Einsiedler. seither viele Stimmen in der Luft. diese bleiben auch in der Rückkunft hängend alle nach einem Wort verlangend: er wirft die Perlen in die Luft, da kommt ihm das Wort in die Kehle

Rückkunft: vor dem Emporsteigen, ausruhen in einer dämmernden Grotte: dann steige noch ein paar Stufen: sieh in Spiegel

der Spiegel hat zwei Flügel von Purpurfinsterniss

hier ein unendliches Behagen: Vorgenuss, er ist einen Augenblick lang ein kleines Kind, pflückt Frucht, hebt sich damit aufwärts. Diese Frucht hat er noch in der Hand wie er nachhaus kommt, die Grössere nimmt sie ihm es sind Trauben.

b.) Die Insel der Wiedergeburt. sie entsteht durch Erweiterung des Baumes an dessen Wipfeln er mit einigen Thieren haftet. sie erweitert sich schnell treibt wie ein Schiff, bevölkert sich, blüht und grünt. Ist voll Laubengängen, Liebesglück, seligem Himmel. Er schweift in ihr herum wie in einem Brautgemach, ist sicher sie hier zu finden, dringt endlich bei Mondaufgang in die duftende (nach Leben duftende) Grotte ein und steigt tiefer und tiefer hinab. nach dem Umdrehen (das er einem Schwindel zuschreibt) wobei er mit den Händen hingreifen muss wo früher Füsse waren, glaubt er wieder zur Insel zurückzukommen

a. der Sturm entsteht durch Liebesvision des Eremiten. er entfesselt Ströme, Erdgewalten und Luftreiche.
Weissagung Du musst den redenden Baum finden, ehe die Sonne verschwindet. er spricht während des Sturmes mit dem Baum voll unendlichen Vertrauens.

2. Müllers Tochter und der Vogel mit klagenden Augen. Der alte Müller sie haben jemanden erschlagen. ein Fussknöchel liegt im Mühlbach sie hat schon Geliebten als Freund (der Todte und der Vogel) Die Zwerge zuerst an den Palast Der Palast. Die beiden gelähmten. unten Stein. Die Tänzerin, die als Flamme hinsinkt. Andeutung wie die beiden gelähmt worden sind: Die haben auch schon ihr geschlossenes Schicksal
1. Nachdem ihn das Kind aus der Truhe befreit hat (das Kind ist gleich in der Höhle verschwunden) Gewimmel von freundlichen Thieren, dann die Spinnerin, dann der Eremit

1. u 2. sind 2 Gruppen die Liebe Leid Verschuldung Schicksal in sich tragen. Müllers Tochter sagt: er hat so gierige Augen

schick ihn doch zu den Zwergen. Die haben das Feuer das alles aufschmelzen könnte. nach der Rettung Wanderung: einsame Spinnerin, zu deren Füßen auf der riesigen Halde er sich hinlegen möchte: er findet nach niedrigem und verlangendem Anschauen fremder Schicksale, nachdem man auch das reine schlackenlose Feuer nicht erlangen kann, einen mystischen Gewinn, einem Schicksal nachzuschauen: ein-Wesen ist's woran wir uns erfreuen einzeln-existenz ist alles. Er weiß nicht wieviel Zeit da vergeht. Endlich sagt er: helf Euch Gott. Da wird sie ein Schwan. er schreitet weiter findet Eremiten

Architecturgedanke der Wanderung.

es wird erst gegen Ende ein Aufbau ahnungsweise erkennbar: dass jenes nicht hätte eintreten können, ohne auf jenes frühere gebaut zu sein. Grundvesten werden im letzten Augenblick im nachhinein erkannt

der Wirbelsturm treibt den Baum in dem er hängt an den verschiedenen früher berührten Behausungen vorbei.

ERLEBNIS DES MARSCHALLS VON BASSOMPIERRE

Zu einer gewissen Zeit meines Lebens brachten es meine Dienste mit sich, daß ich ziemlich regelmäßig mehrmals in der Woche um eine gewisse Stunde über die kleine Brücke ging (denn der Pont neuf war damals noch nicht erbaut) und dabei meist von einigen Handwerkern oder anderen Leuten aus dem Volk erkannt und gegrüßt wurde, am auffälligsten aber und regelmäßigsten von einer sehr hübschen Krämerin, deren Laden an einem Schild mit zwei Engeln kenntlich war, und die, so oft ich in den fünf oder sechs Monaten vorüber kam, sich tief neigte und mir soweit nachsah, als sie konnte. Ihr Betragen fiel mir auf, ich sah sie gleichfalls an und dankte ihr sorgfältig. Einmal, im Spätwinter, ritt ich von Fontainebleau nach Paris und als ich wieder die kleine Brücke heraufkam, trat sie an ihre Ladentür und sagte zu mir, indem ich vorbeiritt: »Mein Herr, Ihre Dienerin!« Ich erwiderte ihren Gruß und, indem ich mich von Zeit zu Zeit umsah, hatte sie sich weiter vorgelehnt, um mir soweit als möglich nachzusehen. Ich hatte einen Bedienten und einen Postillon hinter mir, die ich noch diesen Abend mit Briefen an gewisse Damen nach Fontainebleau zurückschicken wollte. Auf meinen Befehl stieg der Bediente ab und ging zu der jungen Frau, ihr in meinem Namen zu sagen, daß ich ihre Neigung, mich zu sehen und zu grüßen, bemerkt hätte; ich wollte, wenn sie wünschte, mich näher kennen zu lernen, sie aufsuchen, wo sie verlangte.

Sie antwortete dem Bedienten: Er hätte ihr keine erwünschtere Botschaft bringen können, sie wollte kommen, wohin ich sie bestellte.

Im Weiterreiten fragte ich den Bedienten, ob er nicht etwa einen Ort wüßte, wo ich mit der Frau zusammenkommen könnte? Er antwortete, daß er sie zu einer gewissen Kupplerin führen wollte; da er aber ein sehr besorgter und gewissenhafter Mensch war, dieser Diener Wilhelm aus Courtrai, so setzte er gleich hinzu: Da die Pest sich hie und da zeige und nicht nur Leute aus dem niedrigen und schmutzigen Volk, sondern auch ein Doktor und ein Domherr schon daran gestorben seien, so rate er mir, Matratzen, Decken und Leintücher aus meinem Hause mitbringen zu lassen. Ich nahm den Vorschlag an, und er versprach mir ein gutes Bett zu bereiten. Vor dem Absteigen sagte ich noch, er solle auch ein ordentliches Waschbecken dorthin tragen, eine kleine Flasche mit wohlriechender Essenz und etwas Backwerk und Äpfel; auch solle er dafür sorgen, daß das Zimmer tüchtig geheizt werde, denn es war so kalt, daß mir die Füße im Bügel steif gefroren waren, und der Himmel hing voll Schneewolken.

Den Abend ging ich hin und fand eine sehr schöne Frau von ungefähr zwanzig Jahren auf dem Bette sitzen, indes die Kupplerin, ihren Kopf und ihren runden Rücken in ein schwarzes Tuch eingemummt, eifrig in sie hineinredete. Die Tür war angelehnt, im Kamin lohten große frische Scheiter geräuschvoll auf, man hörte mich nicht kommen, und ich blieb einen Augenblick in der Tür stehen. Die Junge sah mit großen Augen ruhig in die Flamme; mit einer Bewegung ihres Kopfes hatte sie sich wie auf Meilen von der widerwärtigen Alten entfernt; dabei war unter einer kleinen Nachthaube, die sie trug, ein Teil ihrer schweren dunklen Haare vorgequollen und fiel, zu ein paar natürlichen Locken sich ringelnd, zwischen Schulter und Brust über das Hemd. Sie trug noch einen kurzen Unterrock von grünwollenem Zeug und Pantoffeln an den Füßen. In diesem Augenblick mußte ich mich durch ein Geräusch verraten haben: Sie warf ihren Kopf herum und bog mir ein Gesicht entgegen, dem die übermäßige Anspannung der Züge fast einen wilden Ausdruck gegeben hätte, ohne die strahlende Hingebung, die aus den weit aufgerissenen Augen strömte und aus dem sprachlosen Mund wie eine unsichtbare Flamme herausschlug. Sie gefiel mir außerordentlich; schneller als es sich denken läßt, war die Alte aus dem Zimmer und ich bei meiner Freundin. Als ich mir in der ersten Trunkenheit des überraschenden Besitzes einige Freiheiten herausnehmen wollte, entzog sie sich mir mit einer unbeschreiblichen lebenden Eindringlichkeit zugleich des Blickes und der dunkeltönenden Stimme. Im nächsten Augenblick aber fühlte ich mich von ihr umschlungen, die noch inniger mit dem fort und fort empordrängenden Blick der unerschöpflichen Augen als mit den Lippen und den Armen an mir haftete; dann wieder war es, als wollte sie sprechen, aber die von Küssen zuckenden Lippen bildeten keine Worte, die bebende Kehle ließ keinen deutlicheren Laut als ein gebrochenes Schluchzen empor.

Nun hatte ich einen großen Teil dieses Tages zu Pferde auf frostigen Landstraßen verbracht, nachher im Vorzimmer des Königs einen sehr ärgerlichen und heftigen Auftritt durchgemacht und darauf, meine schlechte Laune zu betäuben, sowohl getrunken als mit dem Zweihänder stark gefochten, und so überfiel mich mitten unter diesem reizenden und geheimnisvollen Abenteuer, als ich von weichen Armen im Nacken umschlungen und mit duftendem Haar bestreut dalag, eine so plötzliche heftige Müdigkeit und beinahe Betäubung, daß ich mich nicht mehr zu erinnern wußte, wie ich denn gerade in dieses Zimmer gekommen wäre, ja sogar für einen Augenblick die Person, deren Herz so nahe dem meinigen klopfte, mit einer ganz anderen aus früherer Zeit verwechselte und gleich darauf fest einschlief.

Als ich wieder erwachte, war es noch finstere Nacht, aber ich fühlte sogleich, daß meine Freundin nicht mehr bei mir war. Ich hob den Kopf und sah beim schwachen Schein der zusammensinkenden Glut, daß sie am Fenster stand: Sie hatte den einen Laden aufgeschoben und sah durch den Spalt hinaus. Dann drehte sie sich um, merkte, daß ich wach war, und rief (ich sehe noch, wie sie dabei mit dem Ballen der linken Hand an ihrer Wange emporfuhr und das vorgefallene Haar über die Schulter zurückwarf): »Es ist noch lange nicht Tag, noch lange nicht!« Nun sah ich erst recht, wie groß und schön sie war, und konnte den Augenblick kaum erwarten, daß sie mit wenigen der ruhigen großen Schritte ihrer schönen Füße, an denen der rötliche Schein emporglomm, wieder bei mir wäre. Sie trat aber noch vorher an den Kamin, bog sich zur Erde, nahm das letzte schwere Scheit, das draußen lag, in ihre strahlenden nackten Arme und warf es schnell in die Glut. Dann wandte sie sich, ihr Gesicht funkelte von Flammen und Freude, mit der Hand riß sie im Vorbeilaufen einen Apfel vom Tisch und war schon bei mir, ihre Glieder noch vom frischen Anhauch des Feuers umweht und dann gleich aufgelöst und von innen her von stärkeren Flammen durchschüttert, mit der Rechten mich umfassend, mit der Linken zugleich die angebissene kühle Frucht und Wangen, Lippen und Augen meinem Mund darbietend. Das letzte Scheit im Kamin brannte stärker als alle anderen. Aufsprühend sog es die Flamme in sich und ließ sie dann wieder gewaltig emporlohen, daß der Feuerschein über uns hinschlug, wie eine Welle, die an der Wand sich brach und unsere umschlungenen Schatten jäh emporhob und wieder sinken ließ. Immer wieder knisterte das starke Holz und nährte aus seinem Innern immer wieder neue Flammen, die emporzüngelten und das schwere Dunkel mit Güssen und Garben von rötlicher Helle verdrängten. Auf einmal aber sank die Flamme hin, und ein kalter Lufthauch tat leise wie eine Hand den Fensterladen auf und entblößte die fahle widerwärtige Dämmerung.

Wir setzten uns auf und wußten, daß nun der Tag da war. Aber das da draußen glich keinem Tag. Es glich nicht dem Aufwachen der Welt. Was da draußen lag, sah nicht aus wie eine Straße. Nichts einzelnes ließ sich erkennen: es war ein farbloser, wesenloser Wust, in dem sich zeitlose Larven hinbewegen mochten. Von irgendwoher, weither, wie aus der Erinnerung heraus, schlug eine Turmuhr, und eine feuchtkalte Luft, die keiner Stunde angehörte, zog sich immer stärker herein, daß wir uns schaudernd aneinander drückten. Sie bog sich zurück und heftete ihre Augen mit aller Macht auf mein Gesicht; ihre Kehle zuckte, etwas drängte sich in ihr herauf und quoll bis an den Rand der Lippen vor: Es wurde kein Wort daraus, kein Seufzer und kein Kuß, aber etwas, was ungeboren allen dreien glich. Von Augenblick zu Augenblick wurde es heller und der vielfältige Ausdruck ihres zuckenden Gesichts immer redender; auf einmal kamen schlürfende Schritte und Stimmen von draußen so nahe am Fenster vorbei, daß sie sich duckte und ihr Gesicht gegen die Wand kehrte. Es waren zwei Männer, die vorbeigingen: Einen Augenblick fiel der Schein einer kleinen Laterne, die der eine trug, herein; der andere schob einen Karren, dessen Rad knirschte und ächzte. Als sie vorüber waren, stand ich auf, schloß den Laden und zündete ein Licht an. Da lag noch ein halber Apfel: Wir aßen ihn zusammen, und dann fragte ich sie, ob ich sie nicht noch einmal sehen könnte, denn ich verreise erst Sonntag. Dies war aber die Nacht vom Donnerstag auf den Freitag gewesen.

Sie antwortete mir: Daß sie es gewiß sehnlicher verlange als ich; wenn ich aber nicht den ganzen Sonntag bliebe, sei es ihr unmöglich; denn nur in der Nacht vom Sonntag auf den Montag könnte sie mich wiedersehen.

Mir fielen zuerst verschiedene Abhaltungen ein, so daß ich einige Schwierigkeiten machte, die sie mit keinem Worte, aber mit einem überaus schmerzlich fragenden Blick und einem gleichzeitigen fast unheimlichen Hart- und Dunkelwerden ihres Gesichts anhörte. Gleich darauf versprach ich natürlich, den Sonntag zu bleiben, und setzte hinzu, ich wollte also Sonntag Abend mich wieder an dem nämlichen Ort einfinden. Auf dieses Wort sah sie mich fest an und sagte mir mit einem ganz rauhen und gebrochenen Ton in der Stimme: »Ich weiß recht gut, daß ich um deinetwillen in ein schändliches Haus gekommen bin; aber ich habe es freiwillig getan, weil ich mit dir sein wollte, weil ich jede Bedingung eingegangen wäre. Aber jetzt käme ich mir vor, wie die letzte niedrigste Straßendirne, wenn ich ein zweitesmal hierher zurückkommen könnte. Um deinetwillen hab' ich's getan, weil du für mich der bist, der du bist, weil du der Bassompierre bist, weil du der Mensch auf der Welt bist, der mir durch seine Gegenwart dieses Haus da ehrenwert macht!« Sie sagte: »Haus«; einen Augenblick war es, als wäre ein verächtlicheres Wort ihr auf der Zunge; indem sie das Wort aussprach, warf sie auf diese vier Wände, auf dieses Bett, auf die Decke, die herabgeglitten auf dem Boden lag, einen solchen Blick, daß unter der Garbe von Licht, die aus ihren Augen hervorschoß, alle diese häßlichen und gemeinen Dinge aufzuzucken und geduckt vor ihr zurückzuweichen schienen, als wäre der erbärmliche Raum wirklich für einen Augenblick größer geworden.

Dann setzte sie mit einem unbeschreiblich sanften und feierlichen Tone hinzu: »Möge ich eines elenden Todes sterben, wenn ich außer meinem Mann und dir je irgendeinem andern gehört habe und nach irgendeinem anderen auf der Welt verlange!« und schien, mit halboffenen, lebenhauchenden Lippen leicht vorgeneigt, irgendeine Antwort, eine Beteuerung meines Glaubens zu erwarten, von meinem Gesicht aber nicht das zu lesen, was sie verlangte, denn ihr gespannter suchender Blick trübte sich, ihre Wimpern schlugen auf und zu, und auf einmal war sie am Fenster und kehrte mir den Rücken, die Stirn mit aller Kraft an den Laden gedrückt, den ganzen Leib von lautlosem, aber entsetzlich heftigem Weinen so durchschüttert, daß mir das Wort im Munde erstarb und ich nicht wagte, sie zu berühren. Ich erfaßte endlich eine ihrer Hände, die wie leblos herabhingen, und mit den eindringlichsten Worten, die mir der Augenblick eingab, gelang es mir nach langem, sie soweit zu besänftigen, daß sie mir ihr von Tränen überströmtes Gesicht wieder zukehrte, bis plötzlich ein Lächeln, wie ein Licht zugleich aus den Augen und rings um die Lippen hervorbrechend, in einem Moment alle Spuren des Weinens wegzehrte und das ganze Gesicht mit Glanz überschwemmte. Nun war es das reizendste Spiel, wie sie wieder mit mir zu reden anfing, indem sie sich mit dem Satz: »Du willst mich noch einmal sehen? so will ich dich bei meiner Tante einlassen!« endlos herumspielte, die erste Hälfte zehnfach aussprach, bald mit süßer Zudringlichkeit, bald mit kindischem gespielten Mißtrauen, dann die zweite mir als das größte Geheimnis zuerst ins Ohr flüsterte, dann mit Achselzucken und spitzem Mund, wie die selbstverständlichste Verabredung von der Welt, über die Schulter hinwarf und endlich, an mir hängend, mir ins Gesicht lachend und schmeichelnd wiederholte. Sie beschrieb mir das Haus aufs genaueste, wie man einem Kind den Weg beschreibt, wenn es zum erstenmal allein über die Straße zum Bäcker gehen soll. Dann richtete sie sich auf, wurde ernst – und die ganze Gewalt ihrer strahlenden Augen heftete sich auf mich mit einer solchen Stärke, daß es war, als müßten sie auch ein totes Geschöpf an sich zu reißen vermögend sein – und fuhr fort: »Ich will dich von zehn Uhr bis Mitternacht erwarten und auch noch später und immerfort, und die Tür unten wird offen sein. Erst findest du einen kleinen Gang, in dem halte dich nicht auf, denn da geht die Tür meiner Tante heraus. Dann stößt dir eine Treppe entgegen, die führt dich in den ersten Stock, und dort bin ich!« Und indem sie die Augen schloß, als ob ihr schwindelte, warf sie den Kopf zurück, breitete die Arme aus und umfing mich, und war gleich wieder aus meinen Armen und in die Kleider eingehüllt, fremd und ernst, und aus dem Zimmer; denn nun war völlig Tag.

Ich machte meine Einrichtung, schickte einen Teil meiner Leute mit meinen Sachen voraus und empfand schon am Abend des nächsten Tages eine so heftige Ungeduld, daß ich bald nach dem Abendläuten mit meinem Diener Wilhelm, den ich aber kein Licht mitnehmen hieß, über die kleine Brücke ging, um meine Freundin wenigstens in ihrem Laden oder in der daranstoßenden Wohnung zu sehen und ihr allenfalls ein Zeichen meiner Gegenwart zu geben, wenn ich mir auch schon keine Hoffnung auf mehr machte, als etwa einige Worte mit ihr wechseln zu können.

Um nicht aufzufallen, blieb ich an der Brücke stehen und schickte den Diener voraus, um die Gelegenheit auszukundschaften. Er blieb längere Zeit aus und hatte beim Zurückkommen die niedergeschlagene und grübelnde Miene, die ich an diesem braven Menschen immer kannte, wenn er einen meinigen Befehl nicht hatte erfolgreich ausführen können. »Der Laden ist versperrt«, sagte er, »und scheint auch niemand darinnen. Überhaupt läßt sich in den Zimmern, die nach der Gasse zu liegen, niemand sehen und hören. In den Hof könnte man nur über eine hohe Mauer, zudem knurrt dort ein großer Hund. Von den vorderen Zimmern ist aber eines erleuchtet, und man kann durch einen Spalt im Laden hineinsehen, nur ist es leider leer.«

Mißmutig wollte ich schon umkehren, strich aber doch noch einmal langsam an dem Haus vorbei, und mein Diener in seiner Beflissenheit legte nochmals sein Auge an den Spalt, durch den ein Lichtschimmer drang, und flüsterte mir zu, daß zwar nicht die Frau, wohl aber der Mann nun in dem Zimmer sei. Neugierig, diesen Krämer zu sehen, den ich mich nicht erinnern konnte, auch nur ein einzigesmal in seinem Laden erblickt zu haben, und den ich mir abwechselnd als einen unförmlichen dicken Menschen oder als einen dürren gebrechlichen Alten vorstellte, trat ich ans Fenster und war überaus erstaunt, in dem guteingerichteten vertäfelten Zimmer einen ungewöhnlich großen und sehr gut gebauten Mann umhergehen zu sehen, der mich gewiß um einen Kopf überragte und, als er sich umdrehte, mir ein sehr schönes tiefernstes Gesicht zuwandte, mit einem braunen Bart, darin einige wenige silberne Fäden waren, und mit einer Stirn von fast seltsamer Erhabenheit, so daß die Schläfen eine größere Fläche bildeten, als ich noch je bei einem Menschen gesehen hatte. Obwohl er ganz allein im Zimmer war, so wechselte doch sein Blick, seine Lippen bewegten sich, und indem er unter dem Auf- und Abgehen hie und da stehen blieb, schien er sich in der Einbildung mit einer anderen Person zu unterhalten: einmal bewegte er den Arm, wie um eine Gegenrede mit halb nachsichtiger Überlegenheit wegzuweisen. Jede seiner Gebärden war von großer Lässigkeit und fast verachtungsvollem Stolz, und ich konnte nicht umhin, mich bei seinem einsamen Umhergehen lebhaft des Bildes eines sehr erhabenen Gefangenen zu erinnern, den ich im Dienst des Königs während seiner Haft in einem Turmgemach des Schlosses zu Blois zu bewachen hatte. Diese Ähnlichkeit schien mir noch vollkommener zu werden, als der Mann seine rechte Hand emporhob und auf die emporgekrümmten Finger mit Aufmerksamkeit, ja mit finsterer Strenge hinabsah.

Denn fast mit der gleichen Gebärde hatte ich jenen erhabenen Gefangenen öfter einen Ring betrachten sehen, den er am Zeigefinger der rechten Hand trug und von welchem er sich niemals trennte. Der Mann im Zimmer trat dann an den Tisch, schob die Wasserkugel vor das Wachslicht und brachte seine beiden Hände in den Lichtkreis, mit ausgestreckten Fingern: er schien seine Nägel zu betrachten. Dann blies er das Licht aus und ging aus dem Zimmer und ließ mich nicht ohne eine dumpfe zornige Eifersucht zurück, da das Verlangen nach seiner Frau in mir fortwährend wuchs und wie ein umsichgreifendes Feuer sich von allem nährte, was mir begegnete und so durch diese unerwartete Erscheinung in verworrener Weise gesteigert wurde, wie durch jede Schneeflocke, die ein feuchtkalter Wind jetzt zertrieb und die mir einzeln an Augenbrauen und Wangen hängen blieben und schmolzen.

Den nächsten Tag verbrachte ich in der nutzlosesten Weise, hatte zu keinem Geschäft die richtige Aufmerksamkeit, kaufte ein Pferd, das mir eigentlich nicht gefiel, wartete nach Tisch dem Herzog von Nemours auf und verbrachte dort einige Zeit mit Spiel und mit den albernsten und widerwärtigsten Gesprächen. Es war nämlich von nichts anderem die Rede, als von der in der Stadt immer heftiger umsichgreifenden Pest, und aus allen diesen Edelleuten brachte man kein anderes Wort heraus als dergleichen Erzählungen von dem schnellen Verscharren der Leichen, von dem Strohfeuer, das man in den Totenzimmern brennen müsse, um die giftigen Dünste zu verzehren, und so fort; der Albernste aber erschien mir der Kanonikus von Chandieu, der, obwohl dick und gesund wie immer, sich nicht enthalten konnte, unausgesetzt nach seinen Fingernägeln hinabzuschielen, ob sich an ihnen schon das verdächtige Blauwerden zeige, womit sich die Krankheit anzukündigen pflegt.

Mich widerte das alles an, ich ging früh nach Hause und legte mich zu Bette, fand aber den Schlaf nicht, kleidete mich vor Ungeduld wieder an und wollte, koste es was es wolle, dorthin, meine Freundin zu sehen, und müßte ich mit meinen Leuten gewaltsam eindringen. Ich ging ans Fenster, meine Leute zu wecken, die eisige Nachtluft brachte mich zur Vernunft, und ich sah ein, daß dies der sichere Weg war, alles zu verderben. Angekleidet warf ich mich aufs Bett und schlief endlich ein.

Ähnlich verbrachte ich den Sonntag bis zum Abend, war viel zu früh in der bezeichneten Straße, zwang mich aber, in einer Nebengasse auf- und niederzugehen, bis es zehn Uhr schlug. Dann fand ich sogleich das Haus und die Tür, die sie mir beschrieben hatte, und die Tür auch offen, und dahinter den Gang und die Treppe. Oben aber die zweite Tür, zu der die Treppe führte, war verschlossen, doch ließ sie unten einen feinen Lichtstreif durch. So war sie drinnen und wartete und stand vielleicht horchend drinnen an der Tür, wie ich draußen. Ich kratzte mit dem Nagel an der Tür, da hörte ich drinnen Schritte: es schienen mir zögernd unsichere Schritte eines nackten Fußes. Eine Zeit stand ich ohne Atem und dann fing ich an zu klopfen: aber ich hörte eine Mannesstimme, die mich fragte, wer draußen sei. Ich drückte mich ans Dunkel des Türpfostens und gab keinen Laut von mir: die Tür blieb zu und ich klomm mit der äußersten Stille, Stufe für Stufe, die Stiege hinab, schlich den Gang hinaus ins Freie und ging, mit pochenden Schläfen und zusammengebissenen Zähnen, glühend vor Ungeduld, einige Straßen auf und ab. Endlich zog es mich wieder vor das Haus: ich wollte noch nicht hinein; ich fühlte, ich wußte, sie würde den Mann entfernen, es mußte gelingen, gleich würde ich zu ihr können. Die Gasse war eng; auf der anderen Seite war kein Haus, sondern die Mauer eines Klostergartens: an der drückte ich mich hin und suchte von gegenüber das Fenster zu erraten. Da loderte in einem, das offen stand, im oberen Stockwerk, ein Schein auf und sank wieder ab, wie von einer Flamme. Nun glaubte ich alles vor mir zu sehen: sie hatte ein großes Scheit in den Kamin geworfen wie damals, wie damals stand sie jetzt mitten im Zimmer, die Glieder funkelnd von der Flamme, oder saß auf dem Bette und horchte und wartete. Von der Tür würde ich sie sehen und den Schatten ihres Nackens, ihrer Schultern, den die durchsichtige Stelle an der Wand hob und senkte. Schon war ich im Gang, schon auf der Treppe; nun war auch die Tür nicht mehr verschlossen: angelehnt, ließ sie auch seitwärts den schwankenden Schein durch. Schon streckte ich die Hand nach der Klinke aus, da glaubte ich drinnen Schritte und Stimmen von mehreren zu hören. Ich wollte es aber nicht glauben: ich nahm es für das Arbeiten meines Blutes in den Schläfen, am Halse, und für das Lodern des Feuers drinnen. Auch damals hatte es laut gelodert. Nun hatte ich die Klinke gefaßt, da mußte ich begreifen, daß Menschen drinnen waren, mehrere Menschen. Aber nun war es mir gleich: denn ich fühlte, ich wußte, sie war auch drinnen, und sobald ich die Türe aufstieß, konnte ich sie sehen, sie ergreifen, und, wäre es auch aus den Händen anderer, mit einem Arm sie an mich reißen, müßte ich gleich den Raum für sie und mich mit meinem Degen, mit meinem Dolch aus einem Gewühl schreiender Menschen herausschneiden! Das einzige, was mir ganz unerträglich schien, war, noch länger zu warten.

Ich stieß die Tür auf und sah:

In der Mitte des leeren Zimmers ein paar Leute, welche Bettstroh verbrannten, und bei der Flamme, die das ganze Zimmer erleuchtete, abgekratzte Wände, deren Schutt auf dem Boden lag, und an einer Wand einen Tisch, auf dem zwei nackte Körper ausgestreckt lagen, der eine sehr groß, mit zugedecktem Kopf, der andere kleiner, gerade an der Wand hingestreckt, und daneben der schwarze Schatten feiner Formen, der emporspielte und wieder sank.

Ich taumelte die Stiege hinab und stieß vor dem Haus auf zwei

Totengräber: der eine hielt mir seine kleine Laterne ins Gesicht und fragte mich, was ich suche? Der andere schob seinen ächzenden, knirschenden Karren gegen die Haustür. Ich zog den Degen, um sie mir vom Leibe zu halten, und kam nach Hause. Ich trank sogleich drei oder vier große Gläser schweren Weins und trat, nachdem ich mich ausgeruht hatte, den anderen Tag die Reise nach Lothringen an.

Alle Mühe, die ich mir nach meiner Rückkunft gegeben, irgend etwas von dieser Frau zu erfahren, war vergeblich. Ich ging sogar nach dem Laden mit den zwei Engeln; allein die Leute, die ihn jetzt inne hatten, wußten nicht, wer vor ihnen darin gesessen hatte.

M. de Bassompierre, Journal de ma vie, Köln 1663.
Goethe, Unterhaltungen deutscher Ausgewanderten.

EIN BRIEF

Dies ist der Brief, den Philipp Lord Chandos, jüngerer Sohn des Earl of Bath, an Francis Bacon, später Lord Verulam und Viscount St. Albans, schrieb, um sich bei diesem Freunde wegen des gänzlichen Verzichtes auf literarische Betätigung zu entschuldigen.

Es ist gütig von Ihnen, mein hochverehrter Freund, mein zweijähriges Stillschweigen zu übersehen und so an mich zu schreiben. Es ist mehr als gütig, Ihrer Besorgnis um mich, Ihrer Befremdung über die geistige Starrnis, in der ich Ihnen zu versinken scheine, den Ausdruck der Leichtigkeit und des Scherzes zu geben, den nur große Menschen, die von der Gefährlichkeit des Lebens durchdrungen und dennoch nicht entmutigt sind, in ihrer Gewalt haben.

Sie schließen mit dem Aphorisma des Hippokrates: »Qui gravi morbo correpti dolores non sentiunt, iis mens aegrotat« und meinen, ich bedürfe der Medizin nicht nur, um mein Übel zu bändigen, sondern noch mehr, um meinen Sinn für den Zustand meines Innern zu schärfen. Ich möchte Ihnen so antworten, wie Sie es um mich verdienen, möchte mich Ihnen ganz aufschließen und weiß nicht, wie ich mich dazu nehmen soll. Kaum weiß ich, ob ich noch derselbe bin, an den Ihr kostbarer Brief sich wendet; bin denn ich's, der nun Sechsundzwanzigjährige, der mit neunzehn jenen »neuen Paris«, jenen »Traum der Daphne«, jenes »Epithalamium« hinschrieb, diese unter dem Prunk ihrer Worte hintaumelnden Schäferspiele, deren eine himmlische Königin und einige allzu nachsichtige Lords und Herren sich noch zu entsinnen gnädig genug sind? Und bin ich's wiederum, der mit dreiundzwanzig unter den steinernen Lauben des großen Platzes von Venedig in sich jenes Gefüge lateinischer Perioden fand, dessen geistiger Grundriß und

Aufbau ihn im Innern mehr entrückte als die aus dem Meer auftauchenden Bauten des Palladio und Sansovin? Und konnte ich, wenn ich anders derselbe bin, alle Spuren und Narben dieser Ausgeburt meines angespanntesten Denkens so völlig aus meinem unbegreiflichen Innern verlieren, daß mich in Ihrem Brief, der vor mir liegt, der Titel jenes kleinen Traktates fremd und kalt anstarrt, ja daß ich ihn nicht als ein geläufiges Bild zusammengefaßter Worte sogleich auffassen, sondern nur Wort für Wort verstehen konnte, als träten mir diese lateinischen Wörter, so verbunden, zum erstenmale vors Auge? Allein ich bin es ja doch und es ist Rhetorik in diesen Fragen, Rhetorik, die gut ist für Frauen oder für das Haus der Gemeinen, deren von unserer Zeit so überschätzte Machtmittel aber nicht hinreichen, ins Innere der Dinge zu dringen. Mein Inneres aber muß ich Ihnen darlegen, eine Sonderbarkeit, eine Unart, wenn Sie wollen eine Krankheit meines Geistes, wenn Sie begreifen sollen, daß mich ein ebensolcher brückenloser Abgrund von den scheinbar vor mir liegenden literarischen Arbeiten trennt, als von denen, die hinter mir sind und die ich, so fremd sprechen sie mich an, mein Eigentum zu nennen zögere.

Ich weiß nicht, ob ich mehr die Eindringlichkeit Ihres Wohlwollens oder die unglaubliche Schärfe Ihres Gedächtnisses bewundern soll, wenn Sie mir die verschiedenen kleinen Pläne wieder hervorrufen, mit denen ich mich in den gemeinsamen Tagen schöner Begeisterung trug. Wirklich, ich wollte die ersten Regierungsjahre unseres verstorbenen glorreichen Souveräns, des achten Heinrich, darstellen! Die hinterlassenen Aufzeichnungen meines Großvaters, des Herzogs von Exeter, über seine Negoziationen mit Frankreich und Portugal gaben mir eine Art von Grundlage. Und aus dem Sallust floß in jenen glücklichen, belebten Tagen wie durch nie verstopfte Röhren die Erkenntnis der Form in mich herüber, jener tiefen, wahren, inneren Form, die jenseits des Geheges der rhetorischen Kunststücke erst geahnt werden kann, die, von welcher man nicht mehr sagen kann, daß sie das Stoffliche anordne, denn sie durchdringt es, sie hebt es auf und schafft Dichtung und Wahrheit zugleich, ein Widerspiel ewiger Kräfte, ein Ding, herrlich wie Musik und Algebra. Dies war mein Lieblingsplan.

Was ist der Mensch, daß er Pläne macht!

Ich spielte auch mit anderen Plänen. Ihr gütiger Brief läßt auch diese heraufschweben. Jedweder vollgesogen mit einem Tropfen meines Blutes, tanzen sie vor mir wie traurige Mücken an einer düsteren Mauer, auf der nicht mehr die helle Sonne der glücklichen Tage liegt.

Ich wollte die Fabeln und mythischen Erzählungen, welche die Alten uns hinterlassen haben, und an denen die Maler und Bildhauer ein endloses und gedankenloses Gefallen finden, aufschließen als die Hieroglyphen einer geheimen, unerschöpflichen Weisheit, deren Anhauch ich manchmal, wie hinter einem Schleier, zu spüren meinte.

Ich entsinne mich dieses Planes. Es lag ihm, ich weiß nicht welche, sinnliche und geistige Lust zugrunde: Wie der gehetzte Hirsch ins Wasser, sehnte ich mich hinein in diese nackten, glänzenden Leiber, in diese Sirenen und Dryaden, diesen Narcissus und Proteus, Perseus und Aktäon: verschwinden wollte ich in ihnen und aus ihnen heraus mit Zungen reden. Ich wollte. Ich wollte noch vielerlei. Ich gedachte eine Sammlung »Apophthegmata« anzulegen, wie deren eine Julius Cäsar verfaßt hat: Sie erinnern die Erwähnung in einem Briefe des Cicero. Hier gedachte ich die merkwürdigsten Aussprüche nebeneinander zu setzen, welche mir im Verkehr mit den gelehrten Männern und den geistreichen Frauen unserer Zeit oder mit besonderen Leuten aus dem Volk oder mit gebildeten und ausgezeichneten Personen auf meinen Reisen zu sammeln gelungen wäre; damit wollte ich schöne Sentenzen und Reflexionen aus den Werken der Alten und der Italiener vereinigen, und was mir sonst an geistigen Zieraten in Büchern, Handschriften oder Gesprächen entgegenträte; ferner die Anordnung besonders schöner Feste und Aufzüge, merkwürdige Verbrechen und Fälle von Raserei, die Beschreibung der größten und eigentümlichsten Bauwerke in den Niederlanden, in Frankreich und Italien und noch vieles andere. Das ganze Werk aber sollte den Titel Nosce te ipsum führen.

Um mich kurz zu fassen: Mir erschien damals in einer Art von andauernder Trunkenheit das ganze Dasein als eine große Einheit: geistige und körperliche Welt schien mir keinen Gegensatz zu bilden, ebensowenig höfisches und tierisches Wesen, Kunst und Unkunst, Einsamkeit und Gesellschaft; in allem fühlte ich Natur, in den Verirrungen des Wahnsinns ebensowohl wie in den äußersten Verfeinerungen eines spanischen Zeremoniells; in den Tölpelhaftigkeiten junger Bauern nicht minder als in den süßesten Allegorien; und in aller Natur fühlte ich mich selber; wenn ich auf meiner Jagdhütte die schäumende laue Milch in mich hineintrank, die ein struppiges Mensch einer schönen, sanftäugigen Kuh aus dem Euter in einen Holzeimer niedermolk, so war mir das nichts anderes, als wenn ich in der dem Fenster eingebauten Bank meines studio sitzend, aus einem Folianten süße und schäumende Nahrung des Geistes in mich sog. Das eine war wie das andere; keines gab dem andern weder an traumhafter überirdischer Natur, noch an leiblicher Gewalt nach, und so ging's fort durch die ganze Breite des Lebens, rechter und linker Hand; überall war ich mitten drinnen, wurde nie ein Scheinhaftes gewahr: Oder es ahnte mir, alles wäre Gleichnis und jede Kreatur ein Schlüssel der andern, und ich fühlte mich wohl den, der imstande wäre, eine nach der andern bei der Krone zu packen und mit ihr so viele der andern aufzusperren, als sie aufsperren könnte. Soweit erklärt sich der Titel, den ich jenem enzyklopädischen Buche zu geben gedachte.

Es möchte dem, der solchen Gesinnungen zugänglich ist, als der wohlangelegte Plan einer göttlichen Vorsehung erscheinen, daß mein Geist aus einer so aufgeschwollenen Anmaßung in dieses Äußerste von Kleinmut und Kraftlosigkeit zusammensinken mußte, welches nun die bleibende Verfassung meines Innern ist. Aber dergleichen religiöse Auffassungen haben keine Kraft über mich; sie gehören zu den Spinnennetzen, durch welche meine Gedanken hindurchschießen, hinaus ins Leere, während soviele ihrer Gefährten dort hangen bleiben und zu einer Ruhe kommen. Mir haben sich die Geheimnisse des Glaubens zu einer erhabenen Allegorie verdichtet, die über den Feldern meines Lebens steht wie ein leuchtender Regenbogen, in einer stetigen Ferne, immer bereit, zurückzuweichen, wenn ich mir einfallen ließe hinzueilen und mich in den Saum seines Mantels hüllen zu wollen.

Aber, mein verehrter Freund, auch die irdischen Begriffe entziehen sich mir in der gleichen Weise. Wie soll ich es versuchen, Ihnen diese seltsamen geistigen Qualen zu schildern, dies Emporschnellen der Fruchtzweige über meinen ausgereckten Händen, dies Zurückweichen des murmelnden Wassers vor meinen dürstenden Lippen?

Mein Fall ist, in Kürze, dieser: Es ist mir völlig die Fähigkeit abhanden gekommen, über irgend etwas zusammenhängend zu denken oder zu sprechen.

Zuerst wurde es mir allmählich unmöglich, ein höheres oder allgemeineres Thema zu besprechen und dabei jene Worte in den Mund zu nehmen, deren sich doch alle Menschen ohne Bedenken geläufig zu bedienen pflegen. Ich empfand ein unerklärliches Unbehagen, die Worte »Geist«, »Seele« oder »Körper« nur auszusprechen. Ich fand es innerlich unmöglich, über die Angelegenheiten des Hofes, die Vorkommnisse im Parlament oder was Sie sonst wollen, ein Urteil herauszubringen. Und dies nicht etwa aus Rücksichten irgendwelcher Art, denn Sie kennen meinen bis zur Leichtfertigkeit gehenden Freimut: sondern die abstrakten Worte, deren sich doch die Zunge naturgemäß bedienen muß, um irgendwelches Urteil an den Tag zu geben, zerfielen mir im Munde wie modrige Pilze. Es begegnete mir, daß ich meiner vierjährigen Tochter Katharina Pompilia eine kindische Lüge, deren sie sich schuldig gemacht hatte, verweisen und sie auf die Notwendigkeit, immer wahr zu sein, hinführen wollte, und dabei die mir im Munde zuströmenden Begriffe plötzlich eine solche schillernde Färbung annahmen und so ineinander überflossen, daß ich den Satz, so gut es ging, zu Ende haspelnd, so wie wenn mir unwohl geworden wäre und auch tatsächlich bleich im Gesicht und mit einem heftigen Druck auf der Stirn, das Kind allein ließ, die Tür hinter mir zuschlug und mich erst zu Pferde, auf der einsamen Hutweide einen guten Galopp nehmend, wieder einigermaßen herstellte.

Allmählich aber breitete sich diese Anfechtung aus wie ein um sich fressender Rost. Es wurden mir auch im familiären und hausbackenen Gespräch alle die Urteile, die leichthin und mit schlafwandelnder Sicherheit abgegeben zu werden pflegen, so bedenklich, daß ich aufhören mußte, an solchen Gesprächen irgend teilzunehmen. Mit einem unerklärlichen Zorn, den ich nur mit Mühe notdürftig verbarg, erfüllte es mich, dergleichen zu hören, wie: diese Sache ist für den oder jenen gut oder schlecht ausgegangen; Sheriff N. ist ein böser, Prediger T. ein guter Mensch; Pächter

M. ist zu bedauern, seine Söhne sind Verschwender; ein anderer ist zu beneiden, weil seine Töchter haushälterisch sind; eine Familie kommt in die Höhe, eine andere ist im Hinabsinken. Dies alles erschien mir so unbeweisbar, so lügenhaft, so löcherig wie nur möglich. Mein Geist zwang mich, alle Dinge, die in einem solchen Gespräch vorkamen, in einer unheimlichen Nähe zu sehen: so wie ich einmal in einem Vergrößerungsglas ein Stück von der Haut meines kleinen Fingers gesehen hatte, das einem Blachfeld mit Furchen und Höhlen glich, so ging es mir nun mit den Menschen und ihren Handlungen. Es gelang mir nicht mehr, sie mit dem vereinfachenden Blick der Gewohnheit zu erfassen. Es zerfiel mir alles in Teile, die Teile wieder in Teile, und nichts mehr ließ sich mit einem Begriff umspannen. Die einzelnen Worte schwammen um mich; sie gerannen zu Augen, die mich anstarrten und in die ich wieder hineinstarren muß: Wirbel sind sie, in die hinabzusehen mich schwindelt, die sich unaufhaltsam drehen und durch die hindurch man ins Leere kommt.

Ich machte einen Versuch, mich aus diesem Zustand in die geistige Welt der Alten hinüberzuretten. Platon vermied ich; denn mir graute vor der Gefährlichkeit seines bildlichen Fluges. Am meisten gedachte ich mich an Seneca und Cicero zu halten. An dieser Harmonie begrenzter und geordneter Begriffe hoffte ich zu gesunden. Aber ich konnte nicht zu ihnen hinüber. Diese Begriffe, ich verstand sie wohl: ich sah ihr wundervolles Verhältnisspiel vor mir aufsteigen wie herrliche Wasserkünste, die mit goldenen Bällen spielen. Ich konnte sie umschweben und sehen, wie sie zueinander spielten; aber sie hatten es nur miteinander zu tun, und das Tiefste, das Persönliche meines Denkens, blieb von ihrem Reigen ausgeschlossen. Es überkam mich unter ihnen das Gefühl furchtbarer Einsamkeit; mir war zumut wie einem, der in einem Garten mit lauter augenlosen Statuen eingesperrt wäre; ich flüchtete wieder ins Freie.

Seither führe ich ein Dasein, das Sie, fürchte ich, kaum begreifen können, so geistlos, so gedankenlos fließt es dahin; ein Dasein, das sich freilich von dem meiner Nachbarn, meiner Verwandten und der meisten landbesitzenden Edelleute dieses Königreiches kaum unterscheidet und das nicht ganz ohne freudige und belebende

Augenblicke ist. Es wird mir nicht leicht, Ihnen anzudeuten, worin diese guten Augenblicke bestehen; die Worte lassen mich wiederum im Stich. Denn es ist ja etwas völlig Unbenanntes und auch wohl kaum Benennbares, das, in solchen Augenblicken, irgendeine Erscheinung meiner alltäglichen Umgebung mit einer überschwellenden Flut höheren Lebens wie ein Gefäß erfüllend, mir sich ankündet. Ich kann nicht erwarten, daß Sie mich ohne Beispiel verstehen, und ich muß Sie um Nachsicht für die Albernheit meiner Beispiele bitten. Eine Gießkanne, eine auf dem Felde verlassene Egge, ein Hund in der Sonne, ein ärmlicher Kirchhof, ein Krüppel, ein kleines Bauernhaus, alles dies kann das Gefäß meiner Offenbarung werden. Jeder dieser Gegenstände und die tausend anderen ähnlichen, über die sonst ein Auge mit selbstverständlicher Gleichgültigkeit hinweggleitet, kann für mich plötzlich in irgend einem Moment, den herbeizuführen auf keine Weise in meiner Gewalt steht, ein erhabenes und rührendes Gepräge annehmen, das auszudrücken mir alle Worte zu arm scheinen. Ja, es kann auch die bestimmte Vorstellung eines abwesenden Gegenstandes sein, dem die unbegreifliche Auserwählung zuteil wird, mit jener sanft und jäh steigenden Flut göttlichen Gefühles bis an den Rand gefüllt zu werden. So hatte ich unlängst den Auftrag gegeben, den Ratten in den Milchkellern eines meiner Meierhöfe ausgiebig Gift zu streuen. Ich ritt gegen Abend aus und dachte, wie Sie vermuten können, nicht weiter an die Sache. Da, wie ich im tiefen, aufgeworfenen Ackerboden Schritt reite, nichts Schlimmeres in meiner Nähe als eine aufgescheuchte Wachtelbrut und in der Ferne über den welligen Feldern die große sinkende Sonne, tut sich mir im Innern plötzlich dieser Keller auf, erfüllt mit dem Todeskampf dieses Volks von Ratten. Alles war in mir: die mit dem süßlich scharfen Geruch des Giftes angefüllte kühldumpfe Kellerluft und das Gellen der Todesschreie, die sich an modrigen Mauern brachen; diese ineinander geknäulten Krämpfe der Ohnmacht, durcheinander hinjagenden Verzweiflungen; das wahnwitzige Suchen der Ausgänge; der kalte Blick der Wut, wenn zwei einander an der verstopften Ritze begegnen. Aber was versuche ich wiederum Worte, die ich verschworen habe! Sie entsinnen sich, mein Freund, der wundervollen Schilderung von den Stunden, die der Zerstörung von Alba Longa vorhergehen, aus dem Livius? Wie sie die Straßen durchirren, die sie nicht mehr sehen sollen ... wie sie von den Steinen des Bodens Abschied nehmen. Ich sage Ihnen, mein Freund, dieses trug ich in mir und das brennende Karthago zugleich; aber es war mehr, es war göttlicher, tierischer; und es war Gegenwart, die vollste erhabenste Gegenwart. Da war eine Mutter, die ihre sterbenden Jungen um sich zucken hatte und nicht auf die Verendenden, nicht auf die unerbittlichen steinernen Mauern, sondern in die leere Luft, oder durch die Luft ins Unendliche hin Blicke schickte und diese Blicke mit einem Knirschen begleitete! – Wenn ein dienender Sklave voll ohnmächtigen Schauders in der Nähe der erstarrenden Niobe stand, der muß das durchgemacht haben, was ich durchmachte, als in mir die Seele dieses Tieres gegen das ungeheure Verhängnis die Zähne bleckte.

Vergeben Sie mir diese Schilderung, denken Sie aber nicht, daß es Mitleid war, was mich erfüllte. Das dürfen Sie ja nicht denken, sonst hätte ich mein Beispiel sehr ungeschickt gewählt. Es war viel mehr und viel weniger als Mitleid: ein ungeheures Anteilnehmen, ein Hinüberfließen in jene Geschöpfe oder ein Fühlen, daß ein Fluidum des Lebens und Todes, des Traumes und Wachens für einen Augenblick in sie hinübergeflossen ist – von woher? Denn was hätte es mit Mitleid zu tun, was mit begreiflicher menschlicher Gedankenverknüpfung, wenn ich an einem anderen Abend unter einem Nußbaum eine halbvolle Gießkanne finde, die ein Gärtnerbursche dort vergessen hat, und wenn mich diese Gießkanne und das Wasser in ihr, das vom Schatten des Baumes finster ist, und ein Schwimmkäfer, der auf dem Spiegel dieses Wassers von einem dunklen Ufer zum andern rudert, wenn diese Zusammensetzung von Nichtigkeiten mich mit einer solchen Gegenwart des Unendlichen durchschauert, von den Wurzeln der Haare bis ins Mark der Fersen mich durchschauert, daß ich in Worte ausbrechen möchte, von denen ich weiß, fände ich sie, so würden sie jene Cherubim, an die ich nicht glaube, niederzwingen, und daß ich dann von jener Stelle schweigend mich wegkehre und nach Wochen, wenn ich dieses Nußbaums ansichtig werde, mit scheuem seitlichen Blick daran vorübergehe, weil ich das Nachgefühl des Wundervollen, das dort um den Stamm weht, nicht verscheuchen will, nicht vertreiben die mehr als irdischen Schauer, die um das Buschwerk in jener Nähe immer noch nachwogen. In diesen Augenblicken wird eine nichtige Kreatur, ein Hund, eine Ratte, ein Käfer, ein verkümmerter Apfelbaum, ein sich über den Hügel schlängelnder Karrenweg, ein moosbewachsener Stein mir mehr, als die schönste, hingebendste Geliebte der glücklichsten Nacht mir je gewesen ist. Diese stummen und manchmal unbelebten Kreaturen heben sich mir mit einer solchen Fülle, einer solchen Gegenwart der Liebe entgegen, daß mein beglücktes Auge auch ringsum auf keinen toten Fleck zu fallen vermag. Es erscheint mir alles, alles, was es gibt, alles, dessen ich mich entsinne, alles, was meine verworrensten Gedanken berühren, etwas zu sein. Auch die eigene Schwere, die sonstige Dumpfheit meines Hirnes erscheint mir als etwas; ich fühle ein entzückendes, schlechthin unendliches Widerspiel in mir und um mich, und es gibt unter den gegeneinanderspielenden Materien keine, in die ich nicht hinüberzufließen vermöchte. Es ist mir dann, als bestünde mein Körper aus lauter Chiffern, die mir alles aufschließen. Oder als könnten wir in ein neues, ahnungsvolles Verhältnis zum ganzen Dasein treten, wenn wir anfingen, mit dem Herzen zu denken. Fällt aber diese sonderbare Bezauberung von mir ab, so weiß ich nichts darüber auszusagen; ich könnte dann ebensowenig in vernünftigen Worten darstellen, worin diese mich und die ganze Welt durchwebende Harmonie bestanden und wie sie sich mir fühlbar gemacht habe, als ich ein Genaueres über die inneren Bewegungen meiner Eingeweide oder die Stauungen meines Blutes anzugeben vermöchte.

Von diesen sonderbaren Zufällen abgesehen, von denen ich übrigens kaum weiß, ob ich sie dem Geist oder dem Körper zurechnen soll, lebe ich ein Leben von kaum glaublicher Leere und habe Mühe, die Starre meines Innern vor meiner Frau und vor meinen Leuten die Gleichgültigkeit zu verbergen, welche mir die Angelegenheiten des Besitzes einflößen. Die gute und strenge Erziehung, welche ich meinem seligen Vater verdanke, und die frühzeitige Gewöhnung, keine Stunde des Tages unausgefüllt zu lassen, sind es, scheint mir, allein, welche meinem Leben nach außen hin einen genügenden Halt und den meinem Stande und meiner Person angemessenen Anschein bewahren.

Ich baue einen Flügel meines Hauses um und bringe es zustande, mich mit dem Architekten hie und da über die Fortschritte seiner Arbeit zu unterhalten; ich bewirtschafte meine Güter, und meine Pächter und Beamten werden mich wohl etwas wortkarger, aber nicht ungütiger als früher finden. Keiner von ihnen, der mit abgezogener Mütze vor seiner Haustür steht, wenn ich abends vorüberreite, wird eine Ahnung haben, daß mein Blick, den er respektvoll aufzufangen gewohnt ist, mit stiller Sehnsucht über die morschen Bretter hinstreicht, unter denen er nach den Regenwürmern zum Angeln zu suchen pflegt, durchs enge, vergitterte Fenster in die dumpfe Stube taucht, wo in der Ecke das niedrige Bett mit bunten Laken immer auf einen zu warten scheint, der sterben will, oder auf einen, der geboren werden soll; daß mein Auge lange an den häßlichen jungen Hunden hängt oder an der Katze, die geschmeidig zwischen Blumenscherben durchkriecht, und daß es unter all den ärmlichen und plumpen Gegenständen einer bäurischen Lebensweise nach jenem einem sucht, dessen unscheinbare Form, dessen von niemand beachtetes Daliegen oder -lehnen, dessen stumme Wesenheit zur Quelle jenes rätselhaften, wortlosen, schrankenlosen Entzückens werden kann. Denn mein unbenanntes seliges Gefühl wird eher aus einem fernen, einsamen Hirtenfeuer mir hervorbrechen als aus dem Anblick des gestirnten Himmels; eher aus dem Zirpen einer letzten, dem Tode nahen Grille, wenn schon der Herbstwind winterliche Wolken über die öden Felder hintreibt, als aus dem majestätischen Dröhnen der Orgel. Und ich vergleiche mich manchmal in Gedanken mit jenem Crassus dem Redner, von dem berichtet wird, daß er eine zahme Muräne, einen dumpfen, rotäugigen, stummen Fisch seines Zierteiches, so über alle Maßen lieb gewann, daß es zum Stadtgespräch wurde; und als ihm einmal im Senat Domitius vorwarf, er habe über den Tod dieses Fisches Tränen vergossen, und ihn dadurch als einen halben Narren hinstellen wollte, gab ihm Crassus zur Antwort: »So habe ich beim Tode meines Fisches getan, was Ihr weder bei Eurer ersten noch Eurer zweiten Frau Tod getan habt.«

Ich weiß nicht, wie oft mir dieser Crassus mit seiner Muräne als ein Spiegelbild meines Selbst, über den Abgrund der Jahrhunderte hergeworfen, in den Sinn kommt. Nicht aber wegen dieser Antwort, die er dem Domitius gab. Die Antwort brachte die Lacher auf seine Seite, so daß die Sache in einen Witz aufgelöst war. Mir aber geht die Sache nahe, die Sache, welche dieselbe geblieben wäre, auch wenn Domitius um seine Frauen blutige Tränen des aufrichtigsten Schmerzes geweint hätte. Dann stünde ihm noch immer Crassus gegenüber, mit seinen Tränen um seine Muräne. Und über diese Figur, deren Lächerlichkeit und Verächtlichkeit mitten in einem die erhabensten Dinge beratenden, weltbeherrschenden Senat so ganz ins Auge springt, über diese Figur zwingt mich ein unnennbares Etwas, in einer Weise zu denken, die mir vollkommen töricht erscheint, im Augenblick, wo ich versuche sie in Worten auszudrücken.

Das Bild dieses Crassus ist zuweilen nachts in meinem Hirn, wie ein Splitter, um den herum alles schwärt, pulst und kocht. Es ist mir dann, als geriete ich selber in Gärung, würfe Blasen auf, wallte und funkelte. Und das Ganze ist eine Art fieberisches Denken, aber Denken in einem Material, das unmittelbarer, flüssiger, glühender ist als Worte. Es sind gleichfalls Wirbel, aber solche, die nicht wie die Wirbel der Sprache ins Bodenlose zu führen scheinen, sondern irgendwie in mich selber und in den tiefsten Schoß des Friedens.

Ich habe Sie, mein verehrter Freund, mit dieser ausgebreiteten Schilderung eines unerklärlichen Zustandes, der gewöhnlich in mir verschlossen bleibt, über Gebühr belästigt.

Sie waren so gütig, Ihre Unzufriedenheit darüber zu äußern, daß kein von mir verfaßtes Buch mehr zu Ihnen kommt, »Sie für das Entbehren meines Umganges zu entschädigen«. Ich fühlte in diesem Augenblick mit einer Bestimmtheit, die nicht ganz ohne ein schmerzliches Beigefühl war, daß ich auch im kommenden und im folgenden und in allen Jahren dieses meines Lebens kein englisches und kein lateinisches Buch schreiben werde: und dies aus dem einen Grund, dessen mir peinliche Seltsamkeit mit ungeblendetem Blick dem vor Ihnen harmonisch ausgebreiteten Reiche der geistigen und leiblichen Erscheinungen an seiner Stelle einzuordnen ich Ihrer unendlichen geistigen Überlegenheit überlasse: nämlich weil die Sprache, in welcher nicht nur zu schreiben, sondern auch zu denken mir vielleicht gegeben wäre, weder die lateinische noch die englische noch die italienische und spanische ist, sondern eine

Sprache, von deren Worten mir auch nicht eines bekannt ist, eine Sprache, in welcher die stummen Dinge zu mir sprechen, und in welcher ich vielleicht einst im Grabe vor einem unbekannten Richter mich verantworten werde.

Ich wollte, es wäre mir gegeben, in die letzten Worte dieses voraussichtlich letzten Briefes, den ich an Francis Bacon schreibe, alle die Liebe und Dankbarkeit, alle die ungemessene Bewunderung zusammenzupressen, die ich für den größten Wohltäter meines Geistes, für den ersten Engländer meiner Zeit im Herzen hege und darin hegen werde, bis der Tod es bersten macht.

A. D. 1603, diesen 22. August.

Phi. Chandos

DER BRIEF DES LETZTEN CONTARIN

Herr Graf! eben verlässt mich der Notar, welchen Sie die Güte hatten, mit so überraschenden, so aufregenden und so unannehmbaren Propositionen an mich zu entsenden. Er verlässt mich, nicht ohne – auf meine dringenden und peremptorischen Bitten – mein Zimmer von sämmtlichen Papieren und Urkunden wieder befreit zu haben, welche er mir zu übergeben beauftragt war, und so bleibt mir von seinem Besuch nichts zurück als eine hochgradige Erregtheit, welche mich zwingt, sogleich an Sie, Herr Graf, diese Zeilen zu richten. Denn diese Angelegenheit muss zwischen uns auf der Stelle und für immer erledigt werden, wenn ich anders im Stande sein soll, meiner bescheidenen Bureaubeschäftigung mit der nöthigen Ruhe weiter nachzugehen und mein Leben überhaupt fortzuführen.

Erlauben Sie mir, formal zu sein und diesen Brief, zur Beschwichtigung meines Bewusstseins, als ein Document aufzufassen.

Es erschien heute den 10. Mai 1888 morgens 11 Uhr in meinem Domicil der Herr Comm. Bomparin, Notar, versehen mit allen Documenten und Behelfen, um eine Schenkung in rechtsgiltiger Form durchzuführen, durch welche ich, der Unterzeichnete, Alvise Contarin, Patrizier von Venedig, Graf des röm. Reichs u. s. f. Unterbeamter der Kön. ital. Post, in den Besitz eines Capitalsvermögens, »hinreichend zur standesgemäßen Lebensführung sowie zur Domicilierung im Hauptstock eines der früher Contarin'schen Paläste am Canal grande« gesetzt werden sollte. Als Donatoren waren in erster Linie Sie, Herr Graf, und Mr. Gordon B., in zweiter Linie eine Gruppe ungenannt sein wollender Freunde bezeichnet. Unverweilt und ohne irgend weitere Auseinandersetzungen zuzulassen, erklärte ich, weder diese noch eine ähnliche Schenkung jemals anzunehmen, insbesondere aber diese in Rede stehende einmal für allemale zurückzuweisen: was der Notar zu Protokoll nahm. Ich aber halte mich verpflichtet, Sie hievon noch ausdrücklich durch diese Zeilen zu verständigen. Und ich habe die Ehre, Sie ferner zu verständigen, dass ich von diesem Augenblick an aufgehört habe, für Sie und die übrigen Herren Ihres Kreises zu existieren. Dass ich weder an einem privaten noch öffentlichen Ort einem von Ihnen mehr begegnen werde. Und dass ich jeden Versuch, mich aufzusuchen, als eine Nöthigung betrachten werde, Venedig für immer den Rücken zu kehren.

Verlangen Sie nicht von mir das Übermenschliche, dass ich dieser einzig möglichen, dieser unvermeidlichen Handlungsweise noch Erklärungen nachschicke. Das Schweigen, die zusammengepresste Kraft des Schweigens, das ist das einzige, was mich aufrechthält. Hätten auch Sie geschwiegen! Wäre es nie zu jenem Gespräch im cercle gekommen, dessen Frucht diese abscheuliche Stunde war, die ich durchlebt habe. Denn es war ein Gespräch im cercle, ich weiß es, als ob ich dabei gewesen wäre. Als ob jede Rede und Gegenrede mir im Gesicht glühte, wie die Striemen einer Reitpeitsche. Es war ein Gespräch zu fünf oder sechs oder neun oder zwölf, im cercle, nach Mitternacht. Curaçao stand daneben, ein Diener schlich im Hintergrund herum und horchte und gähnte, Mr. B. hatte seine Times aus den Händen gelegt und Sie den Billard-queue, da entstand dieses Gespräch, diese Ausgeburt einer stickigen, nichtigen Atmosphäre, einer öden, wesenlosen Nachtstunde, eines trüben, cynischen Beisammensitzens. Da nahmen Sie mich in den Mund, mich und meinen großen illustren Namen, mich und meine Bettelhaftigkeit, und dann nahm jemand einen Zettel in die Hand und fieng an Ziffern zu schreiben und alle miteinander machten Sie sich daran, mich zu rangieren. Und wirklich, so darnieder war Ihre Phantasie in dieser vergifteten Stunde, dass Sie es für möglich hielten, Sie, mein Freund, und die andern, meine guten Bekannten, mit mir umzugehen, wie ein matter Romanschreiber mit einer seiner löcherigen Figuren; dass Sie es für möglich hielten mich mit zwei Fingern anzufassen und in einen der Paläste, die unseren Namen führen, hineinzusetzen wie ein Nähmädchen in eine möblierte Wohnung.

Das aber ist das Seltsame, und das wird mir auch helfen, die grelle Hässlichkeit dieser Stunde zu vergessen und wieder ganz ruhig zu werden: dass ich es immer gewusst habe, dass so etwas kommen wird. Ich meine: dass etwas kommen wird, das mich von der Gesellschaft der Menschen abtrennen wird, irgend etwas, jäh und scharf wie ein Beilhieb, der die Finger abhaut, mit denen der den Rand des Bootes umklammert, für den kein Platz mehr im Boot ist. Immer habe ich es gewusst und wenn ich meinen Thee in dem kleinen grünen Salon der Lady Layard trank, so erwartete ich, dass es niedersausen würde und die innere Anspannung meiner Nerven verrichtete eine Art von Gebet, es möge nicht jetzt geschehen, nicht während des Nocturne von Chopin, nicht während des Praeludiums von Brahms: nicht in dem Augenblick, wo die Musik den starren Harnisch der Seele in allen Fugen gelöst hält und wo das grässliche Gemeine so entsetzlich freien Weg fände. Denn es war kein vages Nachtgesicht, vor dem ich im voraus schauderte. Ich wusste: sooft es kommt, trägt es die Larve des gemeinen Alltags und erst, wenn es die Pantherklauen umklammernd ins Herz einem gräbt, erst dann –

So habe ich es einmal kennen gelernt. Und mir ist als hätte ich seit damals nichts gethan, als auf die zweite Begegnung gewartet. Aber die erste war grässlich und die zweite ist nur schattenhaft und bringt nur einen dumpfen fast unwirklichen Schmerz. Denn damals war ich ein Kind von vierzehn und heute bin ich vierzig vorüber. Damals war ich mit meinem Vater auf dem Gut eines Verwandten. Immerfort lebten wir auf den Schlössern von Verwandten oder von Freunden, monatelang oder wochenlang. Was hätte mich auch daran wundern sollen? Ich wusste wer wir waren. Ich wusste, dass niemand, bei dem wir zu Gaste waren, einen größeren Namen trug, als wir, und dass niemand, dem ich begegnen würde, einen größeren tragen konnte. Kinder wissen diese Dinge gut, sie wissen sie in einer fieberhafteren Weise als reife Menschen. Ich wusste dass ich die Tochter eines römischen Fürsten und die Tochter eines englischen Herzogs zur Frau nehmen konnte und ich suchte mir im Gotha die, welche siebzehn Jahre alt waren und die mit den wundervollsten alterthümlichen Taufnamen behängt waren wie mit strengen uralten byzantinischen Schmuckstücken.

Kurz: eines Tages hielt ich mich in einem Raum neben dem Office auf und hörte die Bedienten über meinen Vater reden. In zwei Minuten wusste ich, dass mein Vater ein Bettler war und in allen diesen Häusern als ein lästiger Schmarotzer betrachtet wurde. Von diesem Tag datiert meine Selbsterziehung. Von diesem Tag an gewöhnte ich mich, unbarmherzig daran zu denken. Immer dachte ich daran: wenn ich mit meiner Mutter in einem Wagen fuhr, nach dem Friedhof oder sonst, und dem Kutscher das Geld hinzählte, erschien ich mir als ein frecher Betrüger. Mir war, als müsste einer die Hand auf meine Schulter legen und mich entlarven. Wir vegetierten: es wurden die letzten Bilder verkauft, die letzten Schmuckstücke, und von Zeit zu Zeit kam von irgendwoher eine kleine Summe. Und ich sah es alles mit erbarmungslosen Augen: mit Augen die das grelle Alltagsgesicht der Welt furchtbarer machten als das unheimlichste Nachtgesicht. Mir schwindelte, wo ich gieng und stand; kein Bissen kam unvergiftet in meinen Mund. Damals bildete sich im Innern meines Auges der Blick des Bettlers: der Blick hoffnungslosen starren Neides durchflackert von hündischem überschätzendem Verlangen. Aber es waren nicht die Häuser der Reichen, die ich mit diesem Blick verschlang: nicht die Salons, nicht die Landhäuser, in denen wir ja noch aus und eingiengen. Nicht diese ganze Welt, mit der unsere ganze Existenz noch in einer erlogenen Verbindung stand. Worauf ich mit unbeschreiblichem Neid und wortloser Sehnsucht hinüberstarrte, das war die Existenz ehrlicher Armut: das Haus des Tischlers mit seinen vielen Kindern, der enge Hof, in dem die Wäscherin mit ihren Töchtern tagaus tagein feuchtes ärmliches Zeug zum Trocknen aufhieng und wieder abnahm; mit angeschwollenem Herzen konnte ich stehen und durch die verstaubten Weinblätter in einen Gasthausgarten hineinstarren, wo sie Kegel spielten; und jeder von denen da drinnen schien mir, jeder einzelne, so unsäglich beneidenswert, so geborgen in seiner Haut; ich beneidete den der gewann und das Kupfergeld einstrich und ich beneidete den, der verlor und sich ärgerte; und den Bettler, der mit lahmem Fuß um sie herumschlürfte und dem sie dann und wann einen Weinrest hinschoben oder eine Münze in den Hut warfen, den noch beneidete ich um die Ehrlichkeit seines bettelnden Daseins. Wie die Götter erschienen mir diese Armseligen. Denn fürchterlich war nur eines:

DIE WEGE UND DIE BEGEGNUNGEN

Der Flug der Vögel ist wundervoll in diesen strahlenden Tagen, und ich begreife vollkommen, daß ich diese Zeilen einmal aufgeschrieben habe: Je me souviens des paroles d'Agur, fils d'Jaké, et des choses qu'il déclare les plus incompréhensibles et les plus merveilleuses: la trace de l'oiseau dans l'air et la trace de l'homme dans la vierge. Diese Zeilen stehen, mit Bleistift an den Rand geschrieben, mitten in einem Reisebuch, und ich fand sie vor drei Tagen, als ich danach suchte, ob es eine Straße gebe, wenn man vom Meer herauf nach Urbino gekommen sei, dann von dort zu Wagen übers Gebirg nach Assisi oder an den Trasimenischen See zu gehen. Ich sehe, daß diese Zeilen von meiner Schrift sind, sie sind zittrig geschrieben, vielleicht im Wagen, vielleicht in der Bahn; aber kein Nachdenken bringt mich darauf, woher sie stammen. Aus einem ältern französischen Buch vermutlich. Aber hätte ich damals in Umbrien in fremdartigen, seltenen Büchern gelesen? Ich weiß nichts davon. Wer ist Agur? Und wer ist der Redende, der sich Agurs entsinnt? Und dennoch habe ich dies geschrieben, und nun ist alles andre verloschen, und nur dies ragt herauf. Und irgendwo in mir, bei den Dingen, die ich erlebt habe, bevor ich drei Jahre alt war, und von denen mein waches Erinnern nie etwas gewußt hat, bei den Geheimnissen meiner dunkelsten Träume, bei den Gedanken, die ich hinter meinem eigenen Rücken je gedacht habe, wohnt nun dieser Agur – und wird vielleicht eines Tages heraufsteigen wie ein Toter aus einem Gewölbe, wie ein Mörder aus einer Falltür, und sein Wiederkommen wird seltsam sein, aber nicht seltsamer eigentlich als vorgestern nachmittags das Hereinstürzen der zurückgekehrten jungen Schwalbe, durch die Luft, durch die halboffne Haustür, ins alte Nest, einschlagend wie ein dunkler Blitz.

Und eine Minute darauf, wie ein zweiter dunkler Blitz, aus dem Scheitelpunkt des Äthers, nachschlagend dem ersten, kam das Weibchen, die junge Schwester, und jetzt die Frau. Denn es sind Geschwister, ausgebrütet im vorigen Sommer in diesem Nest hinter unsrer Haustür. Wie wußten sie den Weg, herabfahrend aus der Unendlichkeit der Himmel? Wie wußten sie unter den Ländern dieses Land, unter den Tälern dies kleine Tal, unter den Häusern dieses Haus? Und wo in mir wohnt Agur, der dieses Wunder anstaunte über allen Wundern, und nichts geheimnisvoller fand als die Spur dieses Wunders, die unsichtbare Spur des Vogels in der Luft?

Aber es ist sicher, daß das Gehen und das Suchen und das Begegnen irgendwie zu den Geheimnissen des Eros gehören. Es ist sicher, daß wir auf unsrem gewundenen Wege nicht bloß von unsren Taten nach vorwärts gestoßen werden, sondern immer gelockt von etwas, das scheinbar immer irgendwo auf uns wartet und immer verhüllt ist. Es ist etwas von Liebesbegier, von Neugierde der Liebe in unsrem Vorwärtsgehen, auch dann, wenn wir die Einsamkeit des Waldes suchen oder die Stille der hohen Berge oder einen leeren Strand, an dem wie eine silberne Franse das Meer leise rauschend zergeht. Allen einsamen Begegnungen ist etwas sehr Süßes beigemengt, und wäre es nur die Begegnung mit einem einsam stehenden großen Baum oder die Begegnung mit einem Tier des Waldes, das lautlos anhält und aus dem Dunkel her auf uns äugt. Mich dünkt, es ist nicht die Umarmung, sondern die Begegnung die eigentliche entscheidende erotische Pantomime. Es ist in keinem Augenblick das Sinnliche so seelenhaft, das Seelenhafte so sinnlich, als in der Begegnung. Hier ist alles möglich, alles in Bewegung, alles aufgelöst. Hier ist ein Zueinandertrachten noch ohne Begierde, eine naive Beimischung von Zutraulichkeit und Scheu. Hier ist das Rehhafte, das Vogelhafte, das Tierischdumpfe, das Engelsreine, das Göttliche. Ein Gruß ist etwas Grenzenloses. Dante datiert sein »Neues Leben« von einem Gruß, der ihm zuteil geworden. Wunderbar ist der Schrei des großen Vogels, der seltsame, einsame, vorweltliche Laut im Morgengrauen von der höchsten Tanne, dem irgendwo die Henne lauscht. Dies Irgendwo, dies Unbestimmte und doch leidenschaftlich Begehrende, dies Schreien des Fremden nach der Fremden ist das Gewaltige. Die Begegnung verspricht mehr, als die Umarmung halten kann. Sie scheint, wenn ich so sagen darf, einer höheren Ordnung der Dinge anzugehören, jener, nach der die Sterne sich bewegen und die Gedanken einander befruchten. Aber für eine sehr kühne, sehr naive Phantasie, in der Unschuld und Zynismus sich unlösbar vermengen, ist die Begegnung schon die Vorwegnahme der Umarmung. Solche Blicke hefteten die Hirten auf eine Göttin, die plötzlich vor ihnen stand, und es war etwas in dem Blick der Göttin, woran der dumpfe Blick des Hirten sich entzündete. Und Agur hat recht, wenn er ein König war oder ein großer Scheich in der Wüste, ein weiser und prunkvoller Kaufmann oder ein Seefahrer unter den Seefahrern – er hat recht, daß er am Abend seiner Tage, sitzend im Schatten seiner Weisheit und Erfahrung, jene beiden Wunder in der Rede seines Mundes in eines verflicht: das Geheimnis der Umarmung und das Geheimnis des Fluges. Aber wer ist Agur, der in mir lebt mit seiner lebendigen Rede? Soll ich wirklich in mir sein Gesicht nicht sehen können? Seine Erfahrungen sind reich und üppig, der Ton seiner Rede ist der Ton des Erfahrnen, aber lässig. Er verschmäht es, den Prediger zu machen, sondern läßt nur dann und wann ein Wort fallen, das reich und schwer ins Ohr des Hörers sinkt. Wie Boas muß ich ihn denken, der einen schönen weißen Bart hatte, und ein gebräuntes Gesicht, der gekleidet ging in ein feines Linnen, und auf dessen Kornfeldern den Armen nicht verwehrt war, die Ähren zu lesen. Aber habe ich nicht einmal sein Gesicht gesehen? Freilich, nur im stummen Traum, und der, dessen Gesicht ich sah, hatte keinen Namen. Aber nun dünkt mich, das war jener Agur, und ich muß die Rede, die meine eigne Handschrift mir überliefert, in den Mund dessen legen, von dem mir einmal träumte, und der, wie der Traum ihn malte, ein Patriarch war unter den Patriarchen, ein König über ein namenloses gewaltiges Volk von Wandernden.

Dies war der Traum. Ich lag und war müde von einem weiten Weg über Berge. Es war noch Sommer, aber gegen Ende des Sommers, und als mitten in der Nacht ein Sturm die Balkontür aufriß und der See heftig rauschend gegen die Pfähle schlug, sagte ich mir, halb im Schlaf: »Das sind die Herbststürme.« Und zwischen Schlaf und Wachen durchfloß mich ein unbeschreibliches Glücksgefühl über die Weite der Welt (über deren halberleuchtete Berge und Täler und Seen jetzt der Sturm hinbrauste). In dieses Gefühl versank ich wie in eine weiche dunkle Welle und war sogleich mitten im Traum und war draußen und droben, in der halberleuchteten fahlen Nacht, im Sturm, auf dem weiten Abhang eines großen Berges. Aber es war mehr als der Abhang eines Berges, es war eine ungeheure Landschaft, es war – dies konnte ich nicht sehen, sondern ich wußte es – der terrassenförmige Rand eines gigantischen Hochlandes, es war Asien. Und um mich war, gewaltiger als der Sturm, und die fahle, halberleuchtete Nacht mit großmächtiger Unruhe erfüllend, ein ungeheurer Aufbruch. Ein ganzes Volk war um mich, und das ganze Volk war im Dunkel geschäftig, seine Zelte abzubrechen und seine Habe auf Packtiere zu laden. Ganz nahe von mir waren Gruppen stummer Menschen, hastig beluden sie Kamele und andre Tiere; aber es war sehr finster. Ich legte auch mit Hand an bei einem Zelt, das noch nicht abgebrochen war. Ich war allein in dem Zelt, riß die Zeltpflöcke aus der Erde, und bei einem halben Licht sah ich die prachtvolle Arbeit, die den untern Saum des Zeltes schmückte: ein sehr künstliches Ornament, aus dunkelbraunen Lederstreifen aufgenäht auf ganz hellem, naturfarbenem Leder. Immerfort war um mich die dumpfe Bewegung des ungeheuren Aufbruches, ich fühlte, wie alles unter der Gewalt des Befehles geschah, eines Befehles, gegen den es keinen Widerspruch gab. Und ohne weiters wußte ich, daß das Zelt, an dem ich arbeitete, ein Teil von seinem Zelte war, von dem Zelte dessen, der den Aufbruch befohlen hatte, und von dem alle Befehle kamen. Und als müßte es so sein, stieg ich auf einen Klumpen übereinandergelegter Decken der Maultiere, schob irgend etwas in der Zeltwand auseinander und sah hinein in das Hauptzelt. Es war finstrer darin als dort, wo ich stand. Erst allmählich konnte ich sehen, dann aber ganz deutlich. Das Zelt war ohne Möbel oder Schmuck, nur die dunklen Wände. An der einen Seite lagen auf einer großen Decke, auf einer dunkelroten oder rotvioletten Decke … lag ein junges Weib von dunkler Blässe, von einer unbeschreiblichen dunklen Blässe und Schönheit, aus deren Armen ein Mann sich löste, ein großer, hagerer Mann, aufstand und dicht vor meinen Augen vorüberging durch das leere Zelt an die entgegengesetzte Wand. Die

Junge – sie trug nichts als breite Armreifen – hob stumm die Arme nach ihm, wie um ihn zurückzurufen, aber er sah sich nicht nach ihr um. Auch ich hatte sein Gesicht kaum gesehen, aber ich wußte, daß er alt war, alt und gewaltig, mit einem zweigeteilten wehenden Bart, um den Kopf einen erdfarbenen Turban. Aber sein sehr schlanker Körper, nackt bis zum Gürtel, seine langen dünnen Arme waren wie die eines jungen Mannes, voll Leichtigkeit und Kühnheit. Von der Hüfte hing ihm ein langer Schurz von dem unbeschreiblichsten Gelb. Ich will den Ton dieses Gelb wiedererkennen, wo und wann immer es mir wieder vor die Augen käme. Es war herrlicher als das Gelb auf alten persischen Kacheln, strahlender als das Gelb der gelben Tulpe. Jetzt war er an der Zeltwand gegenüber, der dunkelsten, und riß dort einen Vorhang auf, daß ein großes Fenster entstand. Der Wind wehte herein und warf seinen zweigeteilten weißen Bart über seine erdbraunen mageren Schultern nach rückwärts. Die schöne Frau hob sich bittend auf und schien ihn zärtlich beim Namen zu rufen, aber die Luft trug mir den Laut nicht zu. Ich sah nur ihn und sah durch das Fenster, das er in die Zeltwand gerissen hatte, hinaus: da war draußen die halberleuchtete Nacht, das unabsehbare gestufte Bergland und der stumme Aufbruch eines ganzen Volkes. Und sein bloßes Dastehen an dem viereckigen Ausschnitt des Zeltes, das über alle Zelte erhöht war, brachte einen stummen, wilden Tumult in den ganzen Aufbruch, und selbst die Wolken schienen schneller unter dem ziemlich bleichen Mond über das Bergland hinzujagen. Dieser Mann und kein andrer war Agur.

DIE BRIEFE DES ZURÜCKGEKEHRTEN

DER ERSTE

April 1901

So bin ich nach achtzehn Jahren wieder in Deutschland, bin auf dem Weg nach Oesterreich, und weiß selbst nicht, wie mir zumuth ist. Auf dem Schiff machte ich mir Begriffe, ich machte mir Urtheile im voraus. Meine Begriffe sind mir über dem wirklichen Ansehen in diesen vier Monaten verloren gegangen, und ich weiß nicht, was an ihre Stelle getreten ist: ein zerspaltenes Gefühl von der Gegenwart, eine zerstreute Benommenheit, eine innere Unordnung, die nahe an Unzufriedenheit ist – und fast zum erstenmal im Leben widerfährt mir's, daß ein Gefühl von mir selbst sich mir aufdringt. Sind es die überschrittenen Vierzig, und ist auch in mir etwas schwerer und dumpfer geworden, so wie mein Körper, den ich in den Districten nie gespürt habe und nun – wenn das nicht eine angeflogene Hypochondrie ist – zu spüren anfange? Ich machte mir einen Begriff von den Deutschen, und noch als ich über Wesel der Grenze zufuhr, hatte ich ihn ganz rein in mir: es war nicht völlig der, den die Engländer vor 70 von uns hatten, nur mit den wenigen Büchern, die ich mit mir führte, dem Werther und Wilhelm Meister, floß mir mein Bild von den Deutschen auch nicht zusammen (was in diesen Romanen abgespiegelt war, erschien mir immer wie ein Spiegelbild, unendlich vertieft, verklärt, beruhigt), aber auch den unfreundlichen Begriff, den die Engländer unserer Zeit von uns in Umlauf setzen, hatte ich von mir abgewehrt: denn ein Volk verwandelt sich nicht bis zur Unkenntlichkeit, es regt sich nur wie im Schlaf und wirft sich herum, es stellt nur andere Seiten seines Wesens ins Licht. Und nun bin ich seit vier Monaten unter ihnen, habe in Düsseldorf mit ihren Minenleuten gehandelt und in Berlin mit ihren Bankleuten, habe Gerhart auf seinem Amt besucht, Charlie auf seinem Gut, habe um eines Gutachtens willen mich von einer Göttinger Kapacität an eine Gießener weisen lassen, mich in Bremen verhalten und in München umgetrieben, habe mit Ämtern und Behörden zu thun gehabt, Eure Eisen- und Maschinenleute, Eure kleinen und großen Herren gekostet – und weiß nicht, was ich sagen soll.

Was hatte ich mir denn vorgestellt? Was hatte ich zu finden erwartet? Und warum ist mir nun, als verliere ich den Boden unter den Füßen? Du kannst Dir denken, daß ich darüber hinaus bin, eine vereinzelte persönliche Erfahrung ins Allgemeine zu ziehen. Auch ist mir niemand anders als loyal begegnet, ich habe meine javanesisch-deutschen Negociationen besser abgewickelt, als ich mir hätte träumen lassen, und bin heute frei, und dazu zwar nicht reich, aber unabhängig, was mehr ist. Nein, es ist nichts in mir, was mich befremdet und quält und mich der Heimath nicht froh werden läßt, es ist kein spleen, es ist – also, wie soll ich es nennen? Es ist mehr als eine Beobachtung, es ist ein Gefühl, eine Beimischung aller Gefühle, ein Existenzgefühl – Du siehst, ich quäle mich zurück in den Gebrauch einer Kunstsprache, die mir in zwanzig Jahren fremd genug geworden ist. Aber muß ich wirklich complicirt werden unter den Complicirten? Ich möchte in mir selber blühn, und dies Europa könnte mich mir selber wegstehlen. So will ich es Dir lieber weitschweifig oder ungeschickt sagen und ihren Kunstworten ausweichen. Du kennst mich genug, um zu wissen, daß ich bei meinem Leben nicht viel Zeit hatte, abstracte oder theoretische Lebensweisheit anzusammeln. Eher eine gewisse practische Erfahrung, aus den Gesichtern von Menschen oder aus dem, was sie nicht sagen, etwas abzunehmen, oder eine kleine Kette von unauffälligen Details hinreichend zu dechiffriren, um allenfalls den Gang der Dinge bei einem Geschäftsabschluß oder einer Krise im Verhalten anderer zu mir oder untereinander irgendwie vorauszusehen. Von Theoretischem aber, wie gesagt, habe ich fast nichts in mir, so gut wie nichts. Immerhin ein oder zwei oder drei Sätze, Aphorismen, oder wie man es nennen wollte; es giebt Verbindungen von Wörtern, die man nicht vergißt; wer vergißt das Vaterunser? The whole man must move at once: Da hast Du eine von meinen großen Wahrheiten. Ich scherze nicht, das ist eine große

Wahrheit, ein tiefsinniges Aphorisma, eine ganze Lebensweisheit, wenn es auch nur wenige Worte sind, die nicht viel gleichsehen. Und es war ein großer Mensch, der sie mir überliefert hat. Er war mein Bettnachbar im Spital von Montevideo, und es war einer von denen, die weit gekommen wären. Viel von dem Stoff war in ihm, woraus die englische Rasse ihre Warren Hastings' und ihre Cecil Rhodes' macht. Aber er starb mit fünfundzwanzig, nicht damals in dem Bett neben mir, sondern ein Jahr darauf, an einer Recidive. Er hatte den Spruch von seinem Vater, der ein Landgeistlicher in Schottland war und hart und bös gewesen sein muß, aber ein tiefer Kopf. Es ist ein Spruch, um ihn auf seinen Fingernagel zu schreiben, und man vergißt ihn nicht mehr, wenn man ihn einmal gefaßt hat. Ich führe ihn nicht oft im Mund, aber er ist irgendwo in mir immer präsent. Es ist mit solchen Wahrheiten – ich glaube nicht, daß es viele von solcher Kraft und Einfachheit giebt – wie mit dem Organ, das wir im inneren Ohr haben, den Knöchelchen oder kleinen beweglichen Kugeln: sie sagen uns, ob wir im Gleichgewicht sind oder nicht. The whole man must move at once, – wenn ich unter Amerikanern und dann später unter den südlichen Leuten in der Banda oriental, unter den Spaniern und Gauchos, und zuletzt unter Chinesen und Malaien, wenn mir da ein guter Zug vor die Augen trat, was ich einen guten Zug nenne, ein Etwas in der Haltung, das mir Respect abnöthigt und mehr als Respect, ich weiß nicht, wie ich dies sagen soll, es mag der große Zug sein, den sie manchmal in ihren Geschäften haben, in den U. S. meine ich, dieses fast wahnwitzig wilde und zugleich fast kühl besonnene »Hineingehen« für eine Sache, oder es mag ein gewisses patriarchalisches grand air sein, ein alter weißbärtiger Gaucho, wie er dasteht an der Thür seiner estancia, so ganz er selbst, und wie er einen empfängt, und wie seine starken Teufel von Söhnen von den Pferden springen und ihm pariren, und es mag auch etwas viel Unscheinbareres sein, ein thierisches Hängen mit dem Blick am Zucken einer Angelschnur, ein Lauern mit ganzer Seele, wie nur Malaien lauern können, denn es kann ein großer Zug darin liegen, wie einer fischt, und ein größerer Zug, als Du Dir möchtest träumen lassen, darin, wie ein farbiger Bettelmönch Dir die irdene Bettelschale hinhält – wenn etwas der Art mir unterkam, so dachte ich: Zuhause! – – – Alles, was etwas Rechtes war, worin eine rechte Wahrhaftigkeit lag, eine rechte Menschlichkeit, auch im Kleinen und Kleinsten, das schien mir hinüber zu deuten. Nein, meine ungeschickte Sprache sagt Dir wieder nicht die Wahrheit meines Gefühls; es war nicht Hinüberdeuten, auch nicht Erinnertwerden an drüben, es war kein Hüben und Drüben, überhaupt keine Zweiheit, die ich verspürte: es war eins ins andere. Indem die Dinge an meine Seele schlugen, so war mir, ich läse ein buntes Buch des Lebens, aber das Buch handelte immerfort von Deutschland. Ich denke, ich bin kein Träumer, und wenn ich – vielleicht als Bub – einer war, so habe ich jedenfalls in diesen achtzehn Jahren ganz einfach keine Zeit gehabt, einer zu sein. Auch sind es keine Träumereien, von denen ich Dir rede, nichts Ausgesponnenes, sondern etwas Blitzhaftes, das da war, während ich lebte, und oft in Momenten, wo mein Denken und alle meine Nerven vom Leben so angespannt waren wie möglich. Daß ich mich Dir mit einem Beispiel ausdrücke, das freilich beinahe albern ist: es ist wie mit dem Wassertrinken am Brunnen. Du weißt, ich war als Kind fast immerfort in Oberösterreich auf dem Land, nach meinem zehnten Jahr dann nur mehr die Sommer. Aber sooft ich in Kassel während der Schulwinter oder sonst, wohin ich mit meinen Eltern kam, einen Trunk frischen Wassers that – nicht wie man gleichgiltig bei der Mahlzeit trinkt, sondern wenn man erhitzt ist und vertrocknet und sich nach dem Wasser sehnt – so oft war ich auch, jedesmal für eines Blitzes Dauer, in meinem Oberösterreich, in Gebhartsstetten, an dem alten Laufbrunnen. Nicht: ich dachte daran – war dort, schmeckte in dem Wasser etwas von der eisernen Röhre, fühlte übers ganze Gesicht die Luft vom Gebirg her wehen und zugleich den Sommergeruch von der verstaubten Landstraße herüber – kurz, wie das zugeht, weiß ich nicht, aber ich habe es zu oft erlebt, um nicht daran zu glauben, und so gebe ich mich zu Frieden. – Noch in New York und in St. Louis die kurze Zeit ging das mit mir, dann freilich in New-Orleans schon und später noch weiter im Süden, da verlor es sich: Luft und Wasser waren da zu sehr ein Verschiedenes von dem, was in Gebhartsstetten aus dem Rohr sprang und über den Zaun wehte – und Luft und Wasser sind große Herren und machen aus den Menschen, was sie wollen.

Aber das mit dem Trinken sollte ja auch nur ein Beispiel sein. So wie mich ein Trunk an den alten Laufbrunnen in Gebhartsstetten zurückzaubern konnte, so war ich in Deutschland alle die Male, wo in Uruguay oder in Kanton oder zuletzt auf den Inseln mir irgend etwas die Seele traf, es brauchte nur der Blick eines der unglaublich schönen Mädchen zu sein, wie sie auf den einsamen Gehöften der Gauchos aufwachsen, oder die rührende Genügsamkeit eines alten Chinesen, oder kleine gelbbraune nackte Kinder im Teich vor dem Dorf. Denn man erlebt viel, aber das Meiste thun die Sinne ab, oder die Nerven und der Wille, oder der Verstand, aber was die Seele treffen wird, das läßt sich nicht vorausahnen, es kann der einsame schwingende Flug eines tropischen Vogels sein über einem ganz leeren, leierförmig geöffneten Bergthal, oder das Arbeiten eines guten Schiffes unter einer schweren See, oder der Blick eines sterbenden Affen, oder ein braver kurzer Händedruck. Diese Dinge alle, wenn sie kamen und ins Innre des Innern trafen, redeten von Deutschland mit einer Deutlichkeit und Kraft, die weit über dieser ist, mit der diese Schriftzeichen Dir von mir reden. Viel mehr. Wenn ein solches mich traf, so war ich in Deutschland. Das alles ist, wie es ist, und es ist nichts von Träumerei dabei. Jedennoch – in zwei Wochen fahre ich nach Gebhartsstetten und kann so ziemlich sicher sein, den Laufbrunnen wieder zu finden mit der friedlichen Jahreszahl 1776 in verschnörkelten theresianischen Chiffern – da wird er stehen und mich anrauschen, und der alte, schiefe, vom Blitz gespaltene Nußbaum, der immer am spätesten von allen Bäumen seine Blätter bekam und am unwilligsten von allen sie dem Winter preisgab, der wird in all seiner Schiefheit und seinem Alter irgendwie ein Zeichen geben, daß er mich erkennt und daß ich nun wieder da bin und er da ist, wie immer, – aber da bin ich nun vier Monate in Deutschland, und kein Haus, kein Fleck Erde, kein geredetes Wort, kein menschliches Gesicht, wenn ich ehrlich sein soll, keines, hat mir dies kleine Zeichen gegeben. Dies Deutschland, in dem ich herumfahre, handle, abwickle, mit Leuten esse, den kosmopolitischen Geschäftsmann, den fremden welterfahrenen Herrn agire – wo war ich jedesmal, wenn ich in dem Land zu sein meinte, das man durch den Spiegel der Erinnerung betritt, wo war ich in den Augenblicken, wo nur mein Leib unter den Gauchos oder unter den Maoris herumwandelte? Wo war ich? Nun da dies Deutschland ist, so war ich nicht in Deutschland. Und dennoch, ich nannte es in mir Deutschland. Es war geradewegs der Spiegel der wehmüthigen Erinnerung, durch den ich es betrat – wenn ich es betreten durfte. Es war – es waren Männer und Frauen, Mädchen, Greise und Jünglinge. Es war mehr eine Ahnung als eine Gegenwart, wie das Herüberwehen des Seelenhaftesten, des Wesenhaftesten und des Ungreifbarsten. Es war der geistigste Reflex – wie nichtssagend ist das Wort für ein Erlebniß, eine innere Krise, die jedesmal stärker war als Wohllust und reiner, zarter begrenzt und bestimmt als ein einfaches, der Erhörung sicheres kindliches Gebet – der Reflex zahlloser ineinander verflochtener Lebensmöglichkeiten. Es war der zarteste Duft eines ganzen Daseins, des deutschen Daseins. Besser kann ich es Dir nicht sagen, so gerne ich möchte. Das Einzelne, der Anstoß kam von außen. Ich war nur wie die Klaviatur, auf der eine fremde Hand spielt. Aber in mir lag etwas, ein Gewoge, ein Chaos, ein Ungeborenes, und daraus konnten Figuren aufsteigen, und das waren deutsche Figuren. Es war Mädchenhaftigkeit und alten Mannes Wesen, es war Behagen und Seßhaftigkeit und wiederum gräßliche Armut ohne ein Strohdach über ihrem Kopf; es war Jünglingsdasein und grenzenlose Freundschaft, grenzenlose Hoffnung; starrende Einsamkeit, bleiches Gesicht, aufgedreht zu den schweigenden Sternen; es war Liebesleben, Bangen, Warten, Wartenlassen, Einanderquälen, Einanderumschlingen, Jungfräulichkeit und hingegebene Jungfräulichkeit; es war einen Acker haben, ein Haus haben, Kinder haben, Kinder badend im Bach, badend unter Pappeln, unter Weiden; es war Geselligkeit und Einsamkeit, Freundschaft, Zärtlichkeit, Haß, Leid, Glück, letztes Bette, letztes Daliegen und Sterben. Deutsche Figuren waren es, die sich zu diesen Zauberbildern zusammenballten – nein, es war mehr ein Hauch, als daß es Bilder gewesen wären – und gleich wieder auseinanderflossen, deutsche sparsame Geberden, ich weiß nicht was vom innersten Wesen der Heimath. Ihr Starkes und ihr Schwaches, ihr Rauhes und ihr Sanftes kam gleichzeitig zu mir, und ich konnte es genießen, konnte ihrer Geschöpfe und des Lebens ihrer Geschöpfe genießen, träumend vom Verlorenen oder vorahnend, vorwegnehmend Freuden der Wirklichkeit, vorbehalten, wie ich mir schmeichelte. Und jedes ihrer Geschöpfe, das mir erschien – nein, denn ich bin kein Visionär und meine Geschäfte gestatteten mir keine Hallucinationen – dessen Seelenhauch als eine flüchtigste Möglichkeit köstlicher zukünftiger Begegnung mich anwehte, jedes Frauenbild und Bild von Greis und Mann und Jüngling, reichem Mann und armem Lazarus, jedes war aus einem Guß und vertrug die innere Wahrheit, daran ich es maß. The whole man must move at once – und so waren sie, ob es Mädchen waren mit Taubenblick oder unstäte Männer, die Augen trunken von grenzenlosen Gedanken, oder verzeihende Greise und zürnende Richter mit Brauen des Löwen. Sie waren aus einem Guß. In einer Geberde erschienen sie mir, und keiner blieb länger bei mir als die Dauer eines aufzuckenden und erlöschenden Blitzes, denn ich bin kein Tagträumer und führe keinen Dialog mit den Ausgeburten meiner Einbildungskraft. Aber in ihrer einen Geberde, in der sie an mich heran- und durch mich hindurchwehten, waren sie ganz. In jedem Blick ihrer Augen, in jedem Krümmen ihrer Finger waren sie ganz. Sie waren nicht von denen, deren rechte Hand nicht weiß, was die linke thut. Sie waren eins in sich selber. Und das – oder es müßte mich seit vier Monaten bei offenen Augen der bösartigste, vieltheiligste, züheste aller bösen Träume narren – das sind die heutigen Deutschen nicht.

DER ZWEITE

22. April 1901

Ich weiß nicht, auf was hin die Leute leben, das ist es, und je länger ich mich unter ihnen bewege, um so weniger weiß ich es. Sie sind ernsthaft, sie sind tüchtig, sie arbeiten, wie keine Nation auf der Welt, sie erreichen das Unglaubliche – aber, es ist keine Freude, unter ihnen zu leben. Daß ich achtzehn Jahre fort war und nun zurück bin und das hinschreiben muß! Irr' ich mich? Wie gern möchte ich mich irren! Ich verhandle und ich verkehre und ich werde freundlich aufgenommen, und ich mache Diners mit, und ich werde aufs Land eingeladen, und ich sehe alte Männer und junge Männer, Hinaufgekommene und Leute von Familie, Männer in Ämtern und Männer mit neuen riesigen Vermögen, Menschen, die noch viel vom Leben erwarten, und Menschen die mit dem Leben abgeschlossen haben, und ich kann ihrer nicht froh werden. Und ich werde so gern eines Menschen froh! Ich achte so gern! Denke nicht, daß ich ihre Leistungen nicht achte, da müßte ich ein Dummkopf sein. Aber sie selber, die Menschen – die deutschen Menschen! Aber es geht mir unheimlich damit: ich bekomme sie nicht zu fassen. Nicht, als ob sie verschlossen wären oder hinterhältig, davon hab' ich unter südlichen Breiten ganz andere Beispiele erlebt – aber wenn auch: ein verschlossenes Gesicht und ein tückisches Gesicht reden auch ihre Sprache, und daran, daß er sich nicht fassen lassen will, daran faß ich eben einen solchen. Aber hier – hier ist nichts von Verstellung, nichts von Absicht, und darum um so schlimmer. Wo soll ich eines Menschen Wesen suchen, wenn nicht in seinem Gesicht, in seiner Rede, in seinen Geberden? Meiner Seel', in ihren Gesichtern, ihren Geberden, ihren Reden finde ich die gegenwärtigen Deutschen nicht. Wie selten begegnet mir ein Gesicht, das eine starke, entschiedene Sprache redet. So verwischt sind die meisten Gesichter, so ohne Freiheit, so vielerlei steht darauf geschrieben, und alles ohne Bestimmtheit, ohne Größe. Es geschieht mir manchmal, daß ich mir das Gesicht eines indianischen Halbbluts herbeiwünsche oder das Gesicht eines chinesischen Lastträgers. Neulich hatte ich, einer schwebenden Sache wegen, Empfehlungen an den ersten Präsidenten eines der obersten Gerichtshöfe. Der alte Herr war gütig und gesprächig, aber die Schwächlichkeit seines nervösen alten Gesichtes und ein Etwas von weltmännischer Ironie in seinem Ton, als wollte er zeigen, daß er kein Pedant wäre, vexirte mich so, daß ich ihm kaum ordentlich Antwort gab. Mir geht letzter Zeit das englische Wort nicht aus dem Kopf, mit dem sie ihren alten Gladstone ehrten. Grand old man! Und ein Richter, ein oberster Richter unter den Deutschen! Meine Träume! Ich möchte einem begegnen, der jeder Zoll ein alter oberster Richter wäre – oder doch wenigstens einem, der jeder Zoll ein großartiger alter Mann wäre. Aber es ist alles so verwischt, durcheinander hingemischt: in den Jungen wieder steckt etwas von Alten, in den Gesunden etwas von Kranken, in den Vornehmen etwas von recht Unvornehmen. Und ihre Geberden sind genau wie das. Alles mischt sich da durcheinander. Wo bloß das Höfliche hingehört, mischen sie Gott weiß was für eine Art von biederer Zutraulichkeit darunter, um dann wieder aus dem angewärmten Ton in eine solche Trockenheit, solche Trivialität zu fallen, daß es weh thut; wollen sie aber große Airs annehmen, so ist es eine falsche Feierlichkeit, eine angstvolle Gespreiztheit, die den Fremden kalt und verlegen macht. Ich habe mein Leben auf diese Dinge nicht viel geachtet – bin ich wirklich unter halbblütigen Pferdehirten und unter nackten Insulanern so verwöhnt worden, daß mir in Salons dahier und Bankettsälen und Conferenzzimmern manchmal vor Unbehagen übel wird? Aber ich würde von den Dingen nicht reden, würde mir sagen, daß ich überempfindlich bin, wäre nicht alles so einheitlich, so unerbittlich einheitlich. Jedes Land hat seinen bestimmten Geruch und jede Landschaft und jede Stadt und jeder Theil einer Stadt; Andalusien so gut wie Whitechapel und Hamburg so gut wie Tahiti. Aber hier verfolgt mich etwas wie ein geistiger Geruch, etwas namenlos Bestimmtes und doch kaum Sagbares: ein Gegenwartsgefühl, ein europäisch-deutsches Gegenwartsgefühl – warum sag' ich »verfolgt mich«? – warum nicht »erfüllt mich«? Aber das erste Wort sagt die Wahrheit. Wie sie guten Tag sagen und wie sie Dich zur Thür begleiten, wie sie eine Tischrede halten und wie sie von Geschäften reden, wie sie in ihren Zeitungen schreiben und wie sie ihre neuen Stadttheile bauen – das ist alles aus einem Guß. Ich meine, das paßt eins zum andern: denn in sich ist nichts, was sie thun und treiben, aus einem Guß: ihre linke Hand weiß wahrhaftig nicht, was ihre rechte thut, ihre Kopfgedanken passen nicht zu ihren Gemüthsgedanken, ihre Amtsgedanken nicht zu ihren Wissenschaftsgedanken, ihre Fassaden nicht zu ihren Hintertreppen, ihre Geschäfte nicht zu ihrem Temperament, ihre Öffentlichkeit nicht zu ihrem Privatleben. Darum sag' ich Dir ja, daß ich sie nirgends finden kann, nicht in ihren Gesichtern, nicht in ihren Geberden, nicht in den Reden ihres Mundes: weil ihr Ganzes auch nirgend darin ist, weil sie in Wahrheit nirgends sind, weil sie überall und nirgends sind. Ein menschliches Gesicht, das ist eine Hieroglyphe, ein heiliges, bestimmtes Zeichen. Darin steht eine Gegenwart der

Seele, und so auch beim Thier – sieh einem Büffel ins Gesicht, wenn er kaut oder wenn er zornig das blutunterlaufene Auge rollt, und sieh einem Adler ins Gesicht und einem guten Hund. In einem menschlichen Gesicht steht ein Wollen und ein Müssen, und das ist mehr als eines einzelnen Wollen und Müssen. Solche Gesichter hatten die Deutschen in meinen Träumen, deren jeder kürzer war als ein Atemzug; zwar sah ich den Unbekannten, die an mich wehten, nicht immer ins Gesicht, manchmal hörte ich ihre Rede, oder meine Seele selbst schweifte für Blitzesdauer in ihre Rede hinüber, dann war mir, ich sah solche Gesichter von innen. »Ich kann nicht anders« steht auf solchen Gesichtern geschrieben. Und nun sehe ich seit vier Monaten in die Gesichter der Wirklichen: nicht als ob sie seelenlos wären, gar nicht selten bricht ein Licht der Seele hervor, aber es huscht wieder weg, aber es ist ein ewiges Kommen und Wegfliegen wie in einem Taubenschlag, von Stark und Schwach, von Nächstbestem und Weithergeholtem, von Gemeinem und Höherem, eine solche Unruhe von Möglichkeiten, und was fehlt, ist der eine große, nie auszusprechende Hintergedanke, der stetige, der in guten Gesichtern steht, der wie ein Wegweiser durch die Wirrniß des Lebens auf den Tod und noch über den Tod hinaus weist, und ohne den mir ein Gesicht keine Hieroglyphe ist, oder eine verstümmelte, verwischte, geschändete. Und mit ihren Reden geht's mir wie mit ihren Gesichtern. Auch da ist etwas so Precäres, so etwas Unsicheres. Auch da ist mir immer, als könnten sie auch etwas anderes sagen, und als wäre es gleichgiltig, ob sie dies oder jenes gesagt hätten. Mir ist, als dächten sie immer an mehreres zugleich. Aber der eine große, nie ausgesprochene Hintergedanke, der allem, was aus eines Menschen Mund kommt, sein Mark giebt und seinen Klang, und eine Rede zur menschlichen Rede macht, so wie die Drossel ihren Laut hat und der Panther den seinen und in seinem Laut die ganze, in Worten nicht zu fassende Wesenheit seines Daseins – muß ich zurück nach Uruguay oder hinunter nach den Inseln der Südsee, um wieder von menschlichen Lippen diesen menschlichen Laut zu hören, der in ein schlichtes Abschiedswort, in eine Floskel der Gastlichkeit, in eine Frage, in ein hartes, abweisendes Wort manchmal das Ganze der menschlichen Natur zu legen vermag und mir sagt, daß ich nicht allein bin auf der weiten Erde? Denn was red' ich von Reden und was red' ich von Gesichtern: es giebt den Menschen und nichts als den Menschen. Und wenn ich meine Deutschen träumte, so waren es Menschen vor allem. Und wenn mir Menschen nicht unheimlich werden sollen, so muß ich ihnen anfühlen können, auf was hin sie leben. Ich verlange nicht, daß einer die Geheimnisse seines Lebens auf der Zunge trägt und mit mir Gespräche führt über Leben und Sterben und die vier letzten Dinge, aber ohne Worte soll er mir's sagen, sein Ton soll mir's sagen, sein Dastehen, sein Gesicht, sein Thun und Treiben. Wenn ich mit ihm esse und trinke, unter seinem Dach schlafe und mit ihm handle, so will ich erfahren, auf was er seine Sach' gestellt hat, nicht mit ausdrücklichen Worten, implicite, nicht explicite. Daraufhin will ich es mit Banditen und Goldsuchern wagen, mit Strafkolonisten, mit New Yorker Obdachlosen, mit wem Du willst. Ich kann mich in einen hineinfinden, den das Rekordfieber um Milliarden Dollars zerfrißt, und in einen, der badet und fischt und auf einer mit Taubenfedern bestickten Matte schläft und seine Frau die Feldarbeit thun läßt; in einen, dessen Höchstes eine Flasche Rum ist, und in einen, der aus Zwischendeckspassagieren christliche Heilige machen will. Aber in den kann ich mich nicht hineinfinden, der es selber nicht weiß, auf was er sich gestellt hat, der daliegt auf dem Leben wie ein Polyp, und mit dem einen Fangarm saugt er an jenem, mit dem andern an diesem, und das eine Glied weiß nichts vom andern, und haut man ihm eines ab, so kriecht er fort und weiß von nichts. So liegen die Deutschen da und haben ein »Einerseits« und ein »Andrerseits«, ihre Geschäfte und ihr Gemüth, ihren Fortschritt und ihre Treue, ihren Idealismus und ihren Realismus, ihre Standpunkte und ihre Standpunkte, ihre Bierhäuser und ihre Hermannsdenkmäler, und ihre Ehrfurcht und ihre Deutschheit und ihre Humanität und stören in den Kaisergrüften herum, als wären es Laden voll alten Trödels, und zerren Karl den Großen aus seinem Sarg und photographieren den Stoff, der um seine Knochen gewickelt ist, und restaurieren ihre ehrwürdigen Dome zu Bierhäusern und treten halb erschlagenen Chinesenweibern mit den Absätzen die Gesichter ein. Etwas Unfrommes ist in dem ganzen Thun und Treiben – ich weiß kein anderes Wort.

Bin ich vielleicht selber ein frommer Mensch? Nein. Aber es giebt auch eine Frömmigkeit des Lebens, und die steckt in einem harten, kargen, geizigen Bauern, und in einem ruchlosen Desperado von Pferdedieb noch kann sie stecken, und im letzten Matrosen steckt sie, und noch mit der letzten Ruchlosigkeit ist sie verträglich, und der Glaube an die Gin-Flasche kann noch eine Art von Glaube sein. Aber hier, unter den gebildeten und besitzenden Deutschen, hier kann mir nicht wohl werden. Immer erschien mir die kleine Fabel albern, und nun verstehe ich sie mit einem Schlag: von dem Waldmenschen, den schauderte, und der in seinen Wald entfloh, als er den Bauern kalt und warm, eins ums andere, aus seinem Munde blasen sah, als wenn dies weiter nichts wäre. Auch mich kommt mehr als einmal ein solcher Schauder an. Aber wo ist mein Wald, in dem ich zu Hause wäre?

DER DRITTE

9. Mai 1901

Denke nicht, daß ich ihre Leistungen nicht achte. Aber daß die Deutschen arbeiten, davon ist die Welt voll: Da ich heimkam, dachte ich zu sehen, wie sie leben. Und ich bin da, und wie sie leben, sehe ich nicht; und ich sehe, wie sie leben, und es freut mich nicht. Sie sind reich und sie sind arm und Du stößest Dich an den Armen und den Reichen und nicht das eine und nicht das andere giebt einen reinen Klang. Es giebt Vornehme und es giebt Subalterne, es giebt Anmaßende und es giebt Demüthige, es giebt Gelehrte und es giebt, die vom gestrigen Zeitungsblatt leben; und die einen puffen, die andern ducken sich, die einen dünken sich was, die andern genieren sich: aber es giebt Alles keinen reinen Klang. Sie haben ein Oben und Unten, ein Besser und Schlechter, ein Gröber und Feiner, ein Rechts und Links, ein Füreinander und Gegeneinander, und bürgerliche Verhältnisse und adelige Verhältnisse und Universitätskreise und Finanzkreise: aber was in dem allen fehlt, ist eine wahre Dichtigkeit der Verhältnisse: es hakt nichts ins andere ein – es ist irgend etwas nicht drin, wofür ich Dir den Kunstausdruck nicht zu finden weiß, was aber doch im englischen Wesen drin ist, so grandios und vielfältig es ist, und im Maoriwesen drin ist, so kindisch und kunstlos dieses ist: das Gemeinschaftbildende, all das Ursprüngliche davon, das was im Herzen sitzt. Freilich – vielleicht irre ich – das sage ich mir immer – vielleicht ist es mit diesen Dingen wie mit einem Vexierschloß: vielleicht muß man, um dieser vielgespaltenen Welt gerecht zu sein, eine innere Vorbereitung besitzen, eine Bildung. Und Bildung, im europäischen, im heutigen Sinn habe ich nicht – aber dennoch gerade in diesen Dingen, da stellt sich mir aus dem wenigen was ich je gelernt habe, was mir da und dort hängen geblieben ist, im Innern immer etwas auf, um was ich nicht herum kann: wie sie, sterbende Männer und Jünglinge, – in den lateinischen und griechischen Büchern, Bruchstücken von Büchern, die man uns Schulbuben zu lesen giebt – in ihrem Blut, am Abend der Schlacht, den Namen der Vaterstadt vor sich hin riefen, in Triumph und Todesfestigkeit an dem Klang sich weideten: Argos meminisse juvabat – woher ist der Brocken? Was hat dies alles mit dieser Welt zu thun, mit hier, mit heute, mit mir? und dennoch, dennoch: so sagte ich: »Deutschland!« vor mich hin – nicht das Wort vielleicht, aber die Seele des Worts! So sagte ich »Deutschland!« vor mich, solange ich ferne von Deutschland war. Und dann: da hatte mein seliger Vater in Gebhartsstetten eine Mappe mit Kupferstichen des Albrecht Dürer. Wie oft zeigte er uns das, mir und meiner Schwester und meinem Bruder, die beide so früh starben. Wie vertraut und fremd zugleich waren mir die alten Blätter, wie zuwider und wie lieb zugleich! Die Menschen, die Ochsen, die Pferde wie aus Holz geschnitzt, wie aus Holz die Falten ihrer Kleider, die Falten in ihren Gesichtern. Die spitzen Häuser, die geschnörkelten Mühlbäche, die starren Felsen und Bäume, so unwirklich, überwirklich. Manchmal quälte ich den Vater, er solle die Mappe bringen lassen. Und manchmal war ich nicht dazu zu bringen, noch ein Blatt mehr zu sehen, lief mitten drin fort und wurde gescholten. Ich könnte es auch heute nicht sagen, ob mir die Erinnerung an diese schwarzen Zauberblätter lieb und kostbar oder verhaßt ist. Aber nahe gingen sie mir, in mich hinein drang eine Gewalt von ihnen und ich glaube, ich werde auf dem Todtenbett noch sagen können, was für einen Hintergrund das Meerwunder hat oder der Einsiedler mit dem Todtenschädel. »Das ist das alte Deutschland« sagte mein Vater und das Wort klang mir fast schauerlich und ich mußte an einen alten Menschen denken, wie solche in den Bildern waren, und um zu zeigen, daß ich Geographie gelernt hatte und die Welt begriff, fragte ich: »Giebt es auch ein Buch, wo man das alte Oesterreich drin sehen kann?« Da sagte mein Vater: »Dies hier unten ist wohl Oesterreich« (die Bibliothek war im Thurmzimmer, und drunten lag das Dorf und die Hügel und da und dort die kleinen Wäldchen, die den Gemeinden und den einzelnen Bauern gehören, und zwischen den Hügeln der gewundene Fluß und die weiße Straße und in der Ferne die blauen Weinberge über den großen dunkelnden fernen Wäldern) »und wir sind Oesterreicher, aber wir sind auch Deutsche und da das Land immer zu den Menschen gehört, die darauf wohnen, so ist hier auch Deutschland.« Das machte eine Art von Verbindung zwischen den Bildern in der Mappe und dem leuchtenden Land, in dessen Erde ich mich einwühlte, Maulwürfen nach oder glitzernden Steinen, in dessen Wassern und Tümpeln ich badete, dessen ganzen Duft ich in mich sog, wenn ich hoch auf dem Heuwagen, flach geduckt neben der Stange, durchs Scheunenthor fuhr. Diese Verbindung einer Wirklichkeit mit einem Eindruck von Bildern, einem halben Schrecken, einer Art von Alp war seltsam genug. Aber seltsam und auch tief sind alle Dinge, die uns in der Winterzeit widerfahren. Mit bewußten Gedanken dachte ich freilich nicht an die alten Figuren, wenn ich mit den Knechten Heu machen ging oder mit den Dorfbuben fischen und krebsen, auch nicht wenn ich Sonntags am Altar ministrierte und hinter mir aus den Bänken die bäuerischen Stimmen empordrangen und stark an das lichte Gewölbe schlugen und die Orgel dareinfuhr und der Schall wie ein Gießbach, aber kein irdischer, mir im Rücken herabstürzte, und noch weniger, als ich dann die Liebschaften aller Mädeln wußte und halb scheu, halb frech abends um die Fenster strich und zugleich bei den Alten mich einschmeichelte und mit ihnen den neuen Wein kostete – aber unbewußt bevölkerte ich doch mit den Schattengeberden dieser überwirklichen Ahnen die einsamen Stellen im Walde, die Halde mit den großen Steinblöcken, den halbzerfallenen Kreuzgang hinter der Kirche, der viel älter war als die freundliche kleine Kirche selber und die immer dämmernden Ecken in den großen Stuben der großen Bauernhöfe, wo die Urgroßmutter oder ein gelähmter Alter saßen, oder noch zu sitzen schienen, wenn wir sie auch im vergangenen Herbst begraben hatten und Asternkränze, weiß, lila und roth, auf den Sarg geworfen. Das Gehaben jener mit den überstarken Geberden, die nicht mehr da waren, ging doch zusammen mit dem Gehaben derer, mit denen ich aß und trank und in den Birnbaum stieg und die Pferde schwemmte und zur Kirche ging, so wie die alten Geschichten von Räubern, Einsiedlern und Bären zusammengingen mit der Landschaft, so wie die Legende von der Pfalzgräfin Genovefa in mir zusammenging mit dem blonden Engelsgesicht der schönen Fleischhauerstochter Amalie.

Es war alles anders in den alten Bildern als in der Wirklichkeit vor meinen Augen: aber es klaffte kein Riß dazwischen. Jene alte Welt war frömmer, erhabener, milder, kühner, einsamer. Aber im Wald, in der Sternennacht, in der Kirche führten Wege zu ihr. Die Geräthe waren nicht die gleichen, die Trachten waren sonderbar und die Geberden waren über die Wirklichkeit. Aber ich weiß nicht welches Tiefste im Gehaben, das noch hinter den Geberden ist: das Verhältnis zur Natur, daß ich es mit einem solchen dünnen Worte sage, das Verhältnis zum Leben: wie weit es Entgegenstemmen ist und wie weit Sichfügen, wo Auflehnung hingehört und wo Ergebung, wo Gleichmut am Platze ist und eine trockene Rede und wo Übermut und Lustbarkeit: dies Wesentliche, dies Wirkliche hinter dem Alltäglichen, dies was die schlichten Handlungen des Tages aus dem Menschen heraustreibt wie es aus dem Baum sein Rauhes und sein Süßes hervortreibt, Rinde und Blatt und Apfel – dies, dies hat meine Welt, wie jene Blätter es wissen, das weiß ich heute und wußte es damals: denn es lag in mir, daß ich das Wirkliche an etwas in mir messen mußte und fast bewußtlos maß ich an jener schreckhaft erhabenen schwarzen Zauberwelt und strich alles an diesem Probierstein, ob es Gold wäre oder ein schlechter gelblicher Glimmer.

Und vor den Richterstuhl dieser Kindereien, von denen ich im Innersten nicht los kann, schleppe ich das große Deutschland und die Deutschen des heutigen Tages, und sehe daß sie mir nicht bestehen und komme nicht darüber hinweg.

Ich meinte, heimzufahren, und für immer, und nun weiß ich nicht, ob ich bleiben werde. Hättest Du noch Deinen überseeischen Posten und nicht London, wo ich nicht sein möchte – kann sein ich käme zu Dir, mein Lieber. Denn ich habe wenig Menschen auf der Welt – »wenig« ist eine Beschönigung, ich habe niemanden. Es ist das erste Mal eigentlich, daß mir dies so auf die Seele fällt. Und ich möchte in diesem Deutschland nicht sterben. Ich weiß, ich bin nicht alt und bin nicht krank – aber wo man nicht sterben möchte, dort soll man auch nicht leben.

Früher dachte ich immer, es würde mich so unversehens mitten aus dem hastigen Leben wegnehmen, und dazu ist jeder Ort gut. Das große Spital in Montevideo mit den großen Spinnen oben an der Decke und den vielen delirierenden Menschen in den Betten und der einen unglaublich schönen spanischen Nonne, deren Gesicht dahin glitt über all den emporgeworfenen sterbenden Gesichtern wie der sanfte Mond, – und das schöne reinliche Lazarett in Serrabaja mit den Bäumen so voll der herrlichsten kleinen Vögel vor den Fenstern –, und sonst noch ein paar Plätze von seltsamem vorbedeutenden Gesicht: stiller tückischer Rand eines gelben Sumpfes, stiller kleiner Platz im Wald, stiller Hang unwegsamer grauer Klippen – aber nun habe ich den Glauben, es wird anders geschehen, in Ruhe, in eigenem Bette, vielleicht in Langsamkeit. Da stelle ich mir ein Bereitsein vor, ein Gesammeltsein. Und hier ist niemand gesammelt, niemand zum Letzten bereit. Blicke stelle ich mir vor, letzte Blicke durch ein friedliches Fenster ins Freie. Nein, hier dürfte es nicht sein. Hier ist es nicht heimlich. Wie in einer großen ruhelosen freudlosen Herberge ist mir zumuthe. Wer möchte in einem Hotel sterben, wenn es nicht sein muß.

Doch weiß ich noch nicht, wohin ich will. Auch ist vorher so Manches abzuwickeln und Oesterreich will ich jedenfalls vorher noch einmal wiedersehen. Ich sage »vorher«, denn ich denke schwerlich, dort zu bleiben.

DIE FARBEN

(Aus den Briefen des Zurückgekehrten)

Den 26. Mai 1901

Ich habe gar keine gute Zeit hinter mir und weiß es vielleicht erst seit einem gewissen kleinen Erlebnis, das ich vor drei Tagen hatte – aber ich will versuchen, es in der Ordnung zu erzählen: und doch wirst du mit der Erzählung nicht viel anfangen können. Kurz, ich mußte zu einer Konferenz gehen, der entscheidenden, letzten in der Kette von Verhandlungen, die darauf abzielten, die holländische Gesellschaft, für die ich seit vier Jahren arbeite, mit einer schon bestehenden englisch-deutschen zu vereinigen, und ich wußte, daß der Tag entscheidend war – gewissermaßen auch für mein weiteres Leben – und – ich hatte mich nicht in der Hand, o wie gar nicht hatte ich mich in der Hand! Krank werden fühlte ich mich von innen heraus, aber es war nicht mein Körper, ich kenne meinen Körper zu gut. Es war die Krise eines inneren Übelbefindens; dessen frühere Anwandlungen freilich waren so unscheinbar gewesen, wie nur möglich; und daß sie überhaupt etwas gewesen waren, daß sie mit diesem jetzigen Wirbel doch zusammenhingen, das verstand ich jetzt blitzhaft, wie man eben in solchen Krisen mehr versteht als in den normalen Augenblicken des Lebens. Ganz kleine sinnwidrige Regungen von Unlust waren diese früheren Anwandlungen gewesen, ganz unbedeutende, fast dauerlose Verkehrtheiten und Unsicherheiten des Denkens oder Fühlens, aber freilich etwas ganz Neues in mir; und das glaube ich, so nichtig diese Dinge sind, daß ich doch nie etwas Ähnliches verspürt habe, außer seit diesen wenigen Monaten, da ich wieder europäischen Boden trete. Aber aufzählen diese gelegentlichen Anwandlungen eines Fast-Nichts? Immerhin, ich muß – oder diesen Brief zerreißen und das weitere für immer ungesagt lassen. Zuweilen kam es des Morgens, in diesen deutschen Hotelzimmern, daß mir der Krug und das Waschbecken – oder eine Ecke des Zimmers mit dem Tisch und dem Kleiderständer so nicht-wirklich vorkamen, trotz ihrer unbeschreiblichen Gewöhnlichkeit so ganz und gar nicht wirklich, gewissermaßen gespenstisch, und zugleich provisorisch, wartend, sozusagen vorläufig die Stelle des wirklichen Kruges, des wirklichen mit Wasser gefüllten Waschbeckens einnehmend. Wüßte ich nicht, daß du ein Mensch bist, dem eigentlich nichts groß, nichts klein vorkommt und vor allem nichts ganz absurd, ich käme nicht weiter. Immerhin kann ich ja vielleicht den Brief unabgeschickt lassen. Aber es war so. In den andern Ländern drüben, selbst in meinen elendesten Zeiten, war der Krug oder der Eimer mit dem mehr oder minder frischen Wasser des Morgens etwas Selbstverständliches und zugleich Lebendiges: ein Freund. Hier war er, kann man sagen: ein Gespenst. Es ging von seinem Anblick ein leichter unangenehmer Schwindel aus, aber kein körperlicher. Ich konnte dann ans Fenster treten und ganz dasselbe mit drei oder vier Droschken erleben, die an der andern Straßenseite standen und warteten. Sie waren Gespenster von Droschken. Es verursachte eine fast dauerlose leise Übelkeit, sie anzusehen: es war wie ein momentanes Schweben über dem Bodenlosen, dem Ewig-Leeren. Etwas Ähnliches – du kannst denken, daß ich auf diese vorbeizuckenden Regungen nicht stark achtete – konnte der Anblick eines Hauses herbeiführen, oder einer ganzen Straße: du darfst aber nicht etwa an verfallene traurige Häuser denken, sondern das Allertrivialste von heutigen oder gestrigen Fassaden. Oder auch ein paar Bäume, diese dürftigen, aber sorgfältig gepflegten paar Bäume, die sie hier und da auf ihren Squares zwischen dem Asphalt, geschützt mit Gittern, stehen haben. Ich konnte sie ansehen und wußte, daß sie mich an Bäume erinnerten – keine Bäume waren – und zugleich zitterte etwas durch mich hin, etwas, das mir die Brust entzweiteilte wie ein Hauch, ein so unbeschreibliches Anwehen des ewigen Nichts, des ewigen Nirgends, ein Atem nicht des Todes, sondern des Nicht-Lebens, unbeschreiblich. Dann kam es auf der Eisenbahn, öfter und öfter. Ich fuhr in diesen vier Monaten sehr viel Eisenbahn, von Berlin an den Rhein, von Bremen nach Schlesien und kreuz und quer. Da konnte es sich einstellen, in der trivialsten Beleuchtung, um 3 Uhr nachmittags, wann immer: kleine Stadt links oder rechts vom Gleis, oder Dorf oder Fabrik, oder die ganze Landschaft, Hügel, Felder, Apfelbäume, verstreute Häuser, alles in allem; das nahm ein Gesicht an, eine eigene zweideutige Miene so voll innerer Unsicherheit, bösartiger Unwirklichkeit: so nichtig lag es da – so gespensterhaft nichtig – mein Lieber, ich habe dritthalb Monate meines Lebens in einem Käfig verbracht, der keine andere Aussicht hatte als auf einen leeren Pferch mit mannshoch aufgespeichertem halbgetrockneten Büffelmist, zwischen dem eine kranke Büffelkuh sich herumschleppte, bis sie endlich nicht mehr herumgehen konnte und zwischen Leben und Sterben dalag: aber dennoch, in dem Pferch, in dem gelbgrauen Haufen von Mist und dem gelbgrauen sterbenden Vieh, wenn ich da hinaussah, und wenn ich daran zurückdenke – es wohnte doch immer noch das Leben dort, das gleiche, das in meiner Brust auch wohnt – und in der Welt, in die ich da momentweise aus dem Eisenbahnfenster hineinschauen kann, da wohnt Etwas – mich hat nie vor dem Tod gegraut, aber vor dem, was da wohnt, vor solchem Nichtleben graut's mich. Aber es ist sicherlich nichts weiter, als daß ich manchmal ein wenig den bösen Blick habe, eine Art leiser Vergiftung, eine verborgene und schleichende Infektion, die in der europäischen Luft für den bereitzuliegen scheint, der von weither zurückkommt, nachdem er sehr lange, vielleicht zu lange, fort war. Daß mein Übel europäischer Natur war, dessen wurde ich mir – es ist in diesen Dingen alles die unerklärlichste plötzlichste Intuition – im gleichen Augenblick bewußt, als ich innewurde, daß es sich mir nun aufs Innere geschlagen hatte, daß ich nun, ich selber, mein inneres Leben, so unter diesem bösen Blick lag wie in den früheren Anwandlungen jene äußeren Dinge. Durch tausend wirre gleichzeitige Gefühle und Halbgefühle schleifte sich mein Bewußtsein ekelnd und schwindelnd hin: ich glaube, ich habe in diesen Augenblicken alles noch einmal denken müssen, was ich seit meinem ersten Schritt in Europa gedacht und dazu alles, was ich hinabgedrängt hatte.

Ich kann heute nicht in klare Worte bringen, was wirbelnd durch mein ganzes Ich ging: aber daß mein Geschäft und mein eigenes erworbenes Geld mich ekeln mußten, das kam damals auf der ungeheuren und dabei lautlosen Erregung meines aufgewühlten Innern nur so daher getanzt wie Treibholz auf dem Rücken haushoher Südseewellen: ich hatte zwanzigtausend Beispiele in mich hineingeschluckt: wie sie das Leben selber vergessen über dem, was nichts sein sollte als Mittel zum Leben und für nichts gelten dürfte als für ein Werkzeug. Um mich war seit Monaten eine Sintflut von Gesichtern, die von nichts geritten wurden als von dem Geld, das sie hatten, oder von dem Geld, das andre hatten. Ihre Häuser, ihre Monumente, ihre Straßen, das war für mich in diesem etwas visionären Augenblick nichts als die tausendfach gespiegelte Fratze ihrer gespenstigen Nicht-Existenz, und jäh, wie meine Natur ist, reagierte sie mit einem wilden Ekel auf mein eigenes bißchen Geld und alles, was damit zusammenhing. Ich sehnte mich, wie der Seekranke, nach festem Boden, fort aus Europa und zurück nach den fernen guten Ländern, die ich verlassen hatte. Du kannst dir denken, es war keine gute Verfassung, um an einem Sitzungstisch Interessen zu vertreten. Ich weiß nicht, was ich nicht gegeben hätte, um die Konferenz abzusagen. Aber das war undenkbar, und ich hatte eben hinzugehen und das Beste aus meinem Kopf zu machen. Noch blieb mir fast eine Stunde. In den großen Straßen herumzugehen war unmöglich; irgendwo hineingehen und Zeitung lesen war ebenso unmöglich; denn die redeten nur allzusehr dieselbe Sprache wie die Gesichter und die Häuser. Ich bog in eine stille Seitenstraße. Da ist in einem Haus ein sehr anständig aussehender Laden ohne Schaufenster und neben der Eingangstür ein Plakat: Gesamtausstellung, Gemälde und Handzeichnungen – den Namen lese ich, verliere ihn aber gleich wieder aus dem Gedächtnis. Ich habe seit zwanzig Jahren kein Museum und keine Kunstausstellung betreten, ich denke, es wird mich, worauf es jetzt vor allem ankommt, von meinem unsinnigen Gedankengang ablenken, und trete ein.

Mein Lieber, es gibt keine Zufälle, und ich sollte diese Bilder sehen, sollte sie in dieser Stunde sehen, in dieser aufgewühlten Verfassung, in diesem Zusammenhang. Es waren im ganzen etwa sechzig Bilder, mittelgroße und kleine. Einige wenige Porträts, sonst meist Landschaften: ganz wenige nur, auf denen die Figuren das Wichtigere gewesen wären: meist waren es die Bäume, Felder, Ravins, Felsen, Äcker, Dächer, Stücke von Gärten. Über die Malweise kann ich keine Auskunft geben: du kennst wahrscheinlich fast alles, was gemacht wird, und ich habe, wie gesagt, seit zwanzig Jahren kein Bild gesehen. Immerhin erinnere ich mich ganz wohl, zur letzten Zeit meiner Beziehung mit der W., damals als wir in Paris lebten – sie hatte sehr viel Verständnis für Bilder – öfter in Ateliers und Ausstellungen Sachen gesehen zu haben, die eine gewisse Ähnlichkeit mit diesen hatten: etwas sehr Helles, fast wie Plakate, jedenfalls ganz anders wie die Bilder in den Galerien. Diese da schienen mir in den ersten Augenblicken grell und unruhig, ganz roh, ganz sonderbar, ich mußte mich erst zurechtfinden, um überhaupt die ersten als Bild, als Einheit zu sehen – dann aber, dann sah ich, dann sah ich sie alle so, jedes einzelne, und alle zusammen, und die Natur in ihnen, und die menschliche Seelenkraft, die hier die Natur geformt hatte, und Baum und Strauch und Acker und Abhang, die da gemalt waren, und noch das andre, das, was hinter dem Gemalten war, das Eigentliche, das unbeschreiblich Schicksalhafte – das alles sah ich so, daß ich das Gefühl meiner selbst an diese Bilder verlor, und mächtig wieder zurückbekam, und wieder verlor! Mein Lieber, um dessentwillen, was ich da sagen will, und niemals sagen werde, habe ich dir diesen ganzen Brief geschrieben! Wie aber könnte ich etwas so Unfaßliches in Worte bringen, etwas so Plötzliches, so Starkes, so Unzerlegbares! Ich könnte mir Photographien von den Bildern verschaffen und sie dir schicken, aber was könnten sie dir geben – was könnten dir die Bilder selbst von dem Eindruck geben, den sie auf mich machten und der vermutlich etwas völlig Persönliches ist, ein Geheimnis zwischen meinem Schicksal, den Bildern und mir. Ein Sturzacker, eine mächtige Allee gegen den Abendhimmel, ein Hohlweg mit krummen Föhren, ein Stück Garten mit der Hinterwand eines Hauses, Bauernwagen mit magern Pferden auf einer Hutweide, ein kupfernes Becken und ein irdener Krug, ein paar Bauern um einen Tisch, Kartoffeln essend – aber was nützt dir das! So soll ich dir von den Farben reden? Da ist ein unglaubliches, stärkstes Blau, das kommt immer wieder, ein Grün wie von geschmolzenen Smaragden, ein Gelb bis zum Orange. Aber was sind Farben, wofern nicht das innerste Leben der Gegenstände in ihnen hervorbricht! Und dieses innerste Leben war da, Baum und Stein und Mauer und Hohlweg gaben ihr Innerstes von sich, gleichsam entgegen warfen sie es mir, aber nicht die Wollust und Harmonie ihres schönen stummen Lebens, wie sie mir vor Zeiten manchmal aus alten Bildern wie eine zauberische Atmosphäre entgegenfloß: nein, nur die

Wucht ihres Daseins, das wütende, von Unglaublichkeit umstarrte Wunder ihres Daseins fiel meine Seele an. Wie kann ich es dir nahebringen, daß hier jedes Wesen – ein Wesen jeder Baum, jeder Streif gelben oder grünlichen Feldes, jeder Zaun, jeder in den Steinhügel gerissene Hohlweg, ein Wesen der zinnerne Krug, die irdene Schüssel, der Tisch, der plumpe Sessel – sich mir wie neugeboren aus dem furchtbaren Chaos des Nichtlebens, aus dem Abgrund der Wesenlosigkeit entgegenhob, daß ich fühlte, nein, daß ich wußte, wie jedes dieser Dinge, dieser Geschöpfe aus einem fürchterlichen Zweifel an der Welt herausgeboren war und nun mit seinem Dasein einen gräßlichen Schlund, gähnendes Nichts, für immer verdeckte! Wie kann ich es dir nur zur Hälfte nahebringen, wie mir diese Sprache in die Seele redete, die mir die gigantische Rechtfertigung der seltsamsten unauflösbarsten Zustände meines Innern hinwarf, mich mit eins begreifen machte, was ich in unerträglicher Dumpfheit zu fühlen kaum ertragen konnte, und was ich doch, wie sehr fühlte ich das, aus mir nicht mehr herausreißen konnte – und hier gab eine unbekannte Seele von unfaßbarer Stärke mir Antwort, mit einer Welt mir Antwort! Mir war zumut wie einem, der nach ungemessenem Taumel festen Boden unter den Füßen fühlt und um den ein Sturm rast, in dessen Rasen hinein er jauchzen möchte. In einem Sturm gebaren sich vor meinen Augen, gebaren sich mir zuliebe diese Bäume, mit den Wurzeln starrend in der Erde, mit den Zweigen starrend gegen die Wolken, in einem Sturm gaben diese Erdenrisse, diese Täler zwischen Hügeln sich preis, noch im Wuchten der Felsblöcke war erstarrter Sturm. Und nun konnte ich, von Bild zu Bild, ein Etwas fühlen, konnte das Untereinander, das Miteinander der Gebilde fühlen, wie ihr innerstes Leben in der Farbe vorbrach und wie die Farben eine um der andern willen lebten und wie eine, geheimnisvoll-mächtig, die andern alle trug, und konnte in dem allem ein Herz spüren, die Seele dessen, der das gemacht hatte, der mit dieser Vision sich selbst antwortete auf den Starrkrampf der fürchterlichsten Zweifel, konnte fühlen, konnte wissen, konnte durchblicken, konnte genießen Abgründe und Gipfel, Außen und Innen, eins und alles im zehntausendsten Teil der Zeit, als ich da die Worte hinschreibe, und war wie doppelt, war Herr über mein Leben zugleich, Herr über meine Kräfte, meinen Verstand, fühlte die Zeit vergehen, wußte, nun bleiben nur noch zwanzig Minuten, noch zehn, noch fünf, und stand draußen, rief einen Wagen, fuhr hin.

Konferenzen von der Art, wo die Größe der Ziffern an die Phantasie appelliert und das Vielerlei, das Auseinander der Kräfte, die ins Spiel kommen, eine Gabe des Zusammensehens fordert, entscheidet nicht die Intelligenz, sondern es entscheidet sie eine geheimnisvolle Kraft, für die ich keinen Namen weiß. Sie ist manchmal bei den Klügeren, nicht immer. Sie war in dieser Stunde bei mir, so wie noch nie und wie sie es vielleicht nicht wieder sein wird. Ich konnte für meine Gesellschaft mehr erreichen, als das Direktorium mir für den denkbar günstigsten Fall aufgelegt hatte, und ich erreichte es, wie man im Traum von einer kahlen Mauer Blumen abpflückt. Die Gesichter der Herren, mit denen ich verhandelte, kamen mir merkwürdig nahe. Ich könnte dir einiges über sie sagen, das mit dem Gegenstand unsrer Geschäfte auch nicht im fernsten Zusammenhang steht. Ich merke nun, daß eine große Last von mir abgehoben ist.

P. S. Der Mann heißt Vincenz van Gogh. Nach den Jahreszahlen im Katalog, die nicht alt sind, müßte er leben. Es ist etwas in mir, das mich zwingt zu glauben, er wäre von meiner Generation, wenig älter als ich selbst. Ich weiß nicht, ob ich vor diese Bilder ein zweites Mal hintreten werde, doch werde ich vermutlich eines davon kaufen, aber es nicht an mich nehmen, sondern dem Kunsthändler zur Bewahrung übergeben.

Mai 1901

Was ich dir schrieb, wirst du kaum verstehen können, am wenigsten, wie mich diese Bilder so bewegen konnten. Es wird dir wie eine Schrulle vorkommen, wie ein Vereinzeltes, wie eine Sonderbarkeit, und doch – wenn man es nur hinstellen könnte, wenn man es nur aus sich herausreißen könnte und ins Licht bringen. Es ist etwas dergleichen in mir. Die Farben der Dinge haben zu seltsamen Stunden eine Gewalt über mich. Aber was sind eigentlich Farben? Hätte ich nicht ebensogut sagen mögen: die Gestalt der Dinge, oder die Sprache des Lichtes und der Finsternis, oder ich weiß nicht welches Unbenannte? Und Stunden – welche sind diese Stunden? Es verstreichen Jahre, und ihrer kommt keine. – Und ist es nicht kindisch, dir anzuvertrauen, daß ein Mächtiges, das ich nicht kenne, zuweilen mächtig wird über mich? Wenn ich's fassen könnte, nicht fassen – denn es faßt mich – aber halten, da es wieder schwindet. Aber schwindet's? Hat es nicht eine heimliche bildende Kraft in mir, irgendwo, wohin ein innerer steter Schlaf mir selber den Weg verschließt? Und nun, da ich einmal gesprochen habe, treibt es mich, auch mehr davon zu sprechen. Es schwebt mir um diese Dinge etwas mir selber Unerklärliches, etwas wie Liebe – kann es Liebe geben zum Gestaltlosen, zum Wesenlosen? Aber doch, und ja, und doch: damit du nicht gering denkst von dem, was ich nun einmal geschrieben, schreibe ich mehr, und da ich zu verstehen suche, was mich da treibt, so ist es, als müßte ich verhindern, daß du mit Geringschätzung an etwas dächtest – das mir teuer ist.

Hast du je den Namen Rama Krishna gehört? Es ist ganz gleich. Es war ein Brahmane, ein Büßer, einer von den großen indischen Heiligen, der letzten einer, denn er ist erst in den achtziger Jahren gestorben, und als ich nach Asien kam, war sein Name noch überall lebendig. Ich weiß manches aus seinem Leben, aber nichts, was mir näher ginge als die kurze Erzählung darüber, wie seine Erleuchtung, oder seine Erweckung vor sich ging, kurz, das Erlebnis, das ihn aus den Menschen aussonderte und einen Heiligen aus ihm machte. Es war nichts als dies: Er ging über Land, zwischen Feldern hin, ein Knabe von sechzehn Jahren, und hob den Blick gegen den Himmel und sah einen Zug weißer Reiher in großer Höhe quer über den Himmel gehen: und nichts als dies, nichts als das Weiß der lebendigen Flügelschlagenden unter dem blauen Himmel, nichts als diese zwei Farben gegeneinander, dies ewige Unnennbare, drang in diesem Augenblick in seine Seele und löste, was verbunden war, und verband, was gelöst war, daß er zusammenfiel wie tot, und als er wieder aufstand, war es nicht mehr derselbe, der hingestürzt war. Es war ein englischer Geistlicher von der gewöhnlicheren Sorte, der mir davon erzählte. »Ein heftiger optischer Eindruck ohne allen höheren Inhalt«, sagte er mir. »Sie sehen, es handelt sich um ein anormales Nervensystem.« Ohne allen höheren Inhalt! Wäre ich einer eurer gebildeten Menschen, wären mir eure Wissenschaften, die nichts sein können als wunderbare, alles sagende Sprachen, nicht eine verschlossene Welt, wäre ich nicht ein geistiger Krüppel, besäße ich eine Sprache, in die innerliche wortlose Gewißheiten hinüberzufließen vermöchten! Aber so!

Aber ich will versuchen, dir von einem Mal zu sprechen, wo es kam, nicht zum erstenmal, aber vielleicht stärker als je vorher und nachher. Ein Schauen ist es, nichts weiter, und jetzt zum ersten Male trifft es mich, wie doppelsinnig wir das Wort brauchen: daß es mir etwas so Gewöhnliches bezeichnen muß wie Atmen und zugleich ... So geht's mir mit der Sprache: ich kann mich nicht festketten an eine ihrer Wellen, daß es mich trüge, unter mir geht's dahin und läßt mich auf dem gleichen Fleck.

Sagte ich nicht, die Farben der Dinge haben zu seltsamen Stunden eine Gewalt über mich? Doch bin's nicht ich vielmehr, der die Macht bekommt über sie, die ganze, volle Macht für irgendeine Spanne Zeit, ihnen ihr wortloses, abgrundtiefes Geheimnis zu entreißen, ist die Kraft nicht in mir, fühle ich sie nicht in meiner Brust als ein Schwellen, eine Fülle, eine fremde, erhabene, entzückende Gegenwart, bei mir, in mir, an der Stelle, wo das Blut kommt und geht? So war es damals an jenem grauen Sturm- und Regentage, im Hafen von Buenos-Aires, frühmorgens – so war es damals und immer. Aber wenn alles in mir war, warum konnte ich nicht die Augen schließen und stumm und blind eines unnennbaren Gefühles meiner selbst genießen, warum mußte ich mich auf Deck erhalten und schauen, vor mich hinschauen? Und warum enthielt die Farbe der aufschäumenden Wellen, dieser Abgrund, der sich auftat und wieder schloß, warum schien das, was herankam, in schwerem Regen, von Gischt umsprüht, warum schien dies kleine mißfarbige Schiff, die Zollbarkasse war es, die sich auf uns zu arbeitete, dies Schiff und die Höhle aus Wasser, die wandelnde Welle, die sich mit ihm herwälzte, warum schien mir (schien! schien! ich wußte doch, daß es so war!) die Farbe dieser Dinge nicht nur die ganze Welt, sondern auch mein ganzes Leben zu enthalten? Diese Farbe, die ein Grau war und ein fahles Braun und eine Finsternis und ein Schaum, in der ein Abgrund war und ein Dahinstürzen, ein Tod und ein Leben, ein Grausen und eine Wollust – warum wühlte sich hier vor meinen schauenden Augen, vor meiner entzückten

Brust mein ganzes Leben mir entgegen, Vergangenheit, Zukunft, aufschäumend in unerschöpflicher Gegenwart, und warum war dieser ungeheuere Augenblick, dies heilige Genießen meiner selbst und zugleich der Welt, die sich mir auftat, als wäre die Brust ihr aufgegangen, warum war dies Doppelte, dies Verschlungene, dies Außen und Innen, dies ineinanderschlagende Du an mein Schauen geknüpft? Warum, wenn nicht die Farben eine Sprache sind, in der das Wortlose, das Ewige, das Ungeheure sich hergibt, eine Sprache, erhabener als die Töne, weil sie wie eine Ewigkeitsflamme unmittelbar hervorschlägt aus dem stummen Dasein und uns die Seele erneuert. Mir ist Musik neben diesem wie das matte Leben des Mondes neben dem furchtbaren Leben der Sonne.

Sei dem, wie ihm sei. Vielleicht bin ich mitten zwischen dem dumpfen, rohen Menschen, der nichts von dem allem spürt, und dem mit gebildeter Seele, der hier entziffert und liest, wo ich nur die Zeichen anstaune. Es ist mir aus meiner Jugend hängengeblieben, daß jemand den Sternenhimmel einen unausgewickelten Gedanken genannt hat. Dies möchte hierher gehören. Der südliche freilich mit seinen glühenden Feuern war mir manchmal in seltenen Nächten, wenn mein ganzes Wesen wie ein unverstörter Wasserspiegel ihm entgegenschwoll, wie eine ungeheuere Versprechung, unter der hin der Tod zerzitterte wie Orgelton. Aber vielleicht war auch das, was mir ein Versprechen schien, nur rohe Ahnung eines sehr großen Gedankens, dessen meine Seele nicht mächtig werden konnte.

Farbe. Farbe. Mir ist das Wort jetzt armselig. Ich fürchte, ich habe mich dir nicht erklärt, wie ich möchte. Und ich möchte nichts in mir stärken, was mich von den Menschen absonderte. Aber wahrhaftig, ich bin in keinem Augenblick mehr ein Mensch, als wenn ich mich mit hundertfacher Stärke leben fühle, und so geschieht mir, wenn das, was immer stumm vor mir liegt und verschlossen und nichts ist als Wucht und Fremdheit, wenn das sich auftut und wie in einer Welle der Liebe mich mit sich selber in eines schlingt. Und bin ich dann nicht im Innern der Dinge so sehr ein Mensch, so sehr ich selber wie nur je, namenlos, einsam, aber nicht erstarrt im Alleinsein, sondern als flösse von mir in Wellen die Kraft, die mich zum auserlesenen Genossen macht der starken stummen Mächte, die ringsum wie auf Thronen schweigend sitzen? Und ist dies nicht, wohin du auf dunklen Wegen immer gelangst, wenn du tätig und leidend lebst unter den Lebenden? Ist nicht dies der geheimnisvolle Herzenskern der Erlebnisse, der dunklen Taten, der dunklen Leiden, wenn du getan hast, was du nicht solltest und doch mußtest, wenn du erfahren hast, was du immer ahntest und nie glaubtest, wenn alles zusammengebrochen ist um dich und das Fürchterliche nirgends war ungeschehen zu machen – schlang sich da nicht aus dem Innersten des Erlebnisses die umarmende Welle und zog dich hinein, und du fandest dich einsam und dir selber unverlierbar, groß und wie gelöst an allen Sinnen, namenlos, und lächelnd glücklich? Warum sollte nicht die stumme werbende Natur, die nichts ist als gelebtes Leben und Leben, das wieder gelebt sein will, ungeduldig der kalten Blicke, mit denen du sie triffst, dich zu seltenen Stunden in sich hineinziehen und dir zeigen, daß auch sie in ihren Tiefen die heiligen Grotten hat, in denen du mit dir selber eins sein kannst, der draußen sich selber entfremdet war?

Und warum sollten nicht die Farben Brüder der Schmerzen sein, da diese wie jene uns ins Ewige ziehen?

Solange nicht höhere Begriffe und die ebenso lebendig in mich hineingreifen, mir solche Vermutungen verächtlich machen, will ich mich an diese halten.

ERINNERUNG SCHÖNER TAGE

Die Sonne stand noch ziemlich hoch, als wir ankamen, aber ich ließ sogleich in die engen, dunklen Gassen einbiegen. Ferdinand und seine Schwester saßen nebeneinander, als wir so lautlos hinglitten, und ihre Augen gingen über die alten Mauern, deren rote und graue Spiegelung wir zerteilten, über die Portale, deren Schwelle das Wasser bespülte, über die steinernen, feuchtglänzenden Wappen und die mächtig vergitterten Fenster. Wir fuhren unter kleinen Brücken durch, deren feuchte Wölbung dicht über unseren Köpfen war, über die kleine alte Frauen und ganz gebogene alte Männer hinhumpelten und nackte Kinder sich seitlich herabließen, um zu baden. Vor einem engen, stillen Platz ließ ich anlegen. Stufen führten zu einer Kirche. In den Mauern standen viele Steinfiguren in Nischen und traten in das Abendlicht vor ... Die Geschwister wollten stehen bleiben, aber ich zog sie fort, hinter mir her, durch noch engere Gassen, in denen kein Wasser war, sondern Steinboden, endlich durch einen dumpfen, finsteren Schwibbogen hinaus auf den großen Platz, der dalag wie ein Freudensaal, mit dem Himmel als Decke, dessen Farbe unbeschreiblich war: denn es wölbte sich das nackte Blau und trug keine Wolke, aber die Luft war gesättigt von aufgelöstem Gold, und wie ein Niederschlag aus der Luft hing an den Palästen, die die Seiten des großen Platzes bilden, ein Hauch vom Abendrot. Die beiden Geschwister, die zum erstenmal dies sahen, waren wie in einem Traum. Katharina sah zur Rechten hin auf den Palast des Sansovin, diese Säulen, diese Balkone, diese Loggien, aus denen die Schatten und das Strahlende des Abends etwas Unwahrscheinliches machten – den stummen Anfang eines Festes, zu dem der Tag und die Nacht geladen waren; sie sah zur Linken den älteren Palast, dessen rote Mauern zu leben schienen, den phantastischen Turm mit der blauen Uhr, sie sah vor sich die märchenhafte Kirche, die Kuppeln, die ehernen Pferde hoch oben, die durchsichtigen, steinernen Gehäuse, in denen Gestalten standen, die goldenen Tore, das Innere geheimnisvoll leuchtend, und sie fragte immer wieder: »Ist dies wirklich? kann dies wirklich sein?« Ferdinand eilte immer vorwärts: »Kommt noch etwas? Geht es noch weiter?« fragte er. Nun stand er und sah das offene Meer und Barken und Segel und Säulenportale, neue Kuppeln drüben, und den Triumph des Abends auf Wolken wie ferne Goldgebirge, jenseits der Inseln. Nun kehrte er sich um, uns zu rufen, da gewahrte er hinter sich die Wucht des Glockenturmes, pfeilgerade aufsteigend, daß das leuchtende Gewölbe droben vor ihm zurückzuweichen schien. »Ich will hinauf!« rief Ferdinand, der selten einen Turm, und wäre es einer Dorfkirche, unbestiegen ließ. Aber Katharina nahm ihn heftig bei der Hand, daß er sich umwenden mußte, und mit ihren beiden Händen zeigte sie vor sich hin und blieb nicht stehen, sondern ging immer vorwärts gegen das Wasser, in dem ein Strom von goldenem Feuer sich über einem tiefen blauen, metallisch blinkenden Element hinzuwälzen schien. Ferdinand blieb neben ihr; nun waren sie nah dem Rande, die Männer in den Barken, die in dem blendenden, traumhaften Licht völlig schwarz aussahen, winkten ihnen; einer ruderte nahe heran, sie ließen sich zu ihm hinunter in das schwarze Boot und glitten hinaus in die Feuerstraße. Viele Barken waren draußen, und zwischen ihnen schnitten die finstern Segelboote durch, alles war beladen mit Leben, überall waren Gesichter, die sich einander entgegentragen wollten, und die Wege, die einander durchkreuzten, waren wie magische Figuren auf einer feurigen Tafel, und in der Luft flogen dunkle kleine Vögel, und auch ihre Wege waren solche Zauberfiguren. Ich mußte, wie ich so auf der Brücke stand und an dem glatten, uralten Stein mich überlehnte und draußen zwei Barken zueinander lenkten, jäh an Lippen denken, wie sie den langentwöhnten Weg zu geliebten Lippen leicht und traumhaft wiederfinden. Ich fühlte die schmerzliche Süßigkeit des Gedankens, aber ich schwamm zu leicht auf der Oberfläche meines Denkens, ich konnte nicht hinabtauchen, um zu erfahren, an wen ich im Innersten gedacht hatte; so traf mich der

Gedanke wie ein Blick aus einer Maske, und mir war, als wär' es Katharinas Aug', deren Mund ich noch nie geküßt hatte. Nun war alles in Feuer, hinter den Inseln die Wolken schienen in goldnen Rauch aufzugehen, der Geflügelte auf seiner goldnen Kugel glühte: ich begriff, es war nicht nur die Sonne dieses Augenblicks, sondern vergangener Jahre, ja vieler Jahrhunderte. Mir war, als könnte ich dies Licht nie mehr aus mir verlieren, ich wandte mich und ging zurück. Mädchen streiften an mir vorbei, eine stieß die andere und riß ihr das schwarze Umhängtuch von rückwärts herab; da sah ich ihren Nacken zwischen dem schwarzen Haar und dem schwarzen Tuch, das sie gleich wieder hinaufzog: aber das Leuchten dieses schmächtigen Nackens war ein Aufleuchten des Lichtes, das überall war, aber überall zugedeckt wurde. Die Halbkinder mit den Umhängtüchern waren gleich wieder verschwunden, wie Fledermäuse in einem Mauerspalt, und ein alter Mann kam vorbei, und im Tiefsten seiner Augen, die Augen eines traurigen alten Vogels waren, war ein Funke von Licht. Ohne es zu wollen, denn mir war zu wohl, als daß ich etwas gewollt hätte, ging ich nun im Kreis und trat wieder durch den Schwibbogen zurück auf den großen Platz, ging unter den Säulengängen hin. Aber das goldne Leben des Feuers war nicht mehr in der Luft, nur in den erleuchteten Läden, die überall waren, unter den dämmernden Säulengängen lagen Dinge, die leuchteten: da war der Laden eines Juweliers mit Rubinen, Smaragden, Perlen, kleinen an Schnüren und großen, die jede ihren Schimmer um sich hatte wie der Mond. Ich trat vor die Butike eines Antiquitätenhändlers, da lagen alte Seidenstoffe mit eingewebten Blumen aus Gold und Silber: in diesen Seiden war überall das Leben des Lichtes und ich weiß nicht was für eine Erinnerung an schöne Gestalten, von denen diese starren Hüllen in lebendigen Nächten abgefallen waren. Gegenüber war ein kleiner Laden, da funkelten blaue und grüne Schmetterlinge und Muscheln, besonders Nautilusmuscheln, die aus Perlmutter sind und die Form eines Widderhorns haben. Ich stand vor jedem Laden und ging hin und wieder von einem zum andern dieser Geschöpfe, aus denen das Leben des Lichtes auch bei Nacht nicht weicht, und ich war voll Lust, etwas dergleichen mit meinen Händen hervorzubringen, aus der gärenden Seligkeit in mir etwas zu bilden und es auszuwerfen.

Wie die feurige, feuchte Luft eines Inselstrandes den funkelnden Schmetterling aus sich bildet, wie das Meer mit dem unter seiner Wucht begrabenen dämonischen Licht die Perle und den Nautilus bildet und sie auswirft, so wollte ich etwas bilden, das funkelte von dem inneren Licht des Lebens, und es hinter mich werfen, wenn der unaufhaltsame und entzückende Sturz des Daseins mich dahinriß.

Und ich fühlte wohl die dunkeln Kräfte, aber ich wußte noch nicht, was es war, das ich machen sollte. So ging ich zurück nach dem Gasthof, und mir fiel ein, daß ich mein Zimmer noch nicht gesehen hatte. Als ich die finstere Treppe hinaufstieg, kam eine junge Frau an mir vorbei. Sie war sehr groß, sie trug ein helles Abendkleid und Perlen um den bloßen Hals. Sie war eine von den Engländerinnen, die antiken Statuen gleichen. Wunderbar war der junge Glanz ihres fast strengen Gesichtes und der Schwung ihrer Augenbrauen, die geformt waren wie Flügel. Sie stieg hinunter an mir vorbei und sah mich an, weder flüchtig noch überlange, weder scheu noch allzu sicher, sondern ganz ruhig. Ihr Blick war einer Art mit ihrer Schönheit, die voll Gleichgewicht war, die mitten inne war zwischen der Anmut eines jungen Mädchens und dem allzubewußten Glanz einer großen Dame. Sie hätte in einem Maskenspiel Diana spielen mögen, die von Aktäon überrascht wird, aber man hätte gesagt: Sie ist zu jung. Sie wartete unten und sah herauf, das fühlte ich mehr als ich es sah, und nun kam ihr Mann oder ihr Freund an mir vorüber, der auch jung, sehr groß und ein schöner Mensch war, mit dunklem Haar und einem Mund, der einst, wenn er älter wäre, aussehen würde wie der Mund einer römischen Imperatorenbüste, eines jungen Nero. – –

Ich lag auf dem Bette und war noch halb angekleidet und hörte durch die Tapetentür die Stimmen der beiden im Nebenzimmer. Unten tief plätscherte es leise, das war wohl der Laufbrunnen in der Gasse, nein, das war nicht die Dorfgasse, es war das Meer, das an den marmornen Stufen des Hauses leckte. Von ferne kamen die singenden Stimmen; sie mußten jetzt mit ihren lampionbehängten Barken drüben sein, drüben bei den Inseln, vielleicht waren sie ausgestiegen und hatten ihre Lampions in die Zweige des Klostergartens gehängt und saßen beieinander im Gras zwischen fünftausend blühenden Lilien und Rosmarinstöcken und sangen. Die Töne waren wie hochfliegende Vögel, so hoch, daß sie das Licht, das hinter der Welt hinabgestürzt ist, noch halten, bis es überall wieder zu leben angefangen. Nun erlosch das Singen, aber auf einmal tauchte es ganz nahe wieder auf, dunkel tönender, voller, wie der seelenvolle Laut eines Vogels war es, so nahe der menschlichen Sprache, menschlicher als die Sprache, getränkt mit dunklem, hervorquellendem Leben, nicht überlaut und doch ganz nahe bei mir. Dort hinter der Tapetentür war es: es war kein Singen, es war ja das leise, dunkeltönige Lachen dieser schönen großen Frau: o wie sie ganz in diesem Lachen gewesen war, ihr schöner hoher Leib, ihre gebietenden Schultern. Nun sprach sie: sie sprach mit dem, der ihr Mann war oder ihr Freund. Ich konnte nicht verstehen, was sie sprachen. Versagte sie ihm, um was er flüsternd bat? Sie durfte gewähren, sie durfte versagen, sie durfte alles. Es war solch ein schwellendes Gefühl ihres Selbst im Klang ihres halblauten Lachens. Nun ging daneben eine Tür und draußen auf dem Gang tönten Schritte. Dann war alles still. So war sie allein. Es war in diesem Augenblick herrlicher, von dieser Einsamkeit umspielt allein zu sein und neben ihr, als bei ihr. Es war eine Herrschaft über sie aus dem Dunklen. Es war Zeus, dem noch nicht eingefallen ist, daß er Amphytrions Gestalt wie einen Mantel um seine göttlichen Glieder schlagen kann und ihr erscheinen, die zweifeln wird und an ihren Zweifeln zweifeln und ihr Gesicht verwandeln unter diesen Zweifeln wie eine Welle. Aber das Dunkel wollte mich in sich hineinziehen, in ein schwarzes Boot, das auf schwarzem Wasser hinglitt. Nirgends mehr lebte das Licht als hier in der Nähe dieser Frau. Mein Denken durfte nicht ganz ins Dunkel fallen, sonst schlief ich auch: wie ein Sperber mußte es immer über dem Leuchtenden kreisen, über der Wirklichkeit, über mir und dieser Schlafenden. Wollust des Fremden, der kommt und geht ... – so nährte sich mein Denken vom Leuchtenden und kreiste weiter – ... die Anrechte des Herrn haben und doch fremd sein ... So muß es diesem zumute sein, der heute nicht neben seiner Geliebten schlafen darf. So muß es sein. Kommen und Gehen. Fremd und daheim. Wiederkommen. Zuweilen kam Zeus wieder zu Alkmene. Auf Verwandlungen geht unsere tiefste Lust. Von dieser entzückenden Wahrheit brannte das Denken so hell wie eine lodernde Fackel. Nein, vier lodernde Fackeln, über jedem Bettpfosten eine. Es ist der alte finstre Fackelwagen; jetzt legen sich die Pferde ins Geschirr, es reißt mich hin in die Nacht. Ich muß liegen, still liegen wie ein Schlafender, denn es geht jäh bergauf, hinauf ins Gebirg, auf steinernen Brücken über tosende Bäche, ganz hinauf ins alte Dorf. Hier geht der Bach still und tief zwischen den alten Häusern hin. Ich muß mich eilen: ich muß ja den Fisch fangen, eh' der Morgen graut. Im Dunkel, wo das Mühlwasser am tiefsten und am reißendsten geht, ober dem Wehr, dort steht im Dunkel der große alte Fisch, der das Licht geschluckt hat. Stechen muß ich nach ihm mit dem Dreizack, so kann ich das Licht mit den Händen aus seinem Bauch nehmen. Das Licht, das er verschluckt hat, ist die Stimme der Schönen, nicht die Stimme, mit der sie spricht, sondern ihr geheimstes Lachen, womit sie sich gibt. Ich muß den Dreizack suchen, weiter oben am Bach, zwischen Wacholdergebüsch. Die Wacholder sind klein, aber sie sind mächtig, wenn sie so beisammenstehn: sie sind treu, das ist ihre Kraft. Wenn ich unter sie gerate, verwandle ich mich nie mehr. Ich will nur mit der Hand zwischen sie hinein nach dem Dreizack greifen, da zuckt etwas, das ist Katharinas noch nie geküßter Mund. So stehe ich wieder und getraue mich nicht. Aber ich bedarf ja auch dessen, was ich da suche, nicht mehr, denn es ist schon nahe dem Morgen. Ich höre Glocken und Orgeltöne. Sicherlich ist Kathi jetzt schon leise die Treppe hinunter und betet in der Markuskirche, betet wie ein Kind ein Lippengebet, träumt dann wortlos vor sich hin in der goldnen Kirche.

Es war ein Schlaf und immer ein neues Hinüberwachen in neue Träume, Besitzen und Verlieren. Ich sah meine Kindheit ferne wie einen tiefen Bergsee und ging in sie hinein wie in ein Haus. Es war ein Sichhaben und Sichnichthaben – Alleshaben und Nichtshaben. Es mischte sich Morgenluft der Kinderzeit und Ahnung des Todseins, die Weltkugel schwebte vorüber im blauen starren Licht, indes ein Toter tiefer und tiefer ins Dunkel sank, und dann war es eine Frucht, die mir entgegenrollte, aber meine Hand war zu kalt und steif, um sie zu fassen: da sprang ich selber als Kind unter dem

Bett hervor, auf dem ich selber mit kalten, steifen Händen lag, und haschte danach. Aus jedem Traumbild schlugen wie aus Äolsharfen Harmonien heraus, ein Widerschein von Flammen fiel auf die weiße Decke, und der frühe Meerwind hob und bewegte das weiße Papier auf dem kleinen Tischchen. Abgefallen war der Schlaf, fröhlich berührten die nackten Füße den Steinboden, und aus dem Waschkrug sprang das Wasser mit eigenem Willen wie eine lebendige Nymphe. Die Nacht hatte ihre Kraft in alles hineingeströmt, alles sah wissender aus, nirgendmehr lag Traum, aber überall Liebe und Gegenwart. Die weißen Blätter leuchteten im vollen Morgenlicht, sie wollten mit Worten bedeckt sein, sie wollten mein Geheimnis haben, um mir dafür tausend Geheimnisse zurückzugeben. Neben ihnen lag die schöne, große Orange, die ich abends hingelegt hatte; ich schälte sie und aß sie eilig. Es war, als lichtete ein Schiff die Anker und ich müßte hastig fortgehen in eine fremde Welt. Eine Zauberformel drängte und zuckte in mir, aber das erste Wort fiel mir nicht ein. Ich hatte nichts, als die durchsichtigen farbigen Schatten meiner Träume und Halbträume. Wenn ich sie voll Ungeduld an mich heranreißen wollte, wichen sie zurück, und es war, als hätten die Wände und die sonderbar geformten altmodischen Möbel des Gasthofzimmers sie in sich gesogen. Das ganze Zimmer sah noch immer wissend aus, aber höhnisch und leer. Aber sogleich waren die Schatten wieder da, und indem ich mit dem Herzen gegen sie drängte und meinen Wunsch, der auf Treue und Untreue, auf Scheiden und Bleiben, auf Hier und Dort zugleich gerichtet war, gegen sie spielen ließ wie eine Zaubergerte, fühlte ich, wie ich wirkliche Gestalten aus dem nackten Steinboden vor mir ziehen konnte und wie sie leuchteten und körperliche Schatten warfen, wie mein Wunsch sie gegeneinander bewegte, wie sie ja um meinetwillen da waren und sich doch nur umeinander bekümmerten, wie mein Wunsch ihnen Jugend und Alter und alle Masken angebildet hatte und in ihnen sich erfüllte und sie doch von mir abgelöst waren und eines nach dem andern und jedes nach sich selber gelüsteten. Ich konnte mich von ihnen entfernen, konnte einen Vorhang vor ihr Dasein fallen lassen und ihn wieder aufziehen. Aber immerfort, wie die Strahlen der schrägen Sonne hinter einer üppigen Gewitterwolke auf eine fahlgrüne Gartenlandschaft fallen, sah ich, wie die Herrlichkeit der Luft, des Wassers und des Feuers gleichsam von oben her in schrägen, geisterhaften Strahlen in sie hineinströmte, so daß sie für mein geheimnisvoll begünstigtes Auge zugleich Menschen waren und zugleich funkelnde Ausgeburten der Elemente.

AUGENBLICKE IN GRIECHENLAND

I
DAS KLOSTER DES HEILIGEN LUKAS

Wir waren an diesem Tag neun oder zehn Stunden geritten. Als die Sonne sehr hoch stand, hatten wir gelagert vor einem kleinen Khan, bei dem eine reine Quelle war und eine schöne große Platane. Später hatten wir noch einmal mit den Maultieren aus einem Faden fließenden Wassers getrunken, flach auf dem Boden liegend. Unser Weg war zuerst an einem Abhang des Parnaß eingeschnitten, dann in einem urzeitigen versteinten Flußbett, dann in einer Einsenkung zwischen zwei kegelförmigen Bergen; zuletzt lief er über eine fruchtbare Hochebene hin inmitten grüner Kornfelder. Manche Strecken waren öde mit der Öde von Jahrtausenden und nichts als einer raschelnden Eidechse überm Weg und einem kreisenden Sperber hoch oben in der Luft; manche waren belebt von dem Leben der Herden. Dann kamen die wolfsähnlichen Hunde bellend und die Zähne weisend bis nahe an die Maultiere, und man mußte sie mit Steinen zurückjagen. Schafe, schwer in der Wolle, standen zusammengedrängt im Schatten eines Felsblockes, und ihr erhitztes Atmen schüttelte sie. Zwei schwarze Böcke stießen einander mit den Hörnern. Ein junger hübscher Hirt trug ein kleines Lamm auf dem Nacken. Auf einer flachen steinichten Landschaft verharrte regungslos der Schatten einer Wolke. In einer sonderbar geformten Mulde, wo Tausende von einzelnen großen Steinen lagen und dazwischen Tausende von kleinen stark duftenden Sträuchern wuchsen, zog sich eine große Schildkröte über den Weg. Dann, gegen Abend, zeigte sich in der Ferne ein Dorf, aber wir ließen es zur Seite. An unserem Weg war eine Zisterne, in die tief unten der Quell eingefangen war. Neben dem Brunnen standen zwei Zypressen. Frauen zogen das klare Wasser empor und gaben unseren Tieren zu trinken. An dem Abendhimmel segelten kleine Wolken hin, zu zweien und dreien. Geläute von Herden kam aus der Nähe und Ferne. Die Maultiere gingen lebhafter und sogen die Luft, die aus dem Tal entgegenkam. Ein Geruch von Akazien, von Erdbeeren und von Thymian schwebte über den Weg. Man fühlte, wie die bläulichen Berge sich schlossen und wie dieses Tal das Ende des ganzen Weges war. Wir ritten lange zwischen zwei Hecken von wilden Rosen. Ein kleiner Vogel flog vor uns hin, nicht größer als das Fleckchen Schatten unter einer dieser blühenden Rosen; die Hecke zur Linken, wo die Talseite war, hörte auf, und man schaute hinab und hinüber wie von einem Altan. Bis hinunter an die Sohle des kleinen bogenförmig gekrümmten Tales und an den gegenüberliegenden Hang bis zur Mitte der Berge standen Fruchtbäume in Gruppen, mit dunklen Zypressen vermischt. Zwischen den Bäumen waren blühende Hecken. Dazwischen bewegten sich Herden, und in den Bäumen sangen Vögel. Unterhalb unseres Weges liefen andre Wege. Man sah, daß sie zur Lust angelegt waren, nicht für Wanderer oder Hirten. Sie liefen in sanften Windungen immer gleich hoch über dem Tal. In der Mitte des Abhangs stand eine einzelne Pinie, ein einsamer, königlicher Baum. Sie war der einzige wirklich große Baum in dem ganzen Tal. Sie mochte uralt sein, aber die Anmut, mit der sie emporstieg und ihre drei Wipfel in einer leichten Biegung dem Himmel entgegenhielt, hatte etwas von ewiger Jugend. Nun faßten niedrige Mauern den Weg links und rechts ein. Dahinter waren Fruchtgärten. Eine schwarze Ziege stand an einem alten Ölbaum mit aufgestemmten Vorderbeinen, als ob sie hinaufklettern wollte. Ein alter Mann, mit einem Gartenmesser in der Hand, watete bis an die Brust in blühenden Heckenrosen. Das Kloster mußte ganz nahe sein, auf hundert Schritte oder noch weniger, und man wunderte sich, es nicht zu sehen. In der Mauer zur Linken war eine kleine offene Tür; in der Tür lehnte ein Mönch. Das schwarze lange Gewand, die schwarze hohe Kopfbedeckung, das lässige Dastehen mit dem Blick auf die Ankommenden, in dieser paradiesischen Einsamkeit, das alles hatte etwas vom Magier an sich. Er war jung, hatte einen langen rötlich blonden Bart, von einem Schnitt, der an byzantinische Bildnisse erinnerte, eine Adlernase, ein unruhiges, fast zudringliches blaues Auge. Er begrüßte uns mit einer Neigung und einem Ausbreiten beider Arme, darin etwas Gewolltes war. Wir saßen ab, und er ging uns voran. Durch einen ganz kleinen von Mauern umschlossenen Garten traten wir in ein Zimmer, in dem er uns allein ließ. Das Zimmer hatte die nötigsten Möbel. Unter einem byzantinischen Muttergottesbild brannte ein ewiges Licht; gegenüber der Eingangstür war eine offene Tür auf einen Balkon. Wir traten hinaus und sahen, daß wir mitten im Kloster waren. Das Kloster war in den Berg hineingebaut. Unser Zimmer, das vom Garten aus zu ebener Erde war, lag hier zwei Stock hoch im Klosterhof. Die alte Kirche, mit dem Glanz des Abends auf ihren tausendjährigen rötlichen Mauern und Kuppeln, schloß eine Seite ab; die drei andern waren von solchen Häusern gebildet, wie wir in einem standen, mit solchen kleinen hölzernen Balkonen, wie wir auf einem lehnten. Es waren unregelmäßige Häuser von verschiedenen Farben, und die kleinen Balkone waren hellblau oder gelblich oder blaßgrün. Aus dem Haus, das die Ecke bildete, lief zur Kirche hinüber wie eine Zugbrücke eine Art Loggia. Manches schien unmeßbar alt, manches nicht eben älter als ein Menschenalter. Alles atmete Frieden und eine von Duft durchsüßte Freudigkeit. Unten rauschte ein Brunnen. Auf einer Bank saßen zwei ältere Mönche mit ebenholzschwarzen Bärten. Ein anderer von unbestimmbarem Alter lehnte jenen gegenüber auf einem Balkon des ersten Stockwerks, den Kopf auf die Hand gestützt. Kleine Wolken segelten am Himmel hin. Die beiden waren aufgestanden und gingen in die Kirche. Zwei andere kamen eine Treppe herab. Auch sie hatten das lange schwarze Gewand, aber die schwarze Mütze auf ihrem Kopf war nicht so hoch, und ihre Gesichter waren bartlos. In ihrem Gang war der gleiche undefinierbare Rhythmus: gleich weit von Hast und von Langsamkeit. Sie verschwanden gleichzeitig in der Kirchentür, wie ein Segel, das hinter einem Felsen verschwindet, wie ein großes unbelauschtes Tier, das durch den Wald schreitet, hinter Bäumen unsichtbar wird, nicht wie Menschen, die in ein Haus treten. In der Kirche fingen halblaute Stimmen an, Psalmen zu singen, nach einer uralten Melodik. Die Stimmen hoben und senkten sich, es war etwas Endloses, gleich weit von Klage und von Lust, etwas Feierliches, das von Ewigkeit her und weit in die Ewigkeit so forttönen mochte. Über dem Hof aus einem offenen Fenster sang jemand die Melodie nach, von Absatz zu Absatz: eine Frauenstimme. Dies war so seltsam, es schien wie ein Einbildung. Aber es setzte wieder ein, und es war eine weibliche Stimme. Und doch wieder nicht. Das Echohafte, das völlig Getreue jenem feierlichen, kaum noch menschlichen Klang, das Willenlose, fast Bewußtlose schien nicht aus der Brust einer Frau zu kommen. Es schien, als sänge dort das Geheimnis selber, ein Wesenloses. Nun schwieg es. Aus der Kirche drang mit den dunklen, weichen tremolierenden Männerstimmen ein gemischter Duft von Wachs, Honig und Weihrauch, der wie der Geruch dieses Gesanges war. Nun fing die frauenhafte Stimme wieder an, absatzweise nachzusingen. Aber andre ähnliche Stimmen aus dem gleichen offenen Fenster, nicht weit von meinem Balkon, fielen ein, halblaut und nicht ernsthaft, es wurde ein Scherz daraus, die schöne Stimme brach ab, und nun wußte ich, daß es Knaben waren. Zugleich kamen ihre Köpfe ans Fenster. Einer war darunter sanft und schön, wie ein Mädchen, und das blonde Haar fiel ihm über die Schultern bis an den Gürtel. Andre von den Klosterknaben standen unten im Hof und sprachen hinauf: »Der Bruder!« riefen sie, »der Bruder! Der Hirt! Der Hirt!«

Später kam ich dazu, wie die Brüder voneinander Abschied nahmen. Der junge Hirt stand im Licht der untergehenden Sonne, dunkel, schlank und kriegerisch; hinter ihm die Herde und die Hunde. Er hielt in der starken dunklen Hand die kleine Hand des Knaben mit den langen Haaren. Ein Mönch im schwarzen Talar, aber ein noch junger, bartlos, eine Novize, ein zwanzigjähriger Schöner mit einem Lächeln, das um den jungen Mund und die glatten Wangen gedankenlos und eitel, aber in der Nähe der schönen dunklen Augen ergebungsvoll und wissend war, trat ins halb offene Tor. Er rief den Knaben nicht an, er winkte nur. Die Gebärde seiner erhobenen Hand war ohne Ungeduld. Er war nicht der Befehlende, es war der Übermittler des Befehls, der Bote. Auf einen kleinen Altan über dem Torweg trat ein älterer Mönch heraus, er stützte den Ellenbogen aufs Geländer, den Kopf auf die Hand, und sah gelassen zu, wie der Befehl überbracht und wie er befolgt wurde. Der Novize neigte sich für ihn kaum merklich oder lächelte auch nur um ein kleines ergebener und glänzender. Der schöne Knabe ließ die Hand des Bruders los und lief zu dem Novizen hin. Der Hirt wandte sich und ging sogleich mit großen ruhigen Schritten landein, bergab. Die Herde, als wäre sie ein Teil von ihm, war schon in Bewegung, flutete schon die Straße hinab, eingeengt von den Hunden. In der Kirche sangen sie stärker. Zum Dienst dieser abendlichen Stunde lagen alle in den dämmernden Kapellen auf den Knien, oder ausgestreckt auf dem Steinboden, oder in tiefer Versunkenheit stehend an dem hohen Pult lag ihr Antlitz über gekreuzten Armen auf dem heiligen Buch. In der erhabenen Gelassenheit ihres Gesanges zitterte eine nach alten Regeln gebändigte Inbrunst. Die ewigen Lichter schwangen leise in der von Weihrauch und Honig beschwerten Luft. Es vollzog sich, was sich seit einem Jahrtausend Abend für Abend an der gleichen Stätte zur gleichen Stunde vollzieht. Welches stürzende Wasser ist so ehrwürdig, daß es seit zehnmal hundert Jahren den gleichen Weg rauschte? Welcher uralte Ölbaum murmelt seit zehnmal hundert Jahren mit gleicher Krone im Winde? Nichts ist hier zu nennen als das ewige Meer drunten in den Buchten und die ewigen Gipfelkronen des schneeleuchtenden Parnaß unter den ewigen Sternen.

Die Sterne entzündeten sich über den dunkelnden Wänden des Tales. Der Abendstern war von einem seltenen Glanz; war irgendwo ein Wasser, nur ein Quell und Tümpel vielleicht zwischen zwei Feigenbäumen, so mußte dort ein Streifen von seinem Licht liegen wie vom Mond. Nun entbrannten unter ihm, am nahen irdisch schweren Horizont, in der Menschensphäre andre starke Sterne, da und dort: das waren die Hirtenfeuer, höher und tiefer an den Hängen der dunklen Berge, die das bogenförmige Tal umschlossen. Bei jeder Flamme lag ein einsamer Mann mit seinen Tieren. Im weiten Bogen um das Kloster, in dem die ewigen Lichter brannten, war der Reichtum des Klosters gelagert. Die Hunde schlugen an, und die Hunde antworteten ihnen. Der Feuer waren mehr als dreißig, die Berghänge lebten von Schlafenden. Hie und da blökte ein Lamm aus unterbrochenem Schlummer. Die Käuzchen riefen, die Zikaden waren laut, und doch herrschte die stille ewige Nacht.

Wo der Abendstern stand, dort glänzte unsichtbar hinter dunklen Bergen der Parnaß. Dort, in der Flanke des Berges, lag Delphi. Wo die heilige Stadt war, unter dem Tempel des Gottes, da ist heute ein tausendjähriger Ölwald, und Trümmer von Säulen liegen zwischen den Stämmen. Und diese tausendjährigen Bäume sind zu jung, diese Uralten sind zu jung, sie reichen nicht zurück, sie haben Delphi und das Haus des Gottes nicht mehr gesehen. Man blickt ihre Jahrhunderte hinab wie in eine Zisterne, und in Traumtiefen unten liegt das Unerreichliche. Aber hier ist es nah. Unter diesen Sternen, in diesem Tal, wo Hirten und Herden schlafen, hier ist es nah, wie nie. Der gleiche Boden, die gleichen Lüfte, das gleiche Tun, das gleiche Ruhn. Ein Unnennbares ist gegenwärtig, nicht entblößt, nicht verschleiert, nicht faßbar, und auch nicht sich entziehend; genug, es ist nahe. Hier ist Delphi und die delphische Flur, Heiligtum und Hirten, hier ist das Arkadien vieler Träume, und es ist kein Traum. Langsam tragen uns die Füße ins Kloster zurück. Ganz nahe von uns knurren große Hunde. Auf dem Altan über dem Torweg lehnt eine Gestalt. Ein andrer, ein Dienender, tritt seitwärts aus den Hecken hervor, dort, wo die Hunde knurren. »Athanasios!« ruft der Mönch vom Altan, »Athanasios!« Er sagt es mehr, als er es ruft, gelassen und sanft befehlend. »Athanasios, was gibt es da?« »Es sind die Gäste, die beiden Fremden, die herumgehen.« »Gut. Gib acht auf die Hunde.« Diese Worte sind wenige. Dies Zwiegespräch ist klein zwischen dem Priester und dem dienenden Mann. Aber der Ton war aus den Zeiten der Patriarchen. Aus wenigen Gliedern setzt sich dies zusammen. Unangetastetes Auf-sich-beruhen priesterlicher Herrschaft, ein sanfter Ton unwidersprochener Gewalt, Gastlichkeit, gelassen und selbstverständlich geübt, das Haus, das Heiligtum, bewacht von vielen Hunden. Und dennoch, dies Unscheinbare, diese wenigen Worte, gewechselt in der Nacht, dies hat einen Rhythmus in sich, der von Ewigkeit her ist. Dies reicht zurück, dies Lebendige, wohin die uralten Ölbäume nicht reichen. Homer ist noch ungeboren, und solche Worte, in diesem Ton gesprochen, gehen zwischen dem Priester und dem Knecht von Lippe zu Lippe. Fiele von einem fernen Stern nur ein unscheinbares, aber lebendiges Gebilde, der Teil einer Blume, weniges von der Rinde eines Baumes, es wäre dies dennoch eine Botschaft, die uns durchschauert. So klang dieses Zwiegespräch. Stunde, Luft und Ort machen alles.

II
DER WANDERER

εἰσὶ καὶ κυνῶν ἐρινύες

Der Schlaf der Mönche ist kurz. Bald nach Mitternacht läuteten sie die Glocken, beteten, sangen; vor Sonnenaufgang wiederum. Wir hatten kaum zwei Stunden halben Schlummers hinter uns; wir waren um so wacher. Wir gingen auf dem schmalen Pfad hintereinander sehr rasch, so rasch, als die Maultiere, mit den Wegweisern im Sattel, hinter uns schritten. Der Weg führte in der Morgenkühle zurück am Hang oberhalb des lieblichen Tales, wieder über die gleiche Ebene zwischen zwei kahlen Bergen, dann bog er, im ausgetrockneten Bett eines Gießbaches, seitwärts hinab, spaltete sich gegen Davlia einerseits, andrerseits gegen Chaeronea in Böotien; bis dorthin sollten es sieben Stunden sein, und halben Weges eine Ader guten Wassers, die niemals versiegte, weit und breit bekannt den Hirten.

Unser Gespräch währte bis zu jener Begegnung mit dem einsamen Wanderer; es währte also zwei und eine halbe oder drei Stunden, ununterbrochen, ohne den leisesten Zwang oder bewußten Willen, es fortzuführen, und war eines der seltsamsten und schönsten Gespräche, dessen ich mich entsinnen kann.

Wir waren zu zweit, und indem wir sprachen, war es, als hinge jeder nur seinen Erinnerungen nach, von denen viele uns gemeinsam waren. Zuweilen rief sich der eine die Gestalt eines Freundes herauf, den der andre nie gesehen, von dem er nur viel gehört hatte. Aber die tiefe und gleichsam zeitlose Einsamkeit, die uns umgab, das körperlose Erhabene der Umgebung – daß wir vom Fuß des Parnaß nach Chaeronea, vom delphischen Gefild gegen Theben hinunterschritten, den Weg des Ödipus – die strahlende Reinheit der Morgenstunde nach einer Nacht ohne tiefen, dumpfen Schlaf, dies alles machte unsere Einbildungskraft so stark, daß jedes Wort, von einem ausgesprochen, den Geist des andern mit sich fortriß und er mit Händen zu greifen wähnte, was dem andern vorschwebte.

Unsre Freunde erschienen uns, und indem sie sich selber brachten, brachten sie das Reinste unsres Daseins herangetragen. Ihre Mienen waren ernst und von einer fast beängstigenden Klarheit. Indem sie vor uns lebten und uns anblickten, waren die kleinsten Umstände und Dinge gegenwärtig, in denen unser Vereintsein mit ihnen sich erfüllt hatte. Ein Zucken, ein Weichwerden des Blicks, ein Sichfeuchten der inneren Hand in einer erregten Stunde, ein betroffenes Stocken, ein Fortgleiten, Fremdwerden, wieder ein Nahesein – alle diese ganz zarten kleine Dinge waren in uns da, und mit der seltsamsten Deutlichkeit, doch wußten wir kaum, ob, was wir erinnerten, die Regungen des eigenen Innern waren oder die jener andern, deren Gesichter uns anblickten; nur daß es gelebtes Leben war, und Leben, das irgendwo immer fortlebte, denn es schien alles Gegenwart, und die Berge waren in diesem lautlosen, bläulichen Leben der Luft nicht wirklicher als die Erscheinungen, die uns begleiteten.

Mit einem Namen, den einer von uns hinwarf, konnten wir neue hervorrufen. Gestalt auf Gestalt kommt heran, sättigt uns mit ihrem Anblick, begleitet uns, verfließt wieder; andre, anklingend, haben schon gewartet, nehmen die leere Stelle ein, beglänzen einen Umkreis gelebten Lebens, bleiben dann gleichsam am Wege zurück, indessen wir gehen und gehen, als hinge von diesem Gehen die Fortdauer des Zaubers ab, und das Häuflein der Männer auf den Maultieren viele Hunderte von Schritten hinter uns zurückbleibt. Die noch leben und in diesem Licht atmen, kommen zu uns wie die, welche nicht mehr da sind. In diesen Minuten sehen wir alles rein: die geheimnisvolle Kraft Leben lodert in uns nur als Enthüllerin des Unenthüllbaren. Wir sehen ihre Gesichter, wir glauben den Ton ihrer Stimme zu hören, scheinbar unbedeutende kleine Sätze: aber es ist, als enthielten sie den ganzen Menschen; und ihre Gesichter sind mehr als Gesichter: das gleiche wie im Ton jener abgebrochenen Sätze steigt in ihnen auf, kommt näher und näher gegen uns heran, scheint in ihren Zügen, im Unsagbaren ihres Ausdrucks aufgefangen und darinnen befestigt, aber nicht beruhigt. Es ist ein endloses Wollen, Möglichkeiten, Bereitsein, Gelittenes, zu Leidendes. Jedes dieser Gesichter ist ein Geschick, etwas Einziges, das Einzelnste, was es gibt, und dabei ein Unendliches, ein Auf-der-Reise-sein nach einem unsagbar fernen Ziel. Es scheint nur zu leben, indem es uns anblickt: als wäre es unser Gegenblick, um dessenwillen es lebe. Wir sehen die Gesichter, aber die Gesichter sind nicht alles; in den Gesichtern sehen wir die Geschicke, aber auch die Geschicke sind nicht alles. In jedem, der uns grüßt, ist ein Ferneres noch, ein Jenseits von beiden, das uns anrührt. Wir sind wie zwei Geister, die sich zärtlich erinnern, an den Mahlzeiten der sterblichen Menschen teilgenommen zu haben.

Viele Bilder von Jünglingen und Männern waren gekommen und gegangen, da erschien noch einer. Wir sahen ihn auftauchen, der am unsäglichsten gelitten hat, bevor er uns für immer entschwand. Ich sage: »Unsre Freunde«, doch waren die Begegnungen spärlich; er kreuzte unsre Lebensbahn, einmal ein leidenschaftliches Gespräch, ein Sichaufreißen ohne Maß, Himmel und Hölle aufreißen, ein Auseinandergehen wie Brüder, dann wieder fremd, eisig fremd. Aber seine Briefe, ein Wort einmal kalt und groß, andre Worte wie blutend, sein Tagebuch, die wenigen, mit nichts zu vergleichenden Gedichte, alle aus einem einzigen Jahr seines Lebens, dem neunzehnten, und die er haßt, verachtet, in Stücke reißt, wo er sie findet, bespeit, die Fetzen mit Füßen tritt; die Geschichte seiner grausamen letzten Wochen und seines Sterbens, aufgezeichnet von seiner Schwester – so ist sein Bild unsren Seelen eingegraben. Er ist arm und leidet, aber wer dürfte wagen, ihm helfen zu wollen, maßlos einsam – wer sich ihm nur zu nähern, der mit übermenschlicher Kraft sein Selbst zusammenkrümmt wie einen Bogen, den unbarmherzigsten Pfeil von der Sehne zu schicken; der jede Hand von sich stößt, sich im Unterirdischen der großen Städte verkriecht, jede Annäherung mit Hohn erwidert, vor jeder Erwähnung seiner Gaben, seines Genius zurückweicht, wie der Sträfling vor dem glühenden Eisen, unstet auftaucht, jetzt da, jetzt dort, aus Mazedonien, aus dem Kaukasus, aus Abyssinien einen Brief den Seinen zuwirft, dessen Hoffnungen den Klang haben von Drohungen, dessen trockene Angaben starren wie maßlose Auflehnung und selbstverhängtes Todesurteil. Der um Geld zu ringen meint, um Geld, um Geld, und gegen den eignen Dämon um ein Ungeheures ringt, ein nicht zu Nennendes. Und nun sehen wir ihn abyssinisches Gebirg herabgetragen kommen, einsamen Felspfad herunter, schweigende Luft: eine ewige Gegenwart, wie hier; es ist, als trügen sie ihn auf uns zu. Er liegt auf der Bahre, das Gesicht mit schwarzem Tuch verdeckt, das eine kranke Knie groß wie ein Kürbis, daß die Decke sich emporwölbt; die schöne abgezehrte Hand, die Hand, von den Schwestern geliebt, reißt manchmal das Tuch vom Gesicht, den Dunklen, Farbigen, die ihn tragen, den Weg zu befehlen; sie wollten langsam schräg den Hang entlang; er will steil hinab, ohne Weg, schnell. Unsagbare Auflehnung, Trotz dem Tod bis ins Weiße des Augs, den Mund vor Qual verzogen und zu klagen verachtend.

Keines unsrer Taggesichte war gewaltiger gewesen als dieses letzte. Was konnte noch kommen? Wir gingen langsamer, und keiner sprach. Fast drohend blickte die Morgensonne auf die fremde ernste Gegend. Weggezehrt war das selbstverständliche Gefühl der Gegenwart, worin Mensch und Tier sich behagen. Fremde Schicksale, sonst unsichtbare Ströme, schlugen in uns auf Festes und offenbarten sich. Der Anblick einer Herde hätte uns erfreut. Ein Vogel in der Luft wäre uns willkommen gewesen. Da kam von ferne ein Mensch auf uns zu. Der Mann ging schnell. Er war allein, und hier geht selten einer allein. Der Hirt geht mit seiner Herde; wer kein Hirt ist, reitet; dieser ging. Er schien uns barhaupt. Hier geht um der Kraft der Sonne willen niemand ohne einen Schutz des Hauptes: also mußte es eine Augentäuschung sein. Er kam näher, er war barhaupt. Sein Haar war schwarz, ums ganze Gesicht ging ein schwarzer, struppiger Bart; sein Gang war wankend. Er hatte einen Knüppel in der Hand, auf den er sich im Gehen stützte. Die Sonne blitzte auf dem harten Gestein, und uns war, er hätte nackte Füße. Das war unmöglich; die Wege bergauf und bergab sind Steingeröll, schneidend wie Messer, nicht der ärmste Bettler, der nicht mindest mit hölzernem Schuhwerk seine Füße schützte. Der Mann kam näher und hatte nackte Füße. Die Fetzen von Beinkleidern, solcher, wie sie die Leute in den Städten tragen, hingen um die abgezehrten Beine. Hier geht niemand, der einem andern Wanderer in der Einöde des Gebirges begegnet, wortlos an ihm vorüber. Er wollte zehn Schritte seitwärts unsres Weges mit schief gesenktem Kopf an uns vorbei, ohne Gruß. Wir riefen ihm die griechischen Worte entgegen, die den gewöhnlichen Gruß bedeuten. Er antwortete, ohne stehenzubleiben, und seine Worte waren deutsche. Da hatte ihm mein Freund schon den Weg vertreten mit einer kurzen Rede und Frage, wie er daherkomme, wo er dahingehe. Indessen stand ich auf drei Schritte, sah auf seinen Füßen geronnenes Blut, an der starken Hand einen tiefen blutigen Riß. Breite Schultern, mächtig der Nacken; das Gesicht zwischen dreißig und vierzig, näher vielleicht den vierzig, elend, von der Schwärze des Bartes noch gelblich bleicher. Die Augen unstet, flackernd, verwildert zum Blick eines scheuen, gequälten Tieres. Er sagte den Namen: Franz Hofer aus Lauffen an der Salzach, Buchbindergeselle. Das Alter: einundzwanzig Jahre; das Ziel des Weges: Patras. Patras war fünf Tagereisen von hier für einen rüstigen ortskundigen Mann, Berge dazwischen, öde Flächen, eine Meeresbucht. Wenn er sich nicht auf den Stock stemmte, schütterte sein Leib, und seine Lippen flogen. Das Fieber habe er schon seit drei Monaten. Darum habe er heim wollen. Von Alexandrien in Ägypten bis zur Hafenstadt Piräus habe ihn ein Schiffsheizer unten im Kohlenraum liegenlassen, der sei aber weitergefahren nach Konstantinopel, darum müsse er jetzt zu Fuß gehen gegen Triest. Wie er den Weg zu finden meinte? Den habe er dahier. Er zog unter dem Leibriemen einen Fetzen Papier hervor, da waren mit Bleistift, fast schon verwischt, die Namen von Ortschaften aufgeschrieben. Er wies auf einen: dorthin müsse er heute. Der Ort lag gegen Delphi hin, acht Stunden Gehens von hier, wo wir standen, wenn man den Weg kannte und die geringen Zeichen richtig wußte in der öden Landschaft. Ob er die Sprache des Landes spräche? Kein Wort: die Leute verstünden einen nicht, wenn man deutsch oder italienisch redete, das sei verflucht. Wann er die letzte Mahlzeit gehalten hätte? Gestern mittag ein Stück Brot und heute einen Trunk Wasser an einem Quell dort hinten. Das war der Quell, auf den wir zugingen, halbwegs Chaeronea in Böotien.

Indessen waren unsre Leute mit den Maultieren herangekommen, standen herum und waren erstaunt über den Wanderer. Wir reichten ihm Wein in einem kleinen Becher, seine Hand zitterte wild und verschüttete mehr als die Hälfte; dann gaben wir ihm Brot und Käse, und sein Mund schütterte so kläglich, daß er die Bissen kaum hineinbrachte. Wir hießen ihn niedersitzen; er sagte, er habe keine Zeit, er müsse heute noch sehr weit gehen. Hier stieß etwas Irres in seinem Blick hervor. Wir sagten, wir würden ihm jetzt etwas Geld geben; ob dann einer von uns für ihn an seine Heimatsgemeinde schreiben sollte, damit die zu ihm gehörten wüßten, daß er krank sei und wie es um ihn stünde. Das sollten wir um alles nicht unternehmen, das verbitte er sich, das wäre ihm verflucht, das ginge niemanden daheim etwas an, wie es um ihn stünde. Und sogleich wandte er sich und fing schon an zu gehen, auf den Knüttel gestützt. Wir ihm nach und sagten, er solle aufsitzen auf eines der Maultiere und mit uns zurück; wir würden ihn bis Athen und zur Hafenstadt Piräus bringen und ihm dort das Geld auf die Hand geben zur Fahrt bis Triest und darüber. Unsre Wegweiser, die verstanden, was wir wollten, hatten schon ein satteltragendes Maultier herangeschoben und griffen ihn an, ihn in den Sattel zu heben. Er aber trat hinter sich mit aufgehobenem Knüppel: Das wäre ihm verflucht, den Weg zurück noch einmal zu machen, den er schon seit so vielen Tagen nach vorwärts gemacht habe – das solle sich niemand unterstehen, ihn zwingen zu wollen. Nun konnte man, wie er so drohend dastand und den Stock gegen uns hob, aber mit merklich schütterndem Arm, sehen, was er für ein großer, starker Mensch war und welche Unbändigkeit in ihm steckte und wie er der Gewalttätige eines ganzen Dorfes sein konnte und der Gefürchtete, und wie dies alles herabgewüstet war zu einem tierhaft umängstigten Wesen, das sich noch diesen Tag und den nächsten hinschleppen mochte und vor Nacht hinfallen und eines elenden und einsamen Todes sterben würde. Ließen wir jetzt von ihm ab, dann kam er nicht lebendig aus diesem Gebirge. Wir hießen die Wegweiser zurücktreten und gingen, wir beide allein, zu ihm hin. Wir sagten ihm, wir wollten ihn nicht im Stich lassen, er solle selber sagen, was er von uns wolle; was immer es wäre, wir würden es tun. »Dorthin will ich«, sagte er und zeigte die Richtung; es war die, aus welcher wir kamen. So solle er sich auf das Maultier setzen und festbinden lassen im Sattel; wir wollen ihm zwei von den Wegweisern mit ihren Tieren mitgeben, die brächten ihn noch heute bis nach einem Dorf am Abhang des Parnaß, von wo er die Meeresbucht sehen konnte, an deren andrem Ende Patras lag; und sie würden für ihn die Herberge ausfindig machen und das gewöhnliche Fußkleid der Landesbewohner für ihn kaufen. Dort solle er sich pflegen und die Wunden an seinen Füßen heilen lassen und sich stille halten sechs oder auch zehn Tage lang. Dann würden wir wieder hinkommen und ihn mit uns nehmen bis Patras.

Er faßte das vordere und hintere Ende, wo der Sattel erhöht ist, und zog sich mit Anstrengung hinauf und die Wegweiser halfen ihm, den sie den »fremden Herrn Bettler« nannten, und banden ihn mit Anstand und Ehrerbietung quersitzend, wie bei uns die Frauen, am Sattel fest. Dann ging das Maultier den Weg an, und der gebundene Mensch schwankte dahin, bergauf, wir aber waren gleichfalls aufgesessen und ließen uns bergab gegen Chaeronea tragen und ritten schweigend.

Befremdlich war das eifrige Fußheben der Maultiere nach vorwärts und in einer befremdlichen Luft vollzog sich's, daß wir an jene Wasserader kamen, die rein und schnell zwischen dem Gestein dahinfloß, daß man die Maultiere abschirrte, daß die Männer an der Erde lagen und neben den Maultieren tranken, und daß wir, oberhalb zwischen niedrigen Sträuchern, uns hinließen, zu trinken wie sie. Hier war vor wenigen Stunden auch er gelegen, der Schiffbrüchige, das wandelnde nackte Menschenleben, und ringsum lauerte die ganze Welt wie ein einziger Feind. Mir war, da ich nun hier trank, als flösse das Wasser von seinem Herzen zu meinem. Sein Gesicht blickte mich an, wie früher jene Gesichter mich angeblickt hatten; ich verlor mich fast an sein Gesicht, und wie um mich zu retten vor seiner Umklammerung, sagte ich mir: »Wer ist dieser? Ein fremder Mensch!« Da waren neben diesem Gesicht die andern, die mich ansahen und ihre Macht an mir übten und viele mehr. Nichts in mir wußte in diesem Augenblick zu sagen, ob es Fremde unter den Fremden waren, deren Gesichter auf mich gewandt waren, oder ob ich irgendwann irgendwo zu jedem von ihnen gesagt hatte: »Mein Freund!« und vernommen hatte: »Mein Freund!« Ohne Übergang wurde etwas in mir gegenwärtig, etwas Fernes, lieblich-angstvoll Versunkenes: ein Knabe, an dem Gesichter von Soldaten vorüberziehen, Kompanie auf Kompanie, unzählig viele, ermüdete, verstaubte Gesichter, immer zu vieren, jeder doch ein Einzelner und keiner, dessen Gesicht der Knabe nicht in sich hineingerissen hätte, immer stumm von einem zum andern tastend, jeden berührend, innerlich zählend: »Dieser! Dieser! Dieser!«, indes die Tränen ihm in den Hals stiegen.

Ein Etwas blieb irgendwo über diesem kreisend, nichts als ein Staunen, ein Nirgendhingehören, ein durchdringendes Alleinsein, ein durchdringendes fragendes: »Wer bin ich?« Da, im Augenblick des bangsten Staunens, kam ich mir wieder, der Knabe sank in mich hinein, das Wasser floß unter meinem Gesicht hinweg und bespülte die eine Wange, die aufgestützten Arme hielten den Leib, ich hob mich, und es war nichts weiter als das Aufstehen eines, der an fließendem Wasser mit angelegten Lippen einen langen Zug getan hatte.

Aber diese Stunde, und die nächste dann, bis Chaeronea, und die folgenden, da wir in die Eisenbahn stiegen und durch Böotien und Attika getragen wurden, bis der Zug in der Bahnhofshalle von Athen einlief, sah ich eine Landschaft, die keinen Namen hat. Die Berge riefen einander an; das Geklüftete war lebendiger als ein Gesicht; jedes Fältchen an der fernen Flanke eines Hügels lebte: dies alles war mir nahe wie die Wurzel meiner Hand. Es war, was ich nie mehr sehen werde. Es war das Gastgeschenk aller der einsamen Wanderer, die uns begegnet waren.

Einmal offenbart sich jedes Lebende, einmal jede Landschaft, und völlig: aber nur einem erschütterten Herzen.

LUCIDOR, FIGUREN ZU EINER UNGESCHRIEBENEN KOMÖDIE

Frau von Murska bewohnte zu Ende der siebziger Jahre in einem Hotel der inneren Stadt ein kleines Appartement. Sie führte einen nicht sehr bekannten, aber auch nicht ganz obskuren Adelsnamen; aus ihren Angaben war zu entnehmen, daß ein Familiengut im russischen Teile Polens, das von Rechts wegen ihr und ihren Kindern gehörte, im Augenblick sequestriert oder sonst den rechtmäßigen Besitzern vorenthalten war. Ihre Lage schien geniert, aber wirklich nur für den Augenblick. Mit einer erwachsenen Tochter Arabella, einem halb erwachsenen Sohn Lucidor und einer alten Kammerfrau bewohnten sie drei Schlafzimmer und einen Salon, dessen Fenster nach der Kärntnerstraße gingen. Hier hatte sie einige Familienporträts, Kupfer und Miniaturen, an den Wänden befestigt, auf einem Gueridon ein Stück alten Samts mit einem gestickten Wappen ausgebreitet und darauf ein paar silberne Kannen und Körbchen, gute französische Arbeit des achtzehnten Jahrhunderts, aufgestellt, und hier empfing sie. Sie hatte Briefe abgegeben, Besuche gemacht, und da sie eine unwahrscheinliche Menge von »Attachen« nach allen Richtungen hatte, so entstand ziemlich rasch eine Art von Salon. Es war einer jener etwas vagen Salons, die je nach der Strenge des Beurteilenden »möglich« oder »unmöglich« gefunden werden. Immerhin, Frau von Murska war alles, nur nicht vulgär und nicht langweilig, und die Tochter von einer noch viel ausgeprägteren Distinktion in Wesen und Haltung und außerordentlich schön. Wenn man zwischen vier und sechs hinkam, war man sicher, die Mutter zu finden, und fast nie ohne Gesellschaft; die Tochter sah man nicht immer, und den dreizehn- oder vierzehnjährigen Lucidor kannten nur die Intimen.

Frau von Murska war eine wirklich gebildete Frau, und ihre Bildung hatte nichts Banales. In der Wiener großen Welt, zu der sie sich vaguement rechnete, ohne mit ihr in andere als eine sehr peripherische Berührung zu kommen, hätte sie als »Blaustrumpf« einen schweren Stand gehabt. Aber in ihrem Kopf war ein solches Durcheinander von Erlebnissen, Kombinationen, Ahnungen, Irrtümern, Enthusiasmen, Erfahrungen, Apprehensionen, daß es nicht der Mühe wert war, sich bei dem aufzuhalten, was sie aus Büchern hatte. Ihr Gespräch galoppierte von einem Gegenstand zum andern und fand die unwahrscheinlichsten Übergänge; ihre Ruhelosigkeit konnte Mitleid erregen – wenn man sie reden hörte, wußte man, ohne daß sie es zu erwähnen brauchte, daß sie bis zum Wahnsinn an Schlaflosigkeit litt und sich in Sorgen, Kombinationen und fehlgeschlagenen Hoffnungen verzehrte – aber es war durchaus amüsant und wirklich merkwürdig, ihr zuzuhören, und ohne daß sie indiskret sein wollte, war sie es gelegentlich in der fürchterlichsten Weise. Kurz, sie war eine Närrin, aber von der angenehmeren Sorte. Sie war eine seelengute und im Grund eine scharmante und gar nicht gewöhnliche Frau. Aber ihr schwieriges Leben, dem sie nicht gewachsen war, hatte sie in einer Weise in Verwirrung gebracht, daß sie in ihrem zweiundvierzigsten Jahre bereits eine phantastische Figur geworden war. Die meisten ihrer Urteile, ihrer Begriffe waren eigenartig und von einer großen seelischen Feinheit; aber sie hatten so ziemlich immer den falschesten Bezug und paßten durchaus nicht auf den Menschen oder auf das Verhältnis, worauf es gerade ankam. Je näher ein Mensch ihr stand, desto weniger übersah sie ihn; und es wäre gegen alle Ordnung gewesen, wenn sie nicht von ihren beiden Kindern das verkehrteste Bild in sich getragen und blindlings danach gehandelt hätte. Arabella war in ihren Augen ein Engel, Lucidor ein hartes, kleines Ding ohne viel Herz. Arabella war tausendmal zu gut für diese Welt, und Lucidor paßte ganz vorzüglich in diese Welt hinein. In Wirklichkeit war Arabella das Ebenbild ihres verstorbenen Vaters: eines stolzen, unzufriedenen und ungeduldigen, sehr schönen Menschen, der leicht verachtete, aber seine Verachtung in einer ausgezeichneten Form verhüllte, von Männern respektiert oder beneidet und von vielen Frauen geliebt wurde und eines trockenen

Gemütes war. Der kleine Lucidor dagegen hatte nichts als Herz. Aber ich will lieber gleich an dieser Stelle sagen, daß Lucidor kein junger Herr, sondern ein Mädchen war und Lucile hieß. Der Einfall, die jüngere Tochter für die Zeit des Wiener Aufenthaltes als »travesti« auftreten zu lassen, war, wie alle Einfälle der Frau von Murska, blitzartig gekommen und hatte doch zugleich die kompliziertesten Hintergründe und Verkettungen. Hier war vor allem der Gedanke im Spiel, einen ganz merkwürdigen Schachzug gegen einen alten, mysteriösen, aber glücklicherweise wirklich vorhandenen Onkel zu führen, der in Wien lebte und um dessentwillen – alle diese Hoffnungen und Kombinationen waren äußerst vage – sie vielleicht im Grunde gerade diese Stadt zum Aufenthalt gewählt hatte. Zugleich hatte aber die Verkleidung auch noch andere, ganz reale, ganz im Vordergrund liegende Vorteile. Es lebte sich leichter mit einer Tochter als mit zweien von nicht ganz gleichem Alter; denn die Mädchen waren immerhin fast vier Jahre auseinander; man kam so mit einem kleineren Aufwand durch. Dann war es eine noch bessere, noch richtigere Position für Arabella, die einzige Tochter zu sein als die ältere; und der recht hübsche kleine »Bruder«, eine Art von Groom, gab dem schönen Wesen noch ein Relief.

Ein paar zufällige Umstände kamen zustatten: die Einfälle der Frau von Murska fußten nie ganz im Unrealen, sie verknüpften nur in sonderbarer Weise das Wirkliche, Gegebene mit dem, was ihrer Phantasie möglich oder erreichbar schien. Man hatte Lucile vor fünf Jahren – sie machte damals, als elfjähriges Kind, den Typhus durch – ihre schönen Haare kurz schneiden müssen. Ferner war es Luciles Vorliebe, im Herrensitz zu reiten; es war eine Gewohnheit von der Zeit her, wo sie mit den kleinrussischen Bauernbuben die Gutspferde ungesattelt in die Schwemme geritten hatte. Lucile nahm die Verkleidung hin, wie sie manches andere hingenommen hätte. Ihr Gemüt war geduldig, und auch das Absurdeste wird ganz leicht zur Gewohnheit. Zudem, da sie qualvoll schüchtern war, entzückte sie der Gedanke, niemals im Salon auftauchen und das heranwachsende Mädchen spielen zu müssen. Die alte Kammerfrau war als einzige im Geheimnis; den fremden Menschen fiel nichts auf. Niemand findet leicht als erster etwas Auffälliges: denn es ist den Menschen im allgemeinen nicht gegeben, zu sehen, was ist. Auch hatte Lucile wirklich knabenhaft schmale Hüften und auch sonst nichts, was zu sehr das Mädchen verraten hätte. In der Tat blieb die Sache unenthüllt, ja unverdächtigt, und als jene Wendung kam, die aus dem kleinen Lucidor eine Braut oder sogar noch etwas Weiblicheres machte, war alle Welt sehr erstaunt.

Natürlich blieb eine so schöne und in jedem Sinne gut aussehende junge Person wie Arabella nicht lange ohne einige mehr oder weniger erklärte Verehrer. Unter diesen war Wladimir weitaus der bedeutendste. Er sah vorzüglich aus, hatte ganz besonders schöne Hände. Er war mehr als wohlhabend und völlig unabhängig, ohne Eltern, ohne Geschwister. Sein Vater war ein bürgerlicher österreichischer Offizier gewesen, seine Mutter eine Gräfin aus einer sehr bekannten baltischen Familie. Er war unter allen, die sich mit Arabella beschäftigten, die einzige wirkliche »Partie«. Dazu kam dann noch ein ganz besonderer Umstand, der Frau von Murska wirklich bezauberte. Gerade er war durch irgendwelche Familienbeziehungen mit dem so schwer zu behandelnden, so unzugänglichen und so äußerst wichtigen Onkel liiert, jenem Onkel, um dessentwillen man eigentlich in Wien lebte und um dessentwillen Lucile Lucidor geworden war. Dieser Onkel, der ein ganzes Stockwerk des Buquoyschen Palais in der Wallnerstraße bewohnte und früher ein sehr vielbesprochener Herr gewesen war, hatte Frau von Murska sehr schlecht aufgenommen. Obwohl sie doch wirklich die Witwe seines Neffen (genauer: seines Vaters-Bruders-Enkels) war, hatte sie ihn doch erst bei ihrem dritten Besuch zu sehen bekommen und war darauf niemals auch nur zum Frühstück oder zu einer Tasse Tee eingeladen worden. Dagegen hatte er, ziemlich de mauvaise grâce, gestattet, daß man ihm Lucidor einmal schicke. Es war die Eigenart des interessanten alten Herrn, daß er Frauen nicht leiden konnte, weder alte noch junge. Dagegen bestand die unsichere Hoffnung, daß er sich für einen jungen Herrn, der immerhin sein Blutsverwandter war, wenn er auch nicht denselben Namen führte, irgendeinmal in ausgiebiger Weise interessieren könnte. Und selbst diese ganz unsichere Hoffnung war in einer höchst prekären Lage unendlich viel wert. Nun war Lucidor tatsächlich einmal auf Befehl der Mutter allein hingefahren, aber nicht angenommen worden, worüber Lucidor sehr glücklich war, die Mutter aber aus der Fassung kam, besonders als dann auch weiterhin nichts erfolgte und der kostbare Faden abgerissen schien. Diesen wieder anzuknüpfen, war nun Wladimir durch seine doppelte Beziehung wirklich der providentielle Mann. Um die Sache richtig in Gang zu bringen, wurde in unauffälliger Weise Lucidor manchmal zugezogen, wenn Wladimir Mutter und Tochter besuchte, und der Zufall fügte es ausgezeichnet, daß Wladimir an dem Burschen Gefallen fand und ihn schon bei der ersten Begegnung aufforderte, hie und da mit ihm auszureiten, was nach einem raschen, zwischen Arabella und der Mutter gewechselten Blick dankend angenommen wurde. Wladimirs Sympathie für den jüngeren Bruder einer Person, in die er recht sehr verliebt war, war nur selbstverständlich; auch gibt es kaum etwas Angenehmeres als den Blick unverhohlener Bewunderung aus den Augen eines netten vierzehnjährigen Burschen.

Frau von Murska war mehr und mehr auf den Knien vor Wladimir. Arabella machte das ungeduldig wie die meisten Haltungen ihrer Mutter, und fast unwillkürlich, obwohl sie Wladimir gern sah, fing sie an, mit einem seiner Rivalen zu kokettieren, dem Herrn von Imfanger, einem netten und ganz eleganten Tiroler, halb Bauer, halb Gentilhomme, der als Partie aber nicht einmal in Frage kam. Als die Mutter einmal schüchterne Vorwürfe wagte, daß Arabella gegen Wladimir sich nicht so betrage, wie er ein Recht hätte, es zu erwarten, gab Arabella eine abweisende Antwort, worin viel mehr Geringschätzung und Kälte gegen Wladimir pointiert war, als sie tatsächlich fühlte. Lucidor-Lucile war zufällig zugegen. Das Blut schoß ihr zum Herzen und verließ wieder jäh das Herz. Ein schneidendes Gefühl durchzuckte sie: sie fühlte Angst, Zorn und Schmerz in einem. Über die Schwester erstaunte sie dumpf. Arabella war ihr immer fremd. In diesem Augenblick erschien sie ihr fast grausig, und sie hätte nicht sagen können, ob sie sie bewunderte oder haßte. Dann löste sich alles in ein schrankenloses Leid. Sie ging hinaus und sperrte sich in ihr Zimmer. Wenn man ihr gesagt hätte, daß sie einfach Wladimir liebte, hätte sie es vielleicht nicht verstanden. Sie handelte, wie sie mußte, automatisch, indessen ihr Tränen herunterliefen, deren wahren Sinn sie nicht verstand. Sie setzte sich hin und schrieb einen glühenden Liebesbrief an Wladimir. Aber nicht für sich, für Arabella. Daß ihre Handschrift der Arabellas zum Verwechseln ähnlich war, hatte sie oft verdrossen. Gewaltsam hatte sie sich eine andere, recht häßliche Handschrift angewöhnt. Aber sie konnte sich der früheren, die ihrer Hand eigentlich gemäß war, jederzeit bedienen. Ja, im Grunde fiel es ihr leichter, so zu schreiben. Der Brief war, wie er nur denen gelingt, die an nichts denken und eigentlich außer sich sind. Er desavouierte Arabellas ganze Natur: aber das war ja, was er wollte, was er sollte. Er war sehr unwahrscheinlich, aber ebendadurch wieder in gewisser Weise wahrscheinlich als der Ausdruck eines gewaltsamen inneren Umsturzes. Wenn Arabella tief und hingebend zu lieben vermocht hätte und sich dessen in einem jähen Durchbruch mit einem Schlage bewußt worden wäre, so hätte sie sich allenfalls so ausdrücken und mit dieser Kühnheit und glühenden Verachtung von sich selber, von der Arabella, die jedermann kannte, reden können. Der Brief war sonderbar, aber immerhin auch für einen kalten, gleichgültigen Leser nicht ganz unmöglich als ein Brief eines verborgen leidenschaftlichen, schwer berechenbaren Mädchens. Für den, der verliebt ist, ist zudem die Frau, die er liebt, immer ein unberechenbares Wesen. Und schließlich war es der Brief, den zu empfangen ein Mann in seiner Lage im stillen immer wünschen und für möglich halten kann. Ich nehme hier vorweg, daß der Brief auch wirklich in Wladimirs Hände gelangte: dies erfolgte in der Tat schon am nächsten Nachmittag, auf der Treppe, unter leisem Nachschleichen, vorsichtigem Anrufen, Flüstern von Lucidor als dem aufgeregten, ungeschickten, vermeintlichen postillon d'amour seiner schönen Schwester. Ein Postskriptum war natürlich beigefügt: es enthielt die dringende, ja flehende Bitte, sich nicht zu erzürnen, wenn sich zunächst in Arabellas Betragen weder gegen den Geliebten noch gegen andere auch nur die leiseste Veränderung würde wahrnehmen lassen. Auch er werde hoch und teuer gebeten, sich durch kein Wort, nicht einmal durch einen Blick, merken zu lassen, daß er sich zärtlich geliebt wisse.

Es vergehen ein paar Tage, in denen Wladimir mit Arabella nur kurze Begegnungen hat, und niemals unter vier Augen. Er begegnet ihr, wie sie es verlangt hat; sie begegnet ihm, wie sie es vorausgesagt hat. Er fühlt sich glücklich und unglücklich. Er weiß jetzt erst, wie gern er sie hat. Die Situation ist danach, ihn grenzenlos ungeduldig zu machen. Lucidor, mit dem er jetzt täglich reitet, in dessen Gesellschaft fast noch allein ihm wohl ist, merkt mit Entzücken und mit Schrecken die Veränderung im Wesen des Freundes, die wachsende heftige Ungeduld. Es folgt ein neuer Brief, fast noch zärtlicher als der erste, eine neue rührende Bitte, das vielfach bedrohte Glück der schwebenden Lage nicht zu stören, sich diese Geständnisse genügen zu lassen und höchstens schriftlich, durch Lucidors Hand, zu erwidern. Jeden zweiten, dritten Tag geht jetzt ein Brief hin oder her. Wladimir hat glückliche Tage und Lucidor auch. Der Ton zwischen den beiden ist verändert, sie haben ein unerschöpfliches Gesprächsthema. Wenn sie in irgendeinem Gehölz des Praters vom Pferd gestiegen sind und Lucidor seinen neuesten Brief übergeben hat, beobachtet er mit angstvoller Lust die Züge des Lesenden. Manchmal stellt er Fragen, die fast indiskret sind; aber die Erregung des Knaben, der in diese Liebessache verstrickt ist, und seine Klugheit, ein Etwas, daß ihn täglich hübscher und zarter aussehen macht, amüsiert Wladimir, und er muß sich eingestehen, daß es ihm, der sonst verschlossen und hochmütig ist, hart ankäme, nicht mit Lucidor über Arabella zu sprechen. Lucidor posiert manchmal auch den Mädchenfeind, den kleinen, altklugen und in kindischer Weise zynischen Burschen. Was er da vorbringt, ist durchaus nicht banal; denn er weiß einiges von dem darunter zu mischen, was die Ärzte »introspektive Wahrheiten« nennen. Aber Wladimir, dem es nicht an Selbstgefühl mangelt, weiß ihn zu belehren, daß die Liebe, die er einflöße und die er einem solchen Wesen wie Arabella einflöße, von ganz eigenartiger, mit nichts zu vergleichender Beschaffenheit sei. Lucidor findet Wladimir in solchen Augenblicken um so bewundernswerter und sich selbst klein und erbärmlich. Sie kommen aufs Heiraten, und dieses Thema ist Lucidor eine Qual, denn dann beschäftigt sich Wladimir fast ausschließlich mit der Arabella des Lebens anstatt mit der Arabella der Briefe. Auch fürchtet Lucidor wie den Tod jede Entscheidung, jede einschneidende Veränderung. Sein einziger Gedanke ist, die Situation so hinzuziehen. Es ist nicht zu sagen, was das arme Geschöpf aufbietet, um die äußerlich und innerlich so prekäre Lage durch Tage, durch Wochen – weiter zu denken, fehlte ihm die Kraft – in einem notdürftigen Gleichgewicht zu erhalten. Da ihm nun einmal die Mission zugefallen ist, bei dem Onkel etwas für die Familie auszurichten, so tut er sein mögliches. Manchmal geht Wladimir mit; der Onkel ist ein sonderbarer alter Herr, den es offenbar amüsiert, sich vor jüngeren Leuten keinen Zwang anzutun, und seine Konversation ist derart, daß eine solche Stunde für Lucidor eine wahrhaft qualvolle kleine Prüfung bedeutet. Dabei scheint dem Alten kein Gedanke ferner zu liegen als der, irgend etwas für seine Anverwandten zu tun. Lucidor kann nicht lügen und möchte um alles seine Mutter beschwichtigen. Die Mutter, je tiefer ihre Hoffnungen, die sie auf den Onkel gesetzt hatte, sinken, sieht mit um so größerer Ungeduld, daß sich zwischen Arabella und Wladimir nichts der Entscheidung zu nähern scheint. Die unglückseligen Personen, von denen sie im Geldpunkt abhängig ist, fangen an, ihr die eine wie die andere dieser glänzenden Aussichten als non-valeur in Rechnung zu stellen. Ihre Angst, ihre mühsam verhohlene Ungeduld teilt sich allen mit, am meisten dem armen Lucidor, in dessen Kopf so unverträgliche Dinge durcheinander hingehen. Aber er soll in der seltsamen Schule des Lebens, in die er sich nun einmal begeben hat, einige noch subtilere und schärfere Lektionen empfangen.

Das Wort von einer Doppelnatur Arabellas war niemals ausdrücklich gefallen. Aber der Begriff ergab sich von selbst: die Arabella des Tages war ablehnend, kokett, präzis, selbstsicher, weltlich und trocken fast bis zum Exzeß, die Arabella der Nacht, die bei einer Kerze an den Geliebten schrieb, war hingebend, sehnsüchtig fast ohne Grenzen. Zufällig oder gemäß dem Schicksal entsprach dies einer ganz geheimen Spaltung auch in Wladimirs Wesen. Auch er hatte, wie jedes beseelte Wesen, mehr oder minder seine Tag- und Nachtseite. Einem etwas trockenen Hochmut, einem Ehrgeiz ohne Niedrigkeit und Streberei, der aber hochgespannt und ständig war, standen andere Regungen gegenüber, oder eigentlich standen nicht gegenüber, sondern duckten sich ins Dunkel, suchten sich zu verbergen, waren immer bereit, unter die dämmernde Schwelle ins Kaumbewußte hinabzutauchen. Eine phantasievolle Sinnlichkeit, die sich etwa auch in ein Tier hineinträumen konnte, in einen Hund, in einen Schwan, hatte zu Zeiten seine Seele fast ganz in Besitz gehabt. Dieser Zeiten des Überganges vom Knaben zum Jüngling erinnerte er sich nicht gerne. Aber irgend etwas davon war immer in ihm, und diese verlassene, auch von keinem Gedanken überflogene, mit Willen verödete Nachtseite seines Wesens bestrich nun ein dunkles, geheimnisvolles Licht: die Liebe der unsichtbaren, anderen Arabella. Wäre die Arabella des Tages zufällig seine Frau gewesen oder seine Geliebte geworden, er wäre mit ihr immer ziemlich terre à terre geblieben und hätte sich selbst nie konzediert, den Phantasmen einer mit Willen unterdrückten Kinderzeit irgendwelchen Raum in seiner Existenz zu gönnen. An die im Dunklen Lebende dachte er in anderer Weise und schrieb ihr in anderer Weise. Was hätte Lucidor tun sollen, als der Freund begehrte, nur irgendein Mehr, ein lebendigeres Zeichen zu empfangen als diese Zeilen auf weißem Papier? Lucidor war allein mit seiner Bangigkeit, seiner Verworrenheit, seiner Liebe. Die Arabella des Tages half ihm nicht. Ja, es war, als spielte sie, von einem Dämon angetrieben, gerade gegen ihn. Je kälter, sprunghafter, weltlicher, koketter sie war, desto mehr erhoffte und erbat Wladimir von der anderen. Er bat so gut, daß Lucidor zu versagen nicht den Mut fand. Hätte er ihn gefunden, es hätte seiner zärtlichen Feder an der Wendung gefehlt, die Absage auszudrücken. Es kam eine Nacht, in der Wladimir denken durfte, von Arabella in Lucidors Zimmer empfangen, und wie empfangen worden zu sein. Es war Lucidor irgendwie gelungen, das Fenster nach der Kärntnerstraße so völlig zu verdunkeln, daß man nicht die Hand vor den Augen sah. Daß man die Stimmen zum unhörbarsten Flüstern abdämpfen mußte, war klar: nur eine einfache Tür trennte von der Kammerfrau. Wo Lucidor die Nacht verbrachte, blieb ungesagt: doch war er offenbar nicht im Geheimnis, sondern man hatte gegen ihn einen Vorwand gebraucht. Seltsam war, daß Arabella ihr schönes Haar in ein dichtes Tuch fest eingewunden trug und der Hand des Freundes sanft, aber bestimmt versagte, das Tuch zu lösen. Aber dies war fast das einzige, das sie versagte. Es gingen mehrere Nächte hin, die dieser Nacht nicht glichen, aber es folgte wieder eine, die ihr glich, und Wladimir war sehr glücklich. Vielleicht waren dies die glücklichsten Tage seines ganzen Lebens. Gegen Arabella, wenn er unter Tags mit ihr zusammen ist, gibt ihm die Sicherheit seines nächtlichen Glückes einen eigenen Ton. Er lernt eine besondere Lust darin finden, daß sie bei Tag so unbegreiflich anders ist; ihre Kraft über sich selber, daß sie niemals auch nur in einem Blick, einer Bewegung sich vergißt, hat etwas Bezauberndes. Er glaubt zu bemerken, daß sie von Woche zu Woche um so kälter gegen ihn ist, je zärtlicher sie sich in den Nächten gezeigt hat. Er will jedenfalls nicht weniger geschickt, nicht weniger beherrscht erscheinen. Indem er diesem geheimnisvoll starken weiblichen Willen so unbedingt sich fügt, meint er, das Glück seiner Nächte einigermaßen zu verdienen. Er fängt an, gerade aus ihrem doppelten Wesen den stärksten Genuß zu ziehen. Daß ihm die gehöre, die ihm so gar nicht zu gehören scheint; daß die gleiche, welche sich grenzenlos zu verschenken versteht, in einer solchen unberührten, unberührbaren Gegenwart sich zu behaupten weiß, dies wirklich zu erleben, ist schwindelnd, wie der wiederholte Trunk aus einem Zauberbecher. Er sieht ein, daß er dem Schicksal auf den Knien danken müsse, in einer so einzigartigen, dem Geheimnis seiner Natur abgelauschten Weise beglückt zu werden. Er spricht es überströmend aus, gegen sich selber, auch gegen Lucidor. Es gibt nichts, was den armen Lucidor im Innersten tödlicher erschrecken könnte.

Arabella indessen, die wirkliche, hat sich gerade in diesen Wochen von Wladimir so entschieden abgewandt, daß er es von Stunde zu Stunde bemerken müßte, hätte er nicht den seltsamsten Antrieb, alles falsch zu deuten. Ohne daß er sich geradezu verrät, spürt sie zwischen sich und ihm ein Etwas, das früher nicht war. Sie hat sich immer mit ihm verstanden, sie versteht sich auch noch mit ihm; ihre Tagseiten sind einander homogen; sie könnten eine gute Vernunftehe führen. Mit Herrn von Imfanger versteht sie sich nicht, aber er gefällt ihr. Daß Wladimir ihr in diesem Sinne nicht gefällt, spürt sie nun stärker; jenes unerklärliche Etwas, das von ihm zu ihr zu vibrieren scheint, macht sie ungeduldig. Es ist nicht Werbung, auch nicht Schmeichelei; sie kann sich nicht klar werden, was es ist, aber sie goutiert es nicht. Imfanger muß sehr wohl wissen, daß er ihr gefällt. Wladimir glaubt seinerseits noch ganz andere Beweise dafür zu haben. Zwischen den beiden jungen Herren ergibt sich die sonderbarste Situation. Jeder meint, daß der andere doch alle Ursache habe, verstimmt zu sein oder einfach das Feld zu räumen. Jeder findet die Haltung, die ungestörte Laune des andern im Grunde einfach lächerlich. Keiner weiß, was er sich aus dem andern machen soll, und einer hält den andern für einen ausgemachten Geck und Narren.

Die Mutter ist in der qualvollsten Lage. Mehrere Auskunftsmittel versagen. Befreundete Personen lassen sie im Stich. Ein unter der Maske der Freundschaft angebotenes Darlehen wird rücksichtslos eingefordert. Die vehementen Entschlüsse liegen Frau von Murska immer sehr nahe. Sie wird den Haushalt in Wien von einem Tag auf den andern auflösen, sich bei der Bekanntschaft brieflich verabschieden, irgendwo ein Asyl suchen, und wäre es auf dem sequestrierten Gut im Haus der Verwaltersfamilie. Arabella nimmt eine solche Entschließung nicht angenehm auf, aber Verzweiflung liegt ihrer Natur ferne. Lucidor muß eine wahre, unbegrenzte Verzweiflung angstvoll in sich verschließen. Es waren mehrere Nächte vergangen, ohne daß sie den Freund gerufen hätte. Sie wollte ihn diese Nacht wieder rufen. Das Gespräch abends zwischen Arabella und der Mutter, der Entschluß zur Abreise, die Unmöglichkeit, die Abreise zu verhindern: dies alles trifft sie wie ein Keulenschlag. Und wollte sie zu einem verzweifelten Mittel greifen, alles hinter sich werfen, der Mutter alles gestehen, dem Freund vor allem offenbaren, wer die Arabella seiner Nächte gewesen ist, so durchfährt sie eisig die Furcht vor seiner Enttäuschung, seinem Zorn. Sie kommt sich wie eine Verbrecherin vor, aber gegen ihn, an die anderen denkt sie nicht. Sie kann ihn diese Nacht nicht sehen. Sie fühlt, daß sie vor Scham, vor Angst und Verwirrung vergehen würde. Statt ihn in den Armen zu halten, schreibt sie an ihn, zum letztenmal. Es ist der demütigste, rührendste Brief, und nichts paßt weniger zu ihm als der Name Arabella, womit sie ihn unterschreibt. Sie hat nie wirklich gehofft, seine Gattin zu werden. Auch kurze Jahre, ein Jahr als seine Geliebte mit ihm zu leben, wäre unendliches Glück. Aber auch das darf und kann nicht sein. Er soll nicht fragen, nicht in sie dringen, beschwört sie ihn. Soll morgen noch zu Besuch kommen, aber erst gegen Abend. Den übernächsten Tag dann – sind sie vielleicht schon abgereist. Später einmal wird er vielleicht erfahren, begreifen, sie möchte hinzufügen: verzeihen, aber das Wort scheint ihr in Arabellas Mund zu unbegreiflich, so schreibt sie es nicht. Sie schläft wenig, steht früh auf, schickt den Brief durch den Lohndiener des Hotels an Wladimir. Der Vormittag vergeht mit Packen. Nach Tisch, ohne etwas zu erwähnen, fährt sie zu dem Onkel. Nachts ist ihr der Gedanke gekommen. Sie würde die Worte, die Argumente finden, den sonderbaren Mann zu erweichen. Das Wunder würde geschehen und dieser festverschnürte Geldbeutel sich öffnen. Sie denkt nicht an die Realität dieser Dinge, nur an die Mutter, an die Situation, an ihre Liebe. Mit dem Geld oder dem Brief in der Hand würde sie der Mutter zu Füßen fallen und als einzige Belohnung erbitten – was? – ihr übermüdeter, gequälter Kopf versagt beinahe – ja! nur das Selbstverständliche: daß man in Wien bliebe, daß alles bliebe, wie es ist. Sie findet den Onkel zu Hause. Die Details dieser Szene, die recht sonderbar verläuft, sollen hier nicht erzählt werden. Nur dies: sie erweicht ihn tatsächlich – er ist nahe daran, das Entscheidende zu tun, aber eine greisenhafte Grille wirft den Entschluß wieder um: er wird später etwas tun, wann, das bestimmt er nicht, und damit basta. Sie fährt nach Hause, schleicht die Treppe hinauf, und in ihrem Zimmer, zwischen Schachteln und Koffern, auf dem Boden hockend, gibt sie sich ganz der Verzweiflung hin. Da glaubt sie, im Salon Wladimirs Stimme zu hören. Auf den Zehen schleicht sie hin und horcht. Es ist wirklich Wladimir – mit Arabella, die mit ziemlich erhobenen Stimmen im sonderbarsten Dialog begriffen sind.

Wladimir hat am Vormittag Arabellas geheimnisvollen Abschiedsbrief empfangen. Nie hat etwas sein Herz so getroffen. Er fühlt, daß zwischen ihm und ihr etwas Dunkles stehe, aber nicht zwischen Herz und Herz. Er fühlte die Liebe und die Kraft in sich, es zu erfahren, zu begreifen, zu verzeihen, sei es, was es sei. Er hat die unvergleichliche Geliebte seiner Nächte zu lieb, um ohne sie zu leben. Seltsamerweise denkt er gar nicht an die wirkliche Arabella, fast kommt es ihm sonderbar vor, daß sie es sein wird, der er gegenüberzutreten hat, um sie zu beschwichtigen, aufzurichten, sie ganz und für immer zu gewinnen. Er kommt hin, findet im Salon die Mutter allein. Sie ist aufgeregt, wirr und phantastisch wie nur je. Er ist anders, als sie ihn je gesehen hat. Er küßt ihr die Hände, er spricht, alles in einer gerührten befangenen Weise. Er bittet sie, ihm ein Gespräch unter vier Augen mit Arabella zu gestatten. Frau von Murska ist entzückt und ohne Übergang in allen Himmeln. Das Unwahrscheinliche ist ihr Element. Sie eilt, Arabella zu holen, dringt in sie, dem edlen jungen Mann nun, wo alles sich so herrlich gewendet, ihr Ja nicht zu versagen. Arabella ist maßlos erstaunt. »Ich stehe durchaus nicht so mit ihm«, sagt sie kühl. »Man ahnt nie, wie man mit Männern steht«, entgegnet ihr die Mutter und schickt sie in den Salon. Wladimir ist verlegen, ergriffen und glühend. Arabella findet mehr und mehr, daß Herr von Imfanger recht habe, Wladimir einen sonderbaren Herrn zu finden. Wladimir, durch ihre Kühle aus der Fassung, bittet sie, nun endlich die Maske fallen zu lassen. Arabella weiß durchaus nicht, was sie fallen lassen soll. Wladimir wird zugleich zärtlich und zornig, eine Mischung, die Arabella so wenig goutiert, daß sie schließlich aus dem Zimmer läuft und ihn allein stehen läßt. Wladimir in seiner maßlosen Verblüffung ist um so näher daran, sie für verrückt zu halten, als sie ihm soeben angedeutet hat, sie halte ihn dafür und sei mit einem Dritten über diesen Punkt ganz einer Meinung. Wladimir würde in diesem Augenblick einen sehr ratlosen Monolog halten, wenn nicht die andere Tür aufginge und die sonderbarste Erscheinung auf ihn zustürzte, ihn umschlänge, an ihm herunter zu Boden glitte. Es ist Lucidor, aber wieder nicht Lucidor, sondern Lucile, ein liebliches und in Tränen gebadetes Mädchen, in einem Morgenanzug Arabellas, das bubenhaft kurze Haar unter einem dichten Seidentuch verborgen. Es ist sein Freund und Vertrauter, und zugleich seine geheimnisvolle Freundin, seine Geliebte, seine Frau. Einen Dialog, wie den sich nun entwickelnden, kann das Leben hervorbringen und die Komödie nachzuahmen versuchen, aber niemals die Erzählung.

Ob Lucidor nachher wirklich Wladimirs Frau wurde oder bei Tag und in einem anderen Land das blieb, was sie in dunkler Nacht schon gewesen war, seine glückliche Geliebte, sei gleichfalls hier nicht aufgezeichnet.

Es könnte bezweifelt werden, ob Wladimir ein genug wertvoller

Mensch war, um so viel Hingabe zu verdienen. Aber jedenfalls hätte sich die ganze Schönheit einer bedingungslos hingebenden Seele, wie Luciles, unter anderen als so seltsamen Umständen nicht enthüllen können.

DAS FREMDE MÄDCHEN

I

Als der Vorhang zum erstenmal aufging, saßen zweie miteinander da an einem schön erleuchteten kleinen Tisch und speisten, ein reicher junger Mann und seine Freundin. Kellner liefen, und rote verschnürte Zigeuner spielten laute Musik. Wo die beiden saßen, war alles Glanz, Reichtum, Wohlleben und Herrlichkeit, aber sie sahen beide gleichgültig und beinahe traurig drein, namentlich der junge Mann schien freudlos, unzufrieden wie es die Reichen oft zu sein pflegen. Die Kellner, die Musiker, die sich mühten, ihn mit Speisen und Musik zu bedienen, hatten für sein Auge alle die gleichen, unlebendigen, häßlichen Maskenköpfe, das ärgert ihn und er sieht seitwärts von seinem Tisch ins Dunkel der Straße hinein; wie man in ein Aquarium hineinsieht, in ein anderes Leben, sieht er auf die traurigen und bösen Gestalten, die sich dort hin und her schieben und auf die Pracht herüberstarren, in der er drin sitzt. Schon will er den kalten gleichgültigen Blick wieder abwenden, da ist es als unternähmen einige auf der Straße etwas, um ihn gerade auf sie hinsehen zu machen; als hätten sie ihm etwas zu zeigen, als versuchten sie auch da draußen, in irgendeiner Weise ihm zu dienen oder Zerstreuung zu bieten. Es ist ihrer ein ganzer Klumpen, der sich auf dem Straßenpflaster beisammenhält: ein altes Weib, ein Buckliger, ein Einarmiger, einer, der nur ein Auge hat, und ein junger frecher Großer mit einer Kappe. Gespannt schauen sie alle auf ihn herüber, jetzt springen sie zur Seite, es ist als hätten sie für ihn etwas auf den Boden gelegt, ein Packet, nein einen Körper, ein menschliches Wesen, ein junges halbwüchsiges Mädchen. Mager und dürftig sieht sie aus, ihr Haar hängt über die Schultern, sie hebt, auf den Knien liegend, die Hände gegen den schönen erleuchteten Tisch hin, – ist es angelernt, eine Bettlergebärde, oder wirklich eine stumme angstvolle Bitte? Der junge Mann steht auf, ihm ist als finge da etwas an, wie er es noch nie erlebt hat – er kann auch ruhig aufstehn, denn seine Geliebte sieht nicht auf ihn, sie hat den scharlachroten Geiger zu sich hergewinkt und läßt sich von ihm die süßen und gemeinen Melodien ins Ohr spielen, und die Kellner bedienen sie mit Hingebung. Da ballt sich der Klumpen von häßlichen Gestalten wieder zusammen und sie verdecken das Mädchen, dann springen sie auseinander, aber das Mädchen ist auch weg, leer der Fleck auf dem Straßenpflaster. Der junge Mann hat sich gesetzt, man bedient ihn, das Diner geht weiter, manchmal wirft er einen suchenden, fast gequälten Blick hinaus ins Dunkel, da ist das fremde Mädchen auf einmal wieder da. Diesmal steht sie aufrecht, sie geht auf ihn zu, langsam wie schleifend setzt sie die Füße, sie trägt einen Korb mit Veilchen, es ist als würde sie von rückwärts geschoben. Da sieht sie der junge Mann und steht hastig auf, er meint sie will auf ihn zu, er ihr entgegen, da wird sie wie an Schnüren ins Dunkel zurückgezogen, er steht, starrt ins Finstere. Seine Geliebte ist auch aufgestanden, man meint, er will fortfahren, die Launen der Reichen sind unberechenbar, schnell reicht man ihm seinen Mantel, seinen Hut, er achtet auf niemand und nichts, da schleift aus dem Dunkel etwas um die Ecke, macht sich an ihn heran, das ist die widerliche Alte, dahinter der mit dem verbundenen Auge und der andere Krüppel. Nun weiß der junge Reiche wie es gemeint ist, er ist gewohnt, es findet sich für alles ein Wegweiser, eine Kuppelei, eine Verbindung, er gibt ein paar Goldstücke hin, die Alte nimmt und geht sogleich voraus, die zwei Krüppel umwedeln die schöne Dame, was bleibt ihr übrig, sie muß nach.

II

Nun sind sie in einer bösen Spelunke, da steht, damit es einen Anschein hat, ein Bar-Tisch mit ein paar Flaschen, und da sitzt der junge Mann und seine Freundin, und die Gauner umlauern beide recht häßlich, aber ihn kümmert das nicht, sein Blick ist starr auf einen schmutzigen geflickten Vorhang gerichtet, dort soll das fremde Mädchen hervorkommen, um dessen willen ist er hergekommen, und streut noch etwas Gold um sich, da machen die Krüppel widerliche Produktionen und Tänze, als wollten sie ihn hinhalten, dann endlich kommt das Mädchen hervor und tanzt für ihn. Da ist er zufrieden und weidet die Augen an ihren rührenden dürftigen Gliedern und genießt überschwänglich den Zauber ihres Geheimnisses unter diesen abscheulichen Menschen in dieser Spelunke und das Seltsame, Abwesende in ihren Augen. Er könnte sie immerfort so tanzen sehen, aber sie wird schwach und bleich, eine Ohnmacht wandelt sie an, da packt das alte Weib sie derb und gibt ihr schnell aus einer Flasche Fusel zu trinken, da kann sie wieder weiter und wirft ihre Glieder sehnlicher als zuvor, aber immer in der unbegreiflichsten Unschuld; aber wie ihr Tanz am rührendsten ist, da zerrt die Alte sie hinter den Vorhang und läßt es zu Ende sein. Das ist dem jungen Mann zu schnell und er will nach und zu dem Mädchen sprechen und ihre Augen in der Nähe sehen, ihm ist, er weiß selbst nicht wie. Da haben die Leute den Vorhang zur Seite gezogen, aber das Mädchen ist verschwunden, da ist nichts als eine Tür in der Mauer, zu der führen ein paar Stufen hinab, die mag zu einer noch schlimmeren Höhle führen, einem Schlupfwinkel dieses Gesindels, da haben sie das Mädchen weggebracht. Er will nach, und was da noch sein möge, bekümmert ihn nicht; die Gauner werfen einander hinter seinem Rücken Blicke zu, die sagen unzweideutig: »Nun haben wir den«, und auf die Ohrringe und Fingerringe seiner schönen Freundin fallen gleichfalls solche Blicke. Diese ist starr vor Angst und Widerwillen dagesessen die Zeit über, nun, wie sie sieht, er will dort hinein, ist sie auf und will es nicht leiden und hält sich an ihn mit jämmerlicher Angst in ihren Augen, da gibt er es auf und da geben es die Gauner auch auf mit giftigen Blicken, für heute wenigstens, denn sie haben gespürt: da ist noch etwas zu machen mit diesem Fisch und diesem Köder. Da sind sie plötzlich alle lautlos abgezogen, nur die Alte ist noch da, falsch und widerlich demütig, aber die Freundin ist schon an der Tür; von außen kommt der Luftzug von der Straße, da bückt er sich noch einmal, da sieht er die Flasche stehn, daraus man das fremde Geschöpf mit Fusel getränkt hat, und da liegt auch ein Stück dünner aber fester Rebschnur auf der Erde, wo kommt das her? Das sieht er an, als ob es etwas Besonderes wäre und steckt es dann ein, ganz mechanisch, und dann geht er auch aus der Spelunke heraus und wirft der Alten noch ein Geldstück zu, die scheinheilig dasteht, mit der Branntweinflasche in Händen.

III

Nun sind sie zu Hause in dem eigenen Hause des reichen Mannes, oder es ist wohl die Wohnung seiner Freundin, da ist sie bequem, halb ausgekleidet und trägt einen wunderschönen Überwurf, und dann kommt er herein, hat einen Hausmantel an aus dunklem Samt, darunter aber noch die weiße Weste. Da möchte die Freundin ihn vergessen machen und selbst vergessen, was ihr als eine kleine sinnlose, unangenehme Begebenheit erscheint, daß sie heute Abend um eines fremden Bettelmädchens willen eine Stunde in dieser wüsten Spelunke verbracht haben, aber sie fühlt, er hat es noch nicht vergessen; da spinnt sich zwischen beiden die gewohnte Vertraulichkeit an, aber er ist doch benommen, irgendwohin gespannt, und sie fühlt es und kann nicht Herr darüber werden. Da ist sie zärtlich zu ihm, aber halb auch scheu vor etwas in ihm, das sie nicht aufschließen kann, und er sitzt so da, ist bei ihr und auch nicht bei ihr; da greift er ganz mechanisch in die Westentasche, vielleicht will er nach einer Zigarette greifen, aber er zieht das kleine Stück Rebschnur hervor, das er dort in der Spelunke zu sich gesteckt hat. Da fühlt sie, wie fest das andere in seinen Gedanken sitzt und ist noch zärtlicher und anschmiegender und nimmt seine Hand und windet ihm sanft das Stückchen Schnur aus der Hand und legt es wohin, und das läßt er auch geschehen, aber in seinen Gedanken ist nichts als das fremde Mädchen; da steht sie auch leibhaftig vor ihm als wäre sie aus der Wand herausgegangen und windet sich an ihm vorbei und hat die Arme mit einem ebensolchen Stück dünner aber starker Schnur auf den Rücken geschnürt. Die Freundin aber sieht nichts von der Erscheinung, denn diese ist ja nur aus der erhitzten Einbildungskraft des Mannes herausgetreten, aber für ihn ist sie leibhaftig und er starrt ihr nach und weidet in verworrenen Gefühlen von Angst und Entzücken sein Auge an ihr bis sie wieder verschwindet, als hätte die andere Wand des Zimmers sie aufgeschluckt. Da ist eine Stille zwischen dem Mann, für den nichts auf der Welt mehr wichtig ist als diese Gestalt, und zwischen der Freundin, die angstvoll auf ihn hinstarrt, und in diese Stille hinein kommt ein kleines, ganz diskretes Pochen an der Tür und da tritt der Diener ein und ist ganz verlegen, daß er zu dieser Stunde jemand anmelden muß, aber da ist auch schon die Alte da, das kupplerische alte Weib aus der Spelunke und schlüpft zwischen dem Türpfosten und dem Diener durch und schleift auf den reichen Mann zu und zeigt ihm etwas, reicht ihm etwas, einen Schlüssel, da weiß er, das ist der Schlüssel zu des Mädchens Kammer, da kennt er gar keine Besinnung, zieht nur schnell eine Lade auf, da nimmt er einen Revolver heraus, steckt ihn zu sich, schiebt die Alte vor sich hin, an dem Diener vorbei, ehe die Freundin begreift, was da vorgeht. Da ist er draußen und sperrt von draußen die Tür zu, da will die Freundin ihm nach, der Diener auch, rütteln an der Klinke, werfen sich gegen die Tür, alles umsonst, da hat er einen großen Vorsprung, da müssen sie sich bescheiden, daß sie ihm nicht nachkönnen und daß ihn niemand davon abbringen wird, den Weg zu gehen, den die Alte ihn führt.

IV

Da ist ein häßlicher, böser Winkel einer großen Stadt, Häuser auf Abbruch, alle wie ausgestorben, eines ist halb demoliert, und man sieht noch in die Zimmer hinein, und die zerfetzten Tapeten hängen von den Mauern. In der Mitte zwischen den Häusern führt ein Gäßchen steil hinauf mit Stufen, und oben ziemlich ferne ist dann eine ordentliche, beleuchtete Straße, hier unten aber ist es ganz dunkel. Da kommt von der Seite durch irgendeinen Durchgang die Alte, und der reiche Mann hinter ihr, in seinen Samtmantel gewikkelt und mit bloßem Kopf, so wie er vom Hause fortgelaufen war. Da waren schon vorher an Kellerfenstern und hinter Schutthaufen die Gauner sichtbar, und zuvorderst der starke junge Kerl mit der Kappe und dem tätowierten Arm und haben einander zugewinkt und zugepfiffen und sind wieder verschwunden. Da klopft die Alte an eine Haustür, und da zeigt sich ihnen Licht, und sie will in der Tür stehen bleiben und den jungen Herrn vor sich eintreten lassen, aber da stutzt er doch und bleibt außen stehen und hat den Revolver unter dem Samtmantel in der Hand. Da gibt es die Alte auf und läßt ihn draußen und geht hinein, und er wartet, da geht die Tür wieder auf, und sie schicken das Mädchen heraus, damit sie den Fremden hereinbringt. Da sieht das Mädchen den Fremden in dem bißchen Licht, das durch die Tür herausfällt und erkennt, wer es ist, und will nicht, macht sich starr. Anstatt daß sie ihn zu sich winkte, wehrt sie ihn ab und gibt ihm zu verstehen, er müsse von ihr ablassen und von ihr fortgehen. Da packen Fäuste sie hinterrücks und reißen sie hinein, und die Tür fällt zu. Da verläßt ihn sein bißchen Vorsicht, und er klopft an die Tür und will nach, da öffnen sie ihm halb die Tür, er hinein, und eh er den Revolver in die Höhe kriegt, ist drin die Lampe umgestürzt, und sie haben sich auf ihn geworfen in den Hausflur. Da ist niemand zu sehen, wie er dumpf hinschlägt, als draußen der Bucklige, der macht die Mauer und paßt auf, ob niemand vorüberkommt. Da bringen sie den jungen Herrn gleich wieder zur Tür heraus, aber ausgeraubt, mit einem Knebel im Mund und gebundenen Händen und Füßen und laden ihn ab in einer Ecke, wie ein Totes und wollen sich fortmachen. Da kommt von irgendwo, aus einem Mauerspalt oder Kellerloch das Mädchen hervorgekrochen, huscht hin zu dem Regungslosen, da hat es einer noch gesehen, und sie sind gleich bös hinter ihr her, sie vor ihnen davon wie ein Wiesel, ins Haus, verkriecht sich, da pfeift einer gellend den Warnungspfiff, also sind Schutzleute in der Nähe oder Arbeiter auf der Straße, denn es fängt schon an zu tagen. Im Nu sind die Gauner davon, alles liegt da wie ausgestorben. Da kommt nach einer Weile das Mädchen aus einem Kellerloch hervor, kriecht auf den Gebundenen zu, auf Händen und Füßen, ganz verstohlen wie ein Tier, bis sie fühlt, es lauert niemand. Da richtet sie sich bei dem Gebundenen auf, sieht ihn an mit Angst und Zärtlichkeit, berührt leise sein Gesicht, beißt die Stricke durch an seinen Gelenken und bringt ihn ins Leben mit Berühren und Streicheln und Aufrichten. Da kommt er ins Leben mit halbstarren Gliedern noch und wüstem Kopf, und da sind sie einander gegenüber an der Erde, und sie ist da wie eine Frau, nicht mehr wie ein Kind, und schüttet eine überschwängliche Zärtlichkeit über ihn aus und da stehen sie beide auf ihren Füßen und er will auf sie zu, da wird sie totenbleich und schwankt und fällt ihm vor den Füßen zusammen. Da kniet er bei ihr und kann nicht fassen, wie das alles so jäh nacheinander kommen kann und rührt sie an und spürt, sie ist nicht ohnmächtig, sondern da liegt eine Tote, und sitzt da, wie betäubt. Da ist es beinahe Tag und oben auf der Straße sind Leute vorübergekommen, Arbeiter und auch Frauen, und etliche schauen herunter, was der Herr da macht mit der Frauensperson, die starr auf dem Boden liegt. Da kommen ihrer ein paar herunter und sehen nach, was da ist und bücken sich scharf auf die Frau und gehen ganz erschrocken und mißtrauisch zurück und schauen verdächtig auf den, der da allein ist mit der frischen Leiche und behalten ihn im Auge, gehen aber bis an den Straßenrand zurück, da bleibt er an der Mauer stehen mit seinem Abenteuer und seiner Geheimnisvollen und allem was er erlebt hat und der innere Frost schüttelt ihn ein wenig an der Mauer hin und her und die anderen Leute schauen auf ihn, und das tote Mädchen liegt ganz ruhig und schön in der Mitte auf den Steinen und weiß von nichts mehr.

KNABENGESCHICHTE

Dämmerung und nächtliches Gewitter. (Das unschuldige Kind Laurentia)

Furchtbar krümmte sich der Sperber, den die Buben an das Scheunenthor genagelt hatten, der hereinbrechenden Nacht entgegen. Euseb, der älteste von denen die es getan hatten, stand in der Dämmerung und starrte auf den Vogel, aus dessen leuchtenden Augen die Raserei hervorschoss, indess er sich an den eisernen Nägeln, die seine Flügel durchdrangen, zu Tode zuckte. Da stiess aus der dunkelnden Luft das Weibchen herab, mit gellendem Schrei flog es wie sinnlos schwindelnde kleine Kreise, hieng dann mit ausgespannten Flügeln und glimmenden Augen starr da und warf sich jäh aufwärts, rückwärts, gegen die Bergwand hin, in wahnsinnig wilden Flügen verschwindend, wiederkehrend. Ihr Schreien sollte das nachtschwarze Gewitter, das da lag und mit seinem zurückgehaltenen Blitz den eigenen Leib durchflammte, heranlocken und mit Zauberkreisen auf das Dorf niederziehen. Der Knabe Euseb hielt sich kaum auf den Beinen und das Grausen fasste ihn im Genick, dass er nicht den Augapfel zu drehen wagte. Dennoch ergriff er nochmals den Hammer, um seinen Vater zu finden. Als aber nun, unter einem lautlosen Blitz, die ganze Scheune fahl aufzuckte, und nun, von einem Windstoss aufgestört, zu seiner rechten der bärtige Ziegenmelker aus einem Mauerspalt hervorschoss, einen Käfer zu spiessen, zu seiner linken die Fledermaus hintaumelte, so riss es ihn herum und trieb ihn mit knirschenden Zähnen ins Dorf hinab. Da zeigte ein neuer Blitz dicht vor ihm die Kirchhofsmauer mit allen ihren Fugen, in denen Asseln wohnten; die Kreuze schienen sich unter der jähen Helle zu recken und auf dem einen vorjährigen Kindergrab schüttelte sich der Strauch dessen Blüthen rothe Herzen waren, die an Fäden hiengen. Aber wie der Blitz verzuckte und die Dunkelheit schwer wie ein Bettuch hereinfiel, glitt aus dem rückwärtigen Fenster eines kleinen Hauses schräghin auf die Kirchhofsmauer ein Lichtschein. In dieser Kammer schlief die Tochter des Fleischhauers, das schönste Mädchen des Dorfes; und es hatte einer der älteren Knaben, das wussten alle, hier einmal, da sie sich entkleidete, den Schatten ihrer Brüste auf den Vorhängen immerfort sehen können, bis sie das Licht ausblies. So drückte sich Euseb unter ein Vordach wo Schindeln hoch aufgeschichtet lagen; und sein Herz klopfte anders als früher. Ihm gegenüber hieng, den Kopf abwärts, das Kalb, das er am Nachmittage hatte führen sehen; noch schien aus dem weichen Maul der warme Hauch zu dringen. Hier vergieng dem Knaben Euseb die Zeit die er lauerte, wie nichts; er hörte nicht die Viertelstunden fast über seinem Kopfe schlagen und in der beklommnen Luft dröhnen. Er achtete des Blitzes nicht, der grell die Glocken in ihrem Gestühl entblösste; er fühlte nur das Kalb   ihn erfüllte nur dass das Mädchen da drinnen war und dann in ihrer Kammer sich zu Bett legen würde. Jetzt gieng sie in der Gaststube umher, es sassen da zwei oder drei, denn der Fleischhauer schenkte einen einjährigen Wein aus. Nun kamen zwei dunkle Gestalten draussen auf das Haus zu; es waren Bediente der Stadtleute, die ihre Landhäuser rings um das Dorf und an den Hängen der Berge hatten; der eine war in Livree mit Kniestrümpfen, der andere war als Jäger gekleidet. Nun blieb der eine

AUS DEN NOTIZEN

Dämmerung und nächtliches Gewitter.

– –

Der Knabe wurde in dieser Nacht weit über sich selber emporgerissen – – sein Vater kommt ihm nahe als Räuber Landstreicher der ein Pferd losmachen will – Heiliges tritt ihm bis zum Berühren nahe –

in allem berührte ihn sein Schicksal, reizte ihn zur Grausamkeit und regte etwas weit tieferes in ihm auf.

auf dem See, in Gefahr der Kellner und ein Mädchen –

Dämmerung u. nächtliches Gewitter

Der Morgen. Aveläuten. Vorbereitung zum Ministrieren. Die stille Messe.

Die Schwangerschaft als Object der Lüsternheit.
Dann ein ganz anderer Aspect: er sieht das von einer unfassbaren Gewalt aus dem Mutterleib herausgeworfene (Association der aus dem Sperbernest geworfenen Jungen) – das töricht ins Sein herausgelaufene – nun angewiesen, sich des Daseins zu erwehren.

im sinnlichen Verhältniss zu der Magd: berührt es ihn stark wenn der Kerzenschein die Dächer hebt – es ist als entblösse sich da etwas an ihr

1912.

Dämmerung u nächtliches Gewitter

die schlimmste Anfechtung für den Knaben wie ihn der Zweifel anfällt ob denn an dem Ganzen etwas dran sei – wie er die Kraft der Landschaft und der Mannheit die aus ihr emporwächst bezweifelt – und dann mit einem Ruck dies alles auf sich zu nehmen bereit ist und alles, was daraus entstehen möge, Böses, Gemischtes, Drohendes: auf sich zu nehmen und durchzustehen also zu leben.

Er war am Rand einer solchen Verwirrung gewesen dass ihm geschienen war, es greife eine Mutterhand-Mörderhand nach ihm die doch nach einem Wesen neben ihm griff – und er vermöchte es nicht zu sondern – –

Hebbels Gemütsverfassung in der schlimmsten Zeit seines Lebens.

Zustand des Knaben Euseb: an das Gute der Welt nicht heran – zu ihm nicht hinüberkommen zu können – will sich hinüberschwingen – sich hinübertasten – auch der Mord an dem Sperber ist so eine folternde Ungeduld, hinüberzukommen ins andere. Das Rätsel wie alles von aussen anders aussieht: bei einem Fenster hineinschauen – ein Feuer von weitem sehen. Ihm ist, er wirft sich immer durch die Dinge hindurch.

Er suchte den Vater – auch in Hammerschlägen auf die Nägel die den Leib des Sperbers am Holz kreuzigten, suchte er den Vater – – – und fand sich.

So gekreuzigt war auch er durch den Vater, den Verächter seines Lebens.

Predigt des Katecheten: der Vater habe die Verachtung kundgegeben für das von ihm hinterlassene Geschöpf

Dämmerung und nächtliches Gewitter

Das Auf-sich-nehmen des Lebens

Von Euseb mit dem Blick des Sterbenden die Stadt erfasst, alle in der Tramway gesehenen die geahnten Ringenden, Krüppel, Mörder, Arbeiterinnen, Ärzte, Notare, Diurnisten, Cooperatoren,

Benedictiner, Armenhäusler, Friseurgehilfen, Selbstmörderinnen, Lehrerinnen, Marktfrauen, Markthelfer, Wallfahrer, Vorbeter, Todtengräber, Schinder, Kesselreiniger, Geschäftsreisende, Hehler, alte Herren, Soldaten, Böhmen, Croaten, Kutscher, Kleine Grooms Nachtportiers, Grooms an Nachtcafé und Bars, abgerichtete Bettelkinder Blumenverkäufer, Kirchendiener, Kerzelweiber, Zuhälter, vacierende Kellner, Dienstvermittler, Bureauschreiber, Flösser, Holzhauer, Steinbrucharbeiter, Näherinnen, alte Dienstmänner, Bordellwirte, Kaiserliche Vertraute, Maurer, mittagessend. Tapezierer, Briefträger, Conducteure, Obercontrollore, Steuerbeamte, Violinspieler Commis voyageurs, Monteure und die Gespräche von allen diesen und die Tätigkeiten von allen diesen, die vertrauliche Wirklichkeit davon, ihr Hemdausziehen, ihre Witze, ihre Angst vor Krankheiten, ihr Leichtsinn, ihre Vergnügungslust, ihre Todesstunde – alle auf einer Wiese wo viel Blech liegt, und die unbeirrbare, durch nichts zu beschmutzende Wahrheit aller dieser Existenzen und Dinge; Geruch aller dieser: Seife Tramwaygeruch, Kalkgeruch, armer Leute Essgeruch; alle diese Dinge stürzen wie ein Wasserfall über ihn wie ein trinkbares, essbares alle ihre Hände

Gleichzeitigkeit

Eusebs Ringen in dieser Nacht mit der Eichelwirtin um das Geheimniss ihres Vorrechtes, ihres Besitzes, ihres Ich – aus allem Dunklen das Lichte herausringen müssen, aus allem grässlichen Verschlossenen Stockenden das Süsse brüderliche – mit der jungen Magd darum, dass sie ihn nicht zu liess

Knabengeschichte

Man entfernt sich von Gott (scheinbar auf immer, wie durch den Mord an dem Sperber) und kehrt gerade auf diesem Weg zu ihm zurück.

Euseb:
Ich tu – aber: ich bin ja auch was ich tu

Knabengeschichte.

Er sucht den Vater des von der Magd erwarteten Kindes – bis er in dem Wirt ihn unbezweifelbar findet.

Die Verschiedenheit der beiden Entbindungen für sein Gefühl: die Zurichtung bei der Wirtin – hier, ein Herausfallen eines nackten aus einer Tür – das wars schon!

Grässlich für ihn alle Associationen mit hinausgeworfen werden aus der Tür: die Mutter klagte der Liebhaber habe sie bei der Tür hinausgeworfen. So flüchtet er einmal zur Sacristeitür hinaus. Aber die Welt hat keine Tür dass man hinausflüchten könnte.

Bigotte die Aufsicht über ihn haben: die Woltäter

wie weit die Herzen auseinander: des Fleischers und des Tiers, des Alten und des Jungen, des Cantineurs und der Arbeiter

Die Gebetsreiterin benützt ihn als Botenläufer, Spion, Aushorcher.

unter dem Einfluss der Hand träumt er (auch halbwach) allgemein Apathie: versteinern seiner Woltäter u Feinde
Traum: eine plötzliche unaussprechliche Gleichheit der hässlichen und grässlichen Tiere mit den Menschen (diesen Traum hofft er wegzuwälzen; in ihm sind die Thiere vergrössert, besonders die Würmer u Asseln)

3ter Traum: es ist kein Gott

ANDREAS

»Es hat in unsrer Mitte Zauberer
Und Zauberinnen, aber niemand weiss sie.«
Ariost.

DIE DAME MIT DEM HÜNDCHEN

I. Die Ankunft

»Das geht gut«, dachte der junge Herr Andres von Ferschengelder, als der Barkenführer ihm am 7ten Sept. 1778 seinen Koffer auf die Steintreppe gestellt hatte und wieder abstieß, »das wird gut, läßt mich da stehen mir nichts dir nichts, einen Wagen gibts nicht in Venedig, das weiß ich, ein Träger, wie käme da einer her, es ist ein öder Winkel, wo sich die Füchse einander gute Nacht sagen. Als ließe man einen um 6h früh auf der Rossauerlände oder unter den Weißgärbern aus der Fahrpost aussteigen, der sich in Wien nicht auskennt. Ich kann die Sprache, was ist das weiter, deswegen machen sie doch aus mir, was sie wollen! Wie redet man denn wildfremde Leute an, die in ihren Häusern schlafen – klopf ich an und sag: Herr Nachbar?« – er wußte er würde es nicht tun – indem waren Schritte hörbar, scharf und deutlich in der Morgenstille auf dem steinernen Erdboden es dauerte lange bis sie näher kamen, dann trat aus einem Gäßchen ein Maskierter hervor, wickelte sich fester in seinen Mantel nahm mit beiden Händen ihn zusammen und wollte quer über den Platz gehen. Andres tat einen Schritt vor und grüßte, die Maske lüftete den Hut und zugleich die Halblarve die innen am Hut befestigt war. Es war ein Mann der vertrauenswürdig aussah und nach seinen Bewegungen und Manieren gehörte er zu den besten Ständen. Andres wollte sich beeilen, es dünkte ihn unartig, einen Herrn, der nachhaus ging zu dieser Stunde lang aufzuhalten, er sagte schnell daß er ein Fremder sei, eben angekommen aus Wien von Villach in Kärnten und über Görz; sogleich erschien es ihm weitschweifig u. ungeschickt daß er die Stationen genannt hatte, er wurde verlegen und verwirrte sich im italienisch Reden, der Fremde trat mit einer sehr verbindlichen Bewegung näher, und sagte, daß er ganz zu seinen Diensten sei, von dieser Geberde war vorne der Mantel aufgegangen und Andres sah daß der höfliche Herr unter dem Mantel im bloßen Hemde war, darunter nur herabhängende Kniestrümpfe die die halben Waden bloß ließen und Schuhe ohne Schnallen. Schnell bat er den Herrn doch ja bei der kalten Morgenluft sich nicht aufzuhalten und seinen Weg nachhause fortzusetzen, er werde schon jemanden finden, der ihn nach einem logierhaus weise oder zu einem Wohnungsvermieter. Der Maskierte schlug den Mantel fester um die Hüften und versicherte er habe durchaus keine Eile. Andres war verlegen im Gedanken daß der andere nun wisse, er habe sein sonderbares negligé gesehen durch die alberne Bemerkung von der kalten Morgenluft und vor Verlegenheit wurde ihm ganz heiß so daß er unwillkürlich auch seinerseits den Reisemantel vorne auseinanderschlug indessen der Venezianer aufs höflichste vorbrachte: daß es ihn besonders freue einem Untertan der Kaiserin u. Königin Maria Theresia einen Dienst zu erweisen, umso mehr als er schon mit mehreren Oesterreichern in Freundschaft gestanden habe, so mit dem Pandurenobersten Baron Raisciac und mit dem Grafen Esterhaz. Diese wohlbekannten Namen von dem Fremden hier so vertraulich ausgesprochen, flößten Andres großes Zutrauen ein; freilich kannte er selber so große Herrn nur vom Namenhören und höchstens vom Sehen denn er gehörte zum Klein- oder Bagatelladel. Als der Maskierte versicherte, er habe was der fremde Cavalier brauche, und das ganz in der Nähe, so war es Andres ganz unmöglich, etwas ablehnendes vorzubringen. Auf die Frage, beiläufig schon im Gehen gestellt, in welchem Teil der Stadt sie hier seien, erhielt er die Antwort, zu Sanct Samuel und die Familie zu der er geführt werde sei eine gräfliche patrizische und habe zufällig das Zimmer der ältesten Tochter zu vergeben die seit einiger Zeit außer Hause wohne. Indem waren sie auch schon an einer sehr engen Gasse vor einem sehr hohen Hause angelangt, das wohl eine vornehme aber recht verfallene Hinterseite hatte und dessen Fenster anstatt mit Glasscheiben alle mit Brettern verschlagen waren. Der Maskierte klopfte ans Tor und rief mehrere Namen, hoch oben sah eine Alte herunter, fragte nach dem Begehr und die beiden parlamentierten. Der Graf selbst wäre schon ausgegangen, sagte der Maskierte zu Andres, er gehe immer so früh aus um das Nötige für die Küche zu besorgen aber die Gräfin sei zuhause; so werde man wegen des Zimmers unterhandeln und auch gleich Leute nach dem zurückgelassenen Gepäck schicken können. Der Riegel am Tor öffnete sich, sie kamen in einen engen Hof der voll Wäsche hing und stiegen eine offene und steile Steintreppe empor deren Stufen ausgetreten waren wie Schüsseln. Das Haus gefiel Andres nicht, und daß der Herr Graf so früh ausgegangen war, um das Nötige für die Küche zu besorgen verwunderte ihn, aber daß es der Freund der Herren von Reischach und Esterhazy war der ihn einführte, machte einen hellen Schein über alles und ließ keine Traurigkeit aufkommen.

Oben stieß die Treppe an ein ziemlich großes Zimmer in dem an einem Ende der Herd stand, an dem anderen ein Alkoven abgeteilt war. An dem einzigen Fenster saß ein junges kaum erwachsenes Mädel auf einem niedrigen Stuhl und eine nicht mehr junge aber noch ganz hübsche Frau war bemüht aus dem schönen Haar des Kindes einen höchst künstlichen Chignon aufzutürmen. Als Andres und sein Führer das Zimmer betraten und die Hüte abnahmen stob das Kind laut aufschreiend davon ins Nebenzimmer und ließ Andres ein mageres Gesicht mit dunklen reizend gezeichneten Augenbrauen gewahren, indessen der Demaskierte sich an die Frau Gräfin wandte, die er als Cousine anredete, ihr seinen jungen Freund und Schützling vorstellte. Es gab ein kurzes Gespräch, die Dame nannte einen Preis für das Zimmer, den Andres ohne weiteres zugestand. Er hätte um alles gern gewußt ob es ein Zimmer nach der Gasse sei oder ein Hofzimmer, denn in einem solchen seine Zeit in Venedig zu verbringen hätte ihm traurig geschienen auch ob man hier in der inneren Stadt sei oder in der Vorstadt. Aber er fand nicht den Augenblick für seine Fragen, denn das

Gespräch zwischen den beiden anderen ging immer weiter und das verschwundene junge Geschöpf wippte mit der Tür und rief energisch von innen heraus, da müßte sofort der Zorzi aus dem Bett herausgebracht werden denn er liege oben und habe seinen Magenkrampf. Darauf hieß es die Herren sollten nur hinaufgehen; den unnützen Menschen aus dem Zimmer zu entfernen das würden schon die Buben besorgen. Sie bat entschuldigt zu sein, wenn sie den Herrn nicht selbst hinaufbegleite sondern dies dem Cousin überlasse; denn sie habe alle Hände voll zu tun, weil sie die Zustina zurichten müsse um mit ihr die Besuche wegen der Lotterie zu machen; es müßten heute sämtliche Protectoren der Liste nach besucht werden. Andres hätte nun wieder gern gewußt was es mit diesen Protectoren und der Lotterie auf sich habe, doch da sein Mentor die Sach mit lebhaftem und beifälligem Nicken als bekannt hinzunehmen schien, fand er keine schickliche Gelegenheit zu einer Frage, und man stieg hinter den zwei halbwüchsigen Jungen, die Zwillinge sein mußten, die steile Holztreppe hinauf nach Fräulein Ninas Zimmer. Vor der Tür machten die Knaben halt und als ein mattes Stöhnen herausdrang sahen sie einander mit den flinken Eichhörnchenaugen an und schienen sehr befriedigt. Auf dem Bett dessen Vorhänge zurückgeschlagen waren lag ein bleicher junger Mensch. Ist Dir besser sagten die Knaben. Besser stöhnte der Liegende So kann man den Stein wegheben Ja ihr könnt ihn wegheben. Wenn er Magenkrampf hat muß man ihm den Stein auf den Magen heben, dann wird er gesund, meldete der eine der Knaben an Andres der verwundert dabeistand wie die Knaben einen Stein wie die Maler ihn haben um ihre Farben zu zerstampfen von dem Kranken abwälzten.

Andres war es greulich daß man einen leidenden Menschen so um seinetwillen aus dem Bette warf, er trat ans Fenster und sah hinaus: unten war Wasser und kleine besonnte Wellen schlugen an die breiten Stufen eines weißen Gebäudes gerade gegenüber und an einer Mauer tanzte ein Netz von Lichtkringeln. Er beugte sich hinaus, da war noch ein Haus dann noch eines, dann mündete die Gasse in eine große breite Wasserstraße, auf der die volle Sonne lag. An dem Eckhaus sprang ein Balkon vor mit einem Oleanderbaum darauf, dessen Zweige der Wind bewegte, auf der anderen

Seite hingen Tücher und Teppiche aus luftigen Fenstern, über dem großen Wasser drüben stand ein Palast mit schönen Steinfiguren in Nischen. Er trat ins Zimmer zurück da war der im Domino verschwunden, der junge Mensch stand und beaufsichtigte die Buben, die von dem einzigen Tisch und Stuhl des Zimmers eifrig Farbentöpfchen und Bündel schmutziger Pinsel wegräumten. Der junge Mensch war blaß und ein wenig verwahrlost aber ganz wohlgestaltet; in seinem Gesicht nichts Häßliches als eine schiefe Unterlippe nach einer Seite herabgezogen: das gab einen hämischen Ausdruck. »Haben Sie bemerkt«, wandte er sich an Andreas, »daß er unter dem Domino nichts an hat als sein Hemd? Auch die Schnallen von den Schuhen weggeschnitten. So geht es ihm alle Monat einmal Nun sie verstehen wohl Was wirds sein? Er ist ein verzweifelter Spieler was sonst? Sie hätten ihn gestern sehen sollen. Er hatte einen gestickten Rock, eine Weste mit Blumen, zwei Uhren mit Berlocken daran, eine Dose, Ringe an jedem Finger, hübsche silberne Schuhschnallen. So ein Kujon«, und er lachte aber sein Lachen war nicht hübsch. »Sie werden ein bequemes Zimmer haben. Wenn Sie sonst noch etwas brauchen, ich bin stets zu Ihrer Verfügung. Ich kann Ihnen ein Caféhaus zeigen, hier nahebei, wo man Sie anständig bedienen wird wenn ich Sie einführe. Sie können dort ihre Briefe schreiben, Ihre Bekannten hinbestellen und alles abmachen außer dem was man lieber hinter geschlossenen Türen abmacht.« Hier lachte er wieder und die beiden Buben fanden den Witz vortrefflich u. lachten laut dabei strengten sie alle Kräfte an den schweren Stein aus dem Zimmer zu schleppen ihre Gesichter sahen der Schwester unten ähnlich. »Wenn Sie eine Commission haben, die einen vertrauenswürdigen Menschen erfordert«, fuhr der Maler fort, »so wird es mir eine Ehre sein, wenn Sie mir sie übergeben. Wenn ich nicht zur Hand bin dann nur einem Furlaner, das sind die einzig verläßlichen Dienstmänner. Sie finden ihrer am Rialto und an jedem größeren Platz und werden sie an der bäurischen Tracht erkennen. Es sind zuverlässige Leute und verschwiegen merken sich Namen und erkennen auch eine Maske an ihrem Gang und an den Schuhschnallen. Wenn Sie von da drüben etwas brauchen, so sagen Sie es mir. Ich habe als Maler des Hauses freien Zutritt zu allen Räumen.« Andres verstand daß er von dem grauen Gebäude gegenüber sprach das ihm zu groß für ein Bürgershaus, zu dürftig für einen Palast erschienen war und vor dessen Tor breite Steinstufen ins Wasser führten. »Ich spreche vom Theater zu Sanct Samuel, dem Haus hier gegenüber. Ich dachte Sie wüßten das längst. Wir sind alle da drüben beschäftigt. Ich bin Decorationsmaler u. Feuerwerker – Ihre Hausfrau ist Logenschließerin, der Alte ist Lichtputzer.« »Welcher?« »Der Graf Prampero bei dem Sie wohnen wer sonst – zuerst war die Tochter Schauspielerin und die hat sie alle hineingebracht, nicht diese die Sie gesehen haben, die ältere, Nina. Diese ist der Mühe wert. Ich werde Sie heute nachmittag zu ihr führen. Die Kleine tritt im nächsten Carneval auf, die Buben machen Tiere oder Zwerge. Jetzt will ich mich aber nach Ihrem Gepäck umsehen.«

Andres blieb allein, schlug die Fensterläden zurück und hakte sie ein. Von dem einen war der Haken zerbrochen, er nahm sich vor ihn sogleich richten zu lassen. Dann räumte er, was noch von Farbtöpfen und Büchsen herum stand vor die Tür und reinigte mit einem Lappen Leinwand, der unter dem Bett lag, seinen Tisch von den Farbenflecken, bis die polierte Fläche sauber glänzte. Dann trug er den bunten Lappen hinaus, suchte eine Ecke, ihn zu verstecken und fand dort einen Reisbesen, mit dem er sein Zimmer kehrte. Als dies geschehen war rückte er den hübschen kleinen Spiegel lothrecht, streifte die Bettvorhänge zurecht und setzte sich auf den einzigen Stuhl ans Fußende des Bettes, das Gesicht dem Fenster zugewandt. Die freundlich bewegte Luft kam herein und berührte sein Gesicht mit einem leisen Geruch von Algen und Meeresfrische. Er dachte an seine Eltern und den Brief den er im Caféhaus an sie schreiben würde. Er nahm sich vor beiläufig so zu schreiben: Verehrungswürdigste gnädige Eltern. Ich melde Ihnen daß ich in Venedig glücklich eingetroffen bin ich bewohne ein freundliches sehr reines u. luftiges Zimmer bei einer adligen Familie die es zufällig zu vergeben hat. Das Zimmer geht auf die Gasse aber anstatt des Erdbodens ist unten Wasser und die Leute fahren in Gondeln oder das arme Volk in großen Trabackeln ähnlich wie Donauzillen, die sind statt der Lastträger. Daher werde ichs auch sehr ruhig haben: Peitschenknallen oder Geschrei hört man halt nicht. Er dachte noch zu erwähnen, daß es hier Dienstmänner gäbe die so findig seien, daß sie im Stande wären eine Maske am Gang und an den Schuhschnallen wiederzuerkennen, das würde seinem Vater Vergnügen machen zu erfahren denn er war sehr darauf aus, das Besondere und Curiose fremder Länder und Gebräuche zu sammeln. Zweifelhaft war ihm, ob er berichten solle, daß er so ganz nahe einem Theater wohne. Das war in Wien immer sein sehnsüchtiger Wunsch gewesen. Vor vielen Jahren als er 10 oder 12 Jahre alt war, hatte er zwei Freunde die im blauen Freihaus auf der Wieden wohnten, auf der gleichen Treppe im vierten Hof, wo in einer Scheuer das »beständige Theater« errichtet war. Er erinnerte sich des Wunderbaren, bei denen gegen Abend zu Besuch zu sein. Decorationen heraustragen zu sehen: eine Leinwand mit einem Zaubergarten, ein Stück von einer Dorfschenke. Drinnen, der Lichtputzer, das Summen der Menge, die Mandorlettiverkäufer. Stärker als alles das Durcheinanderspielen aller Instrumente beim Stimmen: das ging ihm durchs Herz noch heute wie er sich erinnerte. Der Bühnenboden war uneben: der Vorhang an einigen Stellen zu kurz: zwischen den Lichtern durch Füße von Mohren oder von Löwen, zwischen dem Steg einer Baßgeige und dem Kopf eines Musikanten sah man die Füße eines Löwen, einmal einen himmelblauen Schuh mit Flitter bestickt. Der himmelblaue Schuh war wunderbarer als alles – Später stand ein Wesen da, das diesen Schuh anhatte, er gehörte zu ihr, war eins mit ihrem blau und silber Gewand: sie war eine Prinzessin Gefahren umgaben sie, dunkle Gestalten, Fackeln, ein Zauberwald nahm sie auf, Stimmen tönten aus den Zweigen, aus Früchten die von Affen herangerollt wurden, sprangen holdselig Kinder, leuchteten, die Prinzessin sang, Hanswurst war ihr nahe und doch meilenfern alles das war schön aber es war nicht das zweischneidig Schwert von zartester Wohllust und unseglicher Sehnsucht das durch die Seele ging bis zum Weinen, wenn der blaue Schuh allein unter dem Vorhang da war. Er beschloß bei sich, daß er die Nähe des Theaters nicht erwähnen würde, auch nicht den sonderbaren Aufzug des Herrn der ihn eingeführt hatte: er hätte sagen müssen daß seine erste Bekanntschaft ein Lump war der alles bis aufs Hemd verspielt hatte oder diesen Umstand auf künstliche Weise verschweigen. So konnte er freilich nichts von Esterhazy erzählen, das hätte die

Mutter gefreut Den Miethpreis wollte er gerne erwähnen, zwei Zechinen monatlich das war auch nach Wiener Geld nicht viel – aber was nützte das wenn er doch durch eine einzige Torheit in einer einzigen Nacht weit mehr als die Hälfte seines Reisegeldes eingebüßt hatte. Dies würde er den Eltern nie eingestehen dürfen, wozu also prahlen daß er sparsam wohne – er schämte sich vor sich selber und wollte einmal an die drei unheilvollen Tage in Kärnten nicht denken, aber da stand schon das Gesicht des schurkischen Bedienten vor ihm und ob er wollte oder nicht mußte er sich an alles erinnern haarklein und von Anfang an; so kam es über ihn jeden Tag einmal, früh oder abends. Er hätte sein Gedächtnis verfluchen mögen. Wie in der Klosterschule mit den Kaisern und den Sternbildern im Gürtel des Orion

CAP. II. DER BEDIENTE GOTTHELF

Er war wieder in der Herberge zum »Schwert« in Villach, nach einem scharfen Reisetag, und wollte zu Bett gehen, da, schon auf der Treppe präsentierte sich ihm ein Mensch als Bedienter oder Leibjäger. Er: er brauche keinen, reise allein, besorge sich tagsüber sein Pferd selber nachts thäten es schon die Hausknechte. Der andere darauf läßt ihn nicht los, steigt Stufe für Stufe mit, immer quer, in Frontstellung bis an die Tür, tritt dann in der Tür quer auf die Schwelle, daß Andres sie nicht zu machen kann: daß es nicht schicklich wäre für einen jungen Herrn von Adel, ohne Bedienten zu reisen, in Italien gäbe das ein miserables Ansehen, da seien sie höllisch proper in diesem Punkt, und wie er fast lebenslang nichts anderes gethan habe als mit jungen Herren über Land reiten zuletzt mit dem Freiherrn auf Petzenstein, früher mit dem Domherrn Grafen Lodron, die werde der Herr von Ferschengelder doch wohl kennen. Wie er bei diesem als Reisemarschall vorausgereist sei selber einen Bedienten hinter sich, das wäre ein Leben gewesen, alles bestellt alles eingerichtet daß der Herr Graf vor Staunen nicht habe auskönnen: niemals zuvor so billig gereist und immer die besten Quartiere. Wie er das Slowenische spräch, das Wälsche das Ladinische und italienisch natürlich mit aller Geläufigkeit und die

Münzen kenne, und die Streiche der Wirte und der Postillions da komme ihm keiner auf, jeder sage nur: gegen den Herrn der ihn zum Diener habe könne man nicht an, der sei wohlbehütet. Und wie er das Roßwesen aus dem F verstünde daß noch er könne jeden Roßtäuscher übers Ohr hauen und einen ungarischen das seien die gefingertsten, geschweige einen deutschen oder wällischen. Was aber die persönliche Bedienung beträfe da sei er Leiblakai Friseur u. Perrückenmacher, Kutscher und Pikeur und Büchsenspanner, er verstehe die Hohe wie Niedrige Jagd, die Correspondenz, die Registratur das Vorlesen und Billet-Schreiben in 4 Sprachen und könne dienen als Dolmetscher oder wie man im Türkischen spräche, als Dragoman Es sei ein Wunder daß ein Mensch wie er frei wäre, auch habe der Freiherr von Petzenstein ihn Atout wollen seinem Herrn Bruder zu schanzen aber habe es sich in den Kopf gesetzt, den Herrn von Ferschengelder zu bedienen, nicht um des Lohnes willen, der sei ihm Nebensache – aber das stünde ihm an, einem solchen jungen Herrn der seine erste Reise machte, behilflich zu sein und sich ihm lieb und wert zu machen, das Zutrauen sei es, worauf sein Sinn stünde, das wäre der Lohn den ein Diener wie er im Auge hätte, ums herrschaftliche Zutraun diene er und nicht um die Gulden, deswegen habe er auch nicht bei den Kaiserlichen Reitern aushalten können, denn dort regiere der Stock und die Angeberei und nicht das Zutraun. Hier fuhr er sich mit der Zunge über die feuchten dicken Lippen wie eine Katze Nun brachte Andres hervor er danke ihm schön für den Dienstwillen, aber er wolle hier keinen Diener nehmen – später vielleicht in Venedig einen Lohnbedienten – und damit wollte er die Tür zumachen – aber der letzte Satz war schon zuviel, die kleine Vornehmtuerei, denn er hatte nie daran gedacht in Venedig einen Lakaien zu nehmen, die strafte sich da spürte der andere am unsichern Ton, wer in diesem Handel der Stärkere war und stemmte seinen Fuß gegen die Tür und wie das kam fand dann Andres nie mehr heraus, daß der Kerl dann schon gleich, als wäre es zwischen ihnen abgemachte Sache, von seiner Berittenmachung sprach: da wäre heute eine Gelegenheit die käme nie wieder, die Nacht zöge ein Pferdehändler hier durch, den kenne er noch vom Domherrn aus, ein honetter Mann und ausnahmsweise kein Jüdl, der habe ein ungarisches Pferdchen zu verkaufen, das stünde ihm wie angegossen, wenn er das zwischen die Schenkel bekäme das thäte den Spanischen Tritt binnen heute und einer Woche, das Bräundl koste glaube er 90 Gulden für jeden andern, aber für ihn 70 das schreibe sich aus den großen Pferdekäufen her die er für den Domherrn gemacht habe, doch müsse er noch heute vor Mitternacht den Handel recht machen der Händler sei ein Frühaufsteher, so möge der gnädige Herr ihm das Geld gleich aus dem Leibgurt geben oder ob er hinunter solle und den Mantelsack u. Felleisen oder etwa den Sattel heraufholen da wäre sicherlich ein Capital an Ducaten eingenäht denn am Leibe trage ein solcher Herr ja nur das nötigste. Wie der Mensch vom Geld sprach war sein Gesicht widerlich   unter den frechen schmutzig blauen Augen zuckten kleine Fältchen im sommersprossigen Fleisch wie kleine Wasserwellen, er kam Andres ganz nah und über die aufgeworfenen nassen dicken Lippen rochs nach Branntwein. Jetzt schob Andres ihn über die Schwelle hinaus, da fühlte der Kerl daß der junge Herr stark von Armen war und sagte nichts: aber Andres dafür sagte wieder ein Wort zuviel: Es war ihm zu grob, daß er den Zudringlichen so unsanft angerührt hatte er meinte so etwas grobes handgreifliches würde der Graf Lodron nie gethan haben und so fügte er noch gewissermaßen zum Abschied bei, er wäre halt heute zu müde morgen Vormittag könnte man ja sehen jedenfalls sei vorläufig zwischen ihnen nichts abgemacht.

Morgen mit dem frühesten gedachte er ohne weiteres abzureiten. Damit aber drehte er sich den Strick, denn am anderen Morgen noch ehe es recht hell und Andres wach war, stand der Kerl schon an der Tür und meldete er habe bereits für den gnädigen Herrn bare 5 Gulden verdient, dem Rumppoldin das Prachtpferd um 65 abgehandelt, es stünde unten im Hof und jeder Gulden unter 65, den der Herr von Ferschengelder verlöre wenn er das Pferd in Venedig losschlüge der möge ihm von seinem Lohn abgezogen werden. Da sah Andres schlaftrunken vom Fenster aus ein mageres aber munteres Pferdchen im Hof stehen, und die Eitelkeit packte ihn an, daß es doch was anderes wäre mit einem Bedienten hinter sich in die Städte und Gasthöfe einzureiten, an dem Pferd konnte er nichts verlieren, das war ein gesicherter Handel, der kurzhalsige sommersprossige Bursch hatte doch nichts weiter als ein handfestes und gewitzigtes Ansehen und wenn der Freiherr zu Petzenstein und der Graf Lodron ihn in ihrem Dienst gehabt hätten so könne er schon nicht der erste beste sein. Denn eine unbegrenzte Ehrfurcht vor den Personen des hohen Adels und all ihrem Tun u. Lassen hatte Andres mit der Wienerischen Luft im Elternhaus und in der Spiegelgasse in sich gezogen und was in dieser höheren Welt vorging das war wie Amen im Gebet.

So hatte denn Andreas einen Bedienten der hinter ihm ritt und seinen Mantelsack übergeschnallt hatte, ehe er es recht wußte und wollte. Den ersten Tag ging alles gut, aber trotzdem zog auch der jetzt als trüb und häßlich durch Andres hindurch und es wäre ihm lieber gewesen ihn nicht wieder durchzumachen. Aber da fruchtete kein Wollen. Andres hatte wollen auf Spittal und dann durchs Tirol hinab reiten, der Bediente aber ihn beschwätzt, links abzubiegen und im Kärntnerischen zu bleiben, da seien die Straßen weit besser und die Unterkünfte gar ohne Vergleich, auch mit den Leuten ein ganz anderes Leben als mit den Tiroler Schädeln, die kärntnerischen Wirtstöchter und Müllerinnen seien apart die rundesten festesten Busen von ganz Deutschland seien ihrer das sei sprichwörtlich und Lieder gingen darauf mehr als eines ob denn die dem Herrn v. Ferschengelder nicht bekannt seien? Andres schwieg ihm war heiß u. kalt neben dem Menschen da, der nicht gar so viel älter war als er leicht um 4 5 Jahr er wußte nicht schämte er sich um seinetwillen oder um des andern willen – wenn der gewußt hätte daß er noch nie ein Weib hatte ohne ihre Kleider gesehen geschweige angerührt; so hätte es einen frechen Spott gegeben, eine Rede wie er sie sich gar nicht aussinnen konnte, dann aber auch Andres ihn vom Pferd gerissen wild auf ihn dreingeschlagen, das fühlte er und das Blut schlug ihm gegen die Augen. Sie ritten schweigend durch ein breites Tal, es war ein regnichter Tag, grasige Berglehnen links und rechts, hie und da ein Bauernhof ein Heustadl, höher oben Wald, auf dem faul die Wolken lagen. Nach dem Mittagessen war der Gotthelff redselig, ob der junge Herr die Wirtin angeschaut hätte, jetzt wär freilich nicht mehr so viel an ihr aber anno 52 also vor jetzt 9 Jahren, da wär er sechzehnjährig gewesen da hätte er die Frau gehabt jede Nacht einen

Monat lang da wäre das wohl der Mühe wert gewesen. Schwarz Haar hätt sie gehabt bis über die Kniekehlen. Dabei trieb er sein Pferdchen an und ritt ganz dicht an Andres daß der ihn mahnen mußte er solle achthaben, nicht aufzureiten, sein Fuchs vertrüge das nicht. Am Schluß habe die einen rechten Denkzettel gekriegt da sei ihr recht geschehen. Da habe er es mit einer bildsauberen gräflichen Kammerjungfer gehalten und davon habe der Wirtin was geschwant und sie sei vor Eifersucht darüber ganz abgemagert und hohläugig geworden wie eine kranke Hündin. Er sei damals nämlich Leibjäger gewesen beim Grafen Porzia, das sei sein erster Dienst gewesen und verwundert genug hätte man sich in ganz Kärnten darüber daß der Herr Graf ihn mit 16 Jahr zum Leibjäger machte und zum Vertrauten noch dazu; aber der Herr Graf habe schon gewußt was er tue und auf wen er sich verlassen könnte, und da wäre auch Discretion nötig gewesen denn der Herr Graf hatte mehr Liebschaften als Zähne im Mund und mehr als ein Ehemann wäre gewesen der hätte ihm den Tod geschworen, unter den Herrschaften wie auch unter den Bauern, den Müllern und Jägern. Damals habe es der Graf mit der pormbergischen jungen Gräfin gehabt die wäre verliebt gewesen wie eine Füchsin und gerade so wie sie in den Herrn Grafen so die Kammerjungfer, eine blonde slowenische in ihn, den Gotthelff. Da, wenn zu Pormberg beim Ehemann die Treibjagden waren, hätte sich die Gräfin heimlich zu dem Grafen Porzia seinem Stand geschlichen ja auf allen 4 wär sie dorthin gekrochen daß man nimmer sie sehe und indessen hätte sein Graf ihm die Büchse in die Hand gegeben und ihm befohlen an seiner Statt zu schießen daß man es nicht bemerke. Und da hätte man auch nichts bemerkt denn er sei ein ebenso guter Schütz gewesen wie der Herr Graf Da habe er einmal mit Rehposten auf einen starken Bock geschossen, vierzig Schritt so beiläufig und durchs Jungholz, grad das Blatt habe er im Dämmer wahrnehmen können, da sei das Wild im Feuer zusammengebrochen aber zugleich da aus dem Unterholz ein kläglicher Schrei gekommen als wie von einem Weib gleich nachher sei's aber gewesen als habe die Verwundete sich nur den Mund verhalten. Da habe er seinen Stand natürlich nicht verlassen können, die nächste Nacht aber habe er die Wirtin aufgesucht und sie im Bett gefunden mit Wundfieber.

Da sei er flink dahintergekommen, daß die Eifersucht sie in den Wald getrieben habe weil sie gemeint hätte die Kammerjungfer wär mit und sie fände die beiden im Unterholz miteinander und habe er sich den Buckel voll lachen müssen daß sie den Denkzettel erwischt habe von seiner Hand und habe doch den Mund nicht gegen ihn aufmachen können vielmehr seine gesalzenen Spottreden ruhig hinnehmen und den Mund halten vor Jedermann und sich gegen Jedermann geradlügen wie sie sei in die Sichel gefallen und habe sich oberm Knie einen Schnitt getan. Andres ritt schneller der andere auch. Sein Gesicht dicht hinter Andres war roth vor wilder frecher Lust wie ein Fuchs in der Rage. Andres fragte, ob die Gräfin noch lebe. O die habe noch manchen glücklich gemacht und sehe heut noch aus wie 25, das sei eine, von der wisse er manches Stückl zu erzählen – und überhaupt die vornehmen Weiber hier auf den Schlössern wenn man die nur richtig zu nehmen wisse wo eine Bäuerin den kleinen Finger gäbe da gäben die gleich die ganze Hand und das übrige auch dazu. Nun ritt er ganz dicht neben Andres anstatt dahinter, aber Andres achtete es nicht. Der Bursch war ihm widerlich wie eine Spinne aber von dem Gerede war sein zweiundzwanzigjähriges Blut aufgeregt und seine Gedanken gingen wo anders hin. Er dachte wenn er diesen Abend ankäme auf dem pormbergischen Schloß und wäre erwartet, und andere Gäste auch. Vor Abend noch eine Jagd und er der beste Schütz wo er hinhält fällt was. Die schöne Gräfin in seiner Näh, wie er schießt spielt ihr Blick so mit ihm wie er mit dem Leben der Waldtiere. Dann sind sie auf einmal allein. Klafterdicke Mauern, Todtenstille, ihm graust, daß es ein Weib ist und nicht mehr eine Gräfin, auch nicht der junge Cavalier, nichts Galantes u. Ehrbares mehr und nichts Schönes sondern ein wildes Tun, ein Morden im Dunkeln, der Kerl ist dicht daneben und schießt mit aufgerissenem Maul seine Büchs auf ein Weib das im Hemd zu ihm geschlichen ist, er will mit der Gräfin wieder in den Speisesaal zurück aus dem Gemach dorthin wo alles fröhlich ist und ehrbar, reißt seine Gedanken zurück, da spürt er daß er sein Pferd pariert hat und zugleich stolpert dem Bedienten sein Gaul der flucht: Himmelsakrament   als wäre das vorn nicht sein Herr sondern einer mit dem er lebenslang die Säu gehütet hat. Andres verwehrt's ihm nicht, er ist jetzt zu schlaff, das breite Thal ist ihm öd und widerlich die Wolken hängen da wie Säcke, er möchte das wär alles längst vorüber älter sein und schon Kinder haben und das wär sein Sohn der da nach Venedig ritte, aber ganz ein anderer Kerl als er, ein rechter Mann nichts als ein Mann und alles rein und freundlich wie an einem Sonntagmorgen wenn man die Glocken hört.

Den nächsten Tag ging die Straße bergauf, das Thal zog sich zusammen, steilere Abhänge, hoch oben manchmal eine Kirche ein paar Häuser, tief drunten ein rauschendes Wasser. Die Wolken waren bewegt, manchmal fuhr ein Sonnenblick herunter wie ein Schwert bis hinab an den Fluß, zwischen Weiden und Haseln leuchteten die Steine fahl weiß auf das Wasser grün, dann kam wieder Dunkelheit, leichter Regen. Nach den ersten hundert Schritt lahmte das frischgekaufte Pferd, seine Augen waren trüb, der Kopf viel älter das ganze Tier sah aus wie ausgewechselt. Der Gotthelff zog los, das wäre kein Wunder, wenn abends wo die Pferde müde in den Beinen wären, einer seinen Gaul auf der halbdunklen Landstraße ohne Grund zusammenriß, mir nichts dir nichts, daß der Nebenreiter ins Stolpern kommen müsse, so eine Manier sei ihm noch nicht vorgekommen, bei den Kaiserlichen Reitern werde das mit Krummschließen gestraft. Andres verwies es ihm wieder nicht, der Mensch dachte er versteht was von Pferden, dünkt sich verantwortlich für den Braunen, davon geht ihm die Galle über – aber dem Freiherrn von Petzenstein hätt ers doch nicht in dem Ton gesagt, geschieht mir Recht da ist halt ein gewisses Ding um solch einen großen Herrn, vor dem hat ein Lakai Ehrerbietung bis auf die Knochen, bei mir ists nicht, wollt ichs da erzwingen, es stünde mir nicht an, bis Venedig nehm ich ihn mit, dann verkauf ichs Pferd, mag auch das halbe Geld dabei verloren sein, lohn ihn ab, ein Bursch wie der findet sich 10 Dienste für einen aber er braucht eine andere Hand über sich. Bald mußten sie Schritt reiten; sah des Pferdes Kopf trübselig und abgefallen aus, so des Gotthelff Gesicht gedunsen und grimmig, er zeigte auf einen großen Bauernhof vor ihnen, seitlich der Straße: dort wird abgesessen, einen stockkrummen Gaul reit ich keine 100 Schritt weiter.

CAP. III. CASTELL FINAZZER: DER ERSTE TAG

Das Gehöft war mehr als stattlich, ums Ganze lief eine steinerne Mauer im Viereck, an jeder Ecke ein starker Turm runde Fenster, das Tor in Stein gefaßt, darüber ein Wappenschild. Andres dachte es müsse ein Herrensitz sein, sie stiegen ab, Gotthelf nahm die beiden Pferde an die Hand, den Braunen mußte er durch das Tor mehr ziehen als führen. Im Hof war niemand als ein schöner großer Hahn auf dem Mist mit viel Hennen, auf der anderen Seite lief ein kleines Wasser vom Brunnen ab, hatte einen Abzug unter der Mauer zwischen Nesseln und Brombeeren, da schwammen kleine Enten Eine ganz kleine Kapelle stand da, Blumen daran hinten in Holzgittern, das alles inner der Mauer. Der mittlere Weg durch den Hof war gepflastert, die Hufe der Pferde klapperten darauf, der Weg führte mitten durchs Haus, ein mächtig gewölbter Torweg, die Stallungen mußten hinter dem Haus sein. Jetzt kamen 2 Knechte herzu auch eine junge Magd dann der Bauer selber, ein Hochgewachsener dem Anschein nach an die Vierzig, dabei schlank und mit einem schönen Gesicht. Den Fremden wurde ein Stall gewiesen für die Pferde, dem Andres eine freundliche Stube im Oberstock, alles in der Art eines wohlhabenden Hauses wo man nicht verlegen ist auch wenn ungemeldete Gäste kommen. Der Bauer warf einen Blick auf den kleinen Braun, dann trat er hin sah dem Pferd zwischen den Vorderbeinen durch, sagte nichts. Die beiden Fremden wurden geheißen gleich zum Mittagtisch zu kommen. Die Stube war stattlich, gewölbt, an der einen Wand ein geschnitzter Heiland am Kreuz mächtig groß. In der einen Ecke der Tisch, die Mahlzeit schon aufgetragen. Die Knechte u. Mägde schon den Löffel in der Hand, zuoberst die Bäuerin, eine große Frau mit einem ebenmäßigen Gesicht aber nicht so schön und freudig wie der Mann und daneben die Tochter, so groß wie die Mutter, aber doch noch wie ein Kind, ebenmäßig die Züge wie die der Mutter aber alles freudig bei jedem Atemzug aufleuchtend wie beim Vater. An der Mahlzeit die jetzt kam, würgte Andres in der Erinnerung wie an einem argen Bissen, der doch den Schlund hinunter mußte. Die Leute so gut so zutraulich, alles so ehrbar und arglos, das Tischgebet schön vorgesprochen vom Bauer, die Bäuerin sorglich zu dem Fremden fast wie zu einem Sohn, die Knechte und Mägde bescheiden und ohne Verlegenheit, ein freundliches offenes Wesen hin und her, dazwischen hinein aber der Gotthelf wie der Bock im jungen Kraut, frech und oben herab mit seinem Herrn, unfläthig und herrisch mit den Knechtsleuten, ein Hineinfressen, Angeben, Prahlen. Andres schnürt es die Kehle, alles was der Kerl sich vergibt und nach links u. rechts sich überhebt mit Frechheiten und Ellbogen stieß geht ihm zehnfach durch den Leib er spürts als fasse seine Seele jeden der Knechte u. Bauer u. Bäuerin dazu, der Bauer scheint ihm dunkel um die Stirn der Bäuerin Gesicht streng u. hart geworden, er möchte auf und dem Gotthelf so tun, die Fäuste ums Gesicht schlagen daß man den aus dem Zimmer schleppen müßte die Füße voraus, endlich ist es soweit das Danksprüchel gebetet, wenigstens heißt er ihn gleich in Stall und nach dem kranken Pferd schauen, zuvor den Mantelsack u. Felleisen auf sein Zimmer tragen und das so scharf und bestimmt daß der Bediente ihn erstaunt anschaut und, wenn schon mit einem schiefen Maul u. bösen Blick, doch sich sogleich aus dem Zimmer hebt. Andres ging auf seine Stube, kramte im Mantelsack, wollte hinunter nach dem Pferd sehen, wollte es auch sein lassen nur daß er den Gotthelff nicht zu sehen brauche, unschlüssig stand er im Torweg einmal im Flur, unter dem ging eine angelehnte Tür, trat das Mädchen Romana hervor, fragte ihn wo er hinginge. Er: er wisse es nicht, sich die Zeit vertreiben, auch nach dem Pferd sehen müsse er, ob man morgen werde abreiten können. Sie: ob – – der Herr sich die vertreiben müsse. Sie: ob er schon im Dorf gewesen sei, die Kirche sei gar schön sie wolle sie ihm zeigen, dann wenn sie heim kämen könne er nach dem Pferd sehen, dem habe sein Reitknecht unterdessen Umschläge gemacht von frischem Kuhmist. Dann gingen sie hinten zum Hof hinaus da war zwischen dem Kuhstall und der Mauer ein Weg und neben dem einen Eckturm führte ein kleines Pförtchen ins Freie. Auf dem kleinen Fußweg durch die Wiesen aufwärts sprachen sie viel, sie fragte ihn ob seine Eltern noch am Leben, ob er Geschwister gehabt, da thäte er ihr leid so ganz allein, sie habe zwei Brüder sonst wären ihrer neun wenn nicht sechse gestorben wären die wären alle als unschuldige Kinder im Paradies. Die Brüder wären mit 2 Knechten oben im eigenen Wald

Holzmachen, da wäre es lustig in der Holzhütten leben, eine welsche Magd wäre auch mit, da dürfe nächstes Jahr sie hin, es sei ihr von den Eltern versprochen.

Indem waren sie ans Dorf gekommen, die Kirche lag seitwärts sie waren eingetreten sprachen leise, Romana zeigte ihm alles, einen Schrein mit einem Fingerglied der heiligen Radegundis in silberner Kapsel, die Kanzel mit pausbackigen Engeln die aus silbernen Trompeten bliesen, ihren Platz und der Eltern und Geschwister, die waren in der vordersten Bank und seitlich der Bank ein metallenes Schildchen darauf stand: »Vorrecht des Geschlechtes Finazzer« nun wußte er den Namen. Zu einer anderen Seite traten sie aus der Kirche hinaus, da war man auf dem Kirchhof, Romana ging zwischen den Gräbern um wie zu Hause. Sie führte Andres zu einem Grabhügel da waren mehrere Kreuze hintereinander eingesteckt: Hier liegen meine kleinen Geschwister Gott hab sie selig sagte sie und bückte sich und jätete zwischen den schönen Blumen das wenige Unkraut. Dann nahm sie das kleine Weihwasserbecken vom vordersten Kreuz ab und sagte: Ich muß ihm frisches Weihwasser eintun; die Vöglein setzen sich fleißig drauf und schmeißens um. Indessen las Andres die Namen ab: da waren die unschuldigen Knaben Aegydius Achaz und Romuald Finazzer, das unschuldig Mädchen Sabina, und die unschuldigen Zwillingskinder Mansuet–Liberata. Andres schauderte in sich daß sie so früh hatten hinwegmüssen keiner auch nur ein Jahr hier geweilt, der eine nur einen Sommer, einen Herbst gelebt, er dachte an das warmblütige freudige Gesicht des Vaters er begriff daß der Mutter ihr ebenmäßiges Gesicht härter und blasser war, da kam Romana mit Weihwasser in der Hand aus der Kirche zurück sie trug das kleine Becken mit ehrfürchtiger Achtsamkeit keinen Tropfen zu verschütten, gerade in ihrem bedachten Ernst war sie ein Kind im Unbewußten aber, in der Lieblichkeit und Größe eine Jungfrau. Hier um liegen lauter meinige Verwandte sagte sie und sah mit den leuchtenden braunen Augen über die Gräber: es war ihr wohl hier zu sein, wie ihr wohl war, bei Tisch zwischen Vater u. Mutter zu sitzen und den Löffel in den wohlgeformten Mund zu führen. Sie schaute, wo Andres hinsah: ihr Blick konnte so fest sein wie eines Tieres und den Blick eines andern, wo der hinschweifte, gleichsam nehmen. In der Kirchenmauer hinter den Finazzergräbern war ein großer rötlicher Grabstein eingelassen, darauf die Gestalt eines Ritters gewappnet von Kopf zu Fuß, den Helm im Arm, zu seinen Füßen ein kleiner Hund so lebendig als schliefe er nur, dessen Pfoten rührten an ein Wappenschild. Das ist unser Urahn sagte Romana der selbig ist ein Ritter gewesen und von Wälschtirol hierher angesessen. Zeigt ihm das Hundl, das Eichkatzel mit Krone in den Pfoten u. selber gekrönt das aus einem Kopfputz hervorsteigt. Schaun wie das Hundl gemacht ist kein Schnitzer konnts besser u. ist doch aus hartem Stein früher waren die Leut besser in der Kunst So seid Ihr adlig und das Wappen das ob der Sonnenuhr am Haus gemalt ist ist Euer, sagte Andres. »Schon« sagte Romana und nickte. »Daheim ist im Buch alles abgemalt und das heißt man den Kärntnerisch Ehrenspiegel, das ist aus der Zeit von Kaiser Maximilian dem Ersten. Das kann ich Ihnen zeigen, wenn Sie es sehen wollen.«

Daheim zeigte sie ihm das Buch und ihre Freude war groß wie eines wahrhaften Kindes über die vielen schönen Helmzierden, aus einem Helm die Flügel, springende Böcklein, Adler, Hahn und ein wilder Mann, nichts entging ihr aber das eigene Wappen war ihr das Schönste: das Eichhörnchen mit der Krone in der Hand: es ist nicht das Schönste aber es ist ihr das Liebste, dann brachte sie ein anderes dickes Buch da waren die Höllenstrafen verzeichnet: die Martern der Verdammten waren angeordnet nach den 7 Todsünden alles in Kupfern, sie erklärte Andres die Bilder und wie jede Strafe aus der Sünde selber hervorgehe: sie wußte alles und sprach alles aus, ohne Arg und ohne Umschweif es war Andres als schaue er in einen Krystall in dem lag die ganze Welt aber in innerer Unschuld und Reinheit

Sie saßen miteinander in der großen Stub auf der Bank die ins Eckfenster eingebaut war, da horchte Romana auf als könnte sie durch die Wand hören: jetzt sind die Geißen daheim, kommen Sie anschaun. Sie nahm Andres bei der Hand, der Geißbub hatte den Milchkübel hingestellt die Geißen drängten sich um ihn, jede wollte den vollen Euter über dem Kübel haben. Es waren ihrer über fünfzig, der Bub war ganz dicht eingeschlossen von ihnen. Romana kannte jede zu ihr wandten sie sich um, unschlüssig ob dahin ob dorthin, sie zeigte Andres die bösartigste und die gutherzigste die langhaarigste und die die am meisten Milch gab rief jede an die Geißen kannten auch sie und kamen willig zu ihr. An der Mauer dort war ein grasiger Fleck, das Mädchen legte sich flink auf den Boden, so stand eine Geiß sogleich über ihr, sie trinken zu lassen und wollte nicht ungesogen von ihr fort bis Romana hinter einen Leiterwagen sprang und Andres bei der Hand mitzog. Die Geiß fand nicht den Weg und meckerte kläglich hinter ihr drein. Indem stiegen Romana und Andres in dem einen Turm der gegens Gebirg hin stand die Wendeltreppe empor, oben war ein kleines rundes Gemach da hockte auf einer Stange ein Adler. Er hob in matter Freude die Schwingen und hüpfte zur Seite, über sein versteintes Gesicht in dem die Augen wie erstorben lagen flog ein Licht, Romana setzte sich zu ihm und legte eine Hand auf seinen Hals. Den hab der Großvater heim gebracht noch fast nackt denn Adlerhorst ausnehmen das wäre dem Großvater sein Sach gewesen, sonst habe er bereits nichts getrieben, aber oft tageweit reiten dann hinaufsteigen einen Horst aufspüren wo im Gewänd, die Leut von dort aufbieten, Senner u. Jäger, die längsten Kirchenleitern aneinanderbinden lassen, hinauf und ein Nest ausnehmen oder an einem Strick sich herablassen kirchturmtief dies sei sein Sach gewesen und schöne Fraun heirathen, das habe er viermal gethan und nach jeder Tod allemal eine noch schönere und allemal aus der Blutsfreundschaft denn habe er gesagt über's Finazzerische Blut gehe ihm nichts. Wie er den Adler da gefangen sei er schon 54 gewesen und an 4 Kirchenleitern 9 Stunden über dem schrecklichsten Abgrund gehangen darauf aber seine letzte Frau gefreit. Die wäre eines Vetters junge Witwe gewesen und hätt immer nach dem Großvater gelangt niemanden angeschaut als diesen, sich fast gefreut wie ihr Mann sich todt fiel vor einem scheuen Ochsen von dem sie ein schönes kleines Mädel hatte hochschwanger gehende Frau damals so waren der Vater und die Mutter zusammenbrachte Kinder gewesen die Mutter um ein Jahr älter als der Vater und darum hingen sie auch gar so sehr aneinander weil sie vom gleichen Blut waren und von Kindheit an miteinander aufgewachsen.

Wenn der Vater verritte nach Spittal oder ins Tirol hinüber Vieheinkaufen und wäre es auch nur auf zwei oder drei Nächte so ließe ihn die Mutter kaum los, da weinte sie allemal und jedesmal wieder, hinge lang an ihm küßte ihm den Mund die Hände und hörte nicht auf mit Winken und Nachschauen und Segen-nachsprechen. So wollte sie auch einmal mit ihrem Mann zusammenleben, anders wollte sies nicht. Indem waren sie über den Hof gegangen, neben der Hoftür war eine Holzbank inner der Mauer, dort zog sie ihn hin und hieß ihn neben sie setzen. Andres war es wunderbar, wie das Mädchen so ungehemmt alles zu ihm redete, als ob er ihr Bruder wäre. Indessen war Abend geworden, das graue Gewölk auf einer Seite aufs Gebirg herabgesunken, auf der anderen Seite eine durchdringende Helligkeit und Reinheit, einzelne goldne Flocken da und dort wie goldne Federn am Himmel, alles in Bewegung auf dem dunkelblauen Himmel, der Tümpel mit den aufgeregten Enten wie sprühendes Feuer und Gold, der Epheu drüben an der Mauer der Capelle wie Smaragd, aus dem glitt ein Zaunschlüpfer oder Rothkehlchen hervor überschlug sich mit einem süßen Laut in der webenden Luft, der Hahn und die Henne glänzten wie indische Vögel, das Schönste waren Romanas Lippen, durchsichtig wie pures Blut und ihre eifrigen arglosen Reden kamen dazwischen heraus wie eine Feuerluft in der ihre Seele glänzend hervorschlug, zugleich aus den braunen Augen ein Aufleuchten bei jedem Wort. Auf einmal sah Andres drüben im Haus in einem ausgebauchten Fenster im Oberstock die Mutter stehen und auf sie herschauen. Er sagte es zu Romana, durchs bleigefaßte Fenster schien ihm das Gesicht der Frau trüb u. streng er meinte sie müßten jetzt aufstehen und ins Haus gehen, die Mutter würde sie brauchen oder sie wolle nicht daß sie so beisammen hier säßen, Romana nickte nur froh und frei, zog ihn an der Hand er solle sitzen bleiben, die Mutter nickte dagegen und ging vom Fenster weg. Das war Andres fast unbegreiflich, er wußte nichts anderes gegenüber Eltern u. Respectspersonen als gezwungenes und ängstliches Betragen, er konnte nicht denken daß der Mutter ein solcher freier Umgang anders als mißfällig wäre, wenn sie es schon nicht ausspräche, er setzte sich nicht wieder, sondern sagte, er müsse jetzt doch nach dem Pferde sehen. Als sie in den Stall kamen hockte die junge Magd bei einem Feuer ihr Haar hing in Strähnen über die erhitzten Backen, der Bediente mehr auf ihr drauf als neben ihr, sie schien in einem eisernen Topf was zu brauen. Soll ich noch um Salpeter Herr Wachtmeister sagte die Dirne und kicherte als stecke da das Lachbarste dahinter – als Andres eintrat, und Romana hinter ihm, nahm der Lümmel mit Not eine manierlichere Stellung an. Andres hieß ihn den Mantelsack der noch immer im Stroh lag, gleich auf sein Zimmer tragen und das Felleisen auch. Schon gut sagte der Gotthelff, erst muß das da fertig sein, das wird ein Trank, der kann ein krankes Roß gesund und einen gesunden Hund krank machen. Dabei drehte er sich gegen Andres um und sah ihm recht frech in die Augen. Was ist mit dem Pferd sagte Andres und that selber einen Fuß in den Stand hinein, stockte aber eh er den zweiten Schritt that weil er wußte, er verstands nicht, und der Braun trübselig dreinschaute. Was soll sein, morgen früh ist er gesund und abgeritten wird, erwiderte der Bursch und drehte sich wieder zum Feuer, aber hinten im Maul lachte er dabei. Andres nahm den Mantelsack er that als hätte er vergessen, was er dem Burschen anbefohlen hatte, er grübelte selber vor wem er so that, vor sich vor dem Kerl oder vor Romana. Diese ging hinter ihm drein die Treppe hinauf, er ließ die Stubentür hinter sich offen, warf den Mantelsack zur Erde, das Mädchen trat herein. Sie trug das Felleisen und legte es auf den Tisch. Dies ist meiner Großmutter ihr Bett sagte sie, darin hat sie Kindbett gehalten. Sehn wie schön das gemalt ist, aber meiner Mutter und Vater ihr Bett ist noch schöner und weit größer, da sind oberkopf Heilige Jacob u. Stephan darauf gemalt und unterfuß noch schöne Blumenkränz darin Mariä Namenszug. Dies da ist das kürzer weil die Großmutter kein großes Weib war und weiß nicht, obs für Sie die Länge haben wird, mir scheint ist gar kürzer. Wir sind in der Länge gleich Müssen probieren ob eines da ausgestreckter schlafen kann, schief und quer Schlafen ist kein Schlafen. Das meinig ist lang und breit hätten zwei Platz. Flink schwang sie die leichten langen Glieder in das Bett, lag der Länge nach darin und berührte mit den Fußspitzen nur leise das untere Bettholz. Andres war über sie gebeugt: so fröhlich und arglos lag sie unter ihm wie sie sich unter die Geiß hingestreckt hatte. Andres sah auf ihren halboffenen Mund, sie streckte die Arme nach ihm aus und zog ihn leise an sich daß seine Lippen die ihren berührten. Er hob sich auf es durchfuhr ihn daß es der erste Kuß in seinem Leben war, sie ließ ihn und zog ihn wieder sanft zu sich und nahm und gab wieder einen Kuß und dann auf die gleiche Weise zum dritten und vierten Mal. Der Wind bewegte die Tür, Andres war es habe ein bleigraues Gesicht hereingeschaut, er ging hin, trat auf den Gang hinaus da war niemand, Romana kam gleich hinter ihm drein, er ging die Treppe hinunter ohne ein Wort zu sprechen sie eben so hinter ihm her, ganz frei und unbeschwert. Unten stand ihr Vater und gab dem Altknecht Befehl, wie das letzte Grummet einzufahren sei wo zuerst was trocknet Sie lief zutraulich zu ihm hin, lehnte sich an ihn der schöne Mann stand neben dem großen Kind wie ein Bräutigam, Andres ging nach dem Stall als hätte er dort wichtig zu tun. Der Knecht kam eilfertig aus dem Halbdunkel heraus, stieß fast an ihn: rief Oha als hätte er seinen Herrn nicht erkannt und gleich sprudelte ihm Rede über die aufgeworfenen Lippen: das sei ein prächtiges Mensch die helfe ihm fleißig das Pferd curieren, die sei auch nicht von hier sondern aus dem Unterland und habe die Bauersleut alle im Sack aber dem Herrn brauche er nichts zu erzählen, der verstehe die Sach ganz wohl, der habe sich eine junge und saubere ausgesucht ja so sei es eben in Kärnten da sei ein Leben da seien sie schon mit 15 keine Jungfer mehr da lasse des Großbauern Tochter ihre Kammertür ebenso gern unverriegelt wie die Kuhmagd die ihre heute dem morgen jenem, so komme ein jeder auf seine Rechnung – dem Andres war eine Hitze in der Brust und stieg gewaltsam die Kehle herauf, aber keine Rede löste sich ihm von der Zunge, er hätte dem mit der Faust ins Maul schlagen wollen, warum that ers nicht? Der andere spürte was und trat einen halben Schritt zurück, aber Andres war wo anders seine Augäpfel zitterten, er sah Romana im Hemd im Finstern auf ihrem reinen Bett sitzen, die nackten Füß hinaufgezogen unters Hemd und auf die Türklinke schauen, sie hatte ihm ihre Kammertür gezeigt und daß daneben ein leeres Zimmer war und von ihrem Bett geredet, das alles ging vor ihm hin wie in einem Bergnebel er wollte dem Gedanken nicht nachhängen, sich davon abwenden, unwillkürlich kehrte er dem Kerl nun den Rücken und da hatte der wieder gewonnenes Spiel. Beim Nachtmahl wars Andres wie nie im Leben, alles wie zerstückt, das Dunkel und das Licht die Gesichter und die Hände. Der Bauer griff gegen ihn nach dem Mostkrüglein, Andres erschrak ins innerste als suchte eine richtende Hand die Ader seines Herzens. Unten am Tisch gluckste die Magd ihr »Herr Wachtmeister« heraus, Andres fragte herrisch: Was ist das für ein Mann? Die Stimme schien ihm so fremd und ihm war wie einem Träumenden der aus dem Traum spricht. Von weit her starrte der Bediente ihn an, weiß und struppig – verbissen.

Später war Andres allein in seinem Zimmer, er stand am Tisch, schnürte an seinem Mantelsack herum, Feuerzeug lag da, er brauchte keine Kerze, der Mond fiel stark durchs Fenster, alles zerschied sich in schwarz und weiß. Er horchte auf die Geräusche im Haus, die Reitstiefel hatte er ausgezogen – er wußte nicht auf was er wartete und wußte es doch und stand auf einmal draußen im Gang vor einer Zimmertür. Er hielt den Atem an: zwei Menschen die beisammen im Bett lagen sprachen miteinander gedämpft und zutraulich. Seine Sinne waren geschärft er konnte hören daß die Bäuerin unterm Reden ihr Haar flocht und zugleich wie unten der Hofhund gierig an etwas fraß. Wer füttert jetzt in der Nacht einen Hund dachte es in ihm und zugleich war ihm gepreßt zumut als müsse er nochmals zurück in seine Knabenzeit als er noch das kleine Zimmer neben den Eltern hatte und sie durch den in die Wand eingelassenen Kleiderschrank mußte abends reden hören er mochte wollen oder nicht. Er wollte auch jetzt nicht horchen und hörte doch dazwischen aber hörte er in sich seine Eltern reden, die waren freilich älter als der Bauer und die Bäuerin, doch nicht viel, zehn Jahr. Ist das so viel – dachte er – sind sie dem Tod so viel näher, abgelebt es ist bei jedem Wort, als könnt's auch ungeredet bleiben, eine Red eine Gegenred und das wahre Leben vorbei, bei den zweien da drin alles so zutraulich und warmblütig wie bei ganz frischvermälten Leuten. Auf einmal traf's ihn wie wenn ihm ein kalter Tropfen mitten aufs Herz gefallen wäre: sie sprachen von ihm und dem Mädchen, aber auch das war arglos. Was immer das Kind täte, sagte die Frau sie ließe ihrs angehen, denn sie wüßte, hinterm Rücken löffeln würde ihr das Kind nie, dazu sei sie zu freimütig das habe sie von ihm, wie er allezeit ein feuriger Freund und glückliebender Mensch gewesen so sei jetzt durch Gottes Güte das Kind geworden. Nein – sagte der

Mann, das habe sie von ihr – weil sie dieser Mutter Kind sei, darum könne nichts Falsches und Verstohlenes an ihr sein. – Da habe er aber jetzt ein altes Weib an ihr, wo schon die Tochter einem fremden Mann nachgehe, da müsse er sich bald schämen zu ihr zu sein wie ein Liebhaber – Nein, das bewahre Gott, ihm sei sie alleweil die Gleiche, nein vielmehr immer die Liebere – und keine Stund noch hätt es ihn gereut diese achtzehn Jahr – So auch sie; keine Stund noch; ihr sei nur um ihn – und gab seine schöne Stimme zurück: ihm sei nur um sie und die Kinder das wäre ein Einziges mit ihr zusammen – die welche da seien und die andern – so seien doch die zwei alten Leut glücklich zu preisen die der angeschwollene Schwarzbach im April mitgenommen habe zusammen seien sie auf einer Bettstatt dahin geschwommen hätten einander bei den Händen und mitsammen hätt sies in einen Tobel hinuntergerissen und ihr weißes Haar hätt geleuchtet wie Silber unter den Weiden – Das gebe Gott halt denen, die er ausgewählt hätte das sei jenseits von Wünschen u. Bitten – Indem wurde es ganz still im Zimmer, man hörte ein leises sich Bewegen in den Betten, ihm war als küßten sich die beiden, er wollte weg und getraute sichs nur nicht um der vollkommenen Stille willen. Es legte sich schwer auf ihn, daß es zwischen seinen Eltern nicht so schön war, kein so inniger Umgang zwischen ihnen obwohl doch jeder stolz war auf den andern und sie gegen die Welt fest zusammenstanden und empfindlich jedes des andern Ehre und allgemeine Achtung wahrten. Er konnte sichs nicht auflösen was seinen Eltern fehlte, da fingen die beiden drinnen an mitsammen das Vaterunser zu beten, Andres schlich sich fort, jetzt zog es ihn erst recht zu Romanas Tür unwiderstehlich, aber anders als früher, alles war auseinandergetreten in Weiß u. Schwarz, sagte sich das ist einmal mein Haus meine Frau, so lieg ich neben ihr und rede von unsern Kindern, er war jetzt sicher daß sie ihn erwartete ganz in der gleichen Weise wie er jetzt zu ihr ging, für viele unschuldige feurige Umarmungen und ein heimliches Verlöbnis. Er ging mit sichern schnellen Schritten bis zu der Tür, sie war nur angelehnt gab seinem Druck lautlos nach: eine glückliche feurige *(Danach Lücke im Text.)* schlug in ihm auf, ihm war als säße sie wachend im Dunklen, glühte vor Erwartung. Er stand schon mitten im Zimmer da merkte er sie regte sich nicht, ihr Athem ging so lautlos, daß er den seinigen anhalten mußte in gespanntem Horchen und nicht wußte ob sie wach war oder schlief, sein Schatten lag wie festgewurzelt auf dem Fußboden. Fast hätte er vor Ungeduld den Namen geflüstert, kam dann keine Antwort sie geweckt, da durchfuhr es ihn wie ein kaltes Wasser, in einem andern Bett über das ein großer Schrank schwarzen Schatten warf regte sich ein anderer Schläfer, seufzte auf, suchte eine andere Stelle. Der Kopf kam dem Mondlicht nah, weiße gesträhnte Haare, es war die alte Magd die Ausgeberin. Nun mußte er hinaus, zwischen jedem Schritt und dem nächsten lag eine endlose Zeit, er gieng leise wie träumend den mondhellen Gang hinweg in seine Stube. Ihm war so heimlich so wohnlich wie nie in seinem Leben. Er sah auf den rückwärtigen Hof hinaus, über dem Stall hing der Vollmond es war eine spiegelhelle Nacht, der Hund stand mitten im Licht, er hielt den Kopf sonderbar ganz schief, drehte sich in dieser Stellung immerfort um sich selber: es war als erduldete das Tier ein großes Leiden vielleicht war er alt und dem Tode nahe. Andres fiel eine dumpfe Traurigkeit an, ihm war unmäßig betrübt zu Mut über das Leiden der Creatur, wo er doch so glücklich war als werde er in diesem Anblick an den nahe bevorstehenden Tod seines Vaters gemahnt. Er trat vom Fenster weg, nun konnte er wieder an seine Romana denken, nur jetzt ernster und feierlicher da er eben in solcher Weise an seine Eltern gedacht hatte. Er war schnell ausgezogen und zu Bett und in seiner Einbildung schrieb er an seine Eltern. Die Gedanken strömten ihm, alles was ihm einfiel war unwiderleglich, einen solchen Brief hatten sie von ihm noch nie bekommen, sie mußten fühlen, daß er nun kein Knabe war sondern ein Mann.

Wäre er eine Tochter anstatt eines Sohnes so beiläufig fing er an, so wäre ihnen schon lange das Glück zu teil gewesen, in noch rüstigen Jahren Enkel zu umarmen und Kinder ihrer Kinder heranwachsen zu sehen – durch ihn hätten sie auf dieses Glück allzulange warten müssen – das doch eines der reinsten unter allen Glücksfällen des Lebens sei und gewissermaßen selber ein erneutes Leben. Nun hätten sie ihn auf eine kostspielige Reise in fremdes Land ausgeschickt – wozu? um fremde Menschen kennen zu lernen, Landesgebräuche zu beobachten, um sich in den Manieren zu vervollkommnen. Dies alles aber sind nur Mittel und abermals Mittel zum Zweck wieviel besser stünd es wenn sich dieser höchste Zweck selber: der nichts anderes sei: als die Begründung dieses Lebensglückes – mit einem raschen Schritte für immer erreichen lasse: Nun habe er ja durch Gottes plötzliche Fügung das Mädchen gefunden, die Lebensgefährtin, die sein Glück verbürge. Von jetzt an gebe es für ihn nur ein Trachten: an der Seite dieser durch die eigene Zufriedenheit auch die Eltern zufriedenzustellen. Der Brief den er in Gedanken schrieb, war weit über dieser dürftigen Inhaltsangabe. Die beweglichen Worte kamen ihm ungesucht; die schönen Wendungen hingen sich kettenweise aneinander, er redete von dem schönen Besitz der Familie Finazzer und von ihrer altadligen Abstammung ohne Prahlerei auf eine Weise die ihn selbst zufriedenstellte nebenhin und doch mit Nachdruck: Hätte er nur ein Tintenfaß und eine Feder zur Hand gehabt, er wäre aus dem Bett gesprungen und der Brief wär in einem Schwung geschrieben; so aber fing die Müdigkeit an, ihm die schöne Kette auseinanderzulösen, andere Vorstellungen drängten sich dazwischen und lauter widerwärtige und ängstliche.

CAPITELANFANG

Es mochte Mitternacht vorüber sein. Er sank in einen wüsten Traum und aus einem in den andern; alle Demütigungen, die er je im Leben erfahren hatte, alles Peinliche und Ängstigende war zusammengekommen, durch alle schiefen und queren Situationen seines Kindes- und Knabenlebens mußte er wieder hindurch. Dabei floh Romana vor ihm, in seltsamen halb bäurischen halb städtischen Kleidern, bloßfüßig unterm schwarz gefältelten Brocatrock; und es war in Wien, in der menschenbelebten Spiegelgasse, ganz nahe dem Haus seiner Eltern. Angstvoll mußte er ihr nach und mußte doch dies Nacheilen wieder ängstlich verbergen. Sie drängte sich durch die Menschen durch und wandte ihm ihr Gesicht zu, das hölzern und verzogen war. Wie sie weiterhastete, waren ihr die Kleider unordentlich vom Leibe gerissen. Auf einmal verschwand sie in einem Durchhaus, er ihr nach, so gut es der linke

Fuß erlaubt, der unendlich schwer war und sich immer wieder in den Spalten des Pflasters verfing. Nun war er endlich auch in dem Durchhaus, aber er hatte langsam zu gehen und hier blieb ihm keine schreckliche Begegnung erspart. Ein Blick den er als Knabe gefürchtet hatte wie keinen zweiten, der Blick seines ersten Katecheten, schoß durch ihn hindurch und die gefürchtete kleine feiste Hand faßte ihn an, das widerwärtige Gesicht eines Knaben der ihm in dämmernder Abendstunde auf der Hintertreppe erzählt hatte was er nicht hören wollte preßte sich gegen seine Wange und wie er diese mit Anstrengung zur Seite schob lag vor der Tür durch die er jetzt Romana nach mußte ein Wesen und setzte sich gegen ihn in Bewegung: es war die Katze der er einmal mit einer Wagendeichsel das Rückgrat abgeschlagen hat und die so lange nicht hatte sterben können: So war sie noch nicht gestorben nach so viel Jahren! Er sieht den Gang der Jahre indem er vor sich den Vater grau dann weiß werden sieht und der Mutter Gesicht schlaffer und immer bleicher werden Kriechend mit gebrochenem Kreuz wie eine Schlange kommt sie ihm entgegen und er fürchtet über alles ihre Miene wenn sie ihn ansieht. Es hilft nichts er muß über sie weg, den schweren linken Fuß hebt er mit unsäglicher Qual über das Tier dessen Rücken in Windungen unaufhörlich auf und nieder geht, da trifft ihn der Blick des verdrehten Katzenkopfes von unten, die Rundheit des Katzenkopfes aus einem zugleich katzenhaften und hündischen Gesicht, erfüllt mit Wollust und Todesqual in gräßlicher Vermischung – er will schreien, indem schreit es auch drinnen im Zimmer: Er muß sich durch den Wandschrank winden der voll von den Kleidern der Eltern ist, immer gräßlicher schreit es drinnen, wie ein lebendes Wesen, das ein Mörder abtut. Es ist Romana und er kann ihr nicht helfen, es sind der abgetragenen Kleider zu viel die ihn immer wieder *(Danach Lücke im Text.)* die Kleider von den vielen Jahren die nicht weggegeben worden sind. Schweißtriefend windet er sich durch –

Mit klopfendem Herzen saß er wach in seinem Bette es war schon halb hell aber noch vor Tag. Unruhe war im Haus, Türen gingen, im Hof war ein Geräusch von laufenden und einander zurufenden Menschen. Da setzte der Schrei aufs neue ein, der seine träumende Seele aus der Tiefe des Traumes an das fahle Licht emporgezogen hatte. Es war das durchdringende Weinen und Klagen einer Frauenstimme, ein gellendes Jammern, unaufhörlich stoßweise sich erneuernd. Andres war aus dem Bett und zog sich an, aber dabei war ihm zumut wie einem Verurteilten, den das Pochen des Henkers geweckt hat; der Traum hing noch zu sehr um ihn, die gestrige Nacht – ihm war als habe er etwas Schweres begangen und nun komme alles ans Licht. Er lief die Treppe hinab, der Stimme nach, die im ganzen Haus gräßlich hallte. Wenn er dachte es könne Romana sein, so erstarrte ihm das Blut. Dann war ihm wieder, solche Töne könnten aus ihr nicht herauskommen auch wenn sie als eine Märtyrin auf dem Rost liege. Unten im Erdgeschoß lief ein kleiner Gang seitlich der stand voller Knechte und Mägde die zur offenen Tür einer Kammer hinein starrten. Andres trat unter sie und sie ließen ihn durch. Auf der Schwelle zu der Kammer blieb er stehen. Rauch und ein Gestank von Angebranntem schlug ihm entgegen, an den Bettpfosten war eine fast nackte Weibsperson gebunden aus deren Mund die unaufhörlichen gellenden Klagen oder Anklagen hervorbrachen die mit einem Klang wie aus der höllischen Verdammnis bis in die Tiefe von Andres Traum hinuntergelangt hatten. Der Bauer war um die Tobende, die Bäuerin, halb angekleidet; der Altknecht schnitt mit dem Taschenmesser den verknoteten Strick durch der ihre Fußknöchel mit dem Bette verband. Die Handfesseln schon durchschnitten und ein Knebel lagen auf der Erde. Die Obermagd goß Wasser aus einem Krug auf die glosende Matratze und die hinteren verkohlten Bettpfosten und trat die glimmenden Funken in dem Stroh und Reisig aus, das vor das Bette aufgehäuft war. An einer anderen Stelle war das Zimmer unmenschlich verunreinigt. Nun erkannte Andres in der schreienden Gebundenen die junge Magd, die sich gestern mit seinem Bedienten gemein gemacht hatte und nun ahnte er einen gräßlichen Zusammenhang, daß es ihn heiß u. kalt überlief. Das Schreien ließ nach der Zuspruch des Bauern und der Bäuerin schien allmählich auf das vor Angst halb wahnsinnige Geschöpf zu wirken. Zuckend lag sie der Obermagd im Schoß, die sie mit einer Pferdedecke umwickelte. Das verschwollene Gesicht nahm einen menschlicheren Ausdruck an endlich brachen sich die Worte durch das Schreien u. Heulen hindurch Sie fing an auf die

Fragen des Bauern Antwort zu geben, aber jede Antwort wurde wieder zu einem die Seele zerreißenden Schreien, das aus dem aufgerissenen Mund drang und durchs Haus hin schallte. Ob der Mensch sie durch einen Schlag oder sonstwie betäubt habe und dann ihr erst den Knebel in den Mund getan, fragte der Bauer – Welcher Art das Gift gewesen sei das er für den Hund zusammengemischt habe und ob zwischen diesem und dem Augenblick da sie den Knebel aus dem Mund kriegte und schreien konnte eine kurze oder eine lange Zeit verstrichen sei – aber aus dem Mund des Geschöpfes kam nichts anderes heraus als das Entsetzen sie gegen Himmel heulen ließ damit ein strafender Gott es höre: sie so angebunden und vor ihren sehenden Augen das Feuer angemacht und dann hinaus gegangen und sie von außen eingeriegelt und noch durchs Fenster auf sie herein gegrinst und ihrer in ihrer Todesangst gespottet. Hierein mischte sie flehentliche Bitten ihr die schwere Sünde zu verzeihen. Ein Name wurde nicht genannt aber Andres wußte nur zu gut von wem die Rede war. Traumartig als hätte er nun hier gesehen was er wollte ging er durch die Knechte und Mägde durch, die ihm stillschweigend Platz machten; da stand hinter allen in eine Türnische geduckt Romana, halb angezogen mit bloßen Füßen und zitternd: fast so wie ich sie im Traum gesehen habe – dachte es in ihm – Als sie ihn gewahr wurde nahm ihr Gesicht den Ausdruck maßlosen Schreckens an Die Hände streckten sich gegen ihn

Er trat in den Stall, ein junger Knecht war leise hinter ihm dreingegangen vielleicht aus Mißtrauen um ihn zu beobachten. Der Stand worin gestern Andres' Fuchs gestanden hatte war leer, der Braun stand auf den Beinen und sah jämmerlich drein. Der hochgewachsene junge Knecht der ein offenes Gesicht hatte sah Andres an und dieser entschloß sich zu fragen: Hat er sonst noch was angestellt. Derzeit scheints nicht, sagte der Knecht, es sind ihm unser etliche nach – aber sein Pferd ist wohl das schnellere und er mag leicht 2 Stunden Vorsprung haben. Andres sagte nichts. Sein Pferd war dahin und mehr als die Hälfte seines Reisegeldes das in den Sattel eingenäht war. Das aber schien ihm das geringere vor der Schmach, wie er jetzt dastünd vor den Bauersleuten, denen er dies scheußliche Gräul ins Haus gebracht hatte. Das Sprichwort wie der Herr so der Knecht fiel ihm ein und blitzschnell die Umkehrung, daß er wie von Blut übergossen vor dem ehrlichen Gesicht des Burschen dastand. Das Pferd da ist auch bei uns gestohlen sagte dieser und zeigte auf den Braun. Der Herr Finazzer hats gleich gewußt aber er hats Ihnen vorerst nicht sagen wollen. Andres antwortete nicht: er ging die Treppe hinauf und ohne das Geld zu zählen das ihm geblieben war nahm er so viel zu sich, als ihm nötig schien um dem Finazzer sein gestohlen Gut wiederzuerstatten. Und da er keinen Anhalt hatte wie viel ein Klepper wie der Braun unter den Bauern wert sein könne, so steckte er auf jeden Fall so viel zu sich, als er in Villach dafür bezahlt hatte. Dann stand er eine ganze Weile in unbewußten Gedanken vor dem Tisch in seinem Zimmer und endlich ging er hinunter das Geschäft abzumachen. Er mußte warten bis er mit dem Bauern reden konnte denn es waren eben die drei Knechte eingeritten und berichteten, was sie ausgespäht und was sie von begegnenden Hirten und Landgehern in Erfahrung gebracht hatten: aber es gab wenig Aussicht, daß man des Hallunken werde habhaft werden können. Der Bauer war freundlich und gelassen, Andres um so verlegener. Wollen Sie denn das Pferd behalten fragte er, und mir aufs neue abkaufen: denn ich weiß wohl daß Sie ehrlich bezahlt haben werden. Andres verneinte. Wenn nicht wie soll ich von Ihnen Geld nehmen sagte er, Sie haben mir ein gestohlenes Gut ins Haus zurückgebracht und mich überdies ein schlechtes Stallmensch kennen gelehrt daß ich sie aus dem Haus und vor die Gerichte bringen kann bevor sie mir ärgeres anstellt. Sie sind ein unerfahrener junger Herr und unser Herr Gott hat sichtbar seine Hand über Sie gehalten: die Magd hat eingestanden, sie hat beim Zusammensein auf der Schulter des Halunken ein Brandmal gesehen, und sie meint hätte er diesen ihren Blick nicht aufgefangen, über den er im Augenblick vor verbissener Wut bleich wurde wie die Wand, so hätte er ihr nicht so viehisch mitgespielt. Danken Sie Ihrem Schöpfer daß er Sie davor bewahrt hat mit diesem entsprungenen Mordbuben eine Nacht im Wald zu verbringen. Wenn Sie weiter nach Italien wollen, wie Sie gestern gesagt haben, so kommt heute abend ein Fuhrmann hier durch der bringt Sie bis Villach und von dort findet sich eine Gelegenheit hinunter ins Venetische einen Tag über den andern.

Der Fuhrmann kam erst den nächsten Abend und so verbrachte Andres noch 2 Tage auf dem Finazzer-Hof.

(DER DRITTE UND VIERTE TAG IN KÄRNTEN)

Es war ihm schlimm, daß er dem Bauern nach dieser Sache noch zur Last liegen mußte, ihm war zumut wie einem Gefangenen. Er schlich im Haus herum, die Leute gingen ihrer Arbeit nach, auf ihn achtete niemand. Den Bauern sah er von weitem durchs Fenster auf sitzen und wegreiten, die Bäuerin kam ihm nicht zu Gesicht. Er ging aus dem Haus und die Wiesen hinan hinterm Gehöft. Die Wolken hingen regungslos ins Thal herein, alles war trüb und schwer, öd wie am Ende der Welt. Er wußte nicht wohin gehen, setzte sich auf einen Stoß geschichteter Balken, die da lagen. Er wollte sich ein anderes Wetter denken. Ihm war, als könne dies Tal hier nur so aussehen. Und doch war ich gestern hier so glücklich! dachte er. Er wollte sich Romanas Gesicht hervorrufen konnte es nicht und ließ es auch gleich sein. So etwas kann nur Dir passieren hörte er die Stimme seines Vaters sagen, so scharf und deutlich als wäre es außer ihm; er stand auf that ein paar träge Schritte die Stimme sagte es noch einmal, er blieb stehen: Er wollte sich dagegen auflehnen Warum glaub ich es selbst? grübelte er und ging langsam mit widerstrebendem Fuß den Pfad hinauf und doch war es ihm fürchterlich weil er ihn gestern gegangen war: nur das unerträgliche Gefühl des Gestern darauf ruhte, der Nachmittagstunde auf die dann der Abend die Nacht und diese Morgenstunde gefolgt waren. Warum weiß ichs selber, daß mir das hat passieren müssen? Darüber grübelte er und hie und da warf er auf die bewaldeten Abhänge drüben in denen der Nebel herumhing einen Blick wie ein Gefangener auf die Wände seines Kerkers. Zwischen diesem dumpfen Grübeln zählte er die Ausgaben der vier Reisetage von Wien bis Villach zusammen, die ihm jetzt außer allen Maßen groß erschienen: dann die Ausgaben für das zweite Pferd die Verzehrung für den Zwischentag und den gestohlenen Betrag. Dann rechnete er die Summe aus oesterreichischem in venezianisches Geld um: in Zechinen erschien sie ihm dürftig genug, aber in

Dublonen gar so bettelhaft daß er verzagt stehen blieb und vor sich hin sann, ob er umkehren sollte oder weiterreisen. Nach dem wie ihm zumut war wäre er umgekehrt aber das hätten die Eltern nicht vergeben: die Anstalten waren gemacht so viel Geld war ausgegeben und für nichts und wieder nichts. Er meinte zu fühlen daß es den Eltern nicht um ihn ging und daß es ihm Freude machte, sondern um die Repräsentation und das Ansehen: die Gesichter der Bekannten und der Verwandten tauchten vor ihm auf, es waren hämische und aufgeblasene darunter, gleichgiltige und auch freundliche, aber nicht eines bei dem ihm die Brust weiter geworden wäre. Der Großvater Ferschengelder fiel ihm ein, der Andreas geheißen hatte wie er und wie der einst einmal vom väterlichen Hof weg die Donau hinab gegen Wien marschiert war mit nicht mehr als einem Silbersechser im Schnupftuch und es zum Kaiserlichen Leiblakai und zum Edler von brachte. Er war ein schöner Mann gewesen und der Andreas hieß es hatte von ihm die Statur aber bei weitem nicht das Auftreten.

Der Vorwurf fiel ihm ein vom Großvater, auf dem der Stolz der Familie ruhte, habe er wenig an sich, aber der Onkel Leopold schlage ihm ins Genick der sei auch als Kind viel mißmutig und träumerisch gewesen und habe sich dann zu einem gewaltthätigen unglücksälgen Menschen ausgewachsen, der das Vermögen verringerte, die Familienehre nicht zu wahren wußte und über alle die mit ihm zu tun hatten nichts als Kummer und Beschwerden brachte. Die stämmige Figur des Onkels Leopold stand vor ihm das rote Gesicht die kugeligen Augen, er sah ihn aufgebahrt, 12 Kerzen brannten, das Ferschengelderwappen auf ein Holz gemalt lehnte zu Füßen des Bettes: bei einer Tür die der Bediente aufriß, trat die kinderlose rechte Frau herein, die geborene della Spina, ein Taschentuch in den schönen vornehmen Händen bei der anderen halboffenen Tür rückte sich die andere illegitime herein, die bäurische mit dem runden Gesicht und dem hübschen Doppelkinn hinter der ihre 6 Kinder einander bei der Hand hielten und ängstlich an der Mutter vorbei auf ihren todten Herrn Vater hinschauten – und wie es Betrübten und Verfinsterten zu gehen pflegt, in der Erinnerung beneidete Andres den Todten.

Im Herabgehen fing er wieder zu rechnen an, um wieviel das

Ferschengelderische Anteil sich geschmälert hatte, er rechnete nach welchen Teil vom jetzigen Jahreseinkommen seine Reise verschlinge und machte sich hypochondrische Gedanken ums Gespräch der Eltern. Am Mittagstisch fand er seinen Platz bereit, aber zu oberst saß heute die weißhaarige Magd und teilte aus, nicht nur der Bauer fehlte auch die Bäuerin und Romana. Andres war, er habe es immer gewußt, und er fühlte daß er Romana nicht mehr sehen werde. Er aß schweigend, die Dienstleute redeten unter einander aber keiner berührte das Geschehnis der Nacht mit einem Wort. Nur daß der Bauer auf Villach geritten sei um bei dem Gerichtshalter vorzusprechen wurde erwähnt: der Altknecht sagte, indem er aufstand, über Tisch zu Andres, der Bauer lasse ihm sagen, es sei möglich daß der Fuhrmann auch erst morgen durchkomme, in diesem Fall möge Andres sich so lange gedulden und vorlieb nehmen.

Es war ein trüber stiller Nachmittag. Andres hätte was gegeben für einen einzigen Windstoß. Aus dem Nebel hatten sich große und kleine Wolken geballt, sie hingen da regungslos wie von Ewigkeit zu Ewigkeit. Andres ging wieder den Pfad hinauf gegen das Dorf. Hinunter zu gehen ekelte ihn, den Rückweg bergauf immer den Finazzerhof vor sich hätte er nicht vertragen. Auf der anderen Thalseite wußte er keinen Weg. Hätte er einen Gefährten gehabt, nur einen Bauernhund oder irgendein Tier. Das habe ich mir für alle Zeiten verwirkt, dachte er. Ihm kam kein anderer Gedanke als ein quälender. Er sah sich als zwölfjährigen Knaben, sah daß das Hündlein das ihm zugelaufen war, ihm auf Schritt und Tritt folgte. Die Demuth mit der es in ihm von der ersten Begegnung an seinen Herrn erblickte, war unbegreiflich, die Freude, die Seligkeit mit der es sich bewegte wenn er es nur ansah. Meinte es, sein Herr zürne, so warf es sich auf den Rücken, zog die Beinchen angstvoll an sich, gab sich ganz preis, mit einem unbeschreiblichen Blick von unten her. Eines Tages sah es Andres in der gleichen Stellung vor einem fremden großen Hund, die er geglaubt hatte es nehme sie einzig gegen ihn ein um seinen Zorn zu beschwichtigen und sich seiner Gnade zu empfehlen. Die Wut stieg ihm auf, er rief das Hündlein zu sich. Schon auf zehn Schritte wurde es seine zornige Miene gewahr es kam kriechend heran, den zitternden Blick auf Andres

Gesicht geheftet. Er schmähte es eine niedrige und feile Creatur unter der Schmähung kam es näher u. näher: ihm war da habe er den Fuß gehoben und traf das Rückgrat von oben mit dem Schuhabsatz. Ihm war – das Hündlein gab einen kurzen Schmerzenslaut und knickte zusammen, aber es wedelte ihm zu. Er drehte sich jäh um und ging weg, das Hündlein kroch ihm nach, das Kreuz war gebrochen, trotzdem schob es sich seinem Herrn nach wie eine Schlange. Er blieb endlich stehen da heftete das Hündlein einen Blick auf ihn und verschied wedelnd. Ihm war unsicher ob ers gethan hatte ob nicht; aber es kommt aus ihm. So rührt ihn das Unendliche an. Die Erinnerung war martervoll, trotzdem wandelte ihn Heimweh an nach dem zwölfjährigen Knaben Andres der das begangen hatte. Alles schien ihm gut was nicht hier war; alles lebenswert, außer der Gegenwart. Auf seltsamem Wege war über ihn Wohllust herabgeströmt Er sah unten einen Kapuziner die Straße hinwandern an einem Kreuz kniete er nieder, wie wohl mußte dieser unbeschwerten Seele sein; er flüchtete mit seinen Gedanken in die Gestalt, bis sie ihm an einer Wendung der Straße entschwand. Dann war er wieder allein. Das Tal war ihm unerträglich. Er kletterte zum Wald empor. Zwischen den Stämmen war ihm wohler, feuchte Zweige schlugen ihm ins Gesicht, er sprang dahin, im tiefen Boden unter ihm knackten morsche Äste, er richtete seine Sprünge so ein, daß er sich jedesmal hinter einem starken Stamm verbarg, zwischen den Tannen waren schöne alte Laubbäume Buchen und Ahorn, hinter jedem von diesen versteckte er sich, dann sprang er weiter: endlich war er sich selber entsprungen wie einem Gefängnis, er stürmte in Sprüngen dahin, er wußte nichts von sich als den Augenblick, bald meinte er, er wäre der Onkel Leopold, der wie ein Faun in Wald sprang einer Bauerndirn nach, bald er wäre ein Verbrecher und der Mörder wie der Gotthelf, dem die Häscher nachsetzten. Aber er verstand sich zu retten – ein Fußfall vor der Kaiserin Was enthüllt er der Kaiserin ein abenteuerliches Ich

Auf einmal fühlte er, daß wirklich ein Mensch in der Nähe war, der ihn beobachtete. Auch das wurde vergellt! Er duckte sich hinter einen Haselstrauch und blieb regungslos wie ein Tier. Der Mensch auf der kleinen Waldblöße, fünfzig Schritt vor ihm spähte in den Wald hinein. Als er eine Weile nichts hörte, fuhr er in seiner Arbeit fort. Er grub. Andres sprang ihn an, von Baum zu Baum. Wenn ein Zweig knackte, sah der draußen von seiner Arbeit auf, aber Andres kam ihm schließlich ganz nahe. Es war einer von den Knechten aus Castell Finazzer: er begrub den Hofhund, warf dann die Erde wieder in das Grab, glättete es mit der Schaufel und ging weg.

Andres warf sich auf das Grab und blieb lange liegen in dumpfen Gedanken: Hier! sagte er vor sich hin: Hier! Das viele Herumlaufen ist unnütz, man lauft sich selber nicht davon, bald ziehts einen dorthin, bald zerrts einen dahin, mich haben sie diesen weiten Weg geschickt, endlich endet er auf irgendeinem Fleck, halt auf diesem! Zwischen ihm und dem todten Hund war was, er wußte nur nicht was, so auch zwischen ihm und Gotthelf, der schuld an dem Tod des Thieres war – andererseits zwischen dem Hofhund und jenem andern das lief alles so hin und her, daraus spann sich eine Welt, die hinter der Wirklichen war und nicht so leer und öd wie die. Dann staunte er über sich: Wo komme ich her? und ihm war, da läge ein anderer, in den müßte er hinein, habe aber das Wort verloren.

Der Abend war eingefallen, ohne einen Streifen Rot am Himmel, ohne irgend ein Zeichen, in dem die Schönheit der wechselnden Tageszeit sich auswirkt. An den hängenden Wolken trat ein ödes schwärzliches Dunkel hervor und es fing aus der Nebelluft still auf den Daliegenden zu regnen an. Ihn fror, er hob sich auf und gieng hinab.

NEUES CAPITEL

In seinem Traum die gleiche Nacht schien die Sonne, er gieng tiefer und tiefer in einen hohen Wald hinein, und fand Romana. Der Wald leuchtete je tiefer je mehr, im Mittelsten wo alles am dunkelsten und leuchtendsten war fand er sie sitzen auf einer kleinen Inselwiese, die von leuchtendem Wasser umronnen war. Sie war im Heuer eingeschlafen, die Sichel und Rechen lagen nahe bei ihr. Als er über das Wasser stieg saß sie auf und sah ihn an, aber fremd. Er rief sie an: Romana siehst Du mich, so leer ging ihr Blick. O ja freilich, sagte sie mit einem sonderbaren Blick, weißt Du ich weiß nicht wo der Hund begraben liegt ihm war seltsam er mußte lachen über ihre Rede so witzig schien sie ihm, sie ging ängstlich vor ihm zurück, übertrat sich mit den Füßen ins aufgehäufte Heu und sank halb zu Boden wie ein verwundetes Reh. Er war dicht bei ihr und fühlte sie hielt ihn für den bösen Gotthelf – und doch wieder nicht für den Gotthelf. Ganz sicher war auch ihm nicht wer er war Sie flehte zu ihm, er solle sie doch nicht nackt vor allen Leuten ans Bett binden und sich nicht davon machen auf gestohlenem Pferd. Er faßte sie, er nannte sie zärtlich beim Namen, ihre Angst war gräßlich. Er ließ sie los, da rutschte sie auf den Knien ihm nach: Komm nur wieder rief sie flehentlich ich gehe mit Dir und wärs unter den Galgen der Vater will mich einsperren die Mutter hält mich, die todten Brüder und Schwestern wollen sich auch anhängen, aber ich mache mich los, ich lasse sie alle und komme zu Dir. Er wollte zu ihr, da war sie verschwunden. Verzweifelnd stürzte er in den Wald, da kam sie ihm entgegen zwischen 2 schönen Ahornbäumen, fröhlich und freundlich als wäre nichts geschehen, ihre Augen leuchteten seltsam ihre nackten Füße glänzten auf dem Moos und der Saum ihres Rockes war naß. Was bist denn Du für eine rief er ihr staunend entgegen. So eine halt sagt sie und hält ihm den Mund hin. Nein so eine – ruft sie wie er sie umfassen will und schlägt mit dem Rechen nach ihm. Sie traf ihn an der Stirn es gab einen scharfen hellen Schlag, wie gegen eine Glasscheibe. Er fuhr auf und war wach.

CAP.: DER DRITTE TAG

Er wußte daß er geträumt hatte, aber die Wahrheit in dem Traum durchfuhr ihn mit Glück bis in die letzte Ader. Romana's innerstes Wesen hatte sich ihm angekündigt mit einem Leben, das über den Wirklichkeit war. In ihm oder außer ihm, er konnte sie nicht verlieren. Er hatte das Wissen noch mehr er hatte den Glauben, daß sie für ihn da war. Alle Schwere war weggeblasen. Er trat in die Welt zurück wie ein Seliger. Ihm war sie stand vielleicht unten hatte einen Stein an die Glasscheibe geworfen ihn dadurch geweckt. Er lief ans Fenster, da war ein Sprung in der Scheibe: im Fensterrahmen lag ein todter Vogel. Er ging langsam zurück, den Vogel in der Hand, den er auf sein Kopfkissen legte; der kleine Leichnam durchströmte seinen Puls mit Wonne, ihm war er hätte leicht dem Tier das Leben zurückgeben können wenn er es nur an sein Herz genommen hätte. Er saß auf dem Bette in tausend strömenden Gedanken: er war glücklich. Sein Leib war ein Tempel in dem Romanas Wesen wohnte, und die verrinnende Zeit umflutete ihn und spielte an den Stufen des Tempels. Im Haus war zuerst alles still es war grauender Morgen und der Regen fiel. Als er aus seiner träumenden Entrücktheit hervorstieg war es windig und hell, im Haus war alles geschäftig, er ging hinunter ließ sich ein Stück Brot geben und trank am Brunnen. Er strich im Haus herum, niemand beachtete ihn, wo er ging und stand war ihm wohl: seine Seele hatte einen Mittelpunkt. Er aß mit den Leuten, der Bauer war noch nicht zurück, von der Bäuerin und Romana redete niemand. Nachmittags kam der Fuhrmann, er war bereit Andres mitzunehmen, aber nach dem Gang seiner Geschäfte mußte er noch vor Abend aufbrechen: übernachten würden sie im nächsten Dorf thalab. Ein frischer Wind blies zum Thal herein schöne große Wolken zogen querüber und gegens Land war es leuchtend hell. Ein Knecht trug den Mantelsack und das Felleisen hinunter zum Wagen, Andres folgte ihm, unten an der Treppe kehrte er wieder um, eine innere Stimme sagte ihm, jetzt stünde Romana wartend oben in seinem leeren Zimmer. Als er über die Schwelle trat und sie nicht da war, konnte er es kaum begreifen, er sah in alle Ecken, als könnte sie sich in der getünchten Wand verborgen haben. Mit gesenktem Kopf ging er wieder hinunter unten stand er lange unschlüssig und horchte: draußen redeten die Knechte die dem Fuhrmann einspannen halfen. Andres fühlte ein Engerwerden um die Brust. Ohne seinen Willen trugen ihn die Füße in den Stall. Der Braun stand da und fraß mit trübseligem Gesicht und zurückgelegten Ohren, ein paar von den Bauernpferden drehten sich in ihrem Stand nach dem Eintretenden um. Andres stand eine unbestimmte Zeit in dem dämmernden Raum und horchte auf das Zwitschern. Da fuhr durch das kleine vergitterte Fenster ein goldener Strahl schräg hindurch bis gegen die Stalltür und blieb so, eine Schwalbe glitt aufleuchtend hindurch und hinter ihr Romanas Mund offen feucht und zuckend vor unterdrücktem Weinen. Kaum begriff er daß sie jetzt leibhaftig vor ihm stand: aber er begriff es doch und die Überfülle lähmte alle seine Glieder Sie war bloßfüßig, die Zöpfe herunterhängend, als wäre sie aus dem Bett gesprungen, zu ihm gelaufen. Er konnte und er wollte nichts fragen, nur seine Arme hoben sich ihr halb entgegen. Sie kam nicht auf ihn zu, sie wich ihm auch nicht aus, sie war ihm so nahe als wäre sie in ihm, dabei schien es wieder als sähe sie ihn gar nicht. Jedenfalls blickte sie ihn nicht an. Auch er tat nichts um sich ihr zu nähern. Aus ihrem Mund wollte ein Wort hervor, aus ihren Augen die Thränen, sie riß unablässig an ihrer dünnen silbernen Halskette als ob sie sich erdrosseln wollte und entzog sich ihm dabei völlig; es war als ob der Schmerz jetzt mit ihr ein Spiel spielte, darüber sie die Nähe Andres gar nicht fühlte. Endlich riß die Kette, ein Stück glitt ihr ins offene Hemd, das andere blieb ihr in der Hand. Dieses drückte sie Andres von oben her auf den Handrücken, ihr Mund zuckte als müßte ein Schrei heraus und könnte nicht sie lehnte sich gegen ihn etwas drückte sie, ihr Mund der feucht u. zuckend war küßte den seinen, da war sie davon. Die silberne Kette war von Andres Hand hinabgeglitten, er hob sie aus dem Stroh – er wußte nicht sollte er ihr nach   alles ging in der Welt vor und zugleich mitten in seinem Herzen wo noch nie ein Fremdes ihn durchschnitten hatte – da hörte er, die draußen suchten ihn, wer wurde nach ihm die Treppe hinaufgeschickt. Nun mußte sich alles entscheiden. Jetzt alles umstoßen? dachte er blitzschnell sagen ich bleibe da, das Gepäck abnehmen lassen; die Knechte bedeuten ich habe mich anders besonnen? wie war denn das möglich? und wie konnte er vor den Finazzer, auch nur vor die Bäuerin hintreten? mit welcher Rede   mit was an Begründung? Wer hätte er sein müssen um sich eine solche Handlungsweise zu erlauben und sich dann in einer solchen blitzartig veränderten Lage zu behaupten? Er saß schon auf dem Frachtwagen, die Pferde zogen an, er wußte nicht wie. Eine Zeit muß vergehen, hier bleiben kann ich nicht, aber wieder kommen kann ich, dachte er, und bald als der gleiche und als ein anderer. Er fühlte die Kette zwischen seinen Fingern, die ihm versicherte daß alles wirklich war und kein Traum. Der Wagen rollte bergab, vor ihm war die Sonne, und das erleuchtete weite Land, hinter ihm das enge Tal mit dem einsamen Gehöft, das schon im Schatten lag. Seine Augen sahen nach vorn aber mit einem leeren kurzen Blick, die Augen des Herzens schauten mit aller Macht nach rückwärts.

Die Stimme des Fuhrmanns riß ihn aus sich, der mit der Peitsche nach oben zeigte, wo in der reinen Abendluft ein Adler kreiste. Nun wurde Andres erst gewahr, was vor seinen Augen lag. Die Straße hatte sich aus dem Bergthal herausgewunden und jäh nach links hin gewandt: hier war ein mächtiges Thal aufgethan, tief unten wand sich ein Fluß, kein Bach mehr, dahin, darüber aber, jenseits, der mächtigste Stock des Gebirges, hinter dem, noch hoch oben, die Sonne unterging. Ungeheuere Schatten fielen in das Flußthal hinab, ganze Wälder in schwärzlichem Blau starrten an dem zerrissenen Fuß des Berges, verdunkelte Wasserfälle schossen in den Schluchten hernieder, oben war alles frei, kahl, kühn emporsteigend, jähe Halden Felswände, zu oberst der beschneite Gipfel, unsagbar leuchtend und rein. Andres war zumut wie noch nie in der Natur, ihm war als wäre dies mit einem Schlag aus ihm selber hervorgestiegen: diese Macht dies Empordrängen, diese Reinheit zu oberst. Der herrliche Vogel schwebte oben allein noch im Licht mit ausgebreiteten Fittichen zog er langsame Kreise, der sah alles, von dort wo er schwebte sah er noch ins Finazzerthal hinein und der Hof, das Dorf, die Gräber von Romanas Geschwistern waren seinen durchdringenden Blicken nahe wie diese Bergschluchten, in deren bläuliche Schatten er hinabäugte nach einem jungen Reh oder einer verlaufenen Ziege. Andres umfing den Vogel, ja er schwang sich auf zu ihm mit einem beseligten Gefühl. Nicht in das Tier hinein zwang es ihn diesmal, nur des Tieres höchste Gewalt und Gabe fühlte er auch in seine Seele fließen. Jede Verdunkelung, jede Stockung wich von ihm. Er ahnte, daß ein Blick, von hoch genug, alle Getrennten vereinigt und daß die Einsamkeit nur eine Täuschung ist. Er hatte Romana überall – er konnte sie in sich nehmen, wo er wollte. Jener Berg, der vor ihm aufstieg und dem Himmel entgegen pfeilerte, war ihm ein Bruder und mehr als ein Bruder; wie jener in gewaltigen Räumen das zarte Reh hegte, mit Schattenkühle es deckte, mit bläulichem Dunkel es vor dem Verfolger barg, so lebte in ihm Romana. Seine Seele hatte einen Mittelpunkt. Er sah in sich hinein und sah Romana niederknien und beten: sie bog ihre Knie wie das Reh wenn es sich zur Ruh bettet, die zarten Ständer kreuzt und die Geberde war ihm unsagbar. Kreise lösten sich ab. Er betete mit ihr und wie er hinübersah war er gewahr daß der Berg nichts anderes war als sein Gebet. Eine unsagbare Sicherheit fiel ihn an: es war der glücklichste Augenblick seines Lebens.

V CAPITEL. 3 NEUE BEKANNTSCHAFTEN

Als er zu seinen Hausleuten herunterkam, fand er das Mädchen Zustina mit einem kleinen Mann in mittleren Jahren dessen Gesicht durch eine fast halbmondförmig gekrümmte Nase ein verwegenes und besonderes Aussehen erhielt und der in einem baumwollenen Schnupftuch etwas in der Hand trug wovon das Zimmer mit Fischgeruch erfüllt wurde. Nein, es geht wirklich nicht, was Sie sich von den Leuten aufschwätzen lassen, hörte er sie sagen. Wenn es ein anderer Tag wäre, würde ich es vor der Mutter verantworten aber heute müssen Sie mir wieder herunter. Und vergessen Sie dann auch den Tapezierer nicht. Verhandeln Sie es mit ihm Punkt für Punkt genau so wie ich gesagt habe. Die Ziehung ist genau eine Woche nach Mariä Geburt also muß der Altar am Abend vorher geliefert sein. Fehlt das geringste so wird ihm ein halber Silberducaten abgezogen. Genau wie einen Frohnleichnamsaltar will ichs haben vorn eine Draperie mit Guirlanden und in die Mitte zwischen frischem Blumenarrangement kommt die Urne aus der die Lose gezogen werden. Für die Aufstellung darf er nichts separat rechnen, beim Zurichten u. Decorieren muß Zorzi helfen. Jetzt gehen Sie und richten es so aus, daß man Sie beglückwünschen muß. Und lassen Sie mir Ihr Ausgabenbuch da, ich werde es durchsehen Der Alte entfernte sich, als Andres eintrat. Da sind Sie ja sagte Zustina, Ihr Gepäck liegt schon unten, Zorzi wird Leute holen die es heraufschaffen. Dann wird er Ihnen ein gutes Caféhaus zeigen und Sie wenn Sie wollen zu meiner Schwester begleiten, die sich sehr freuen wird Ihre Bekanntschaft zu machen. Zu solchen Diensten ist er gut, setzte sie hinzu im übrigen aber ist es durchaus nicht nötig daß Sie gleich Ihren Vertrauten aus ihm machen. Das ist übrigens Ihre Sache, es gibt allerlei Menschen auf der Welt und jeder muß sehen wie er sich durchfindet. Ich sage: man muß die Welt nehmen wie sie ist. Sie lief zum Herd, sah in der Röhre nach, begoß den Braten: ein paar Kleidungsstücke die der Mutter und den Knaben zu gehören schienen, verschwanden in einem großen Schrank; sie jagte die Katze vom Speisebrett und besorgte einen Vogel der im Fenster hing. Eines wollte ich Ihnen auch sagen, fuhr sie fort und blieb einen Augenblick vor Andres stehen: ich weiß nicht ob Sie eine größere Summe Geldes bei sich tragen oder einen Brief an Ihren Bankier. Wenn es das erstere ist, so geben Sie es einem Geschäftsfreund oder wen immer Sie hier in der Stadt kennen zum Aufheben. Nicht als ob es unehrlich Leut im Hause gebe aber ich will keine Verantwortung haben. Ich habe genug zu tun, das Haus in Ordnung zu halten, meine 2 Brüder zu unterrichten und für meinen Vater zu sorgen: denn meine Mutter ist meist auswärts beschäftigt. Auch können Sie denken daß mir die Vorbereitung für die Lotterie Mühe und Denken genug kostet. Wie leicht beleidigt man ... Sie müssen entschuldigen daß es uns nicht möglich ist, Ihnen ein Loos anzubieten obwohl Sie bei uns wohnen, aber Sie sind ein Fremder und in einem solchen Punkt sind unsere Protectoren sehr genau. Sie rechnete unterweilen stehend das kleine Ausgabenbuch nach und bediente sich dazu eines kleinen Bleistifts den sie in irgend einer Locke ihres Toupet's verborgen gehabt hatte: denn sie war frisiert wie zu einem Ball mit einem hohen Toupet und trug zu den Pantoffeln einen Taffetrock mit Silberspitzen, oben aber eine carrierte Hausjacke die ihr viel zu weit war und den reizenden, schlanken gar nicht kindischen Hals völlig zeigte. Ihre Augen gingen unterm halblauten Rechnen, mit dem sie ihr Reden unterbrach, bald auf Andres bald auf den Herd, bald auf die Katze. Auf einmal schoß ihr etwas durch den Kopf sie flog ans Fenster bog sich weit hinaus und rief durchdringend hinunter: Graf Gasparo! Graf Gasparo! Hören Sie mich noch? Ich muß Ihnen noch etwas sagen.

Hier bin ich sagte der Herr mit der Hakennase und den Fischen und trat unvermutet durch die Tür ins Zimmer. Was schreist Du nach mir durchs Fenster. Hier stehe ich: und er wandte sich zu

Andres: Ich habe soeben unten erst vernommen daß Sie der ansehnliche junge Fremde sind, den ich die Ehre habe als meinen Gast zu begrüßen. Ich wünsche Ihnen und uns, es möge Ihnen unter unserem bescheidenen Dache wohlergehen. Sie bewohnen die Zimmer meiner Tochter Nina. Sie kennen sie noch nicht und so können Sie den Beweis der Hochschätzung und des Vertrauens noch nicht ermessen, den wir Ihnen geben, indem wir dieses Appartement zu Ihrer Verfügung stellen. Die Wohnung eines solchen Wesens ist wie das Kleid eines Heiligen an dem Kräfte haften. Was immer Sie in dieser Stadt erleben werden und Sie sind hergekommen um Erlebnisse und Erfahrungen zu sammeln, in diesen 4 Wänden wird die Ruhe des Gemüts und das Gleichgewicht der Seele Ihnen zurückkehren. Die Luft selber in diesen Zimmern atmet, wie soll ich sagen, eine unüberwindliche Tugend. Lieber zu sterben, als diese Tugend zu opfern, war der eherne Vorsatz meines Kindes. Ich mein Herr war weder im Stand meine Tochter in einer solchen Gesinnung zu bestärken noch sie dafür zu belohnen. Ich bin eine gescheiterte Existenz, herabgestürzt in Stürmen von der Höhe meiner Familie. Er berührte Andres Arm mit seiner Hand, die weiß und außerordentlich wohlgeformt nur zu klein für einen Mann und dadurch unerfreulich war. Er trat zurück und ließ die Hand mit einer unnachahmlichen Geberde sinken. Mit einer Verneigung verließ er das Zimmer. Zustinas Gesicht strahlte vor Bewunderung über die Rede des Grafen. Wirklich war die Art wie er die wenigen Sätze vorgebracht hatte ein Meisterwerk von Anstand und Abstufung. Der Ältere sprach zum Jüngeren, der Hausherr zu seinem Gast, der vom Leben geprüfte Greis väterlich zu einem ungeprüften Jüngling und ein venezianischer Edelmann zu einem Edelmann: das alles war darin. Was sagen Sie dazu wie mein Vater sich ausdrückt? fragte sie Über dem aufrichtigen und kindlichen Vergnügen, das sie empfand, schien sie vergessen zu haben daß sie den Vater um irgend einer Sache willen zurückgerufen hatte. So findet er in jeder Lage rief sie mit leuchtenden Augen, das richtige Wort. Er hat viel Unglück gehabt und viele Feinde aber seine großen Talente kann ihm niemand abstreiten.

War sie früher quecksilbern und eifrig gewesen, aber dabei trokken, so war sie nun erst ganz belebt von innen heraus, ihre Augen leuchteten und ihr Mund bewegte sich mit einem unbeschreiblichen kindhaften Eifer. Etwas an ihr ließ an ein Eichhörnchen denken doch war sie eine resolute brave kleine Frau Nun kennen Sie also auch meinen Vater, und ehe eine Stunde vergeht werden Sie meine Schwester kennen lernen und sicher auch einige ihrer Freunde. Der vornehmste darunter ist der Herzog von Camposagrado, der spanische Gesandte. Er ist ein so großer Herr daß wenn der König von Spanien mit ihm spricht so setzt er seinen Hut auf Erschrecken Sie nicht wenn Sie ihn sehen er sieht aus wie ein wildes Tier, aber er ist ein sehr großer Herr. Sie hielt inne. Da hat sie einen unter ihren Freunden der mir selbst gefiele – aber wozu von mir sprechen. Es ist ein oesterreichischer Hauptmann, ein Slawonier, dh. er besitzt ein oesterreichisches Hauptmannspatent und hat Privilegien für die Vieheinfuhr für ungarische und stairische Ochsen über Triest, ein schönes Geschäft und er ist auch ein schöner Mann und in Nina verliebt über alle Begriffe. Denken Sie daß er nie vom Tisch aufsteht ohne auf ihr Wohl zu trinken und daß er dann jedesmal sein Glas durch die Scheiben in den Canal oder gegen die Mauer wirft wenn es aber ein besonderer Tag ist, so zerschlägt er in der gleichen Weise alles Glas was auf dem Tisch ist und alles Nina zu Ehren. Natürlich bezahlt er dann die Gläser. Ist das nicht eine Bestialität aber in seinem Land ist das größte Höflichkeit Er ist ein großer Spieler – nun Sie werden ihn selbst kennen lernen und werden leben wie die andern. Wäre er mein Mann würde ich ihms schon abgewöhnen. Eines aber, fuhr sie fort, und sah ihn ernsthaft u. wichtig an mit einem reizenden Ausdruck, wenn Sie Händel bekommen, Mißverständnisse, Zank und Streit, so setzen Sie Ihren Willen durch lassen Sie sich nicht durch Thränen herumkriegen, weder durch die Thränen von Weibern noch von Männern. Das ist eine läppische Schwachheit, die ich nicht leiden kann. Aber ich spreche nicht von Ninas Thränen. Ninas Thränen sind echt wie Gold. Wenn sie weint, da ist sie wie ein kleines Kind: man hat nicht das Herz ihr zu versagen was sie sich wünscht. Denn sie hat ein zehnmal besseres Herz als ich obwohl sie schon 23 ist und ich noch nicht sechzehn. Aber was kann es Sie interessieren setzte sie mit einem schelmischen Blick hinzu indem sie den Vogel am Fenster versorgte mich über mich reden zu hören. Dazu sind Sie nicht nach Venedig gekommen. Gehen Sie hinunter, Zorzi wird unten stehen und auf Sie warten. Andres war schon auf der Treppe als sie ihm nachkam: Noch eines – es ist mir nur so durch den Kopf gegangen. Sie sehen gutmütig aus und einen Gutmütigen muß man beim ersten Schritt warnen Lassen Sie sich niemals von einem anderen Wechsel zum acceptieren aufschwätzen, wenn er Ihnen auch zur Deckung andere zugleich anbietet, die vor den seinigen fällig sind – niemals, verstehen Sie mich. Einen Augenblick legte sie ihre Hand leicht auf Andres Arm; es war ganz die gleiche Geberde, die vorhin der Vater gehabt hatte, aber wie wahr ist das Sprichwort Wenn zwei dasselbe tun ist es nicht dasselbe. Es war eine so reizende kleine Hand und die mütterlich frauenhafte Geberde bezaubernd Sie war schon wieder drin und als Andres die Treppe hinab ging hörte er sie auf der anderen Seite durchs Fenster Zorzi zurufen.

CAPITEL

Ist sie nicht eine allerliebste kleine Frau, sagte Zorzi der unten stand, als hätte er erraten womit sich Andres Gedanken beschäftigten. Aber was hat es mit der Lotterie auf sich, fragte Andres nach den ersten Schritten, wer gibt die Preise und was hat die Familie damit zu schaffen. Es sieht ja aus als wären sie selber die Veranstalter. Der Maler antwortete nicht sogleich. Das sind sie auch, sagte er, indem er seine Schritte an einer Straßenecke verlangsamte und Andres an sich herankommen ließ. Warum soll ich es Ihnen nicht sagen. Die Lotterie geht in einem kleinen Kreise von vornehmen u. reichen Herren vor sich und der erste Preis ist die Kleine selber. Wie sie selber? Nun ihre Jungfernschaft, wenn Sie ein anderes Wort wollen. Sie ist ein gutes Geschöpf und hat sich in den Kopf gesetzt ihren Leuten aus dem Elend zu helfen. Sie sollten hören wie schön sie über die Sache redet und welche Mühe sie sich mit der Subscription gegeben hat. Denn bei ihr muß alles nett u. ordentlich zugehen. Ein großer Herr der ein alter Gönner der Familie ist hat das Protectorat übernommen hier dämpfte er die Stimme: es ist der Patrizier Herr Sacramozo, der zuletzt Gouverneur von Corfu war. Ein Loos kostet nicht weniger als 24 Zechinen und es ist kein Name auf die Subscriptionsliste gesetzt worden, der nicht von Herrn Sacramozo gebilligt worden wäre. Andres war plötzlich heftig errötet, sodaß die Sehkraft seiner Augen durch ein Flimmern geschwächt war und er über einen zertretenen Paradiesapfel der vor seinen Füßen lag fast ausgeglitten wäre. Der andere sah ihn im Gehen von der Seite an. Eine solche Sache, fuhr er fort, kann sich nur in einem Kreis von vornehmen Leuten abspielen und die den Anstand haben, nichts davon verlauten zu lassen andernfalls würde die Behörde sich drein mischen. Es wird von den hiesigen Herrn nicht gern ein Fremder in eine Verabredung dieser Art hineingezogen, wenn Ihnen aber sehr viel daran liegt so will ich mir Mühe geben und vielleicht kann ich Ihnen indirect ein Loos verschaffen, ich meine in der Weise daß einer der Subscribenten Ihnen gegen eine Abfindung die nicht niedrig sein wird seine Hoffnung abtritt ohne daß Ihr Name genannt wird. Andres wußte nicht was er antworten sollte und ging schnell auf etwas anderes über indem er sein Erstaunen darüber aussprach daß die ältere Tochter keinen besseren Weg wüßte, ihrer Familie beizuspringen und es der kleinen Schwester überließe sich in dieser ungewöhnlichen Weise aufzuopfern. Nun etwas gar so ungewöhnliches ist es ja nicht was sie tut, erwiderte der andere, und von Nina ist nicht viel zu erwarten, das weiß die Kleine selber am besten. Nina ist keine Wirtschafterin, was Sie ihr heute schenken, zergeht ihr morgen zwischen den Fingern. Sie ist eine Schönheit, aber an Kopf kann sie sich mit Zustina nicht messen. Sehn Sie wie sie ist: einmal will ich ihr einen reichen vornehmen Herrn aus Wien vorstellen, den Grafen Grassalkovich – der Name wird Ihnen nicht fremd sein und Sie werden wissen was es bedeutet die Bekanntschaft dieses Herrn zu machen der wie Sie wissen 2 Palais in Wien und eines in Prag hat und dessen Güter in Croatien so groß sind als der ganze Besitz der Republik. Wie heißt dieser Mensch sagt sie und läßt sich den Namen wiederholen dabei zieht sie die Nasenflügel nach oben, wenn sie das tut ist bei ihr nichts zu erreichen so wenig wie bei einem stutzigen Pferd. Der Name sagt sie klingt wie ein recht gemeiner Fluch und wie der Name so wird auch der Träger sein. Führ ihn wohin Du willst, ich mag nichts von ihm wissen. Da haben Sie die ganze Nina. Andres dachte es sei keine so ungewöhnlich große Auszeichnung, als er bis nun angenommen hatte, durch diesen jungen Freund bei Fräulein Nina eingeführt zu werden, aber er behielt seine Gedanken bei sich.

Sie waren auf einem freien Platz angekommen: vor einer kleinen Caféboutik standen im Freien hölzerne Tischchen und Strohstühle; an einem schrieb ein Herr, der ganz in Schwarz gekleidet war, Briefe. An einem andern saß ein plumper Mann mit bläulicher Rasur in mittleren Jahren, der einen fremdartigen langen Rock mit Verschnürung trug und hörte in bequemer Stellung und mit unbewegter Miene einem jungen Mann zu, der in ihn hineinredete dabei nicht wagte seinen Stuhl an den Tisch zu ziehen, ja sich kaum wirklich niederzusetzen getraute, daß Andres ihn nicht ansehen konnte, ohne Mitleid und Unruhe zu spüren. Sehn Sie dort die zwei flüsterte Zorzi und schob die Chocolade an sich die Andres für ihn hatte kommen lassen. Es ist ein reicher Grieche und sein Neffe. Er raucht und läßt ihn reden merken Sie wie der unglückselige Bettler sich krümmt nicht auch den Rauch mitzurauchen und nach einer Weile, merken Sie auf er wird seinen Café zahlen und fortgehen am Schluß wird der Junge vor ihm auf die Knie fallen der Alte wird so wenig darauf achten als wenn es ein Hund wäre. Er wird sich an sein Gewand hängen, der Alte wird ihn abschütteln und seines Weges gehen, als wenn er allein wäre. Dasselbe Schauspiel können Sie mehrmals im Tag sehen morgens vor der Börse, hier und abends auf der Riva. Ist es nicht unterhaltend wie bestialisch die Menschen einander mitspielen und wie beharrlich sie in ihrer Bosheit sein können? Andres hörte kaum zu, so sehr beschäftigte ihn die Erscheinung des schreibenden Herrn. Es war ein überlanger schmaler Körper der sich schreibend über das kleine Tischchen bog unter welchem die langen Beine keinen Platz fanden als durch Bescheidenheit, überlange Arme, die sich notdürftig unterbringen konnten, überlange Finger, die den ächzenden Federkiel führten. Die Stellung war unbequem und beinahe lächerlich, aber nichts hätte das Wesen dieses Mannes schöner enthüllen können als diese Unbequemlichkeit und wie er sie ertrug, besiegte, ihrer nicht gewahr wurde. Er schrieb hastig die Zugluft zerrte an den Blättern, er hätte müssen ungeduldig sein und doch war eine Beherrschung in allen seinen Gliedern, eine – so seltsam das Wort klingen mag – eine Verbindlichkeit gegen die todten Gegenstände, die ihm so mangelhaft zu Dienst standen, ein Hinwegsehen über die Unbequemlichkeit der Lage das unvergleichlich war. Ein starker Luftzug warf eines der Blätter zu Andres hinüber. Andres fuhr auf und beeilte sich dem Fremden das Blatt zu reichen, der sich selbst ohne Hast seitlich gebückt hatte mit einer halben Neigung das Gereichte in Empfang nahm, wobei Andres der Blick seiner dunklen Augen traf die ihm schön schienen, obwohl sie in einem Gesicht saßen, das niemand für schön halten konnte: der Kopf war bei weitem zu klein für die Gestalt und die gelbliche etwas leidende Miene so seltsam verzogen, daß Andres der ungereimte Gedanke an das vertrocknete Gesicht einer todten Kröte durch den Sinn fuhr, die ihn irgend einmal an einem Wegrain angeblickt hatte. Er hätte mögen viel von diesem Mann wissen – aber gerade nicht durch Zorzi der sich zu ihm herüber lehnte und ihm zuwisperte: ich werde Ihnen sagen wer das ist sobald er weggegangen ist. Ich will jetzt den Namen nicht nennen. Es ist der Bruder eben des großen Herrn den ich Ihnen vorhin als den Protector der Familie bei der Sie wohnen genannt habe. Sie verstehen mich als den, unter dessen Aegyde die Lotterie vor sich geht – hielt aber sogleich inne als der Schreibende den Kopf hob – Er ist ein Malteser fuhr er dann fort trägt aber wie Sie sehen auf seinem Kleid nicht das Kreuz das zu tragen er nicht nur berechtigt sondern auch verpflichtet ist. Er hat eine große Reise gemacht man sagt er sei im Innersten von Ostindien oder gar an der chinesischen Mauer gewesen und soll nach den Reden der einen im Dienst der Jesuiten stehen nach den anderen nicht viel anderes als ein Freimaurer sein.

Der reiche Grieche und sein bettelhafter Neffe standen auf: die plumpe Herzenshärte des einen die hündische Demut des andern waren abscheulich – in beiden schien die Menschennatur entwürdigt –; für Andres war es außer der Begreiflichkeit, daß ein so gemeines Schauspiel sich in solcher Nähe eines Wesens, wie der Ritter ihm dünkte, abspielen konnte: ja als nun beide gegeneinander in einer Art von Fauchen der eine und Winseln der andere ihre Stimmen erhoben, meinte er dazwischen springen und sie mit dem Stock zur Ruhe bringen zu müssen. Einen Augenblick sah der

Malteser auf aber er blickte über die beiden Menschen hinweg, als wären sie nicht da und nickte im Aufstehen den Brief verschließend einem jungen Burschen zu der nun vorsprang und mit einer Verbeugung den Brief in Empfang nahm und damit abging, indessen der Ritter sich nach der anderen Seite entfernte. Als er um die Ecke verschwunden war schien Andres der Platz verödet. Zorzi bückte sich und brachte unter dem Tisch ein gefaltetes Briefblatt hervor: Da hat uns der Wind etwas von der Correspondenz des Ritters Sacramozo unter die Füße geworfen, sagte er, entschuldigen Sie mich für einen Augenblick ich will ihm sein Eigentum nachtragen. Lassen Sie mich es ihm zurückgeben fuhr es aus Andres Mund; ihm war als hätte seine Zunge es aus eigener Macht gesagt und schon hatte er das Blatt angefaßt, ihm lag unendlich an der Erfüllung dieses Wunsches, er zog das Papier dem andern aus den Fingern und lief in einem engen Gäßchen hinter dem Malteser drein. Es war mehr als Grazie, eine wahre unnachahmliche Vornehmheit, mit der der Ritter ihn anhörte und das Blatt entgegennahm und Andres glaubte niemals eine wunderbarere Übereinstimmung zwischen der Haltung eines Menschen und dem Klang seiner Stimme wahrgenommen zu haben. Die Worte: Sie sind sehr freundlich mein Herr, kamen deutsch, und in der besten Aussprache von seinen Lippen. Sein herzenswarmes und zugleich seelenvolles Gesicht schien eine tiefe aus der Seele dringende Freundlichkeit auszudrücken. In der Spanne eines Augenblicks fühlte sich Andres mit Wohlwollen empfangen, in eine jede Fiber seines Wesens erhöhende Atmosphäre aufgenommen und wieder verabschiedet. Er stand vor dem Fremden wie entseelt: sein Körper kam ihm plump u. s. Haltung bäurisch vor aber jedes Glied seines Körpers wußte um jedes Glied der hohen in nachlässiger Bestimmtheit, in herablassender Verbindlichkeit sich leicht gegen ihn neigenden Gestalt wie eine Flamme auf Flamme bebte. Er ging zurück und war schon in sich dumpf bemüht, den Ausdruck dieser Augen den Klang ihrer Stimme festzuhalten als wäre es ein Verlorenes für die Ewigkeit. Wie staunte er aber als er einen schnell und leicht ihm nacheilenden Schritt mehr fühlte als hörte, der kein anderer als der des Maltesers sein konnte, als er sich eingeholt sah und ihm mit der gleichen einnehmenden Stimme, in der verbindlichsten Weise bedeutet wurde, er müsse sich geirrt haben. »Der Brief den Sie so gütig waren mir zu geben, ist weder von meiner Hand mein Herr noch ist er an mich gerichtet. Er muß Ihnen selbst gehören – jedenfalls muß ich Sie bitten, darüber zu verfügen!« Andres war verlegen und verwirrt, einige undeutliche Gedanken kreuzten sich in ihm, die Furcht, zudringlich zu erscheinen, durchfuhr ihn wie eine heiße Nadel, in der Verwirrung schien es ihm leichter welches Bestimmte immer zu sagen als etwas Unbestimmtes – für das er niemals die Wendung gefunden hätte – er errötete über eine unbeherrschte Geberde seiner Hände, die schon nach dem Briefblatt wieder gegriffen hatten, um so entschiedener beteuerte er nun daß der Brief ganz sicher nicht ihm gehöre, er in keiner Weise darüber zu verfügen habe. Die Geberde, mit welcher der Malteser sich sogleich zufriedengab, war mehr die des Mannes, der sich unter keiner Bedingung aufdringt, als die eines von seinem Irrtum überzeugten und der unmerkliche Schimmer eines Lächelns überflog sein Gesicht oder nur seine Augen, indem er nochmals mit Verbindlichkeit grüßte und sich abkehrte.

Es ist Zeit rief Zorzi, wenn Sie wünschen die schöne Nina heute kennen zu lernen. Sie wird auf sein und wenn wir Glück haben noch keinen Besuch bei sich haben. Später fährt sie aus oder sie hat einen ihrer Freunde zu Tisch. Nun, fragte er im Gehen haben Sie die Bekanntschaft des Ritters gemacht und ihm seinen Brief zurückgegeben? Denken Sie der Narr schreibt täglich zwei und drei solcher Briefe von 10 Seiten an eine und dieselbe Person, und dabei sieht er sie fast jeden Tag und ist trotz allem, glaub ich nicht einmal ihr Liebhaber, denn sie ist eine Halbnärrin und liegt entweder krank im Bett oder auf ihren Knien in irgend einer Kirche. Sie hat weder einen Mann noch einen Verwandten, der Ritter ist der einzige Mensch, der zu ihr kommt, und da sie nicht unter Leute geht, hat er nicht einmal den Spaß davon für ihren Cavalier zu gelten. Dabei versteckt er aber die Geschichte vor jedermann als gienge es um ein junges Mädchen oder eine Nonne. Wie kommen Sie dazu die Geheimnisse aller Leute zu wissen fragte Andres verwundert Man erfährt allerlei gab der andere zurück mit dem gleichen Lachen das Andres schon so mißfallen hatte und ließ sich auf weiter nichts ein. Aber hier ist das Haus. Wir gehen einfach hinauf – oder warten Sie lieber eine Minute ich springe hinauf und sehe wie es steht und ob man Sie vorlassen will.

Es verging nun eine Spanne Zeit, deren Dauer Andres nicht hätte mit Sicherheit bestimmen können. Vielleicht blieb der Maler nur so lange aus, als er natürlicher Weise bedurfte um die Treppen hinauf zu steigen, sich selber anmelden zu lassen und einen Besuch anzukündigen, vielleicht hatte man ihn oben warten lassen und es verfloß eine viel längere Zeit. Andres entfernte sich ein paar Schritte von dem Haus, durch dessen Tür Zorzi verschwunden war und ging bis ans Ende der ziemlich engen Gasse: sie endete in einem Schwibbogen, unter diesem aber führte seltsamerweise eine Steinbrücke über einen Canal auf einen kleinen eiförmigen Platz hinüber, auf dem eine kleine Kirche stand. Andres ging wieder zurück und war ärgerlich daß er nun schon nach wenigen Minuten unter den ziemlich einfachen und gleichartigen Häusern das richtige nicht wiederkennen konnte. Die Tür des einen, dunkelgrün mit einem bronzenen Türklopfer in Gestalt eines Delphins, schien ihm die zu sein, durch welche Zorzi verschwunden war, doch war die Tür geschlossen und Andres meinte jenen noch vor sich zu sehen wie er durch eine offene Tür in einen Hausflur trat. Immerhin war keine Gefahr, daß sie einander verfehlten, wenn Andres nochmals bis an die Brücke vorging und den kleinen Platz mit der Kirche in Augenschein nahm   Gasse und Platz waren völlig menschenleer, man mußte einen Schritt hören, geschweige einen Ruf oder wiederholte Rufe, wenn Zorzi ihn suchte. So überschritt er die Brücke; unter ihr hing auf dem dunklen schmutzigen Wasser eine angebundene Barke; nirgend war ein Mensch zu sehen oder zu hören: der ganze kleine Platz hatte etwas verlorenes und verlassenes. Die Kirche war aus Backsteinen, niedrig und alt; vorn gegen den Platz zu hatte sie einen Aufgang der wenig zu ihr paßte: über breiten Stufen trug eine Colonnade aus weißem Marmor einen antiken Giebel mit einer Inschrift. An den lateinischen Worten waren einzelne der vergoldeten Buchstaben groß Andres versuchte sich daraus eine Jahreszahl zusammenzusetzen. Als er die Augen wieder senkte stand in beträchtlicher Entfernung von ihm, seitlich neben der Kirche, eine Frau, die ihn ansah. Er konnte sich nicht recht erklären, wo sie hergekommen war: aus einer Seitentür der Kirche konnte sie nicht wohl hervorgetreten sein, denn sie stand so als wollte sie vielmehr auf die Kirche zu und wäre unschlüssig oder wie erschrocken über Andres Gegenwart stehen geblieben. Tritte eines den Platz Überschreitenden oder Herankommenden hatte er nicht gehört; und er fand sich nachdenkend ob sie zu ihrer anständigen einfachen Tracht Hausschuhe trug, die ihre Schritte lautlos gemacht hatten, und er verwunderte sich selbst daß ihn dieser Gedanke beschäftigte: denn es war doch nichts weiter als eine anscheinend junge Frau aus den bescheidenen Ständen mit dem schwarzen Tuch über Kopf u. Schultern, aus deren ziemlich blassem aber wie ihm schien recht hübschem Gesicht zwei dunkle Augen allerdings mit sonderbarer wenn die Entfernung von immerhin 30 Schritten nicht trog ängstlicher Spannung unverwandt auf den Fremden gerichtet waren, mit der gleichen Spannung das fühlte er, ob er nun sich den Anschein gab, die Kapitäle der korinthischen Säulen zu betrachten oder ob er den Blick erwiderte. Immerhin war kein Grund hier zu verharren und schon setzte er den Fuß auf die unterste Steintreppe und war nun aus dem Gesichtsfeld der Stehenden verschwunden. Aber als er, den schweren Vorhang hebend, in die Kirche eintrat, so war die Frau zu gleicher Zeit durch eine Seitentür eingetreten und ging auf einen Betstuhl zu, der vorn gegen den Altar zu stand; denn nun kam von ihr für Andres der bestimmte Eindruck es handle sich um eine durch eine Krankheit sei es am Leibe sei es an der Seele bedrückte Frauensperson, welche hier im Gebete Linderung ihrer Leiden suche. Er wünschte jetzt nichts anderes als die Kirche so leise als möglich wieder zu verlassen, denn es schien ihm, die Frau sehe sich manchmal ängstlich nach ihm um als nach einem ungewünschten Zeugen und Störer ihrer schmerzvollen Einsamkeit. Nun war in der Kirche verglichen mit dem Platz auf dem der grelle Sonnenschein lag, Halbdunkel; auch hing in der kühlen eingeschlossenen Luft noch ein wenig Weihrauchduft und Andres hielt seinen Blick, da er um alles nicht beobachten sondern nur den Raum verlassen wollte, sicher nicht völlig scharf nicht spähend auf die Betende gerichtet: aber, trotz alledem das ist sicher, er hätte geschworen, sie habe sich nun mit gerungenen flehentlich erhobenen Händen, nicht gegen den Altar, sondern nirgend anders als gegen ihn hin gewandt ja sich auf ihn zu zu bewegen gestrebt, mit einer Hemmung aber, als wär ihr Körper von den Hüften hinab mit schweren Ketten umwunden. Zugleich glaubte er ein Stöhnen, wenn auch leise, aber doch außer jeder Sinnestäuschung deutlich gehört zu haben. Im nächsten Augenblick freilich mußte er, wenn nicht die Geberde, so doch jeden Bezug auf seine Person als Einbildung ansehen. Denn die Fremde war nun wieder in dem Betstuhl zusammengesunken und blieb völlig still. Er tat lautlos die wenigen Schritte, die ihn vom Ausgang trennten und bestrebte sich den Vorhang so wenig zu heben, daß kein Strahl vom grellen Licht hereindringend die heilige Dämmerung, in welcher er die Bekümmerte zurückließ, verstörte. Dabei ging sein Blick unwillkürlich nach jenem Betstuhl zurück und was er nun wahrnahm erstaunte ihn freilich so, daß er in den Falten des Vorhangs selber, und atemlos, stehen blieb: dort saß jetzt, genau an der gleichen Stelle, eine andere Person, saß nicht mehr sondern war im Betstuhl aufgestanden, kehrte dem Altar den Rücken und spähte auf Andres herüber, duckte sich nach vorne und sah sich dann wieder verstohlen nach ihm um. In ihrem Anzug unterschied sich diese Person nicht allzusehr von der früheren welche sich mit einer fast unbegreiflichen Schnelle u. Lautlosigkeit entfernt haben mußte. Auch die Neue trug sich in den gleichen bescheidenen dunklen Farben, so hatte Andres auf dem Wege die kleinen Bürgerfrauen und Mädchen in einer anständigen Gleichförmigkeit sich kleiden sehen. Aber diese hier hatte kein Kopftuch; ihr schwarzes Haar hing in Locken zu Seiten des Gesichtes: und ihr Gehaben war von der Art, daß es nicht möglich war, sie mit dem gedrückten und bekümmerten Wesen zu verwechseln, dessen Platz sie plötzlich und geräuschlos eingenommen hatte. Es war etwas Freches und fast Kindisches in der Art, wie sie sich mehrmals unwillig umblickte und dann geduckt über die Schulter, die Wirkung ihres zornigen Umblickens ausspähte. Sie konnte ebenso wohl im Sinne haben einen Neugierigen fortzuscheuchen als einen Gleichgiltigen neugierig zu machen, ja als sich Andres nun wirklich wegwandte, um zu gehen so war ihm sie habe hinter seinem Rücken her mit offenen Armen ihm zugewunken. Er stand auf dem Platz ein wenig geblendet, da kam jemand hinter ihm aus der Kirche herausgetreten und streifte mit schnellen

Schritten so dicht an ihm vorbei, daß er den Luftzug fühlte: er sah die eine Seite eines jungen blassen Gesichtes das sich jäh von ihm abkehrte, die Locken flogen dabei, daß sie fast seine Wange streiften, in dem Gesicht zuckte es wie von verhaltenem Lachen. Der rasche fast laufende Gang, dies dichte Vorüberstreifen und jähe Abwenden, alles war viel zu gewaltsam um nicht absichtlich zu sein, aber es schien viel mehr der Übermut eines Kindes als die Frechheit einer erwachsenen Person. Dennoch war es die Gestalt einer solchen, ja so seltsam die kecke Freiheit des Körpers als sie nun die schlanken Beine werfend daß die Röcke flogen, vor Andres auf die Brücke zusprang, daß Andres einen Augenblick dachte er habe mit einem verkleideten jungen Mann zu tun, der mit ihm, als einem augenscheinlich Fremden, seinen Übermut treibe. Doch sagte ihm dann wieder ein Etwas über allem Zweifel daß er ein Mädchen oder eine Frau in dem Wesen vor sich habe das nun, auf der kleinen Brücke selber, standhielt und ihn zu erwarten schien. In dem Gesicht, das ihm hübsch genug schien, glaubte er einen frechen Zug zu sehen, das ganze Betragen schien ihm so völlig dirnenhaft, und doch war etwas dabei das ihn mehr anzog als abstieß: Er wollte der jungen Person nicht auf der schmalen Brücke begegnen, einen anderen Weg zurück in das Gäßchen hatte er nicht, so drehte er sich jäh um und ging in die Kirche zurück, und dachte damit dem Frauenzimmer ein entschiedenes Zeichen der Abweisung gegeben zu haben und sie los zu sein. Sonderbar genug war es ihm daß er nun in der stillen Kirche die andere Person nicht wieder vorfand; er ging ganz vor bis an den Altar, warf einen Blick in die kleinen Seitencapellen links und rechts sah hinter die Pfeiler: nirgend eine Spur: es war als hätte der Steinboden sich geöffnet und die Bekümmerte eingenommen an ihrer Stelle aber jenes andere sonderbare Geschöpf hervorgelassen.

Als Andres wieder auf den Platz heraustrat, sah er zu seiner Erleichterung daß die Brücke frei war. Er ging in das Gäßchen zurück und fragte sich ob er nicht doch indessen Zorzis Heraustreten versäumt habe und dieser ihn nicht etwa in der Richtung aus welcher sie gekommen waren, suchen gegangen sei. Ein reinliches Haus, neben dem mit dem messingnen Türklopfer schien ihm nun das richtige, weil hier die Tür offen stand, er trat ein, wollte an irgend eine Tür im Erdgeschoß klopfen und nach Fräulein Nina fragen dann selbst hinaufgehen und sich nach dem Verbleib des Malers erkundigen; dieses alles tat er um so rascher als ihm gewesen war, als habe, etwa vom zweiten Haus nach Überschreiten der Brücke an sich ein leichter Schritt und die Bewegung eines Kleides wieder an seine Fersen geheftet. Vom Hausflur führte die Treppe nach oben, doch ließ Andres diese noch unbetreten und trat in den Hof, nach der Wohnung des Hausmeisters oder sonst ein lebend Wesen zu suchen. Der Hof war klein, zwischen Mauern und in einer ziemlichen Höhe ganz mit Weinlaub überrankt: die schönsten reifen Trauben von einer dunkelrötlichen Sorte hingen herein, starke Holzpfeiler stützten das lebendige Dach, an einen derselben war ein Nagel geschlagen an welchem ein Vogelbauer hing. An einer Stelle war in dem Rebendach eine Lücke, groß genug um ein Kind durchklettern zu lassen, von hier aus fiel der Abglanz des strahlenden Droben herein und die schönen Formen der Weinblätter zeichneten sich scharf auf dem Ziegelboden ab. Der nicht große Raum, halb Saal halb Garten war erfüllt von lauer Wärme und Traubenduft und tiefer Stille, daß man das ruhelose Hüpfen des Vogels hörte der unbekümmert um Andres Hinzutreten von einer Sprosse zur anderen sprang. Plötzlich fuhr der zutrauliche Vogel in jähem Schreck gegen eine Seite seines Käfichs: die Tragbalken wankten, das Rebendach schütterte die Öffnung hatte sich jäh verfinstert und es blickte in Manneshöhe über Andres Kopf ein menschliches Gesicht herein: schwarze Augen in denen das Weiße blitzend hervortrat starrten von oben in seinen erschrockenen Blick, ein Mund halboffen vor Anstrengung Erregung, dunkle Locken drangen zu einer Seite zwischen den Trauben herab, das ganze blasse Gesicht drückte eine wilde Gespanntheit aus und eine augenblickliche fast kindisch unverhohlene Befriedigung, der Körper lag irgendwie über dem lichten Lattendach, vielleicht hingen die Füße an einem Haken der Mauer, die Fingerspitzen an dem Ende eines der Pfeiler. Nun veränderte sich der Ausdruck des Gesichtes in einer rätselhaften Weise: mit einer unendlichen Teilnahme, ja Liebe ruhten die Augen auf Andres. Die eine Hand drang durch das Blattwerk als wollte sie seinen Kopf erreichen sein Haar streicheln: die vier Finger waren an der Spitze blutig die

Hand erreichte Andres nicht, ein Blutstropfen fiel auf seine Stirn, das Gesicht droben erblaßte, »ich falle« rief der Mund – Die unsäglichste Anstrengung hatte nur diesen einen Augenblick erkauft, das blasse Gesicht riß sich weg der leichte Körper schnellte nach oben glitt dann über die Mauer zurück: wie er jenseits den Boden erreichte konnte Andres nicht mehr hören er lief schon nach vorne, der Rätselhaften den Weg abzuschneiden: das Haus zur Rechten mußte es sein, entweder sie kam dort heraus oder sie verbarg sich in dem Hof in welchen sie herabgesprungen war: er stand vor der Haustür, es war die mit dem Delphin, sie war verschlossen und gab seinem Druck nicht nach. Schon hob er den Türklopfer, da glaubte er drinnen Schritte zu hören, die sich näherten; sein Herz pochte, man hätte es durch die Tür hören müssen: ihm war zumut wie kaum je im Leben zum ersten Mal bezog sich ein Unerklärliches aus jeder Ordnung heraustretend auf ihn, er fühlte er werde sich nie über dieses Geheimnis beruhigen können, er sah das Mädchen die kahle Mauer emporklimmen mit den Spitzen der Finger sich an den Fugen emporreißen um zu ihm zu gelangen, er sah sie mit blutigen Händen in einen Winkel des Hofes gedrückt, vor ihm fliehen wollen, er ihr nach – weiter reichten seine Gedanken nicht, ein schneller Schritt, der auf die Tür zuging raubte ihm fast die Besinnung, die Tür ging auf: es war Zorzi der vor ihm stand. »Sagen Sie mir um alles in der Welt – wen habe ich gesehen«, rief ihm Andres entgegen und lief ehe Zorzi antworten ehe er fragen konnte, an ihm vorüber ans Ende des Flurs. Wohin wollen Sie fragte ihn Zorzi – in den Hof – lassen Sie mich – das Haus hat keinen Hof, hier stößt ihm eine Feuermauer entgegen, dahinter fließt der Canal, daran grenzt der Garten eines Redemptoristenklosters. Andres begriff nichts, die Localität verwirrte sich ihm er erzählte und sah daß er nichts erzählen konnte, daß er das Entscheidende an dem was er erlebt hatte, nicht zu erzählen verstand. Wer immer diese Person ist sagte Zorzi seien Sie sicher, wenn sie sich noch einmal in diesem Stadtviertel blicken läßt ich kriege heraus wer sie ist, sie entgeht mir nicht, ob es nun ein verkleideter Mann ist oder eine öffentliche Person die sich einen Spaß gemacht hat. Wie gut wußte Andres daß weder das eine noch das andere der Wahrheit nahe kam. Er konnte sich nichts erklären und doch wies er im innersten jede Erklärung zurück. Wie gerne wäre er noch einmal in die Kirche zurückgeeilt: seine geheimnisvolle Feindin u. Freundin vielleicht nicht, die unbändige seltsame, die an Mauern emporkletterte – ihre Gefährtin mußte zu finden sein – denn jetzt schien es ihm unmöglich daß die beiden Wesen von denen eines an der Stelle des andern aufgetaucht war wie das Glas mit rotem u. mit gelbem Wein aus der Hand des Taschenspielers, daß sie nichts von einander wissen sollten, er war sich selber unbegreiflich daß er an diesen Zusammenhang nicht früher gedacht hatte – ihm war er habe die Kirche leichtsinnig durchsucht – er hätte eine Spur finden müssen, einen Mauerspalt, eine Falltür wie gerne wäre er wieder dahin zurückgekehrt wäre er allein gelassen der Zwang suchen und finden zu müssen hätte ihn jetzt und dann ein drittes ein viertes Mal zurückgetrieben – war es ihm nicht oft so gegangen – aber Zorzi ließ ihn nicht aus: Lassen Sie jetzt Ihre Verkleidete – in Venedig werden Ihnen noch ganz andere Dinge begegnen – und kommen Sie schnell zu Nina, sie erwartet Sie. Was da oben wieder passiert ist läßt sich gar nicht sagen! Der Herzog v. Camposagrado ihr Protector hat in einem Anfall von Wut und Eifersucht einen seltenen Vogel den ihr der jüdische Verehrer Herr dalla Torre tags zuvor geschickt hatte lebendig in den Mund gesteckt und den Kopf abgebissen den ungarischen Hauptmann hat er auf den er Ninas wegen einen Verdacht hatte, halb todprügeln lassen und zwar wie es scheint aus Versehen einen Unrichtigen, so daß jetzt die Sbirren hinter ihm her sind und bei ihr alles durchsucht haben – kurz es geht alles drunter und drüber das ist gerade der richtige Augenblick wo bei ihr immer ein Ankömmling sein Glück macht.

Andres hörte alles nur mit halbem Ohr. Die Treppe war eng und dunkel bei jeder Wendung glaubte, hoffte er die Unbekannte irgendwo hervortreten zu sehen. Noch oben vor Ninas Tür erwartete er sie würde vorüberhuschen. Der Gegenwart einer ältlichen Person, die ihn und Zorzi oben in ein dunkles Vorzimmer einließ wurde er sich kaum bewußt und stand in einem freundlichen hellen Zimmer. Jetzt erschien es ihm über jeden Zweifel sicher, daß zwischen beiden Geberden ein geheimnisvoller Bezug geherrscht hatte, die flehentlich wie beschwörend gehobenen Arme der Bekümmerten ebenso wie der Wink der Jungen ihm gegolten hatten.

Die Spannung die Ungeduld, diese unbegreiflichen Wesen zu entziffern, war kaum erträglich Nur eines beruhigte ihn: sie hatte um einen unauslöschlichen Eindruck auf ihn zu machen, auf eine unbegreifliche Weise den Weg gefunden: eine hohe Mauer, unter der vielleicht das Wasser dahinfloß hatte sie nicht abgehalten: das zu machen was außer einer Katze jedem Geschöpf versagt schien aus ihren Fingern das Blut fließen zu lassen war ihr nicht zu viel gewesen. Sie würde ihn an jedem Ort u. zu jeder Stunde wieder zu finden wissen.

Sie fanden Fräulein Nina auf einem Sopha in einer sehr bequemen und hübschen Stellung: Alles an ihr war hell und von einer allerliebsten zarten Rundheit: ihr Haar war hellblond wie verblichenes Gold und sie trug es ungepudert: drei Dinge die in reizender Weise gekrümmt waren und ganz zueinander gehörten: ihre Augenbrauen ihr Mund und ihre Hand hoben sich mit dem Ausdruck von gelassener Neugierde u. großer Liebenswürdigkeit dem eintretenden Gast entgegen. Ein Bild ohne Rahmen lehnte verkehrt an der Wand: durch die Leinwand lief ein Schnitt wie von einem Messer. Zorzi nahm es vom Boden auf und besah es kopfschüttelnd Wie finden Sie übrigens die Ähnlichkeit? fragte er und hielt Andres der sich zu Ninas Füßen auf ein Tabouret niedergesetzt hatte das Gemälde hin. Das Bild war was ein grobes Auge sprechend ähnlich finden mochte: es waren Ninas Züge aber kalt, gemein. Ihre leicht nach oben gekrümmten Brauen waren darum so reizend, weil sie in einem fast zu weichen Gesichtchen saßen; ihren Hals hätte ein strenger Beurteiler zu wenig schlank finden können – aber wie der Kopf auf ihm saß gab es ein bezauberndes Ich weiß nicht was von frauenhafter Hilflosigkeit. Auf dem Porträt waren die Augenbrauen von einer gemeinen Bestimmtheit, der Hals den der Messerstich durchschnitt üppig und dirnenhaft. Die Augen hafteten mit einem frechen kalten Feuer auf dem Beschauer. Es war eines von jenen peinlichen Porträts von denen man sagen kann daß sie das Inventarium eines Gesichtes enthalten, aber die Seele des Malers verraten. Andres wandelte ein innerlicher Schauder an. Räum es mir aus den Augen sagte Nina, es erinnerte mich nur an Ärger und Brutalität. Ich werde dieses wieder herstellen und ein zweites machen, sagte Zorzi, und es nicht in der venezianischen Art sondern in der flämischen untermalen. Es wird noch besser werden und ich werde es mir von den beiden Herrn 2 mal bezahlen lassen ich müßte ein Vieh sein wenn es mir nicht gelingen sollte es mir von beiden bezahlen zu lassen. Nun wie finden Sie es? fragte sie, als der Maler mit seinem Werk verschwunden war. Ich finde es recht ähnlich und recht häßlich sagte Andres. Da machen Sie mir ein schönes Compliment, erwiderte Nina und sah ihn verwundert an. Er schwieg. Nun sind Sie erst einen Augenblick bei mir und haben mir schon etwas unfreundliches gesagt. Meinen Sie denn auch daß den Männern ihre größere Kraft, ihr schärferer Verstand und ihre stärkere Stimme nur gegeben sind, um uns armen Weibern das Leben schwer zu machen. So meine ich es nicht beeilte sich Andres zu sagen – Wenn ich Sie malen sollte, so käme ein anderes Bild heraus das dürfen Sie mir glauben! Er sagte es und hätte gerne viel mehr gesagt, denn sie schien ihm unsäglich reizend. Aber der Gedanke daß Zorzi jeden Augenblick wieder ins Zimmer treten werde, machte ihn befangen und er schwieg. Vielleicht hatte er genug gesagt, aber er wußte es nicht. Denn es kommt nicht auf die Worte an sondern auf einen Ton, einen Blick. Nina sah wie zerstreut und gleichsam wie in etwas das kommen würde ergeben über ihn hin; auf ihrer Oberlippe, die geschwungen war wie ihre Augenbrauen, schwebte die Andeutung eines Lächelns und schien auf einen Kuß zu warten. Andres neigte sich unbewußt vor und sah benommen auf diese halboffenen Lippen. Das Bauernmädchen Romana tauchte herauf, um sich gleich wieder in Luft aufzulösen. Er fühlte wie etwas Entzückendes, zugleich bangmachendes, sich sanft auf sein Herz niedersenkte, sich dort zu lösen. Nun sind wir allein sagte er – aber wer weiß wie lange. Fast hätte er nach ihrer Hand gegriffen u. nahm sie doch nicht. Denn er glaubte Zorzis Hand an der Türklinke zu fühlen. Er stand auf und trat ans Fenster. Andres sah durchs Fenster und gewahrte unter sich einen hübschen kleinen Dachgarten auf einer flachen Terrasse standen Orangen in Kübeln, Lilien und Rosen wuchsen aus hölzernen Behältern, ein kleiner Feigenbaum in der Mitte trug sogar einige reife Früchte und Kletterrosen bildeten einen Gang und sogar eine kleine Laube. Er fragte: gehört der Garten Ihnen? – Er gehört nicht mir, gab Nina zurück Wie gern möchte ich ihn miethen. Aber ich kann den geldgierigen Leuten nicht so viel geben als sie haben wollen. Hätte ich so viel so ließ ich ein Bassin mit einem kleinen Springbrunnen machen Zorzi sagt man kann das und eine Laterne in die Laube.

Andres sah sich bei den Nachbarsleuten eintreten, das Geld für die Miethe auf den Tisch zählen, er sah sich dann mit dem Miethcontract in der Tasche zu Fräulein Nina zurückkommen. In seiner Phantasie gab er schon die Anordnungen, das Gitter um den Dachgarten zu erhöhen: Kletterrosen und Winden liefen an leichten Stäben aufwärts und machten den kleinen Raum wie ein lebendes Zimmer, in das von oben die Sterne hineinblickten. Der leichte Nachtwind trat spielend hindurch. Die zudringlichen Blicke der Nachbarn waren abgehalten. Auf kleinen Tischchen standen Früchte in Schalen, zwischen Lichtern unter Glasglocken. Nina lag in einem leichten Morgenanzug auf einem Sopha – fast so wie sie hier wirklich vor ihm lag. Aber wie anders stand er dort vor ihr: er war kein zufälliger Besuch, den jedes Knarren einer Tür aufschreckte dem eine ungewisse zerstreute Viertelstunde zugewiesen war – er war der berechtigte Freund der Herr dieses Zaubergartens und der Herr seiner Herrin – er verlor sich in ein unbestimmtes Gefühl der Beglückung, als schlüge der Ton einer Aeolharfe durch ihn hindurch er wußte nicht wie wenig es eines solchen Umweges bedurfte – ja daß der nächste Moment ihm vielleicht dieses Glück geschenkt hätte – »Was haben Sie? Woran denken Sie« fragte Nina und in ihrer Stimme lag der reizende Ausdruck einer leichten Verwunderung der ihr so nah lag. Die Stimme zog ihn ins Bewußtsein zurück, ihm fiel ein, daß man von dem Dachgarten aus müßte auf jenes Dach aus Weinlaub hinabschauen können, das sich von einer Feuermauer zur anderen spannte, auf den Canal, der sich zwischen jenem Hof und dem Garten des Redemptoristenklosters hinzog, der Gedanke an seine Unbekannte fiel ihn an, aber wie ein Schreck. Dieses Wesen war in der Welt darin lag etwas, das unentfliehbar war. Die Brust wurde ihm enger ihm war als müsse er Schutz suchen, er trat ins Zimmer zurück, er stützte sich auf die Lehne des Sophas u. beugte sich über Nina. Ihre Oberlippe die zart gekrümmt war wie ihre Augenbrauen hob sich in leichtem Erstaunen nach oben.

Ich habe daran gedacht daß ich in Ihrem früheren Zimmer wohne und daß ich allein dort wohne – und daß Sie hier wohnen – sagte er, aber die Worte wurden ihm schwer – »Wenn Sie den kleinen Garten da drunten hätten und die Laube mit der Lampe drin, so möchte ich dort mit jemandem wohnen – aber schon recht gern – freilich nicht mit der, die der da hinaus getragen hat, mit der möchte ich in keinem Haus in keiner Laube und auf keiner Insel wohnen. Und Sie haben ja keine Laube und auch keine Lampe drin!«

Er wäre gern vor ihr niedergekniet und hätte seinen Kopf in ihren Schoß gelegt, aber er sagte alles und insbesondere den letzten Satz in einem kalten und beinahe finstern Ton. Denn er glaubte, daß eine Frau alles erraten müßte was in ihm vorging. Wenn er nun hart u. spöttisch von jener Nina auf dem Bilde sprach so mußte sie wissen, daß eine andere ihm näher und er ihr näher war, als sich mit Worten sagen ließ und daß alles an ihm bereit war die Umstände herbeizuführen, deren Nicht-vorhandensein er hart u. trokken hervorhob. Zugleich aber überkam ihn eine sonderbare und trübe Vorstellung: es war die Erinnerung an einen alten und wie ihm in diesem Augenblick schien bis zum Ekel oft geträumten Kindertraum: hungrig hatte er sich in die Vorratskammer geschlichen, sich ein Stück Brot abzuschneiden, er hatte den Laib Brot an sich gedrückt, das Messer in der Hand aber schnitt wieder und wieder an dem Brot vorbei ins Leere.

Seine Hand hatte ohne Verwegenheit ja ohne Hoffnung Ninas Hand erfaßt, die ohne Magerkeit und zart war ohne klein zu sein. Sie ließ sie ihm, ja er glaubte zu fühlen, wie sich die Finger mit einem leisen beharrenden Druck um die seinige zusammenschlossen. Ihr Blick verschleierte sich und das innere ihrer blauen Augen schien dunkler zu werden: die Ahnung eines Lächelns lag noch auf ihrer Oberlippe, aber ein vergehendes, beinahe angstvolles Lächeln schien einen Kuß dorthin zu rufen. Nichts konnte ihn tiefer und jäher erschrecken als diese Zeichen, die einen anderen vielleicht kühn, ja frech gemacht hätten. Er war verwirrt über die Maßen. Wie konnte er fassen, was so einfach u. so nahe war! Er dachte nicht an die, über die er gebeugt war, sondern an ihr Leben: blitzschnell sah er die Mutter, den Vater, die Schwester die Brüder; er sah den jähzornigen Herzog wie aus der Coulisse um das Sopha auftauchen, den blutigen Kopf eines Papageien in der Hand. Daneben schob sich die Kappe eines jüdischen Verehrers lauernd hindurch er sah aus wie einer der Bedienten aber ohne Perrücke und der ungarische Hauptmann dessen Haar in Zöpfen geflochten war hob mit wilder Geberde ein krummes Messer. Er fragte sich ob seine ganze Barschaft hinreichen würde, Fräulein Nina völlig von all diesen Gestalten los zu machen – und er mußte sich sagen: vielleicht für eine Woche, für drei Tage. Und was war ein einmaliges Geschenk, wenn es ihn auch zum Bettler machte, wo wie es ihm schien der Anstand es verlangte, eine Rente auszusetzen ja vielleicht eine Wohnung oder gar ein Haus neu einzurichten, Dienerschaft herbeizuschaffen zumindest überschlug er: eine Jungfer einen Diener. Die Miene des Bedienten Gotthelf grinste ihm entgegen, der schöne Moment war zerronnen, er fühlte daß er Ninas Hand auslassen müßte, er that es mit einem sanften Druck

Sie sah ihn an, ihrem Ausdruck war wiederum etwas wie Verwunderung beigemischt, aber kühler als vorhin. Er hatte Abschied genommen, er wußte nicht wie, er hatte um die Erlaubnis gebeten wiederzukommen. Drunten fand er Zorzi der das Bild, in ein Papier gehüllt unterm Arm hatte und auf ihn zu warten schien. Er verabschiedete ihn schnell, es reute ihn sehr daß er diesem Menschen von der Unbekannten gesprochen hatte; er war froh daß Zorzi nicht davon anfing, um alles hätte er gerade ihn nicht dürfen auf diese Spur bringen, von dessen Blick er sich und alles belauert fühlte. Er sagte ihm, daß er Fräulein Nina demnächst wieder besuchen werde – er glaubte selbst nichts davon. Kaum daß Zorzi mit seinem Bild sich entfernt hatte, ging Andres durch das Gäßchen, unter dem Schwibbogen durch über die Brücke, nach der Kirche. Der Platz lag menschenleer da wie vorhin; unter der Brücke hing regungslos die leere Barke und Andres glaubte darin ein Zeichen zu sehen das ihn ermutigte. Er ging wie im Traum und zweifelte eigentlich nicht. Er dachte nichts anderes als daß die Bekümmerte dasitzen und wie er herein träte die Arme angstvoll und wie flehend gegen ihn heben würde. Dann würde er zurücktreten, und wissen daß in seinem Rücken die Andere sich von dem gleichen Betstuhl erhob, um ihm zu folgen.

Dies Geheimnisvolle war für ihn nichts vergangenes, sondern ein etwas das sich kreisförmig wiederholte und es lag nur an ihm in den Kreis zurückzutreten, daß es wieder Gegenwart würde. Er trat in die Kirche es war niemand da. Er ging wieder zurück auf den Platz, er stand auf der Brücke, er sah in jedes Haus und fand niemanden. Er entfernte sich, durchstreifte ein paar Gassen kam nach einer Weile wieder auf den Platz zurück, trat durch die Seitentür in die Kirche, ging durch den Schwibbogen zurück und fand niemanden.

AUS DEN NOTIZEN

passim
Selbstgenuss, höchster, reinster.

Sacramozo sucht ihn: die Vereinigung mit sich selbst: Identität
Völlige Übereinstimmung von sich-wollen und sich-wissen.

er sucht diesen Zustand Andres zu vermitteln: diesem hilft die Liebe.

Die Gräfin ist dieses Zustandes, freilich aus pathologischen Ursachen, teilhaftig: jeder Anstoss der von M_{II}, ausgeht, ist für M_I durchtränkt von der Atmosphäre der in Geheimniszustand erhobenen Selbstheit – ebenso ist M_I für M_{II} das einzige erlebenswerte (sie liebt und hasst sie)

M_I

Geständniss welche Wollust sie aus dem Versinken in die ›andere‹ ja aus dem blossen Anklingen dieses Zustandes schöpfe (das erstere ist ihr eine mit Grauen gemischte Wollust) – dass ihr dies das Leben des Lebens sei, ja dass jede Süssigkeit, jedes Vorgefühl der Vereinigung mit Gott sie in diesen Zustand hinüberzuführen drohe.

Gespräch mit dem spanischen Beichtvater hierüber, unter Selbstvorwürfen. sie fühlt sich verantwortlich für mehr als sich selbst. Der Jesuit beruhigt sie.

Bald darauf, tritt der Malteser ein

Sacramozo erkennt den Moment welcher der Vereinigung Andres mit Maria günstig ist: diesen Moment wählt er für seinen freiwilligen Tod, seiner Wiedergeburt und Vereinigung mit der umgewandelten Maria sicher. (Er weiß, daß auch Elemente sich verwandeln.) Daß Andres ihm dann wird weichen müssen (in welcher Weise darüber denkt er absichtlich nicht nach) erfüllt ihn für diesen mit wehmütigem Mitleid. – Er hat immer gewußt dies wird ihm im 40. Lebensjahre begegnen.

Er teilt sein Leben so ein: drei Perioden zu 12 die erste Offenbarung die 2. Verwirrung die dritte Verdammnis oder Prüfung dann drei Jahre des Operierens: dann das vierzigste: annus mirabilis

Sacramozo.

Das Doppelte seiner Natur.

Wenn er von mystischen Gegenständen spricht (wozu für ihn im richtigen Zusammenhang alles auf der Welt, auch die gewöhnlichsten Bezüge und Verrichtungen gehören können) ist er offen, der Vereinigung zugänglich, rein menschlich, von sich mitteilend, durch Enthusiasmus zugänglich

Wenn er sich im gewöhnlichen Verhältniss findet, ist er durch Höflichkeit völlig abgesondert – undenkbar dass er zu berühren, zu beeinflussen, zu erreichen wäre; es ist unmöglich wenn er in diesem Zustand ist, ihn an den andern erinnern zu wollen. Er übt hier eine eben so starke coercitive Kraft aus, wie andererseits eine inducierende. Manchmal erscheint er Andres in der weltlichen verschlossenen Verfassung noch merkwürdiger. Der Begriff: Kraft der Verzweiflung – auf ihn in dieser Situation anzuwenden.

Cap VI. Ein Besuch.

Er fühlt wie der Malteser ihn trägt und hebt, jedes Wort von ihm releviert – er kommt sich ganz als Geschöpf Sacramozos vor, aber ohne Gedrücktheit. Er weiss nicht ob er sich über diese Frau mehr erstaunen soll als über diesen Mann.

Aussee 19 VIII. 1913.

Sacramozos Todestag.

Die Vorbereitung. Fasten. Aspect der Welt. Anwandlung von Zweifel. Ängstlichkeit. Der Entschluss wankend, wieder befestigt.

Letztes Gespräch mit Maria: Abschied und Wiedersehen.

Die Kraft dieses Gespräches über sie.

Der letzte Nachmittag, abend.

Die Gedanken währenddem. Die Tropfen. Das Wissen: von Tropfen zu Tropfen innehalten zu können. Auflösende Wohllust – wie sie fahl wird unter dem Gedanken des Innehaltens. Der Aspect der Welt zwischen Leben und Tod: die Heiligung der Wohllust durch das Definitive. Ein ungeheures Ehren Gottes in seinen Geschöpfen: ein Eingehen in den Tempel Gottes.

Anwandlung von Todesfurcht: Paroxysm. Verklärung.

Stadien der Auflösung.

ein wunderbares Nahekommen jedem Wesen das ein sanfter leuchtender Strom ihm hervorbringt: die Wesen kommen wie Schwimmer aus einem heiligen Wasser: er weiss dass er nichts im Leben umsonst gethan die Nahekommenden einzeln, wie ein auflösender Kuss der Seele – die Bläue eines Gewandes, der Hauch einer Lippe eine Vogelstimme (die Objecte im Zimmer) – er nimmt es für das Vorgefühl einer unaussprechlichen Vereinigung und weiss nun, er kann nicht mehr zurück.

Andres.

Episode der Bürgersfrau (zur gleichen Zeit Entfremdung mit dem Malteser)

Eine Bürgersfrau – Frau eines Schneiders – die mit ihm verheirathet sein möchte. freundliche Augen und einen hübschen Mund. accommodant. bei der ersten Begegnung nimmt sie ihn für einen grossen Herrn, dann mehr für ihresgleichen. Der Mann stirbt.

Die Kinder der Frau: der ernste Knabe, wie er ihn anschaut, dabei sich selbst zu vergessen scheint. Das anschmiegende Mädchen mit etwas falschem Blick Hier ist Andres gewissermassen zuhause – bei der Gräfin ist ihm, als lebte er nicht, sondern träumte nur. Er fragt sich ob er jemals gelebt habe. Durch dieses Leben in dem Bürgerhause wovon er gegen niemand Erwähnung tut, glaubt er ein Lügner u. Verräter zu sein In dieser Zeit sitzt Andres dem Zorzi zu einem Porträt, bricht auch tückisch ab. Zorzi macht ihm Angst vor Intervention der Behörde. Die Katastrophe durch den Tod des Mannes. Die Veränderung der Kinder gegen ihn, ihre Bitterkeit. Selbstvorwürfe Andres'. Darf ich sagen: ich stehe bei jemand.

Die Bilder in den Kirchen ihm unleidlich; sie demütigen ihn durch die Mannhaftigkeit der dargestellten Figuren. Ihm ekelt über seine Fähigkeit, sich in alle, sogar den Spion Zorzi, dann einen alten buckligen Zubringer etc. mit Verständniss hineinzufühlen.

Er will dem Malteser das Geständniss dieser Selbstverachtung machen, unterlässt es wieder. Der Malteser durchblickt seinen Zustand, erkennt an einer veränderten wegwerfenden Art zu reden dass er mit sich zerfallen sei. M: Sie dürfen nicht das Kind mit dem Bade ausschütten.

Andres:
Angst, in M_I oder M_{II} das andere Wesen wahrzunehmen – darüber das Einzige des geliebten Wesens zu verlieren. Er ist nahe daran M_{II} tödten zu wollen um M_I für sich zu retten. Die Versuchungen denen seine Schwäche hier ausgesetzt ist.

Lerne zu leben!

Andres. Resultat des venez. Aufenthaltes. Er fühlt mit Schaudern, dass er in die eingeschränkte Wiener Existenz gar nicht zurück kann. Er ist ihr entwachsen. Aber der gewonnene Zustand beängstigt ihn mehr als er ihn erfreut: es scheint ihm ein Zustand, in welchem nichts bedingt – nichts erschwert dadurch aber auch nichts vorhanden ist. Alles erinnert nur an Verhältnisse – es sind keine. Alles ist schon vorgekostet, nirgend ist etwas zu suchen, dadurch kann auch nichts gefunden werden.

(Gedanke ob sich diese Steinchen im Kaleidoskop neu ordnen können.)

Neidvolles Zurückdenken an die Ausfahrt des Großvaters donauabwärts die ersten Stellen, Erfolg durch Gewandtheit u. Mut. Frömmigkeit. Treue, dabei eine gewisse gesunde Selbstsucht u. Schlauheit. Großvater geboren 1683, dessen Vater verließ das Gehöft, ließ die Frau zurück. Vater geboren 1715, Andres geb. 1757

Aufzeichnungen der Grossmutter = Stampferin.

Andreas. Abschied vom Finazzerhof

Er glaubt sich nicht, er bildet die Gestalt eines andern in sich aus, der wiederkommen wird. Erschrocken nur in dem Haus am Fluß wo ihm die bereuende Witwe entgegentritt mit ihrem: »Du selbst! Du bist es selbst! Dir entrinnst Du nicht!«

Andres Rückreise.

er sieht den Himmel, kleine Wölkchen über einem Walde – er sieht die Schönheit wird gerührt – aber ohne das Gefühl des Selbst auf welchem wie auf einem Smaragd die Welt ruhen muss – mit Romana sagt er sich könnte es sein Himmel sein.

3 IX. 1913

Roman. Übergang in die Erzählung der Herreise.

– – ihm schwebte das Haus der Witwe vor – die Kärntner Tage. Frau da – das schurkische Gesicht des Bedienten – das Bad im Flusse, ängstlich als könnte er etwas so schönes nie wieder erleben. Dies alles bog ihn hin u. her wie der Wind vor dem Unwetter einen Weidenbusch. Aber der Leser weiss nicht welches Haus, welcher Fluss – was das alles bedeutet. Wir müssen versuchen, ihm die Dinge zu erzählen, deren Nachgefühle, freilich mit dem innersten dem eigenen Wesen vermischt, jetzt den Andreas erfüllten, ja ihn zu eben dem erst machten der da sass und träumte für uns die wir ihn kennen: jener um so viel ärmere und schon reichere als er ausgezogen war: jener dem sich schon alle bösen u. guten Mächte angekündigt hatten, der schon nicht mehr so steif u. dumpf war, als der von Haus fortgegangen war.

Andres.

als Abschluss der Reisecapitel: Begegnung mit der »Frau an der Aar«. Eine deutschredende aus dem tiefstgelegenen der sette comuni. Witwe. Das auf Papier gemalte Bild des Unglücks (daran der Ehering). Schickt ihr sechzehnjähriges Mädchen an den Strom knien und weinen. Ihr Husten (hysterisch von ihr selbst gesteigert). Zuweilen erzählt sies ausführlicher. Das Bild ist ihr Gebetbuch und alles.

Eindruck auf Andres: ein Augenblick! von hier aus vermag er zu beten. das trifft ihn.

Dazwischen Kaufmannsdiener Aufmerksamkeit auf sein Gepäck. (Jäh vom Gebet weg) Ein eitles leeres Schwatzen mit einem Mitreisenden: über den Adel der Terra ferma.

Roman. Abschluss der Reisecapitel. Die Witwe

Die Scene wo die Tochter die Mutter wegzerren will, damit sie den Fremden nicht belästige – indem sie der Mutter die sich an die Brust des Fremden hängt – die bittersten eisigsten Wahrheiten sagt: Das ist ein fremder Mensch, der Zufall, den er verwünschen wird, hat ihn hier übernachten gemacht. Was Dir widerfahren ist, ist ihm gleichgiltig,

Haus der Witwe. Erzählung der Tochter.

Sie wundern sich, dass ich dies alles so weiss, Wort für Wort, was in der Ehe meiner Mutter vorgegangen? Ich habe nie etwas anderes erzählen gehört. Meine Mutter wollte die Gestalt meines Vaters in meiner Seele an Stelle des Erlösers einpflanzen. Es ist ihr gelungen. Was suchst Du in der Welt? was willst Du erleben, das über dies hinausgienge? Was willst Du in Büchern erfahren? Sie hat einen Schwur getan, mich dem Vater zu weihen. Sie hat ihn gehalten. – Sie hat mir gestanden, sie habe nie geliebt. Die Gutmütigkeit u. Anmuth des Vaters. Die freudlose Ehe.

Die Entschlossenheit der Tochter in diesem Gelübde zu verharren. Dabei gottlos, ohne Freude, ohne Hoffnung.

Andreas. (Reise nach Venedig)

Das Abenteuer mit der untröstlichen Witwe. Er setzt sich an die Stelle der unglücklichen Mörderin, Romana an Stelle des Mannes. Er ist hypochondrisch genug, sich das Herabstossen vorzustellen. Aller Kleinheitswahn fliesst hier zusammen; er malt sich aus, was in Romana er alles zerstört – er lässt sie nicht ganz todt sein, sondern als einen freudlosen Geist fortleben – dadurch erst wird ihm der Reichtum ihres Lebens klar – er fühlt sich mit ihr verbunden wie nie zuvor – der Gehalt des Lebens geht ihm auf – er ist selig. Wodurch werden wir bewegt – von welcher Kraft, von welchem Punkt aus? fragt er sich und ihm graut vor der Unbekanntschaft mit der Macht, die über allem ist.

(Der Finazzer: Womit kann ich dem Herrn dienen)

Begegnung mit der Witwe und ihrer Tochter, am Fluss. Er hört sie reden, von Weinen unterbrochen: sie will ins Wasser. Die Tochter hart über ihre Jahre.

Ihm ahnt dass auf einem gesunden Selbstgefühl, wie der Berg Kaf auf einem Smaragd, das ganze Dasein ruht.

Nach allen diesen Vorstellungen fühlt er sich mit Romana untrennbar verbunden, wahrhaft vermählt.

Malteser.

winkt einer Gondel um den Brief zu lesen. Fängt an indessen der Gondolier die Gondel richtet. Vergisst einzusteigen. Steigt ein, versucht über den Brief hinwegzukommen. Der Gondolier wagt nicht ihn aufmerksam zu machen er steht schnell auf steckt schnell den Brief ein Begeht einige Irrthümer in Wohnungen. Fühlt sich dann masslos unheimlich in der eigenen Wohnung. Will den Brief verbrennen.

M_{II}. An jenem Tag war ich zum ersten Mal ganz heraussen. Vorher verstand ich schon, Briefe zu schreiben.

Nicht den Mut es sich bequem zu machen

Etwas nicht wiederfinden können will zurück an die Stelle: es suchen

Malteser

Es ist ihm unmöglich den älteren Diener Gondolier, bei dem Verwandtenbesuch ist zu stören – deshalb ist er die vordere Treppe hinaufgegangen – fällt ihm dann ein; er denkt selbst darüber nach: seine Diener in Japan fallen ihm dabei ein: wo er ihrer 14 hatte, Männer u. Frauen.

Die Kraft der M_{II} Abenteuer anzuknüpfen weil sie unbedingt frei ist

Eine Begegnung zwischen dem Malteser und Andreas auf einem vor Anker liegenden Schiff, Einladungen ziemlich geheimnissvoll durch den Capitän – Courtisanen, auch eine völlig verschleierte (M_2). Sacramozo sichtlich verlegen gemacht durch die Verschleierte; er führt zwar mit Sicherheit die Conversation; ihn interessiert sehr ein Inder der teilnimmt, aber abseits isst. Alles auf M_{II}' Betreiben: ich wollte Euch einmal miteinander sehen. Beim Nachhausfahren sprechen sie nichts über die ganze Sache, nichts über die Einladung. Andreas fühlt dass der Malteser für möglich hält, es könne die Gräfin gewesen sein. Ihr Gespräch dreht sich um Schicksal und Tod. In dieser Nacht zum ersten Mal lädt S. den Andreas ein, ihn zu besuchen. (S. hat 2 Wohnungen, eine auf der Giudecca.)

Das Verhältniss eines zartstolzen Menschen wie Sacramozo zu den Vexationen durch die Behörde: er wird vorgeladen, muss Auskunft geben wegen der 2ten Wohnung.

Malteser. Der völlige Zusammenbruch des Mannes von vierzig Jahren. Er kann nicht mehr erwarten, daß noch Aufklärung, rettende Offenbarungen kommen – er kann nicht bei den Älteren als er selbst, ressourcen vermuten, die ihm vorbehalten sind – er darf niemandem bittend, zutraulich-schülerhaft nahen – er ist selber die oberste Instanz; im Leben steht er nicht mehr mit Neugierde – sehr viele Verhältnisse sind nicht mehr möglich; dies alles erkannt, hypochondrisch gesteigert; er findet sich nicht recht drein in dem Alter das er wirklich hat, zu der Gräfin steht er schülerhaft, diese Aufgabe geht über seine Kräfte: alles was er ihr tut, ist ein Scheintun – furchtbarste Zweifel hier, die jedesmal abzubrechen und im Tun fortzufahren er den Anstand hat.

Sein Schatz: das Wissen um die Einzigkeit

Dies ist der heroischeste aller menschlichen Zustände (siehe Friedrich II)

Aussee 26 IX 1916.

Epoche der Abenteuer

M_{II} Begierde zu erleben, masslose Neugier, den Fuss überall hinzusetzen, in alle möglichen Situationen zu kommen alle Spelunken zu betreten: alles was er vorbringt (von der Schönheit fliessenden Wassers etc.) nimmt sie gesteigert auf. Sie hört wovon die Leute reden, wo jetzt etwas los ist, etwas zu sehen ist.

Der Gemüsemarkt gegen Morgen.

Der Fischmarkt.

Kellerphantasien.

Postfahrten auf dem festen Land. Episode der Seiltänzer. (Les frères Zemganno)

in M_I subliminares Grauen vor allem auf der Gasse sich zutragendem. Zunehmende Unlust, auszufahren, die der Malteser zu bekämpfen sucht. Purification, Einäscherung des Herzens. Verherrlichung der Abtötung. Interesse für den Platonismus des Maltesers. Neigung zum Molinismus.

Der Malteser hofft nicht mehr mit M_I Kinder zu haben. Andres könnte ihm ein »Sohn ohne Mutter« werden.

Andres in gewissen Momenten des Zusammenseins mit M_{II} sich selber gleich oder scheinbar über sich selber hinaus.

Roman. Grundgedanke

Eins-werden mit sich selber um jeden Preis – dies die Entscheidung für Maria, die entscheidende Lehre für Andres.

Sie fühlt, dass sie bei ihm nicht in ihrer Ganzheit geborgen wäre – nur bei Gott.

Das Glück ist kein Ziel: man muss über sich hinauskommen. Preis der Gewalt des Willens.

Versuch Andres in seiner Verzweiflung sich Maria nur wirklich zu denken (wie bei einer Todten) ihr Leben mitzuleben: Unmöglichkeit.

Roman.

ein Brief der Mutter auf der Dogana gelesen worin schon des Vaters Krankheit gemeldet, übermittelt dessen gesteigerte Sorgen (erwähnt die nervöse Bewegung der trommelnden Finger, Ungeduld auf den Stundenlauf, Angst um das Befinden der Kaiserin, drückt alles nicht die Sorge um Dich aus, um Deine Zukunft?) – ob die angeknüpften Bekanntschaften nützlich, ob der Gesandte darunter den müsstest Du doch durch den Ritter kennen lernen können, alles komme auf Verbindung an – er sieht plötzlich, dass er darauf gar nicht antworten könnte, – er fragt sich selbst: wodurch bin ich über dieses hinaus – womit könnte ich prahlen – ein jüngerer Sohn verkehrt mit mir u. eine Dame von fast unbekanntem wallonischem Namen – worauf beruht es? u. er fühlt doch, dass es auf etwas Ungeheuerem beruht, gar nicht auszusagen ist, Vorgefühl einer neuen Menschheitsepoche.

Roman: Die Ubiquität des Maltesers: er ist überall ganz drin: im Schachspiel, in der Antike, im Broglio, in der Orientpolitik, im commerce des blés. Er durchschaut Naturen ganz, auf einen Brief hin: darum bedeutet ihm Andres sogleich so viel.

Seine grossen Begriffe: Chemie, Physik, die Andres allmählich erst ausschöpft. – Er definiert nie.

Er ist völlig unstarr: das Gegenteil eines Pedanten. Übermächtige Liebe zum Leben. Er goutiert schön anziehen, sich vernachlässigen; Wasserhühner schiessen, Antike lesen. – Die Mächte sind ihm alles, die Zeit ist ihm nichts. (Andres ist die Zeit alles: so der Witwe.)

VIII 19 Roman.

Persische Erzählung. (Im Roman eingeflochten?)

Der Herrscher: außerordentlichste Selbst-idolisation. Genie des Naturgeniessens: Vögel Blumen, Wasser, Frauen. Einmal tritt er an einen Juwelier, der Waren ausbreitet, heran, statt diesen zu sich zu winken. Er fühlt den Act der Herablassung selbst mit ausserordentlichem Staunen.

Ein Blüthengarten mit blühenden Früchtetragenden Orangenbäumen

Den Malteser mit dem Herrscher befreundet sein lassen. Gespräche. Er schenkt ihm eine Frau aus seinem Harem. Schreckliche Bestrafung eines Anderen der diese Gabe nicht nach Gebühr geehrt hat.

Eindruck der Erzählung auf M_{II}. Ihre Reflexionen darüber.

Anekdote von Maria Theresia als ganz junger Frau auf einer Reise durch die Lombardei Die Leichtigkeit wie ihr das Blut ins Gesicht stieg, wie ihr die Thränen und das Lachen kamen. Die Art zu Pferd zu steigen: sich dabei des Pferdes zu bemächtigen. Ihr Gesicht beim Hasardspiel. Ihr Geldverschenken.

26 X. 1919

Roman. Malteser.

Um ihn ist Zeitlosigkeit. Seine Fragestellungen wo sie offenbar werden, so ungeheuer treffend dass es Andreas zumut ist als werde ein Schleier vom nackten Empyreum fortgerissen.

Alles was ihn gelegentlich beschäftigt, scheint er nur aus condescendance mit-zu-tun.

Seine Einsicht in die Ohnmacht des Wortes, die magische Gewalt der Silbe. – Seine Manieren: wenn man in sie eindringt. Es scheint noch ein Mensch dahinter. Der Doppelgänger: dieser ist vielleicht ein Gegenstand ungeheurer Ehrfurcht u. Furcht.

Die wechselnde Art wie Anna in ihren zwei Gestalten den Malteser sieht.

Roman. Figuren, Constellationen. –

Jemand – ein Unbekannter – der sich von aussen her (als Beobachter Verfolger) einer jungen weiblichen Person aufdrängen will. – Tanzakademie. – Geheimnisvoller Todesfall einer nicht agnoscierbaren Person. – Dürnstein – Wohnungen im Stift. – Einer der allen Dingen zu viel Wichtigkeit beimisst, u. einer der sich überhaupt um nichts kümmert. – Anna, in der Übergangszeit, macht viele Besuche bei Armen u. Kranken. – Lässt Andreas hie u. da mitgehen – um das Alleinsein mit ihm zu vermeiden. – Fechtlehrer abgedankter Officier. –

Der wirklich geistreiche Schmarotzer: wie Gustav Schoenaich in seinen besten Momenten. Seine Citate, Anekdoten. Liebenswürdig. – Er ist aber cynisch genug, den 12jährigen Buben auszunützen (ebenso natürlich Andreas); dieser Schmarotzer hat irgendwo eine Frau u. Töchter; – eine von diesen – mit welcher der Knabe sehr befreundet – lebt mit einem Schauspieler, der von finsterer Gemütsart ist. – Venedig: die Nina zeigt ihm eine nicht mehr junge sehr merkwürdig aussehende Person und sagt ihm: das ist die ehemalige Geliebte Ihres Freundes. – Welches Freundes? – Ich habe nicht gewusst, dass Sie schon so viele hier haben. Nun, des Maltesers. – Ahnung Andres' dass in einem gewissen Rhythmus den der Malteser beobachtet: keine hastige Bewegung, auch wenn er allein ist u.s.f. etwas Grosses liege: Zusammenhang mit dem Orient u.s.f.; wie Andres von der persischen Reise hört, erscheint es ihm plötzlich als ganz selbstverständlich. – Ahnung Andres, das Schöne könne im Menschen realisiert sein. Gespräch darüber mit dem Knaben. – Der deutsche Hauslehrer kommt dazwischen. Gespräch mit diesem, abends. Hier die Polarität des sinnlich u. sittlich Schönen. – Züge in diesem von Kleists Ringen um das Schöne: Herausmeisseln aus sich u. der Geliebten. –

Ein Wucherer von anderer Art als man sich ihn vorstellt; bäurisch. Weinbauer aus Grinzing. – Eine ehemalige erzherzogliche Kammerfrau, Geldgeberin, leiht auf Pfänder. – Fackelauslöscher in den Hauseinfahrten. –

Qual für Andres sich mit dem deutschen Hofmeister ähnlich zu finden, und sein Ich von jenem Ich trennen zu müssen. Gedanke wie unmöglich solche Anfechtungen an den Malteser herankönnten. –

Ein alternder Mensch, Künstler Handwerker Gelehrter – der seine Arbeit u. sein Leben liebt. – Der böse Bediente nochmals. / Ziegelbrennerei u. elende Existenzen. / Des Knaben Berührung mit bösen Leuten. /

Romana wird von Andres gefunden als der innerste Kern verketteter Geschehnisse die ihn scheinbar aus sich selber heraus an den

Rand der Verzweiflung treiben: ebendort findet er sie. (Als Klosterschülerin.)

ab Mitte November 1925. Neuer Roman

Das Hauptmotiv, die gespaltene Natur der Frau, wird vielleicht zurücktreten. Dennoch hält dieses Motiv alles symbolisch zusammen.

Der Schauplatz eine große Stadt in Westafrika hält alles zusammen in einer Entfernung von Europa.

Der erste Teil enthält die Begegnungen des Andreas mit jener, die er für die jüngere Schwester hält; die Aufgabe, dieses Wesen zu ergründen, nimmt für ihn eine ihm selbst schwer begreifliche Wichtigkeit an. Gleichzeitige Befreundung mit dem Gatten, einem russischen Deutschen.

Gang des Hauptteiles.
(Die Begegnungen Andreas mit den beiden Schwestern.)

Zuerst begegnet er M_1 ohne sie zu sprechen. Dann bringt ihn Sagredo einmal (oder ein paar Mal) zu der Baronin. Von da an lässt sie sich immer wieder entschuldigen: sie wäre nicht wohl. (Indessen entwickelt sich die Intimität mit M_2.)

Sagredo u. die Baronin.
Sagredo u. Andreas. } zugleich
Andreas u. M_2

Während dieser Zeit fühlt sich M_1 immer schlimmer bedroht von einem unbekannten Gegner. Versuche der M_2 die M_1 ganz in die Hand zu bekommen. Gedanke der M_1 ins Kloster zu gehen; der Franziskaner rät ihr ab wegen des Kindes.

Sagredo erzählt Andres, dass M_1 von jemand verfolgt werde, u. dass dieser jemand sich anscheinend des »Bösen« bediene. (Der

Böse geht mit genialem Instinct auf Disintegration aus; er ist Polizeispitzel – war an der Juli-revolution beteiligt)

Einmal bringt M_2 die M_1 so weit dass sie die beiden Herren einladet. Sie ist an diesem Abend die Grazie selbst, singt mit einer ganz zarten Stimme wie ein Engel, drückt A. die Hand. Er fühlt dass er liebt: aber beide.

Nach M_1 Verschwinden, tiefer Hass Sagredos auf Andres.

29 XI 25 Gehalt.

Die Vereinigung – das gesellige Individuum die darin liegende Unsterblichkeit

die Überwindung der Gegensätze
von Hoch und Gemein –
von Körper u. Geist
von Katholisch u. freigeistig
von welscher Welt u. deutscher Welt

Ende XI 27.

Roman.

müsste ein Compendium sein.

Philosophie der Politik – bis in ihre feinsten Verästelungen in die Biologie –

Verhältnis der Lebensalter zueinander die Berufe u. ihre Erfahrungen, und wie sie auf die Menschen zurückwirken –

das Gleichgewicht im Socialen trotz der Ungleichheiten u. Spannungen, worin das Ausgleichende liegt. Auf was hin leben die Menschen? –

Medicinische Intuitionen.

Die Quelle der nationalen Eigenthümlichkeiten u. Stärken –

RAOUL RICHTER, 1896

Zu Ende Juli abends gewahrte ich in der Andrianschen Villa, die sonst verschlossen war, ein offnes Fenster und sah einen jungen Mann sitzen, der, sich selber am Klavier begleitend, ohne Noten leidenschaftlich in die Dämmerung hineinsang. Ich erkannte ihn für den gleichen, den ich tags zuvor hatte im Regensturm mit starken schnellen Schritten am See entlanggehen sehen, gleichfalls leidenschaftlich, stoßweise vor sich hinsingend. Einige Tage später, als ich in einen bäuerischen Wirtsgarten trat, saßen einige mir Befreundete an den Tischen; sie winkten mich hinzu; als ich nahe war, erkannte ich, daß dieser Fremde unter ihnen war, ein Dunkler, Mittelgroßer, Breitschultriger, der sich erhob, als ich hinzutrat: es war Richter. Sein Vortreten war lebhaft, der Händedruck schnell und stark, der Blick sehr schnell und fest auf mich gerichtet; so auch jedesmal im Gespräch, dazwischen aber vor sich hin ins Leere oder nach oben mit einem zeitweiligen Zurückwerfen des Kopfes. Beides, Aufmerksamkeit und Sichverlieren, völlig scharf geschieden, beides kraftvoll; aus der einen in die andre Stellung der Körper jäh geworfen, desgleichen die Drehung des Auges jäh, daß das Weiße stark aufleuchtete: hier erkannte ich sogleich den im Dunkel stoßweiße vor sich Hinsingenden wieder.

Ich fühlte ihn älter als mich; er war's, wenn auch nur um wenige Jahre, die aber in der ersten Hälfte der Zwanziger bedeutend sind. Seine Aufmerksamkeit war mir wohltuend, etwas Festes, Bestimmtes an ihm zog mich an. Es war der erste Jüngling norddeutscher Geistesbildung, der in meinen Gesichtskreis trat. Ich hörte, er wäre vor kurzem beträchtlich krank gewesen; aber ich begriff, er war nun ganz gesund, und reifer, als wenn er etwa die Prüfung dieser Krankheit nicht mitgemacht hätte. Wir waren unser mehrere, alle nahe den zwanzig, gesellschaftlich und durch andre Umstände war er sogleich an uns angeschlossen; doch blieb er ein Bestimmter für sich, der Fremde, der Reifere, der Ältere. Ich besuchte ihn, er erwiderte den Besuch, freute sich des Quartiers, das ich bei meinen Bauern innehatte, die mir, mitten zwischen ihren Schlafstuben, eine Kammer eingeräumt hatten. Ich mußte ihm zeigen, wo ich nachts, unter einer morschen Treppenstufe den Türschlüssel zu finden gewohnt war; der alte Apfelbaum, dessen Zweige eine ganze Seite des Hauses beschatteten und an alle die kleinen viereckigen Fenster rührten, der Laufbrunnen: alles gefiel ihm überaus wohl; er nickte dem Baume zu; es war, als ob er zufrieden das alles wiederfände nach einer langen Abwesenheit. So auch in der freien Natur, wenn wir miteinander gingen. Wir stiegen einmal durch einen Tannenwald steil hinan; dann wurde es gemächlicher: kleine Wiesen, von hohen Bäumen eingeschlossen, schöne, stille Waldplätze nacheinander, auf dem dritten stand eine Hütte für die Holzmacher ganz aus Baumrinde, mit einer niedrigen Tür; ein Bursch kam daraus hervor und schloß sich uns an, er erzählte allerlei im Gehen: wie sein Bruder, der Bergarbeiter war, in einen dreizehn Meter tiefen Schacht hinabgestürzt sei und nur wie durch ein Wunder lebendig geblieben, und wie der Fehler bei den Beamten liegt, die verstünden nichts und verlangten das Unmögliche, es seien Fremde; wäre aber einer ein Hiesiger, so hätte er gleichwohl kein Einsehen, sei wie die andern, geizig, befehlshaberisch nach unten, duckmausig und falsch nach oben, das sei einmal so, wenn einer ein Amt habe, darum möchte er keines, wenn man ihn gleich in eines einsetzen wollte. Dann von der Jagdherrschaft, wie der junge Graf ein großer Sparmeister sei, meinte, er könnte es mit fünf Jägern richten, wo sonst ihrer neun im Revier gewesen; die andern entlassen ohne viel Federlesens, darunter auch seiner Schwester Mann mit fünf kleinen Kindern; so seien die Menschen: wenn sie reich seien, wollten sie noch mehr haben. Der große, schöne, hochgewachsene Bursch redete in allem freiweg, aber ganz ohne Zorn oder Anklägerei; man fühlte, ihm war bei seinen zwanzig Jahren das Leben lieb, und er wußte sich nichts Bessers als Heu- und Holzmachen oder Treiben auf der Gemsjagd, den Sonntag das Wirtshaus oder die Schießstätte.

Richter machte ihn völlig zutraulich durch das wenige, was er einwarf, ihm war rein und gut zumute allem Menschlichen gegenüber. Ich blieb hinter ihnen zurück, es wäre mir lieber gewesen, wir gingen nun allein; der Abend fiel ein, die Sterne leuchteten zwischen den Bäumen auf, diese Stunde ging mir über alles, ich hätte tief ins Dunkel hineinmögen, zugleich aber auch ins Freie hinaus, übers Tal hin, wie das jetzt eigentümlich dalag, jeder Baum für sich, jede Hütte, jeder Heustadel wie in der Kirche. Wir kamen auch an eine Waldblöße, der Bursch trennte sich von uns und lief senkrecht hinab durchs Krummholz, wir sahen hinüber auf dunklen Wald, hinunter ins Seitental, der Augenblick, wo Tag und Nacht sich verschränken, war vorüber, das Licht schon kalt, ich sogleich verdrossen; der ganze Spaziergang war mir zuwider, alles so gleichgültig, ich hätte lieber allein in meiner Kammer sitzen mögen und auf den Laufbrunnen horchen oder in einem Buch lesen. Wenn ich nicht das Überschwengliche empfing, war ich enttäuscht, in mir, um mich alles so hohl und spitz, das Liebesgefühl erstarrt. Die Bäume standen so hölzern da, eine Wolke hing grau, träg ins Tal hinein, es war nichts. Ich war wie ein Spieler, der alles auf einen Wurf setzte: es ging mir immer um eine Trunkenheit, die ohne Namen war, oder um nichts. Richter war ruhig, heiter und erfüllt, sein Blick ging hinüber zu den Wäldern, hinab ins Tal, dann hinauf, wo bald die ersten Sterne kommen mußten. Im Hinuntersteigen kam ihm ein Gespräch auf die Lippen, oder er wählte es, weil er fühlte, wie mich die Einbildungskraft zwischen Zuviel und Zuwenig jäh herumwarf: er sprach, wie der reifende Mensch die Fülle über die Überfülle stellen lerne, die fromme Zufriedenheit über die schweifende Sehnsucht. Sein Gang war schnell unterm Reden, sein Blick selten auf den Weg, sondern vor sich, auf ein Etwas hin, zuweilen fast starr. Er sprach für mich, aber nicht eigentlich zu mir. Es war, als ginge er immer hastig auf ein Licht los, das er innerlich gewahr wurde.

Einen andern Nachmittag begleitete er mich nach Hause. Über einen Wiesenweg kamen meine Hausleute daher, gekleidet wie am Sonntag und jedes eine brennende Kerze in der Hand. Es war hinterm Salzberg jemand aus der Freundschaft gestorben, und sie gingen pflichtgemäß die Nacht im Sterbezimmer durchzubeten.

Die drei Gestalten, der alte Mann, die noch jugendliche Frau, seine Tochter, und das hochaufgeschossene Enkelkind, wie sie so eigentümlich in der Dämmerung an uns vorüberschritten, eines hinter dem andern, und wir zur Seite traten und sie uns grüßten, doch anders als sonst: mir war ehrerbietig zumute. Jedes hielt die Kerze ernst und feierlich, als wäre es sein eignes Lebenslicht, das Mädchen Romana ging voraus, sie war sonst ein Kind, jetzt erschien sie als eine Jungfrau; der Alte ging als letzter, seine starke Greisenhand schloß sich fest um die Kerze: er ging mutig-ernst, die Frau, seine Tochter, gottergeben, die Enkeltochter ahnungsvoll. Mir war, sie gingen alle auf ihr Grab zu, aber nichts von Bangigkeit, nur feierlich schön, den Weg alles Lebens. Das Geheimnis der Lebendigen riß mächtig durch mich hin, die Reinheit erschütterte mich, wie von solchen Menschen das Leben gelebt wird. Ich hatte dreifaches Heimweh in mir: nach der unschuldigen Jugend, nach der Mitte des Lebens und nach dem erfüllten Greisenalter; ich hätte mögen in ihnen allen zugleich sein und stand doch nur seitwärts am Wege. Die Lichter entfernten sich, es war noch nicht Dämmerung, aber eine trübe, lichtlose Stunde, alles war weit, leer, fremd. Richter war still, wir stiegen aufwärts. Er sprach von der Reinheit, wie sie überall sein könne, nicht bloß bei den Einfältigen; wie es sich darum handle, überall zum wahren Anschauen vorzudringen, das Entmischte zu erblicken, das von einem göttlichen Kontur umrissen ist. Ich fiel ein von der Reinheit der Jahreszeiten, und wie ich mich zuweilen grundlos sehnen müsse, von der einen in die andre: wie im Winter Eisblumen zuweilen das ganze Glücksgefühl des Hochsommers in die Seele stießen, oder wie ich mich heute nacht habe unerklärlich sehnen können nach dem Einfallen des Föhns in einer Februarnacht, daß ich meinte den Schnee zu hören, der von den Bäumen tropfte, unter die Felswand rieseln, den Bach befreit aufrauschen in ungewissem Licht, und wie dies meiner Seele nahe gewesen sei, die träge feuchte Sommernacht aber, die mich umgab, weit weg und fast unwirklich. Er erwiderte nichts, aber ich fühlte den Widerstand in seiner Seele, daß ich weiterschweife von einem zum andern, wo er das Gegebene anschaute und die Grenzen achtete und liebte. Ich fuhr fort: wie immer das Ersehnte so rein scheine, und immer die Sehnsucht nach rückwärts, nach dem als Kind Erlebten, daß mir alles Schöne nur war, als erinnerte es mich an ein Früheres, und die Sehnsucht nach dem Unendlichen, daß ich mich in den Schmerz mit Wollust versenken könne, ja selbst in unwahren und geträumten Schmerz, weil ein Unendliches sich offenbare. Ich fühlte, er duldete und verstand mich, ohne mir mit dem Gefühl nahe zu sein; er sprach nichts aus, leise wandte er das Gespräch: daß es zweierlei Reinheit gäbe und ein Doppeltes in uns nach dieser zweifachen Reinheit suche, verschieden nach den innern Lebensstufen, und daß auf der reifern Stufe das Reine erkannt werde als das Wesentliche und das, was allein Bestand habe. Er verfolgte das weiter, wie die Reinheit immer fest gegründet, erworben und erkämpft werden müsse, wie sie nicht im gestaltlos Großen und Vagen gesucht werden dürfe, sondern wie sie im Kleinsten beruhe, im einzelnen, im Nichtschwanken, Nichtmischen, Nichtvermischen, in der Zucht und unablässigen Lebendigkeit des Herzens. Er sprach von den hohen gereinigten Begriffen, dem wahren Tempelschatz der Menschheit, von der Reinheit des Erkannten, der Reinheit der Begrenzung. Wie alles durch Kampf und Leiden erworben und erlitten werden müsse; freilich sei alles namenlos bedingt und verhäkelt, aber zugleich doch so frei, so erfüllt und begnadet: wie schließlich der Geist alles zusammenhalte in der lebendigen Reinheit. Er führte das noch weiter aus; ich spürte wohl, daß er vom wirklichen Leben redete, von der Mannhaftigkeit, und daß er auch auf die bleibenden Lebensverhältnisse hindeutete, an die nichts in mir dachte; daß er zwischen zwei Altern stand und vor ihm schon Ehe und Vaterschaft lagen. Ich schwieg; das Tageslicht war nun auch hier oben weg, aber die Farbe trat unsäglich hervor an jedem Ding, an dem Laub der Buchen, der Rinde; andre Stämme, die an der Erde lagen, waren geschält, wie nackt; nicht tot, nicht lebendig, sondern zwischen beiden. Das Wasser floß jetzt neben uns hin, ohne Wirbel, leuchtend tiefes Grün; in mir war ein traumartiges Aufnehmen von alledem. Wir kamen einen Abhang hinunter, da stand ein einsames Bauernhaus; aus dem einen kleinen viereckigen Fenster fiel ein Licht über die Wiese hin, dann schob sich ein Schatten davor, das Licht verschob sich, erlosch dann für eine kurze Weile. In den wenigen dürftigen Zeichen fiel mich das Ganze des Menschenlebens an, die vier Wände, das niedrige Dach über dem Kopf, das Drinnen und Draußen, das Eingeschlossene, das Erbärmliche, das Wunderbare. Ich erkannte dann das Haus, es gehörte zweien Brüdern; der eine war ein Großer mit einem Kropf und schiefgestellten bösen Augen in dem ganz runden kleinen krummnasigen Gesicht. Dieser war unmäßig geizig; dem jüngern Bruder, der schwachmütig und plump war, lud er Grummet auf, daß ihm fast das Kreuz brach, spannte ihn ein wie einen Zughund, fütterte ihn mit den Abfällen; diese hausten hier allein miteinander, gleichwohl fiel der Schein jetzt wieder sanft und herrlich aus der Kammer wie von einem Stern. Alles, was vorüberkam, und was in der Ferne war, blickte mich an; ich kann es nicht anders sagen: lauter Leben trat aus sich heraus, alles löste mich auf, ein leises, bängliches Gefühl mischte sich ein, aber nur kaum, es war nur die Ahnung der Überfülle, wie bei einem Gefäß, das überzulaufen droht. Richter ging vor mir, er sang vor sich hin; ich konnte die Worte nicht verstehen, mir schien, es waren Goethesche Verse, der Klang war mutig und leidenschaftlich-hoffnungsvoll, es war, als hätte er sich in einen Kahn geworfen und fuhr, seines Zieles sicher, durch die Nacht dahin, indessen ich in dunklen Wellen unterging.

Den letzten Abend kam er spät nachts, klopfte an mein Fenster, ob ich noch wach wäre und in Kleidern: »Kommen Sie«, sagte er, »ich muß Ihnen meinen Baum zeigen, die uralte Riesentanne überm See. Sie sehen sie diese Nacht in ihrer ganzen Größe oder nie.« Er führte mich steil bergauf, der Wind strich durchs nebelfeuchte Krummholz hin, es war ein gewaltiges Wehen über dem Wald; nirgend ein Riß im Gewölk, doch das Mondlicht überall durchgesickert. Richter war belebter, aufgeregter, als ich ihn je gesehen hatte; daran, daß er mich jetzt geholt hatte, erkannte ich, daß er mir sehr wohlwollte. Er klomm schweigend und rasch voraus, als fürchtete er, etwas Großes zu versäumen. Nun waren wir lotrecht über dem See, ich fühlte es. Ich zog mich durchs Krummholz aufwärts, wollte ihn einholen, da trat er selbst zurück, hielt mich am Arm: der riesige Baum stand uns entgegen. Unter uns ging der Sturm, der See schlug laut an sein Ufer, überall floh nachtfarbenes Gewölk schnell dahin: aber der Baum regte keinen Ast, und an dieser einen Stelle, durch irgendwelches Gewände geschützt, schien die Gewalt der erregten Atmosphäre nur dazu da, um das milde Licht stärker und stärker anwachsen zu lassen, als würde es aus fernen Räumen unablässig herangetrieben. In eine mit jeder Sekunde wachsende Helligkeit reckte der Baum schweigend seine Riesenäste, er regte sich nicht und schien gerade darum in einem gewaltigen Tun begriffen. Es war heller und heller geworden: aus der einen Nacht trat eine andre, schönre hervor. Ich sah auf Richter hin: sein Gesicht war verändert, daß ich es kaum erkannt hätte, sein Auge irgendwo – so mußte es sein, wenn er allein ging und sang.

Als wir unten waren, auf einem Weg, im Tannenwald, dessen Zweige sich im Wind bewegten, alles schwarz und weiß, sagte er zu mir: »Wenn Sie in einer Nacht allein dort oben stehen werden, gedenken Sie meiner. Denn man muß allein dorthin: die Nacht, dieser Baum und der einzelne Mensch. Ich verabschiede mich heute von Ihnen, es war unser letzter Spaziergang.« Ich entsinne mich nicht, daß wir mehr als dies gesprochen hätten. Wir traten in sein Zimmer, er zündete eine Kerze an. Ich fühlte, er hätte ans Klavier treten mögen, das aufgeschlagen war, aber er tat es nicht. Er atmete stark; an seinem Gesicht waren noch Spuren der Veränderung, aber schwächer als oben, angesichts der Tanne. Sein Blick nicht mehr irgendwo, aber auch nicht ganz irdische Festigkeit, Aufmerksamkeit, sondern mehr von innen erhellt und bewegt. Er wandte sich, ging im Zimmer auf und ab, trat ans Fenster. Auf einem Tisch lag ein aufgeschlagenes Buch, das Licht der Kerze fiel hell auf die weißen Blätter. Ich kannte das Buch: es war Hölderlins »Hyperion«. Eine Stelle war mit Blei bezeichnet: »Glaube mir, du hättest nie das Gleichgewicht der schönen Menschheit so rein erkannt, hättest du es nicht so sehr verloren gehabt.« Richter trat heran, sein Blick ruhte auf mir mit einem unbestimmbaren Ausdruck: es ist in solchen Augenblicken, als träte das Seelenhafte aus uns heraus, umschwebte uns, würde berührbar. – Er sprach dann von der Zukunft, von dem, was in uns würdig werden müsse und würdig bleiben zu einem höchsten Amt: Vaterschaft.

Vor meiner Seele stand der Baum und die Art, wie er mich hinaufgeführt hatte, mir dies zu zeigen und zu hinterlassen, wie ein Vermächtnis. Ich fühlte das kaum Deutbare, Unauflösliche in alledem, und wie sich unsre ganze Begegnung und Freundschaft in dieser Stunde zusammenfaßte. Er geleitete mich hinaus, nahm eine Kerze mit, mir bis an die Haustüre zu leuchten. Die Bäume rauschten leise, der Himmel hatte sich völlig verdunkelt. Wie er die gekrümmte Hand vors Licht hielt, mir den Schein auf den Weg zu werfen, ich mich noch einmal wandte, ihm ins Gesicht zu sehen, wir beide so allein, über der Kerze die grenzenlose Finsternis, sein Blick noch einmal auf mir, sorglich, etwas vom Vater in seinem Blick, etwas von der Vaterschaft, die von jedem Ältern zu jedem Jüngern geht, da trat in beiden ein unnennbares Gefühl hervor, ganz plötzlich: beide, ich weiß es, fühlten beide – jeder sah sich und den andern dastehen, Gestalt gegen Gestalt, jeder spürte den Gebenden und den Empfangenden, das Geben und das Empfangen und das ganz außerhalb seiner selbst, das ganze geisterhafte Geheimnis daran und die Finsternis darüber, und so sagten wir uns Lebewohl.

DIE FRAU OHNE SCHATTEN

Der Kaiser war bei der Kaiserin, die des Sommers wegen ihr Gemach auf der obersten Terrasse des blauen Palastes bewohnte. Die Amme verharrte ihrer Gewohnheit nach wachend auf der Terrasse und überdachte zornig das Geschick, das ihre Herrin, eine Fee und eifersüchtig behütete Tochter des mächtigen Geisterfürsten, als Gattin in die Hände eines sterblichen Mannes gegeben hatte, mochte er gleich der Kaiser der Südöstlichen Inseln sein. In ihrer Einbildung verweilte sie, wie so oft, mit dem ihr anvertrauten Feenkinde noch auf der einsamen kleinen Insel, umflossen von dem ebenholzschwarzen Wasser des Bergsees, den die sieben Mondberge einschlossen, wo sie stille abgeschiedene Jahre verbracht hatten. Wieder meinte sie dem halbwüchsigen Kinde zuzusehen, das sich vor ihren Augen in einen hellroten Fisch verwandelte und leuchtend die dunkle Flut durchstrich, oder die Gestalt eines Vogels annahm und zwischen düsteren Zweigen hinflatterte. Aber mitten in ihre träumenden Gedanken brach mit Gewalt das widerwärtige zweideutige Gefühl der Gegenwart. Mit einem unwillkürlichen Seufzer öffnete sie ganz die Augen und spähte in die schöne Finsternis hinaus. Eine Erhellung über dem großen Teich fiel ihr bald auf. Das Leuchtende kam rasch näher, die Baumwipfel empfingen, wie es darüber hinging, einen Schein. An ihrem Bangen fühlte sie, daß es ein Wesen aus jener Welt war, der sie angehörte und der sich zuzurechnen sie seit einem Jahr kaum mehr den Mut hatte: doch war es nicht Keikobad der Geisterkönig selber, der Vater ihrer Herrin, sonst hätte sie heftiger gezittert. Wie die Terrasse sich erhellte, traf sie der Anhauch der Geisterwelt bis ins Mark. Der Bote stand vor ihr auf dem flachen Dach, er trug einen Harnisch aus blauen Schuppen, der seinen gedrungenen Leib eng umschloß. Sein blauschwarzes Haar war geflochten, und seine Augen funkelten. – Wer bist du, fragte die Amme erschrocken, dich habe ich nie gesehen. – Ich bin der Zwölfte, das mag dir genügen, entgegnete der Bote. Es ist an mir zu fragen, an dir zu antworten. Trägt sie diesmal ein Ungeborenes im Schoß? Ist das Verhaßte in diesem Monat geschehen? Dann wehe dir und mir und uns allen. – Die Amme verneinte heftig. – Also wirft sie noch keinen Schatten? fragte der Bote weiter. – Keinen, rief die Amme, ich darf es dir beteuern wie den Elf, die vor dir kamen, sooft ein Mond geschwunden war. So wenig wirft sie Schatten, als wenn ihr Leib von Bergkristall wäre. Ja, was sie hinter sich läßt, Steine, Rasen oder Wasser, leuchtet nachher stärker auf, so als wären es Smaragden und Topas. – Danke deinem Schöpfer, daß dem so ist, danke ihm auf den Knien, leichtfertiges strafbares Weib. – Leichtfertig! Strafbar! Sollte ich einen glitschigen Fisch im Wasser mit meinen Händen packen? Konnte ich eine junge störrische Gazelle an den Hörnern festhalten? Warum hat er ihr die Gabe der Verwandlung gegeben? So war sie ja schon den Menschen verfallen! Was fruchtete meine Wachsamkeit, meine beständige Angst! – Geprüft müssen alle werden, entgegnete der Bote. – Und warum, gab die Amme zurück, hat sie die schöne Gabe wiederum verloren, die ihr jetzt nottäte, wodurch sie vielleicht dem Verhängnis auf dem gleichen Wege, wo sie ihm verfiel, längst wieder entschlüpft wäre! – Alles ist an eine Zeit gebunden, sonst wären es keine Prüfungen. Zwölf Monde sind hinab, drei Tage kommen nun! – Drei Tage! rief die Amme voll unmäßiger Freude. – Der Bote sah sie streng an. Wer hat dich belehrt, sagte er, die Augenblicke gegeneinander abzuschätzen? Nimm dich zusammen und wache über ihr mit hundert Augen. Das goldene Wasser ist auf der Wanderschaft, es wäre nicht gut, wenn sie ihm begegnete. – Das Wasser des Lebens? rief die Amme, ich habe es nie springen sehen, ich weiß, es ist voll geheimer Gaben, könnte es ihr zu einem Schatten verhelfen? – Sie hätte gerne noch viel gefragt, aber ihr war, als hörte sie hinter sich im Schlafgemach ein Geräusch. Sie wandte den Kopf und sah beim matten Schein der Ampel den Kaiser, der sich leise von der Seite seiner schlafenden Frau erhoben hatte und völlig angekleidet dastand. Schnell kehrte die Amme sich wieder um: der Bote war verschwunden, und es schien die Helligkeit, die ihn umgab, sich in die ganze Atmosphäre verteilt zu haben. Der Kaiser trat leichten Fußes über den Leib der Amme hinweg, die ihr Gesicht an den Boden drückte. Er achtete ihrer so wenig, als läge hier nur ein Stück Teppich. Er ging schnell bis an den Rand des Daches vor, und sein vorgebogener Kopf spähte in die fahle Dämmerung hinaus. Die erfrischte Luft trug ihm aus mäßiger Ferne zu, was er zu hören begehrte. Man führte leise durch die Platanen sein Pferd heran, dem er die Hufe stets mit Tüchern zu umwinden befohlen hatte; denn es war seine Gewohnheit, zeitig vor Tag zur Jagd auszureiten und seine Gemahlin noch schlummernd zurückzulassen, abends aber erst spät heimzukehren, wenn schon Fackeln auf den Absätzen der Treppe brannten und das Schlafgemach von den neun Lampen einer Ampel sanft erleuchtet war. Immerhin hatte er noch keine einzige Nacht dieses Jahres, dessen zwölfter Monat eben zu Ende gegangen war, bei seiner Frau zu verbringen versäumt. Die Amme war hineingegangen und hatte sich zu den Füßen der Schlafenden auf den Rand des Bettes niedergesetzt; mit zweideutiger Zärtlichkeit betrachtete sie ihr Pflegekind. Sie nahm eine Lampe aus der Ampel und hielt sie seitwärts: kein Schatten des Hauptes, der Schultern, der schönen schmalen Hüften ließ sich an der Wand erblicken. Die Schlafende warf sich herum, ihr Gesicht zog sich schmerzlich zusammen, ein leises Stöhnen drang durch die Kehle bis an die Lippen. Auf einmal schlug sie die Augen auf, setzte sich im Bette auf und war nun so völlig wach wie die Tiere des Waldes, die den Schlaf in einem Nu abwerfen. – Er ist fort, sagte sie, und diesmal bleibt er drei Nächte aus. – Die Amme zuckte, sie dachte an das Wort des Boten, aber sie beherrschte sich schnell. – Wovon träumst du, wenn du schläfst? fragte sie hastig, deine Träume sind schlimm. – Er ist hinaus ins Gebirge seinen roten Falken suchen, sagte die Kaiserin, und er wird nicht ruhen, bis er ihn gefunden hat, und müßte er dreißig Tage und dreißig Nächte fortbleiben. – Wehe, daß wir unter Menschen gefallen sind, sprach die Amme. Ist es so weit, daß du, wenn du schläfst, schon fast dreinsiehst wie ihresgleichen! – Warum hast du mich nicht schlafen lassen, rief die Kaiserin, wie soll ich die lange Zeit hinbringen, könnte ich ihm nach, ach, daß ich den Talisman verlieren mußte. – Unglückseliges Kind, daß du ihn verlieren konntest! Habe ich dir nicht auf die Seele gebunden, daß du ihn bewahrest: an ihm hängt dein Schicksal. – Das wußte ich freilich nicht, daß er es war, der mir die Kraft gab, aus mir heraus und in den Leib eines Tieres hinüberzuschlüpfen. Nun weiß ich es und bin gestraft. Hätte ich ihn noch, wie lustig wären meine Tage, statt daß sie mir nun zwischen meinen glücklichen Nächten öde und traurig hingehen. Was hätte ich tagsüber für ein Leben, und wie wollte ich jeden Tag in einer anderen Gestalt meinem Herrn in die Hände fallen! – Es ist an einem Mal genug, sagte finster die Amme. – Meinst du denn, erwiderte lebhaft die Kaiserin, er hätte mich damals so schnell erlangt, wenn mir nicht sein roter Falke auf den Kopf geflogen wäre und mich nicht mit unablässigen Schlägen seiner Schwingen geblendet hätte, daß mir Feuer aus den Augen sprang und ich im Dorngebüsch zusammenbrach. – Er konnte wirklich den Speer nach dir werfen, der Mörder, der stumpfäugige Höllensohn? Die Amme schrie auf voll ungestillten Hasses. – Verlangst du, daß er mich in dieser Gestalt hätte erkennen sollen, erwiderte die Kaiserin. Aber er hat es mir seitdem oft geschworen, der Blick, der aus dem Auge der Gazelle brach, machte, daß sein Arm unsicher war und der Speer mich nur an der Seite des Halses ritzte wie ein Dorn, anstatt mir die Kehle zu durchbohren. – Die Amme stieß einen halben Fluch aus. – Es war freilich an der Zeit, daß ich mich nicht nur durch einen Blick verriet, sondern schneller als ich es jetzt sage, aus dem Leib der Gazelle mich in diesen meinen eigenen hinüberwarf und die Arme flehend zu ihm aufhob. Denn er war schon vom Pferd gesprungen und hatte den zweiten Wurfspeer, der ihm noch blieb, gezückt; seine Augen waren rot von der Hast und Wildheit der Verfolgung, und seine Züge waren gespannt, daß ich vor ihm, die ihn selbst seit dem ersten Blick liebte und unablässig an mich herangelockt hatte, grausige Todesfurcht empfand und laut aufschrie. Und erst dieser Schrei, so hat er mir gesagt, hat ihn aus der Besessenheit aufgeweckt und uns beiden das Leben gerettet. Nie aber, fügte sie leiser hinzu, ist einer Frau ein herrlicherer Anblick zuteil geworden als auf dem Antlitz meines Liebsten der jähe Übergang von der tödlichen Drohung des Jägers zu der sanften Beseligung des Liebenden. Ach und nur einmal und nie wieder bin ich so die seinige geworden und soll nie wieder sein Gesicht so übergehen sehen. Sie schlug die Augen wieder auf und fuhr fort: – Er hat mir zugeschworen, daß ein sterblicher Mensch, wie er, ein Glück von solcher jähen Stärke nicht öfter als einmal im Leben ertragen könnte. Es mag wahr sein, denn ich habe ihn unmittelbar nach jener Stunde wie einen Rasenden gesehen, als sein roter Falke ihm unter die Augen kam und er das Tier mit Steinwürfen verfolgte, ja in sinnloser Wut dreimal den Dolch nach dem Vogel warf, dafür, daß dieser mit seinen Schwingen meine Augen geschlagen hatte, und nie vergesse ich den Blick, mit dem der blutende Falke von einem hohen Stein aus seinen Herrn zum letztenmal lang ansah, ehe er sich abwandte, und mit gräßlich zuckenden mühsamen Flügelschlägen in die Dämmerung hinein entschwand. – Die Amme war aufgestanden und auf das flache Dach hinausgetreten; die Geschichte jener Jagd und ersten Liebesstunde kannte sie genau genug: dies alles war wie mit einem glühenden Griffel ihrer Seele eingebrannt. An dem Schicksal des Falken nahm sie ebensowenig Anteil als an dem Glück der Liebenden, dessen Flammen die Wiederkehr von dreihundert Nächten nicht schwächer lodern machte. Ein Gedanke allein erfüllte sie: sie konnte es kaum erwarten, die Sonne hervortreten zu sehen, die fahle Dämmerung war ihr unerträglich: alle Wesen sollten einen Schatten werfen, damit die Einzige, die keinen würfe, um so herrlicher ausgesondert wäre; mit jedem Blick wollte sie sich des Zustandes vergewissern können, an den, wenn er jetzt nur noch drei Tage lang anhielte, eine fürchterliche Schicksalswendung geknüpft war. Voll Ungeduld blickte sie in den Himmel empor, der schon erhellt die Farbe von grünlichem Türkis annahm: ihr scharfes Auge gewahrte einen Vogel, der in der höchsten Höhe langsam kreiste: aber auch auf ihm war noch kein Abglanz der Sonne. Die Kaiserin war gleichfalls hinausgetreten, die Amme fragte nochmals: – Wovon hast du vor dem Erwachen geträumt? – Ich glaube, von Menschen, antwortete die Kaiserin. – Gräßlich genug, entgegnete die Amme. Es war an deinem Gesicht zu lesen, daß du von Häßlichem träumtest. Wehe, daß wir hier sind, wehe, der es verschuldet hat. – Warum sind Menschengesichter so wild und häßlich, und Tiergesichter so redlich und schön? sagte die Kaiserin. – Vor seinesgleichen graut es sie, murmelte die Amme vor sich hin, ihn sieht sie nicht. Daß ich noch einmal eine Otter wäre und ein gähfließendes Bergwasser quer durchstriche, sagte die Kaiserin. Ungewiesen seinen Weg finden wie die Schlange an der Erde und wie der Weih in der Luft ist Seligkeit, aber Liebe ist mehr. – Sich an die Menschen hängen, murmelte die Amme, heißt sich ausgießen in ein durchlöchertes Faß. – Die Kaiserin wurde den Falken gewahr, der hoch oben kreiste, und die Amme sah mit Lust auf seinen Schwingen den Abglanz der Sonne. Er schien sich langsam niederzulassen, aber das Licht blieb bei ihm: seine Fänge blitzten wie Edelsteine, oder er hielt einen Edelstein in den Fängen. – O glücklicher Tag, rief die Kaiserin mit einemmal, es ist der rote Falke, der Liebling meines Herrn. Er ist geheilt von seiner Wunde, er hat uns vergeben. – Der Falke hing mit ausgebreiteten Schwingen in der Luft. – Der Talisman, schrie die Kaiserin auf, er hat ihn, er bringt ihn mir wieder. – Die Amme lief und brachte ein grünseidenes von Perlen und Edelsteinen funkelndes Obergewand. Sie hielten es empor: – Sieh, wie wir dich und deine Geschenke ehren, du Guter, riefen sie laut, du Königlicher, du Großmütiger! – Der Falke schwebte mit einem einzigen Flügelschlag in einem sanften Bogen nach oben und seitwärts, dann ließ er sich jäh niedergleiten, ein Sausen schlug an den Gesichtern der beiden Frauen vorbei, in einem Nu war der Vogel wieder hoch oben in der Luft, auf dem Gewande lag der Talisman; die Schriftzeichen, die in den fahlweißen flachen Stein gegraben waren, glommen wie Feuer und zuckten wie Blicke. – Ich kann die Schrift lesen, sagte die Kaiserin und verfärbte sich. – Die Amme schauderte, denn ihr waren die Zeichen undurchdringlich wie eh und immer. Ein seltsamer, zweischneidiger Gedanke durchfuhr sie, sie griff schnell nach dem Stein, sie wollte ihn wegreißen, die Schrift verdecken: es war zu spät, die Zeichen waren in Blitzeseile gelesen und sogleich der Sinn durchdrungen. Mit erstarrtem Arm hielt die Kaiserin den Talisman vor sich hin: es war als sähe sie durch ihn in die Hölle hinab; über ihren Mund kamen Worte nicht wie eines, der sein Urteil abliest, sondern gräßlicher wie aus der Brust eines Tiefschlafenden starr und furchtbar: – Fluch und Tod dem Sterblichen, der diesen Gürtel löst, zu Stein wird die Hand, die es tat, wofern sie nicht der Erde mit dem Schatten ihr Geschick abkauft, zu Stein der Leib, an den die Hand gehört, zu Stein das Auge, das dem Leib dabei geleuchtet – innen der Sinn bleibt lebendig, den ewigen Tod zu schmecken mit der Zunge des Lebens – die Frist ist gesetzt nach Gezeiten der Sterne. – Mir ist, sagte die Kaiserin und ließ den Arm sinken, ich weiß es von der Wiege an, vielleicht hat es mein Vater mir, als ich schlief, ins Ohr geraunt, wehe mir, daß ich es habe vergessen können! – Die Amme blieb still wie das Grab. – Nun verstehe ich, was ich nicht verstand, sagte die Kaiserin und hing den Talisman an die Perlenschnur zwischen ihren Brüsten. Aber ihre aufgerissenen Augen wußten nichts von dem, was ihre schlafwandelnden Hände taten: – Der Schatten ist mein Schatten, den ich nicht werfe, ich habe meinen Herrn dergleichen sprechen hören mit einem seiner Vertrauten, er sagte: Ich will nicht zu Gericht sitzen über die Meinigen und kein Bluturteil sprechen, ehe ich der Erde nicht mein Leben heimgezahlt habe. Es ist das Schattenwerfen, mit dem sie der Erde ihr Dasein heimzahlen. Ich wußte nicht, daß ihnen dieses dunkle Ding so viel gilt. Fluch über mich, daß ich es alles habe gleichgültig anhören können, als ginge es mich nichts an! Ich selber werde sein Tod sein, darum, weil ich auf der Erde gehe und keinen Schatten werfe! – Die erste Erstarrung wich einer tödlichen Angst. Unsagbar war das Verlangen, den Geliebten zu retten. Sie umklammerte die Amme: ihr war, als müsse Hilfe und Rettung von dieser einzigen Freundin kommen, zu der sie als Kind mit ihren Ängsten und Bedürfnissen so oft geflüchtet war. – Du hast mich nie im Stich gelassen, rief sie und drückte heftig die Arme um den Leib der Alten zusammen, hilf mir, du Einzige! Du hast mir alles verziehen, nachgewandert bist du mir von unserer Insel, bist über die Mondberge geklettert, drei Monate bist du in den Städten und Dörfern herumgezogen, bis du erfragt hattest, wo ich hingeraten war, unter den Menschen hast du gewohnt, vor denen es dich schauderte, hast mit ihnen gegessen und geschlafen, ihren Atem über dich ergehen lassen, und alles um meinetwillen, hilf mir du, dir ist nichts verborgen, du findest die Wege und ahndest die Mittel, die Bedingungen sind dir offenbar, das Verbotene weißt du zu umgehen! Hilf mir zu einem Schatten, du Einzige! Zeige mir, wo ich ihn finde, und müßte ich mein Gewand abwerfen und hinabtauchen ins tiefste Meer. Weise mich an, wie ich ihn kaufe, und müßte ich alles für ihn geben, was die Freigebigkeit meines Geliebten auf mich gehäuft hat, ja die Hälfte des Blutes aus meinen Adern! – Das Schweigen der Alten ängstigte sie noch mehr, sie wollte ihr ins Gesicht sehen. Eben brachen querüber die ersten Strahlen der Sonne wie Fackeln herein. Der gräßlich verschlagene, an sich haltende Ausdruck im Gesicht der Amme durchfuhr sie, sie fühlte sich verlassen wie noch nie im Leben, das seit der Kindheit Vertraute wich von ihr, sie war allein. Aber sie war von den Wesen, deren Kräfte mit dem Widerstand wachsen. – Du weißt es, böse Alte, rief sie, du hast es seit je gewußt, du hast es kommen sehen und dich gefreut, du kennst wohl auch die Frist, und dem Tag, der mich tötet, zählst du mit Lust die Tage entgegen wie einem Fest. Dir ist er auch ein Fest, er kommt und bringt dir Lohn oder Nachsicht der Strafe, mein Vater wird wissen, womit er ein feiges, zweideutiges Herz gekauft hat. Allein du hast dich verrechnet, du wolltest mich bewußtlos meinem Unheil ausliefern, aber es ist ein Vogel des Himmels gekommen und hat mich gewarnt. Ich wache und bin mir der Gewalt bewußt, die mir über dich zusteht. Ich will die Frist nicht wissen, vielleicht läuft sie in dieser Stunde ab, und ich könnte erstarren, wenn ich es wüßte. Ich frage dich nichts, ich gebiete dir, daß du mir einen Schatten schaffest, und müßtest du darüber dein Leben lassen und ich mit dir, ja sollten wir beide dabei mit lebendigem Herzen zu Stein werden. Mein Vater ist weit, und ich bin dir nahe, auf und mir voran, ich hinter dir, und schaffe mir, bei den gewaltigen Namen! den Schatten. Hier und nicht anderswo wird der Weg angetreten, heute und nicht morgen, in dieser Stunde und nicht bis die Sonne höher steht. – Die Amme erzitterte, sie wußte nicht, was sie erwidern sollte, alles, was ihre Schlauheit ausgesonnen hatte, was sich ihr fast zur Gewißheit der Befreiung verdichtet hatte, alles wurde verschwimmend vor ihrem Blick. Die Schlafende, schmerzlich Zuckende, die einer irdischen Frau glich, hätte sie mit verachtender Zärtlichkeit angeblickt und beinahe gehaßt. Nun stand wieder die unbedingte Herrin vor ihr, und die Lust des Dienenmüssens durchdrang die Alte von oben bis unten. Sie fing etwas unbestimmtes Beruhigendes zu reden an. – Kein Wort, rief die Herrin, als das Wort der Wegweisung, keine Ausflüchte, denn du weißt, keine Zögerung, denn mir brennen die Sekunden auf dem Herzen. – Kind, wüßte ich gleich die Wege und ahndete mir vielleicht, unter welchen Bedingungen ein Schatten sich erwerben ließe ... – Das ist es, rief die junge Frau, dorthin! Du voran, ich hinter dir, in diesem Atemzug. Erwerben ist auch nicht das richtige Wort, murmelte die Amme, abdienen vielleicht, ablisten noch eher dem rechtmäßigen Besitzer. – Hin dort, wo ein solcher wohnt, und wäre es ein Drache mit seiner Brut! – Vielleicht etwas Schlimmeres, schwant dir nichts? – Voran, du Umständliche, du Doppelzüngige, schrie die Herrin zornig und zerrte die Alte vom Boden auf. Du bist mir schlimmer als ein Drache. – Schlimmer als ein Drache, abscheulicher dem Auge, widerwärtiger der Seele, sagte die Alte und sah der jungen Frau starr ins Gesicht, ist ein Mensch. – Führe mich zu dem Menschen, dem sein Schatten feil ist, daß ich ihn kaufen kann, ich will seine Füße küssen. – Wahnwitziges Kind, rief die Amme, weißt du, was du sagst! Schauderts dich nicht vor ihnen bis in deine Träume hinein, so wenig du von ihnen weißt? Und nun – hausen willst du mit ihnen! Handeln mit ihnen? Rede um Rede, Atem um Atem? Ihre Blicke erspähen? Ihrer Bosheit dich schmiegen? Ihrer Niedrigkeit schmeicheln? Ihnen dienen? Denn auf das läufts hinaus. Grausts dich nicht? – Ich will den Schatten, rief die Kaiserin, hinab mit uns, daß ich ihrer einem diene um den Schatten. Wo steht das Haus, bringe mich zu ihm! Ich will! – Das Haus? entgegnete die Amme, und ihr Blick wurde blöde, wüßte ich, wo das steht, so wären wir weiter als wir sind. Wir müssen es finden. – Die Junge hing am Munde der Alten: sie erkannte, daß das, was sie jetzt gesprochen hatte, die Wahrheit war, und sie erblaßte noch tiefer. – Du weißt nicht den Menschen noch das Haus, flüsterte sie, so gilt es, daß wir beide suchen und beide finden, du voran, ich hinter dir. – Ihr fester Mut loderte in ihr wie eine Flamme in einem Gefäß von Alabaster. – Ich weiß, daß ihnen alles feil ist, das ist alles, was ich weiß, sagte die Amme. Auf nun du und schreibe einen Brief an deinen Gebieter. – Was soll ich schreiben, fragte die Kaiserin gehorsam wie ein Kind. – Die kluge Alte riet ihr, wie sie den Brief abfassen sollte. Es galt ihre Abwesenheit vom blauen Palaste unauffällig zu machen, aber nichts sollte von dem gesagt sein, was sie ängstigte, noch weniger etwas von dem, was sie vorhatte. Sie hielt das Blatt aus geglätteter Schwanenhaut zierlich auf der flachen linken Hand, sie malte mit der rechten die Zeichen hin, aber die Hand wurde ihr schwer, Seufzer über Seufzer drang aus ihrem Mund. Wie harmlos immer sie die Zeichen setzte, wie schön sie sie anordnete, immer wieder schien sich die Ankündigung des Unheils durchzudrängen. Alles schien ihr zweideutig, die schönen Zeichen selber wurden ihr fürchterlich, unter Seufzern brachte sie den Brief zu Ende, eine kristallene Träne fiel auf die Schwanenhaut. Die Amme sah zu, sie verstand nicht, was da so schwer war. Sie nahm den Brief aus der Hand, rollte und faltete ihn zusammen, umhüllte ihn mit einem perlengestickten Tüchlein und schob alles in eine flache Hülse aus vergoldetem Leder. Die Kaiserin zog ihr eigenes Haarband durch die goldenen Ösen an der Hülse, sie knüpfte es in einen Knoten, den nur der Kaiser zu lösen verstand. Der Brief war geschlossen und bald einem Boten übergeben, der wohlberitten und der Wege kundig war.

Indessen er auf einem schnellen Paßgänger dahinritt, die Jagd einzuholen, glitt die Amme voran, die Kaiserin hinter ihr durch die Luft hinab und ließen sich in der volkreichsten Stadt der Südöstlichen Inseln zur Erde nieder. Sie hatten dürftige Kleider, das der Alten war aus schwarz und weißen Flicken zusammengesetzt, daß sie erschien wie eine gesprenkelte Schlange, die Junge sah noch unscheinbarer aus und ihr strahlendes Gesicht war durch Bestreichen mit einem dunklen Saft unkenntlich gemacht. Niemand achtete der Beiden, sie schritten eilig am Gelände des Flusses hin, der die große Stadt durchfloß. Das gelbliche Wasser trug große Flekken von dunkler Farbe dahin, die sich aus dem Viertel der Färber, das oberhalb der Brücke lag, immer erneuten; vom andern Ufer, wo die niedrigen Häuser der Loh- und Weißgerber standen, drang der scharfe Geruch der Lohe herüber und Häute von Tieren waren an den Abhängen des Flusses mit kleinen Holzpflöcken zum Trocknen ausgespannt. Herüben wohnten die Huf- und Nagelschmiede, und die Luft war erfüllt vom Getöse fallender Hämmer, vom Widerschein offener Feuer, vom Geruch verbrannten Hufes. Die Amme ging rasch und sicher, als folge sie einer Spur, die Kaiserin lief hinter ihr drein. Sie kamen auf eine Brücke, über die viele Leute sich schoben, Lastträger, Soldaten, zweirädrige Wagen und Berittene. Die Amme drang durch die Menschen hindurch, die Kaiserin wollte dicht hinter ihr bleiben, aber es gelang ihr nicht. Das Fürchterliche in den Gesichtern der Menschen traf sie aus solcher Nähe, wie noch nie. Mutig wollte sie hart an ihnen vorbei, ihre Füße vermochten es, ihr Herz nicht. Jede Hand, die sich regte, schien nach ihr zu greifen, gräßlich waren so viele Münder in solcher Nähe. Die erbarmungslosen, gierigen, und dabei, wie ihr vorkam, angstvollen Blicke aus so vielen Gesichtern vereinigten sich in ihrer Brust. Sie sah die Amme vor sich, die nach ihr umblickte, sie wollte nach, sie ging fast unter in einem Knäuel von Menschen, auf einmal war sie vor den Hufen eines großen Maulesels, der wissende, sanfte Blick des Tieres traf sie, sie erholte sich an ihm. Der Reiter schlug den Esel, der zögerte, die zitternde Frau nicht zu treten, mit dem Stock über den Kopf. – Ist es an dem, daß ich mich in ein Tier verwandeln und mich den grausamen Händen der Menschen preisgeben muß? ging es durch ihre Seele und sie schauderte, dabei vergaß sie sich einen Augenblick und fand sich, vom Strome geschoben, am Ende der Brücke, sie wußte nicht wie. – Sie sah die Amme bei einer Garküche stehen, einer offenen Bude, und auf sie warten. Die Leiber schöner, kleiner rosiggoldener Fische lagen da, in denen die Hände eines Negers wühlten. An einem Balken hing ein enthäutetes Lamm mit dem Kopf nach abwärts und sah sie mit sanften Augen an. Ein Arm zog sie an sich, es war die Amme, die gesehen hatte, daß sie sich verfärbte und für kurz die Augen schloß, und die sie aus dem Gedränge in eine kleine Seitengasse riß. Hier gingen wenige Menschen vorbei, sie waren mit Ballen Tuches beladen, an den Häusern hingen hie und da große Streifen gefärbten Zeuges von Trockenstangen herab. Halbwüchsige Kinder schleppten Tröge und dunkelfarbiges Zeug zum Schwemmen. Die Alte war stehengeblieben vor einem niedrigen Haus unter den Häusern der Färber und horchte auf die Stimmen von Streitenden, die aus dem Innern drangen. Mehrere Männerstimmen ließen sich aufgebracht vernehmen, die Stimme einer noch jungen Frau erwiderte ihnen böse und herrisch; dann mischte sich eine andere Männerstimme ein von tiefem, gelassenem Klang, die anscheinend zum Frieden redete. Aber die Stimme der jungen Frau erhob sich böser und herrischer als zuvor. – Die Stimme gefällt mir, sagte die Amme und winkte der Kaiserin, sich dicht an die Mauer zu stellen. – Der Zank drinnen wurde heftiger, endlich sagte die tiefe Stimme, die am wenigsten gesprochen hatte, etwas Befehlendes sehr nachdrücklich, wenn auch mit völliger Gelassenheit. Darauf näherten sich die anderen Männerstimmen, die unzufrieden und mißtönend waren, der Haustür. Die Amme tat als ginge sie weiter, aber so langsam, als wäre sie sehr alt und krank und vermöchte mit jedem Schritt nur ein Geringes zurückzulegen. Die Kaiserin schlich neben ihr hin; aus dem Haus traten drei Männer, ein einäugiger, ein einarmiger und ein dritter viel jüngerer, der verwachsen war und aus gelähmter Hüfte hinkte. – Wahrlich, meine Brüder, sagte der Einäugige, der der älteste schien, der Büttel, der mir vor zweiundzwanzig Jahren mein Auge ausstieß, hat an mir nicht getan wie unseres Bruders Frau an unserem Bruder tut. – Wahrlich nein, sagte der Einarmige, indem sie die Gasse hingingen, und die verfluchte Ölmühle, die mir vor fünfzehn Jahren meinen Arm ausriß, hat an mir nicht getan wie sie an ihm tut. – Und das Kamel, das mir vor neun Jahren meinen Rücken krumm trat, nicht an mir! setzte der Jüngste hinzu. – Wahrlich, dieses Weib, unsere Schwägerin, sagte der Älteste wieder, ist durch ihren Hochmut und ihre Bosheit ein pestgleiches Übel und darum bleibt sie unfruchtbar, obwohl sie jung und schön ist und obwohl unser Bruder ein Mann unter den Männern ist. – Das ist unser Haus, sagte die Amme, und wandte sich im Rücken der drei Männer wieder dem Färberhaus zu. – Sie trat schnell ins Haus, glitt durch den Flur und in einen niedrigen Schuppen, der vor Alter dem Zusammenstürzen nahe war, und zog die Kaiserin hinter sich. – Wir müssen warten, bis der Mann aus dem Hause ist, flüsterte sie ihr zu, und zeigte auf einen Spalt in der Lehmwand, an den sie ihr Auge legte. – Sie wies der Kaiserin einen andern Spalt und beide blickten sie in das einzige Gemach des Hauses. Die Kaiserin sah eine junge Frau, sehr ärmlich gekleidet, mit einem hübschen aber unzufriedenen Gesicht auf der Erde sitzen und festgeschlossenen Mundes ins Leere schauen, und sie sah einen großen, stämmigen Mann von etwa vierzig Jahren, welcher mit seinen dunkelblauen Händen einen ungeheueren Ballen von scharlachrotem Schabrackentuch aufschichtete und mit Stricken umwand, um ihn seinem Rücken aufzuladen, der stark war wie der eines Kameles: das war Barak, der Färber. Unter der Arbeit kehrte er der Wand sein großes Gesicht zu, worin die Stirne niedrig, die Ohren wegstehend und der Mund wie ein Spalt war. Er erschien der Kaiserin abschreckend häßlich, und die junge Frau dünkte sie böse und gemein. Man konnte wahrnehmen, daß der Färber gerne zu seiner Frau gesprochen hätte; als er das Bündel geschnürt hatte, trat er ungeschickt mit seinen gewaltigen Füßen hin und her, tat, als höbe er etwas auf, das nicht weit von ihr auf dem Boden lag, beschmutzte seine Hände in einer Pfütze abgeronnenen Farbwassers, murmelte etwas und sah seine Frau von der Seite an; aber ihr Blick ging beharrlich an ihm vorüber ins Leere, als wäre er nicht da. Endlich seufzte er, schwang mit einem Hub die schwere Last auf seinen Rücken und ging gebeugt wie ein Lasttier, aber mit festen, gleichmäßigen Schritten, zur Tür hinaus. Als sich die Frau allein fand, stand sie sogleich auf. Sie ging träge durchs Zimmer und stieß mit schleppendem Fuß einen alten Steinmörser um, der auf der Erde stand, und das Gestoßene ergoß sich auf dem fleckigen Boden. Sie bückte sich halb es aufzusammeln, aber mit einem verächtlichen Zucken ihrer Lippen ließ sie es sein. Sie ging auf ihr und des Färbers niedriges Lager zu, das in der hintersten Ecke an der Ziegelmauer aus ein paar alten Kissen und Decken zugerichtet war und brachte es in Ordnung, indem sie, was schief lag, mit dem Fuß gerade stieß. Dann ging sie wieder weg und warf aus der Mitte des Zimmers einen bösen Blick auf das Bett. Gähnend machte sie sich daran aus einem Mauerloch einen dürftigen Vorrat gelbgrünlicher Olivenzweige hervorzusuchen; sie warf das Holz vor der Feuerstelle, die nichts war als ein rauchgeschwärztes Loch in der Mauer, zu Boden, und richtete sich wie einer, der einer langen Arbeit satt ist, langsam auf. Ihre Hände strichen seitlich an ihrem Leib herab, und als sie die Schlankheit ihrer Hüften fühlte, lächelte sie unwillkürlich. – Wir sind soweit, flüsterte die Amme, hinein mit uns; und sie glitten aus dem Schuppen und traten völlig in die Tür des Wohngemaches. – Die Kaiserin hatte noch nie den Fuß über die Schwelle einer menschlichen Behausung, mit Ausnahme ihres eigenen Palastes, gesetzt; eine namenlose Bangigkeit wandelte sie an, wieder mußte sie die Augen schließen und fühlte sich taumeln, ja fast wäre sie über den langen Stiel einer Schöpfkelle, die auf der Erde lag, hingeschlagen und um sich zu stützen griff sie nach einem an einer Kette hängenden Kessel, der nachgab und sie mit einer scharlachroten Flüssigkeit bespritzte. Als die Frau über die Schwelle, an der selten ein fremdes Gesicht erschien, eine alte Person, die einer schwarz-weißen Elster glich, und eine junge Stolpernde eilfertig eintreten sah, mußte sie laut auflachen wie ein Kind und vermochte mit Lachen lange nicht aufzuhören, indessen die Amme in einem augenblicklichen Wortschwall, womit sie sich einführte, alles geschickt zu wenden und zu nützen wußte. – Es sei kein Wunder, fing sie an, wenn ihre Tochter gestolpert sei, wenngleich sie dafür um Verzeihung bitte, denn das Kind sei der Stadt ungewohnt und matt genug geworden vom Gassenablaufen, Fragen und Suchen – es habe mancher sie unrecht gewiesen, vielleicht aus Unkenntnis, vielleicht aus Bosheit, sie aber habe nicht nachgelassen, bis sie das richtige Haus gefunden habe, nun aber, da sie die auserlesene Schönheit ihrer jungen Herrin – hier verneigte sie sich vor der Färbersfrau, und berührte mit ihrer Stirn den Boden und hieß ihre Tochter das Gleiche tun – mit Augen sehe, sei in ihr auch nicht mehr der mindeste Zweifel, daß sie am richtigen Ort sei. – Inwiefern am richtigen Ort? Wer sie denn geschickt? Zu welchem Ende? Und was das alles heißen solle? fragte die Färberin, zitternd vor Staunen. – Als die Alte mit abermaligen Verneigungen vorbrachte, sie wisse wohl, daß ihre junge Herrin Bedarf nach Dienerinnen habe, und sie bitte inständig – hierbei küßte sie der Frau den Saum des Kleides – die Erfahrenheit ihres noch rüstigen Alters und die Anstelligkeit ihrer Tochter einer Probe zu würdigen, wollte sich die junge Frau totlachen, besonders, weil jede der beiden Fremden von der Berührung des unreinlichen Fußbodens einen dunkelblauen Fleck mitten auf der Stirn trug. Darüber, wer es denn gewesen sei, der sie hierher beschieden und ihr den angeblichen Dienstplatz nachgewiesen habe, ließ sie sich mit vielen Worten, aber doch nicht ganz deutlich aus. Es wäre, soviel ergab sich denn endlich, ein Begegnender auf der Brücke gewesen, nicht auf der neuen Brücke, sondern auf einer andern, ein junger Mann, fast noch ein Knabe, ein recht zierlicher; vielleicht habe dieser aber auch nur im Auftrage des andern gehandelt, eines etwas älteren, stolzen und vornehmen, wie ein Fürst dreinsehenden, der sich zuerst seitwärts gehalten, dann aber doch auch mit ihr geredet; ja, wenn sie es auch recht bedenke, wäre es wohl dieser: an diesem habe ihre junge Herrin einen wahrhaft anteilvollen Verehrer und Freund. Hier zwinkerte sie mit den rotumränderten Augen so seltsam und bedeutungsvoll, daß die Färberin einen Schritt zurücktrat, und mit dem süßen Schauder der Überraschung in sich schwor, sie habe in der Welt draußen einen solchen Freund, wenngleich sie ihn nie gesehen, nie bis zu dieser Stunde ein Zeichen seines Lebens empfangen hatte. Die Alte war gleich wieder dicht bei ihr, und eben weil sie fühlte, daß die Frau sich nicht von ihr ab, sondern gerade jetzt im Innersten ihr zuwandte, tat sie mit Verstellung, als befürchte sie das Gegenteil, und rief Gott zum Zeugen an, daß ein seltsameres Mißverständnis kaum möglich sei, als wenn sie nun doch an den unrichtigen Ort geraten wäre! Kaum getraue sie sich nun zu fragen, ob denn die weiteren Zeichen stimmten, ob die auserlesen schöne, junge Herrin in der Tat vermählt sei, seit zwei Jahren vermählt und, seltsam genug, kinderlos bis zum heutigen Tag – ei ja, dies wäre sie – und vermählt mit einem Mann aus dem Färberstande von gesetztem Alter – er könnte leichtlich der Vater seiner Frau sein – von plumper Gestalt, mit einem klaffenden Mund und großen Ohren? Ach ja doch, so ungefähr wäre Barak ihr Mann beschaffen. Und ob drei unvermählte Schwäger im Hause wären, böse, lästige Burschen, einarmig, einäugig und bucklig, zänkische Nichtstuer und Schmarotzer am Tisch des Bruders, die der geheimnisvolle Freund hasse bis auf den Tod um der Belästigungen willen, die sie seiner schönen Freundin beständig bereiteten. Von diesem Augenblicke an war für die schöne Färberin nichts so unumstößlich, als daß sie einen verborgenen Freund von wunderbarer Zartheit des Denkens und Fühlens besitze: das schien ihr vor allem köstlich, daß er von ihrem Dasein bis ins einzelne wußte, über ihr wachte, und die Betrübnisse und Kränkungen, an denen ihr junges Leben vermeintlich reich war, mit ihr teilte, wodurch sich ihr die Öde ihrer Lebenstage von innen her so plötzlich durchleuchtete, daß ein Widerschein davon auf ihrem Gesicht aufflammte. – Wohl uns, rief jetzt die Amme, wir sind vor die rechte Schmiede gekommen! Du bist es, die Seltene, Auserlesene unter tausenden von der ich weiß, was zu wissen mir das alte Herz im Leibe erwärmt. Du bist es, die über ihren eigenen Schatten springt, die abgeschworen hat ihres Mannes unablässiger, vergeblicher Umarmung und zu sich selber gesprochen: Ich bin satt worden der Mutterschaft, ehe ich davon gekostet habe. Du bist es, welche die ewige Schlankheit des unzerstörten Leibes gewählt hat und abgesagt in ihrer Weisheit einem zerrütteten Schoß und den frühwelken Brüsten. – Die Alte sprach diese Sätze mit lauter

Stimme und mit einer Art von feierlichem Singsang, und die abscheuliche Fratze, die sie sich für die Menschenwelt angelegt hatte, glich wirklich dem Kopf einer aufgerichteten gesprenkelten Schlange. Die Färbersfrau sah ihr auf den zahnlosen Mund, in dem die zauberisch beredte Zunge zwischen dünnen Lippen eilig herumfuhr und wußte nicht wie ihr war: etwas, das diesem ähnlich war, lag seit dem zweiten Jahre ihrer unfruchtbaren Ehe dunkel in ihr zwischen Schlafen und Wachen – sie hatte es nie ausgesprochen, auch nie zu sich selber, und doch war es vielleicht unausgesprochen im Halbschlaf über die Lippen gekrochen, wenn sie die unermüdliche Zärtlichkeit des starken Färbers mürrisch und träge erwiderte wie ein unwilliges Kind – es war ausgesprochen und niemand als Barak konnte es wissen, und wenn diesem sogar etwas davon in die Tiefe seiner Seele gedrungen war, nie ging ihm solches über die schwere Zunge, und nun sang es dieses fremde Weib ihr da in ihre Ohren, daß es klang wie eine Lobpreisung, es war durchflochten mit Prophezeiung und verknüpft mit der reizenden Botschaft von einem unbekannten Liebenden; nie hatte ein Mensch so zu ihr gesprochen, vor Verlegenheit und Wichtigkeit überlief es sie heiß und kalt, Neugier und Scham riß sie weg und hin zu der Alten, sie fühlte, wie ihr vor Aufregung das Weinen in die Kehle stieg und verzog den Mund, um es nicht aufkommen zu lassen und kehrte sich ab. Die Alte hinter ihrem Rücken machte der Kaiserin heimlich Zeichen mit ihren schauerlich zwinkernden, wimperlosen Augen, sie zeigte auf den schwachen Schatten, den die Frau in dem halbdunklen Raum an die Erde warf und tat als streichelte sie ihn, spreizte die Finger nach ihm aus, als könnte sie ihn vom Boden wegreißen und ihrer Herrin zustecken. Dann kroch sie um die Färberin herum und begann mit neuen zudringlichen Dienstesbezeugungen das Feuer der Verwirrung zu schüren, das sie entzündet hatte. – O Herrin, erbarme dich unser und willfahre uns, die wir dir dienen wollen! Wie nur können wir deine Zufriedenheit erwerben, daß du uns hier prüfest und dann später in dein Freudenleben mitnimmst. – Du Närrische, sagte die Frau, hier und nirgends anders spielt sich mein Freudenleben ab. Dort die Schöpfkellen sollen rein werden, die Rührstangen abgekratzt, die Stampfmörser geputzt, der Zuber ausgeleert, der Boden aufgewaschen, der Trog angefüllt, dem kalten Kessel soll untergeheizt werden und der heiße umgerührt, die Tierhaut da soll glatt geschabt werden, und der Sack voll Körner in der Handmühle gemahlen, Öl soll aus dem Schlauch und Fische in die Pfanne, das Feuer soll brennen, die Fische sollen braten und Ölfladen gar werden. Barak, mein Mann, ist hungrig, und das Einaug, der Einarm und der Buckel wollen auch essen. – Heran, meine Tochter, schrie die Alte wie besessen, heran und rühre die Hände, wir müssen uns beglaubigen vor unserer Herrin, damit sie uns aufnimmt in ihre Herrlichkeit! – Was soll die närrische Rede, sagte die Frau und lachte. – Herbei ihr Pfannen und Feuer brenne! rief die Amme gellend, ohne ihr zu antworten. – Die Pfannen flogen ihr durch die Luft in die Hände, und die grünen Ölzweige fingen an zu knistern. – Wer seid ihr, sagte mit schwankender Stimme die Färberin, wer ist dort die Junge, ist sie wirklich deine Tochter, die Lautlose? sie sieht dir nicht ähnlich, warum hält sie sich im Dunkeln und was starrt sie so auf mich? – Das Feuer loderte auf und der Schatten der jungen Frau fiel über den Lehmboden bis an die drübere Wand. – Herzu ihr Fischlein aus Fischers Zuber! rief die Alte, und hantierte unablässig über dem Feuer. – Sieben Fischlein glitten durch die Luft und die dünnen Finger der Alten und landeten ihre rosiggoldenen Leiber nebeneinander auf dem Hackstock. – Wer seid ihr? fragte die Frau nochmals mit verlöschendem Atem. – Gewürze aus dem Gewürzgarten meiner Herrin! rief die Alte befehlend und steckte beide Klauen in die leere Luft, aus der sie sich mit Gewürzen füllten, deren Duft das Zimmer durchzog. – Welcher Herrin? schrie die junge Frau, wie aus dem Traume heraus, halb toll vor Angst und Neugierde. – Die Alte warf die Fischlein in die Pfanne und goß Öl über sie und rückte sie ans Feuer. – Frage deinen Spiegel! gab sie über die Schulter zurück. – Ich habe keinen Spiegel, rief hastig die Färberin, ich mache mein Haar über dem Bottich. – Das Feuer lohte höher auf und der Schatten bewegte sich und wurde schöner und schöner. Worauf läuft es hinaus? dachte die Kaiserin und zitterte vor Fremdheit und Ungeduld. – Ihr war, als gäben die Fischlein in der Pfanne alle zusammen einen klagenden Laut. Ja, sie riefen ganz deutlich in singendem Ton diese Worte:

Mutter, Mutter, laß uns nach Haus
Die Tür ist verriegelt: wir finden nicht hinein.

– Wo bin ich, sprach die Kaiserin, höre ich es allein? – Der Laut traf sie an einer Stelle so tief und geheim, daß dort nie etwas sie getroffen hatte. Die Amme hantierte am Feuer wie eine Tolle, die Pfannen hüpften, das Öl sott, die Fische schnalzten, die Kuchen quollen auf. Sie schrie etwas in die Luft, in ihrer ausgereckten Hand blitzte ein kostbares Band, durchflochten mit Perlen und Edelsteinen, jenem gleich, mit dem die Kaiserin ihren Brief gesiegelt hatte, in der andern ein runder Spiegel. Sie kniete vor der Färberin nieder, die sich zu ihr auf die Erde kauerte. Die Alte führte ihr die Hand, das Haarband flocht sich ins Haar, das junge Gesicht glühte aus dem runden Spiegel wie aus purem Feuer wiedergeboren. Kläglich sangen die Fischlein:

Wir sind im Dunkel und in der Furcht
Mutter laß uns doch hinein
Oder ruf den lieben Vater
Daß er uns die Tür auftu!

Hören die es nicht? dachte die Kaiserin, ihr wurde dunkel vor den Augen, aber die Sinne vergingen ihr nicht. Deutlich sah sie die beiden andern Gestalten. Die Junge lag gekauert und sah unablässig in den Spiegel, die Alte sprang zwischen ihr und dem Herd hin und her. – Mir hat Ähnliches geträumt, sagten die Lippen der Färberin. – Das Gesicht der jungen Frau war seltsam verändert und ihre nächsten Worte waren nicht zu verstehen. Die Alte sprang auf sie zu wie ein Liebhaber, sie kniete bei ihr nieder, ihr Mund flüsterte dicht am Ohr: – Hat dir auch geträumt, daß es auf ewig sein wird? – Sie verstanden sich mit halben Worten. Die Junge sank zusammen vor Glück, ihr Auge drehte sich nach oben, daß man nur das Weiße aufleuchten sah. – Drei Nächte zuerst – wirst du stark sein? zischte die Amme, drei Nächte ohne deinen Mann. – Die junge nickte dreimal, – das ist nichts, aber was kommt dann? flüsterte sie, ist es arg? ist es gräßlich, was ist es, das ich tun muß? – O du Unschuldige, rief die Amme, streichelte ihr die Hände, die

Wangen, die Füße. Ein Nichts ist es. – Wirst du zu meinem Beistand bei mir sein? hauchte die Färberin. – Sind wir nicht deine Sklavinnen von Stund an! rief die Alte. – Sag mir wie es sein wird, fragte die Junge. – Du erwartest das Große und wirst erstaunen über das Geringe, entgegnete die Amme. Die drei Nächte und der feste Entschluß, diese sind das Schwere. – Der Entschluß ist gefaßt und die drei Nächte sind mir leicht, sag mir, wie das Werk vollbracht wird! – Du schleichst dich zwischen Tag und Nacht aus dem Haus an ein fließendes Wasser, sagte die Amme. – Der Fluß ist nah, lispelte die Junge. – Dem fließenden Wasser kehrst du den Rücken und tust die Kleider ab, behältst nichts an dir als den Pantoffel am linken Fuß. – Nichts als den? sagte die Färberin und lächelte ängstlich. – Dann nimmst du sieben solcher Fischlein, wirfst sie mit der linken Hand über die rechte Schulter ins Wasser und sagst dreimal: Weichet von mir, ihr Verfluchten, und wohnet bei meinem Schatten. Dann bist du die Ungewünschten für immer los und gehest ein in die Herrlichkeit, wovon dieses Haarband und das Mahl, das ich hier bereitet habe, nur ein erbärmlicher Vorgeschmack ist.

– Was soll das bedeuten, daß ich zu ihnen, die nicht gewünscht sind, sagen werde: Wohnet bei meinem Schatten? –

– Es ist ein Teil des Bundes, den du schließest und soll heißen, daß in dieser Stunde dein trüber Schatten von dir abfallen wird und du eine Leuchtende sein wirst so von vorne als in deinem Rücken. – Die Frau sah mit einem verlorenen Blick über den Spiegel hinweg. – Ich werde es tun, sagte sie dann. – Mutter o weh! riefen die Fischlein mit ersterbender Stimme und waren fertig gekocht. – Die Kaiserin allein hörte den Schrei und er durchdrang sie, und sie mußte für eine unbestimmte Zeit die Augen schließen. Als sie sie wieder aufschlug, sah sie beim Scheine des zusammengesunkenen Feuers, wie die Färberin sich bückte und der Alten die Hand küssen wollte. Vorne im Zimmer, nahe der Feuerstelle, war aus der Hälfte des Ehelagers für den Färber Barak eine Schlafstätte errichtet, hinten war vor das Lager der Frau ein Vorhang geschoben. Die Amme verneigte sich tief vor der Färberin und zog ihre Tochter nach sich zur Tür hinaus. – Was ist geschehen? fragte die Kaiserin als sie durch die Nacht hinschwebten. – Viel, erwiderte die Amme. – Ist es vollbracht? fragte die Kaiserin und rührte zutraulich die Amme an, vor der ihr nicht mehr graute, seit sie sie nicht mehr mit den Menschen sah. – Die Alte gab ihr einen fast spöttischen Blick zurück: – Geduld! sagte sie, alles will seine Zeit. –

Der Färber Barak kam spät nach Hause. Er fand das Gemach dunkel und erfüllt von Duft wie das Haus eines Reichen. Nachdem er ein Licht entzündet hatte, sah er zu seiner unmäßigen Überraschung das eheliche Lager entzweigeteilt, und die eine Hälfte an einer völlig ungewohnten Stelle nahe am Herd, die ihn zu erwarten schien, die andere mit einem Stück Zeug verhängt. Er ging hin, und indem er das Licht mit der Hand verdeckte, schob er den Vorhang beiseite und fand seine Frau, die mit geballten Fäusten schlief wie ein Kind. Ihr Atem ging ruhig, und sie schien ihm begehrenswert, aber er hielt sich im Zaum, ging mit leisen Schritten an den Herd und fand, dem Geruch nachgehend, den Rest einer köstlichen Mahlzeit von Fischen und gewürzten, in Öl gebackenen Kuchen, derengleichen er niemals gegessen hatte. Er sparte sich einen halben Fisch und einen Teil von den Kuchen vom Munde ab und trug diese Reste mit leisen Schritten hinaus in den Schuppen, damit sein jüngster Bruder, der Verwachsene, wenn ihm nachts oder früh am Morgen noch nach Essen gelüstete, sie fände. Dann ging er zu seinem Lager und verrichtete auf dem Bette sitzend ein kurzes Gebet; nachher verharrte er noch eine Weile regungslos und sah unverwandt auf den Vorhang hinüber, der ihm den Anblick seiner Frau verwehrte. Aber es regte sich nichts, und mit einem leisen Seufzer, der aber doch wie bei ihm Alles gewaltig war, streckte er seine Glieder und schlief sogleich ein. Am nächsten Morgen ging er vor Tagesgrauen hinaus an den Fluß, er nahm einen Stampfmörser mit und verrichtete diese Arbeit draußen hundert Schritte vom Haus, um mit dem Geräusch den Schlaf seiner Frau nicht abzukürzen. Als er wiederkam, sah er zwei fremde Frauen, die hereinschlichen und die Schwelle des Wohngemaches überschritten, als ob sie hier zu Hause wären. – Das sind meine Muhmen, die mir dienen werden ohne Lohn, sagte die Frau, die zu seinem Staunen schon auf war. – Als die beiden Fremden sich bückten, um den Saum ihres Kleides zu küssen, war ihre Haltung, mit der sie es geschehen ließ, von einer Anmut, daß er meinte, sie nie so schön gesehen zu haben. Aber er hatte keine Zeit, seinen Blick an ihr zu weiden. Er lud sich eine gehörige Last frischgebeizter Tierhäute auf den Rücken, die Alte sprang herzu und war ihm behilflich. Sie lief ihm voran an die Tür, tat sie für ihn auf und verneigte sich, als er vorüberging. – Komm bald wieder nach Hause, mein Gebieter, rief sie dann, meine Herrin verzehrt sich vor Sehnsucht, wenn du nicht da bist! – Dann war sie mit einem Sprung bei ihrer jungen Herrin und zeigte ihr ein Gesicht, das den Hinausgegangenen lautlos verlachte. – Die Augenblicke sind rinnender Goldstaub, zischte sie, heran, daß ich dich schmücke und mit dir ausgehe. –

– Wir haben nichts außer dem Haus zu suchen, sprach die Frau. –

– So verstattest du, daß ich den rufe, der danach schmachtet, zu kommen. –

– Von wem redest du da, sagte die Frau ganz kühl und sah ihr hart ins Gesicht. – Die Amme war betroffen, aber sie ließ es sich nicht merken. – Von dem auf der Brücke, gab sie ohne Verlegenheit zurück, von diesem rede ich, von dem Unglückseligsten unter den Männern! Verstatte, daß ich ihn rufe und ihn hereinhole zur Schwelle der Sehnsucht und der Erhörung! – Ich will das Haus rein, sagte die Färberin und sah an der Alten vorbei, die Kessel sollen blank werden und die Mörser gescheuert, die alten Rührstangen sollen aussehen wie neu, der Boden muß aufgewaschen sein und so fort, eines nach dem andern. – O meine Herrin, rief die Alte kläglich, bedenke: es gibt einen, dem der Gedanke an dein offenes Haar die Knie zittern macht. – Die Küpen hinaus zum Schwemmen, rief die Färberin, du Schamlose, die Tröge, Fässer rein, neues Brennholz aus dem Schuppen, fünf Klafter geschichtet, Feuer unter die Kessel, die Mühlen gedreht, daß die Funken stieben, die Betten gemacht, auf, eins, zwei! Vorwärts ihr Beiden! Barak, mein Mann, soll sich freuen, daß ich zwei Dienerinnen habe. – Wehe uns, rief die Alte und fiel der Frau zu Füßen. Hinaus mit uns, meine Tochter, wir sind der Herrin verächtlich, und sie will nicht, daß wir ihr dienen zu wahrem Dienst!

– Seid ihr mir in Dienst gestanden oder nicht? schrie die Färberin böse und entzog der Alten ihren Fuß, daß sie taumelte. Habt ihr mir geschworen oder nicht? – Und sie stampfte auf. Die Amme und die Kaiserin liefen, sie machten flink die Betten, sie trugen die Küpen und Zuber zum Schwemmen; dann schleppten sie das Brennholz aus dem Schuppen herbei und schichteten es auf, sie putzten die Mörser blank und kratzten die Schöpfkellen ab. Indessen hatte die Färberin sich unter ihrem Kopfkissen das köstliche Haarband und den Spiegel hervorgeholt. Sie saß an der Erde auf einem Bündel getrockneter Kräuter und schmückte sich, aber ihr Gesicht war unfreudig. – Ihr meint, ihr habt mich in der Tasche, rief sie über die Schultern, ja, da hättet ihr früher aufstehen müssen! Lauft nur und schwitzt. – Du wirst hungrig sein, o meine Herrin, sagte demütig die Alte. Nichts macht so hungrig als arbeiten sehen, und reichte ihr auf einem Teller eine Menge von kleinen Pasteten von zartem gewürzten Duft, derengleichen der Färbersfrau nie vor Augen gekommen: sie besah sie mit Verwunderung, nahm dann den Teller und aß eine der kleinen Pasteten nach der anderen. Als Barak mittags nach Hause kam, hatte sie keinen Hunger und ließ die Mahlzeit unberührt, welche die Amme gekocht hatte und die Barak wohlschmeckte. Sie sprach auch wenig und antwortete nicht auf die Fragen ihres Mannes. Dieser aß kaum einen Bissen, ohne dazwischen seine kugeligen Augen, an denen man das Weiße sah, wenn er aufmerksam oder besorgt war, nach seiner Frau zu wenden. – Betet, ihr, die ihr mit uns esset, sagte Barak zu den Muhmen, die etwas entfernt an der Erde saßen und das verzehrten, was übrig blieb. Betet, daß sie wieder essen könne, und daß es ihr gut anschlage. Ihr müßt wissen, fuhr er fort, daß ich vor einer Woche alle Frauen meiner Verwandtschaft ins Haus gebeten habe, und sie haben schöne Sprüche gesprochen, die Gevatterinnen, über dieser da, meiner Frau, und ich habe, müßt ihr wissen, siebenmal vor Nacht von dem gegessen, was sie gesegnet hatten mit dem Segen der Befruchtung. Und wenn meine Frau seltsam ist und anders als sonst, so preise ich ihre Seltsamkeit und neige mich zur Erde vor der Verwandlung: denn Glück ist über mir und Erwartung in meinem Herzen. – Der jungen Frau Gesicht sah mit einem Mal blaß und böse aus. – Aber triefäugige Vetteln, sagte sie mit schiefem Mund, müßt ihr wissen, die Sprüche murmeln, müßt ihr wissen, haben nichts zu schaffen mit meinem Leibe, und was dieser Mann in sich gegessen hat vor Nacht, müßt ihr wissen, das hat keine Gewalt über meine Weibschaft. – Sie stand jäh von der Erde auf, ging nach hinten an ihr Bette und zog den Vorhang zu. Auch Barak war aufgestanden; sein Mund öffnete sich, als ob er noch etwas hätte sagen wollen, und sein rundes Auge haftete auf dem Vorhang, der ihm seine Frau verbarg. Schweigend machte er sich daran, eine ungeheuere Last von gefärbtem Zeug aufzuhäufen und sie seinem Rücken aufzuladen. Als er beladen war, richtete er an der Tür seinen gewaltigen Rücken nochmals ein wenig auf und sagte zu den Muhmen, indem er sie freundlich ansah: – Ich zürne der Frau nicht für ihre Reden, denn ich bin freudigen Herzens, müßt ihr wissen, und ich harre der Gesegneten, die da kommen. – Es kommen keine, flüsterte in sich hinein die Frau, keine in dieses Haus, viel eher werden welche hinausgehen. – Sie flüsterte es fast ohne Laut und hinter dem Vorhang, so daß niemand es hören konnte; aber die Amme hörte es doch und ihre wimperlosen Augen zuckten.

Die Frau saß auf ihrem Bette und regte sich nicht, eine volle Stunde lang. Die Amme lief nach einer längeren Zeit an den Vorhang und flüsterte ans Bette hin; es kam keine Antwort. – Wehe, mit diesen Wesen zu leben ist schlimmer als von ihnen zu träumen, flüsterte die Kaiserin, sag mir, um was geht es zwischen diesem boshaften Weibe und ihrem häßlichen plumpen Mann? – Um deinen Schatten, antwortete die Amme ebenso leise. – Die Frau trat plötzlich hervor. – Warum kommt er denn nicht, du Lügnerische, der, von dem du immer redest, sagte sie mit einem Male und wurde im gleichen Augenblick, als sie es gesprochen hatte, dunkelrot. Ich weiß es, und du brauchst mir nicht zu erwidern, fuhr sie fort, er ist selber ein Alter und Abscheulicher, das sehe ich daraus, daß er dich als Gelegenheitsmacherin vorschickt. – Die Amme erwiderte kein Wort. – Gestehe mir, rief die Färberin, daß du eine bezahlte Kupplerin und Betrügerin bist, und daß alles Gaukeleien sind, womit du darauf aus bist, mir den Kopf taumelig zu machen! – Die Alte blieb stumm. – Meinen Pantoffel in dein Gesicht, du Hexe, schrie die Junge, da nimm dafür, daß du mich mein Elend erst recht hast fühlen machen, da nimm – und sie schlug noch einmal zu – dafür, daß du mich aus dem Regen in die Traufe bringen wolltest, denn wer wird er denn sein, der deinesgleichen mir ins Haus schickt, – hat er mich vielleicht auf der Straße gesehen und untersteht er sich, mich so ohne weiteres haben zu wollen? – sag mir das noch, bevor ich dich hinausjage, und dann frage ihn, wer ihm erlaubt hat, sein Auge zu mir zu heben. Erzähle ihm ein wenig, daß Barak der stärkste unter den Färbern ist und auch unter den Lastträgern nicht seinesgleichen hat. – Die Amme blieb regungslos und schwieg beharrlich; sie hatte ihren Kopf ein weniges von der Erde gehoben, aber es schien, sie getraue sich nicht dem Blick ihrer zürnenden Herrin zu begegnen. Erst als diese von ihr ließ und mit schleppenden Schritten wegging, sah sie ihr nach und flüsterte, wie ihrer selbst vergessen, ins Leere: – Sieh hin, o mein Gebieter, hat sie nicht einen schwimmenden Gang gleich einer verdürstenden Gazelle? – Meine Finger um deine Kehle, schrie die Färberin, die jedes Wort verstanden hatte, und wandte sich jäh um, mit wem redest du, du Hexe! – Die Röte war aus ihrem Gesicht geschwunden, sie war blaß und sah aus wie ein geängstigtes Kind. – Mit ihm, der draußen steht, mit ihm, der die Hände reckt gegen die Türe deines Hauses, der den Kopf sich zerschlägt gegen die Mauer deines Hauses, der sein Gewand zerrissen hat vor Verlangen und vergeblicher Sehnsucht. – Komm her zu mir, sagte die Färberin mit veränderter Stimme, komm, aber berühre mich nicht! – Sie setzte sich auf ihr Lager und ließ die Alte dicht an sich herankommen. – Du bist eine Kupplerin, sagte sie, wehe mir, und eine von den gewöhnlichen, und du bist an mich gekommen, weil ich arm bin und hast aufs Geratewohl deine gewöhnlichen Künste gebraucht, verziehen seien sie dir. Jetzt aber laß ab von mir und nimm diese mit dir, denn ich will euch nicht länger im Hause behalten: das ist es, was ich bedacht habe, als ich auf meinem Bette saß und stumm war. Ich will nicht mit dir gehen, und ich will den nicht sehen, der dich ausgeschickt hat; denn ich bin seiner überdrüssig, bevor ich ihn gesehen habe. Die Begehrlichen sind einander gleich auf dieser Welt, und ihr Begehren ekelt mir. – Sie sah um sich im ganzen Raum, als sinne sie über etwas nach. – Vieles war unrein, und ihr habt es rein gemacht, fuhr sie fort, aber es ist nichts besser geworden, die Geräte sind mir nicht lieber als zuvor, und das Haus ist mir trauriger als ein Gefängnis. Du bist hereingekommen zur bösen Stunde, du hast mir ins Ohr geflüstert vom Freudenleben, das auf mich wartet, das war deine schwärzeste Lüge, denn es kommt nichts für mich, als was schon gewesen ist. Ich bin wie eine angepflöckte Ziege, ich kann blöken Tag und Nacht, es achtet niemand darauf, treibt mich der Hunger, so nehme ich mit meinem Munde Nahrung in mich, und so lebe ich einen Tag um den andern, und das geht so fort, bis ich dein runzliges Kinn habe und deine rinnenden Augen, ich Unglückselige. – Die Tränen überwältigten ihre Stimme, sie sank nach vorn, die Alte unterstützte sie. Ganze Bäche stürzten ihr über die Wangen, die Alte sah es mit Entzücken. Sie ließ die Weinende leise auf das Bett gleiten, sie streichelte ihr die Wangen, sie küßte ihr die Fingerspitzen, die Knie. – Oh wie du bist, du Köstliche, wie Räucherwerk bist du, das seinen Duft lange in sich hält in der Kühle, du Strenge gegen dich selber. – Warum zündest du Weihrauch an, ich will es nicht, sagte die Frau mit schwacher Stimme und richtete sich in den Armen der Alten halb auf. – Es ist kein Ambra, es sind keine Narden, murmelte die Andere, es ist der Duft der Sehnsucht und der Erfüllung. – Sprich keine Zauberworte, rief die Junge ängstlich und zuckte in den Armen, die sie fest umschlangen und auf das Bett niederdrückten. – Ruhig, du Unnennbare, du bist es selber, rief die Amme, dein Hauch ist süßer als Narden, deine Blicke sättigen mit dem Feuer der Entzückung. – Die Färberin wehrte sich gegen die Umschlingung der Alten und klammerte sich doch an sie, sie sah in einem Wirbel voll Angst und Wollust nach oben in das feurige Weben hinein, aus dem ein Etwas mit durchdringender Gewalt zu ihr wollte, ihr schwindelte, und sie mußte die Augen schließen. – O mein Gebieter, widerstehst du ihren Augen, wenn sie ersterben? flüsterten dicht an ihrem Kopf die Lippen der Amme, sie flüsterten es nach oben. – Wer soll es sein, es gibt ihn nicht, hauchte die Frau und fühlte, wie sie willenslos der Alten im Arm hing. Mit wem redest du? –

– Mit einem, der nahe ist und nach dir lechzt, mit einem, der mir zuruft: so verdecke ihr die Augen, und wenn du sie ihr wieder auftust, dann bin ich es, dessen Gesicht auf ihren Füßen ruht.

– Die Augen, sagte die Frau und riß sich los, nicht um alles! – Du tust es, rief die Amme mit schmeichelnder Stimme, du legst dich wieder auf dein Bette, du liegst schon, du lässest mich den Mantel über dich breiten, meine Tochter deckt dir die Füße zu und legt sanft ihre Hand auf deine Augen – du hast es gewährt, o meine Herrin! – Es kann nie geschehen, sprach die Kaiserin in sich, sie will es ja nicht! Es kann nie geschehen, wiederholte sie, indessen die Augen der Frau schon gegen ihre flachen Hände schlugen. Es war schon geschehen, indem sie es aussprach. Inmitten des Raumes stand ein Lebendiger, der vordem nicht dagewesen war. Sie nahm ihn nur aus dem Winkel des Auges wahr, seine Gegenwart war stark und lauernd wie eines Tieres. Die Kaiserin konnte es nicht ertragen, dies in ihrem Rücken zu haben. Sie trat zurück und gab die Augen der Färberin frei. Diese setzte sich auf und zitterte vor Furcht und Verlegenheit. Die Amme neigte sich zur Erde vor dem Ankömmling, und er schritt langsam auf die schöne Färberin zu. Die Kaiserin trat hinter sich; sie sah, wie das eine seiner Augen größer war als das andere und einen Blick von besonderer tierhafter Heftigkeit auswarf, und sie erkannte, daß es einer von den Efrit war, welche beliebige Gestalten annehmen können, um die Menschen anzulokken und zu überlisten. Sie sah, daß er schön war, aber die unbezähmbare Gier, die seine Züge durchsetzte, ließ ihr sein Gesicht abscheulicher erscheinen als selbst eines der Menschengesichter, die ihr auf der Erde begegnet waren. Sie wußte, daß diese Efrit das Bereich der Lebenden umlauern, aber nie hatte sich einer von ihnen unterstanden, ihr so nahezukommen. Haß und Verachtung durchbebten sie, sie richtete sich hoch auf und blitzte vor Hochmut. Die Amme spürte ihren Zorn, sie glitt neben sie hin und faßte sie besänftigend an, sie schob sie zur Seite, der Efrit stand vor der Färberin und heftete seine Augen auf sie, vor denen sie die ihrigen niederschlug. – Da bist du, sagte er mit einer Stimme, welche tiefer und seltsamer war, als die Kaiserin erwartet hätte, und der er einen schmeichelnden, beinahe unterwürfigen Klang gab, du Köstliche, die auf mich wartet. – Wartet – sagte die Frau – ich auf dich?

– Du bist ein Weib, aber der den Knoten deines Herzens lösen soll, ist dir noch nicht nahe gewesen vor dieser Stunde. – Die Frau öffnete den Mund, aber es kam kein Laut hervor. Seine Hände lagen auf ihren Knien, er glitt neben sie hin, es war etwas vom Panther und etwas von der Schlange in ihm. Der Kaiserin riß es durch die Seele. – Hilf ihr von dem Unhold, flüsterte sie der Amme zu, siehst du denn nicht, daß sie ihn nicht will! – Ins Schwarze treffen und der Scheibe nicht weh tun, das wäre freilich eine vortreffliche Kunst, gab die Amme kalt zurück. – Der Efrit ergriff mit beiden Händen die Handgelenke der Färberin und zwang sie, zu ihm aufzusehen; ihre Blicke konnten sich des Eindringens der seinigen nicht erwehren: sie lag ihm offen bis ins Herz hinein. – Die Augen, heiße ihn die Augen wegtun, rief die Frau, und es schien, sie wollte flüchten, aber der Efrit blieb dicht an ihr, seine Hände lagen auf ihrem Nacken und die Worte, die seinen Lippen schnell entflossen, klangen schmeichelnd und drohend zugleich. Die Kaiserin wollte nicht hinsehen und sah hin. Sie begriff nicht, was sie sah, und doch war es nicht völlig unbegreiflich: das beklemmende Gefühl der Wirklichkeit hielt alles zusammen. – Vorbei! hauchte sie und drückte fest ihr Gesicht in einen Sack mit getrockneten Wurzeln – was ist er ihr, was ist sie ihm, wie kommen sie zueinander! Warum erwehrt sie sich seiner nur halb! Um was geht es zwischen diesen Geschöpfen? –

– Um deinen Schatten, gab die Amme zur Antwort, und ihr Gesicht leuchtete auf. – Nein, nicht dies, rief die Kaiserin dicht am Ohr der Alten. – Ruhig, sagte die Alte, ruhig, sie ist eine Verschmäherin und muß gebrannt werden im Feuer des Begehrens. –

– Verlocke sie mit Schätzen, es war von köstlichen Mahlzeiten die Rede – sie will ein Haus und Sklavinnen, sagte die Junge, gib ihr was sie will, nicht dies! –

– Ein krummer Nagel, antwortete die flinke Zunge der Alten, ist noch keine Angel, es muß erst ein Widerhaken daran. –

Die Frau hatte ihre Hände frei bekommen und war aufgestanden. – Ich will mich verstecken, sagte sie, hilf mir, Alte, ich will mich vor diesem da verstecken! Was geht er mich an, der fremde Mensch! Mag er gleich schön sein! – Die Amme war schnell bei ihr: – Dir nicht fremd zu sein, du Köstliche, sagte sie mit einem unbeschreiblichen Ausdruck, ist alles, was er begehrt. – Ich will mich vor seinen Blicken verstecken, schrie die Frau und schob die Alte so ungeschickt zur Seite, daß sie selbst dem Manne näher war als zuvor. – Frage ihn, wie er sich unterfangen kann, von mir zu verlangen, was er verlangt hat, er, den ich vor einer Stunde nicht gekannt habe! Frage ihn! Er sagt, er verlangt es als ein Pfand des Zutrauens und als ein Wahrzeichen, daß mein Gemüt nicht karg ist! – Wahrhaftig, da sagt er die Wahrheit, rief die Alte mit Begeisterung und tauschte einen Blick mit dem Efrit, und daß du ihn vor einer Stunde nicht gekannt hast, ist ein Grund mehr, dich großmütig zu bezeigen: so ist es gesetzt zwischen Herz und Herz, und wer dich anders gelehrt hat, war schlechthin darauf aus, dich zu betrügen, du Arglose. – So ist es, rief der Efrit, aber die Alte winkte ihm, still zu sein. – Sie horchte angestrengt nach außen. – Ihr müßt auseinander, rief sie, ihr Liebenden, ich höre den Schritt des Färbers, der nach Hause kommt. Er ist fröhlichen Herzens und trägt eine irdene Schüssel in den Händen. – Der Kaiserin Herz schlug vor Freude; sie konnte es kaum erwarten, den Großen, Starken eintreten zu sehen. – Warum stößt er nicht die Tür auf, warum dringt er nicht herein, dachte sie und hob den Kopf. Eine Art von Musik erklang von draußen, eine Art von mißtönendem Gesang. Die Amme stand bei ihr und warf ihr einen seltsamen Blick zu: – Auf, du, und heiße sie auseinandergehen für heute, sagte sie, es ist Zeit. – Der Efrit hatte die Färberin um die Mitte gefaßt, er wollte sie mit sich fortziehen, es schien, als söge er mit der Nähe der Gefahr einen doppelten frechen Mut in sich. Er war bereit, seine Beute hoch in der Luft über den Köpfen der Eindringenden hinwegzutragen, und er war schön in seiner knirschenden Ungeduld. Die Kaiserin trat ihm in den Weg. Ihr Mut war dem seinen gleich, sie legte beide Arme um die Frau, der Efrit wandte ihr sein Gesicht zu, das loderte wie ein offenes Feuer; durch seine zwei ungleichen Augen grinsten die Abgründe des nie zu Betretenden herein, ein Grausen faßte sie, nicht für sich selber, sondern in der Seele der Färberin, daß diese in den Armen eines solchen Dämons liegen und ihren Atem mit dem seinen vermischen sollte. Sie wollte die Färberin an sich ziehen, sie achtete es nicht, daß es ein menschliches Wesen war, um das sie zum ersten Male ihre Arme schlang. Die

Färberin hing ihr willenlos im Arm, ihre Augen sahen nur den Efrit, sie ging ganz in ihm auf. Ein ungeheures Gefühl durchfuhr die Kaiserin vom Wirbel bis zur Sohle. Sie wußte kaum mehr, wer sie war, nicht, wie sie hierhergekommen war. Eine wissende Schwäche fiel sie an, – ihre schöne reine Kraft selber fing an zu versagen, ihr Denken, zum erstenmal zerrissen, suchte dahin und dorthin nach Hilfe, in ihr rief es mit Inbrunst nach dem Färber Barak, und sie fühlte, wie er Schritt für Schritt auf die Tür zukam. Nun kam er herein, er trat ins Zimmer, fröhlich und geräuschvoll, beladen und begleitet: sein Gesicht war vor Freude und Aufregung gerötet, und er trug auf beiden Händen eine mächtige Schüssel, auf der köstliche Speisen gehäuft waren: eine Henne in Reis, Eingemachtes, in jungen Weinblättern gewickelt, Kürbisse mit Pistazien gewürzt und zehnerlei andere Arten von Zukost. Der Verwachsene, der mit Blumen bekränzt war und die Maultrommel spielte, drängte sich an ihm vorbei, der Einarmige schleppte einen irdenen Weinkrug, der Einäugige trug auf dem Nacken eben jenes abgehäutete Lamm, dessen sanfte Augen gestern beim Kommen den Blick der Kaiserin in sich gezogen hatten, Kinder, die sich scharenweise angesammelt hatten, angelockt von der Maultrommel und dem Geruch so üppiger Speisen, lauerten in der Tür und begierige Hunde mit ihnen. Dies alles drang schon ins Gemach, der Efrit im Nu eines Blitzes war verschwunden, die aufgehängten Tücher schwankten, und ein Ziegel löste sich aus den Fugen, in die Hände klatschte begrüßend die Amme und verneigte sich in heuchlerischer Demut vor dem Hausherrn. In den Armen der Magd richtete sich die Halbohnmächtige auf und sammelte mit einem Blick, der nichts in dem Gemach, nicht die Schwäger und nicht den eigenen Mann erkannte, mit wilden Atemzügen und Stößen ihres zuckenden Herzens die fast dem Leib entflogene Seele. Aber so groß war in der arglosen Brust des Färbers die Freude über seinen unerhörten Einkauf und die Zurüstungen zu einem Mahl, wie sein armes Haus es noch nicht gesehen hatte, daß er nichts von der Verwirrung gewahr wurde, in der er seine Frau vorfand. – Was sagst du nun, du Prinzessin, rief er ihr mit mächtiger Stimme zu, was sagst du mir zu dieser Mahlzeit, du Wählerische, die mir das Mittagessen verschmäht: und wie findest du die Zurichtung? – Und als die

Frau stumm dastand und mit weit offenen Augen auf ihn starrte wie auf einen Geist, so meinte er, es habe ihr vor Freude und Staunen die Rede verschlagen, und mußte laut über sie lachen. – Erzählt ihr ein wenig, meine Brüder, rief er, damit sie sieht, was wir für Einkäufer sind. Wie war es mit dem Schlachter! Und wie war es mit dem Gewürzhändler? –

– Schlag ab, du Schlachter, ab vom Kalbe, sang der Bucklige. – Und ab vom Hammel und her mit dem Hahn! fielen das Einaug und der Einarmige ein. – Und Bratenbrater heraus mit dem Spieß! schrien sie alle zusammen, und der Einarmige zog einen mächtigen Bratspieß hervor, den er seitlich am Lendenschurz befestigt hatte. – Du Bratenbrater heraus mit dem Spieß! jauchzten die fremden Kinder und drängten sich herbei. – Und wie war es mit der Vorkost und wie mit dem Wein! schrie Barak lauter und fröhlicher als alle. – So war es: Heran du Bäcker mit dem Gebackenen, antworteten die Brüder, und du Verdächtiger, her mit dem Wein! – Ja, so war es, rief stolz der Färber, und kehrte sein freudig gerötetes Gesicht allen im Kreise nacheinander zu. – Er ging auf seine Frau zu, zog sie an sich und bedeckte ihren Mund und ihre Wangen mit Küssen. Die Amme sprang dicht daneben und bog sich vor Lachen. Sie legte überall Hand an, sie trat und stieß nach den Kindern, die überall dazwischen kamen, mit den Fingern in die große Schüssel fuhren, nach den brennenden Kienspänen griffen und das tote Lamm anrühren wollten; der Verwachsene spielte mit einer Hand die Maultrommel und half mit der andern das Lamm an den Spieß stecken, der Einäugige goß den Wein in irdene Scherben und fing mit vorgestrecktem Maul auf, was daneben ging, und Barak saß auf der Erde vor der großen Schüssel, er hatte die Frau auf seine Knie niedergezogen und liebkoste sie, indem er abwechselnd mit den Fingern die besten Stücke hervorholte und ihr in den Mund steckte, abwechselnd sie küßte und immer wieder gewaltig an sich drückte. Er bemerkte es nicht, daß sie an den Bissen würgte und unter seinen Liebkosungen starr blieb wie eine Tote. Da sie ihm zu langsam von den köstlichen Dingen aß, stopfte er dazwischen den Kindern in den Mund, die ihn umringten, während er selbst nur hie und da ein Geringes zu sich nahm und kaum darauf achtete. – Heraus du Bäcker mit dem Gebackenen! schrien die Kinder und warfen herausfordernde Blicke auf den Einarmigen und Einäugigen. – Wenn wir einkaufen, das ist ein Einkauf! sang der Verwachsene und griff mit seinen langen Armen über alle hinweg in die Mitte der Schüssel. – O Tag des Glücks, o Abend der Gnade! sang Barak mit seiner dröhnenden Stimme und nahm mit seiner freien Linken das kleinste von den Kindern, dann noch eines, indem er es rückwärts am Gewande fest packte, und warf sie seiner Frau zwischen die Knie, aber behutsam, indem er vor Freude laut lachte. – Die Frau zog jäh die Knie nach oben, sie streifte die Kinder von ihrem Schoß, daß sie hart ans offene Feuer hinrollten, sie stieß Barak von sich, daß er taumelte und dabei mit den Beinen die große Schüssel zerschlug. Die größeren Kinder schrien und rissen die kleinen Geschwister aus dem Feuer, der Einäugige schlug unter sie und rettete von den Speisen, was zu retten war. Die Amme ließ das Lamm und den Spieß und sprang hin zu der Frau. Diese lag auf den Knien, sie focht mit den Händen in der Luft, und aus ihrem Mund drang ein langer gellender Schrei. Schnell trugen die beiden Muhmen die Zuckende auf ihr Bett. Barak war neben ihnen und getraute sich nicht, seine schreiende Frau anzurühren, er lief ans Feuer zurück, sah mit ratlosem Blick auf die Speisen, lief wieder ans Bett und berührte angstvoll ihren Leib, der sich wild herumwarf wie ein Fisch auf dem Trockenen: er glaubte sie vergiftet. Er reichte der Alten ein Tuch und drängte die Brüder und Kinder hinaus, sie rissen das Lamm vom Spieß, und der scharfe Dunst von verbranntem Fett erfüllte den Raum. Das Schreien hatte aufgehört, aber ein Krampf zerrte alle Glieder der Färberin. Sie bleckte die Zähne gegen ihren Mann, als sie ihn gewahr wurde, und stieß zu der Alten hervor: – Schaff mich fort, du weißt die Wege, schwöre mir, daß ich nie mehr dieses Haus und dieses Gesicht sehen werde. – Die Alte streckte drei Finger, dann schlug sie den einen ein und deutete mit verstohlenem Blick auf die zwei, die noch blieben. Die Frau schloß die Augen, Barak hatte nicht gehört, was sie sagten, er sah, wie die Alte zu ihr flüsterte, wie die junge spärlich antwortete, aber nicht mehr mit verkrampftem Mund, wie sie allmählich ruhiger wurde und sanft dalag.

Am Abend des dritten Tages zog sich die Jagd oben am Hange eines tiefen Tales hin, das sich immer mehr zur Schlucht verengte. Die Schlucht wurde schroff und abgrundtief, unten schoß ein schäumendes Wasser. Ober einer steinernen hohen Brücke, die den Abgrund übersprang, lag ein einsames Dorf, das schon von der Jägerei besetzt war. Der Kaiser kam über die steinerne Brücke geritten, er hielt sein Pferd auf der Straße an, die hinter ihm sprangen aus dem Sattel, alle erwarteten, daß er absteigen würde; zwei von den Vornehmsten eilten hin und hielten ihm Zaum und Bügel, aber mit einer lässigen Gebärde der schönen langen Hand winkte er ihnen ab und blieb im Sattel sitzen. Der Spaßmacher hatte nur auf diesen Augenblick gewartet, um eine Posse auszuführen, durch die er die gegenwärtige Sorge des Kaisers schmeichelnd mit einer derben Dorfhetze vermischen wollte; er sprang plötzlich seitwärts heran und zog einen Alten, der sich demütig dreingab, an seinem langen gelblich-weißen Bart hinter sich her bis vor des Kaisers Pferd. – Hier, du Ältester eines verfluchten Dorfes, schrie er ihn an, hier wirf dich nieder und bekenne, daß ihr berüchtigte Falkendiebe seid, ihr Bergdörfler, und daß ihr Falken anzulocken versteht und sie zu ködern mit einem geblendeten Vogel, und daß ihr selber erpicht auf die Falkenjagd seid und Wilddiebe vom Mutterleib, und daß jeder von euch für einen roten kaiserlichen Falken, der – Gott verhüte es! – in eure Hände fiele, seine leibliche Mutter verkaufen würde, geschweige denn sein Eheweib, die einem euresgleichen feil ist um einen auf Sperlinge abgerichteten Habicht! – Der Alte zuckte mit den Augenlidern, er nahm alles für bare Münze, der Tod schwebte ihm vor den Augen, er hob beteuernd die Hände und sah sie schon abgehauen und verstümmelt. Er wollte eine

Rede anheben, aber die eherne Stimme des Possenreißers und das gewaltige Ansehen, das er sich zu geben wußte, schlugen ihn zu Boden. Er sah mit hilfeflehender Miene nach dem, der über ihm auf dem Pferde saß, aber der blieb regungslos und würdigte ihn keines Blickes. – Bei meinen Augen, rief der Alte verzweifelt, möge ich blind werden auf der Stelle! Wir sind armselige Hirten, wir wissen nichts von der Jagd und vermögen einen Falken nicht von einer Krähe zu unterscheiden! – In seiner Angst faßte er mit den Händen in die Luft zu nah vor den Augen des Pferdes, daß es sich hoch aufbäumte und der Kaiser mit der Rechten hastig nach der Hülse griff, die er mit dem Brief der Kaiserin unterm Gewand am Halse trug, um sie zu schützen, dann erst faßte er in die Zügel und beruhigte das Pferd; aber der Possenreißer, der ihm begierig um ein Lächeln und Nicken am Gesicht hing, bekam keinen Blick, die Augen des Kaisers sahen gerade vor sich, wie eines Adlers, dem schläfert. Es war hoch am Nachmittag und die Luft hier im innersten Bereich der sieben Mondberge so rein, daß der Kaiser in einer großen Ferne den selben Fluß, der tief unter seinen Füßen hinschoß, in seinem Ursprung gewahren konnte, wo er als ein fadendünner Wasserfall hoch droben an der Felswand hing und sich von dort in einen kleinen Wald hinabstürzte. Auf dem höchsten Wipfel des Wäldchens sah man einen Falken sitzen, der einen Vogel in den Klauen hielt und ihn rupfte. Der Kaiser winkte den Obersten der Falkner herbei und zeigte ihm mit den Wimpern die Richtung; der Falkner hatte mit seinen weit auseinanderstehenden, aufmerksamen Augen den Vogel längst gesehen und erkannt, daß jener, der dort in der Ferne äste, nicht der gleiche war, den sie suchten und den zu finden und wieder anzulocken seine oberste Pflicht war, und indes sein rotes Gesicht ober und unter der großen Narbe, die quer über seine Nase lief, dunkler wurde, wandte er es wie beschämt zur Seite. Aber des Kaisers Miene verfinsterte sich, er neigte sich ein wenig gegen den Falkner. – Auf deinen Kopf, sagte er leise, daß wir in diesem Revier den roten Falken finden und ihn wiedergewinnen, wir beide, du und ich. – Der Falkner wagte nicht seinem Herrn ins Gesicht zu sehen, er hielt seine Augen fest auf die Brust des Kaisers gerichtet; er wurde blaßgelb, und seine auseinanderstehenden Augen nahmen einen erschrockenen Ausdruck an.

Er lief hin, ließ zwei Maultiere vorführen, nahm einen Filzmantel und einen Ledermantel an sich und hängte zwei lederne Taschen an seinen Gürtel, von denen die eine Luftlöcher hatte wie ein Käfig. Der Kaiser war vom Pferd gesprungen, er schwang sich auf das eine Maultier, ohne den Bügel zu berühren, der Falkner stieg auf das andere; er mußte sich am Sattelknopf anhalten, seine Glieder waren ihm wie gelähmt, mehr als den Zorn seines Herrn und die dunkle Drohung fürchtete er noch das Alleinsein mit ihm. Hilflos drehte er sich im Sattel um, er sah, wie der Stallmeister einem der Knaben winkte, die ihm untergeben waren; der Falkner, als hätte er nur darauf gewartet, warf dem Knaben die Mäntel zu. Der Knabe lauerte mit Begierde, er hatte sich absichtlich herangeschlichen, seine Augen leuchteten, flink war er auf einem dritten Maultier droben und trabte hinter den beiden her.

Stumm ritten sie am Abhang hin, der Weg hob sich schnell in die Höhe. Sie blieben hintereinander, die Maultiere setzten den Fuß über lose, glänzende Blöcke und Baumwurzeln, mit dem einen Knie hingen die Reiter über dem Abgrund, mit dem andern streiften sie den Efeu, der die schwarze Felswand umklammerte, kleine Vögel äugten aus ihren Nestern auf sie herab und flogen hastig vor ihrer Brust vorbei. Der Falkner hielt seine Augen auf den Rücken des Kaisers geheftet, die Schultern und der Nacken erschienen ihm felsenstark, unnahbar, ohne Gnade. Sie waren oben, der Kaiser sprang ab, der Kleine war schnell, wie eine Katze, vom Pferd, der Kaiser achtete ihn gar nicht, aber das Kind war selig mit dem erhabenen Herrn allein zu sein, denn der Falkner schlich sich seitwärts, immer die Augen am Himmel. Der Kaiser sah hinab: Glanz ohnegleichen lag auf den Tälern und Bergen, da und dort fielen Wasserfälle ins Tal hinab und leuchteten, aus den tiefsten Schluchten fing an bläulicher Nebel sich emporzuziehen. In der Ferne kreuzten sich Bergkämme, dunkle Wälder standen auf den Hängen, oben war alles kahl und zerrissen. Niemals glichen sich zwei dieser Klippen, aber Alles ging leuchtend ineinander über wie die Zeichen in dem Brief der Kaiserin, die alle wundervoll waren, keines dem andern gleichend, und nirgends ein Anfang zu finden – das Ende verflocht sich mit dem Anfang, so als ob in unsäglicher Scheu und Schamhaftigkeit die Anrede vermieden sein sollte; und ein solcher reiner, starker Duft, wie über diesen Schluchten hin und her wogte, drang aus dem Brief für den Einen, dem er zu lesen bestimmt war. In der Erinnerung schloß der Kaiser unwillkürlich die Augen, der Knabe las ihm jetzt Gnade und Milde vom Gesicht, die Freude durchdrang ihn, er brach vor Lust einen Zweig ab und warf ihn gleich wieder hin. Sie traten ins Wäldchen und gingen zwischen Bäumen am Wasser hin, auf einen Weiher zu.

Der Falkner blieb dahinten, er spähte zum hundertsten Mal den Himmel ab, der noch hell war und schon vom ersten Mondlicht durchströmt. Er sah gegenüber, zwischen den zwei Zinken des höchsten Mondberges, die Sonne hinabsinken, ihr letzter, ganz schwarzer Strahl durchfuhr den Himmel und den Abgrund, hernach wanden sich einzelne Wolken, wie Schlangen, aus den Klüften hervor. Er seufzte auf: seine Hoffnung war gering, er vertröstete sich auf den Morgen, aber er wollte nichts unversucht lassen. Er öffnete die eine lederne Tasche, die er am Gürtel trug, und zog einen kleinen rostfarbenen Vogel heraus, der sich heftig sträubte. Der Falkner, mit gerunzelter Stirn, befestigte mit einem Lederriemchen den Vogel an einem Dornstrauch. – Vorwärts du, sagte er, deine Angst sieht schärfer als das schärfste Auge, melde mir du den, auf den ich warte, und melde ihn bald oder es soll dein Tod sein. Denn so wie Er da hinten über mir ist, so bin ich über dir. – Es verging kurze Zeit und der Vogel riß an seiner Fessel wie ein Verzweifelter und stieß einen durchdringenden Angstlaut aus. Der Falkner konnte sich kaum fassen vor Unruhe und Erwartung. Er warf sich hinterm Dorngesträuch an die Erde und ahmte den Ruf der Ringeltaube nach, dreimal und öfter. Aus dem Wäldchen bei dem Wasser strichen die männlichen Tauben daher und suchten die Ruferin. Nicht lange und zu oberst am Himmel erschien nun ein Vogel, der größer und größer wurde. – Du bist es, rief der Falkner voll Entzücken, du erinnerst dich deines Wärters, du kommst zurück zu der Hand, die dir zuerst Speise gereicht hat. – Er riß eine kleine Trommel vom Gurt und schlug mit den Fingerknöcheln auf ihr einen besonderen Wirbel. – Erkennst du den Klang, rief er, wir sind es, die Deinigen, die dich um Verzeihung bitten! Wir haben uns vergangen gegen deine edlen Sitten, wir wissen nicht wie, aber du bist großmütig und hast uns vergeben! – Der angebundene

Vogel bohrte sich vor Angst tief ins Dorngestrüpp, die Tauben stoben auseinander, von oben fuhr der Falke senkrecht nieder, über dem Falkner hielt er sich in der Luft mit ausgebreiteten Schwingen, dann schoß er schräg, ohne die Schwingen zu regen, auf das Wäldchen zu. Dem Falkner stand das Herz still, ihm war, als hätte der Falke mit rötlich glitzernden, ganz offenen Augen ihn zornig und gebietend angesehen, doch er war es, unverkennbar war jeder Zug an dem herrlichen Vogel.

In großen Sätzen sprang er ihm nach ins Wäldchen, die angepflöckten Maultiere schraken auf, für ihn ging es jetzt um alles, er erstaunte und bangte, als er den Kaiser nicht fand. Lautlos stürzte der Wasserfall von der Felswand herab, im Weiher spiegelte sich ein Stück des Himmels mit dem Falken, der jetzt über den Wipfeln ruhig kreiste. Von Zeit zu Zeit stieß er seinen scharfen Ruf aus, wie ungeduldig, daß er seinen Herrn nicht sah, von dem Diener sich nicht wollte greifen lassen. Der Knabe hockte dem Wasserfall gegenüber still wie eine Eule; aus ihm war nichts herauszubringen, als: der Kaiser sei dort hineingegangen. Er deutete auf eine Höhle drüben an der Felswand, kaum über mannshoch; die verfallene Schwelle war übersprüht von der Nässe des wehenden Schleiers, ein paar Stufen führten vom Wasser herauf, sie schienen von Menschenhand geglättet aber uralt. Der Kaiser habe für sich geredet, mit der Hand das Wasser berührt, sein Obergewand abgelegt; dem Kind war ängstlich und schläfrig, ihm war, bei dem Mond, der von oben hereinsah, wie eine Ampel, als hätte man ihn auf der Schwelle vor dem kaiserlichen Schlafgemach vergessen, absichtlich schloß er die Augen, bei dem stetigen Rauschen nickte er ein. Auf einmal sei der Kaiser vor ihm gestanden, habe ihn aufgerüttelt und gefragt, ob er singen höre. Er habe es ganz in der Nähe vernommen, dann weiter weg. Der Kaiser habe ihm plötzlich den Rücken gewandt, sei schnell auf die Höhle zugegangen. Der Knabe traute sich zuerst nicht ihm unbefohlen nachzugehen, aber dann sei er nachgeschlichen und habe den Kaiser nicht mehr gesehen. Die Höhle müsse ein altes Gewölbe sein: sie habe behauene Wände und wohl auch einen anderen Ausgang. Aber er warte nun schon lange, bis der Kaiser wiederkäme. Der Falkner hörte kaum zu, er konnte die Zeit nicht nachmessen, die ihm vergangen war in der zitternden Erwartung des Falken, der ihn nun wieder narrte mit beständigem Zuruf, jetzt bäumte der schöne Vogel auf und äugte von dem obersten kahlen Stumpf einer blitzgetroffenen Eiche, die unten üppig fortgrünte, herunter. Der Falkner stand wie angewurzelt, endlich riß er sich los, schlich geduckt hinüber; er sah seine Hand rot vor sich, wie abgehauen, wenn er den Baum erkletterte und vergebens nach dem Falken griffe, im gleichen Augenblick der Kaiser aus dem Berg hervorträte, der böse Vogel sich höhnisch für immer nach oben schwänge. Der Knabe lief lautlos neben ihm. Der Falke hob die Schwingen, flog freundlich auf sie zu, dann warf er sich mit einem einzigen Flügelschlag hoch nach oben und seitwärts, fuhr dann sausend herab und mit einem Schrei wie Lust und Hohn durch den aufsprühenden Wassersturz in die Bergwand hinein. Mit unbegreiflichen Kräften begabt, mußte er dort einen Eingang wissen, den das stürzende Wasser verhüllte. Der Falkner, vor ohnmächtigem Zorn, verbiß die Zähne ineinander, er rollte die Augen um sich, in des Knaben Miene trat ihm ein verschmitzter Ausdruck entgegen, vielleicht vor lauter Verlegenheit über das Unerwartete. Der Falkner schlug ihn voll Zorn ins Gesicht. Der Knabe sprang ins Gebüsch und duckte sich, aber er freute sich im Innersten über die unverdienten Schläge, ein huldvolles, wunderbares Lächeln schwebte vor ihm, er wartete lautlos zwischen den Sträuchern, bis sein Herr wieder heraustreten würde.

Der Kaiser stieg die steilen glatten Stufen schnell hinab, er achtete nicht auf die Falltür in seinem Rücken; die singenden Stimmen, das Unerklärliche, die Umstände des Ortes bannten alle seine Sinne. Gerade hier drang alles tief in ihn, er war im Bereich seines ersten Abenteuers mit der geliebten Frau. Jene unvergeßliche erste Liebesstunde war ihm nahe, sein Blut war bewegt, daß er die seltsame Grabeskühle kaum fühlte, die aus den Wänden des Berges und von unten auf ihn eindrang. Für ein neues Abenteuer wäre kein Platz in ihm gewesen – oder doch? wer hätte es sagen können. – Er dachte nichts Bestimmtes, aber alles, was ihm ahnte, verknüpfte sich innig mit seiner Geliebten. Er konnte die Worte des Gesanges nicht verstehen. Von Stufe zu Stufe schien es ihm, jetzt würden sie ihm gleich verständlich sein. Eine gewisse Reihe kam öfter wieder. Er sprang die letzten Stufen schnell hinab und fand sich in einer Art Vorhalle, dämmerig erleuchtet; das Licht kam unter einer Tür hervor, die ihm entgegenstand, aus Holz mit ehernen verzierten Bändern. Er fand kein Schloß und keinen Griff, aber als er sich der Tür näherte, bewegten sich die Türflügel in den Angeln. Deutlich hörte er in diesem Augenblick die letzten von den Worten, die schon öfters wiedergekehrt waren. Sie hießen:

Was fruchtet dies, wir werden nicht geboren!

Er hatte keine Zeit, über den Sinn dieser Worte nachzudenken. Er war über die Schwelle getreten und die Türflügel schnappten hinter ihm leise wieder zu. Er stand in einem geräumigen Saal, dessen Wände, wie ihm schien, aus nichts anderem als dem geglätteten Gestein des Berges bestanden. In der Mitte des Raumes war ein Tisch gedeckt, für je einen Gast an jedem Ende. Zu jeder Seite des Tisches brannten mit sanftem feierlichen Licht sechs hohe Lampen. Nirgend war an den Wänden ein Gerät; trotzdem atmete das Ganze eine seltsam altertümliche Pracht, die dem Kaiser die Brust beengte. Ein Knabe ging zwischen dem Tisch und dem dunklen, der Tür entgegen gelegenen Teil des Saales ab und zu. Es mußte dieser sein, der gesungen hatte. Er brachte Schüsseln, die aus purem Gold schienen, und langhalsige, mit Edelsteinen besetzte Krüge und ordnete sie auf die Tafel. Manche Schüssel mit ihrem Deckel war so schwer, daß er sie nicht auf den Händen, sondern auf dem Kopf trug, aber er ging unter der Last wie ein junges Reh. Der Knabe kam aus dem Dunkel gegen das Licht, er sah den Kaiser in der Tür stehen und schien nicht überrascht. Er drückte die Hände über der Brust zusammen und verneigte sich. Von rückwärts rief eine Stimme: – Es ist an dem! – Doch war dieser Teil des Saales im Halbdunkel und erst später gewahrte der Kaiser, daß sich dort eine Tür befand, völlig gleich der in seinem Rücken, durch die er eingetreten war, und ihr genau entgegenstehend. Der laute Ruf verhallte nach allen Seiten und offenbarte die Größe des Gemachs. Der Knabe neigte sich vor dem Kaiser bis gegen die Erde und sprach kein Wort. Aber er wies mit einer ehrfurchtsvollen Gebärde auf den einen Sitz am oberen Ende der Tafel. Obwohl alle zwölf Lampen, welche die beiden langen Seiten des Tisches begleiteten, anscheinend mit gleicher Stärke brannten, mußte doch das Licht, das denen am oberen Teil entströmte, von der stärkeren Beschaffenheit sein und umgab diesen Platz und die Prunkgeräte, die dort angerichtet waren, mit strahlender Helle, die Mitte des Tisches war noch sanft und rein erleuchtet und das untere Ende lag in einer bräunlichen Dämmerung. Der Knabe sah mit Aufmerksamkeit auf den Kaiser hin, aber sein Mund blieb fest zu. Es dauerte einen Augenblick, bis sich der Kaiser besann, daß es in jedem Fall an ihm wäre, die ersten Worte zu sprechen. – Was ist das? fragte er, du richtest hier eine solche Mahlzeit an für einen, der zufällig des Weges kommt? – Die festverschlossenen Lippen des schönen Knaben lösten sich; er schien verlegen, und trat hinter sich und sah sich um. Aber der Kaiser achtete schon nicht mehr auf ihn; denn drei Gestalten, die er nicht genug ansehen konnte, waren irgendwo seitwärts aus der Mauer herausgetreten. Die mittlere war ein schönes junges Mädchen, sie glitt mehr als sie ging auf den Kaiser zu, zwei Knaben liefen neben ihr und konnten ihr kaum nachkommen; sie glichen dem Tafeldecker an Schönheit, aber sie waren kleiner und kindhafter als dieser. Das Mädchen hielt einen gerollten Teppich in Händen, den sie vor den Kaiser hinlegte; dabei neigte sie sich bis fast an den Boden. – Vergib, o großer Kaiser, sagte sie – nun erst, da sie sich aufrichtete, sah er, daß sie trotz ihrer noch kindlichen Zartheit nicht um vieles kleiner war als er selbst – vergib, sagte sie, daß ich dein Kommen überhören konnte, vertieft in die Arbeit an diesem Teppich. Sollte er aber würdig werden bei der Mahlzeit, mit der wir dich vorlieb zu nehmen bitten, unter dir zu liegen, so durfte der Faden des Endes nicht abgerissen, sondern er mußte zurückgeschlungen werden in den Faden des Anfanges. – Sie brachte alles mit niedergeschlagenen Augen vor; der schöne Ton ihrer Stimme drückte sich dem Kaiser so tief ein, daß er den Sinn der Worte fast überhörte. Der Teppich lag vor seinen Füßen; er sah nur einen Teil und nur die Rückseite, aber er hatte nie ein Gewebe wie dieses vor Augen gehabt, in dem die Sicheln des Mondes, die Gestirne, die Ranken und Blumen, die Menschen und Tiere ineinander übergingen. Er konnte kaum den Blick davon lösen. Er besann sich mit Mühe auf die Pflicht der Höflichkeit, und es verging eine kleine Weile, bevor er einige Worte an die jungen Unbekannten gerichtet hatte.

– Ihr seid vermutlich auf einer Reise, sagte er mit großer Herablassung, und indem er von seiner Stimme alles Gebieterische abstreifte. Eure Zelte und die eures Gefolges, denke ich, sind in der Nähe aufgeschlagen, und ihr habt der Kühle wegen dieses alte Gewölbe aufgesucht? Ich möchte nicht hören, daß ihr in diesem Berge wohnet! Die Kinder hingen mit der größten Aufmerksamkeit an seinem Munde. Bei den letzten Worten, die unwillkürlich mit mehr Strenge über seine Lippen kamen, zuckte ein Lachen über ihre Gesichter. Man sah, wie die drei Knaben sich bemühen mußten, nicht laut herauszulachen. Das Mädchen aber war gleich wieder gefaßt, ihre Züge nahmen wieder den Ausdruck der größten Aufmerksamkeit, fast der Strenge an. – Oder ist eures Vaters Haus nahe? fragte der Kaiser abermals; nichts an ihm verriet, daß er ihr unziemliches Betragen bemerkt hätte. – Die drei Knaben mußten noch mehr mit dem Lachen kämpfen, und der Tafeldecker bückte sich eilig und machte sich an dem Tisch zu tun, um sein Gesicht zu verbergen. – Wer ist denn euer Vater, ihr Schönen? fragte der Kaiser zum drittenmal mit unveränderter Gelassenheit; nur wer ihn gut kannte, hätte an einem geringen Zittern seiner Stimme seine Ungeduld erraten. Das schöne Mädchen bezwang sich zuerst. – Vergib uns, erhabener Gebieter, sagte sie, und zürne nicht über meine jungen Brüder, sie sind ohne alle Erfahrung in der Kunst des höflichen Gespräches. Dennoch müssen wir dich bitten, mit der geringen Unterhaltung, die wir dir bieten können, für eine Weile vorliebzunehmen, denn es scheint, unser ältester Bruder hat noch nicht alle Speisen und Zutaten beisammen, die er für würdig findet, dir vorgesetzt zu werden. – Ihre Gebärde lud ihn ein, sich dem Tisch zu nähern, und er fühlte, daß er fast matt vor Hunger war, aber die Haltung der Kinder und die unbegreifliche Anmut aller ihrer Stellungen, selbst der ungezogenen, entzückte ihn so, daß er keinen Gedanken an etwas anderes wenden konnte. Das Mädchen war am oberen Ende des Tisches niedergekniet, sie breitete den Teppich aus und lud ihn ein, sich darauf niederzulassen. Das Gewebe war unter seinen Füßen, Blumen gingen in Tiere über, aus den schönen Ranken wanden sich Jäger und Liebende los, Falken schwebten darüber hin wie fliegende Blumen, alles hielt einander umschlungen, eines war ins andere verrankt, das Ganze war maßlos herrlich, eine Kühle stieg aber davon auf, die ihm bis an die Hüften ging. – Wie hast du es zustande gebracht, dies zu entwerfen in solcher Vollkommenheit? – Er wandte sich dem Mädchen zu, das in Bescheidenheit einige Schritte weggetreten war. Das Mädchen schlug sofort die Augen nieder, aber sie antwortete ohne Zögern. – Ich scheide das Schöne vom Stoff, wenn ich webe; das was den Sinnen ein Köder ist und sie zur Torheit und zum Verderben kirrt, lasse ich weg. – Der Kaiser sah sie an. – Wie verfährst du? fragte er und fühlte, daß er Mühe hatte, gesammelt zu bleiben. Denn jeder einzelne Gegenstand, den sein Auge berührte, drang mit wunderbarer Deutlichkeit in ihn: er sah vieles im Saal und glaubte von Atemzug zu Atemzug mehr zu sehen. – Wie verfährst du? fragte er nochmals. – Die junge Dame folgte seinem Blick mit Entzücken. Es verging eine Weile, bis sie antwortete. – Beim Weben verfahre ich, sagte sie, wie dein gesegnetes Auge beim Schauen. Ich sehe nicht was ist, und nicht was nicht ist, sondern was immer ist, und danach webe ich. – Aber er hörte sie nicht, so verloren war sein Blick im Anschauen der herrlichen Wände, in denen das Licht der Lampen sich spiegelte. An der Spannung, mit der die Gesichter der Knaben sich ihm zuwandten, erkannte er, daß die Antwort an ihm war. Er war ganz gebunden von der Schönheit dieser Gesichter, auf denen ein Schmelz lag, wie er ihn nie auf den Gesichtern von Kindern meinte gekannt zu haben, und in den Augen, die sich gespannt auf ihn richteten, sah er, was er nie in irgendwelchen Augen wahrgenommen hatte. – Sind euer noch mehr Geschwister? fragte er ohne Übergang den einen, der ihm zunächst war. Er wußte nicht, wie ihm gerade diese Frage in den Mund kam. Sein Auge hing wie gebannt an ihren Gestalten. Die Lust des Besitzenwollens durchdrang ihn von oben bis unten, er mußte sich beherrschen, sie nicht anzurühren. – Das hängt von dir ab, gab ihm nicht der Gefragte, sondern der andere der beiden zur Antwort. – Nun wandte sich der Kaiser an diesen und fühlte selbst, wie er sich bemühte, der Frage einen spaßhaften Ton zu geben. – Ist das Haus nahe oder ferne? Nun vorwärts, seid ihr im Guten oder Bösen weggelaufen, wie? – Der Knabe blieb die Antwort schuldig, er sah über den Tisch den Tafeldecker an, sie hatten aufs neue Mühe, ihr Lachen zu unterdrücken. Der Kaiser richtete sich in den perlenbestickten Kissen, in denen er lehnte, etwas auf. Es kostete ihn eine sonderbare Mühe, seine Stellung zu ändern; ein Gefühl der Kälte, das von seinen Füßen und Händen ausging, drang ihm bis ans Herz. Er sah die Kinder scharf an. – Habt ihr vorausgewußt, daß wir einander begegnen werden? fragte er wieder, aber ohne sich an einen Bestimmten aus der Gesellschaft zu wenden. Ist das das Ende einer Reise oder der Anfang? Liegt mehr vor euch oder mehr hinter euch? – Der Ton seiner Stimme klang strenger in dem hohen Gemach, als er gewollt hätte, und seine Fragen folgten schnell nacheinander. – Du liegst vor uns, und du liegst hinter uns! rief der Tafeldecker ganz laut, wobei er mit zur Erde gestreckten Händen, in denen er den goldenen Schöpflöffel hielt, eine tiefe Verbeugung vor dem Kaiser machte. – Der eine von den Kleinen lief zu dem Kaiser hin, stellte sich dicht an ihn, und indem er ihm mit gespieltem Ernst fest in die Augen schaute, sagte er langsam und nachdrücklich: – Deine Fragen sind ungereimt, o großer Kaiser, wie eines kleinen Kindes. Denn sage uns dieses: wenn du zu Tische gehst, geschieht es, um in der Sättigung zu verharren oder dich wieder von ihr zu lösen? Und wenn du auf Reisen gehst, ist es, um fortzubleiben oder um zurückzukehren? – Was sind das für Reden, rief das Mädchen, und ihre Augen vergrößerten sich. – Hierher und hinter mich! – Der Kleine sprang zurück an ihre Seite und küßte mit Reue und Ehrfurcht immer wieder ihre herabhängenden Ärmel und der andere auch, obwohl sie sich über ihn nicht erzürnt hatte. Sie gab ihnen keinen Blick und hob ängstlich flehend die Hände gegen den Kaiser. – O wie können wir deine Zufriedenheit erwerben, die wir unvollkommen sind! rief sie voll Angst. – Der Kaiser sah nur ihre Hand, die unvergleichlich schön war und von alabasterhaft durchscheinendem Glanz. – Ihr seid's, die ich besitzen und behalten muß, rief er aus, es sei auf welchem Wege immer! – Ihre Hand zuckte zurück, ihr Auge traf ihn mit unsäglicher Scheu und Ehrfurcht, er bereute seine überheblichen Worte, noch mehr die unverhüllte Heftigkeit seines Tons, und setzte schnell mit sanftem dringenden Tonfall hinzu: – Auf welchem Wege werde ich mit euch für immer vereinigt? Denn das will ich, und müßte ich Blut meines Herzens dafür hergeben! – Das Mädchen erschrak abermals sichtlich. Es schien, als wäre ihr diese

Frage zu gewaltig für Worte, und als vermöchte sie darauf nur mit den Augen zu antworten. – Ich bin gewohnt, zu erreichen, was ich begehre! rief der Kaiser. – Ihre ganze Seele lehnte sich aus ihrem Auge, und sie traf den Kaiser mit einem langen Blick, in dem sich Ehrfurcht, Zärtlichkeit und namenloses Bangen mischten, und der so stark war, daß der Kaiser sein Auge niederschlug, um sich in sich zu sammeln zu einer entscheidenden Frage; ihm war, als schwebte sie schon auf seinen Lippen, aber er vergaß sie: denn als er die Augenlider wieder aufschlug, sah er den ganzen Tisch mit Blumen bedeckt, die im Licht der Lampe aufleuchteten wie ausgeschüttete Edelsteine, er sah noch, wie die Hand des Mädchens die letzten an der Seite zu den übrigen hingleiten ließ, wie sie ihr aus den Händen flossen und sich von selber ordneten und schließlich alle geordnet dalagen gleich einer herrlichen kunstvollen Stickerei. Er sah ihr Gesicht leuchten, und wie sie mit den Augen liebevoll Einem zuwinkte, der vordem nicht dagewesen war, und der an Größe und Schlankheit der Gestalt ihr selber glich, und er gewahrte jetzt am entgegengesetzten Ende des Saales eine Tür, gerade wie die, durch welche er selbst vor nicht langer Zeit eingetreten war, deren Flügel jetzt offenstanden, und durch welche paarweise halbgroße Kinder eintraten, die verdeckte Schüsseln in Händen trugen. – Wer ist dieser? fragte der Kaiser das Mädchen, indem er mit seinen Augen auf den wies, der vordem nicht dagewesen war. Ist er der Küchenmeister? – Es ist an dem! rief dieser, als wollte er sich als solchen zu erkennen geben, denen mit den Schüsseln zu, und sie näherten sich paarweise, lautlos und sehr schnell, und trugen laufend auf, indem immer der eine auf das obere Ende des Tisches und den Platz des Kaisers zulief und der andere auf das entgegengesetzte Ende.

– Was soll dieses Wort, das ich zum zweiten Male höre? rief der Kaiser aus. Und warum vollzieht sich dies so schnell, daß ich kaum zu mir selber komme? Sage diesem, er solle sich die nötige Zeit lassen. – Die Zeit? sagte das Mädchen und sah ihn mit verlegenem Ausdruck an. Wir kennen sie nicht, aber es ist unser ganzes Begehren, sie kennen zu lernen und ihr untertan zu werden. – Die Verlegenheit stand ihr noch reizender. Der Kaiser weidete seinen Blick an ihr; aber es war nichts von Begehrlichkeit in seinem Entzücken.

Der Küchenmeister schlug in die Hände; die Auftragenden sprangen zur Seite und bildeten zwei Reihen. Wie ein blitzendes Licht kam zwischen ihnen ein Reiter herein und sogleich noch einer, der eine auf einem stahlgrauen Pferd, der andere auf einem feuerfarbenen. Sie trugen jeder eine verdeckte goldene, mit Edelsteinen gezierte Schüssel vor sich auf dem Sattelknopf. Sie parierten die Pferde einer nach dem andern; zu jedem sprang einer von den Vorschneidern und nahm mit höchstem Ernst die Schüssel in Empfang und präsentierte sie kniend von dort her dem Kaiser. Die Reiter rissen ihre Säbel hervor und begrüßten den Kaiser, indem sie gegen ihn anritten und sich blitzschnell aus dem Sattel senkten und zur Rechten und zur Linken des Tisches mit den Spitzen ihrer Säbel klingend den Boden berührten. Des Kaisers Seele trat in sein Auge; mehr als alles entzückte ihn die geschwisterliche Ähnlichkeit zwischen diesen Jünglingen und den kindischen Knaben, mit denen er vorher Gesellschaft gepflogen hatte. Er wünschte über alles nun mit diesen Neuen zu sprechen, er gab ihnen Blicke der äußersten Huld und Vertraulichkeit, er winkte sie zu sich heran. Aber alles war vergeblich. Als verstünden sie nicht, daß er ihre Gesellschaft begehrte, ließen sie, indem sie mit einer zauberischen Anmut in die Zügel griffen, ihre Pferde auf dem glatten Steinboden zurücktreten und weiter zurück, bis sie mit den Hinterhufen fast die Mauer berührten. Dann brachten sie sie mit einem leisen Anzug der Zügel dazu, sich hoch aufzubäumen, die Vorderhufe griffen in die Luft, sie glichen Vögeln in der Beweglichkeit ihrer Hälse und spielten mit ihrer eigenen Last wie schuppige Fische im Mondlicht, der eine zur Linken, der andre zur Rechten des Saales. Die Mienen der Knaben waren angespannt, doch schwebte ein silbernes Lächeln auf ihnen, das sie beständig dem Kaiser zusandten, es war klar, daß ihr Auftrag beendet war, und daß sie wieder aus dem Saale verschwinden würden, aber daß sie aus Ehrfurcht ihrem Gast nicht den Rücken wenden wollten. Sie glitten in die Wand hinein, ohne daß man sehen konnte, wie die Wand sich auftat, ihr Lächeln war das Letzte, das noch aufleuchtete wie ein spiegelnder Schein.

– Wohin sind sie? rief der Kaiser aus, und ein scharfer Schmerz durchfuhr ihn. – Er konnte nicht fassen, daß ein Anblick so schnell dahin war, den er so schnell liebgewonnen hatte.

Die Augen des Mädchens ruhten immer mit dem gleichen Entzücken auf ihm; sie schien den Ausdruck des Staunens von seinem Gesicht wegzutrinken, und sie rief: – Gleicht dies, o großer Kaiser, nicht meinem Teppich und den Rundungen und Verschlingungen, die deinem gepriesenen Auge wohlgefällig waren, und bist du zufrieden mit diesem Schauspiel, das mein zweiter und mein dritter Bruder dir bieten? –

– Wahrhaftig, es ist das Gleiche, erwiderte ohne Atem der Kaiser. Aber warum diese Hast? rief er und mußte ohne seinen Willen laut aufseufzen. Was sollen mir unmündige Kinder zur Gesellschaft! Diese beiden hätten müssen zu meiner Linken und Rechten sitzen, und ich will sie wiedersehen, denn jeder von ihnen hat ein Stück meines Leibes mit sich genommen! – Niemand antwortete ihm. Die jungen Wesen liefen und bedienten ihn, der Tafeldecker legte vor. Andere kamen herein, sie gaben dem Vorschneider ihre Schüsseln ab, sie kreuzten einander, aber nie stieß einer an den andern. Der Küchenmeister lenkte alle mit seinem scharfen dunklen Blick. Es waren noch andre da, Unsichtbare, wie Schatten, die ihnen aus dem Dunkel die Schüssel reichten; man hätte nicht sagen können, wer alles im Zimmer war und wer nicht. Sie knieten wechselnd mit den Schlüsseln zu seiner Linken und Rechten, jetzt kam ein kleines Mädchen an die Reihe. Das Kind trug eine schwere goldene Schüssel und konnte sie kaum erhalten; mit angespanntem Ernst zwang sie sich, nicht zu zittern.

– Wie kannst du das tun, du Kleine, Zarte? sagte der Kaiser. –

– Dienst ist ein Weg zur Herrschaft, es gibt keinen anderen, o großer Kaiser – sagte das Kind, und über die Schüssel hin traf ihn unter den reingezogenen Augenbogen ein Blick, der weit über ihre Jahre war. Ihn verlangte, ihr zu antworten; aber schon mußte er darauf achten, daß zu seiner anderen Seite einer der Knaben hinkniete, die zu Anfang mit dem großen Mädchen dagewesen waren, und ihm aus einer mit Edelsteinen vollbesetzten tiefen Schale eingemachte Gewürze anbot. Er konnte nicht widerstehen, diesen schönen Geschöpfen ein Gefühl zu bezeigen, das alle seine Adern durchdrang; er wollte sie bei sich festhalten, geriete darüber auch die Ordnung der Tafel und alles in Verwirrung. Er griff mit der

Linken und der Rechten in die Schüssel, die eine von Gewürzen und Früchten duftende süße Speise enthielt. – Stellt eure Schüsseln zur Erde, gebot er, und haltet eure Gesichter zu mir, und er wollte den Mund der Kinder mit der köstlichen Speise anfüllen, aber sie bogen sich nach rückwärts und lehnten mit flehender Gebärde ab. Er griff nach ihnen, aber er griff ins Leere, nur ein Anhauch eisiger Luft, wie wenn eine Tür ins Freie sich aufgetan hätte, traf seine ausgestreckte Hand und sein Gesicht. Die Kinder waren schon weit weg, sie sahen mit strenger Miene auf ihn herüber, jetzt schienen ihm ihre Gesichter, seitlich gesehen, weit älter, die Augenbogen des Mädchens schärfer, fremder, so, als wäre für sie jeder Atemzug ein Jahr. Sie glitten in die Schar der Auftragenden hinein, und wie sie sich mit diesen mischten, waren sie auch wieder solche Kinder wie die anderen. Der Kaiser war betroffen wie noch nie. – Wer bin ich, sagte er zu sich selber, und wo bin ich hingeraten? – Seine Kehle trocknete ihm aus, unwillkürlich griff er nach dem schweren goldenen Trinkgefäß, das vor ihm stand, seine Lippen fühlten ein kühles, leise duftendes Getränk, von dem er vordem nie gekostet hatte, er trank gierig, aber er beherrschte sich schnell, und indem er das Gefäß erhob, rief er: – Ich trinke euch zu! Ihr versteht es, Feste zu geben! Lob und Preis dieser Begegnung und der staunenswerten Erziehung, die ihr genossen habt! – Alles ist staunenswert in deiner Nähe, erwiderte das Mädchen, die regungslos hinter ihm stand, und dieser Augenblick, da du unser Gast bist, ist für uns über alle Augenblicke, – und ihr Gesicht nahm einen solchen Ausdruck von Freude an, daß ihre Augen sich wie im Schreck vergrößerten. Der Kaiser winkte sie nahe an sich heran. Ein Gefühl von Glück und Sicherheit ohne Gleichen stieg in ihm auf und ließ ihn die Kühle vergessen, die bis an seine Schultern drang und die Hüften umgab wie ein eiserner Ring. Er hob und senkte zwei- oder dreimal wissend die Augenlider, bevor er sprach: – Ihr wisset um ein Geheimnis, und es könnte mich selig machen, wenn ihr mich daran teilnehmen ließet. – Zwischen uns und dir gibt es nur ein Geheimnis: die vollkommene Ehrfurcht, – antwortete das Mädchen. Des Kaisers Blick ruhte auf ihr ohne Verständnis, aber mit Entzücken, und sein Kopf blieb ihr zugewandt; zugleich sah er, aber ohne hinzusehen, daß schon wieder einer mit einer frischen

Schüssel neben ihm kniete, indessen ein anderer den Deckel abhob. Er dachte noch immer nach über die Antwort, die ihm mehr zu enthalten schien als eine bloße Höflichkeit, und zugleich griff er in die Schüssel, aber ohne seinen Blick hinzuwenden.

– Du sprichst von dem, was wir dir sind, warum fragst du niemals, was du uns bist? sagte das Mädchen schnell und leise wie ein Hauch. – Des Kaisers Miene wechselte, und sein Mund öffnete sich plötzlich und verriet, indem die Zähne sich für einen Augenblick entblößten, eine Ungeduld, die nicht mehr zu bezähmen war. – Ich begehre Auskunft von euch, wie ich euch für immer an mich bringen kann! rief er laut und befehlend, und erkannte kaum seine eigene Stimme. – Das Mädchen war plötzlich dicht bei seiner Schulter, wie ein Vogel, und bog ihr Gesicht zu ihm hinunter; die Schönheit dieser blitzschnellen Bewegung beseligte ihn. – Eben in dem Augenblick, flüsterte sie, da wir dir dies sagen werden, wirst du uns von dir treiben auf immer! –

Der Speisemeister sah sie über den Tisch an; sie ging gehorsam hinüber und stellte sich hinter den Bruder, seitlich der Mitte des Tisches. Der Kaiser hob seinen Blick ihr nach. Das Unbegreifliche ihrer Antwort verdroß ihn, sein Gesicht verdunkelte sich, daß sie den Befehlen eines anderen in seiner Gegenwart gehorchte; er war nahe daran, den Tisch von sich zu stoßen und sich zu erheben. In diesem Augenblick kam das kleine Mädchen an ihm vorbei. Ihr Gesicht lächelte ihn an, und die Worte: – Wahre Größe ist Herablassung, o großer Kaiser! – kamen leise von ihren Lippen und beruhigten ihn, so daß er, wie ein unbefangen Speisender, gerade vor sich hinsah. So geschah es, daß er zum ersten Male seit Beginn der Mahlzeit seine Augen auf das dunkle Ende des Tisches ihm gegenüber richtete, und mit Staunen sah er, daß dort etwas vorging, dessen Bedeutung er noch minder erfassen konnte als alles Frühere.

Er gewahrte, wie die Gleichen, die ihn mit strahlendem Lächeln bedient hatten, dort zur Linken und zur Rechten des unbesetzten Sitzes hinknieten, und wie sie einem Gast, der nicht da war, mit tiefem Ernst jede der Schüsseln anboten. Die Stehenden hoben den Deckel ab, warteten eine Weile mit der gleichen Ehrfurcht wie bei ihm selber, und schlossen die Schüsseln wieder. Wenn sich die

Knienden erhoben und wegtraten, waren ihre Gesichter von Tränen überströmt, Tränen flossen über die Gesichter der Stehenden herunter, und unaufhörlich drangen Seufzer aus ihrer Brust. Neue traten hinzu, und wenn sie den Gast, der nicht da war, bedient hatten, weinten sie und seufzten wie die andern. Ihr Seufzen und halbunterdrücktes Weinen füllte den ganzen Saal.

Zugleich bemerkte er, daß die Lampen mit einemmal matter leuchteten, so als ob sie herabgebrannt wären. Er wandte sein Gesicht dem Küchenmeister zu, und wollte ihm einen Wink geben, daß er sich um die Lampen bekümmere, die auszugehen drohten. Da traf ihn, aus der Miene des Küchenmeisters, von oben und seitwärts her, ein Blick, den er einmal im Leben ausgehalten hatte und nie wieder aushalten zu müssen vermeint hatte: es war der Blick, mit dem damals der blutende Falke seinen Herrn von einem hohen Stein aus zum letzten Male lange und durchdringend ansah, bevor er mit zuckenden, mühsamen Flügelschlägen in die Dämmerung hinein verschwand. Mit sehr großer Anspannung hielt der Kaiser den Blick des Wesens aus. – Wer bist du? rief er. Herbei vor meine Füße! und schlug die Augen nicht nieder. – Der Küchenmeister wandte die seinen langsam, wie verachtend, ab und gab ein einziges Zeichen. Alle hielten inne im Laufen und Schüsselreichen, im Deckelheben und Vorschneiden. Überall standen Schweigende. Durch sie hin schritt er lautlos auf den Kaiser zu. Die Prinzessin tat einen Schritt, als ob sie zwischen beide treten wollte, dann blieb sie wie gebunden stehen. – Wer ist dieser? schrie der Kaiser über die Schulter gegen sie hin. Welche Überhebung in jedem seiner Schritte! Wer hat ihn zu meinem Richter gemacht? – Er fühlte sein Herz in dumpfen Schlägen klopfen. Unter diesem hatte er sich langsam vom Boden aufgehoben. Es war ihm so schwer, als ob er eine fremde Last von der Erde aufrichten müßte. Er wandte sich und sah über seine Schulter das Mädchen nahe stehen. Hinter ihr waren zwei aus der Wand getreten und kamen auf ihn zu, von denen der eine ein goldenes Waschbecken trug, der andere einen kleinen Handkrug. Als sie dicht vor ihm standen und sich anschickten das Wasser über seine Hände zu gießen, erkannte er in ihnen die beiden wunderbaren Knaben wieder, die als Truchsessen zu Pferde gekommen und rittlings in die Wand verschwunden waren. Der Kaiser winkte ihnen zu; er öffnete willig und lächelnd seine Hände gegen sie, aber sie schienen ihn nicht zu kennen. Er öffnete die Lippen, um sie anzureden, aber die Anrede erstarb ihm in der Kehle. Fremd und trauervoll sahen sie ihn an, der eine hielt das Becken hin, der andere hob den Krug. Das Wasser sprang aus dem Krug, es fiel hart auf die Hände des Kaisers und rann an ihnen herunter wie an totem Stein. Der Kaiser sah, wie trostsuchend, hinüber auf das Mädchen; sie hielt beide Hände nach oben gestreckt, ihr juwelenes Gesicht strahlte, sie schien irgendwo hinzudeuten, wo Trost und Hilfe war. Der Kaiser mühte sich, den Sinn ihrer Gebärde in seinem Inneren aufleuchten zu lassen, aber es waren nur trübe, unklare Empfindungen in ihm, von denen eine die andere verdrängte. Seine ganze Aufmerksamkeit war gespannt von dem Wissen, daß jener Andere dort hochaufgerichtet und mit langsamen, gleichsam strengen Schritten auf ihn zukam; an den dumpfen Schlägen seines Herzens gemessen, erschien es ihm unerträglich lange, bis dieser den kurzen Weg zu ihm zurückgelegt hatte. Jetzt aber fühlte er ihn, ohne aufzusehen, dicht neben sich: es war eine Kühle, die ihn aus nächster Nähe von den Schläfen bis zu den Zehen anwehte. Durch die Wimpern blinzelnd, sah er: das Wesen hatte, in die leere Luft fassend, jetzt ein weißes Linnen in Händen und trocknete ihm damit in einer ehrerbietigen Haltung die Hände ab. Aber die wehende Berührung dieses Linnens kräuselte ihm das Fleisch. – O Kaiser, sagte jetzt die Stimme so dicht an seiner Wange, daß er den kalten Hauch fühlte und vor Beleidigung über eine Unehrerbietigkeit, wie sie ihm nie im Leben widerfahren war, erzitterte, – bedauerst du nicht, daß wir umsonst für Sie gedeckt haben? – Nichts kam der Gewalt des Vorwurfes gleich, den diese einfachen Worte enthielten. Sein Herz krampfte sich zusammen, kalte Tränen liefen ihm hinunter, sie erstarrten ihm an den Wangen. Zum Zeichen, daß er niemandem erlaube, zu ihm von seiner Frau zu sprechen, und daß er sich von niemand zwingen lassen würde, preiszugeben, was ihm allein gehörte, sah der Kaiser starr vor sich hin. Die Kälte, die ihn umgab, tat ihm jetzt für einen Augenblick wohl; nichts konnte an sein Herz heran. Sogleich öffneten die Kinder rings im Saal den Mund. – Sie möchte kommen, aber sie kann nicht! riefen sie ihm entgegen. O, daß wir ihr Gesicht sähen! riefen sie von allen Seiten und fingen wieder an zu seufzen und zu weinen. –

– Was sind das für Klagen! wollte er streng ausrufen, aber die Worte kamen nicht aus seiner Kehle. – Von der Mitte des Gemaches her erhob sich ein Wind, ein schauerlicher Anhauch. Zugleich traf ihn wieder die Stimme dessen, der ihm beständig zu nahe trat, halblaut, aber aus nächster Nähe. – Schlecht ist der Lohn dessen, der dir hilft zu gewinnen, was dein Herz begehrt! Das weiß dein roter Falke! – Bei der unverhüllten Erwähnung jener ersten Liebesstunde, die auf der Welt keinen Zeugen gehabt hatte als den stummen Vogel, knirschte der Kaiser laut mit den Zähnen. – Furchtbar war jetzt wieder die Stille. Der Wind hatte sich gelegt. – Erkennst du meinen ältesten Bruder nicht wieder? lispelte das Mädchen ihm zu. – Er ist es, der mit seinen Schwingen ihre Augen schlug und dir geholfen hat, sie zu gewinnen. – Der Kaiser gab keine Antwort. – Sie sucht den Weg zu uns! riefen die Kinder. – Segne du ihren Weg, das ist es, was wir von dir verlangen! –

– Was ist das für ein Weg? rief der Kaiser zurück, und sogleich durchfuhr ihn Reue über seine Worte, aber schwer und dumpf, ohne daß er sich deutlich sagen konnte, warum. – Was fruchtet es, wenn wir dir sagen, was du nicht fassest! entgegneten die Kinder. – Du trägst ihren Brief auf der Brust und verstehst nicht ihn zu lesen. –

– Wie ist das? rief der Kaiser. – Er fühlte die Kälte seines Herzens, indem er redete.

– Sonst kenntest du ihre Not und verständest ihre Klagen, antworteten sie. – Der Kaiser griff unwillkürlich nach seiner Brust; aber er fühlte, daß nichts ihm gegen diese helfen könnte, und ließ es sein. – Du hast den Knoten ihres Herzens nicht gelöst! das ist es, worüber wir weinen müssen. So muß sie von dir genommen werden und in dessen Hände gegeben, der es vermag, den Knoten ihres Herzens zu lösen. – Der Wind hatte sich wieder erhoben und hauchte ihn an.

– Wer sagt euch dies alles? kam es von seinen Lippen. –

– Zwölf Monde sind vergangen und sie wirft keinen Schatten! riefen die Kinder. –

– So wisset ihr alles? fragte der Kaiser. – Wir wissen das Notwendige, antworteten die Kinder. Du hast sie mit Mauern umgeben, riefen sie mit wechselnden Stimmen, darum muß sie hinausschlüpfen wie eine Diebin. Wie eine verdürstete Gazelle schleicht sie hin zu den Häusern der Menschen! – Auf welche Weise wagen sie es, mir diese Dinge zu sagen? dachte der Kaiser. – Er faßte auf, daß die Kinder dies mit wechselnden Stimmen sangen. – Dies ist der Gesang, den ich hörte, als ich draußen stand, sagte er zu sich. –

– Sie tut die Dienste einer Magd, sangen die schönen Stimmen wieder, aber es gereut sie nicht. Sie tut sie um unseretwillen und kaum, daß das Licht der Sonne auf ist, sitzt sie auf ihrem Bette und ruft mit Verlangen: Wo bist du, Barak? Herein mit dir! Denn dir, Barak, bin ich mich schuldig! – Dir, Barak, bin ich mich schuldig, wiederholten alle, mit strahlendem Klang, der oben ans Gewölbe schlug. –

– Was sind das für Worte? rief der Kaiser mit aufgerissenen Augen und dem letzten Atem seiner Brust, die schwer wurde wie Stein. –

– Die entscheidenden! antworteten die Kinder. – Sein Kinn sank ihm schwer gegen die Brust. – O weh, sagte er vor sich hin, wehe, daß mein Lustigmacher sich unterstanden hat, von meiner Schwermut zu reden, ehe ich diese Stunde gekannt habe. –

– Heil dir, Barak! sangen die Kinder mit wunderbarem Klang, du bist nur ein armer Färber, aber du bist großmütig und ein Freund derer, die da kommen sollen! und wir neigen uns vor dir bis zur Erde. – Der Kaiser stand unbeachtet in der Mitte, sie neigten sich vor einem, der nicht da war; ihre schönen Gesichter kamen der Erde so nahe, daß der ganze Boden aufleuchtete wie Wasser. Das Mädchen stand seitwärts. Ihr Blick ruhte unverwandt auf dem Kaiser mit einer unbeschreiblichen Mischung von Liebe und Angst. Er richtete seine Augen noch einmal auf sie. – Antworte mir du, sagte er. Wer ist dieser Barak und welchen Handel hat meine Frau mit ihm? – Oh nur ein Gran von Großmut! riefen die Kinder durchdringend. – Welchen Handel? fragte er noch einmal streng und sah nur durch die Wimpern nach ihr. – Seine Augenlider wurden ihm schwerer als Blei. Er erwartete und wollte keine Antwort. Das Mädchen löste sich von den anderen; es war, als ob sie mit geschlossenen Füßen auf ihn zugehe; ihr betrübtes

Gesicht schien ihm ein wunderbares Geheimnis anvertrauen zu wollen. – Nur ein Gran von Großmut! riefen die Stimmen. – Mit Grausen erkannte er, daß das Mädchen jetzt in unbegreiflicher Weise seiner Frau glich. Aus ihren Augen brach ein Blick der äußersten Angst und zugleich Hingabe; sie war das Spiegelbild jener zu Tode geängsteten Gazelle. Er las in diesem Blick nichts anderes, als das Eingeständnis dessen, was er nie wollte genannt hören, und die Bitte um eine Verzeihung, die er nicht gewähren konnte. Er haßte die Botschaft und die Botin und fühlte sein Herz völlig Stein geworden in sich. Ohne ein Wort suchte seine Hand nach dem Dolch in seinem Gürtel, um ihn nach dieser da zu werfen, da er ihn nicht nach seiner Frau werfen konnte; als die Finger der Rechten ihn nicht zu fühlen vermochten, wollten ihr die der Linken zu Hilfe kommen, aber beide Hände gehorchten nicht mehr, schon lagen die steinernen Arme starr an den versteinten Hüften und über die versteinten Lippen kam kein Laut. – Es ist an dem! rief mit lauter Stimme der älteste Bruder. – Die Lampen und der gedeckte Tisch waren im Nu verschwunden. – Nur ein Gran von Großmut, o unser Vater! riefen noch einmal mit Inbrunst alle die schönen Stimmen, aber die Statue, die groß und finster in ihrer Mitte stand, regte sich nicht mehr. – Die Geschwister bewegten sich wie Flammen auf und ab, von ihren Gesichtern leuchtete ein milder Schein. Das älteste Mädchen war noch am längsten erkennbar, ihre Augen hingen an der Statue. Die Wände rückten zusammen, die Türen waren verschwunden, das Gemach war kreisförmig. Von oben öffnete sich's, die Sterne sahen herein, die Gestalten waren verflogen, und in der Mitte die Statue des Kaisers blieb allein.

Als die Amme vor Sonnenaufgang zur Kaiserin hereintrat, fand sie zu ihrer Verwunderung diese schon wach und auf ihrem niedrigen Lager sitzen. Die Amme kniete bei ihr nieder und nahm das Alabastergefäß mit der schwarzen Salbe hinter dem Bett hervor. – Mir ist wohl, sagte die Kaiserin, ich fühle, daß wir heute den Schatten gewinnen werden. – Ihr Gesicht strahlte; die Amme verbrauchte die doppelte Menge von dem verdunkelnden Saft.

Sie stießen hinab und standen vor dem Färberhaus, nicht von der Gassenseite her, sondern neben dem Fluß, wo der Färber einen halboffenen Schuppen hatte, in dem er arbeitete; seitlich führte eine Leiter zum flachen Dach des Hauses, wo die Trockenstatt war. – Warte, sagte die Amme, wir wollen sehen, was das Weib vorhat. Es ist viel wert, sehen und nicht gesehen werden, – und sie traten hinter den Schuppen. Wie gerufen, kam die Frau aus dem Haus auf den Hof heraus. – Sieh, wie sie in aller Früh schon blaß und hohläugig aussieht, flüsterte die Amme. Das wird ein Tag, wie wir ihn brauchen. – Die Färberin ging quer über den Hof, ohne auf irgend etwas zu achten. Sie war in ein finsteres Nachdenken versunken. Als die Amme und die Kaiserin aus ihrem Versteck heraustraten, war die Frau in keiner Weise verwundert, die beiden an dieser Stelle zu sehen. Sie schien sich gar nicht bewußt, daß sie sie seit gestern abend nicht gesehen hatte. Sie schob die zerrissene Schilfmatte, die vor der Haustür hing, zur Seite und ließ die Amme vorausgehen. – Du mach dich fort, sagte sie, als die Kaiserin hinter der Amme dreingehen wollte. Dich will ich nicht sehen. – Die Amme wollte ihre Tochter in Schutz nehmen. – Hinaus, sagte die Frau, mach dich dem Färber nützlich und bediene den Buckel und das Einaug. Sie ist mir verhaßt an Händen und Füßen, schweig mir von ihr, setzte sie hinzu und ließ die Amme allein eintreten. Sie wischte zwei Holzschemel ab und ließ sich auf den einen nieder. – Da, setz dich zu mir, sagte sie. Ich habe dich zuerst für eine Lügnerin und Windmacherin gehalten; ich muß dir abbitten. Du bist hereingekommen und hast mir zugeschworen, es gebe einen in der Welt, der meiner gedächte, und dann hast du mir den Wildfremden hereingeführt, den meine Augen nie gesehen hatten. – Sie sprach langsam und nachdrücklich, wie wenn sie alles lange vorher genau überlegt hätte. – Nun gut, ich habe ihn gesehen, dank dir, o meine Lehrerin; er ist schön, und sie vergrub ihr jäh aufglühendes Gesicht in den Händen, und er will mich haben, das habe ich vernommen, setzte sie finster hinzu. So höre du, was ich beschlossen habe. – Sie unterbrach sich, schob den Türvorhang ein wenig zur Seite und sah hinüber. Der Färber hatte sein Beinkleid hinaufgerollt so hoch es ging, den Zipfel seines Hemdes hatte er im Gürtel stecken, und stand in einem halbhohen Schaff, aus dem Dampf aufstieg. Mit einem Bein ums andere gleichmäßig tretend, walkte er den Schmutz und das Blut aus dem Gewand eines Schlachters. Die Kaiserin kauerte seitwärts auf ihren Fersen an der Erde und sah auf ihn. Zehn Schritte weiter lag der Einäugige und schlief wie ein Stein, indes ihm die Sonne in die Nasenlöcher schien; der Verwachsene war gerade aufgestanden und kratzte sich mit aller Kraft seiner beiden Arme den Rücken, und der Einarmige lag auf dem Ellenbogen und gähnte mit Wollust, so daß man nichts von ihm sah, als seinen Schlund und die schwarzen Haare, die den Kopf umgaben wie ein Gebüsch.

– Stumm hockt sie dort, die Kröte, und schwitzt ihr Gift aus, sagte die Färberin plötzlich und warf der Alten einen strengen Blick zu. Was ist das für eine? Ist sie eine Unberührte oder wer ist der, dem sie gehört? Antworte mir! – Sie wartete die Antwort nicht ab. Ihr Ausdruck wechselte vollkommen. Sie lächelte, und ihre Stimme zitterte und hatte einen kindlichen Klang. – Krank hast du mich gemacht, du Alte, sagte sie. Ich habe gehört, es gibt welche, die können sich vor Durst nicht zur Quelle schleppen; so steht es mit mir. – Sie setzte sich auf einen Sack mit dürren Wurzeln. – Nicht du hast mich krank gemacht, sondern er, sagte sie wie zu sich selber. Er hat mich um- und umgewühlt. Er hat mich zur Frau gemacht, ohne mich zu berühren. Ahnst du, was das bedeutet? Wer war einstmals dein Geliebter, du Alte, und wer hat dich belehrt? Denn sie sind nun einmal unsere Lehrer. Wer hat dich so klug und selbstmächtig gemacht, daß ein solcher sich von dir einführen läßt? – Sie redete weiter, ohne die Antwort abzuwarten, wie nur für sich allein. – Ja, die beiden Arten des Errötens hat er mich gelehrt. Ich werde ihm verfallen sein zu allen Augenblicken meines Lebens. – Sie lächelte und zugleich schossen ihr die Tränen aus den Augen, versiegten aber gleich wieder. – Er war in der Nacht bei mir, fuhr sie fort. Nicht wirklich, du Närrin. Kann man nicht mit offenen Augen liegen und träumen, so als ob es Wirklichkeit wäre? Kann man nicht auf diesen Lumpen dort liegen und ein Bette aus Antilopenleder unter sich fühlen und darüber eine Decke aus den zärtesten Marderfellen, so leicht wie ein Flaum? Aber was nützt das, es dauert die Herrlichkeit nicht lange, und es steigt einem ein Geruch in die Nase, wie von einer Kindesleiche, die hinterm Bett in einer Ecke läge. Das muß abgetan werden. – Sie war aufgestanden und hatte sich von der Stelle entfernt, wo sie gesessen war. Ihr Gesicht drückte Ekel und Furcht aus, als läge dort wirklich etwas dergleichen. Dann horchte sie wieder mit krankhafter Aufmerksamkeit nach außen. Ein plötzlicher Windstoß bewegte die Schilfmatte an der Tür und brachte ein Geräusch mit sich; es konnte die Stimme des Färbers sein, aber auch eine fremde Stimme von drüben jenseits des Flusses. Sie riß die Matte zur Seite und stellte sich mitten in die Tür. Der Färber hatte das ausgetretene Gewand auf reine Bretter ausgebreitet und strich es aufs neue mit weißem Ton an. Die Kaiserin half ihm dabei. Das blutig gefärbte Abwasser rann aus dem umgestürzten Schaff in die Gosse. Die beiden arbeiteten eifrig und sahen nicht herüber. Als die Färberin sie anrief, hörten sie nicht. Die Amme schlürfte von hinten an die Färberin heran und berührte sie ehrerbietig am Ärmel. – Ruhe dich jetzt, lispelte sie, und bedenke den heutigen Abend und daß deine Haut golden sein muß und geschmeidig. – Barak, rief die Frau, gehst du heute gar nicht aus dem Hause deine Ware austragen? – Sie legte in die einfache Frage, die sie ihm zurief, schneidenden Spott und Hohn. Der Färber gab keine Antwort; er schien nichts gehört zu haben. – Du kommst abends mit mir zum

Fluß, raunte die Alte von rückwärts. Er, von dem wir wissen, ist begierig nach der Abendstunde und ein Held in der Dämmerung. – Die Frau hatte sich umgewandt. – Die kann nicht dein Kind sein, sagte sie und sah die Alte prüfend an. Sie ist ungesprenkelt. Wenige Gedanken faßt sie, aber diese wenigen leuchten auf ihrer Stirn wie Sterne. – Sie schwieg einen Augenblick. – Ich habe mir ausgedacht, daß ich sie henken lasse! rief sie und lachte dabei auf sonderbare Weise. Und wie werde ich den dort dafür strafen, daß er mein Schicksal geworden ist? Wie hat er es gewagt, sich mir so ohne Angst zu nähern und sein rundes Maul an mich zu legen! Aber das ist meine Sorge, und nicht die deine. Dies aber sage ich dir, und es ist das Entscheidende: ich werde tun, was du verlangst. Und jetzt geh und hole den Färber herein, denn ich will ihm ein Wort sagen; er ist, scheint es, schwerhörig geworden und hört nicht, wenn ich ihn rufe. – Die Alte stand schon auf der Schwelle; sie wollte hinaus und die Botschaft bestellen, aber sie verging vor Begierde zu hören, was noch aus dem Mund der Jungen kommen würde. – Hart war sein Gesicht, sagte die Färberin wieder mit dem gleichen sonderbaren unterdrückten Lachen, bei dem ihre Miene ganz starr blieb, – aber schlau und mächtig wie eines Teufels; Hoffart, Unzucht und Habgier waren darin eingeschrieben, darum paßt er zu mir. Er wußte nicht zu reden, doch wußte er zu gewinnen. – Ein Lächeln stieg tief aus dem Innern auf und erleuchtete ihr finsteres Gesicht. Sie war schön in diesem Augenblick und von ihrem jungen Blut durchströmt, daß sie glühte, und die Alte betrachtete sie mit Lust. – Nein, nein, rief sie plötzlich mit leidenschaftlichem Entzücken, er ist schön, achte doch nicht auf mich, du Närrin, er ist schön wie der Morgenstern, und seine Schönheit, das ist der Widerhaken an der Angel, ich habe sie ja schon längst verschluckt und ich schieße dahin und dorthin, und du hast die Schnur zwischen den Fingern, das weißt du wohl! – Sie hing am Hals der Alten ganz zart und weich, sie ließ sich von ihr hätscheln wie ein Kind. – Nur das Zueinanderkommen ist schwer, nur der Anfang ist das Schwere, seufzte sie. Wie soll das gehen, o mein Gott! – Die Amme konnte sie nicht verstehen. – Was sorgst du dich, rief sie, wir werden Rat schaffen! – Die Färberin schüttelte den Kopf. – Meine ich das so, altes Weib? Ich meine es wahrlich anders, aber wie könntest du es verstehen? – Die Amme sah sie zwinkernd an. – Ohne dich soll er zu mir kommen, ohne dich! rief ihr die Junge zu. Denn ich verachte dich, das merke dir, und hasse das Niedrige in mir, das mit dir zu tun hat. Du kennst meine Niedertracht und die seine, und du möchtest seiner und meiner Meisterin werden, aber daraus wird nichts! – Die Alte zwinkerte mit den wimperlosen Augen und ihre lange, dünne Zunge bewegte sich zornig im halboffenen Mund, aber sie sagte nichts und ging schnell in den Hof hinaus; sie fand den Färber, der ein riesiges Stück Zeug, ein Gewebe aus feinem Ziegenhaar, dreizehn Ellen lang und dritthalb Ellen breit, aus der Beize nahm, das vollgesogene Zeug in ein Einschlagtuch tat und die triefende Last seinem starken Rücken auflud, und die Kaiserin, die sich wie eine Magd mit aller Kraft von unten gegen den riesigen feuchten Klumpen stemmte, um ihm beim Aufpacken behilflich zu sein. Die Amme wartete, dann winkte sie, und die Kaiserin lief zu ihr hin. – Ist sie willig, fragte sie gleich, gibt sie den Schatten dahin? – Es wird ihr nicht leicht, gab die Amme zur Antwort. Die, welche nicht kommen sollen, kämpfen um den Eintritt, und der mit dem breiten Maul ist ihr Vorkämpfer, aber er ist Gott sei Dank zugleich ihr Vernichter. – Ja, sagte die Kaiserin ohne zu hören und sah über die Schulter auf Barak hin, der sich mühsam und ruckweise die steile Leiter hinaufarbeitete, den großen schweren Leib hart an die Sprossen gepreßt, damit ihn die Last nicht hintenüberzöge. – Schaff schnell den Schatten, sagte sie. Dieser soll seinen Lohn haben. – Lohn? rief die Amme. Womit hätte der Elefant sich Lohn verdient? Aber hol ihn und heiß ihn hineingehen ins Haus, das Weib will ihm etwas sagen. – Was willst du mit ihnen tun? – Die Amme verzog ihr Gesicht. – Laß mich, ich habe sie im Gefühl, wie die Köchin weiß, wann das Huhn im Topf gar ist. – Damit kehrte sie der Kaiserin den Rücken und schlürfte ins Haus zurück. Die Kaiserin lief hin zur Leiter und lautlos die Sprossen hinauf; sie fand auf dem flachen Dach den Färber, der noch keuchte, und dem der Schweiß mit blauer Farbe vermischt von der Stirne rann, und sie wischte ihm mit ihrem Tüchlein das Gesicht ab, indessen er mit den großen Händen ganz zart die aufgehangenen Strähnen Blaugarn auseinanderlöste, daß die Luft zu der inneren Farbe zutrete und sich auch im Innern das schmutzige Gelbgrün in leuchtendes

Blau färbte; das Kleid des Schlachters hing schon an der Trockenstange.

Als der Färber ins Haus trat, ging die Kaiserin hinter seiner Ferse drein und blieb an der Tür stehen. Blitzschnell bückte sich die Färberin, nahm ein schmutziges Klemmholz vom Boden auf und warf es mit aller Kraft nach der Kaiserin. Aber die Feentochter drückte sich zur Seite wie ein Windhauch. Der Färber tat die schweren Lippen auseinander und wollte etwas sagen; da schickte ihm seine Frau einen solchen Blick zu, daß er still blieb. Er bückte sich und fing an, unter dem Gerümpel, das an der Wand lag, herumzugreifen, als suche er nach etwas. Die Frau schwieg noch immer. Aber ihr schönes Gesicht hatte einen bösen und entschlossenen Ausdruck. Der Färber richtete sich auf den Knien auf; er drehte einen alten, hürnenen Löffel zwischen den Fingern. – Ich habe viel geschafft seit heute früh, sagte er jetzt und sah liebevoll zu der Frau auf, und mich dürstet. Gib mir zu trinken. – Die Frau reckte ihr Kinn; die Amme lief, füllte einen irdenen Scherben mit Wasser und hielt ihn dem Färber hin. Der Färber sah auf die Frau, als wartete er auf etwas, aber als sie über ihn hinsah, wie wenn er nicht da wäre, griff er nach dem Gefäß und trank es mit einem Zug leer. – Was ist das? rief er im gleichen Augenblick mit einem freudig erstaunten Blick und sank nach rückwärts in Schlaf. Die Amme glitt zu der Frau hinüber. – Du bist der Belästigung ledig, flüsterte sie, denn ich habe in seinen Trunk getan, wovon ein Viertel hinreicht, um einen Elefanten für zehn Stunden einzuschläfern. – Verfluchte, schrie die Frau, soll er mir wieder und wieder entkommen! und trat zu ihm hin und sah ihn mit gerunzelter Stirne an. – Die Amme konnte nicht begreifen. – Was hast du mit ihm noch zu schaffen? fragte sie verwundert. – Die Frau achtete ihrer nicht. Sie trat dicht an den Leib des Schlafenden heran und sah ihn von oben herab finster an. Dann seufzte sie aus der Tiefe ihrer Brust: O meine Mutter, und noch einmal: O meine Mutter! – Lange blieb sie stehen und sah ihn immer an. Wehe, sagte sie, und seufzte noch einmal, werde ich das Korn sein, wird er das Huhn sein und mich aufpicken! Werde ich das Feuer sein, wird er das Wasser sein und mich auslöschen! Denn ich bin an ihn gekettet mit eisernen Ketten. – Dann ging sie von ihm weg, aber sie kehrte wieder zu ihm zurück. Sie berührte mit ausgestreckter Fußspitze den Liegenden. – Ja, es ist recht, sagte sie leise, aber mit sehr festem Ton, die Ungewünschten abzutun, denn sie sind Mörder kraft ihrer unverschämten Begierde, hierherzukommen und den Weg durch meinen Leib zu nehmen, und dieser ist ihr Helfershelfer! Während sie es flüsterte, kam eine fürchterliche Ungeduld über sie; sie warf sich über den Liegenden und riß an ihm aus allen Kräften. – Barak, schrie sie ihm ins Ohr, du sollst mich hören, denn jetzt gilt es! – Die Amme drehte sich jäh um, sie fühlte, daß die Kaiserin hinter ihr stand; sie war hereingeglitten, mit sprachlosem Staunen sah die Amme, daß ihr Wasser aus den beiden Augen schoß, daß ihr Gesicht in Schmerz und Tränen schwamm, wie das einer sterblichen Frau. Sie nahm sie bei der Hand und schob sie sanft gegen die Wand; die Kaiserin leistete keinen Widerstand. Die Amme öffnete mit den Fußzehen eine geflickte Holztür, die in rostigen Angeln hing. – Schweig nur jetzt, raunte sie ihr zu, und wisse: heute und in dieser Stunde wird unser Handel zu einem guten Ende kommen. – Die Kaiserin stand lautlos, von oben hingen Büschel dürrer Pflanzen und berührten sie, die enge Kammer war angefüllt mit Tiegeln und Krügen, die gegeneinander klirrten, Säcke mit getrockneten Wurzeln waren aufeinander geschichtet und raschelten, sie durfte sich nicht regen, und atmete schnell und ängstlich. – Was willst du noch von diesem? rief die Amme und riß die Färberin weg von dem Schlafenden. – Was ich will? schrie das Weib. Was will denn der da! Ha, wer bin ich und wer ist das? rief sie verachtungsvoll und reckte sich hoch auf über den liegenden Mann. Wie komme ich zu ihm und wie kommt er zu mir? Das sage mir Einer! – Sie schrie es auf des Schlafenden Gesicht hinab. Er atmete ruhig und regte sich nicht. Sie wandte sich wie vor Ekel halb ab und streckte schon den einen Arm nach hinten, wie um einem, der nicht da war, sich um Brust und Schultern zu ranken; aber ihr Gesicht haftete mit Qual an dem Gesicht des Färbers. Plötzlich bleckte sie die Zähne gegen ihn und stieß mit dem Fuß gegen seinen Leib. – Ich will nicht das da im Rücken haben! schrie sie. Wecke ihn sogleich. – Die Amme wußte sich nicht zu helfen; sie erlag der Gewalt des unbändigen Willens. Sie kniete nieder und rüttelte leise an dem Schlafenden; sie hauchte ihn dreimal an und blies ihm in den Nacken. Barak lächelte im Schlaf, seine Lippen bewegten sich, er murmelte etwas; seine Miene war die gleiche, die er hatte, wenn er daheim zu seiner Frau, oder auf der Gasse zu fremden Kindern redete. – Höre mich, sagte die Frau, und näherte ihr Gesicht um ein weniges dem seinen, das langsam die Augen auftat mit einem fremden, leeren Blick auf sie. – Ich bin es satt, bei dir zu hausen und das Häßliche zu sehen, und ich habe einen gefunden, der sich meiner erbarmen will. Die höchste Herrlichkeit wird er mir für immer gewähren. Dafür muß ich opfern. – Die Kaiserin in der Kammer hielt sich die Ohren zu, die einzelnen Worte drangen nicht zu ihr, aber der Klang der Stimme, die ihr verhaßt war. – Wehe, sagte sie zu sich selber, die Fische tauchen bei ihrem Anblick ins Wasser, die Vögel schwingen sich in die Luft, die Rehe werfen sich ins Dickicht, und ich habe mich unter sie mischen müssen. – Ihr Herz schlug dumpf. Sie wollte nichts hören. Aber im Innersten traf sie ein Laut, ganz zart, wie eines Kindes Stimme, und doch mußte er aus des Färbers Mund gekommen sein. Sie begriff, er redete aus dem Schlaf, die Zunge war gebunden, es wurden keine Worte, nur ein ganz hoher schmeichelnder Klang. Es war unverkennbar, er redete zu Kindern, und seine gewaltigen Hände begleiteten mit zarten Gebärden seine Rede. Seine Frau sah ihm hart ins Weiße der blicklosen halboffenen Augen. – Du redest, rief sie, als hörst du mich. So höre! Abgetan sind die, mit denen du Zwiesprache hältst. Verstehst du mich? – Laß ihn, schrie die Amme, was tust du? – Die Kaiserin ertrug es nicht länger, den starken Mann so ohnmächtig zu sehen unter den Händen der beiden. Sie tat die Tür auf, ihre Augen vergrößerten sich, wie ein Feuerstrom, den sie selber nicht zügeln konnte, drang ihr Wille auf Barak. Die Alte konnte nichts gegen ihre Herrin tun, wenn sie so vor ihr stand, sie wich zur Seite. Ein Zucken ging durch den Leib Baraks; er stand auf seinen mächtigen Beinen, sein Blick war ohne jedes Wissen, blöde wie eines Toten; es riß ihn hin und her, er taumelte, als ob er eine Binde vor den Augen hätte; in ihm kämpfte das Zaubergift mit dem furchtbar gewaltigen Willen der Feentochter. Das Unterste kam ihm zu oberst, in sein Gesicht trat ein Ausdruck von Stärke und Wildheit, die nie ein Mensch an ihm gesehen hatte, die tiefste Kraft seiner dunklen Natur trat heraus. Mit einer Stimme wie ein Löwe schrie er nach seinen Kindern, so als seien sie ihm fortgekommen, die Hand griff nach einem schweren Hammer, der in der Nähe lag, und er schwang ihn über sich. Die Brüder stürzten zur Tür herein, er schien niemand zu kennen, nichts zu unterscheiden, alle hielt er für die Mörder oder Verberger seiner Kinder. Das Weib hatte sich auf den Knien halb aufgerichtet, sie zitterte am ganzen Leib, und biß vor Angst und Verlegenheit in ihre Hände. Der Bucklige fletschte häßlich die Zähne und drückte sich an die Wand, der Einäugige und der Einarmige bargen sich hinter Kufen und Fässern. Noch einmal schrie der Färber gewaltig nach seinen Kindern. Die Brüder schrien auf ihn ein, der vertraute Laut ihrer häßlichen Stimmen schien ihm an die Seele zu dringen. Er ließ die Hand mit dem Hammer sinken, seine Miene entspannte sich, sein Auge drohte nicht mehr so furchtbar nach allen Seiten hin. Im Nu war die Amme neben ihm, sie zog ihm den Hammer aus der Hand, schmiß ihn hinter die Fässer an die Wand; wie der Wind ging ihr Mundwerk: sie beschuldigte ihn, er habe aus einer bauchigen Flasche was Fremdes getrunken, sich eine Stunde lang an der Erde gewälzt, ungereimtes Zeug getan, unflätige, wilde Reden geführt, sie rief die Brüder selbst zu Zeugen an, für das, was sie unmöglich wahrgenommen haben konnten. Das junge Weib sah ohne Atem auf sie; bald wußte sie selbst nicht mehr, was geschehen war, was nicht, sie wollte auch nichts wissen, sie meinte in ihrem eigenen Blut zu ersticken. Sie sah wieder starr auf Barak, ihre Augen waren noch voll Angst, aber ihr Ausdruck ging über in einen der Verachtung, der ihr hübsches Gesicht verzerrte. Barak stand jetzt beschämt da, die Brüder schrien auf ihn ein, mit Fragen und Vorwürfen, er bückte sich, las verschüttete Körner zusammen, alles wie halb im Schlaf. Plötzlich trat ein Entschluß in sein Gesicht. Seine Miene erhellte sich. Die Brüder sahen ihn zu ihrem äußersten Erstaunen niederknien vor seiner Frau, sie um Verzeihung bitten. Sein Ton war demütig und feierlich: er bat sie um Vergebung dafür, daß er so tölpelhaft gewesen, noch so spät zu heiraten, weil er auf langes Leben, Kinder und Reichtum gehofft hatte. Er wollte noch etwas sagen, aber es kam ihm nicht über die Lippen. Die Amme und die Frau wechselten nur einen Blick, in dem der Frau lag schon kalte Frechheit, noch zitterten ihr die Knie und doch entzog sie ihm ihr

Gewand, das er angefaßt hatte, sie gab ihm keine Antwort; sie sagte zu der Amme etwas von Maultieren, die so am schwindelnden Abgrund hingingen, Schritt für Schritt, und denen es versagt sei zu erstaunen und sich zu schrecken; denen gliche dieser da, ihr Mann, und unfruchtbar seien die ja auch. Er wandte sich an alle hier, wie um alle um Verzeihung zu bitten; dann deutete er auf die Frau. – Solche Worte, sagte er, muß man verzeihen, sie erleichtern die Seele; ohne sie wäre es den Menschen zu schwer, ihre Last zu ertragen. – Die Brüder zogen die Schultern schief, ließen ihn stehen und schoben sich hinaus, um draußen über ihn zu maulen, der immer und immer wieder von dem jungen Weib nach Gefallen sich satteln und aufzäumen ließ. Er stand noch immer da, unschlüssig und beschämt. Die Kaiserin konnte ihn nicht ansehen; als das Weib ihm das Gewand aus den Händen zog, war in ihr ein Riß geschehen und etwas drang herein, wovon ihre ganze Seele zitterte. Barak wandte sich hinauszugehen. Dann drehte er sich nochmals um, drehte die kugeligen Augen gegen die Amme und die Kaiserin, zögerte, bis das Wort aus dem Mund herausging, und sagte endlich: – Ihre Zunge ist spitz, und er wiegte den Kopf gegen die Frau, und ihr Sinn ist launisch aber nicht schlimm, und ihre Reden sind gesegnet mit dem Segen der Widerruflichkeit um ihres reinen Herzens willen und ihrer Jugend, und ich bin froh, daß sie wieder gesund ist, – setzte er mit besonderem Ernst und einem unbeschreiblichen Blick des Einverständnisses auf die Beiden hinzu, – denn gestern abend war sie sehr krank – und ging langsam und mit gesenktem Kopf hinaus zu seiner Arbeit.

Die junge Frau hatte sich auf ihr Bette geworfen und ihr Gesicht vergraben. Vergeblich umschmeichelte die Amme ihre Füße. Die Junge ließ es geschehen, aber sie beachtete es nicht. – O meine Mutter, rief sie und seufzte laut auf. – O meine Mutter, sagte sie für sich, welche Kräfte hast du mir zugemutet, da du mir auferlegtest, den, welchen du mir zugeführt hast, auf immer lieben zu können! und wo hättest du dergleichen Kräfte mir mitgegeben? – Sie hauchte es leise vor sich hin, die Lippen bewegten sich, aber man hörte nichts. Plötzlich stand sie auf ihren Füßen. – Vorwärts, rief sie, es ist Zeit, daß ich kein Kind mehr bin! – Sie schien es wieder nur zu sich selber zu sagen. Sie warf ein Tuch über und ging gegen die Tür. – Wohin, meine Herrin? rief die Amme. Die Frau schien sich erst jetzt wieder zu erinnern, daß sie nicht allein war. Sie sah die Amme streng und aufmerksam an. – Es ist Zeit, sagte sie, daß ich mit meiner Mutter rede und mich losmache, denn sie hat mir auferlegt, was ich nicht länger tragen will. – Sie ging zur Tür hinaus. – Vorwärts, flüsterte die Amme, denn sie wird unser bedürfen. – Die Kaiserin drückte sich zur Seite, sie wäre gern dem Färber nachgeschlichen, aber die Amme nahm sie bei der Hand und zog sie hinter sich drein.

Die Färberin ging mit schnellen kühnen Schritten wie ein junges Pferd, das die Morgenluft einzieht, und die beiden folgten ihr in geringer Entfernung. Sie gingen über den Fluß, aber nicht in das Viertel der Hufschmiede sondern rechts hinauf, wo der Boden anstieg, eine ärmliche, enge, von Menschen erfüllte Straße. Da wohnten die ärmsten Leute, die Kesselflicker, die Lumpensammler, die Fallensteller in dichten Klumpen beisammen wie die Ratten. An einer Ecke, wo zwei solche Straßen zusammenstießen, blieb die Färberin einen Augenblick stehen; sie sah zwischen den Wimpern in einen von Männern, Weibern und Kindern wimmelnden Hof hinein und sagte vor sich hin: Schmutzig ist ein kleines Kind, und sie müssen es dem Haushund darreichen, um es rein zu lecken; und dennoch ist es schön wie die aufgehende Sonne; und solche sind wir zu opfern gesonnen. – Es war ein ganz seltsamer, fast singender Ton, in dem sie es sagte. Sie bogen ein, gingen weiter, endlich jenseits einen Abhang hinunter zwischen alten halbverfallenen Mauern. Es war eine von den Schluchten, welche da und dort die Stadt durchzogen, deren Abhang nicht bebaut war und nur hie und da die Spuren längst verfallener Wohnstätten zeigte. Unten war eine steingefaßte Zisterne und neben dieser ein alter Begräbnisplatz mit ein paar Bäumen. Die Färberin ging auf das Grab ihrer Mutter zu; sie stieg schnell über die Grabsteine, ihr Fuß rührte den Staub nicht auf, der zwischen ihnen lag und die Tritte lautlos machte. Vor einem kleinen Grabstein fiel sie mit ausgebreiteten Händen auf die Knie. Sie bog die Stirn gegen den Stein, ein gekrümmter Weidenbaum hing über ihr, sie schien mit dem ersten Atemzug in das tiefste Gebet hineingestürzt. Die Sonne versank hinter ihr in schweren Dunst wie in einen Trichter. Säulen von Staub hoben sich lautlos überall zwischen den Gräbern auf und sanken in sich zusammen wie die Säcke. Ein Windstoß fuhr dahin; er riß das letzte Wort des Gebets von den Lippen der Färberin. Sie stand jäh auf; ihr Aufspringen war wie eines Tieres, in dessen Gebärde kein Gedächtnis wohnt von der letztverstrichenen Sekunde. Ihr Gesicht glich sich selber nicht mehr; sie war schöner als je; ihr Haar hatte sich gelöst und flog um sie. – Was siehst du mich so an? rief sie der Amme zu, die mit Entzücken auf sie sah. Jetzt habe ich ein Joch abgeworfen und mich ausgedreht aus einem alten Gesetz! – Sie ging schnell den Abhang hinauf; die Amme lief hinter ihr drein. – Es muß nicht beim Wasser, es kann auch beim Feuer geschehen, nicht wahr? rief die Junge ihr über die Schulter zu, so war deine Rede, meine Lehrerin! die habe ich mir zu Herzen genommen. – Der Wind kam den dreien nach, und riß an ihren Gewändern; er wirbelte den Staub auf. Es war dunkel mitten am Tag, als wollte es augenblicklich Nacht werden. Vögel hasteten zwischen den Häusern hin, Menschen liefen in einem braunroten

Dunst an ihnen vorbei, von oben legte sich Finsternis auf alles. Als sie an die Brücke kamen, fing die Färberin mit eins an, langsamer zu gehen. Sie blieb stehen, tat wieder ein paar Schritte. Sie taumelte, als hätte sie einen Schlag empfangen, und fuhr mit der einen Hand zu ihrem Kopf, gegen das Ohr hin. Sie kam dabei dicht vor einen Wagen. Der oben saß, riß die Zugtiere zurück. Von den Vorübergehenden blieben etliche stehen trotz ihrer Hast. – Was ist es, das dich anficht? rief die Amme und sprang zu ihr. Das junge Weib lag ihr gleich im Arm, eisig kalt. – Die Stimme! sagte sie klagend. Meiner Mutter Stimme! sie ist an meinem Ohr. Hörst du sie nicht? – Was sagt sie? fragt die Alte. – Barak! stöhnte die Färberin. Nach ihm ruft sie. Sie sagt, er solle mich binden. Sie will meine Hände halten, damit er mich töten kann. Sie will nicht, daß ich lebe, um zu tun, was ich zu tun beschlossen habe. – Ihr Gesicht war ganz grau, die Augen bläulich unterlaufen. Die Alte faßte nach ihren Händen, die glühend heiß waren; plötzlich riß sich die Junge los, sie stürmte davon, zwischen den Leuten durch, die Alte hinter ihr her. Als die Kaiserin sie einholte, in einer Gasse neben dem Flußufer, lag das junge Weib auf der Erde, den Rücken an eine Mauer gestützt, und atmete flach und schnell; die Alte kauerte bei ihr. Etliche waren stehen geblieben und sahen auf die Liegende hin: ein paar alte Gevatterinnen, ein Eseltreiber und ein alter Mann. Die Kaiserin trat mitten unter die Menschen; der Eseltreiber schob sie halb zur Seite und lehnte sich auf sie, sie bemerkte es nicht. Die Amme zischte: Hinweg mit euch! und deckte ihren dunklen Mantel über die Liegende. Die Leute gingen weiter, nur ein Kind stand noch da. Trinken! flüsterte die Färberin. Die Amme winkte und das Kind hielt eine hölzerne Schale hin, die angefüllt war; es war, als hätte es sie aus der Luft genommen. Von der Schale schwebte ein zarter und beklemmender Duft, ganz wie jener, der vor dem Kommen des Efrits den Raum erfüllt hatte. Die Färberin bog ihren Kopf der Schale entgegen, welche die Alte ihr hinhielt. Das Kind war nicht mehr da. – Trink dieses, sagte die Alte, und wisse: deine Mutter ist eine Doppelzüngige in ihrem Grabe und eine Spielverderberin, und ihre Worte müssen dahingeblasen werden, denn es sind die Ungewünschten, die aus ihrem Munde sprechen. – Das Gesicht der Färberin veränderte sich, sowie sie getrunken hatte: eine jähe Glut stieg ihr in die Wangen, ihre Augen wurden schwimmend wie bei einer Trunkenen. Sie stand auf ihren Füßen, in ganz sonderbarer Weise schlug sie ihren Arm um den Nacken der Alten, und sie wandten ihre Schritte wieder der Brücke zu. Die Kaiserin hielt sich dicht an ihnen; aber sie redeten eifrig miteinander, immer nach des anderen Seite hin, und sie konnte nichts verstehen. Als sie dem Färberhaus ganz nahe waren, sprangen ihnen aus dem Dunkel die Brüder entgegen, rissen das junge Weib von den zwei Begleiterinnen weg und schrien auf sie ein mit verzerrten Gesichtern. – Er verlangt von uns seine hinweggebrachten Kinder! schrien sie, wo hast du sie? Was hast du ihnen getan? – Er mißhandelt und würgt uns um deinetwillen, du Verfluchte, uns, die wir eure Heimlichkeiten nicht kennen und von deinen Verbrechen nichts wissen! – Die Färberin runzelte nur die Stirne; sie würdigte die Schwäger keiner Entgegnung. – Was hast du ihm in den Trunk getan, du Hexe, schrie der Mittlere und stieß mit dem einen langen Arm die Alte vor die Brust, – er schaut auf uns und sieht uns nicht, aber sieht ihrer sieben, die nicht da sind, an seinem Tisch sitzen und begrüßt sie als seine Gäste. – Die Frau machte sich los. – Jetzt werden wir sehen, ob meine Reden noch widerruflich sind! sagte sie und trat über die Schwelle. In der Herdasche hockte der Färber. Sein Gerät lag in Unordnung vor ihm; alle seine Spachteln und Schaufeln, hölzerne, zinnerne und hürnene Löffel, groß und klein, als hätten Kinder alles im Spiel herumgestreut. Er drückte mit den großen Händen Malvenblätter sorgfältig in das schmutzige Farbwasser, das auf der Erde stand; das eine Bein hatte er mitten in einer scharlachroten Pfütze liegen. Die Frau blieb vor ihm stehen; er achtete nicht auf sie. Er sprach zu Kindern, die nicht da waren. – Fleißige Kinder, sagte er, reinliche kleine Hände, sagte er, und nickte gütig. Er zeigte ihnen, wie man arbeiten müsse. – Wir nehmen die Farben aus den Blumen heraus und heften sie auf die Tücher, so auch aus den Würmern, und von den Brüsten der Vögel dort, wo ihre Federn leuchtend und unbedeckt sind. – Er sprach es langsam, belehrend, in einem unbeschreiblich glücklichen Ton. Die Frau rief ihn an. – Barak! Er horchte auf, aber nicht genau nach der Richtung, von der der Name kam, sondern mehr nach oben und seitwärts. Trotzdem stand er auf und ging auf sie zu. Das Heranschwanken seines mächtigen gleichsam von keinem Geiste gelenkten Körpers in dem nächtlichen Raum war so furchteinflößend, daß sie unwillkürlich einen Schritt zurück trat. Aber sie nahm sich zusammen und ihr blasses Gesicht blieb fest und mutig. – Barak, hörst du mich, rief sie ihm hart entgegen. – Sprich zu uns, unser Wohltäter, rief der Einäugige. – Sie hat dich vergiftet, o unser Bruder, schrie der Bucklige in Wut und Schmerz, – und du wirst die Deinigen nicht mehr erkennen können. – Barak, schweige diese, sagte die Frau, daß sie nicht mehr heulen wie die Hunde. Denn ich habe dir etwas zu sagen. Ich höre, du redest mit denen, von denen du vermeinst, daß sie noch kommen werden. So wisse denn und erfahre endlich: diese sind dahingegeben, denn sie wollten mir einen üblen Streich spielen, und dafür verdienen sie, was ihnen widerfahren wird. – Barak trat dicht auf sie zu; seine Augen hatten sich mit Blut unterlaufen und sie standen jetzt nicht hervor, sondern lagen tief in den Höhlen, und ihr Ausdruck war furchtbar. Siehe, sagte die Frau, ich sehe, du verstehst: warum redest du nicht? Es ist das letzte Mal, daß wir beide unseren Atem austauschen. – Zündet ein Feuer an, sagte Barak. Seine Stimme war unerkennbar, so als ob ein fremdes Wesen aus ihm heraus redete, aber die Brüder hingen mit den Augen an ihm, sie sahen, daß es sein Mund war, der sich bewegte. Der Verwachsene warf sich schnell zur Erde und blies in die Herdasche, ein Feuer schlug auf und die Frau stand gleich im vollen Feuerglanz, der an ihr auf- und ablief, und war schön und böse über die Maßen. Sie tat den Mund auf, und wie die Lippen sich bewegten, verachtungsvoll und doch nachdrücklich, unter den hochmütig gesenkten Wimpern, glich ihr Gesicht einer unnahbaren Festung. – Du hast ein Feuer anmachen lassen, so siehst du mich denn und erblickst noch einmal, was du bald nicht mehr erblicken wirst. Doch du sollst auch begreifen, denn ich will nicht, daß du verlacht werdest, wie einer, der tölpisch ist, und dem man sein Bett unter dem Leib stehlen kann. – Der Färber stand im Dunklen und regte sich nicht; nur seinen Oberleib lehnte er jetzt ein wenig vor, dabei wurden seine Zähne sichtbar und seine rotglühenden Augen. Die Frau senkte nur die Wimpern noch tiefer, und sprach fort mit einer Stimme, die klang wie eine zum Reißen gespannte Saite: – Siehe, ich bin schön, und das ist nicht für deinesgleichen, und darum hast du den Knoten meines Herzens nicht lösen können. Meine Schönheit hat einen Anderen gerufen, denn sie ist ein mächtiger Zauber – ihre Stimme wollte umschlagen, aber die wilde Entschlossenheit ihres Herzens zwang sie, weiter zu sprechen – darum habe ich einen Vertrag geschlossen und gebe meinen Schatten dahin und die Ungewünschten mit ihm; und ein Preis ist ausbedungen, und ich nenne ihn dir: es ist die Zartheit der Wangen auf immer, und die unverwelklichen Brüste, vor denen sie zittern, die da kommen sollen, mich zu begrüßen – und Einer ist ihr erster: diesem gehöre ich von nun ab. – Sie warf den Kopf in den Nacken und schwieg. Ein kurzer Lärm drang aus Baraks Brust; er glich kaum einem menschlichen Laut, aber er bezeugte für alle, daß er die Rede der Frau begriffen hatte. – Schnell, rief die Amme und tat einen Griff in die Luft: sie hielt in der schwarzen Klaue der Frau sieben Fischlein hin: sie waren mit den Kiemen aufgereiht an einer Weidenrute, wie Schlüssel an einem Ring. – Wirf sie über dich ins Feuer und dann fort mit uns, denn es ist die höchste Zeit!

Die Färberin biß die Lippen aufeinander und griff nach den Fischen. – Dahin mit euch und wohnet bei meinem Schatten! flüsterte die Alte ihr ein. Aber Barak tat jetzt einen Schritt auf die Frau zu und die Frau wich zurück; ihre Lippen bewegten sich, und sie murmelte die Worte, aber es war, als wüßte sie es nicht; sie hob die Hand mit den Fischen über die Schulter und warf, aber wie im Schlaf; sie tat das Bedungene, aber so als täte sie es nicht: ihre Augen hefteten auf dem Färber und ihre Lippen verzogen sich wie eines Kindes, das schreien will. – O meine Mutter! rief sie, ihre Stimme klang dünn wie die Stimme eines fünfjährigen Kindes. Sie tat ein paar unschlüssige Schritte, nirgend sah sie Hilfe und sie preßte den Mund zusammen und blieb stehen. Der Färber war schon hinter ihr; in der Angst riß sie sich zusammen und wie ein Pfeil schoß sie zur Tür hinaus. Er wollte ihr nach, von hinten hängten sich die Brüder an ihn; sie schrien, er dürfe nicht zum Mörder werden! Er schüttelte sie ab, die Brüder taumelten auf die Amme, die neben dem Feuer kauernd mit beiden Händen nach den Fischen haschte. – Hinweg mit euch, ihr Widerspenstigen! schrie sie und warf sie ins Feuer. Der Einäugige und der Einarmige traten nach der Hexe, sie hatten jeder ein brennendes Scheit aus dem Feuer gerissen und stürzten dem Bruder nach, die Amme, als sie die Fischlein in der Flamme verzucken sah, stürzte hinter ihnen drein. Draußen wehte ein Sturm, als wären alle Elemente losgelassen. Die Finsternis brüllte und wälzte sich heran, in dem undurchdringlichen Dunkel wehten dicke Staubwolken dahin, von dem halbabgedeckten Schuppen stürzten die Ziegel, und zugleich schlug der Fluß mit Gischt übers Ufer und riß an der Schwemmbrücke, daß sie ächzte und die eisernen Ketten, an denen sie überm Wasser hing, einen Laut gaben, als ob sie reißen wollten.

Der Sturm jagte den zwei Brüdern die Funken ins Gesicht und blies die Feuerbrände nieder, daß sie nur mehr glimmende Stummeln in den Händen trugen; sie stolperten von der Schwelle hinab und schrien ins Ungewisse nach dem Färber. Die Amme sah das Weib an der Wand des Schuppens stehen und die Kaiserin ganz nahe vor ihr, regungslos wie ein Standbild. Der Färber stand auf zehn Schritte von seinem Weib, er hatte das Gesicht ihr zugekehrt, er mußte trotz der Finsternis sie sehen oder ahnen, wo sie stand. Der Verwachsene war dicht bei ihm. – Feuerbrände heraus! schrie der Färber mit einer Stimme, die den Sturm und das Stampfen der Waschbrücke und alles Ächzen des Schuppens übertönte, und er wies mit ausgerecktem Arm auf seine Frau: denn der Feuerschein, der durch die offene Tür aus dem Haus fiel, zeigte sie, ihm, und sie krümmte sich vor Angst.

Die Amme glitt näher hin; nichts sah sie lieber, als wie Menschen einander Gewalt antaten. – Wir haben ein Recht erworben und machen einen Anspruch geltend! murmelte sie in sich hinein. – Den großen Schwemmkorb her! schrie der Färber. Der Verwachsene warf sich auf die Brücke und machte den Schwemmkorb los, der an einer Kette im Wasser hing; dabei schlug das Wasser dreimal über ihn hin und spülte ihn fast hinweg. Der Färber bückte sich; in dem flackernden Schein, der aus der Haustür fiel, konnte man sehen, wie er tastend mit den Händen nach dem großen Malmstein suchte, der wenige Schritte seitlich auf der Erde lag. Er hob ihn auf und ließ ihn in den Schwemmkorb fallen; der Korb war flach und groß genug, daß man einen Menschen hineinzwängen konnte; als der schwere Stein hineinfiel, spritzte es hoch auf. Der Buckel lief jetzt aus dem Haus heraus, er hatte brennende Scheiter in einen Topf getan: ein grelles Licht fiel über alle hin. – Einen Strick her! rief der Färber. Die Brüder verstanden, was er vorhatte, und sie warfen sich auf die Knie. – Kein Blut auf deine Hände, mein Bruder! riefen sie wie mit einem Munde. – Sie sahen, wie der Färber auf die Frau losging, und sie drehten ihre Gesichter zur Seite. – Flieh! schrien sie auf die Färberin hin und wirbelten ihre langen Arme drohend wie gegen ein Tier. Hinweg mit dir und einer Hündin Geschick über dich. – Sie bückten sich nach Steinen, der Bucklige wollte ein brennendes Holz nach ihr werfen, dabei stolperte er und der Topf mit dem Feuer fiel ihm aus der Hand in ein Schaff, das umgestürzt da lag, und alle standen im Dunkel, daß sie nicht die Hand vor den Augen sahen. Die Amme allein, deren Augen, wie eines Nachtvogels, jede Finsternis durchdrangen, sah, wie das Weib in diesem Augenblick sich von den Knien aufhob, ihr Gewand schürzte und blitzschnell zwischen den Brüdern durchlief, gerade auf den Färber zu. Die Amme sprang näher: ihr war, als sähe sie, wie der Schatten der Färberin am Boden hinzuckte, sich mit anderen Schatten zu gesellen und ihr zu entkommen; da und dort flatterten Fetzen von gefärbtem Zeug, die sich von der Trokkenstatt losgerissen und irgendwo festgeklemmt hatten, die plumpen Schatten der Tröge und Kufen mitten in der schwankenden Finsternis sprangen auf und duckten sich wieder. Dabei fuhr ihr durch den Sinn, daß sie für einen Augenblick die Kaiserin aus den Augen gelassen hatte. Sie sah sich um: der Platz, wo die Kaiserin gestanden hatte, war leer. Zu des Färbers Füßen lag eine weibliche Gestalt hingestreckt an der Erde, sie hatte das Gesicht an den Boden gedrückt, mit unsäglicher Demut reckte sie den Arm aus, ohne ihr Gesicht zu heben, bis sie mit der Hand die Füße des Färbers erreichte, und umfaßte sie. Der Färber schien sie nicht zu beachten. Ein schweres Zucken hob in regelmäßigen Abständen seinen großen schweren Leib. Jetzt schob sich die Liegende auf den Händen näher heran und ihr Kinn drückte sich auf die Füße des Färbers. Ihre Lippen murmelten ein Wort, das niemand hörte. Dann lag sie in dieser Stellung wie tot. Die Amme spähte hin, sie sah, wie das Weib, das da lag, keinen Schatten warf, als nun der

Feuertopf aufflammte und das Schaff dazu, das Feuer gefangen hatte. Sie glaubte sich betrogen um den Schatten, vor Wut und Staunen ging ihr die Zunge im zahnlosen Mund nach links und rechts, sie wollte losspringen auf das liegende Weib, da spürte sie sich zur Seite, halb hinter ihr, ein Lebendes und sah die Färberin dastehen, die ihrem Mann die beiden Hände entgegenstreckte, und sie sah zugleich, daß die Liegende die Kaiserin war, und erschrak so sehr, daß sie hinter sich treten mußte. Die Miene der Färberin hatte eine wunderbare und dabei unschuldige Schönheit angenommen; die ungeheure Angst verzerrte sie nicht, sondern verklärte sie. Der Färber tat einen halben Schritt auf sie zu, noch mit stierem Blick, wie, einer, der halb träumt; dabei stieß er im Wegtreten mit dem Fuß an den Kopf der vor ihm Liegenden, aber er bemerkte es nicht. Die Fackel lohte stärker auf, und das junge todbereite Gesicht vor ihm leuchtete ihm entgegen, so plötzlich und so nahe, daß er zurückfuhr. Etwas ging in seinem Gesicht vor, das niemand sehen konnte; es war, als würde innerlich eine Binde von seinen Augen gerissen, seine und seines Weibes Blicke trafen sich für die Dauer eines Blitzes und verschlangen sich ineinander, wie sie sich nie verschlungen hatten. Er sah, was alle Umarmungen seiner ehelichen Nächte, deren er siebenhundert mit seiner Frau verbracht hatte, ihm nicht gezeigt hatten; denn sie waren dumpf gewesen und ohne Auge. Er sah das Weib und die Jungfrau in einem, die mit Händen nicht zu greifen war und in allen Umschlingungen unberührt blieb, und die Herrlichkeit und Unbegreiflichkeit des Anblicks schlug gegen seine Brust; er zog die Luft ein durch die Nüstern seiner breiten Nase wie ein Tier, das vor Schrecken stutzt, und seine riesigen erhobenen Fäuste zitterten. Das undurchdringliche Geheimnis des Anblicks reinigte ihn wie ein Blitz von der Schwere seines Blutes; in der Größe seines gewaltigen Leibes glich er einem Kinde, dem das Weinen nahe ist.

Sie sah seinen mächtigen Leib vor sich und die gewaltigen Kräfte, die in ihn eingesperrt waren und aus den Augen, aus dem Mund und den beweglichen Gliedern hervorbrechen wollten, und weil sie dieses eine Mal nicht begehrend auf sie einstürmten wie ein Bergsturz, so war sie entzaubert und sah ihn mit einem durchdringenden Blick: seine Gewalt war ihr wie eines Löwen und seine

Ohnmacht wie eines Kindes: sie erschrak über den ungeheuren Zwiespalt mit einem süßen Schrecken und öffnete sich ganz, diese Zweiheit in sich zu vereinen; ihre Knie gaben nach in jungfräulichem Schreck und ihr Herz umfaßte den Gewaltigen mit mütterlicher Zartheit. Ihr Mund hing voller ungeküßter Küsse, perlend, und aus ihren Augen brachen wie Feuerketten die Beseligungen, die sie zu empfangen und zu geben fähig war. Sie gab sich ihm hin in dieser Sekunde, wie sie sich nie gegeben hatte, in einer Umarmung ohne Umschlingungen und einem Kusse, in dem die Lippen sich weder berührten noch trennten.

In diesem Augenblick waren sie wahrhaft Mann und Frau, und in diesem Augenblick, dem Bann gehorchend und in Gehorsam verbunden den ausgesprochenen Worten und den dahingegebenen Fischlein, deren letztes in diesem Augenblick zu glühender Asche verbrannt war, löste sich der Schatten vom Rücken der Färberin und huschte schneller als ein Vogel über die Erde hin aufs Wasser zu: denn das Fließende wie das Lodernde zog ihn an und er suchte sich zu retten vor greifenden Händen und vor fremder Dienstbarkeit. – Her zu mir! schrie die Amme und beugte sich vom Ufer übers Wasser, ihn in ihren Klauen zu fassen. – Heran und ergreife, was dein ist! schrie sie ohne Atem über die Schulter auf die Kaiserin hin. Im gleichen Augenblick schrien die drei Brüder hinter ihr wie aus einer Kehle einen Schrei des äußersten Erstaunens und Entsetzens: vor ihren sehenden Augen waren der Färber und die Färberin verschwunden. Von drüben bewegte sich ein Schein quer den Fluß herüber: die Amme riß die Augen auf und, ohne daß ihre Lider sich einmal bewegt hätten, starrte sie auf die Erscheinung: ihr Haar sträubte sich und jede Nerve an ihr spannte: es war der Geisterbote, der so unerwartet über das Wasser hergeglitten kam, und die Oberfläche des Flusses, die plötzlich still dalag, spiegelte den Harnisch aus blauen Schuppen. Sein funkelndes Auge schien sie zu suchen, starr erwartete sie seine Annäherung. Sein Mantel schleifte hinter ihm drein, jetzt hob er sich höher übers Wasser und streifte im Bogen an ihr vorbei; an seinen wehenden Mantel hing sich der Schatten der Färberin, und ohne ihr auch nur einen Blick zu geben, glitten sie fort. – Auf du! und hinter ihm her! schrie sie und war in drei Sprüngen bei der Kaiserin, denn es gilt, daß wir erlangen, was wir zu Recht erworben haben! – Die Kaiserin lag da wie eine Leiche, aber als sie ihr sanft den Kopf aufhob, sah sie, daß die Augen offen waren. Sie bettete sie in ihren Schoß, sie redete zu ihr. Nun richtete sich der Blick, der gräßlich ins Leere ging, auf sie, sie schien die Alte zu erkennen, aber ein Grauen malte sich in ihrem Gesicht und sie schloß wieder die Augen. Unerträglich war es der Amme, das Gesicht zu sehen, das nun völlig dem Gesicht einer irdischen Frau glich. Sie hob die Willenlose vom Boden auf, der Kopf hing ihr übern Arm nach abwärts, sie schlug ihren dunklen Mantel um sie beide, drückte ihr Pflegekind mit beiden Armen an sich, und sie fuhren durch die Finsternis dahin. Die Amme wußte wohl, welchen Weg sie nun zu nehmen hatte.

Auf dem Fluß, den die Mondberge mit steilen glatten Klippen einengten, und der trotzdem ohne Wirbel ruhig, wenn auch sehr schnell, dahinfloß, fuhr ein Kahn gegen das Innere des Gebirges; denn so ging hier der Zug des Wassers. Er fand seinen Weg ohne Steuer, die Amme, die am hintern Ende auf dem Boden saß, schien ihn mit dem aufmerksamen Blick zu lenken, den sie über das Vorderteil hin, immer einen Pfeilschuß voraus, auf das schnelle Wasser gerichtet hielt; zu ihren Füßen lag die Kaiserin und schlief.

Allmählich traten die Klippen zurück, hohe Bäume standen links und rechts am Ufer, alle schön, von verschiedener Art, durcheinander wie in einer Au; hinter ihnen stiegen die schwarzen glänzenden Felsen empor, aus deren finsterer mächtiger Masse der ganze Bereich von Keikobads verborgener Residenz aufgebaut war. Zwischen den Bäumen sah sie mehrere von den Boten sich bewegen, deren allmonatliches Kommen sie ihrem Pflegekind immer sorgsam verheimlicht hatte. Mit Unlust erkannte sie den Alten, dessen weiße Gestalt gleich nach dem Verstreichen des ersten Monats nachts auf der Treppe zum blauen Palast aus der Wand herausgetreten war und sie mit seinen leuchtenden und strengen Blicken so erschreckt hatte. Auch den Fischer sah sie in der Ferne gehen; er trug wie damals eine Art von kurzem Mantel, aus Binsen geflochten, und in Händen seine Netze, an denen das Wasser glänzte, das rotgelbe Haar aber hinten hinaufgebunden wie eine Frau. Aber keiner kümmerte sich um den Kahn und die Ankömmlinge. So blieb die Amme ganz ruhig; mit ihrem Willen hatte sich der Mantel, in den gewickelt sie beide durch die Luft flogen, im Bereich der Mondberge, am Ufer des Flusses niedergelassen, der sie quer durchschnitt und zu dem kein sterblicher Mensch ungewiesen den Weg fand; ohne ihr Zutun hatte er sich sogleich in einen Kahn verwandelt, groß genug, sie und die Regungslose aufzunehmen, jetzt trug er sie dorthin, wohin sie mit ihrer Herrin zurückzukehren sich so sehnlich wünschte. Sie fühlte Keikobads Gebot über dem allen, so mußte er ihnen nicht mehr unerbittlich zürnen; sie war sich bewußt, ihrer Herrin aufs Wort gedient und den Menschen, die ihr abscheulich waren, einen Streich gespielt zu haben, der ganze Handel erschien ihr in gutem Licht: sie war zufrieden und einer Belohnung gewärtig Sie wunderte sich nur, den im blauen Harnisch nicht zu sehen: ihm gedachte sie entgegenzutreten und ihn zu beschämen; denn sie fühlte das Geisterrecht auf ihrer Seite. Nur den letzten Blick konnte sie nicht vergessen, den ihr die Kaiserin gegeben hatte, als sie sie dort an der Mauer des Färberhauses vom finsteren Erdboden aufhob. Der Blick war ihr gräßlich in seiner Mischung von verzweifelter Angst und düsterem Vorwurf, dessen Sinn sie nicht begreifen konnte. Daß sie sie hatte vor den Füßen eines Menschen liegen sehen, war ihr, als ob es nie gewesen wäre. Sie neigte sich über Bord und wusch sich, mit beiden Händen schöpfend, Augen und Wangen mit dem dunklen reinen Wasser; noch rieb sie ihren Hals und Nacken von der zauberischen Schminke, die keine Spur auf den Händen zurückließ; da fühlte sie, daß der Kahn seine Richtung änderte, so als würde er von dem einen Ufer her an einem Tau gezogen. Kaum hatte sie sich umgewandt, so sah sie den im blauen Harnisch auf einem glatten Uferstein dastehen; er schien den Kahn erwartet zu haben, jetzt trat er zurück zwischen die Bäume. Sie sah ihn nur mehr im Rükken; das blauschwarze Haar trug er aufgeflochten im Nacken hängend, der Mantel war kurz über dem Harnisch gerafft; trotz seiner gedrungenen Gestalt nahm er sich schön und gebietend aus. Indem sie ihm nachspähte, war er auch schon zwischen den Stämmen verschwunden. Zugleich aber hatte der Kahn sich sanft dem Ufer angelegt, und schon hatte die Kaiserin den Schlaf abgeworfen und war leicht wie ein Vogel auf die feste Erde hinübergestiegen. Das graue Obergewand, in das sie sich für die Menschen verhüllt hatte, war abgefallen und blieb im Kahn zurück, nur ein leichtes schneeweißes Gewand trug sie um die Glieder fest gewickelt, man hätte es unter dem grauen Überwurf nie geahnt. Sie erkannte mit einem

Blick die Gegend; als eine junge Schlange war sie hier oft gewesen, auch als Vogel hatte sie sich über diesen Büschen und dem Wasser gewiegt. Aber nichts von dem allen drang jetzt in sie hinein. Ihre Miene veränderte sich gleich, ihre strahlenden Augen wurden dunkel und zornig. – Wo bin ich? rief sie, und trat oberhalb hart an den Kahn heran. Wo hast du mich hingebracht, während ich schlief und nichts von mir wußte! Wo ist der Mann? wo ist das Weib? Auf, und zurück vor ihre Füße, daß ich ihnen genugtue! – Vor Staunen über diese Rede verwandelte sich das Gesicht der Amme. Nichts von dem, was die Kaiserin bewegte, konnte sie begreifen. Als sie ihr Gesicht wusch, hatte sie auch die letzte Erinnerung an die zwei Menschen und ihr armseliges Haus weggewaschen; sie hatte völlig vergessen, wie der Färber und die Färberin aussahen. – Wer sind die, von denen du redest, rief sie von unten hinauf, wo wären sie des Atems wert, den du an sie verschwendest! – Dabei wandte sie den Kopf ab. Sie hatte bemerkt, wie jetzt am jenseitigen Ufer der Fischer zwischen den Büschen hervortrat. Nicht gern fühlte sie seinen Blick auf dem Kahn und auf ihr selber. Es war ihr unvergessen, wie rauh er sie behandelt hatte, als er am Ende des siebenten Monats ausgesandt war, zu erkunden, ob das Geisterkind schon einen Schatten werfe. Immer war sie seitdem gewärtig, daß er, wie damals, als sie am Rand des Teiches hinter dem blauen Palast dahinging, von hinten an sie heranträte, ihr das Netz überwürfe und sie zu sich in das Wasser risse. Aber der Zorn ihrer Herrin hatte mehr Kraft über sie als die Besorgnis vor dem Boten. Nie hätte sie fassen können, daß diese, die unnahbar über ihr stand und vor Zorn bebte wie eine in weißen Rauch gehüllte Flamme, auf dunkler feuchter Erde vor den Füßen eines Menschen gelegen hatte. – Auf und du voran, rief die Kaiserin, und daß du sie mir wiederfindest, und wären sie von Geistern verschleppt und auf tausend Meilen von ihrem Hause. Denn wir sind Diebe und Mörder an ihnen geworden und alles Blut aus unseren Adern ist zu wenig, um gut zu machen, was wir an ihnen getan haben. – Die Amme duckte sich zur Seite und hielt den Blick ihrer Herrin nicht aus, und ihr war, als würde die Kaiserin von oben auf sie niederstoßen wie ein Vogel und mit den Fersen ihrer leuchtenden Füße auf sie treten, so furchtbar war der Zorn in ihren Mienen. Aus dem

Winkel ihres Auges spähte sie aber gleichzeitig über den Rand des Kahnes: da sah sie, wie drüben der Fischer hart ans Ufer getreten war, daß das Wasser sich an seinen Füßen staute, wie er gebieterisch den Arm ausreckte und ihr zuwinkte, ihn mit dem Kahn überzuholen. Schon fühlte sie, daß der Kahn von selber dem Wink gehorchte und sich vom Ufer losmachte. – Heran zu mir! schrie sie der Kaiserin zu, denn sie begriff sofort, daß man sie von ihrem Pflegekinde trennen wollte. Aber die Kaiserin gab keine Antwort. Sie hatte die beiden Arme über die Brust gedrückt und hielt den Kopf nach oben, aber mit geschlossenen Augen. Die Amme umklammerte eine Baumwurzel des Ufers, es war zu spät, der Kahn riß sie hinüber. Schon war der Fischer hineingesprungen, er warf seine Netze ab und stieß die Alte, daß sie auf die Netze hinfiel; mitten im Fluß lenkte er den Kahn nach abwärts, knirschend sah sie hohe Felsen vortreten, wie ein Tor zu beiden Seiten, der Kahn glitt zwischen ihnen durch, die Kaiserin war ihren Augen entschwunden. Auf den nassen Netzen kauernd überlegte die Alte, wie sie wieder in den Besitz des Kahnes kommen, ihn zurückverwandeln könnte in den Mantel, den sie jetzt nötiger brauchte als je. Der Fischer kümmerte sich nicht um sie; er streifte die Ärmel auf, griff tief ins Wasser und hob einen weidenen Korb heraus von länglicher Gestalt, wie ein großes Futteral; kein Tropfen Wasser hing an dem Korb, es war, als hätte er ihn von oben aus der glänzenden Luft geholt. Indessen war der Kahn langsamer geworden, er glitt an ein sanft abfallendes Ufer hin, zwischen Weiden und Erlen blieb er stehen. Der Fischer nahm den Korb untern Arm, warf die Netze über die Schulter und stieg ans Land. Er schlug einen Pfad ein, der zwischen den Erlen landeinwärts führte. Schnell dachte sie den Kahn vom Ufer zu lösen, aber zu ihrer Enttäuschung hatte der Fischer den Strick um den Stumpf einer alten Weide geschlungen und in einen Knoten geschürzt, den zu lösen ihr unmöglich war; sie begriff nicht, wie er dies so blitzschnell unterm Aussteigen vollbracht hatte. Zornig seufzend zog sie das Gewand der Kaiserin an sich und schlich dem Fischer nach; denn sie wußte, daß der Fluß sich durch die Mondberge hinkrümmte wie ein S, sie kannte weiter oben eine schmale gefährliche Stelle, wo sie sich an einem überhängenden Baum zu einer

Klippe hinüberschwingen konnte, und sie hoffte, querüber durchs Gebirge zu dieser Stelle zu gelangen. Sie war auf dem ansteigenden Fußpfad noch nicht weit gegangen, so sah sie zwischen Birken und Haselbüschen die Hütte des Fischers liegen, von der ein bläulicher Rauch aufstieg. Sie schlich an das hintere Fenster und blickte hinein. In einer Ecke der einzigen halbdunklen Kammer lag auf einer Schilfstreu eine zartgliedrige junge Frauensperson in unruhigem Schlaf. Zu ihren Füßen kniete die Frau des Fischers, grauhaarig aber mit einem noch leidlich jungen Gesicht, so daß sie im Alter zu ihrem Gatten ganz wohl zu passen schien. Sie betrachtete mit der größten Aufmerksamkeit die Hände der Schlafenden, die sich ineinanderrangen und voneinander lösten wie in einem heftigen bedrückenden Traum. Die Amme kannte dieses Weib lebenslang; aber sie hatte sie nie leiden mögen. Die Fischerin war neugierig über die Maßen und vermochte nichts für sich zu behalten. Mut und Willenskraft besaß sie wenig; aber sie konnte sehen, was durch eine Wand, einen Deckel oder einen Vorhang verhüllt war, und sie verstand es, an allerlei Zeichen etwas abzulesen, und konnte aus leisen Spuren vieles erraten, was andern verborgen blieb. Abgeschlossen von den Menschen, wie sie lebte, war sie voll Freude, daß man die junge Frau ihrer Obhut anvertraut hatte. Jetzt als die Schlafende beim Eintreten des Fischers den Kopf bewegte, erkannte die Amme in ihr das Weib des Färbers, das sie nie wieder mit Augen zu sehen verhofft hatte, und ihr entfuhr ein zorniger Laut der Überraschung, den sie aber halb noch in der Kehle erstickte. Die Fischerin hatte tausend Fragen auf den Lippen. – Warum hast du mir nicht gesagt, rief sie dem Eintretenden entgegen, daß es unter den sterblichen Menschen solche gibt, die keinen Schatten werfen, auch wenn, wie es vor einer Stunde der Fall war, die volle Sonne schräg zum Fenster hereinfällt! Und was hat diese begangen, daß sie sich so fürchtet! Dabei ist sie eine Kühne und Ungebändigte, das seh ich an ihren Händen, und eine Träumerin, und ihr Herz ist rein, aber der Spielball ihrer Begierden und ihrer Träume. Und was bringst du, unterbrach sie sich selber, da für einen Korb, und was für eine Bewandtnis hat es mit einem, der dir nachgeschlichen ist, und von hinten her das Haus umlauert, nicht Mensch und nicht Tier, sondern irgendeiner unseresgleichen? –

und sie hob die Nase und witterte in die Luft. Der Fischer gab ihr seiner Gewohnheit nach keine Antwort; er wickelte seine Netze auseinander. Schon hatte sie sich aber dem Korbe genähert, und indem ihre Augen das dichte Geflecht durchdrangen, antwortete sie sich selber. – Ein Richtschwert und ein blutroter Teppich! rief sie halblaut. Ist der Teppich für ihre Knie und das Schwert für ihren Hals? flüsterte sie und deutete auf die Schlafende; diese zuckte zusammen, als ob sie es gehört hätte. – Wer wird Richter sein? fragte das Weib weiter. Und soll sie vielleicht den Korb auf ihrem eigenen Kopf bis zur Richtstätte tragen? Ist es darum, daß du ihn hierher gebracht hast? – Sie ließ ab, auf die Hände zu spähen und heftete ihren Blick auf die Lippen der Färberin, die sich kaum wahrnehmbar bewegten. – Wie sie ergeben ist! rief die Alte. Lasset mich sterben, sagt sie, bevor die Sonne auf ist. Zündet nur keine Fackel an. Das Schwert blitzt ohnedies und der Teppich leuchtet von dem vielen Blut, das er getrunken hat, so wird niemand sehen, daß ich keinen Schatten werfe. – Zu wem spricht sie das? fragte die Alte neugierig ihren Mann, der sich auf den Hackstock gesetzt hatte und anfing, an einem Netz zu flicken. – Ei, sagte sie, und rückte der Schlafenden näher – jetzt betet sie, und küßt demütig eine große blauschwarze Männerhand. Mir geschehe, wie du willst, sagt sie, denn du bist mein Richter, und ich knie zwischen deinen Händen. Aber wisse, daß ich dich erkannt habe in der letzten Stunde meines Lebens, und daß du den Knoten meines Herzens gelöst hast. – Wer wird ihr Richter sein, gib mir Antwort! Den ganzen langen Tag bin ich allein, und gibt man mir einmal ein fremdes Wesen zur Gesellschaft, so ist's eine Schlafende, die den Mund nicht auftut. Wer wird zu Gericht sitzen über dieser da? – Das goldene Wasser! antwortete der Mann. – Das Wasser des Lebens? rief die Frau mit überraschtem Ton. Man hat mir noch nicht einmal gesagt, daß es in den Berg zurückgekommen ist. Ja kann es denn sprechen und ein Urteil verkünden? – Nein, aber es verwandelt, und das ist mehr. – Verwandeln! das ist eine Gabe wie eine andere, gab sie zurück. Verwandelt nicht der Alte, dein Stiefbruder, alles Feindselige, das ihm entgegentritt, in Tiere, die ihm gehorchen? Und ist es dir nicht wiederum gegeben, wenn du deine Arme ins Wasser tauchst, hervorzunehmen, was niemand hineingelegt hat! – Ja, aber das goldene Wasser verwandelt das Unsichtbare, sagte der Mann. – Es ist jemand am Fenster, flüsterte die Frau und hob sich blitzschnell vom Boden auf. Der Fischer trat vor die Schlafende hin und betrachtete sie. Sie seufzte im Schlaf, als wollte ihr die Brust zerspringen, und Tränen traten ihr unter den Wimpern hervor und liefen über die Wangen.

Als das Weib hinaustrat, war die Amme auf und davon. Fast schlimmer war ihr zumut als vor einem Jahr, als sie das Feenkind verloren hatte und nicht wußte, wie ihre Spur wiederfinden. Die Gegenwart des jungen Weibes hier im Bereich der Geister erfüllte sie mit einer unbestimmten beklemmenden Furcht. Sie hastete vorwärts und aufwärts. Nur mehr Felsen umgaben sie, zwischen denen es selbst für ein Wesen von ihren Gaben nicht mehr leicht war, sich zurechtzufinden. Doch wußte sie noch, wo sie war.

Nicht weit von hier mußte eine Kluft sein, darin sie im vergangenen Jahr, dem verlorenen Kind mühselig nachwandernd, die erste Nacht eine erträgliche Unterkunft gefunden hatte. Nun erkannte sie den tief eingeschnittenen Hohlweg: aus ihm kam ein Luchs hervor, der sich wartend nach hinten umsah, wie ein Hund nach seinem Herrn. Sogleich sah sie auch den weißgewandeten Alten hervortreten und an seiner Seite ein Lamm, das klug zu ihm aufblickte. Aber in dem Großen, der breitspurig und langsam nun aus dem Berg hervorkam und auf den der Alte wartete und ihm, wie ein Führer dem Gaste, ehrerbietig die sicheren Steinplatten zeigte, den mächtigen, des Gebirges ungewohnten Fuß aufzusetzen, erkannte sie den Färber und ihr grauste; ihr war als ob ein Netz sich von weitem her um sie zusammenzöge, dessen Maschen sie nicht würde zerreißen können. Sie war seitlich zwischen Baumwurzeln und nackten Felsen emporgeklommen, oben hängend hörte sie, was die beiden miteinander redeten. – Wann werde ich sie wiedersehen? fragte der Färber, und ein mächtiger Seufzer drang aus seiner Brust. – Wenn die Sonne über dem Fluß im Steigen ist, antwortete der Alte. Sie redeten weiter, abermals schlug der Name des goldenen Wassers an ihr Ohr. Von Kindheit an war ihr vor diesem mächtigen Zauber eine scheue Furcht eingeprägt, sie wollte das Wort nicht mehr hören, sie klomm von Baum zu Baum, von Platte zu Platte. Sie meinte die Richtung inne zu haben, aber das

Geklüft wurde immer wilder, die Bäume hörten jetzt auf: umsonst daß sie horchte. Der Fluß rann tief unten ohne Rauschen hin, nirgends war ein Zeichen, sie mußte sich eingestehen, daß sie den Weg verloren hatte. Sie rief gellend den Namen ihres Kindes, nichts antwortete, nicht einmal ein Widerhall. Nur ein Nachtvogel kam auf weichen Flügeln zwischen dem Gestein hervor, stieß gegen ihren Leib und taumelte gegen die Erde. Da warf auch sie sich zu Boden und drückte das Gesicht gegen den harten Stein.

Die Kaiserin indessen stand allein zwischen den Bäumen und dem Felsen, beschattet von der Felswand, hinter der seitlich das Licht zu sinken anfing. Alles warf nun lange Schatten über den grünen Waldgrund hin, von ihr allein fiel keiner. Sie hatte sich der Felswand zugekehrt, sie meinte die Stelle wiederzuerkennen; es war die deutlichste Erinnerung aus einer frühen Zeit. Hier war ihr Vater mit ihr herausgetreten, hier hauchte er das Geheimnis der Verwandlung in sie hinein: sie fühlte sich Vogel werden zum erstenmal, fühlte sich aufschweben vor des Vaters Augen. Wenig von seiner Erscheinung konnte sie erinnern; er trug keine Krone, aber die Stirne selber glänzte wie ein Diadem, das ahnte ihr noch. – Vater, rief sie sehnlich, Vater, wo bist du? Das Wort verhallte. Sie kam sich eingeschlossen vor in ihren Leib wie gefangen. Unwillkürlich griff sie nach dem Talisman. Wie ein klares Licht durchzuckte es sie, sie begriff, warum und seit wann ihr die Verwandlung genommen war, und er, der sie so gestraft hatte, war ihr näher als je. In seiner Unnahbarkeit fühlte sie ihn, auf ihrer Stirne leuchtete ein Abglanz von ihm.

Sie hörte hinter sich ein spritzendes Geräusch, als hätte jemand aus dem Wasser sich ans Ufer geschwungen. Ein Schauer lief ihr über den Rücken, sie wußte sich plötzlich nicht mehr allein und drehte sich jäh um. Ein großer Knabe stand da, zwischen ihr und dem Wasser, gedrungen, stark. Sie hätte glauben können den Färber vor sich zu sehen: die breitbeinige Gestalt, die gebuckelte Stirne, das krause schwarze Haar; er trug ein Gewand von wunderbar blauer Farbe, nicht so, als hätte man ein weißes Gewebe in die Küpe gelegt, darin sich die Stärke des Indigo und des Waid vermischten, sondern so, als wäre die Bläue des Meeresgrundes selbst hervorgerissen und um seinen Leib gelegt worden. Er blieb an seiner Stelle und verneigte sich vor ihr, die Arme über die Brust gekreuzt. Dann sah er sich im Kreis um, wie wenn er einen Zeugen dessen, was er zu sagen hatte, gefürchtet hätte: er wiegte den runden Kopf bedächtig gegen den Fluß. – Halte das Weib weg! rief er. Indessen hatte sein Gewand sich verändert: es glich jetzt dem nächtlichen Schwarzblau, bevor die ersten Strahlen der Sonne den Himmel erhellen. Ehe die Kaiserin ihm antworten konnte, war noch ein Wesen vor ihren Augen. War es aus den Bäumen herausgetreten, war es aus der Erde hervorgekommen – es stand da. Es war ein kleines Mädchen und von den zierlichen wie aus Wachs geformten Füßen bis zu dem dunklen wie Kupfer schimmernden Haar glich es der Färberin. Es tat seinen Mund auf im gleichen Augenblick, als es da war, und rief mit heller befehlender Stimme: Stelle dich zu deinesgleichen! Zugleich wie vor Ungeduld kam es näher an die Kaiserin heran; nicht mit Schritten, sondern es glitt auf dem grünen Grund heran wie auf Glas, mit geschlossenen Füßen, und keine Art sich zu bewegen hätte besser zu der Zartheit seiner Glieder und zu den Farben, in denen es glänzte, passen können. Hinter ihr aber trat nun eine Andere hervor, weit älter als sie, ja größer und mächtiger als der zuerst Gekommene. Stumm stand sie da, einen Blick wie eines Tieres auf die Kaiserin geheftet, an ihr hingen drei kleine Knaben und auch das Mädchen glitt zurück zu ihr, alle vier drückten sie sich an die große Schwester. Von dieser konnte die Kaiserin keinen Blick verwenden: wie sie nun die Kinder an sich drückte, mit sanften Händen und sorglichen Blicken, wie ein Vogel seine Brut, glich ihre Güte der Güte des Färbers, aber wenn sie herüber sah mit einem kühnen und scheuen Blick, so war es der Blick der Färberin. Wunderbar war sie aus beiden gemischt, und doch kein Zug von keinem: nur die Vereinigung beider. Die Kaiserin fühlte ihr Herz pochen, es zog sie hinüber zu diesem Wesen – da war die Gestalt dahin. Der Bruder allein stand da, er schien zu warten, daß die Kaiserin ihn anrede. – Ihr bringt mir eine Botschaft? – rief sie, und lächelte ihm zu. Tief und dunkel glühte sein Gewand auf aus dem Violetten ins Rote. Die Farbe schien aus der Ewigkeit her zu ihm zu kommen, so auch die Antworten, die langsam in ihm aufstiegen und zögernd den

Rand seiner Lippen erreichten. – Wir bestellen nichts, wir verkünden nichts. Daß wir uns zeigen, Frau, ist alles, was uns gewährt ist. – Wo ist die andere? fragte die Kaiserin; ihr Blick deutete mit Begierde nach den Bäumen, zwischen denen das Mädchen gestanden hatte. – Da und nicht da, Frau, wie es dir belieben wird! sagte er und hob sich aus seiner leicht geneigten Haltung; seine Mächtigkeit wurzelte auf seinen gewaltigen Füßen in der Erde und sein Gewand war wie Blut, das sich in Gold verwandelt; alle Bäume empfingen von ihm die Bestätigung ihres Lebens, wie vom ersten Glanz der aufgehenden Sonne. – Gibt es ein Drittes? fragte die Kaiserin. – Die Vereinigung der beiden, kam es von den Lippen des Knaben. – Wo geschieht diese? – Im entscheidenden Augenblick. Die Kaiserin tat einen Schritt auf ihn zu. – Führet mich zu denen, von denen ihr wisset, sagte sie. – Nicht wir sind es, die dich führen werden, sondern andere, gab er zur Antwort. – So bringet sie zu mir! rief die Kaiserin. – Der Knabe sah sie blitzend an aus den Augen der Färberin mit dem Blick des Färbers. Er hob mit sanfter Strenge die Hand gegen sie und glich jenem, seinem Vater, wie ein Spiegelbild dem Gespiegelten; denn es schienen Sprüche der Weisheit und der Erfahrung in ihm aufzusteigen, die über die schweren Lippen nicht zu dringen vermochten, und sich stumm entluden in den Gebärden der Arme und in der weisen Entsagung der halbgehobenen Schultern. Die Farbe seines Gewandes sank aus dem Rot in das Violett, gleich einer Wolke am dunklen Abendhimmel. – Nicht dir werden sie vorgeführt werden, Frau, sondern du wirst vorgeführt werden, und dies ist die Stunde. – Die Kaiserin trat hinter sich. – Wer richtet über mich? fragte sie leise. – Versammelt sind die Unsichtbaren, Frau, wie es dir nun belieben mag! sagte er und verneigte sich ernst vor ihr; ein Todesurteil hätte er nicht ernster verkünden können. Dunkel war wieder sein Gewand, wie der nächtliche Himmel ohne Sterne. – Die Kaiserin holte tief Atem. – Ich hab mich vergangen, sagte sie. Sie senkte die Augen und richtete sie gleich wieder auf ihn, der mit ihr sprach. Das Wesen horchte, antwortete nicht sogleich. Die Seele trat in seine Augen; er schien die Worte zu liebkosen, die aus ihrem Mund kamen. – Das muß jeder sagen, der einen Fuß vor den andern setzt. Darum gehen wir mit geschlossenen Füßen. – Der Hauch eines Lächelns schwebte in seiner Stimme, als er das sagte; aber sein Gesicht blieb ernst, und in nichts glich er dem Färber mehr als in diesem tiefen Ernst seiner Miene. – Kann ich ungeschehen machen? rief die Kaiserin. Ihre Augen hingen an seinem Mund, ihre Ehrfurcht vor ihm, der so mit ihr sprach, war nicht geringer als die seine vor ihr. – Das goldene Wasser allein weiß, was geschehen ist und was nicht, gab er zurück. – Ist es meinem Vater untertan? fragte sie. – Die großen Mächte lieben einander, sagte das Wesen kurz. Es war, als flöge ein Schatten von Ungeduld über sein gewaltiges Gesicht. – Dürft ihr mir nicht mehr sagen? rief sie. – Laß mich antworten! rief eine helle Stimme. Sogleich war Einer von den Kleinen vor ihr, sogleich der Zweite neben ihm. Der Erste, der so begierig war zu antworten, glich mit dem dünnen Mund und der hohen schmalen Stirn dem jüngsten Bruder des Färbers. Aber er glich ihm auch wieder nicht, denn er hatte gerade Glieder und einen glatten Rükken, und statt der armseligen Gewandung des Buckligen umgab ihn ein Kleid in herrlichen Farben, als wären sie von den Brustfedern eines Paradiesvogels genommen. Der Zweite reckte ein Ärmchen gegen sie, das ohne Verhältnis lang war, wie das des Einarmigen, und er heftete die runden Augen des Färbers auf sie, und sein reizender Mund, der auch verlangte zu sprechen, zuckte zauberisch, wie der Mund der Färberin. Unbeschreiblich waren die Farben, in die er gekleidet war; er glich einem Blumenstrauß, gepflückt am frühen Morgen. – Merke Frau, rief der Erste, alle Reden unserer Mutter geschehen in der Zeit, darum sind sie widerruflich – aber deine, fiel der Zweite ein, deine wird geschehen im Augenblick und sie wird unwiderruflich sein: so ist dein Los gefallen. – Von welchem Augenblick redet ihr? rief die Kaiserin. – Von dem einzigen! – rief das kleine Mädchen und flammte heran. – Was muß ich tun? fragte die Kaiserin, und heftete ohne Atem ihre Augen auf die drei Kinder. – Im Augenblick ist alles, der Rat und die Tat! rief ein kleiner breiter Mund, wie aus dem Mund des Färbers herausgeschnitten, über einem breiten Leib, um den ein korallenroter Schurz wehte, unter einem Wust von schwarzem Haar, dicht wie ein Gebüsch: das vierte Kind war zwischen die drei hineingeflogen, sie umschlangen einander an den Hüften und an den Schultern; sie standen lächelnd da und glichen in der Buntheit ihrer zauberischen Gewänder und im Glanz ihrer Augen, die sie wechselnd senkten und aufschlugen, einer blühenden Hecke in der dunkeläugige Vögel nisten, und sie wiegten sich in einer Art von stillem Tanz vor der Kaiserin hin und her wie eine Hecke im Abendwind. – Wer ist meinesgleichen? fragte die Kaiserin schnell, denn sie sah, wie die Wesen sich voneinander lösten und wie sie mit einem schalkhaften Lächeln zu verschwinden drohten. – Wir doch, Frau, und die, mit denen wir eins sind! riefen sie und waren schon dahin, keine Wimper hätte können so schnell sich schließen. – Laßt mich euch noch einmal sehen! rief die Kaiserin und heftete in sehnlicher Erwartung den Blick auf die Stelle, wo das große Mädchen gestanden hatte. Sie hatte es noch nicht ausgesprochen, so stand die Große drüben bei den Bäumen und aus der Luft glitten die kleinen Geschwister ihr an die Brust und an ihre Hüften und schmiegten sich an ihre Knie wie an die Knie einer Mutter.

Ein Wind wie ein langgezogener Atem kam jetzt aus dem Berg hervor und das Laub fing an, heftig zu zittern. Die laue Luft zwischen den Bäumen und dem Fluß veränderte sich in feuchte Kühle wie in einem Grabgewölbe. Den Leib aller dieser Kinder durchlief eine solche Angst, daß die Kaiserin mit ihnen erschrak bis ins Innerste. Das große Mädchen bückte sich, sie preßte die Kinder an sich; ihr Leib deckte alle zu. Angstvoll schickte sie die Blicke nach allen Seiten; als wären ihre Hände verdoppelt, so faßte sie alle die Leiber der Kinder zugleich. Aber sie schwanden ihr zwischen den Händen dahin: mit sterbenden Mienen hingen sie ihr im Arm, dann zergingen sie gräßlich in der Luft wie farbiger Nebel, der ihren Leib umflatterte. Gruben waren in dem Gesicht der Großen, graue Schatten des Todes; ihre Augen, wie aus dem Jenseits, sahen in die Augen der Kaiserin; der schwoll das Herz dumpf, sie mußte ihre Hände darauf drücken. Jetzt deckte der Bruder seinen Mantel, der schwarz war wie die Nacht, über die sich auflösende Miene der Schwester, die im Vergehen dem wahrsten Gesicht der Färberin glich wie nie zuvor. So glich nun sein gealtertes schwergewordenes Gesicht völlig dem Gesicht des Färbers; er zog den Mantel über seinen Kopf und verhüllte sich selber.

– Werde ich euch wiedersehen? rief die Kaiserin; das Gefühl der Schuld umschloß ihr Herz mit Ketten, sie fühlte sich an jene geschmiedet, in deren Dasein sie ungerufen hineingetreten war. Der Verhüllte deutete stumm gegen den Berg. Sie schloß die Augen.

Als sie sie wieder aufschlug, waren die Gestalten dahin; ein bläulicher Glanz erhellte die Dämmerung zwischen den Stämmen. Der Bote stand da. Noch war ihr der Sinn benommen, sie sah ihn ohne ihn zu sehen. Er wartete, dann neigte er sich gemessen vor der Kaiserin. Er wendete sich sogleich und winkte ihr: er trat in die Felswand hinein und die Kaiserin folgte ihm. Der Weg drehte sich mehrere Male und es war nur der bläuliche Widerschein auf den glatten Wänden, der sie leitete. Mit eins sah sie den Schein und die Gestalt zur Seite verschwinden: als sie an die Stelle kam, war dort nichts. Vor sich aber gewahrte sie eine andere Erhellung und ging darauf zu. Sie stand in einem runden hohen Raum; hinter ihr schloß sich der Stein. Hoch oben in einem metallenen Ring hing eine Fackel; sie leuchtete stark und gab im Verbrennen einen wunderbaren Duft. Nichts war sonst in dem kreisrunden Raum als eine niedrige Bank aus einem dunkelleuchtenden Stein geschnitten, die ringsum lief. Die Kaiserin sah, daß es ein Bad war, in das man sie geführt hatte, aber schöner und fürstlicher als selbst die schönste der Badekammern in ihrem eigenen Palast. Sie verlor sich, aber nur einen Augenblick, in dem Gefühl der unerwarteten, geheimnisvollen Einsamkeit und in der Betrachtung des wunderbaren Beckens, an dessen Rand sie stand. Dieses glich dem Gestein, aus dem die Wände geschnitten waren, es leuchtete auch von Zeit zu Zeit auf, es waren nicht funkelnde Adern, sondern ein dumpfes Aufleuchten in der ganzen Masse, wie Wetterleuchten im dichten, gestaltlosen Gewölk, und die Kaiserin hätte nicht ohne Furcht den Fuß auf diesen Grund gesetzt. Zugleich aber kam ein himmlisches Wohlgefühl über sie, als dränge es mit dem Duft der Fackel in alle ihre Glieder. Sie sank auf den Rand des Beckens hin, in Scheu und Erwartung, wie eine Braut. Ihr Geliebter mußte ihr ganz nahe sein, er mußte ihr näher sein, als sie wußte. Immer war er zu ihr gekommen, nun kam sie zu ihm, an dieser auserkorenen Stätte. Sie dachte es und ein Ach! kam über ihre Lippen, schamhaft und sehnsüchtig zugleich, und der klanggewordene Hauch aus ihrem eigenen Mund machte, daß sie erglühte von oben bis unten. Ihre Glieder lösten sich, sie streckte die Arme gegen das Becken, der Boden schwankte hin und her, wie ein finsterer von unten erhellter Nebel; von unten stieg ein Schwall von dunklem, goldfarbenem Wasser jäh empor, fiel wieder jäh hinab mit einem dunklen Laut wie das Gurren von Tauben. Sie hätte sich hineinstürzen mögen in dieses dunkelleuchtende Auf und Ab, wie in einen liebenden Blick. – Komm, komm! rief sie, das goldene Wasser stieg in einem mächtigen Schwall nach oben, die Säule gab, wie das Licht der Fackel sie berührte, einen schwellenden Klang, der ihr vor Süßigkeit fast das Herz spaltete. Jetzt sank der Schwall in sich zusammen, wurde ganz golden leuchtende Fläche, er füllte das Bad, ein goldener Nebel spielte darüber hin. In der Mitte der Kern von Finsternis, den die Säule emporgerissen hatte, lag still: er schien lastend wie ein mitten in den Teich gebautes Grabmal aus Erz. Gebettet auf einen viereckigen dunklen Stein lag die Statue da. Sie war aller Waffen entkleidet, nur den leichten Jagdharnisch trug sie noch, wie zum Schmuck; aber selbst die silbergeschuppten Beinschienen, die vor den Hauern eines Ebers oder den Zähnen eines Luchsen schützen konnten, waren weg und die Beine nackt und völlig wie Marmor: so auch die Schultern und der Hals, von denen der Mantel abgefallen war.

Die Kaiserin schrie auf, sie warf sich hinein in das goldene leise wogende Becken; wie ein Schwan mit gehobenen Flügeln rauschte sie auf den Geliebten zu. Sie bog sich über ihn, aber zu küssen wagte sie nicht. Er lag still und unsäglich schön unter ihr, aber unsäglich fremd. Jeder Zug war da, Mann und Jüngling, der Fürst, der Jäger, der Geliebte, der Gatte, und nichts war da. Sie lehnte über ihm, sie wußte nicht wie lang; sie regte sich nicht. Sie glich selbst einer Statue, dem Teil eines Grabmals. Ihr Atem bewegte nicht die Brust, ihr Auge verriet nicht, was sie fühlte; zwei kristallene Tränen fielen nieder.

Die Fackel leuchtete stärker und stärker, sie zog den goldenen Nebel in sich, der von dem Wasser aufstieg, bald hatte sie ihn ganz aufgezehrt: nur mehr um die Sohlen der Kaiserin spielte das goldene Wasser, dessen Berührung nicht netzte, bald war es ganz dahin. Halb unbewußt war der Kaiserin scheu vor der Gegenwart dieses Lichtes droben, wie vor der eines lebenden Wesens; sie zog den Mantel an sich, sie sollte ihn über sie beide decken, sie wollte und hob den Arm und tat es nicht. In solcher Nähe drang von der Statue ein Etwas auf sie ein, es war nicht Kühle, nicht Kälte, aber das Gefühl einer unnahbaren Ferne, wie eine aufgetane Kluft, aber ins Unendliche: je näher je ferner. Nun hob die Statue sich auf, langsam und sonderbar, wie nie ihr Geliebter sich aufgehoben hatte, wenn er in ihrem Bette erwacht war. Er stützte sich auf den einen Arm, die Augen schlugen sich mühsam auf, der Blick begegnete dem starren, angstvoll hingerichteten Blick, er streifte über die Kaiserin hin, fremd und gräßlich. Er ließ sie wieder, wendete sich über die Schulter nach der Fackel hin. Mehr und mehr unter dem furchtbaren Blick der Statue drängte sich jetzt das goldene Licht, das aus der Fackel strömte, nach der einen Seite des runden Gemaches zusammen, auf der andern breitete sich eine bräunliche Dämmerung, in die der scharfe Schatten der sitzenden Statue hineinfiel.

Die Statue sah jetzt auf ihren eigenen Schatten hin und drehte langsam den Kopf herum, dorthin, wo die Kaiserin stand; sie suchte den Schatten der Kaiserin. Die Kaiserin wich zurück, sie stand zwischen dem Licht und der Wand und doch glänzte hinter ihr die Wand in vollem Licht, stärker als an irgendeiner andern Stelle, sie fühlte es wohl. Die Augen der Statue, als sie es gewahrte, erweiterten sich. Furchtbar wurde die Miene, die sich anspannte, drohte und doch nicht lebte. Es war, als müßte nun und nun ein gräßlicher Schrei die versteinte Brust zerreißen. Die Kaiserin konnte es nicht mehr ertragen, sie wandte matt ihren Kopf zur Seite. Da drang ein bläulicher Schein aus der Wand heraus an der gleichen Stelle, wo sie selber eingetreten war; als stünde dort der Geisterbote; ein Schatten trat hervor und huschte zu ihr herüber. Jetzt sank er zu ihren Füßen hin, das unerkennbare Antlitz bog sich nach unten und berührte wie ein Hauch ihr Knie; ihr schauderte; sie wußte, es war der Schatten des fremden Weibes, der ihr verfallen war. Die Schattenarme reckten sich empor zu ihr, die Hände mit nach oben gewendeten Flächen: es war die Gebärde des Sklaven, der sich völlig dahingibt, auf Leben und Tod. Das kniende Wesen zitterte dabei wie Espenlaub, und die Kaiserin selbst bebte bis ins Innerste. Die Handflächen schoben sich aneinander, auf ihnen ruhte eine runde Schale mit goldenem Wasser. Der Schatten hob die Arme höher und bot zitternd den Trunk dar und mit dem

Trunk sich selber. Der Kaiser hatte sich völlig aufgerichtet, stützte sich nur mehr auf den linken Arm, den rechten hatte er vorgestreckt, in namenloser Begierde und Ungeduld. Seine Augen hafteten an der Hand seiner Frau, mit einem Ausdruck, in dem sich Hoffnung und Verzweiflung verknäulten wie kämpfende Schlangen. Die Kaiserin bog den Arm: sie hatte die Schale gefaßt, ohne es zu wissen. Er folgte ihrer Bewegung mit einer solchen Beseligung, daß sich sein Gesicht verwandelte, wie eines Liebenden in der Entzückung. Sie fühlte, wie sie die Sinne verlieren und trinken würde. Aber wie fest ihr Blick auch auf dem wunderbaren flüssigen Feuer haftete, das ihren Lippen so nahe war, so sah sie doch aus dem Winkel des Auges, daß hinter ihr die Wand sich abermals geöffnet hatte, aber an der entgegengesetzten Seite, als wo der Schatten eingetreten war, und daß eine verhüllte Gestalt hinter ihr stand. Ein Gewand floß nieder, dunkler als der sternlose Himmel um Mitternacht; der Dastehende rührte kein Glied. Sie sah ihn, ohne ihn zu sehen, und sie fühlte in der Tiefe ihrer Eingeweide, daß die Gestalt, wenn sie ihre Verhüllung abwürfe, die Züge Baraks des Färbers enthüllen würde, dem sie vor dreien Tagen ungerufen über die unschuldige Schwelle des Hauses getreten war, und daß er seine Augen auf sie richten würde, gespiegelt in der Miene seines ältesten ungeborenen Sohnes. Sie drückte die Schale an sich, da fühlte sie, wie sich unter ihrem Gewand der Talisman an ihrer Brust verschob: gräßlich und fremd wie aus der Brust eines Tiefschlafenden schlug aus der Tiefe ihrer eigenen Brust der Fluch an ihr Ohr: Zu Stein auf ewig wird die Hand, die diesen Gürtel löste, wofern sie nicht der Erde mit dem Schatten ihr Geschick abkauft, zu Stein der Leib, zu dem die Hand gehört – sie hörte innen ihr eigenes Herz schwer und langsam pochen, als wäre es ein fremdes. Sie sah mit einem Blick, als schwebe sie außerhalb, sich selber dastehen, zu ihren Füßen den Schatten des fremden Weibes, der ihr verfallen war, drüben die Statue. Das furchtbare Gefühl der Wirklichkeit hielt alles zusammen mit eisernen Banden. Die Kälte wehte zu ihr herüber bis ins Innerste und lähmte sie. Sie konnte keinen Schritt tun, nicht vor- noch rückwärts. Sie konnte nichts als dies: trinken und den Schatten gewinnen oder die Schale ausgießen. Sie meinte, vernichtet zu werden und drängte sich ganz in sich zusammen; aus ihrer eigenen diamantenen Tiefe stiegen Worte in ihr auf, deutlich, so als würden sie gesungen in großer Ferne; sie hatte sie nur nachzusprechen. Sie sprach sie nach, ohne Zögern. – Dir Barak bin ich mich schuldig! sprach sie, streckte den Arm mit der Schale gerade vor sich hin und goß die Schale aus vor die Füße der verhüllten Gestalt. Das goldene Wasser flammte in die Luft, die Schale in ihrer Hand verging zu nichts, alles, was den Raum erfüllt hatte, war dahin, die Statue allein lag wie finsteres Erz auf dem schwarzen Stein, und droben die Fackel leuchtete gewaltig. Von unten her fing ein Beben an, ein mächtiges Tosen, von steigenden und stürzenden Gewässern. Der Schwall brach herauf und ergriff die Kaiserin und riß sie nach oben. Die Fackel hatte sich in das goldene Wasser hineingestürzt und durchdrang die dunkelleuchtende Finsternis mit Licht, abwechselnd überflutete strahlende Helligkeit und tiefe Nacht das Gesicht der Kaiserin. Sie fühlte sich steigen und steigen, etwas Dunkles stieg neben ihr, es war die Statue, die der unwiderstehliche Schwall so schnell wie ihren leichten Leib hinauftrieb. Nun lag sie mit der Statue Brust an Brust, die steinernen Arme schlossen sich um sie zusammen, ein Blick von nächster Nähe traf sie aus den steinernen Augen, so jammervoll, daß er ein steinernes Herz hätte erweichen können. Die furchtbare Last hing an ihr; sie selbst schlang die Arme um den Stein, sie umrankte ihn ganz, das Steigen hörte auf, sie fühlte sich hinabgerissen ins Bodenlose. Die glatte, furchtbar fremde Natur des Steins drang ihr ins Innerste. Vor unbegreiflicher Qual zerrütteten sich ihr die Sinne. Sie fühlte den Tod ihr eigenes Herz überkriechen, aber zugleich die Statue in ihren Armen sich regen und lebendig werden. In einem unbegreiflichen Zustand gab sie sich selbst dahin und war zitternd nur mehr da in der Ahnung des Lebens, das der andere von ihr empfing. In ihn oder in sie drang Gefühl einer Finsternis, die sich lichtete, eines Ortes, der aufnahm, eines Hauches von neuem Leben. Mit neugeborenen Sinnen nahmen sie es in sich: Hände, die sie trugen, ein Felsentor, das sich hinter ihnen schloß, wehende Bäume, sanften festen Grund, auf dem die Leiber gebettet lagen, Weite des strahlenden Himmels. In der Ferne glänzte der Fluß, hinter einem Hügel ging die Sonne herauf, und ihre ersten Strahlen trafen das Gesicht des Kaisers, der zu den Füßen seiner Frau lag, an ihre Knie geschmiegt wie ein Kind.

Seine Augenlider zuckten unter dem scharfen Licht, das durch das Gezelt der Bäume hereinbrach; die Kaiserin erhob sich leise, sie trat zwischen den schlummernden Liebsten und die Sonne. Sie bog sich schützend über seinen Schlaf wie eine Mutter, und warf stille, große Blicke auf ihn herab. Mit süßem Staunen hatte sie erkannt, daß nichts mehr an der schmiegsamen atmenden Gestalt an die fürchterliche Statue erinnerte. Ein unaussprechliches Entzücken durchfuhr sie aber nun, und ein Schrei drang über ihre Lippen: denn ein schwarzer Schatten floß von ihr über den Liegenden, über den Waldboden hin. Über dem Schrei schlug der Kaiser die Augen zu ihr auf, unerschöpfliches Leben war in seinem jungen Blick, in dessen tiefsten Tiefen nur blieb der erlebte Tod als ein dunkler Glanz früher Weisheit. Sie hob ihn zu sich auf, sie umarmten einander ohne Wort, ihre Schatten flossen in eins.

Unter ihnen an einer geborgenen Uferstelle lag der Kahn und schien auf einen Fährmann und auf Reisende zu warten. In diesem Augenblick näherte sich vom einen wie vom andern Ufer eine Gruppe von Gestalten dem Fluß, langsam die eine, aus zwei Gestalten bestehend, schneller die andere, ein Mann und zwei Frauen, von denen die eine auf dem Kopf einen länglichen Korb trug. Die Sonne erleuchtete alle fünf. Von der Korbträgerin allein fiel kein Schatten auf die tauglänzende Weide, über die sie hingingen; fahl war ihr Gewand wie ihr Gesicht und ihr Tritt unsicher. – Sieh, mein Falke! sieh, auch er! rief der Kaiser, der die Landschaft und die Gestalten gar nicht sah, mit solchem Entzücken hing sein Auge immerfort an dem leuchtenden Gewölbe des Himmels, wo über dem rötlich glänzenden Grat eines Berges der wunderbare Vogel kreiste. Ein Wasserfall leuchtete unter ihm. Zwischen dunklen Felsen, hohen, dunklen Stämmen schwebte aus dem Bergesinnern ein bläulicher Schein hervor. Der Geisterbote glitt an der steilen Bergwand herab, jetzt riß sich unter seinen Füßen etwas Dunkles los und flog blitzschnell auf das Ufer zu und über den Fluß. Sausend flog der Schatten der Färberin auf seine Herrin zu, und schlug zu ihren Füßen hin. Sie wußte nicht, was es war, das da hinschlug, ihr zum Letzten bereites Herz nahm alles nur traumhaft mehr auf. Nur ihr Körper taumelte, und die Frau des Fischers, die neben ihr ging, mußte sie stützen. Der Korb schwankte auf ihrem Kopf. Seine Umrisse wurden unbestimmt, wie ein schwärzlicher Dunst; aus diesem blitzte wechselweise das Schwert und leuchtete das Blut, dann löste sich alles in ein wunderbares Spiel von Farben auf, als wäre ein zusammengeballter Regenbogen in dem Korb gewesen. Die Farben glitten wie Flammen an der Färberin herab, das zarteste Grün, ein feuriges Gelb, Violett und Purpur; sie spielten an ihrem Leib und offenbarten die ganze Herrlichkeit der Sonne, dann schwanden sie in das Weib hinein, schneller als Worte es sagen können. Die Fischerin schlug vor Staunen in die Hände. Bunt stand die Färbersfrau da, geschmückt wie eine Meereskönigin. Zugleich trat die Farbe des Lebens in ihr Gesicht, ihre Augen leuchteten wie die eines jungen Rehes über den Fluß hinüber; zur Erde blickte sie nicht, sie ahnte nicht, daß ihr Schatten zu ihr zurückgekehrt war. Jetzt erkannte vom andern Ufer der Färber sein Weib. – Nimm den Kahn! rief der Alte ihm zu, aber der Färber hörte es nicht; er war vom Ufer in den Fluß hinabgesprungen, schon war er drüben, schwang sich am Rand empor. Das junge Weib, wie sie vor sich seinen gewaltigen Kopf auftauchen sah, schrie auf in Angst. Sie riß sich von ihren Führern los und lief querfeldein. Sie wähnte sich noch ohne Schatten, gräßlich bezeichnet, nun kam ihr Richter auf sie zu. Sie wollte sich verbergen, nirgend war ein Baum oder ein Strauch. In großen Sprüngen sprang er ihr nach, mit ausgebreiteten Armen; von seinen Lippen floß ein ununterbrochener Schrei der Liebe und Zärtlichkeit. Sie fühlte ihn dicht hinter sich, in ihrer Todesangst wandte sie den Kopf, den Vorsprung zu messen, den sie noch hatte, da sah sie zwischen sich und ihm ihren Schatten, der hinter ihr flog. Vor Seligkeit warf sie die Arme in die Luft, die Arme des Schattens flogen auf vom Grund und glitten zu den Knien des Färbers empor, denn schon stand er da. Ohne Atem stand sie vor ihm, ihr Herz riß sie fast zu Boden. Er drückte die Hände vor der Brust zusammen und neigte sich vor ihr. Wie ein Stein schlug sie vor ihm hin, ihre Stirne, ihre Lippen berührten seine Füße. Ihr ganzes Selbst drang in einem Schluchzen aus ihr heraus, sie erstickte alles in der Gebärde der Demut, so wie sie unter sich ihren Schatten zusammendrückte, auf dem sie lag.

Dem Kaiser stürzten Tränen aus den Augen: wie dort die Färberin vor ihrem Mann warf er sich in den Staub vor seiner Frau und verbarg sein zuckendes Antlitz an ihren Knien. Sie kniete zu ihm nieder, auch ihr war zu weinen neu und süß. Sie begriff zum erstenmal die Wollust der irdischen Tränen. Verschlungen lagen sie da und weinten beide: ihre Münder glänzten von Tränen und Küssen.

Der weiß gewandete Alte indessen war von der einen Seite, der Fischer und seine Frau von der andern auf den Kahn zugekommen. Der Alte stieg hinein, die Fischersleute wateten von drüben auf sie zu, das Wasser reichte ihnen bis über die Brust. Im Wasser hangend, reichten sie aus dem Wasser dem Alten herrliche Dinge in den Kahn, glänzende Gewebe, metallene Schüsseln und Geräte, bunte große Vögel und Früchte, in ganzen Körben, als wären da unten Bergwerke, Forste und Fruchtgärten, in die ihre Hände nach Belieben hineingriffen. Der Alte hatte Mühe alles aufzustauen, so schnell hoben sie die gefüllten Arme zu ihm; der Kahn füllte sich und ging fast über, aber er wuchs, indem der Alte immer eilig von einem Ende zum andern hin und her ging. Bald war er so groß wie ein Salzschiff, die aus dem Gebirge gegen die Ebene fahren, und beladen mit Hausrat, um ein großes Haus, zweiflügelig gebaut, in zwei Stockwerken übereinander, herrlich auszuschmücken, und mit prächtigem Geflügel, bunten Fischen und Früchten, genug um eine gewölbte, von lebendigem Wasser durchlaufene und mit riesigen Hängestangen und tausend Haken versehene Speisekammer auf ein Jahr zu füllen.

Die Hände des Färbers hatten sein Weib vom Boden aufgenommen, mit einem gewaltigen Griff nach der Mitte ihres Leibes, der wie eine wilde unbezähmte Liebkosung war, und er riß sie über sich empor, so daß sie den Atem verlor und das Herz ihr stockte, und trug sie hoch über sich gegen das Ufer hin. Er warf den Nakken zurück, um sie, die er über sich trug, zu gewahren und sie mit den Blicken unablässig zu liebkosen, und er hob seine Knie unter der Last wie einer, der tanzen will, so daß sie vor Schreck in sein dichtes Haar griff und sich daran festhielt. Aus ihrem Mund drangen kleine Schreie von Ängstlichkeit und Lust, indessen ihr die Tränen über die Wangen hinabrannen. Kaum näherte er sich mit seiner bunten Last dem Ufer, so kam der hochbeladene Kahn mit großem Tiefgang und gewaltigem Rauschen von drüben auf ihn zu, indessen der Fischer und sein Weib neben ihm schwammen. Der Alte war am andern Ufer zurückgeblieben. Der Färber warf sein Weib auf die aufgetürmten Teppiche; er sprang selber hinein, und indem er sogleich wieder den linken Arm um sein Weib legte, ergriff er mit dem rechten das gewaltige Steuerruder, das der Fischer von hinten eingelegt hatte. So fuhren sie auf dem Mantel der Amme flußabwärts. Der Kahn leuchtete in allen Farben der Schöpfung und der Färber sang, wie ihn nie jemand hatte singen hören, weder seine Eltern noch seine Nachbarn, als er ein Junggeselle war, noch auch seine junge Frau in den dreißig Monden ihrer Ehe. Der Alte und der im blauen Harnisch vom einen Ufer, die Fischersleute vom andern, sahen ihnen nach, und der Kahn hinterließ im Glanz der Sonne, die höher und höher stieg, eine goldene Spur auf dem flimmernden Wasser.

Hoch über dem Fluß kreiste der Falke. Der Blick des Kaisers hing an ihm lieber als an dem Prachtschiff. Höher ins Unersteigliche riß sich der Vogel empor, leuchtende Himmelsabgründe enthüllte sein Flügel; des Kaisers Blick war über die Trunkenheit erhöht, so waren seine Glieder übertrunken von der Nähe der herrlichen Frau, in deren Arme er sich drückte. Ober ihm und unter ihm war der Himmel. Sein Blick flog zwischen den Wimpern dem Vogel nach; da sah er drüben gegen Norden, wo die Hügel noch dunkler und ernster standen, die Seinigen heranziehen. Er gewahrte die Pferde, die Hunde, die Falken, eine hohe Sänfte schwankte daher, wie ein von Flammen umgebenes Lustgemach: so glänzte die Sonne auf ihren goldenen Zieraten. Die Kaiserin lag in seinem Arm, ihr schwimmender Blick ging nach aufwärts: sie fand nicht den Falken im höchsten strahlenden Haus des Himmels, aber sie hörte von dorther einen Gesang. Unbegreiflich fanden zarte Worte, leise Töne den Weg aus dieser Höhe zu ihr.

Vater, dir drohet nichts,
Siehe, es schwindet schon,
Mutter, das Ängstliche,

Das dich beirrte!
Wäre denn je ein Fest,
Wären nicht insgeheim
Wir die Geladenen,
Wir auch die Wirte?

Die schwebenden Worte sanken in sie wie Tauperlen. Das Herz zitterte ihr, und die freien Hände – denn der Kaiser war im Übermaß des Glücks zu ihren Füßen hinabgesunken – falteten sich ihr in der Bewegung des Staunens über dem Leibe. Sie wagte kaum zu fassen, was sie doch hörte, kaum zu begreifen. Sie wußte nicht, daß auf dem Talisman an ihrer Brust längst die Worte des Fluches ausgetilgt und ersetzt waren durch Zeichen und Verse, die das ewige Geheimnis der Verkettung alles Irdischen priesen.

DANIEL DE FOE

(EINIGE BILDER ALS PROLOG)

Ein kleiner alter Friedhof, in einem armen Viertel von London (Bunhill Fields zwischen Bunhill Row und City Road); auf diesem Friedhof ein kleiner Grabstein mit dieser Inschrift: Daniel De Foe 1661–1731. – Der Friedhof ist jetzt ein öffentlicher Platz. Es führt ein Weg quer drüber, Gassenjungen spielen und würfeln zwischen den Grabsteinen, Arbeiter essen ihr Mittagmahl, auf den Gräbern sitzend. Niemand achtet auf das kleine Grab. Der aber hier liegt, Daniel De Foe, ist der Mann, der den Robinson geschrieben hat. Ohne ihn wäre nicht diese Gestalt in der Welt: der Mann im Gewand von Ziegenfellen, mit dem spitzen Hut und dem Schirm aus Ziegenleder, mit Poll dem Papagei, auf der Schulter, und hinter ihm die Ziege und, treu wie ein Hund, Freitag sein Gefährte. Ohne diesen Daniel De Foe wäre nicht in der Welt der Traum von diesem Mann auf der Insel, dieser Traum, der Wirklichkeit ist oder mehr als Wirklichkeit für Millionen und Millionen von Köpfen. – Diese Millionen von Jungen, die Robinson spielen, Robinson träumen, Robinson sind. Diese Arbeiterjungen, die sich zu zweit (»Ich bin Robinson und du bist Freitag!«) im hintersten Winkel eines Fabrikhofes aus halbverfaulten Brettern und Holzabfällen Robinsons Festung bauen … und diese einsamen Jungen, die sich fortstehlen aus einer Villa oder einem Schloss, in den Park und aus einer schilfichten Stelle sich ›Robinsons Insel‹ machen, und dort ein Canoe aushöhlen – und immer ist Robinson bei ihnen – und die Scharen von Jungen, durch deren Träume er hindurchgeht, Pfadfinder, wenn sie lagern in einem kleinen Thal, eingehüllt in ihre Mäntel, einen Posten haben sie ausgestellt, der merkt aber nichts,

Der Friedhof mit dem Grabstein.

Daniel De Foe, der Mann.

Robinson Crusoe und die Seinen.

Ein Bild.

ein Bild

ein Bild und doch ist Robinson aus dem Gebüsch hervorgetreten und hinter ihm Freitag, und sie schreiten über die Schlafenden weg, nur einer, einer der Jüngsten, mit grossen Augen, ist aus dem Schlaf aufgefahren und starrt mit grossen Augen den Gestalten nach ...

DIE ERSTE ABTEILUNG

Daniel De Foe, eines Fleischer's Sohn, war ein hübscher Mann, und ein kluger Mann, und ein tüchtiger Mann. Und Susanne, seine Frau, war eine hübsche Frau, und eine brave Frau. Zu Cripplegate in London hatten sie einen Laden für Schnitt- und Kurzwaren, und sie hatten vielerlei Kundschaft und ein reichlich versorgtes Warenlager, und wussten ihre Kundschaft gut zu bedienen, und waren ein fröhliches junges Paar von Geschäftsleuten. (Unter'm Bedienen verschwand zuweilen die Frau und liess ihre kleine Tochter Sophie trinken.) Und wenn ein Stutzer Spitzenmanschetten brauchte oder ein Geistlicher oder ein Richter einen gefältelten Kragen, oder eine hübsche Person Halbhandschuhe oder Strumpfbänder, so fanden sie, was sie suchten, in dem Laden; und Daniel und Susanne waren beide geschickt, für ein hübsches Bein einen hübschen Strumpf herauszufinden oder ein ältliches Gesicht durch eine Haube mit Bändern jünger zu machen. Es kamen allerlei Leute in den Laden, auch Matrosen, auch steife oldermen, und wieder solch zweifelhafte und leichtfertige junge Personen, wie die hübsche Moll Flanders, deren Begleitung einmal eine alte Hexe war, einmal ein glatzköpfiger Edelmann und ein anderes Mal ein jüngeres Mannsbild, das leicht ein Taschendieb oder was Ähnliches sein mochte. Aber alle bediente Daniel De Foe gut, und mit allen redete er ein schnelles Wort und sein mannhaftes Gesicht war immer munter, nur abends, da wurde sein Gesicht ernst und hart, wenn Susanne mit den Kindern zu Bett gegangen war, und er über dem Hauptbuch sass und rechnete, auszog und prüfte; da kam Sorge über ihn. Aber er hatte nicht viel Zeit für die Sorge, denn er hatte noch etwas Anderes zu Ende zu bringen: da war das politische Pamphlet – daran schrieb er nun schon die zehnte Nacht – da griff er den König Jacob an und seine Minister und Ratgeber und sprach von des Königs Schwiegersohn, dem Statthalter der Niederlande, Wilhelm von Oranien, als von einem Befreier und ersehnten Messias. Und es kamen Leute die das Manuscript nachts abholten und es in eine heimliche Druckerei schafften – und es gab allerlei politischen und heimlichen Besuch bei Nacht, in dem gleichen kleinen Laden, wo sich tagsüber die Stutzer und die hübschen Mädchen herumdrängten: ernste Männer, Männer die aussahen wie Soldaten, und solche, die aussahen wie verkleidete Prediger von verschiedenen Secten und Meinungen, und eines Nachts waren Männer mit schwarzen Larven vorm Gesicht, mit Musketen und Degen unterm Mantel. Ihre Begrüssung war vertraut, aber kurz, und ihre Rede war: Jetzt gilt es, Daniel De Foe, die Feder mit der Muskete zu vertauschen; und anstatt vom Ladentisch aus, auf freiem Feld zu fechten für Wilhelm den Befreier. Da ging Daniel mit leisem Tritt die Treppe hinauf, warf einen Blick auf die, welche da oben ahnungslos schliefen, Susanne mit den drei Kindern, Sophie der Grossen, Silas, dem Sohn, und dem kleineren Mädchen, – und dann nahm er seinen Mantel aus dem Schrank und verliess mit den verlarvten Bewaffneten das stille Haus in Cripplegate.

Im Laden aber kam jetzt eine öde und zugleich eine aufgeregte Zeit. Kundschaft hatte Susanne nicht viele zu bedienen, als dann und wann einen Matrosen, der einen Rest von starkem Tuch kaufte oder eine gestrickte Halsbinde, oder eine arme Frau, die um Kinderwäsche handelte, denn es war jetzt Unruhe und Aufruhr und Krieg in England, und wer in den Laden kam, Nachbarn oder Mägde, oder fremde Gesichter, der brachte eine aufregende und erschreckende Nachricht: und Susannes Nächte waren voll Unruhe und Halbträumen von brennenden Dörfern, fliehenden Menschen und verwundeten Soldaten, die zwischen Dorfhecken und Feldrainen einsam da lagen und starben. Es kam kein Brief von Daniel, aber es kamen Menschen mit unangenehmen Physiognomien, die Papiere vorwiesen, fällige Wechsel, und unbezahlte Rechnungen für gelieferte Ware, die unverkauft dalag. Aber es kamen auch gute Nachrichten und die kleine Moll Flanders, die so gutherzig als leichtsinnig war, kam hereingetrippelt und brachte ganz authentisch! die Nachricht: es stehe gut um die Sache des Prinzen-Befreiers, des Königs Jacob Truppen weigerten sich für ihn zu fechten, und heute oder morgen würde der Befreier mit seinen schwedischen Kürassreitern und seinen Brandenburgern und der freiwilligen englischen Miliz einziehen in London. Und das war die Wahrheit, und es gab Unruhe in der Stadt, und Flucht des ungeliebten Königs, und Freudenfeuer und bald gab es den Einzug des neuen Königs und Zurüstungen zu seinem Empfang und Ehrenpforten und zusammenströmende Zuschauer, und die kleine Gasse von Cripplegate, Geschäftsleute und Dienstleute, Greise und Kinder und Krüppel und Bettler, und Susanne mit Silas und Sophie und den kleineren Kindern, alles strömte hinunter nach einer der Hauptstrassen und zwischen den Köpfen und Schultern der hurrah-schreienden Londoner sah Susanne einen Fetzen vom grossen Einzug: die Dudelsack spielenden Schotten, die Hellebardiere und Arkebussiere, die schwedischen Reiter in schwarzen Panzern, mit Bärenfellen umgehangen, manchen Verwundeten drunter und manchen, der einen Truthahn oder einen Schinken auf die Hellebarde gespiesst hatte; dann den einen oder andern von den edlen Lords, Baronen, Grafen, Bannerherren; die Herzoge, vor denen ihre Wappenherolde ritten mit dem Schild des Hauses Beaufort oder Grafton oder Richmond, Devonshire, Leeds, deren jeden jeder Engländer an der Devise erkannte, dann in Karossen der Lord Kanzler und Lord Schatzmeister; dann gepuderte Diener, Herolde, Wappenträger; der Grossfalkner mit den Falken des Königs, dann die Meute des Königs, dann seine Leibpferde, geführt; dann in Tragstühlen, Mitren auf den Köpfen, die Erzbischöfe von York und Canterbury, und endlich König Wilhelm und Königin Anna, zu Pferde, und an ihrer Seite reitend die Herzöge von Norfolk und Clarence. Und dann in unabsehbarem Zug, mit Blumen beworfen, die englischen Milizen, und unter ihnen – jetzt sieht Susanne sein Gesicht und muss sich halb ohnmächtig auf ihre Nachbarn lehnen – Daniel De Foe. Dann gibt es am Abend das prächtige Banquett in Guildhall, und Daniels Platz ist an einer der unabsehbaren Festtafeln und Susannas Platz auf einer Gallerie von wo sie ihn sieht und er mit dem Becher ihr zuwinkt, und dann sind sie zusammen, allein, in dem kleinen Haus in Cripplegate, im kleinen Laden, und die Kinder springen aus den Betten und hängen an dem Vater.

Und nun hängt die Muskete und der lange Stossdegen wieder an der Wand und Daniel De Foe ist wieder ein kleiner Geschäftsmann in Cripplegate. Aber er steht allein im Laden, denn Susanne ist krank: die Monate vorher waren zu hart. Das Warenlager sieht dürftig aus, und doch weist das Buch nicht allzuviel verkaufte Ware aus. Und eines abends macht Daniel Inventar und sieht: er wird bestohlen. So legt er sich die nächste Nacht in den Hinterhalt, zu sehen, von wem. Da erscheint die kleine Moll Flanders, und sie die so oft als Kundschaft da war, kennt den Laden gut genug, um schnell und geschickt beim Schein der Blendlaterne das Beste zusammenzupacken und es einem zuzustecken, der ein geschwärztes Gesicht hat: das ist Bob Singleton, ein junger Pirat, ihr jetziger Zuhälter. Schon sind sie auf der Strasse, aber Daniel geht der kleinen Diebin nach und merkt sich die Gasse und das Haus des Hehlers. Die nächsten Tage und Wochen geht er dann mit zähem Mut dem geraubten Gut nach, bei Flickschneidern und Althändlern und Trödlern, in abscheulichen Spelunken und Hinterhöfen, und Diebstavernen und Bettlerhöhlen. Und er sieht – was sieht er nicht alles an Existenzen! Und abends wenn er sorgenvoll über dem Hauptbuch sitzt, so kann er den inneren Blick nicht festbannen an den Ziffern und Kolonnen, sondern es ziehen die, denen er in diesen Wochen begegnet ist, an ihm vorüber: welch eine Schar! Hehler und Dirnen, Juden und Presbyterianer, Katholiken und Baptisten und andere Sectierer, – alle die den Tag zu scheuen haben, alle die sich um irgend einer Seele willen verbergen müssen, alle die heimlich zusammenkommen, und vor Morgengrauen auseinanderschleichen, alle die beben vor dem Tritt eines Schergen oder vor dem Blick eines Angebers, – und noch mehr, noch mehr: alle Unterdrückten, alle die das Gesetz mit Füssen tritt, alle, denen ungerechte Verordnungen Fussangeln und Schlingen legen, alle die ungerecht Enterbten, aus ihrem Recht Gestossenen, von Gott und der Welt verlassenen: und ihr Name ist Legion.

Aber ihm bleibt wenig Zeit zu träumen, denn seine eigene Lage braucht den ganzen Mann. Da ist Susanne, schwer und schwerer krank, und da sind die Kinder, und da ist der Laden, und da sind die Gläubiger, und die fälligen Wechsel, und die Drohung mit dem Schuldgefängnis, und der Bankrott und schliesslich der Ausgleich; dann das Herumlaufen, um Neues zu suchen, eine Stelle, eine Arbeit, welche immer, Brot für seine Familie. Aber abends und nachts sind das Gesehene so stark, und wieder, wie vor der glorreichen Revolution, drückt die Erregung ihm die Feder in die Hand und aus der Vision jener unzähligen dunklen Existenzen wird die »Petition aller Unterdrückten an das Haus der Gemeinen« – und der Name, den er daruntersetzt, ist der Name, womit er all die Ungezählten, Ungenannten zusammenfasst: Legion. So ist Daniel wieder ein Schriftsteller, wieder etwas wie ein politischer Publicist: und eines Morgens, den 14. Mai 1701, sieht man Daniel De Foe, in seinen besten Kleidern, auf dem Kopf den grossen Hut, den er im Feld getragen und an der Seite den langen Stossdegen, an der Spitze von sechzehn Petitionären, gleich ihm in schwarz und mit ernsthaften Mienen, den Weg einschlagen, der zum Parlamentshause führt, und durch die Constabler und Parlamentswachen, Stabträger und Keulenträger schreiten sie mit festem Schritt, betreten den Saal worin die Gemeinen von England versammelt sind, und Daniel, seine Petition in der Rechten, entblössten Hauptes, schreitet auf den Wollsack zu und legt vor den ehrwürdigen Präsidenten des Hauses das Papier nieder das einen Protest enthält gegen alle ungerechte Unterdrückung und das unterschrieben ist: Legion.

Aber auf dieses Stück seiner Feder folgen andere, Flugblatt auf Flugblatt, und der Name Daniel De Foe wurde ein berühmter Name für die einen, ein berüchtigter für die andern; in den Schenken und den Caféhäusern, vor der Börse und bei den Barbieren konnte man die Leute mit seinen Flugblättern in der Hand sehen, kleine und grosse Leute, Geschäftsleute, Politiker, Zuträger, und mächtige Herren, Mitglieder des Parlamentes, hohe Richter und Edelleute, und man konnte an den Mienen der Lesenden gewahren, ob es ein Freund des Pamphletisten war, der las, wie Mr. Robert Harley, M. P. und eine Säule der Whigpartei, oder etwa ein giftiger Feind wie Stephen Dyer, ein politischer Agent und Nachrichtenträger, der mit Daniel auf einer Schulbank gesessen war und ihn schon von der Schule her hasste.

Aber da starb eines Tages Wilhelm III der grosse König und Herr der Whigs und es kam die Königin Anna und der politische Wind schlug um, und das Haus der Gemeinen erklärte seine Flugschrift, unterschrieben »Legion«, für eine Schmähschrift: ein »falsches, boshaftes und aufrührerisches Pasquill«. Daniel De Foe wurde vor den Lord Oberrichter gerufen, es gab eine feierliche und strenge Gerichtssitzung in Old Barley Court und ein hartes Urteil: eine Geldstrafe, grösser als alles Vermögen, das Daniel sein eigen nannte; zum zweiten eine dreimalige Aussetzung auf dem Pranger, an verschiedenen Plätzen der Stadt London, zum dritten Kerkerhaft in Newgate, »in Dauer unbeschränkt, nach dem gnädigen Gutdünken ihrer Majestät«. – Da musste Daniel sehen, wie ihn seine Füsse nachhause brachten, und wie er Susanne, der immer Kranken, selber das beibrächte, und den Kindern, was dem Vater bevorstünde; aber er hatte eine gute Haltung dabei und er wusste gute mannhafte Worte zu finden, und dann setzte er sich noch einmal allein in dem kleinen Laden an das Schreibpult und dachte daran, was morgen und übermorgen und den dritten Tag sein würde, und sah den Pranger ganz scharf vor sich und sah auch wie viele gute gerechte und tapfere Männer da hinaufgestiegen waren und ihren Leib und ihre Seele der Wutgrimasse des Pöbels entgegengehalten hatten, da tauchte er die Feder ein und schrieb, in schönen munteren gereimten Strophen eine »Hymne auf den Pranger«, ein mutiges und stolzes Gedicht. Er schrieb daran bis gegen Morgen, dann weckte er seinen Knaben, schickte ihn mit den halbgetrockneten Blättern in die Druckerei, und dann kamen die Constabler, ihn abzuholen.

Den ersten Tag, die schwarze spitze Mütze auf dem Kopf, die Hände durch ein Brett gesteckt, unter ihm ein Zettel mit seinem Namen, und »infamer Pamphletist«, wurde er ausgesetzt in einem vornehmen Stadtteil. Da waren seine vornehmen Feinde in der Überzahl, sie kamen zu Pferd und zu Fuss, und ihre Lakaien bewarfen ihn mit faulen Äpfeln und anderem Unrath, und vornehme Damen und geschminkte Schauspielerinnen unterhielten sich. Wenn aber Andersgesinnte vorbeikamen, wie Robert Harley und andere Whigs, so warfen sie einen ernsten Blick auf ihn und gingen wieder vorbei.

Den zweiten Tag war der Pranger an der Kreuzung zweier Geschäftsstrassen errichtet, da war ein grosses Gewimmel von Neugierigen, Feinden, Freunden und Gleichgültigen, und wenn Zuträger und Aufhetzer, wie Stephen Dyer, die Menge haranguierten, Steine und Scherben nach dem Ausgestellten zu werfen, so waren auch Andersgesinnte da und es kam zu Streit und Prügeleien.

Den dritten Tag stand der Pranger in einem Viertel Armer Leute und wenn auch da vornehme Müssiggänger hinausritten und ihre Lakaien und Mitläufer ihr Spiel versuchten, so waren doch die anderen in der Mehrheit, es strömten ihrer immer mehr herbei aus engen Gassen und von den Flussufern, und endlich war sie da, die »Legion«, mit deren Namen er seine Petition unterschrieben hatte, und sie stürmte den Pranger und trug Daniel auf den Schultern, und setzte ihn auf einen Karren und führte ihn im Triumph, die »Hymne auf den Pranger« singend bis an's Tor von Newgate, und als sie an dem Palast des Bischofs von Ely vorbeikamen, drangen sie in den Garten ein und rissen alle Rosen ab, die da blühten und bedeckten den Armensünderkarren mit Rosen und so brachten sie ihn an die Gefängnisthür. Die Haftzeit in Newgate war lang, fast zwei Jahre, aber es war keine ganz leere Zeit für Daniel De Foe. Er musste für die Seinen sorgen und Brot schaffen, daran änderte kein Kerker etwas; so konnte man in dem grossen Corridor in Newgate, in den viele Eisenthüren mündeten, und in welchem sich zu den »erlaubten Stunden« zahllose Häftlinge herumdrängten, und ihre Besuche empfingen, da konnte man zwischen den alten Verbrechern und jungen Leichtsinnigen, zwischen den Dirnen und Diebinnen und Hehlern und Falschmünzern Daniel sehen, wie er in einer Ecke auf einem Schemel sass und Bogen für Bogen seine Zeitung schrieb, die erste »Rundschau«, die er begründet hatte, und Moll Flanders, die gutherzige kleine Diebin, die nun auch dieses vergitterte Haus bewohnte, verschaffte ein kleines halbwüchsiges Mädchen, die trug für einen Penny die Bogen an die Druckerei. Aber auch wenn man ihn um vier Uhr nachmittags in seine Zelle zurückführte war Daniel nicht allein, denn da gab es Nachbarzellen auf dem gleichen Gang und allerlei Gestalten, die da von oben oder von seitwärts durch Gitter und Spalten zu communicieren trachteten mit dem Pamphletisten, der für jeden einen aufmerksamen Blick hatte und sich jedes Namen und Beinamen merkte und sich jede Lebensgeschichte erzählen liess – und nachts, wenn zum Schein alles schlief, da liessen doch die dicken Mauern allerlei durch, Wehlaute und freche Lieder, und für einen, der die Sinne und Einbildungskraft von Daniel hatte, wurden dann die alten mannsdicken Mauern durchsichtig und er sah den Mörder und den Fälscher, den Meineidigen und den Verbrecher aus Leichtsinn, die da auf ihren Strohsäcken lagen oder ihren Kopf gegen die Wand schlugen oder ihre Hände zu Gott aufreckten oder mit versteckten Würfeln spielten, und so waren ihm die Kerkermauern in Newgate wie einem andern die Bühne eines Theaters auf dem Shakespeare oder Molière gespielt wird. Eines Tages aber war die Königin Anna todt und Georg von Hannover war König in England und die Whigpartei hatte Oberwasser. Da öffnete sich die schwere Eisenthür und respectvoll geleitet von Schliessern und Aufsehern erschien Robert Harley, jetzt Staatssecretär, und brachte Daniel De Foe die Nachricht, dass er begnadigt sei und frei, sich zu bewegen, wohin ihm gut schiene.

III^te^ ABTEILUNG

Aber seine mächtigen politischen Freunde raten ihm noch eine Art von »freiwilligem Exil« – aus Vorsicht: er habe, durch seine Pamphlete, zu viele und zu einflussreiche Feinde in London. Er geht nach Schottland und auf dem Rückweg bleibt er in Bristol. Die Correspondenz mit Susanne und den Kindern ist nicht ermutigend. Wohl oder übel muss er noch in Bristol bleiben. Seine einsamen Spaziergänge, vorbei an den Holzhäusern, in denen flandrische Exilierte Weberei treiben, dann dem Hafen zu, wo viele Westindienfahrer liegen. Eines abends dort im Nebel, im Schein einer Schiffslaterne, huscht eine phantastische Gestalt an ihm vorbei: ein Mann in einem Gewand aus haarigen Ziegenfellen mit einem spitzen Hut, einem Schirm aus Fellen, einem Papagei auf der Schulter. Wer ist das? – Die Abende verbringt De Foe im Wirtshaus zum ›Roten Löwen‹. Dort empfängt er und schreibt seine Briefe, mitten unter den rauchenden und trinkenden Matrosen. Die Nachrichten von zuhause: Silas der Sohn, und wie sein Charakter sich entwickelt: klug, aber hart und kalt; ein Kaufmann. Und Sophie, die kleine Sophie, ist

Braut. Er liest das an seinem kleinen Tisch, und um ihn sind Gesichter aller Art, alte Seebären mit Ohrringen, Tabak kauend, Piraten, Neger, Malaien und allerlei Halbblut. Rauch aus hundert langen und kurzen Pfeifen, dazwischen Punschflammen. Da geht die Tür auf, und herein kommt der Mann, den er im Nebel gesehen hat, der mit dem Papagei auf der Schulter. Der Wirth führt ihn an einen Tisch zunächst Daniels Platz. Der Mann ist ein Schotte und heisst Alexander Selkirk. Er hat viel erlebt. Er erzählt: Ich fuhr als Oberbootsmann mit Capitän Stradling; und ich konnte mich mit dem Mann nicht vertragen. Und eines Tages, auf der Rückfahrt von Brasilien, als ich merkte, es würde kein gutes Ende nehmen wenn Capitän Stradling und ich noch ein paar Monate auf derselben Brigg führen, und da wir gerade eine kleine Insel gesichtet hatten: Juan Fernandez, so begehrte ich, sie sollten mich mit der Schaluppe dort aussetzen. Sie gaben mir ein Gewehr, Pulver und Blei, eine Axt, ein Messer und einen Kessel, Taback und eine Bibel, und setzten mich aus. Und so lebte ich auf dieser Insel allein, mutterseelenallein – dieser Papagei mein einziger Gefährte – durch vier Jahre und sieben Monate, bis ein englisches Schiff vorbeikam und mich aufnahm: denn als ich das Schiff von weitem sah fiel ich auf meine Knie und dankte Gott und dann zündete ich ein Feuer an, und so schickten sie eine Pinasse und holten mich. – Das erzählt er und Daniel De Foe hört zu mit den andern, und es gräbt sich in ihn ein.

Dann ist Daniel wieder in London und ringt weiter mit dem Leben. Die Tage sind angefüllt mit zuviel Gesichtern: da sind alte Gläubiger und neue Gläubiger, und Bankiers und Schreiber, Advocaten, Prospectenmacher und Concurrenten, und Feinde aus alter und neuer Zeit, und Intriganten und Schwindler, und da ist Susannes gealtertes sorgenvolles Gesicht und die ängstliche Miene von Sophie und die kalte ungütige Miene von Silas dem Sohn, der den Vater einen Pechvogel findet und einen schlechten Kaufmann – aber nachts auf seinem Bett, da ist er allein – allein, mutterseelenallein, wie einer, der ohne Rat und Hilfe auf einer Insel im Weltmeer haust. – Der Gedanke fährt durch ihn hin, und das Bild, und er springt aus dem Bett und taucht die Feder ein: da stehts vor ihm: Robinson Crusoe auf seiner Insel. Das ist er, er selber, der Gestrandete, tausendmal Hin und Hergeworfene, der doch nie völlig den Mut verliert, aus der schäumenden Brandung wieder emportaucht, sich mit den Händen an die Klippe klammert, sich emporschwingt und weiterlebt. – Jetzt geht der Wust des Lebens weiter und damit mischen sich diese Bilder: bald weiss er nicht, sind es die Leute, die Geschäfte, die Agenten, die Gerichtsdiener, die sich immer wieder zwischen ihn und diesen zusammenhängenden herrlichen Traum drängen – oder drängen diese Traumbilder sich zwischen ihn und das wirkliche Leben. Da ist der Schiffbruch, und das Rollen der brandenden Welle, und das Sichstemmen gegen das Zurückrollen der Welle – und die Rettung die Verzweiflung über die einsame Insel. Das Wrack und das Herüberholen des Nötigsten auf dem Floss. – Sein Wohnplatz zwischen Felsen. – Der Pfahl, in den er jeden Tag ein Zeichen einschneidet. – Die Wanderung nach dem fruchtbaren Teil der Insel, wo Zitronen und Trauben wachsen. – Sein Haus mit den irdenen Töpfen, den geflochtenen Körben; sein Gewand aus Ziegenfell und sein spitzer Hut. – Er höhlt mit unendlicher Mühe einen Baumstamm zum Boot, bringts aber nicht ans Wasser. – Wie er die Spur eines Menschen am Strand entdeckt, vor Angst in seine Höhle flieht und sich verborgen hält. – Die Reste einer furchtbaren kannibalischen Mahlzeit. – Nun ist er 23 Jahre auf der Insel. – Die Wilden auf der Insel. Sie lagern ums Feuer. Zwei gefesselte Gefangene; einen haben sie eben geschlachtet. Robinson sieht durchs Fernrohr. – Der eine Gefangene entspringt, läuft in der Richtung auf Robinsons Wohnung. Zwei setzen ihm nach, doch er ist schneller. Die beiden Wilden werden von Robinson getödtet. – Der Flüchtling fällt Robinson zu Füssen; er nimmt ihn auf. – Der Gefangene lebt mit Robinson als ein treuer Diener und wird Freitag genannt. – Einige Jahre später: die Wilden wieder auf der Insel, mit einem weissen Gefangenen. – Robinson bewaffnet sich und Freitag und sie eröffnen das Feuer auf die Wilden; die meisten von diesen fallen. Robinson befreit den Spanier und fragt ihn, wer er sei: Er antwortet: Christianus. Sie bewaffnen auch diesen und überfallen die Hauptschar der Wilden, und tödten sie bis auf drei, die in einem Canoe wegfahren. – Noch ein gefesselter halbtodter Wilder entdeckt. Freitags Vater. – Ein Schiff vor Anker und ein Boot, das auf die Insel zusteuert. – Es sind meuternde

Matrosen: sie wollen ihren gefesselten Kapitän und noch zwei Mann auf der Insel aussetzen. – Robinson befreit den Kapitän und die Beiden, führt die Meuterer in seine Höhle als Gefangene, zerstört das Boot. – Die Matrosen vom Meutererschiff landen und durchsuchen die Insel. Sie werden im Dunkel überfallen und gefangen genommen. – Ein Teil der Gefangenen tritt zu Robinson, dem ›Gouverneur der Insel‹, über und schwört ihm den Treueid. – Der Capitän, Robinson und etliche Mann überrumpeln das Schiff, erschiessen den Steuermann und hängen seine Leiche am Bug auf. – Robinson nimmt seine Mütze, seinen Sonnenschirm, seinen Papagei und Freitag an Bord, wo er mit Ehren empfangen wird, nachdem er 28 Jahre, 2 Monate und 19 Tage auf der Insel gewesen war.

Daniel De Foe schreibt das Buch ›Robinson Crusoe‹ zu Ende, aber dazwischen gehts immer bergab. Da hält zum ersten Mal – er ist jetzt über sechzig Jahre alt, und zum dreizehnten Mal ruiniert – sein Körper nicht stand. Ein Schlaganfall wirft ihn hin. Indessen wird sein letzter Besitz gerichtlich gepfändet, die Möbel verauctioniert. Dann kann er wieder aufstehen. Da schaffen Susanne und er die letzten armseligen Haben, die ihnen geblieben sind, auf einen kleinen Handwagen. Da kommt ihm auch ein Packet in die Hand, eingewickelt in ein altes Zeitungsblatt. Er weiss nicht, was es ist, siehts an: Es ist das Manuscript von ›Robinson Crusoe‹, er hat es so lange nicht in der Hand gehabt; er wirft's auf den Wagen, zum Übrigen. Dann wandern sie aus London heraus. In einer Vorstadtstrasse an einem Buchladen bleibt Daniel mechanisch stehen. Da hängen politische Flugschriften im Fenster; einmal hingen da auch die Seinigen. Da tritt der Buchhändler ins Fenster. Er sieht Daniel scharf an. Sind Sie nicht – ja Sie sind doch De Foe, der Publicist. – Ja, der bin ich, der war ich. – Sie schreiben nichts mehr? – Da liegt ein Manuscript. – Was ist es? – Eine Art von Roman, eine Reisebeschreibung in Form eines Romans, die Geschichte eines einsamen Menschen auf einer Insel. Wollen Sie es ansehen? – Sie sind nun in dem kleinen Contor des Buchhändlers. Es ist mehr eine Art Magazin. Auch die Fenster sind mit Büchern verstellt, es ist stockfinster. Der Buchhändler schlägt Licht, dann knüpft er die Schnur auf, mit der das Paket umschnürt ist und fängt an zu blättern. Aus den

Blättern fliegen die Bilder auf, schnell nacheinander; manchmal hält er inne, dann bleibt das Bild stehen. Je mehr es ihn interessiert, desto kälter wird seine Miene. Endlich legt er die Blätter weg, mit einer geringschätzigen Grimasse. »Es gibt zu viele Reisebeschreibungen. Kein Mensch will mehr Reisebeschreibungen lesen, aber jeder will welche schreiben. Ich habe keine Verwendung für das Manuscript. Aber weil Sie es sind, Herr De Foe, ich habe vor siebenunddreissig Jahren an einem Tag zweihundertzwanzig Exemplare Ihres ›Appells an die Ehre und die Gerechtigkeit‹ verkauft – gut, ich will Ihnen zwanzig Pfund für dies da geben. Vielleicht finde ich einen Buchhändler, der mirs abnimmt.« – Daniel nimmt die zwanzig Pfund und geht. Dann gibt er Susanne zehn davon, sie bleibt irgendwo bei Verwandten, die ihr Unterkunft geben –, und er geht weiter.

›Robinson Crusoe‹ das Buch und der Erfolg, der ungeheure Erfolg. Die Leute die da und dort Queue stehen, um das Buch zu kaufen, wenn ein neuer Druck davon erschienen ist. Und die Menschen die es lesen, überall! Die Alten und Jungen, und der König in seinem Cabinett und der Kranke im Bett und der Geistliche auf dem Wege. Der Matrose, der aus dem Mastkorb fällt, weil er zu eifrig im Robinson gelesen hat! Und die Schildwache, die den visitierenden Vorgesetzten ungemeldet herankommen liess, und gestraft werden soll, aber begnadigt wird, weil sich ergibt, der Mann habe im ›Robinson Crusoe‹ gelesen. – Und die Nachdrucke und Nachahmungen in anderen Ländern: der deutsche, schweizerische, schwedische, schwäbische, ostfriesische Robinson! ferner: der geistliche, der medicinische, der jüdische, der moralische Robinson … (lauter Gestalten, eine ganze Procession von Robinsons hintereinander.) Und die Generationen von Lesern, wie eine Generation es der andern in die Hand gibt, die Generation von 1720 der von 1740, die aus der Wertherzeit der im Costüm der französischen Revolution, diese den Empiremenschen, diese unseren Großvätern, Vätern, uns …

Indessen liegt ein alter Mann in einem elenden Gasthauszimmer in Irlington. Er fiebert seit Tagen, und es ist an dem, dass er sterben wird. Die alte Wirtsmagd sieht manchmal herein, ob er noch lebt.

Er hat einen Brief geschrieben, an seine Tochter, sagt er, er möchte die Tochter noch einmal sehen, aber sie kommt nicht. Jetzt liegt er so da und man sieht, wie das Fieber in seinen Schläfen pocht.

Wenn er die Augen zumacht sieht er: Gestalten, fast zu viele, darum schlägt er die Augen zuweilen wieder auf. Es ermüdet ihn so viele Gestalten zu sehen. Da ist ja sein ganzes Leben! Da ist Susanne, so jung und schön wie sie war, und da ist der hübsche kleine Laden in Cripplegate, voller Häubchen und Hemden und Strümpfe und Schärpen – und da ist der Pranger, und Stephen Dyers böses Gesicht in der vordersten Reihe – und da ist Newgate und die kleine Moll Flanders, und Bob Singleton der Pirat, ihr Freund – und da ist die einsame Insel, schöne lange Wellen rollen langsam an den Strand – und da landen Boote, und Bewaffnete springen heraus und ordnen sich, aber es ist kein Krieg, es ist ein feierlicher Empfang, eine Huldigung: Geschütze werden gehört, und Fahnen senken sich: alles für ihn, den Gouverneur. Und jetzt steigt er in die Schaluppe und da sind auf einmal viele Canoes mit Wilden, und auch schöne nackte Frauen, und sie senken die Zweige schöner Bäume und winken ihrem Vater und Herrn, und abermals senken sich Fahnen von überall und er fährt wie ein Sieger und wie ein geliebter König zwischen ihnen hin – wer – »er«? ist das Robinson Crusoe oder ist es Alexander Selkirk oder ist es nicht – er hebt sich im Bett auf vor Staunen, wie er es erkennt – ist das nicht er selber, Daniel De Foe, so geehrt, so begrüsst, so gesegnet. – Da tritt die alte Wirtsmagd ins Zimmer. Sie will einen ankündigen. Der Fremde liegt aber ganz starr und steif. Nun lässt sie den Geistlichen eintreten, einen steifen jungen Mann, im schwarzen Ulster, einen grossen Hut in der Hand. Er beugt sich übers Bett. Das ist ja kein Kranker, das ist ja ein Todter? – Und Sie wissen nicht, wer das ist? – Neben dem Bett auf dem niedrigen Stuhl, liegt ein kleines Buch: Miltons Verlorenes Paradies. Der Geistliche öffnet es. Da haben sie den Namen des Mannes: Daniel De Foe. Ein Name den ich nie gehört habe. –

Da fährt ein Wagen vor. Eine junge Frauensperson springt aus dem Wagen, läuft die Treppe hinauf, tritt hinein: Ich bin die Tochter. – Sie sind zu spät gekommen, aber es ist gut, dass Sie gekommen sind für die Bestattung zu sorgen.

REISE IM NÖRDLICHEN AFRIKA

FEZ

Das Haus, das ich bewohne, liegt am Rande der Stadt, keine hundert Schritt von der hohen alten Stadtmauer, die mit Zinnen durchaus und je einem Turm alle tausend Schritt die ganze über zwei Hügel hingestreckte Häusermenge umschließt und die Stadt erst zur Stadt macht, zur gewaltigen, seit tausend Jahren gesicherten, gegen das leere hügelige Land hin, das für die Reisenden und Schweifenden da ist; offen und öde, mit einem weißen, rundkuppeligen Heiligengrab da und dort, oder einem einzelnen Baum, oder ein paar erdfarbigen Nomadenzelten und in der Ferne die weißschimmernde Gipfelkette des hohen Atlas, aber in solcher Ferne am Horizont, daß dieser Streif von Grau und Silber mit seiner Last von leicht aufruhenden weißen Haufenwolken dem Himmel nichts von seiner Reinheit und Leere nimmt, nichts von seiner Höhe, aus der die klare kühle Nordostluft unablässig herabweht, durchschnitten vom ruhigen Flug der vielen Störche oder vom Flattern eines weißen Taubenschwarmes, über den, ihn niederdrückend, die rostfarbigen Falken kreisen. Aber so wie ich die oberste Terrasse meines Hauses verlasse und die steile, enge Treppe hinabsteige, deren Stufen farbige Kacheln sind, mit einem marmornen Rand eingefaßt; so wie ich unten im Hof meines Hauses stehe, oder, um es besser zu sagen, im Garten, zwischen den Orangenbäumen, den Rosenbüschen und den steinernen Becken, in denen Wasser immer von innen aufquillt und, über den Rand des Beckens hinabtriefend, unten wie in einem winzigen Bachbette aus blauen Fliesen murmelnd wegläuft: so sehe ich von der unendlichen Durchsichtigkeit und Weite dieses vor Klarheit fast strengen Himmels nur mehr ein kleines Stück; denn auch mein Haus ist mit einer solchen rotgelben Mauer umgeben, die zwei Stock hoch aufragt und gezinnt ist wie die Stadtmauer, und dieses Heim, das sich ein Vornehmer und Reicher vor hundert oder hundertfünfzig Jahren gebaut hat; dieser reizende kleine aufgestufte Garten mit seinen bunten kleinen Treppen und den springenden und fallenden Wassern, das Haupthaus oben, mit dem einen riesengroßen, prachtvoll vergitterten Fenster und die fünf Pavillons mit ihren schneeweißen, flachen, dunkelgrün eingerahmten Dächern, von deren einem man zum andern herabklettern kann, denn die Stufung der Dächer wiederholt die des Gartens, diese ganze Welt des mächtigen, genießenden Einzelnen ist in eine Festung eingeschlossen. Trete ich in den untersten Pavillon, der schmal an der Mauer klebt und nur mein Zimmer und einen kleine Vorraum enthält, so höre ich durch die Wand, an der mein Bett steht, den gedämpften Lärm der Stadt, der ich an dieser Stelle so fühlbar nahe bin, als ich im oberen Teil des Gartens mir fern von ihr und über sie hinausgehoben schien. Und an meinem Bette stehend und meine Reisesachen und Bücher herauslegend, höre ich vor allem den Anschlag schrittgehender und auch leicht trabender Pferde und Maultiere aus solcher Nähe an meinem Ohr, daß ich mir nichts anderes denken kann, als im Hause selbst werde in irgendwelchem Raum auf gestampftem Lehmboden geritten. Ich gehe die enge Treppe hinunter, die wieder, wie in all diesen arabischen Häusern, aus bunten Kacheln und sehr steil ist – so steil, daß man immer an dies »die Treppe hinunterstoßen« denkt, das in den arabischen Erzählungen so oft vorkommt; da ist ein kleiner Vorraum; auf einem Diwan sitzen ein paar junge, arabische Diener; der eine, der mir beigegebene, steht auf und tritt, mir anständig den Weg weisend, aus dem kleinen Raum, in dem es dämmert, über eine Stufe in einen andern Raum, der, nach oben mit uralten Holzbalken gedeckt, nach beiden Seiten offen ist; und hier, in dieser Art von Vorhalle, mit schmalen Bänken an der Seite, auf denen ein blinder Bettler sitzt, bin ich noch in meinem Haus – es sind auch Türen rechts und links mit dicken Türflügeln aus einem Holz, das vor Alter fast aussieht wie Stein, so daß der Raum geschlossen werden könnte, aber ich bin auch schon auf der Gasse: »Balök!« ruft eine Stimme in meinem Rücken: Gibt acht – das Wort, das der Reitende halblaut und nachlässig ausspricht als Warnung für den Fußgänger an seinem Weg; und da kommt ein Alter gemächlich auf seinem kleinen Esel und wirft mir, indem ich beiseite trete, einen schnellen, scharfen, geringschätzigen Blick zu; vielleicht, weil ich zu Fuß gehe, wenn auch mit einem Diener – vielleicht auch ist dieser schnell sich abwendende verachtende Blick eben der, den er allein für die Begegnung eines »Rumi« übrig hat; denn noch ist in dieser heiligen Stadt, dem Mekka des westlichen Islams, der Europäer das sehr Fremde; das, dessen eben nur mit einem solchen Blick gedacht wird. (Das französische Protektorat, mit einer großen Zurückhaltung ausgeübt, umgibt den Einzelnen mit dem Gefühl völliger Sicherheit; aber es sind nicht mehr als zwölf Jahre, daß hier an einem Tage sämtliche »Nazaräer« den Tod fanden; und ein Nachzittern davon ist in vielen Blicken, die uns streifen.) Aber schon hat sich aus der Öffnung eines Hauses heraus – oder ist es eine noch engere, noch finsterere Gasse, als die, in der ich meinem Führer folge? – ein noch kleinerer Esel, auf dem zwei lachende kleine Kinder in blauem Leinenburnus sitzen, hervorgeschoben und nun überholt mich, so daß ich wieder beiseite und dicht an die Mauer treten muß, ein sehr leicht und schnell trabendes Pferd; ein berberisches Pferd, arabisch im Gepräge, sehr mager und zartgliedrig; ein junger Neger reitet es ohne Bügel, auf einem zerfetzten Strohsattel an einem strohenen Zaum; unbeschreiblich frei und leicht das Handgelenk der Linken, wie es den elenden Zaum regiert; so der leichte Druck der herabhängenden nackten Beine mit den schön geformten Zehen, der edlen Ferse.

Nun ist aber der Führer, scharf links sich wendend, in ein Haus getreten; nein, es ist kein Hauseingang, sondern eine neue Gasse, ein neuer solcher Schacht aus den fensterlosen Mauern hoher, uralter Häuser; sie treten nach oben hin zusammen, so daß das Gefühl, im geschlossenen Raum zu sein, sich noch verstärkt; zugleich steigt diese Gasse an; und von oben her, wo sie sich krümmt und scheinbar wieder in ein noch finstereres Hausinnere verliert, kommt mir, auf einem schönen schwarzen Maultier, das sie selber lenkt, eine verschleierte Frau entgegen. Die Straße ist so eng, daß ihr Steigbügel mich streift und daß um ein Nichts die Tücher und Schleier, in die ihre Gestalt gehüllt ist, mich berühren müßten. Nichts von ihrem Gesicht ist frei, als der schmale Streif, aus dem die beiden Augen finster blitzen; von der Gestalt nichts erkennbar in der wehenden Verhüllung der weißen Schleier; wunderbar die junge starke Gebärde, mit der sie sich im Sattel strafft, entgegen dem Abwärtstreten des Tieres. Da ist aber schon zwischen mir und ihr auf einem dieser lautlos trippelnden kleinen Esel ein stämmiger Neger, querüber sitzend, die beiden Beine auf der einen Seite fast den Boden streifend; wulstige Riesenlippen, eine knollige Nase, eine ungeheuerliche Perücke von krausem Haar, und quer über die ganze Wange eine Narbe, tief, gräßlich und überlebensgroß wie das ganze Gesicht; und da auch, von der anderen Seite her, auf einem großen, ruhig blickenden isabellenfarbigen Maultier auf blaugrünem Sattel ein vornehmer Alter; sehr gelassen über mich hinblickend aus seinem violetten, auch das schöne Gesicht umgebenden Gewand; an jedem Steigbügel geht ein Diener; schwarz der eine, weiß der andere. Und so bin ich denn nach so wenigen Schritten mitten darin in dieser Stadt; wie sehr ist man und wie schnell mitten darin in ihr; wie schnell umgibt sie einen so vielgehäusig und geschlossen und ausgangslos, als wäre man ins Innere eines Granatapfels geraten. Denn da bin ich aus dem kellerartigen Schacht dieser zweiten oder dritten Gasse nun auf einem Kreuzweg, einer Art von kleinem Platz, wo alte Weiber, auf Matten hockend, gesalzene Fische feilhalten; aber er ist mit einem Balkengitter überdeckt, auf dem Schilf liegt; so daß auch hier wieder jenes Gefühl bleibt, in einem Gehäuse zu sein und daß all dies zusammenhängt und daß man, ohne zu wissen wie, von einem ins andere kommt. Und dieses Gefühl wird bleiben für alle Tage eines Aufenthaltes in Fez, und wird alles, was man sieht und erlebt, begleiten und wird sich, je mehr Tage vergehen, eher verstärken als abschwächen. Denn der Diener stößt eine ganz kleine Tür auf, in einer dieser fensterlosen Mauern, die vor Alter aussehen, wie nichts Gebautes, sondern etwas von Natur Gewordenes; und man betritt den Vorraum eines Palastes; da sitzen auf einem Teppich die vier Söhne des Hausherrn und lesen in einem Koran, den der Älteste, mittelst sitzend, in seiner Hand hält, lesen alle zugleich laut und bewegen ihre Köpfe beim Lesen und zwischen ihren wiegenden Köpfen sieht man den offenen Hof mit den springenden Wassern, die zarten Säulen des offenen Umganges, die Farben, die matten Vergoldungen, den ganzen Glanz des arabischen Hauses; und man stößt, fünfzig Schritt weiter, eine andere, ganz so alte, ganz so niedrige kleine Tür auf, tritt zwei Stufen abwärts und man ist im Gefängnis des Paschas. Auf einer Matte, seine Babuschen vor sich, im Koran lesend, sitzt der freundliche alte Wärter; ein Berber mit verwildertem Haar und einem scheuen Blick wie ein frisch eingefangenes Tier hockt halbunterirdisch im Halbdunkel hinter dicken Eisenstäben. Man schiebt sich an diesem Verlies vorbei längs einer Mauer, die wie alles hier bergesalt ist, der Führer stößt wieder eine Tür auf und man ist in einem niedrigen Raum, in dem etwas leise behaglich surrt und stampft. In einem zarten, gelbgrauen Halblicht gehen fünf Webstühle; an jedem sitzt ein Mann und webt einen breiten Gürtel: die Bänder aus fliederfarbenen Seidenfäden, silbern durchzogen, oder aus flammendem Gelb mit roten Mustern wie Korallen, verbreitern sich fast zusehends unter dem lautlosen Griff dieser fleißigen Hände, dem leisen Tritt dieser nackten Füße, dem gedämpften Surren und Stampfen dieser Webstühle, die selber wieder uralt scheinen, alles an ihnen von vielhundertjährigem Gebrauch poliert und vornehm wie sehr altes Elfenbein. Aus der Bandweberei tritt man in die Gasse der Gewürzhändler; ich hätte ebenso gut gesagt in die Halle oder Laube: denn diese ist abermals mit einem hölzernen Gitterwerk gedeckt, auf dem oben Wein gezogen ist, eine steinalte Rebe mit tausend Seitentrieben. Von hier aus aber trägt mich die Welle der Gehenden und Reitenden, der kleinen Esel, die mich aus dem Weg schieben, der bettelnden Kinderhände, die mich leise anrühren, in einen ganz geschlossenen, ganz mit Menschen und Waren angefüllten Raum; die kleinen Butiken, eine an der anderen, keine breiter als ein Wandschrank, bis hinauf reichend an die gewölbte steinerne Decke (oder ist es wieder eine Decke aus so altem Holz, daß es aussieht wie Stein?) und auf den Waren, auf dem Gewürz, auf den Datteln und Bananen, die jeden dieser offenen Schränke füllen, hoch oben thronend der Verkäufer mit seiner Wage und dem großen Holzlöffel, um die Ware herunterzureichen; und dieser völlig geschlossene Raum, dieses große längliche Zimmer, das so voller Menschen und Ware ist, daß man nicht begreift, wie die geduldigen kleinen Esel sich durchzwängen oder auf dem eisengrauen Maultier noch ein solcher Vornehmer in seinem blütenweißen Burnus und mit dem sanften, geringschätzigen Lächeln in unendlicher Gelassenheit über dem Gedräng erhoben hier hindurchfindet, dieses überfüllte Zimmer ist eine Brücke; und durch einen Spalt irgendwo seitwärts sehe ich unter uns das wilde gelbbraune Wasser des Oued und sehe einen Teil des Ufers; finstere Häuserwände, fensterlos bis auf einen eisenvergitterten Spalt, ein Guckloch da und dort, und unten am Fuß einer dieser Hausmauern sogar Schilf, blaßgrün und sonderbar hier mitten in der Stadt, und sich biegend unter der Heftigkeit des Wassers.

So geht eines ins andere und alles ist, als wäre es von immerher. Ja, noch diese kleine Höhlung in der Mauer eines besonders finsteren, drohend aussehenden Hauses von immerher ausgenommen für den Leib des Bettlers, der dort hockt, zwei furchtbare Armstummel vor sich hinstreckt und mit geschlossenen oder blinden Augen immer das Gleiche – ein Gebet, eine Bitte, eine Lobpreisung – mit fanatischer Kraft vor sich hinspricht. Und dieses Zusammenhängen aller Dinge mit allen, diese Verkettung der Behausungen und der Arbeitsstätten und der Märkte und der Moscheen, dieses Ornament der sich ineinander verstrickenden Schriftzüge, das überall tausendfach von den einander verstrickenden Lebenslinien wiederholt wird, all dies umgibt uns mit einem Gefühl, einem Geheimnis, einem Geruch, in dem etwas Urewiges ist, eine Urerinnerung – Griechenland und Rom und das Märchen und die Bibel – aber dem zugleich etwas leise Drohendes beigemengt ist, das Wahre Geheimnis der Fremdheit, und dieser Geruch, dieses Geheimnis, dieses Drinnensein im Knäuel und die leise Ahnung des Verbotenen, die niemals ganz schweigt, dies ist heute noch und vielleicht morgen noch – Fez; bis vor zwanzig Jahren die große Unbetretene; die strengste, die verbotenste aller islamischen Städte; und der Duft davon ist noch nicht völlig ausgeraucht.

DAS GESPRÄCH IN SALEH

Der Anfang war schwierig, sagte der Hauptmann de B. Ich war mit fünfundzwanzig eingebornen Reitern ganz allein dort unten im Atlas; das Gebiet, das ich »in Ruhe zu halten« hatte, umfaßte zehn Tagesreisen mit einer Bevölkerung von vielleicht zweimalhunderttausend Berbern, nomadische und niemals zur Ruhe und zur Unterwürfigkeit geneigte Stämme; man war zu Anfang des großen Krieges und unsere Situation hier im ganzen höchlich auf der Schneide des Messers. Aber es war dies der große Moment des Marschalls Lyautey – einer der großen Momente seines Soldatenlebens – Sie haben davon gehört –, und wir sind imstande gewesen, unsere Aufgaben zu lösen, sowohl im großen ganzen als im einzelnen. Ich die meinige aber nur durch die Hilfe eines Deutschen.

Ich sah ihn an.

Dieser Deutsche befand sich nicht bei mir; ich habe ihn nie gesehen. Aber als ich mich auf meinen Posten begab, wußte ich, daß ich nichts ausrichten würde, wenn ich zu urtümlichen und kriegerischen Menschen durch den Mund eines Dolmetschers spräche – in einer Lage, in der alles auf die persönliche Geltung ankam. Es handelte sich um die Sprache, welche diese Stämme dort im Süden und auch weiter südlich des großen Atlas sprechen, um das »Schlö«, eine Sprache, deren Kenner in Europa damals wohl an den Fingern einer Hand hergezählt werden konnten. Aber ich hatte in der Tasche eine vollständige Grammatik der Schlö-Sprache, keine fünf Jahre alt, das Werk eines Deutschen.

Einer unserer fleißigen Reisenden, der vor eurer Ankunft das Atlasgebiet durchstreift und diese philologischen Kenntnisse gesammelt hatte, sagte ich.

Keines Reisenden. Dieser Herr hat sein Leipzig nicht verlassen und seinen Fuß nicht auf die afrikanische Erde gesetzt. Aber der Zufall hat einmal fünf Schlö-Tänzer nach Leipzig verschlagen; sie sind, scheint es, dort in einem Zirkus aufgetreten.

Und mein Deutscher? Das heißt, Ihr Deutscher?

Hat sich über sie hergemacht und sie nicht verlassen, bis er diesen Menschen in Gott weiß was für Gesprächen, mit Gott weiß welchem Aufwand an Ausdauer, Geschicklichkeit und philologischem Genie die Elemente ihrer Sprache herausgelockt und diese in ein grammatisches System gebracht hatte, das ich heute, wo das Schlö mir in zehnjähriger Übung geläufig geworden ist, nur noch mehr bewundere. Wenn Sie jemals nach Leipzig kommen und Herrn Stumme begegnen –

So werde ich diesem deutschen Gelehrten sagen, daß er einem französischen Offizier einen sehr praktischen Gefallen erwiesen hat. Sic vos non vobis –

Das zarte, aber sehr feste Gesicht des Hauptmannes de B. faßte sich aus der Gelöstheit des leichten Gespräches zu einem Ausdruck zusammen, der sehr militärisch war. So mußte dieser Mann aussehen, wenn sich ihm Schwierigkeiten entgegenstellten. Aber die Schwierigkeit dieses Augenblicks war ganz innerlicher Art; dies verriet sich augenblicklich in einem leichten Erzittern der Augensterne. Er war in der sympathischen Art verlegen geworden, in der sich bei männlichen und entschlossenen Menschen die jähe Verlegenheit ausspricht; er sah in diesem Augenblick um zwanzig Jahre jünger aus, als er war. Der Gedanke hatte ihn gestreift, mich oder uns, nämlich mich und den abwesenden Unbekannten zusammen, möglicherweise verletzt zu haben. Mein Zitat aus Vergil war für sein sehr empfindsames Zartgefühl schon zu scharf gewesen.

Aber, sagte ich schnell, um dies wieder gutzumachen, Sie haben beide wunderbar kollaboriert, und es liegt darin, wie der Deutsche aus einem fast Nichts von Gegebenheit ein System von Erkenntnissen hervorspinnt und wie Sie sich wieder dieses Resultats in der entgegengesetzten Sphäre, in der des praktischen Lebens, bedienen – es liegt viel von dem Wesen beider Nationen darin ausgedrückt. Aber, sagen Sie mir dies, wenn ich Ihnen eine direkte Frage stellen darf: Sie haben diese fünf Jahre bei dem Kaid eines berberischen Stammes zugebracht als sein Hausgenosse. Es war ein Mann um weniges älter als Sie, dieser junge Fürst, ein Soldat wie Sie. Er war Ihr Verbündeter und Gastfreund. Sind Sie Freunde geworden, Freunde durch die Sympathie des Gespräches und durch die Sympathie des Schweigens, in einer ähnlichen Weise, wie es mit einem Europäer fast unvermeidlich gewesen wäre?

In einer besseren Weise, als mit sehr vielen Europäern, antwortete er; und was er sagte, um diese Antwort zu begründen, war mir schön und merkwürdig, aber ich zeichne es hier nicht auf. – Wir saßen, als wir dies sprachen, auf dem flachen Dach der Medersa von Saleh, der alten kleinen Stadt der atlantischen Küste, deren Einwohner alle »Andalusier« sind – einst Vertriebene aus den maurischen Königreichen in Spanien – und daher von einem besonderen Stolz, einer besonderen Wohlerzogenheit, einer besonders hohen Bildung. (In den Jahrhunderten aber, die dann folgten, liefen von hier aus die gefürchteten maurischen Piratenschiffe, vor denen die Küste von Cadix bis Genua oder Livorno zitterte.) Zu unseren Füßen lagen die engen Straßen der Stadt, draußen das Meer, einwärts das Land; rechter Hand der starke Fluß, der sich hier ins Meer ergießt, und überm Fluß die größere Stadt Rabat, weiß und von einer hohen, gelbbraunen Mauer umgeben. Ich sah aufs Meer hinunter, auf Rabat hinüber. Störche flogen überall. Die Farben in dieser Stunde vor dem Sonnenuntergang waren von einer unglaublichen Kraft: das Meer von der reinsten Bläue, die Häuser der Stadt überm Fluß von leuchtendem Weiß. Über dem Meer hatte sich aus dem goldenen Dunst des Abends eine einzige schmale Wolke gebildet. Sie glich einem Fisch aus einer durchscheinenden Koralle geschnitten; an seinem Kopf ging das Korallenfarb in ein durchscheinend glühendes Gold über.

Der Hauptmann hatte sich in meinem Rücken zu den vier oder fünf anderen jungen Herren gesetzt, die uns begleitet hatten. Sie saßen auf einem schmalen Mauerrand, hoch über der alten Piratenstadt, die immer mehr ins vornächtliche Dunkel versank, und sprachen miteinander. Ich hörte ihnen zu und verlor mich zugleich an der Schönheit der Farben, mit denen alle Gegenstände im Bezirk des Meeres und der Erde über alle Begriffe geschmückt waren. Von einem einzelnen Baum, der zwischen der Stadt und dem Fluß stand und im reinsten Smaragdgrün leuchtete, schwang sich ein großer Vogel. Er schien wie aus Edelsteinen zusammengesetzt. Er flog über den Fluß, näherte sich den Mauern von Rabat, die wie vom Widerschein eines Brandes erglühten – wich wieder zurück, überflog eine Mauerbresche und ließ sich im Gewipfel von schönen Bäumen nieder, dort drüben: das war Schella: der Wallfahrtsort, der murmelnde Quell, der kleine Friedhof mit den alten, verfallenen Sultansgräbern. Meine Phantasie war mit dem Vogel ganz dort drüben; zu sehr im Flug nur hatte ich die zauberische Stätte betreten, zu der ihn, sooft er wollte, die Flügel im schwimmenden Abendlicht zurücktrugen. Aber wir sind gemäß dem Reichtum unserer Sinne einer mehrfachen Aufmerksamkeit fähig. Ich verlor kein Wort von dem Gespräch, das ein paar Schritte von mir geführt wurde. Sie sprachen lebhaft; die jungen Stimmen kreuzten sich, aber das Gespräch blieb durchsichtig. Jeder von ihnen warf sich hinein, hielt wieder an sich, im Vergnügen des Zuhörens, warf sich wieder hinein; keiner rang nach Geltung, aber jeder kam zur Geltung.

Ich wandte mich zu ihnen um. Eure Sprache, sagte ich, eure französische Sprache, welch ein Quell der Geselligkeit, welch ein Zusammensein! Indem ihr sprecht, befindet ihr euch in einem Saal, der die geistige Blüte der ganzen Nation umschließt. Ebenso in eurer Gesellschaft wie die Ausgewähltesten der Mitlebenden sind auch die Toten – sie sind es nicht nur, indem ihr sie beim Namen nennt, sondern in tausend Wendungen und Schwebungen eurer Rede ist ihre fortwirkende Gegenwart fühlbar. Euer Gespräch ist schlechthin die geistige Allgegenwart der Nation. Aber auch davor, daß die Sprache dadurch überfeinert und künstlich würde, hat euer Schicksal euch bewahrt. Nicht mehr zwar erneuert sich euch aus dem tiefsten Quell, wie vielleicht den Deutschen, die volle Flut der Bilder, Gefühle und Anschauungen; eure Sprache ist fertig, sie ist da, voll Bewußtsein, taghell; wie sie auserlesen ist als Gedächtnis der Jahrhunderte, ist sie voll Gegenwart als unmittelbares Echo des Tages; und ohne große Schwünge und wilde Flüge belebt sie sich immer wieder in sich selber. Ihr redet eine Sprache aus dem Mund der liebenden Frau, des Gelehrten, des Politikers, des Soldaten. Aus den Redensarten und Wörtern, die der lebendige Alltag hervorbringt, schlagt ihr doppeltes und dreifaches Kapital. Ihr braucht sie in der höheren, endlich in der höchsten Sphäre – so wird euch diese nie dünn und gespenstisch. Alle Pulse eurer Sprache klopfen immer frisch, und wo man ihr begegnet, das ganze Volksgemüt ist immer lebendig. – Ich sprach lebhaft und aufrichtig, aber ich fühlte, indem ich sprach, daß ich nicht ganz aufmerksam bei mir selbst war. Ich sah nach Schella hinüber. Ich war mit meiner Phantasie, während ich weitersprach, dort drüben in der Falte des Hügels, bei dem murmelnden Quell, über den sich Feigenbäume und wilde Birnbäume beugten. Ich sah noch die verfallenen Sultansgräber, um die mit sonderbaren Sprüngen und murmelnd ein Schatzgräber kreiste, ein alter, wirrhaariger Mann, der fern aus dem Sus gekommen war, angezogen von dem Geheimnis der Schätze Goldes, die hier mit den großen vergessenen Sultanen begraben waren. Ich sah die zwei schönen Greise, die von ihren Maultieren gestiegen waren, sinnend unter einem gewaltigen Maulbeerbaum sitzen und den Frieden des Ortes genießen; und ich sah den kleinen Trupp von Pilgerinnen aus dem Süden, wie sie, unter sich lachend, ihre Schleier lüpfen, damit der Anhauch der Schattenkühle sie treffe, oder der Blick von uns Vorübergehenden. Ich hatte zu schnell von dort wieder weg müssen. Der Fleck Erde dort, und das Verschwundene – das Geheimnis der Zeiten (denn es war vordem eine mächtige maurische Hauptstadt dort gestanden, und jene fürstlichen Gräber waren ihre letzte Spur; und vordem waren die Goten dort gesessen, und vordem die Vandalen, und vor diesen die christlichen und die heidnischen Römer, und vor ihnen die Numider; und vor diesen hatten die Karthager und die Phönizier auf diesem Hügel gehaust, und der murmelnde Quell war ein Heiligtum der Tanit, und auch davon: daß hier einer Liebesgöttin gedient wurde, davon umweht ein Etwas diese Hügel, davon haftet ein Etwas dunkel im Bewußtsein auch dieser Pilgerinnen aus dem Süden, und die Schleier lüpfen sich leichter als anderswo unterm Anhauch dieses feuchten Quellgrundes); dies Verschwundene alles, auch im Wort nur geisterhaft Gegenwärtige, und das, was noch dort war; die Einmaligkeit des Ortes und der Stunde, die Kürze des Lebens, die Welt, die Fremdheit – dies alles bewegte sich in mir und hob mich fast aus mir selber. Aber so weiträumig ist unser Gemüt in manchen Augenblicken: auch noch einem anderen Gedanken folgte ich, und er bewegte sich wolkenhaft mit großen, weiten Aspekten zugleich in mir und vermischte sich noch mit jenen Mischgefühlen aus halb sehnsüchtiger Ergötzung und staunender Bangigkeit, die auf dem Grunde der Seele des Reisenden liegen und manchmal überstark aufsteigen. Es war, indes meine Lippen noch das Lob jener anderen Sprache formten und mein Auge sich an dieser abendlichen Landschaft verlor, der Gedanke an die eigene Sprache, und wie unser ganzes Schicksal in ihr ist. Wie die hohe Sprache bei uns aufsteigt ins unheimlich Geistige, kaum mehr von den Sinnen Beglänzte, und wie der Sprachsinn dann müde hinabsinkt ins Gemeine oder sich in den Dialekt zurückschmiegen muß, um nur wieder die Erde zu fühlen – und dazwischen ein Abgrund. Wie jeder sich die Sprache neu schaffen muß und nicht weiß, ob er noch tut, was er darf, oder schon ins Müßige, Künstliche gerät, und jeder in diesem Tun jeden bezweifelt und befeindet und oft auch sich selber, und wie die Sprache doch durch die Herrlichkeit ihrer Aufschwünge und Offenbarungen wieder alles Erlittene aufwiegt.

Indem ich meinen zwiefachen Gedanken nachhing, von denen die einen eine Träumerei der Sinne waren und die anderen ein plötzliches Wiedererleben von etwas oft Gedachtem und Gewußtem, und sich doch beide berührten in dem besonderen Lebensgefühl dieses Augenblicks zu einer Einheit von wunderbarer Natur: Einsamkeit, Angst des Individuums – und die völlige Überwindung beider durch den Geist, schlug es an mein Ohr, daß jetzt eine besonders junge Stimme lebhaft sprach und daß das Thema der Unterhaltung gewechselt hatte. Ich sah hin. Dieser junge Herr trug Zivil. Er mochte zum Zivilkabinett des Marschalls gehören oder zu dem kleinen Stab junger Historiker und Orientalisten, welche ich beim Tee in der neubegründeten Bibliothek in Rabat kennen gelernt hatte. Er sprach von Deutschland, von der Schönheit einer Stadt, einer Gegend, dem Zauber eines kleinen Friedhofs: von dem Friedhof in Bonn, wo Schumann begraben liegt.

Sie lieben Schumann? fragte ich.

Ich weiß, sagte er, man sagt in Deutschland, es ist nicht möglich, Schumann zu lieben, seit Wagner existiert hat, oder es ist nicht denkbar, daß man Schumann liebe, da es doch Bach gebe – aber ich weiß nicht...

Er wurde verlegen, da er sich vor dem Fremden zu tief in das weglose Dickicht der deutschen Komplikation verstrickt fühlte. Und da Verlegenheit immer verjüngt, so wurde er vollends zu dem hübschen Knaben, der er vor zehn Jahren gewesen war. Er sprang schnell ab und sagte: Es war eine Christnacht, in einem der Kriegsjahre, ich glaube 1917. Ich war damals ganz jung. Ich war im Graben irgendwo; der deutsche Graben war sehr nahe. Gegen Mitternacht hörte auf beiden Seiten das Schießen auf, und es wurde ganz ruhig. Die Sterne standen groß und still über den beiden Völkern. Aus der Ferne, dort wo unsere Linie umbog, hörte man die Marseillaise spielen, ganz leise und geisterhaft. Dann fing im deutschen Graben eine Stimme an zu singen. Es war eine wunderbare Tenorstimme, und sie sang Bach. Oh, welche Sprache Sie haben! Denn das ist Ihre wahre Sprache. Da stand P. V. auf, mit dem ich schon auf dem Schiff viel gesprochen hatte. Es schien ihm nicht recht zu sein, daß sein junger Freund (er selbst war in der Tat um wenige Jahre älter) das frühere Gespräch mit dieser Wendung gleichsam abgeschlossen hatte.

Nein, sagte er. Eure Musik ist eine große Herrlichkeit, aber nicht sie ist eure Sprache. Sie ist neben eurer Sprache noch gegeben, als ein Mehr vielleicht, als ein anderes. – Aber die deutsche Sprache ist ein großes Geheimnis. Sie ist euer Schicksal, das des ganzen Volkes und das jedes Einzelnen. (Mir war, als antwortete er auf das, was ich früher gedacht, aber nicht ausgesprochen hatte.) Goethe hat unter ihr gelitten, und jeder, der nicht Goethe ist und sich in ihr wahrhaft ausdrücken will, läuft Gefahr, von ihr verschlungen zu werden. Sie ist unbequem, aber großartig. Ungesellig, ich weiß, daß ihr selbst sie manchmal so genannt habt, »weltlos«, ja, das mag sie sein, aber immer mit einer Welt trächtig. In einem ungeheuren ruhelosen Auf und Ab wandelt sie beständig Geist zu Leib, Leib zu Geist. So gebietet sie euch die Form eures Lebens: euer geistiges Leben ist immer erneute schmerzvolle Neugeburt. Eure Toten sind nicht beständig bei euch, sie sind nicht in einem Saal mit euch, wie die unseren. Aber sie werden euch in wilden Stürmen neugeboren. Heinrich von Kleist, Büchner, Hölderlin; ich sehe diese vor hundert Jahren Verstorbenen stärker in euer Leben eingreifen, als wen immer von den Lebenden. Und seid ihr nicht im Begriff, euer ganzes siebzehntes Jahrhundert umzuwerten? Denn ihr ruhet nicht auf dem Sein, sondern ihr habt euer Schicksal im Werden. Aber welch ein Wunder, eure Sprache! Welche Weite! Welche Befruchtung aus der Dunkelheit! Sie isoliert mehr, als sie verbindet; aber das Große isoliert immer, das Poetische isoliert, und das Genie ist immer einsam. Welche Möglichkeit aber für das Genie, in dieser Sprache fast über die Grenzen der Menschheit hinauszukommen!

Sein ernstes, oft einem leidenden Ausdruck nahes Gesicht belebte sich sehr, indem er sprach. Er war glücklich, so beredt und frei ein geistiges Phänomen zu bewundern und Sympathie zu äußern. Einzelnes, die Eigennamen natürlich, aber auch andere Wörter, sagte er auf deutsch, in einer sehr reinen, hauchenden, schwebenden Betonung; so dies Wort »weltlos«, das »Weltlose«. Eigentümlich kamen mir diese deutschen Wörter in seiner Rede entgegen: so zart, wie gespiegelt, etwas geisterhaft.

Alles aber auch um uns sah in diesem wunderbaren Licht aus wie gespiegelt. Die Häuser uns zu Füßen, die hohen gelbroten Mauern drüben in Rabat, Tiere und Menschen am Ufer des Flusses, alles war völlig entkörpert. Die schmale Wolke in der Gestalt eines Fisches glühte purpurviolett. Ein Starenzug flog von ihr aus gegen Osten hin, und dort ging das Türkisblau in ein zartes Grün über. Das Ferne schien sehr nahe – das Nahe ungreifbar vergeistigt. Alles bebte in sich, aber eine Harmonie hielt alles in zauberhaftem Gleichgewicht, und die Offenbarung des Schönen schien eine ungeheure Bedeutung anzunehmen, die uns, im nächsten Augenblick, fühlten wir, sich zu unverlierbarem Besitz enthüllen würde.

NACHWORT

Von Ellen Ritter

Die von Hofmannsthal vollendeten und tatsächlich publizierten Erzählungen nehmen innerhalb seines Œuvres nicht viel Raum ein, was aber keineswegs sein Desinteresse an dieser literarischen Gattung bedeutet. Die uns überkommenen nachgelassenen Fragmente sind zahlreich, und einiges davon ist weitgehend vollendet. Um die Gestaltung seines großen Romanplanes *Andreas* bemühte sich Hofmannsthal zwanzig Jahre lang vergeblich.

Das erstaunt angesichts der Sprachbeherrschung und Virtuosität des Fertiggestellten. Es offenbart eine Leichtigkeit und intuitive Gestaltungskraft, wie sie auch für die frühe Lyrik charakteristisch ist. Doch fällt es Hofmannsthal schwer, einen eigenen Erzählstil zu entwickeln. Denkt er sich in eine fremde Sprache hinein, wie in die Andrians im *Märchen der 672. Nacht*, die Kleists in der *Reitergeschichte* und, am verblüffendsten, die Erzählweise Goethes im *Erlebnis des Marschalls von Bassompierre*, so tut er sich leicht mit der Niederschrift. Aber wie quälte er sich mit der *Frau ohne Schatten*, von der er sagte, sie sei »die schwerste Arbeit die ich je unternommen habe«. Ihre Entstehung zog sich über sieben Jahre hin, obwohl sich Hofmannsthal auch hier an Goethesche Diktion anlehnt. Bei den Essays und den Erfundenen Gesprächen und Briefen hingegen überwiegt das Fertiggewordene das Fragmentarische in einem hohen Maß. Ballette wie *Das fremde Mädchen* oder das Filmszenar *Daniel De Foe*, die keine durchgearbeitete Formulierung notwendig hätten, artikuliert er so, daß sie auch ohne Bühne oder Leinwand Bestand haben.

Einige der unvollendeten Erzählungen gehören seit ihrer ersten Publikation durch Heinrich Zimmer und Herbert Steiner wegen ihres großartigen Ansatzes unverzichtbar zu Hofmannsthals erzählerischem Werk und wurden in den vorliegenden Band aufgenommen. Es sind das *Der goldene Apfel, Das Märchen von der verschleierten Frau* und *Knabengeschichte. Age of Innocence* und *Gerechtigkeit* stammen zwar auch aus dem Nachlaß, können aber nicht im eigentlichen Sinn als unvollendet bezeichnet werden. Hofmannsthal schickte den ersten Teil von *Age of Innocence* zur Veröffentlichung an die Redaktion der *Freien Bühne für modernes Leben*, er wurde von dieser aber mit dem Hinweis auf seinen fragmentarischen Charakter abgelehnt. Ein weiterer Publikationsversuch ist nicht bekannt. Vielleicht machte sich der Dichter das Urteil des Redakteurs zu eigen, versuchte sich erst dann an einer Fortsetzung, gab die Arbeit aber schon bald ganz auf. *Gerechtigkeit* dagegen ist als Prosagedicht vollendet. Eine Veröffentlichung ist jedoch nicht bekannt. Da Hofmannsthal gleichzeitig weitere Prosagedichte entwarf, kann angenommen werden, daß er es als Teil eines Zyklus sah, aus dem er es nicht herauslösen wollte.

Der vorliegende Band beschränkt sich nicht auf die Erzählungen in engerem Sinne, die ja selbst schon Formen wie Novelle, Märchen, psychologische Erzählung beinhalten, sondern enthält Hofmannsthals erzählerisches Werk. Die Überschreitung der Gattungsgrenzen, die Vermischung der Formen, wie wir sie bei Hofmannsthal häufig beobachten können, ist hier besonders auffällig. Da gibt es die sogenannten Märchen: *Das Märchen der 672. Nacht*, *Der goldene Apfel*, *Das Märchen von der verschleierten Frau* und *Die Frau ohne Schatten*, mit so unterschiedlichen Vorbildern wie die orientalischen Geschichten aus *1001 Nacht*, die Märchen der europäischen Romantiker und Goethes. Die *Reitergeschichte* wollte Arthur Schnitzler als Traum sehen. *Das Glück am Weg* bezeichnete Hofmannsthal selbst als »allegorische Novellette«, faßte es aber in einer Titelliste unter den Überbegriff *Prosagedicht.* Dieser sich an Turgenjew und Baudelaire anlehnenden Form ist auch der Entwurf *Gerechtigkeit* zuzurechnen. Sehr spröde jedem Gattungsbegriff gegenüber verhält sich *Das Dorf im Gebirge.* Zu wenig lyrisch, um als Prosagedicht bezeichnet werden zu können, noch keine Reisebeschreibung, aber schon in diese Richtung tendierend, kann es vielleicht dem unbestimmten Begriff Feuilleton zugerechnet werden. Ihm gattungsmäßig zur Seite stehen die Erinnerung an *Raoul Richter* und *Erinnerung schöner Tage*, letzteres die Schilderung der Atmosphäre während der Entstehung des Lustspiels *Der Abenteurer und die Sängerin* 1899 in Venedig. Dagegen gehören *Die Wege und die Begegnungen* wieder mehr der eigentlichen fiktiven Erzählform an und sind, ähnlich der *Reitergeschichte*, eher im Bereich des erzählten Traumes anzusiedeln. Den *Brief* und *Die Briefe des Zurückgekehrten* nahm Hofmannsthal selbst in die Reihe der *Erfundenen Gespräche und Briefe* auf. Hierher gehört auch der fragmentarische *Brief des letzten Contarin*. Dieser Gattung nahe kommt die *Reise im nördlichen Afrika*, deren zweiter Teil aus einem Gespräch besteht. Andererseits ist dieses Prosastück die Beschreibung tatsächlicher Reiseerlebnisse, wie auch *Augenblicke in Griechenland*. In den Notizen nennt Hofmannsthal es einmal »eine Phantasie«. Hier zeigen sich wieder formale Berührungspunkte mit dem *Glück am Weg* und dem *Dorf im Gebirge*. So schließt sich der Kreis. Übrig bleiben die psychologischen Fragmente *Age of Innocence* und die *Knabengeschichte* sowie das Ballett und gleichzeitige Filmszenar *Das fremde Mädchen* und die Filmskizze *Daniel De Foe*. Der Romanentwurf *Andreas* steht einzig da in Hofmannsthals Œuvre. Es gab zwar noch Pläne zu zwei biographischen Romanen *Der Herzog von Reichstadt* und *Philipp II. und Don Juan d'Austria*, doch waren dies Auftragsarbeiten, mehr zur Klärung von Hofmannsthals finanzieller Situation als aus eigener schöpferischer Antriebskraft begonnen.

Nicht nur formal, auch inhaltlich sind die Werke miteinander verflochten. Charakteristisch für Hofmannsthal ist, daß er mehrmals denselben Stoff in verschiedenen Formen bearbeitet. Bei *Lucidor* drückt sich die Ambivalenz schon im Untertitel aus. Nach weiteren Versuchen, diesen Stoff als Komödie, Vaudeville und Filmszenar zu bearbeiten, entsteht daraus schließlich, im Zusammenwirken mit Richard Strauss, die Oper *Arabella*. *Die Frau ohne Schatten* verfaßte Hofmannsthal zuerst als Opernlibretto, dann als Erzählung. Dabei legte er großen Wert darauf, beide als eigenständige Werke, völlig unabhängig voneinander, zu begreifen. »Wenn sie das Geringste miteinander zu schaffen hätten, im geringsten von einander Ergänzung oder Belichtung borgen müßten, was für ein unbegreiflicher Mensch wäre ich dann wenn ich – den Schrank voll Scenarien und den Kopf voll Figuren neun Jahre an die Ausarbeitung der zweiten Form gewandt hätte – wäre sie nicht ein völlig Neues«, schreibt er an den Rezensenten Raoul Auernheimer. Die Gestaltung des Stoffes ist das Wichtigste. Sein Ziel während der Arbeit sei es gewesen, »eines Platzes unter den von mir geliebten deutschen Erzählern würdig zu werden, nach Geschlossenheit, Schönheit und Gehalt«. Am Rande sei erwähnt, daß Hofmannsthal auch vorübergehend plante, aus dem Stoff von *Kaiser und Hexe* eine Erzählung zu machen.

Auf einem anderen künstlerischen Niveau als *Die Frau ohne Schatten* und der unvollendte Roman *Andreas* stehen die Essays, Reisebeschreibungen und Filmszenarien. Das sind kleinere anspruchslosere Arbeiten, die ihm gelegentlich einfallen und wenig Mühe bereiten. Sie haben nicht den formalen Anspruch der Erzählungen, doch sind sie innerlich mit diesen verbunden.

Das wird am deutlichsten an der 1914 aufgezeichneten Erinnerung an den zwei Jahre zuvor jung verstorbenen Raoul Richter, Cousin von Hofmannsthals Freund Leopold von Andrian. Dieser nur drei Jahre ältere, aber durch sein persönliches Schicksal wesentlich reifere Mensch hat die Problematik des Erwachsenwerdens von *Age of Innocence* und der *Knabengeschichte* überwunden. Er ist in seiner Entwicklung zu einem inneren Gleichgewicht gekommen, das die beiden Protagonisten dieser Erzählungen erst anstreben. Der Essay verweist außerdem in zweifacher Hinsicht auf den *Andreas*, indem er erstens das Ziel vorgibt, zweitens Motive aus dem Ausseer Leben schildert, die im Finazzer-Teil des Romans wieder aufgegriffen werden.

Konkrete persönliche Erinnerungen schildert Hofmannsthal auch im *Dorf im Gebirge*, *Glück am Weg* und in den beiden Reisebeschreibungen. Im subjektiven Eindruck offenbart sich ihm die Welt. So ist es nur folgerichtig, wenn auch der Protagonist der *Briefe des Zurückgekehrten*, ein erfolgreicher Geschäftsmann, der nach langem Aufenthalt in Übersee in seine europäische Heimat zurückkommt und von dieser zunächst nur enttäuscht ist, in dem persönlichen Erleben der Bilder Van Goghs seine Gelassenheit und Identität wieder zurückgewinnt. Denn darum geht es in fast allen

Prosadichtungen Hofmannsthals, von der inneren Zerrissenheit zu einer vor Urzeiten einmal vorhanden gewesenen Einheit zurückzufinden. Hier greift er das romantische Thema der Suche des Menschen nach sich selbst wieder auf, modernisiert durch neue wissenschaftliche Erkenntnisse über das Phänomen der Dissoziation der Persönlichkeit. Zerrissenheit und Nervosität sind das Merkmal des modernen Menschen, das Streben nach Einheit und Ruhe sein Lebensziel.

Das Sich-gespalten-Fühlen, Sich-Hineindenken in andere Personen, sogar in Tiere, das Sich-Spiegeln in anderen Menschen oder die Begegnung mit sich selbst sind typische Begebenheiten in den Erzählungen bis hin zum Roman *Andreas*. Lord Chandos schildert dies in seinem berühmten *Brief* am Beispiel der Sprache, deren Worte ihm im Mund zerfallen wie modrige Pilze. Wie dieser die Sprache, spürt der Bergmann im *Märchen von der verschleierten Frau* seine Persönlichkeit sich auflösen, ein Erlebnis, das schon der Kaufmannsohn im *Märchen der 672. Nacht* unter dem Blick seiner vier Diener hatte. Lucile-Lucidor wird sogar zwischen den Geschlechtern hin- und hergerissen, was wiederum die Doppelnatur ihres Partners Wladimir zum Vorschein bringt. Die Kaiserin in der *Frau ohne Schatten* steht zwischen zwei Welten, und im *Andreas* taucht schließlich eine tatsächlich gespaltene Persönlichkeit auf.

Wie aber ist es möglich, daß diese Personen ihre Einheit wiederfinden? Indem sie ihre Isoliertheit aufgeben und sich auf die mannigfaltigen Möglichkeiten, die das Leben ihnen bietet, einlassen, meint Hofmannsthal. Der junge Mensch liest noch, wie das Mädchen im *Dorf im Gebirge*, »aus einem Buch die Möglichkeiten des Lebens« heraus. Später aber muß er sie in der Wirklichkeit erkennen und aus ihrer Vielfältigkeit eine Entscheidung treffen. Diese ist schmerzhaft, doch die einzige Art, das Glück der eigenen Identität zu erlangen. Die positiven Figuren wie Lucile in *Lucidor* und die Kaiserin in der *Frau ohne Schatten* entscheiden sich aktiv. Die negativen, wie der Kaufmannsohn im *Märchen der 672. Nacht* und der Wachtmeister in der *Reitergeschichte*, treffen keine Entscheidung oder zögern sie so lange hinaus, bis sie durch ihre Passivität in das unerbittliche Mahlwerk des Schicksals geraten. Sie entwickeln sich nicht und erstarren, der Kaiser buchstäblich, Kaufmannsohn und Wachtmeister im Tode. Nur wer bereit ist, sich zu entwickeln, lebt. Das ist Hofmannsthals These. »Auf Verwandlungen geht unsere tiefste Lust«, heißt es in *Erinnerung schöner Tage*. Verwandlungen entstehen durch mannigfache Begegnung und Berührung mit den Phänomenen der Welt. Dargestellt hat er dies in *Die Wege und die Begegnungen*. Der Dichter begegnet dort seinen eigenen Aufzeichnungen, die ihm, ausgehend von dem Notat eines Spruches Salomons, wiederum vermittelt durch ein Werk des französischen Symbolisten Marcel Schwob, einen Teil seines Unterbewußten offenbaren und die Erinnerung an einen Traum wachrufen. Solche Begegnungen sind es, die das Leben fördern, weil sie neue Wege eröffnen und zu neuen Erkenntnissen führen. Die vielen Arten, Verschränkungen und Überschneidungen der Wege und Begegnungen sollte der Roman *Andreas* aufzeigen. Am Zusammentreffen mit den verschiedensten Menschen der unterschiedlichsten Charaktere, Herkunft und Bildung, mit Geschichte und Tradition, mit Religionen und Philosophien sollte der Held seine Persönlichkeit entwickeln. Das war die Aufgabe des großen Bildungsromans, die Hofmannsthal nicht mehr vollenden konnte.

BIBLIOGRAPHISCHE HINWEISE

E: Erstdruck. Bezieht sich diese Angabe auf die Publikation in einer Zeitung oder Zeitschrift, so folgt ihr der Nachweis der ersten Buchveröffentlichung.

SW: Hugo von Hofmannsthal, Sämtliche Werke. Kritische Ausgabe. Veranstaltet vom Freien Deutschen Hochstift. S. Fischer Verlag, Frankfurt am Main 1975 ff.

Age of Innocence. 1891. Nachlaß. Die Manuskripte befanden sich in einem Konvolutumschlag mit der Aufschrift ›Studien. Sentimentale Erziehung. (Age of Innocence)‹. E: ›Neue Schweizer Rundschau‹, Zürich, 23. Jg., H. 5 (Mai) 1930; ›Loris. Die Prosa des jungen Hugo von Hofmannsthal‹, hrsg. und mit einem Nachwort von Max Mell, S. Fischer Verlag, Berlin 1930. SW: Band XXIX. Erzählungen 2. Hrsg. von Ellen Ritter (1978)

Gerechtigkeit. Datiert: 26. Mai 1893. Nachlaß. E: ›Neue Freie Presse‹, Wien, 25. Dezember 1929; ›Loris‹. SW: Band XXIX. Erzähungen 2. Hrsg. von Ellen Ritter (1978)

Das Glück am Weg. 1893. E: ›Deutsche Zeitung‹, Wien, 30. Juni 1893; ›Früheste Prosastücke‹, Gesellschaft der Freunde der Deutschen Bibliothek, Leipzig 1926. SW: Band XXVIII. Erzählungen 1. Hrsg. von Ellen Ritter (1975)

Das Märchen der 672. Nacht. 1895. Ursprünglicher Untertitel: ›Geschichte des jungen Kaufmannssohnes und seiner vier Diener‹. E: ›Die Zeit‹, Wien, 2., 9., 16. November 1895; ›Das Märchen der 672. Nacht und andere Erzählungen‹, Wiener Verlag, Wien und Leipzig 1905. SW: Band XXVIII. Erzählungen 1. Hrsg. von Ellen Ritter (1975)

Das Dorf im Gebirge. 1896. E: ›Simplizissimus‹, München, 1. Jg., Nr. 34, 21. November 1896; ›Früheste Prosastücke‹. SW: Band XXVIII. Erzählungen 1. Hrsg. von Ellen Ritter (1975)

Der goldene Apfel. 1897. Nachlaß. E: Die ›Neue Rundschau‹, Berlin, 41. Jg., H. 4 (April) 1930. SW: Band XXIX. Erzählungen 2. Hrsg. von Ellen Ritter (1978)

Reitergeschichte. 1898. E: ›Neue Freie Presse‹, Wien, 24. Dezember 1899; ›Das Märchen der 672. Nacht und andere Erzählungen‹. SW: Band XXVIII. Erzählungen 1. Hrsg. von Ellen Ritter (1975)

Das Märchen von der verschleierten Frau. Datiert: 13./15. April 1900. Nachlaß. E: ›Corona‹, München und Zürich, 9. Jg., H. 4, 1939. SW: Band XXIX. Erzählungen 2. Hrsg. von Ellen Ritter (1978)

Erlebnis des Marschalls von Bassompierre. Datiert: 21.–24. April 1900. E: ›Die Zeit‹, Wien, 24. November und 1. Dezember 1900; ›Das Märchen der 672. Nacht und andere Erzählungen‹. SW: Band XXVIII. Erzählungen 1. Hrsg. v. Ellen Ritter (1975)

Ein Brief. 1902. E: ›Der Tag‹, Berlin, 18., 19. Oktober 1902; ›Das Märchen der 672. Nacht und andere Erzählungen‹. SW: Band XXXI. Erfundene Gespräche und Briefe. Hrsg. von Ellen Ritter (1991)

Der Brief des letzten Contarin. 1902. Nachlaß. E: ›Die Neue Rundschau‹, Berlin, 40. Jg., H. 11 (November) 1929; ›Die Berührung der Sphären‹, S. Fischer Verlag, Berlin 1931. SW: Band XXXI. Erfundene Gespräche und Briefe. Hrsg. von Ellen Ritter (1991)

Die Wege und die Begegnungen. 1907. E: ›Die Zeit‹, Wien, 19. Mai 1907; Bremer Presse, München 1913. SW: Band XXXIII. Reden und Aufsätze 2. Hrsg. von Martina Schmidt u. Konrad Heumann (in Vorbereitung)

Die Briefe des Zurückgekehrten. 1907. E (I–III): ›Morgen‹, Berlin, 21. Juni, 5. Juli, 30. August 1907; ›Die Berührung der Sphären‹. E (IV, V): ›Kunst und Künstler‹, Berlin, 6. Jg., H. 5 (Februar) 1908 (unter dem Titel ›Das Erlebnis des Sehens‹); ›Die prosaischen Schriften gesammelt in drei Bänden‹, Dritter Band, S. Fischer Verlag, Berlin 1917. SW: Band XXXI. Erfundene Gespräche und Briefe. Hrsg. von Ellen Ritter (1991)

Erinnerung schöner Tage. 1907. E: ›Almanach. Herausgegeben von der Redaktion von Velhagen und Klasings Monatsheften‹, Berlin, Bielefeld, Leipzig, Wien 1908; ›Die Berührung der Sphären‹. SW: Band XXVIII. Erzählungen 1. Hrsg. v. Ellen Ritter (1975)

Augenblicke in Griechenland. ›Das Kloster des Heiligen Lukas‹, 1908. E: ›Morgen‹, Berlin, 19. Juni 1908 (u. d. T. ›Ritt durch Phokis‹). ›Der Wanderer‹, 1912. Beides und der dritte in diese Auswahl nicht aufgenommene Aufsatz ›Die Statuen‹: ›Die prosaischen Schriften gesammelt in drei Bänden‹, Dritter Band. SW: Band XXXIII. Reden und Aufsätze 2. Hrsg. von Martina Schmidt u. Konrad Heumann (in Vorbereitung)

Lucidor. 1909–1910. E: ›Neue Freie Presse‹, Wien, 27. März 1910; Erich Reiss Verlag, Berlin 1919. SW: Band XXVIII. Erzählungen 1. Hrsg. von Ellen Ritter (1975)

Das fremde Mädchen. Datiert: 22. November 1910. E: ›Grete Wiesenthal. Szenen von Hugo von Hofmannsthal‹, S. Fischer Verlag, Berlin 1911; Filmtext: Kinobibliothek, Filmtext-Verlag, Berlin 1913. SW: Band XXVII. Ballette. Pantomimen. Filmszenarien. Hrgs. von G. Bärbel Schmid (in Vorbereitung)

Knabengeschichte. 1906, 1911–1913. Von Hofmannsthal auch ›Dämmerung und nächtliches Gewitter‹ genannt. E: ›Corona‹, München und Zürich, 10. Jg., H. 6, 1943. SW: Band XXIX. Erzählungen 2. Hrsg. von Ellen Ritter (1978)

Andreas. Fragment ›Die Dame mit dem Hündchen. / Die wunderbare Freundin.‹ Datiert: 12. September–8. Oktober 1912; 18. Juli–29. August 1913. Nachlaß. E: [›Fragment eines Romans‹] ›Corona‹, München und Zürich, 1. Jg., H. 1 und 2, 1930 (unser Abdruck bietet diesen durcherzählten Teil in Textrevision nach der Kritischen Ausgabe und einige ausgewählte Notizen); Privatdruck im Auftrag von Martin Bodmer, 1931; S. Fischer Verlag, Berlin 1932 (mit weiteren Entwürfen). SW: Band XXX. Roman – Biographie. Hrsg. von Manfred Pape (1982)

Raoul Richter, 1896. 1912–1914. E: ›Raoul Richter zum Gedächtnis‹, im Auftrag des Insel-Verlags gedruckt, Leipzig 1914. SW: Band XXXIV. Reden und Aufsätze 3. Hrsg. von Klaus-Dieter Krabiel nach Vorarbeit von Klaus E. Bohnenkamp (in Vorbereitung)

Die Frau ohne Schatten. 1913–1919. E: S. Fischer Verlag, Berlin 1919. SW: Band XXVIII. Erzählungen 1. Hrsg. von Ellen Ritter (1975)

Daniel De Foe. 1922 oder 1923. Entwurf zu einem Film. Nachlaß. E: ›Corona‹, München und Zürich, 5. Jg., H. 5, 1935. SW: Band XXVII. Ballette. Pantomimen. Filmszenarien. Hrgs. von G. Bärbel Schmid (in Vorbereitung)

Reise im nördlichen Afrika. 1925. E: (›Fez‹:) ›Neue Freie Presse‹, Wien und ›Berliner Tageblatt‹, 12. April 1925; (›Das Gespräch in Saleh‹:) ›Neue Freie Presse‹, Wien, 31. Mai 1925. ›Die Berührung der Sphären‹. SW: Band XXXV. Reden und Aufsätze 4. Hrsg. von Jutta Rißmann (in Vorbereitung)